HEYNE <

Zum Buch

Für die junge Notärztin Ella Bach wird ein nächtlicher Routineeinsatz in Berlin zum Beginn eines Alptraums. Völlig unvorbereitet findet sie sich am Schauplatz eines Mordversuchs wieder, und das schrecklich zugerichtete Opfer – eine junge Französin – verschwindet noch in derselben Nacht spurlos aus der Notaufnahme der Charité. Als Ella am nächsten Tag auch ihren Rettungsassistenten und ehemaligen Liebhaber Max ermordet auffindet, begreift sie, dass sie einem Mörder in die Quere gekommen sind. Dass hinter dem Unbekannten mächtigere Feinde stehen ahnt Ella allerdings erst, als auch die Polizei Jagd auf sie zu machen beginnt. Völlig auf sich allein gestellt, muss die Lebensretterin nicht nur ihr eigenes Leben retten, sondern auch die Französin finden. Die Spur führt in höchste Kreise der internationalen Bankenwelt …

Zum Autor

Claus Cornelius Fischer wurde 1951 in Berlin geboren und lebt heute in München. Er schrieb u.a. für »Die Welt« und »Die Zeit« und ist seit 1976 freier Schriftsteller, Übersetzer und Drehbuchautor. 1989 war er u.a. mit Günter Grass und Norbert Blüm Herausgeber der Satanischen Verse von Salman Rushdie in Deutschland. Sein Roman Goyas Hand wurde für den aspekte-Literaturpreis nominiert. Erlösung ist sein erster Roman.

C. C. Fischer

ERLÖSUNG

Thriller

WILHELM HEYNE VERLAG
MÜNCHEN

MIX
Papier aus verantwortungsvollen Quellen
FSC® C014496

Verlagsgruppe Random House FSC-DEU-0100
Das für dieses Buch verwendete
FSC®-zertifizierte Papier *Holmen Book Cream*
liefert Holmen Paper, Hallstavik, Schweden.

2. Auflage
Vollständige deutsche Taschenbuchausgabe 08/2012

Printed in Germany 2012
Umschlaggestaltung: Hauptmann & Kompanie
Werbeagentur, Zürich,
unter Verwendung eines Motivs
von © plainpicture/Millennium
Satz: Leingärtner, Nabburg
Druck und Bindung: GGP Media GmbH, Pößneck
ISBN: 978-3-453-43648-0

www.heyne.de

Hinter jedem großen Vermögen steht
ein großes Verbrechen

Honoré de Balzac

ELLA

1

Die Leitstelle meldete sich um 02:47, gerade als Max fand, dass es Zeit für einen Kaffee wäre. »Blitz für NAW 4305 von Florian Berlin, bitte kommen!« Die Funkleitung knackte und rauschte. »NAW 4305, meldet euch!« Ella hatte das Fenster heruntergekurbelt, um die frische Nachtluft in den Wagen zu lassen. Jetzt drückte sie die Sprechtaste und sagte: »Hier NAW 4305.«

»Wo seid ihr gerade?«

»Luisenstraße, auf Höhe der S-Bahn-Überführung. Was gibt's?«

»Starke Blutung in Kreuzberg«, sagte der Disponent in der Feuerwache durch das knisternde Rauschen. »Vielleicht Schock. Ihr seid am nächsten dran.«

»Adresse?«, fragte Ella.

»Benno-Ohnesorg-Straße 7, Ecke Möckernstraße, oberster Stock. Eine Frau.«

Auf dem Navidisplay am Armaturenbrett erschien die Route vom Standort des Rettungswagens zum Ziel.

»Weitere Angaben?«, fragte Ella, und auf einmal brauchte sie keinen Kaffee mehr.

»Keine weiteren Angaben.«

»Ist jemand bei der Frau?«

»Unbekannt.«

»Wer hat uns gerufen?«

»Ein Mann. Anonym. Er hat nur gesagt, gegenüber stirbt eine Frau. Mehr war nicht, dann hat er aufgelegt.«

Max, der Rettungsassistent, schaltete das Blaulicht des NAW ein, warf einen Blick in den Außenspiegel und sagte: »Schnall dich an, Bambi!« Ella legte den Sicherheitsgurt um. Der Daimler Sprinter schoss mit einem Satz vorwärts, beschleunigte schnell auf siebzig, dann auf neunzig. Die Straße war leer, die Fahrbahn schien ihnen entgegenzufliegen. Der warme Asphalt schimmerte silbergrau im Licht der Straßenlampen. Windböen von der Spree trieben Papier und Staubwirbel durch die Scheinwerferkegel, aber als der Wagen über die Marschallbrücke raste, lag das Wasser ganz ruhig im Mondlicht. Der Fluss blieb zurück, gleich darauf glitt der Reichstag vorbei, die Glaskuppel schwach erleuchtet.

Hinter der mit blauem Neon protzenden ARD-Sendezentrale sprang die Ampel auf Rot, und jetzt schaltete Max auch die Sirene an. Bevor er in die Kreuzung einfuhr, trat er kurz auf die Bremse, beugte sich vor, kein Verkehr von rechts oder links, sodass er wieder Vollgas geben konnte. »Zwei Minuten«, sagte er.

Vor ihnen lag Unter den Linden zwischen grünen Bäumen, Lichterketten, Neon und Schaufensterglanz. Auf der anderen Seite die angestrahlte Fassade des Hotel *Adlon*, daneben Polizisten mit Maschinenpistolen, die vor der Britischen Botschaft Wache standen. Über den weißen Säulen des Brandenburger Tors der Mond mit einem hellen Hof im tiefen Sommernachtblau.

Max drosselte das Tempo nicht, fuhr geradewegs auf die mit roten Leuchtstreifen gekennzeichneten Eisenpoller zu. »Bremsen!«, rief Ella, aber er dachte nicht daran, und in letzter Sekunden versenkten die Polizisten die beweglichen Eisenpoller im Straßenbelag, gaben die Durchfahrt in die Wilhelmstraße frei.

Ella spürte, wie der scharfe Klang der Sirene über ihrem Kopf auf ihr Zwerchfell drückte. »Drei Minuten«, sagte Max. Ein Doppeldeckerbus, leer bis auf den Fahrer, hielt am Rinnstein, damit sie vorbeikonnten, jetzt noch schneller, hundert, hundertzwanzig unter den blassen, windgeschüttelten Lampen, und die ganze Zeit dachte Ella an die verletzte Frau und dass sie vielleicht zu spät kamen; dass sie gerade starb. Das war ihre größte Angst, zu spät zu kommen, nichts mehr für die Frau oder den Mann oder das Kind tun zu können, zu dem sie gerufen wurden. Sie spürte, wie auch ihr Puls nach oben schoss, auf hundertvierzig, hundertsechzig. Das Blut schien durch ihre Adern zu rasen, schnell und heiß an den Handgelenken, den Schläfen.

Die Kreuzung Leipziger Straße tauchte auf, verwaist und groß wie ein Tennisplatz aus Asphalt, behütet von roten Ampeln im Schatten des Finanzministeriums, früher die Treuhand, und niemand von rechts, niemand von links, nur die schimmernden Hochhäuser des Potsdamer Platzes, und hinter der Kreuzung wieder einsame, breite Fahrbahnen, leer bis auf eine schwarze Luxus-Limousine mit getönten Scheiben und arabischem Nummernschild.

Ella hielt sich am Türgriff fest. Ihr rechter Fuß trat die Fußmatte gegen den Boden, bis die Zehen schmerzten, *gib Gas, dachte sie, gib Gas, weg da, Araber, weg da, Taxi, Ampel, werd grün!* Plötzlich scherte ein Skoda aus einer Reihe geparkter Fahrzeuge, ohne auf Blaulicht oder Sirene zu achten.

Max drückte auf die Lichthupe und versuchte auszuweichen. Der Sprinter geriet aus der Spur, aber Max steuerte gegen, und der Skoda bremste, und jetzt prallte der Sprinter mit dem rechten Vorderreifen an den Bordstein, schrammte daran entlang und wurde auf die Fahrbahn zurückgeschleudert. Max kuppelte, schaltete und brachte ihn wieder auf Kurs. Mit kreischenden Reifen schoß der Wagen in eine Biegung, auch diesmal behielt Max die Kontrolle über das Fahrzeug und jagte es dicht an der nächsten Kolonne parkender Autos entlang. Ella beugte sich vor, über das Armaturenbrett, als könnte sie den Sprinter so noch schneller machen. Sie starrte auf das Navidisplay, das ihr die ganze Route anzeigte, der Wagen ein roter Punkt, der sich ruckend vorwärtsbewegte, noch ein Stück die Wilhelmstraße entlang, über den Landwehrkanal, dann weiter den Mehringdamm hoch, bis rechts die Yorckstraße kam und gleich wieder links die Möckernstraße.

»Vier Minuten«, sagte Max. Er war nie aufgeregt, nicht äußerlich. Gelassen saß er hinter dem Lenkrad in seinem hellblauen, kurzärmeligen Hemd, kaute Kaugummi und blickte starr nach vorn, ganz selten zur Seite, höchstens mal kurz in den Außenspiegel, außer wenn er in eine Kreuzung einfuhr. Seine Bewegungen waren sparsam, er lenkte, kuppelte, schaltete, gab Gas oder bremste so beiläufig, als säßen sie in einem Autoscooter. Seine Beine in der feuerwehrblauen Hose mit den reflektierenden Streifen schienen Impulsen zu gehorchen, die vom Wagen ausgingen, nicht von ihm. Ella war immer froh, wenn er die Schicht mit ihr teilte. Er war ein guter Rettungsassistent, und er war ein guter Freund, und zwischendurch war er eine Zeit lang ein guter Liebhaber gewesen. Außerdem stand ihm Blau besser als ihr, besonders im Sommer.

»Warum ruft jemand anonym die Rettung an?«, fragte Ella. »Warum meldet ein Mann eine sterbende Frau, ohne die Hausnummer zu nennen, wo wir die Frau finden können? Warum sagt er, oberste Wohnung, und nicht, in welchem Haus? Was bedeutet ›Sie stirbt‹? Das kann alles bedeuten. Und wenn er nicht bei ihr ist, woher weiß er dann, dass die Frau stirbt?«

»Vielleicht hat er sie durchs Fenster gesehen«, sagte Max. Sein Gesicht leuchtete auf und erlosch im Widerschein der Peitschenlampen, leuchtete und erlosch, ein Flackern in Zeitlupe.

Ella schwieg, versuchte sich die Situation vorzustellen, die sie vorfinden könnten. Dann fragte sie: »Hast du den Koffer aufgefüllt?«

Eigentlich eine überflüssige Frage. Das war das Erste, was sie taten, wenn sie einen Patienten abgeliefert hatten: Sie ersetzten die verbrauchten Medikamente, die benutzten Spritzen und geleerten Ampullen. Sie tauschten halb leere Sauerstoffflaschen gegen frische aus und überprüften die Batterien des Monitor-Defibrilator-Systems.

»Vielleicht habe ich den Wodka vergessen«, sagte Max. »Wir haben aber Wein und Bier, Eis ist in der Kühlbox. Ich musste den Defi und den Sauerstoff rauswerfen, damit noch etwas kaltes Huhn reinging.«

»Jetzt weiß ich wieder, warum ich dich mal geliebt habe.«

»Warum hast du aufgehört, mich zu lieben?«

Sie antwortete nicht, sah ihn nur an und dachte, *warum hört man auf, jemanden zu lieben?*

Rechts huschte eine beleuchtete Kebabbude vorbei, im Fenster drehte sich ein Dönerspieß. »Hast du Hunger?«, fragte Max. »Ich habe Hunger.« Nach einer Minute ein Imbiss – *Halbes Hähnchen, Fritten und Cola 2,60 Euro,* unschlagbar – und ein 24-Stunden-Kiosk. »Ich komme um vor Hunger!« Max raste auf die Kreuzung zu, ohne vom Gas zu gehen, trotz roter Ampel. »Achtung, rechts!«, rief Ella, denn auf der Anhalter Straße näherte sich ein Taxi. Der Wagen fuhr schnell, bremste aber in letzter Sekunde, denn Max bremste nicht. Eine schwarz verschleierte Frau mit einem Fahrrad voller Tüten blieb gerade noch rechtzeitig am Bordstein stehen, und Max sagte: »Was hat die denn jetzt noch hier zu suchen?!«, und Ella rief: »Paß auf!«, denn der Wagen geriet wieder mit zwei Rädern auf den Bürgersteig, rammte beinahe eine Litfaßsäule, aber nur beinahe, und jetzt war die Straße frei, fast bis zur S-Bahn-Überführung. »Fünf Minuten«, verkündete Max und sah Ella zum ersten Mal an, seit sie losgefahren waren. »Wo wir gerade von Liebe reden: Ich bin Silvan begegnet, auf dem Gang vor der Kardiologie. Er sah aus, als würde er am offenen Herzen operiert, live vor meinen Augen und bei vollem Bewusstsein.«

»Ich habe ihn vor die Tür gesetzt«, sagte Ella.

»Und er ist tatsächlich gegangen?«

»Nein. Deswegen habe ich seine Sachen gepackt und an seiner Stelle rausgeschmissen.«

»Wenn du willst, kannst du bei mir bleiben, bis ihr alles geklärt habt«, sagte Max.

»Es ist schon alles geklärt.« Der Sprinter raste auf die Mehringbrücke zu und gerade, als er die sechsspurige Brücke über den Landwehrkanal erreichte, schaltete die Ampel die Hallesche Straße für den Gegenverkehr frei. Die Sirene reichte Max nicht mehr, er drückte auch noch auf die Hupe, hupte und schaltete, *niemand rechts, niemand links,* und dann waren sie auf der Brücke, und vor dem nachtblauen Himmel über ihnen ratterten die gelb leuchenden Fenster eines S-Bahn-Zugs von Stahlträger zu Stahlträger.

»Sechs Minuten«, sagte Max. »Diesmal schaffen wir es nicht unter acht.«

Hinter dem Kanal fing es auf einmal an zu regnen, ein dichter Sommerregen, schwere Tropfen, silberne Lamettafäden, die hart auf den warmen Asphalt schlugen und zu kleinen Fontänen zerplatzten. Die Scheibenwischer klappten hin und her, schabten zwei Halbkreise auf die Windschutzscheibe, um die herum die Nacht in schimmernden Bächen zerlief.

Auf einem kleinen Asphaltplatz rechts vor einem Club neben dem *Tanz Palast* stand ein Pulk Raver am Rinnstein, feierte eine Freiluftparty, in den Händen Red Bull-Dosen, Handys und brennende Zigaretten. Etwas weiter lärmte ein halbes Dutzend junger Türken oder Araber in weißen Trainingsanzügen, taten so, als gehörte der Bürgersteig ihnen. Unter dem Vordach eines Biomarktes lungerte eine Horde Punker, Bierflaschen zwischen den Füßen, bunte Frisuren, Lederjacken, alle betrunken, nur die Hunde nicht.

Eine Ampel blitzte vorbei, noch mehr Lichter, die Ecke Yorckstraße, ein Imbiss, Tag-und-Nacht-Betrieb, hungrige Streuner am Straßenrand. »Festhalten!« Max riss das Steuer nach rechts, mitten auf der Fahrbahn, die Reifen jaulten, schmierten Gummi auf den Asphalt. Der Wagen neigte sich, schien zu kippen und kippte doch nicht. Max gab wieder Gas, schlug das Lenkrad leicht nach links ein, jagte den Wagen über einen Riss in der Straße, und der Sprinter hob ab, schoss durch die Luft, ein paar Millisekunden Zauberteppich auf Speed, dann die Landung und noch einmal links rein und runter vom Gas, mehrmals kurz bremsen, endlich rechts die Benno-Ohnesorg-Straße. »Sieben Minuten.«

Es war eine schmale Straße, gesäumt von ein paar Bäumen, einem Gewerbehof und ein paar kleinen Läden in einer Häuserzeile aus der Zeit vor dem Ersten Weltkrieg. Die Bäume waren dicht belaubt, und die Blätter schimmerten nach dem Regen, der genauso plötzlich wieder aufgehört hatte. Die nasse Fahrbahn dampfte im Licht der Scheinwerfer. Die Wischer quietschten auf der schnell trocknenden Scheibe, und Max stellte sie ab.

Das Flackern der Blaulichtleiste auf dem Dach huschte über die Gebäudefassaden und die Straße. Max schaltete auch das Martinshorn aus. Langsam steuerte er den Sprinter die Straße hinauf, an den rechts und links geparkten Fahrzeugen entlang. Der rote Punkt auf dem Display des Navis blieb stehen. »Da vorn muss es sein, das vierte Haus«, sagte Ella, und jetzt konnte sie ihren rasenden Herzschlag in ihrer Stimme vibrieren hören. »Das mit dem Gerüst.«

»Ich kann kein Licht sehen«, sagte Max.

Auf der anderen Straßenseite lag ein Park, die schwarzen Kronen der Bäume rauschten im Wind. Die Bürgersteige waren verwaist. Die Laternen spendeten nur wenig Helligkeit, und die Fenster der Häuser waren dunkel. Max hielt vor dem Haus mit dem Gerüst und schaltete zusätzlich zum Blaulicht noch die Warnblinkanlage ein.

»Hoffentlich macht einer auf«, sagte er. »Wo bleibt die Feuerwehr?«

»Ist wahrscheinlich jeden Moment da«, sagte Ella. »Wir gehen schon mal rauf.«

Sie stöpselte den Ohrhörer ein, stieß die Tür auf und sprang aus dem Wagen. Sie griff nach dem tragbaren Defibrilator, Max nahm den großen Notfallkoffer. »Bestimmt gibt es wieder keinen Fahrstuhl«, sagte er. »Es gibt nie einen Fahrstuhl, wenn wir in den obersten Stock müssen.«

Aus einem der Hinterhöfe drang Partylärm, Musik und Gelächter. Die nassen Plastikplanen, die das Haus verhüllten, schlugen knatternd gegen das Gerüstgestänge. Ella lief zur Eingangstür und drückte gegen den Türknopf. Die Tür gab nicht nach. Ella sah an der verhüllten Fassade hoch; nirgendwo im Haus brannte Licht. Unter dem Gerüst war die Dunkelheit so dicht, dass sie die Klingelknöpfe nicht sehen konnte. Sie holte eine Stablampe aus ihrer Jackentasche und richtete den Leuchtstrahl auf das Schloss, dann auf die Klingeltafel neben der Tür. Fünf Stockwerke mit je zwei Klingeln, nur eine für die oberste Etage, einige Namensschilder fehlten. Eine Gegensprechanlage gab es nicht. Die Hausnummer war unleserlich, verschwunden unter weißer Malerfarbe.

Ella drückte erst den obersten Klingelknopf und dann alle anderen so lange, bis der Türöffner schnarrte. Sie lehnte sich gegen die massive Holztür. Ein kühler, feuchter Hauch schlug ihr entgegen, vermischt mit der Ausdünstung von Farbe. Sie stieg über die Schwelle und rief: »Rettungsdienst!«

Im Treppenhaus suchte sie den Lichtschalter mit dem Strahl ihrer Lampe. Es war ein alter schwarzer Drehknopf, und als sie ihn betätigte, ging weit oben eine Behelfslampe in einem Drahtkorb an, die einen kaum sichtbaren Lichtschimmer in den Stiegenschacht warf. Noch einmal rief sie: »Hallo?! Hat hier jemand den Notarzt gerufen?!« Ihre Stimme hallte im Treppenhaus.

Auch diesmal gab es keine Antwort, nur das Geräusch einer Tür, die geöffnet und gleich wieder geschlossen wurde.

»Also los«, sagte Max und lief schnell voran, die schmale Treppe hinauf. Seine weißen Turnschuhe und die reflektierenden Streifen an den Hosenbeinen schimmerten silbrig. Auf den Holzstufen lag Bauschutt, ein Presslufthammer. Stromkabel schlängelten sich über Teerpappe. Ella versuchte mit Max Schritt zu halten, in der einen Hand den schweren Defi, in der anderen die Lampe. Sie hörte ein Krachen über sich, dann einen unterdrückten Fluch, gefolgt von einem Stöhnen. »Verdammter Mist! Bambi?«

»Was ist?«

»Ich glaube, ich hab' mir den Knöchel verstaucht!«

Sie erreichte den Absatz auf dem zweiten Stock, richtete die Lampe auf Max, auf sein schmerzverzerrtes Gesicht. »Das Scheißding lag unter der Pappe!« Er betastete sein linkes Fußgelenk, das bereits anzuschwellen begann. Daneben ragte ein Schraubenzieher ein Stück unter einem Streifen Teerpappe hervor. »Mach schon, warte nicht auf mich!«

»Bist du sicher?«

»Klar, ich komme gleich nach.«

»Nein, ruf lieber Hilfe. Sorg dafür, dass sie noch einen Notarztwagen oder ein Einsatzfahrzeug schicken.«

Ella nahm die Stablampe in den Mund, hielt sie mit den Zähnen. Sie griff nach dem Notfallkoffer und stieg weiter die Treppe hinauf, folgte dem Lichtstrahl über die Stufen, ließ sich vom Adrenalin nach oben tragen. Sie erreichte die oberste Etage, auf der es nur eine Tür gab, mit gehämmertem Aluminium beschlagen, kein Namensschild, keine Klinke über dem Schloss, aber ein Klingelknopf. Einen Moment lang war ihr schwindlig, und sie spürte einen stechenden Druck hinter den Augen.

Sie stellte Koffer und Defibrillator ab und nahm die Taschenlampe aus dem Mund. Sie klingelte. Sie konnte die Klingel nicht hören. »Hallo?! Können Sie aufmachen?! Rettungsdienst!« Sie schlug mit der Faust gegen die Tür und klingelte noch einmal, und wieder geschah nichts. »Brauchen Sie da drinnen einen Notarzt?«

Weit unten auf der Treppe hörte sie Max stöhnen. Gleich darauf erklang ein Scharren, als versuchte er, sich die Stufen hochzuziehen. Guter Max, gab niemals auf, ein Assistent, auf den man sich verlassen konnte. Warum musste er sich ausgerechnet jetzt den Knöchel verstauchen? *Verdammt, wie soll ich in die Wohnung kommen ohne Feuerwehr? Was ist, wenn die Patientin stirbt, weil wir nicht rechtzeitig –*

Plötzlich ertönte ein Schrei. Es war ein lang gezogener Schrei von jenseits der Tür. Noch nie hatte Ella jemanden so schreien hören, keine Frau, keinen Mann, überhaupt kein lebendes Wesen. *Mein Gott, was ist das?!* Gerade als sie glaubte, der Schrei werde niemals enden, verstummte er abrupt, und da war nur noch Stille.

»Max?«, sagte Ella leise, den Mund dicht am Schultermikro des Sprechfunks, »hörst du mich? Hast du die Feuerwehr erreicht?«

Es knisterte in ihrem Ohrstöpsel, aber Max antwortete nicht. *Vielleicht ist sein Mikro bei dem Sturz kaputtgegangen, vielleicht kann er mich hören, nur nicht antworten.*

»Max, hier stimmt was nicht. Kannst du mich hören?«

Noch immer keine Antwort, nur das tote Knistern.

2

Ella kniete nieder, nahm die Lampe wieder zwischen die Zähne und öffnete den Notfallkoffer. Hoffentlich war die Tür nicht abgesperrt. Sie leuchtete in die Tasche, suchte das Aqua Gel. Sie öffnete eine Ampulle und spritzte das Gleitmittel in das Schloss und zwischen Türfüllung und Rahmen, dorthin, wo sie die Eisenzunge vermutete. Sie nahm eins der einzeln verpackten Einmalskalpelle aus der sterilen Verpackung und schob die Klinge in den Spalt, in den sie das Gel gespritzt hatte, bis sie Widerstand spürte.

Langsam gab die Eisenzunge nach, erst nur zäh, aber als das Gel darüberglitt, ging es leichter. Ella stemmte sich mit der Schulter gegen die Tür, setzte ihr ganzes Körpergewicht ein. Das Schloss hakte einen Moment, dann löste sich eine Sperre, und die Eisentür schwang nach innen, ohne dass Licht herausfiel. Ein warmer Luftzug strich ihr über das Gesicht, und plötzlich zog sich ihre Kopfhaut zusammen. Ella ließ das Skalpell fallen.

Was ist das für ein Geruch?

Sie nahm die Lampe wieder aus dem Mund, schloss den Notfallkoffer und hob ihn auf. »Rettungsdienst!« Sie hinderte die Tür mit der Schulter am Zufallen, richtete den Strahl der Taschenlampe auf den Boden vor sich und trat über die Schwelle in die Dunkelheit dahinter. »Hallo?!«

Der Lichtkegel geisterte über schwarz gebeizte Holzbohlen, durch einen weitläufigen Flur, an hellgrau gestrichenen Wänden hinauf, erfasste ein gerahmtes Gemälde, Pastellfarben, und glitt wieder hinunter. Ein Schleier winziger roter Punkte, wie mit einer Sprühpistole aufgetragen, zog sich über eine der Wände.

Was ist das bloß für ein scheußlicher Geruch?

»Max? Wenn du mich hören kannst, ich brauche Hilfe hier oben!«

Sie suchte nach einem Lichtschalter und drückte ihn. Es blieb dunkel. Vorsichtig ging sie weiter, tiefer in die Wohnung hinein. Der Strahl der Lampe huschte über die besprühten Wände, über wertvoll aussehende Möbel und Teppiche, alle mit roten Punkten übersät. Ella achtete nicht darauf, wohin sie trat, und auf einmal spürte sie, wie die Sohle ihres rechten Turnschuhs den Halt verlor. Sie rutschte aus, fing sich aber, bevor sie stürzen konnte.

Sie richtete den Strahl wieder auf den Boden. Glassplitter blinkten, als hätte jemand die Lampen zerschlagen. Glänzende Wasserlachen bedeckten die Ebenholzbohlen. Etwas weiter in den Salon hinein wurden sie rot, und da begriff Ella; endlich begriff sie, dass es gar keine rote Farbe war überall vor ihr in der Wohnung.

Genau in diesem Moment hörte sie ein unheimliches Wimmern. Langsam ging sie weiter. Sie richtete den Strahl der Taschenlampe erst auf die Glassplitter in den Blutlachen auf dem Boden und dann auf ein rot glitzerndes Bündel in der Mitte des großen Raums gleich vor ihr, aus dem das Wimmern zu dringen schien.

Kehr um! Warte auf Hilfe!

Ihre Schuhe quietschten auf dem nassen Boden. Mit jedem Schritt sah sie mehr von dem Raum und dem wimmernden Bündel, und erst als sie schon ganz nah war, erkannte sie, dass es sich bei dem Bündel um einen Menschen handelte. Er oder sie lag auf dem Rücken, und dort, wo die Brust sein musste, *die nackte Brust,* hob und senkte sich etwas in unregelmäßigen Abständen. Die Arme und Beine zitterten, und das entstellte, blutüberströmte Gesicht wandte sich nun fast bedächtig Ella und dem Licht zu.

O Gott, dachte Ella. *O Gott.* Etwas Fürchterliches war mit diesem Gesicht geschehen. *Ich bin Ärztin,* sagte sie. Dann sagte sie es noch einmal, »Ich bin Ärztin«, denn beim ersten Mal war kein Ton herausgekommen. »Ich bin hier, um Ihnen zu helfen.« Sie stellte Defi und Koffer ab und beugte sich über die wimmernde Frau – *es ist doch eine Frau, sie haben gesagt, dass es eine Frau ist* –, und dabei versuchte sie, sich nichts anmerken zu lassen. Sie sah die Hand mit den fehlenden Fingernägeln in der Blutlache, in der die Frau lag, und sie sah die Wunden, die nackte, in Streifen geschnittene Haut, und sie versuchte immer noch, sich nichts anmerken zu lassen.

»Wie ist das passiert?«, fragte sie. In ihrem Verstand formte sich ein Bild, das sie sofort wieder verdrängte. »Können Sie sprechen?«

Die Frau sah zu ihr auf und öffnete die entstellten Lippen, aber sie brachte nur ein Röcheln zustande, denn auch der ganze Mund war voller Blut. Trotzdem versuchte sie weiter, ihr etwas zu sagen, jetzt mit den Augen. Ella kniete sich hin, neben den Oberkörper der Frau. Sie öffnete den Koffer, holte ein Paar sterile Handschuhe heraus und streifte sie über. Behutsam drehte sie den Kopf der Verletzten auf die Seite, damit sie nicht erstickte.

Sie muss Unmengen von Blut verloren haben. Ich weiß nicht, wo ich anfangen soll. Wo soll ich bloß anfangen?

Sie legte die Taschenlampe auf den Boden, wo sie sacht hin und her rollte. Sie tastete über der Halsschlagader der Frau nach einem Puls, der so schwach war, dass sie ihn kaum fühlen konnte, aber schnell, rasend schnell. Sie beugte sich über den Mund der Frau, und da bemerkte sie hinter ihrem Kopf die großen, glitzernden Glasscherben in dem schwankenden Lichtkegel und dazwischen seltsame, wimmelnde Bewegungen. Etwas zuckte, zappelte und hüpfte in der roten Nässe auf den Holzbohlen.

Fische.

Der ganze Boden war voll davon, kleine und große Zierfische in schimmernden Farben, Rot, Türkis, Hellblau, Gelb, Farben wie tropische Sonnenuntergänge mit irisierenden Schuppen, die leuchteten, erloschen und wieder aufleuchteten. Zitternde Körper mit starren, glimmenden Augen und breiten, nach Sauerstoff schnappenden Mäulern.

Ella hörte ein Knistern im Ohrstöpsel. Doch ehe sie antworten konnte, vernahm sie noch etwas anderes, ein Geräusch, das nicht von der verletzten Frau und auch nicht von den Fischen herrührte. Es klang, wie wenn jemand, der lange still gestanden hatte, sein Gewicht von einem Fuß auf den anderen verlagerte.

Die Atmung der verletzten Frau beschleunigte sich, das Zittern ihrer Beine wurde stärker. Sie versuchte den Kopf zu heben, nackte Panik in den Augen. »*… est là*«, flüsterte sie röchelnd, »*… est là …*«

»Ich verstehe Sie nicht«, sagte Ella und beugte sich noch weiter vor, bis ihr Ohr fast die zerfetzten Lippen der Frau berührten.

»… ist noch da … ist noch da …«

»Was?«, fragte Ella.

»*… ist noch da …*«

Ella spürte, wie die Atmosphäre in dem Zimmer sich veränderte. Ein eiskalter Fleck bildete sich zwischen ihren Schulterblättern. Auf einmal hörte sie Laute, die ihr vorher nicht aufgefallen waren. Zu dem leisen Klatschen der erstickenden Fische in dem ausgelaufenen Wasser und dem winselnden, röchelnden Atmen der blutenden Frau gesellte sich das flüsternde Ablaufen der letzten Regentropfen aus der Rinne draußen vor den Fenstern, der ferne Partylärm in einem der Hinterhöfe, das Rascheln der Plastikplanen an dem Gerüst, mit dem das Haus verkleidet war.

Aber das war nicht alles, es gab noch mehr, kein Geräusch, *etwas*, in einem der anderen Räume.

Wir sind nicht allein. Etwas ist in der Wohnung. Jemand.

Ella spürte das Kräftefeld eines menschlichen Wesens, das sich näherte. Gleichzeitig schälten sich mehr und mehr Einzelheiten aus der Dunkelheit: ein wuchtiger Schreibtisch, eine lederbezogene, dreiteilige Sitzgruppe, ein großer Flachbildfernseher an der Wand vor der Couch. Ein Kamin, ein deckenhohes Bücherregal, eine Stehlampe neben dem Gang, der tiefer in das offenbar weitläufige Penthouse führte. Die zersprungenen und verbogenen Trümmer eines Aquariums auf dem Boden vor dem Fenster. Halb zugezogene Vorhänge. Eine Stereoanlage auf einer Kommode unter dem Fernsehschirm. Bilder an den Wänden und noch mehr Bücher in Stapeln auf dem Boden. Das Fenster stand offen.

Plötzlich geschah etwas mit der Zeit, ein Teil von ihr verlangsamte sich, der Teil, in dem Ella sich befand. Während um sie herum alles weiter mit der üblichen Geschwindigkeit passierte, verlangsamte sich ihr eigenes Leben, ihr Herzschlag, ihr Atem, ihre Bewegungen, sogar ihre Gedanken.

Sie dachte, *ich muss die Frau intubieren, wahrscheinlich ist die Sauerstoffsättigung schon unter 80, sie braucht Sauerstoff, sonst erstickt sie.*

Sie dachte, *ich muss sie ans EKG anschließen, einen Zugang legen und ins Koma versetzen, ihr Kochsalz geben, sonst stirbt sie am Blutverlust.*

Sie dachte, *ich muss sie stabilisieren, ihren Kreislauf stützen, sonst erleidet sie einen Herzstillstand.*

Sie dachte, *ich muss ihr Morphium spritzen gegen die Schmerzen.*

Aber vor allem dachte sie, *er ist noch hier. Der Jemand, der das getan hat, ist noch hier, und er ist noch nicht fertig.*

Sie hörte seine Schritte. Die Haut in ihrem Nacken kribbelte. Schweiß rann ihr über den Rücken, zwischen die Beine. Sie hörte, wie er näher kam; leise, langsam, kaum wahrnehmbar. Ein Rascheln von Stoff, das Knistern von Plastik. Gedämpftes Atmen, wieder ein Knacken, ein anderes diesmal, als versuchte jemand, eine Verspannung zu lösen, indem er den Kopf hin und her drehte.

Sie dachte, *wir haben ihn gestört, bevor er fertig war. Er kann nicht zulassen, dass wir sie mitnehmen, dass wir sie retten, dass sie redet. Sie hat ihn erkannt.*

Sie dachte, *du bist keine Ärztin mehr. Du bist das nächste Opfer.*

»Max!«, rief sie. Die beiden Zeitebenen verschmolzen wieder, und sie rief noch einmal: »Max, ich brauche dich hier!«, damit der Mann, der fast geräuschlos durch den dunklen Flur näher kam, wusste, dass sie nicht allein war. Sie griff nach der Lampe und leuchtete in den Flur, in dem sie das Rascheln gehört hatte. Der Lichtkegel glitt über die zappelnden Fische, verlor sich in der Finsternis. Unvermittelt schnappte die verletzte Frau mehrmals nach Luft, dann hörte sie auf zu atmen; sie zitterte auch nicht mehr.

Ella brauchte Hilfe, allein konnte sie die Frau nicht versorgen. *Aber ich muss es versuchen, selbst wenn im Lehrbuch was anderes steht. Ich muss es wenigstens versuchen.* Bloß wo sollte sie eine Vene finden, um die Injektionsnadel zu setzen? Die Frau hatte keine fühlbare Venenspannung mehr, weil es kaum noch Blut in ihrem Körper gab. Man musste erst ein Stauband anlegen, aber wo?

Es hat keinen Sinn, lauf weg! Lauf weg und warte auf Hilfe.

Nein, ich kann sie nicht alleinlassen.

Warum nicht, verdammt? Warum kannst du sie nicht einfach hier liegen lassen? Sie stirbt wahrscheinlich sowieso.

Nein.

Denk an das Kaninchen. Denk an den Habicht.

Wenn du jetzt wegläufst, wird der Habicht zurückkommen und seine Arbeit beenden.

Ella richtete den Strahl der Lampe auf das zerstörte Gesicht, sah nur Blut und aufgerissenes Fleich und weite, lichtstarre Pupillen. Rasch tastete sie nach der Arteria carotis communis, suchte einen Puls und fand keinen mehr, nicht den geringsten. Alles stand still, Herz, Kreislauf, die Frau starb. *Verdammt, ich verliere sie, ich brauche den Defi.* Aber das Risiko war zu groß: Die Brust der Frau war nass, sie lag in einer Lache aus Blut und Wasser.

Ella nahm die Lampe zwischen die Zähne, richtete sich halb auf und stemmte sich mit beiden Händen auf die Brust der Frau, auf das zerschnittene Fleisch. Als sie auf den gebrochenen Rippen Halt gefunden hatte, drückte sie und ließ nach, drückte und ließ nach und drückte, drückte, drückte. *Komm schon, atme, atme!* Sie ließ die Augen nicht vom Gesicht der Frau, aber nichts geschah, die Augen blieben leblos, die Atmung setzte nicht wieder ein.

Sie hob beide Hände, verschränkte die Finger und schlug mit aller Kraft auf die Brust, *keine Sorge mehr wegen der Rippen, sie ist ja schon tot.* Der Körper der Frau hüpfte ein wenig, und als Ella noch einmal zuschlug, so heftig, wie sie konnte, hüpfte er wieder, und das war alles. Die Atmung blieb weg, der Puls kehrte nicht zurück.

Ella kauerte sich auf die Fersen, zog hastig den Koffer heran und holte eine Injektionsnadel und eine Phiole mit Noradrenalin heraus. Dazu brauchte sie die Taschenlampe nicht, das konnte sie blind, die Spritze auspacken, die Phiolenkappe abbrechen, die Spritze aufziehen, die Luft rausdrücken und die Nadel zwischen den Rippen ins Herz stoßen, um den Inhalt hineinzupumpen. Sie konnte spüren, wie der Herzmuskel zündete und ansprang; fast wurde ihr die Spritze aus der Hand geprellt.

Ein Ruck lief durch den Körper der Frau. Sie schnappte wieder nach Luft, verschluckte sich, und auf einen Schlag kehrte das Leben in ihre Augen zurück. Jählings schrie sie vor Schmerz. Ein endloser Schrei entrang sich ihrer Kehle. Sie schrie und hörte nicht wieder auf.

Ella fuhr entsetzt zurück, ihr Blick irrte Hilfe suchend durch den Raum. Da sah sie ihn. Dort, wo der Flur zu den hinteren Räumen begann, veränderte sich die Dunkelheit, schien sich zu verdichten, nahm Kanten und Konturen an, *die Gestalt eines Mannes.* Der Mann stand völlig bewegungslos da und starrte sie an. Wie ein Raubtier, dem der Wind ihre Witterung zugetragen hatte. Wie der Habicht.

Sein Gesicht blieb im Schatten, nur die Augen glänzten wie schwarzer Quartz, und noch etwas glänzte, etwas, das er in der Hand hielt. *Ein Messer.* Ella spürte, wie ihre Brust sich zusammenzog, alles in ihr erstarrte. Ihre Nerven, zu dünnen Saiten gespannt, rissen mit einem Schlag.

»Max«, schrie sie, *»Max, Max, Max –«*

»Wo bist du?« Das war er, das war Max, ächzend stemmte er die Tür zum Treppenhaus auf, *Gott sei Dank, Gott sei Dank,* und Ella rief: »Hier, hier, bin ich!« Sie suchte die Taschenlampe, packte sie und schwenkte sie hin und her, bevor sie den Strahl auf den Flur richtete, auf die Stelle, wo sie für Sekunden die Gestalt des Mannes gesehen hatte. Aber jetzt war die Stelle leer, und der Vorhang an dem Fenster zum Hinterhof schlug sacht hin und her. Das Gerüst vor dem Fenster erbebte unter hallenden Schritten, die schnell leiser wurden.

»Du meine Güte, was ist denn hier los«, sagte Max leise, während er sich humpelnd an der Korridorwand entlangtastete.

Ellas Stimme überschlug sich. »Die Patientin muss sofort ins Koma versetzt werden. Komm, hilf mir den Zugang zu legen, wir müssen eine Vene finden, die noch nicht schlappgemacht hat. Such die Medis raus, Kochsalz, Morphium. Ich schließe das EKG an. Sie braucht Sauerstoff, wir müssen intubieren. Sie war schon klinisch tot, ich habe sie zurückgeholt, aber wenn wir nicht –«

Max stützte sich mit einer Hand an der Wand ab. »Ach, du Scheiße …« Er balancierte auf dem unversehrten Bein, drehte den Kopf und begann zu würgen. Er schluckte und schluckte.

Von der Tür her fiel ein weiterer Lichtstrahl in die Wohnung. Eine Männerstimme rief: »Hallo? Waren Sie das im Treppenhaus? Ich habe Ihnen aufgemacht, zwoter Stock! Brauchen Sie Hilfe?«

»Ja.« Ella stand auf und warf Max einen Blick zu. »Ich hole die Trage. Ist die Feuerwehr da?«

Max sagte nichts.

»Max, ich geh runter. Bleib solange bei ihr.«

Max nickte. Er sagte noch immer nichts. Er starrte sie nur an, und als sie zur Tür kam, starrte der Nachbar aus dem zweiten Stock sie genauso an. Ihre Handschuhe waren voll Blut, und ihr hellblaues Hemd war schweißnass. »Laufen Sie runter zum Rettungswagen und holen Sie die Trage«, bat sie den Mann, der nicht mehr jung, aber kräftig wirkte. »Die Hecktür ist unverschlossen. Sie müssen mir helfen, die Verletzte nach unten zu tragen.«

»Was ist denn hier passiert?«, fragte der Mann. Er versuchte, an Ella vorbei in die Wohnung zu spähen. »Sieht das schnieke aus hier! Sind wohl feine Leute, die hier wohnen, was? Und uns im zweiten Stock drehn se den Strom ab und –«

»Jetzt gehen Sie schon die Trage holen!«, sagte Ella, und ihr selbst kam ihre Stimme gar nicht so laut vor, aber der Mann wich zurück, die Hände erhoben, als hätte sie ihn bedroht. »Ist ja gut, bin schon unten …«

Ella sah ihn noch die Treppe hinunterlaufen, dann gaben ihre Beine nach. Sie kippte gegen die Wand und rutschte daran zu Boden. Einen Moment lang saß sie nur da und zitterte, und ihre Knie schlugen gegeneinander wie Kastagnetten.

3

Zum ersten Mal bemerkte sie den grauen Audi Quattro im Rückspiegel, als sie von der Yorckstraße auf den Mehringdamm bog, und etwas später wieder kurz vor der Brücke. Obwohl sie schnell fuhr, über hundert, folgte er ihr, ohne zurückzufallen. An der ersten roten Ampel hinter dem Kanal musste er aber stehen bleiben, und als sie ihn danach nicht mehr entdeckte, dachte sie, dass sie sich wahrscheinlich getäuscht hatte. Mit Blaulicht und Sirene steuerte sie den Sprinter über die Wilhelmstraße, und die ganze Zeit betete sie, *lass sie nicht sterben, bitte, lieber Gott, lass sie nicht sterben.*

Sie nahm den Fuß kaum vom Gaspedal, obwohl die Straße hier noch nass war, und das Licht der Scheinwerfer auf dem glitzernden Asphalt sie blendete. Ihre Augen brannten; sie war gleichzeitig todmüde und hellwach.

Durch das Überwachungsfenster konnte sie Max und die Trage mit der verletzten Frau hinter sich unter Beobachtung halten. Sie blickte in den Innenspiegel und sah das Blut und manchmal Max, wenn er sich von seinem Platz auf der Seitenbank vorbeugte, um den Sauerstoff zu regulieren oder eine neue IV-Einheit anzuschließen. Die Frau regte sich nicht. Sie hatten sie ins künstliche Koma versetzt und einen Trachealtubus gelegt, weil die Sauerstoffmaske auf dem zerstörten Gesicht keinen Halt fand. Dann war der Nachbar aus dem zweiten Stock mit der Trage gekommen und hatte ihr geholfen, die Frau und den Sauerstoff auf die Trage zu legen und nach unten zu tragen.

Max war hinter ihnen hergehumpelt, eine Hand am Treppengeländer, EKG und Infusionsbeutel in der anderen. Unten hatten sie die Frau in den Wagen gehoben, und danach war sie noch einmal nach oben gegangen, um Defi und Notfallkoffer zu holen. Max hatte sich zu der Verletzten gesetzt, um die Instrumente im Auge zu behalten und die Herzaktivität zu überwachen. Von dem Mann, der in der Wohnung gewesen war, hatte Ella nichts gesagt; einen Moment lang war sie nicht einmal mehr sicher gewesen, ob sie ihn überhaupt gesehen hatte.

Vielleicht hast du ihn dir nur eingebildet, eine Halluzination.

Sie war hinters Steuer geklettert und hatte Funkkontakt mit der Leitstelle aufgenommen. »NAW 4305 an Florian Berlin. Wir sind noch in der Benno-Ohnesorg-Straße und fahren jetzt los. Wir bringen die Patientin in die Rettung der Charité Campus Mitte. Die sollen einen OP und ein Bett auf der Intensivstation vorbereiten. Die Frau hat viel Blut verloren und steht unter Schock. Sie war schon klinisch tot.«

Sie hatte den Motor gestartet, das Martinshorn eingeschaltet und den Sprinter wieder auf die Yorckstraße gesteuert. An der Ecke zum Mehringdamm war ihr dann endlich die Feuerwehr entgegengekommen, viel zu spät. Der Leiterwagen fuhr vorbei, aber im Rückspiegel sah Ella, dass er plötzlich bremste und wendete, und da hatte sie auch den Audi Quattro entdeckt, der abbog, wenn sie abbog, und beschleunigte, wenn sie beschleunigte.

Und da dachte sie, *das ist er, er ist nicht weggelaufen, er hat gewartet.*

Sie trat das Gas voll durch. Das Licht der Straßenlampen wischte über ihre mit getrocknetem Blut verklebten Hände, die das Lenkrad fest umklammerten. Sie war plötzlich müde, und als der Audi hinter dem Kanal nicht wieder auftauchte, dachte sie, *du spinnst,* und musste lachen, einen winzigen Augenblick lang.

Die Currybude an der Yorckstraße war noch offen, der *Tutti Frutti Club* lockte weiter mit Frauen, die an Stangen tanzten. Aber die meisten Streuner waren verschwunden, genauso wie die Raver, die Türken und Araber. Auch die Skins, die Punker und die letzten Prostituierten hatten sich mit der Dunkelheit aufgelöst wie Gestalten im bunten Geflitze eines Videoclips.

Die Leitstelle meldete sich, und als Ella den Empfang bestätigte, sagte der Disponent: »Hör zu, Ella, ihr müsst eure Patientin in die Charité nach Wedding bringen, in Mitte ist alles voll –«

»Geht nicht«, sagte Ella. »Ist zu weit.«

»Dann nimm ein anderes Krankenhaus in der Nähe, bring sie ins Urban«, beharrte der Disponent. »Es hat ein Feuer in einer Diskothek gegeben, fünfzehn Tote und über fünfzig Verletzte. Die meisten werden in die Notaufnahme von Mitte gebracht, und die Intensivstation hat kein Bett mehr frei!«

»Sie stirbt, wenn ich sie woanders hinbringe«, erklärte Ella. »Sie hat praktisch kein Gesicht mehr, jemand hat ihr ein paar Zähne ausgeschlagen, mehrere Rippen gebrochen, die Haut von Oberkörper und Gesicht in Streifen geschnitten und sämtliche Fingernägel der rechten Hand ausgerissen.«

Einige Sekunden lang herrschte Schweigen am anderen Ende, nur Rauschen und Knistern und Stimmen im Hintergrund. »Jemand? Wovon sprichst du?«, fragte der Disponent endlich.

»Von einem Wahnsinnigen«, sagte Ella erschöpft, »einem Monster. Kannst du bitte die Polizei anrufen? Die Kripo sollen sich das mal ansehen …«

»Wie ist der Name des Opfers?«

»Wir haben keinen Namen.«

»Was stand denn an der Tür?«

»Da stand nichts. Ich mache jetzt Schluss.«

»Ella«, der Disponent hob die Stimme, »du musst eine andere Notaufnahme ansteuern, in der Luisenstraße stauen sich die Rettungsfahrzeuge –«

»Ich bin gleich da«, sagte Ella. »Ich sorge dafür, dass sie drankommt. Sie ist meine Patientin, und ich bringe sie durch.«

Der Wind blies einen Schwall Wasser von der S-Bahn-Überführung auf ihre Windschutzscheibe herunter. An der Kreuzung dahinter schaltete eine Ampel auf Rot. Das Wasser auf der Scheibe glühte auf, wurde von den Wischerblättern beiseitegefegt. Ella trat kurz auf die Bremse und blickte in den Innenspiegel. Max hielt die Trage mit der Verletzten fest. Die Kreuzung war leer. Ella trat das Gaspedal wieder durch. Sie spürte die Kraft des Motors in ihrem Bein, dann in der Brust. Der Mehrklang des Martinshorns auf dem Dach höhlte sie aus, legte sich wie ein Druck auf die Ohren. Sie neigte den Kopf nach vorn, rieb sich die Augen, die trockenen Lider.

Bitte, lass sie nicht sterben, ich habe doch getan, was ich konnte, was ich konnte, was ich –

Sie riss die Augen auf. Plötzlich wieder hellwach, sah sie einen Hund nur wenige Meter vor dem Sprinter auf einem Zebrastreifen. Im letzten Moment konnte sie den Wagen nach rechts ziehen, und einige Sekunden lang hatte sie das Gefühl, die Gewalt über den Sprinter zu verlieren. Es war, als schwebte sie. Der Sanka, Max, die Verletzte und sie selbst – wie losgelöst von der Straße trieben sie in den Morgen hinein, schwerelos, und sie hörte nichts mehr, keinen anderen Laut außer ihrem langsam pochenden Herzschlag.

Mit einem Krachen landete der Zauberteppich wieder auf allen vier Rädern, und sie beschleunigte noch mehr. Der Himmel über der Stadt veränderte seine Farbe, schien sich von den Häusern zu lösen. Die Nacht war nicht mehr tintenblau, die Spree bereits heller als das Ufer. Die Straßenlaternen und die Scheinwerfer der Autos verblassten, und das ARD-Blau nahm einen schmutzigen Farbton an. Die deutsche Fahne vor dem Reichstag bewegte sich im staubigen Wind, und es würde wieder ein heißer Tag werden, heiß und windig. Ella tippte ein paarmal auf die Bremse, denn auf der anderen Seite der S-Bahn-Überführung ragte das Bettenhochhaus der Klinik in den Himmel, einundzwanzig Stockwerke, mit dem leuchtenden Schild auf dem Dach, *Charité*. Die Fenster in den unteren Stockwerken waren noch erleuchtet, während ganz oben schon das Grau des Morgens die aufgehende Sonne ahnen ließ. Ein kurzes Glücksgefühl stieg in Ella auf, *du hast es geschafft!* Dann hörte sie die anderen Sirenen, und gleich darauf sah sie das blaue Flackern vor sich. Schon auf der Höhe des dreistöckigen Verbindungstraktes zwischen den Gebäuden ging es nicht mehr weiter, und als sie in den Außenspiegel blickte, blitzte auch hinter ihr ein dichter Schwarm von blauen Lichtern: weitere Rettungsfahrzeuge, Streifenwagen und Feuerwehrautos, immer mehr, die aus Richtung des Tiergartentunnels und vom Kappeleufer heranrasten und sich an ihre Stoßstange hängten.

Sie fuhr so weit sie kam, und als es nicht mehr weiterging, stieg sie aus und rannte die Rampe zum Eingang der Notaufnahme hinauf. Hinter dem grünen Glasschutz der Rampe schoben gehetzte Sanitäter Rolltragen mit Schwerverletzten durch die automatischen Türen, reichten Sauerstoffflaschen und IV-Beutel an Pfleger und Schwestern weiter und liefen wieder hinaus, um die nächsten Opfer zu holen. Der Widerschein der Blaulichtleisten auf den in der Zufahrt haltenden Rettungswagen zuckte über die Gebäudefassaden. Ärzte und Verwundete schrien durcheinander. Ella hielt einen Pfleger am Ärmel fest. »Kommen Sie mit, ich brauche draußen Ihre Hilfe!«

»Jetzt nicht«, der Pfleger schüttelte heftig den Kopf, »Sie sehen doch, wie's hier zugeht!«, aber sie ließ ihn nicht los. »Ich habe eine sterbende Frau im Wagen«, sagte sie, »die verblutet mir, wenn ihr nicht sofort geholfen wird.«

»Hier sterben noch mehr«, antwortete der Pfleger. Sie hielt ihn weiter fest und stand ihm einfach im Weg, bis er aufgab. Max hatte schon die Hintertüren geöffnet und alles vorbereitet, damit die Trage mit der Frau aus dem Sanka gerollt werden konnte, und als der Pfleger die Patientin sah, wurde er blass und packte mit an. Sie hievten die Trage von der Ladefläche und rollten sie in die Klinik. Die ganze Zeit konnte der Pfleger die Augen nicht von der Frau lösen. Sie bahnten sich einen Weg durch die anderen Rettungsteams in der Notaufnahme, und hier war die Frau plötzlich nur einer von vielen verstümmelten Körpern.

Ein Arzt in einem blutbefleckten grünen Kittel lief ihnen entgegen und wedelte abwehrend mit einem Clipboard. Er schüttelte den Kopf. »Wir können niemand mehr aufnehmen.«

»Sie stirbt«, sagte Ella. »Sie muss sofort versorgt werden!«

»Wir haben keinen Platz«, sagte der Arzt. »Sie müssen sie woanders hinbringen!«

»Noch eine Fahrt überlebt sie nicht!«

Für einen Moment gelang es dem Arzt, sie festzuhalten, aber dann sah er ihr in die Augen, und was immer er da sah, veranlasste ihn, zur Seite zu treten. »Bringt sie da hinten hin, ich kümmere mich gleich um sie.« Er schwenkte das Clipboard in Richtung des Gangs zur Intensivstation.

Ella und der Pfleger rollten die Trage durch eine weitere Tür, vorbei an der Notaufnahme, in der alle Bänke und auch die durch Vorhänge voneinander getrennten Pritschen belegt waren. Die Räder der Trage quietschten, eins blockierte immer wieder. Im Laufen beugte Ella sich über die verletzte Frau. Das Blut in ihrem Gesicht war jetzt bräunlich, aber die Haut klaffte wachsbleich, und der Körper wirkte wie geschrumpft unter dem grünen Tuch. Der Trachealtubus, der aus ihrem Mund zum Beatmungsgerät führte, wirkte nicht wie ein Luftschlauch, sondern wie ein Kanal für die Seele, ein Weg, ihren Körper zu verlassen.

»War die auch in der Disko?«, fragte der Pfleger.

»Nein.«

»Was ist denn dann mit ihr passiert?«, fragte der Pfleger. »Sind das Schnittwunden? Sieht aus, als wäre sie durch eine Glasscheibe gefallen.«

»Ja«, sagte Ella, »so sieht es aus.« Nur schemenhaft nahm sie Chirurgen und Pfleger in grünen Kitteln wahr, Rettungssanis in Rot, Notärzte in Blau, Feuerwehrleute mit gelben Helmen und Polizisten in Uniform, die neben oder vor ihnen auftauchten und verschwanden. Im Laufen schob sie das linke Augenlid der Frau hoch. Die Pupille war mittelweit, reagierte aber nicht.

»Sie scheint kaum noch Blut im Körper zu haben«, sagte der Pfleger. Er warf einen Blick auf das unleserliche Krankenblatt, das Max ausgefüllt und an die Trage geklemmte hatte. »Wie viel haben Sie ihr gegeben?«

»Alles, was wir hatten.« Ella kontrollierte den Druckmesser. »90 zu 60. Blutdruck fällt schnell! Sie hat praktisch keinen Puls mehr, von 100 auf 57 seit eben. Ich habe ihr Noradrenalin direkt ins Herz gespritzt, sonst wäre sie jetzt schon –«

»Wie heißt sie? Hier steht kein Name.«

»Sie ist noch nicht dazu gekommen, das Aufnahmeformular auszufüllen«, sagte Ella. Das blockierende Rad klapperte jetzt hin und her.

»Kein Grund, kiebig zu werden«, sagte der Pfleger. »Ich brauche einen Namen.«

»Dann geben Sie ihr einen.«

Ella sah ihn nicht an, sie hatte nur Augen für die Frau auf der Trage. Sie bogen um eine Ecke in einen Korridor, schlugen die Flügel einer durchsichtigen Plastikschwingtür zur Seite und rollten weiter einen langen Korridor entlang, an dessen Ende ein Fahrstuhlschacht lag. »Wie sieht's auf der Intensiv aus?«, fragte Ella.

»Platzt aus allen Nähten.«

»Ich will ein Bett, egal wie.«

»Keine Chance.«

Die Pieptöne des Herzmonitors wurden schneller. »Druck 70 zu 40«, rief der Pfleger, »Scheiße, das sieht nicht gut aus –«

Ella drehte das Sauerstoffventil weiter auf, *und warum hören die Räder nicht auf zu quietschen*, und »Dr. Carsten in die Kardiologie«, rief eine Frauenstimme über die Lautsprecheranlage, »Dr. Carsten, bitte sofort in die Kardiologie!«, und ein weiterer Arzt tauchte auf und lief neben ihnen her. Er trug einen Mundschutz, aber trotzdem konnte sie erkennen, dass es ein anderer war als der, der ihr versprochen hatte, sich um die Frau zu kümmern. »Ich übernehme jetzt!«, rief er und lief voraus zum Fahrstuhl. Er drückte auf den Rufknopf, und sie hatten Glück, die Tür öffnete sich sofort.

Die Kabine war leer bis auf einen Jungen mit kahl rasiertem Schädel in einem Klinikhemd.

»Wo bringen Sie sie hin?«, fragte Ella.

»Nach oben, da ist mehr Platz«, antwortete der Arzt, und später, als sie sich alles noch einmal in Erinnerung rief, suchte sie nach einem Anzeichen, das ihr hätte auffallen müssen, einem Gefühl, dass etwas nicht stimmte. Aber alles, was ihr wieder einfiel, war der Junge mit dem kahl rasierten Schädel in dem Fahrstuhl, *dieser kleine bleiche Junge, höchstens sieben Jahre alt*, der allein und barfuß in dem grellen Licht des edelstahlverkleideten Lifts stand, in einem knielangen, weißen Klinikhemd, sich ein Auge zuhielt und mit dem anderen herausschaute, als wäre der Lift ein Raumschiff von einem anderen Planeten, in dem er gerade auf der Erde gelandet war, umgeben von außerirdischem Glanz.

»Dr. Carsten, melden Sie sich umgehend in der Kardiologie!«, rief die Stimme in der Lautsprecheranlage.

»Wie heißen Sie?«, fragte Ella den Arzt. »Sagen Sie mir Ihren Namen.« Der Arzt antwortete, nannte vielleicht seinen Namen, bloß dass sie ihn wegen des Mundschutzes nicht verstand, dann schob er die Trage mit der Frau und die Geräte in den Fahrstuhl. Er drückte einen Knopf. Der Junge sah erst die Patientin an, dann den Arzt und schließlich Ella. Die Fahrstuhltür schloss sich vor dem Arzt und dem Jungen und der Frau.

Auf einmal spürte Ella ihre Müdigkeit wiederkehren, eine Erschöpfung, in der sie versank wie in Treibsand. Sie ging den Korridor zurück, durch den sie noch nie vorher gegangen war. »Gute Nacht«, sagte der Pfleger, aber das hörte sie kaum noch. Nur mit Mühe konnte sie die Augen offen halten; es kam ihr vor, als hätte sie zerstoßenes Glas unter den Lidern. Sie war so durstig, dass die Zunge am Gaumen klebte. Sie ging durch die Plastiktür mit den transparenten Flügeln, und hinter der nächsten Tür trat sie erneut ins Chaos.

»Können Sie mal mit anpacken?«, rief eine Schwester. Sie drückte Ella eine Sauerstoffmaske in die Hand und beugte sich über einen jungen Mann, der in Silberfolie gepackt auf einer Trage lag und verzweifelt nach Luft rang. Ella half ihr, den Mann zu halten, während eine zweite Schwester den Körper festschnallte. Ein beißender Geruch nach Rauch, verbrannter Haut und Urin stieg von dem Körper auf.

Auf der gegenüberliegenden Seite des Raums scharte sich ein Notfallteam um einen anderen Körper auf einer weiteren Trage. Es war ein sehr schmaler Körper, und hinter den Ärzten und Sanitätern stand eine türkische Frau mit angesengtem Kopftuch wie erstarrt, beide Hände vors Gesicht geschlagen. Ein Junge in rußiger Freizeitkleidung versuchte, sie von den Ärzten wegzuziehen. »Mama, komm, Mama …«

Für einen Moment gelang es ihm, sie festzuhalten, dann riss sie sich los und schrie, »Ayshe, meine Ayshe, oh Allah!« Ihre Augen waren gerötet und von Rauch und Tränen fast zugeschwollen. Immer wieder schrie sie, »Oh Allah, Allah, Herr Doktor, meine Ayshe!« und gerade als das Team die Trage wegrollen wollte, warf sie sich über den schmalen Körper. Hilflos zuckte der Junge in der Freizeitkleidung mit den Schultern.

Dann fasste er sie wieder bei den Armen und zog sie zurück. Behutsam aber fest schloss er sie in seine Arme, drückte ihr Gesicht gegen seine Brust und sagte leise: »Alles wird gut, Mama, alles wird gut, ja? Alles wird gut …«

Der junge Mann unter Ellas Händen bäumte sich auf. Sie bobachtete die flatternden Lider oberhalb der Sauerstoffmaske und wusste plötzlich, dass er sterben würde. Zusammen mit der Schwester schob sie die Trage in einen Korridor, auf dem noch mehr Rolltragen standen, eine hinter der anderen. Der Gang war erfüllt vom Fauchen der Respiratoren, die Luft in die Lungen der Opfer auf diesen Tragen pumpten. So viele, dachte Ella, so viele, für die es um vier Uhr morgens keinen Platz auf der Intensivstation mehr gab.

Sie befestigte die Maske mit dem Gummizug im Nacken des alten Mannes, dann ging sie zur nächsten Trage, um zu sehen, ob sie dort etwas tun konnte.

Ein Jugendlicher, bewusstlos, die Haare weggebrannt bis auf die Kopfhaut. Sie ging weiter zur übernächsten: eine Frau, vielleicht in ihrem Alter, die Lider zuckten, Brandsalbe glänzte auf dem dunkelroten Gesicht. Einige Sekunden lang flimmerte die Luft vor Ella, und wieder drohten ihre Beine nachzugeben. Doch das Gefühl ging vorüber, und als sie in die Gesichter der Menschen sah, der Männer, Frauen und Kinder, verspürte sie kein Entsetzen mehr, nur Mitleid, das sich ihr schwer aufs Herz legte.

Sie hörte ein leises Klirren hinter sich, erst unregelmäßig, dann so präzise wie ein Metronom. Sie drehte sich um. Der sterbende junge Mann hatte ihr das Gesicht mit der Sauerstoffmaske zugewandt und klopfte mit einem Ring an der rechten Hand gegen das Metallgestell der Trage, als wollte er ihr eine Botschaft morsen. Dabei sah er sie unverwandt an. Sie kannte diesen Blick, der kein Ziel hatte, der durch sie hindurchging, weiter und weiter. Im nächsten Moment fiel der Mann zurück und lag still. In seine Miene trat ein Ausdruck, der vorher nicht da gewesen war. Erlösung.

Ella ergriff seine Hand und legte sie ihm auf die Brust. Sie nahm ihm die Sauerstoffmaske ab und zog das grüne Tuch, das ihn bedeckte, bis zur Stirn hoch. Dann wandte sie sich ab und ging zurück zum Ausgang der Notaufnahme.

»Dr. Carsten, melden Sie sich umgehend in der Kardiologie«, sagte die Frauenstimme in der Lautsprecheranlage.

Ella entdeckte den Pfleger, der ihr mit ihrer Patientin geholfen hatte. »Haben Sie Max gesehen?«

»Wen?«

»Max Jansen, meinen Rettungsassistenten. Der sich den Fußknöchel verstaucht hat.«

»Sie suchen jemanden, der sich den Knöchel verstaucht hat?«

Sie fand Max draußen im Rettungswagen. Er saß bei offenen Türen hinten auf der Kante der Transportfläche und rauchte einen Zigarillo. Der rechte Fuß war in einen Stützverband gewickelt. »Ist das schon geröntgt worden?«, fragte sie.

»Na klar«, sagte Max. »In der Radiologie hatten sie gerade nichts zu tun.«

Sie merkte, dass sie lächelte, aber es tat weh. »Komm, ich fahre dich in eine andere Klinik.«

»Nein, fahr mich nach Hause.«

4

Der dunkelgraue Audi Quattro stand in der Parkbucht vor der Einfahrt zum Campusgelände, halb hinter dem Virchow-Denkmal verborgen. Ella sah ihn erst, als sie schon fast vorbeigefahren war. Gerade ging die Sonne auf, und die Fenster des Bettenhauses warfen das Licht zurück. Das blendende Gleißen der Fenster füllte den ganzen Rückspiegel aus, und Ella konnte nichts mehr erkennen, bis sie den Rettungswagen durch eine Lücke im Gegenverkehr in die Reinhardtstraße gesteuert hatte. »Ich glaube, da war er wieder«, sagte sie.

Max hatte den Kopf gegen das Fenster gelehnt und summte vor sich hin, Bruchstücke eines Songs, den sie nicht kannte. Dann sagte er: »Ich habe Hunger«, ohne die Augen zu öffnen.

»Worauf?«

»Wodka. Eine ganze Flasche.«

»Wodka ist ein Getränk«, sagte Ella. »Hunger hat man auf Essen.«

»Hast *du* Hunger?«, fragte Max.

»Weiß ich noch nicht«, sagte sie.

»Möchtest du einen Wodka?«

»Später.«

»Und einen Döner?«

»Nein.«

»*Ich* möchte einen Döner«, sagte er.

»Soll ich zum Türken fahren?«

Er nickte. »Fahr zum Türken.« Er schloss die Augen und schien wegzudämmern.

Sie fuhr ein Stück weit die Reinhardt entlang in Richtung S-Bahn Oranienburger Straße. Jetzt gehörte die Stadt dem Morgen – den Sprengwagen der Straßenreinigung, den Briefträgern, den Zulieferern der Supermärkte. Sie gehörte den ersten Ladenbesitzern, die ihre Rollläden hochzogen. Sie gehörte den Arbeitern und Angestellten, den Geschäftsleuten und berufstätigen Frauen, die aus den Eingängen der U-Bahn-Stationen quollen, die Eisentreppen der S-Bahnhöfe herabeilten oder mit Bussen, auf Fahrrädern und in ihren Wagen in die Stadt strömten. Sie gehörte dem Leben, dem Licht.

Studenten, Ärzte und Pfleger bevölkerten die Bürgersteige rund um die Charité. Servicekräfte, die man früher Kellner genannt hatte, stellten die Stühle an die Tische vor den Straßencafés, Backfactorys und vegetarischen Frühstücksshops. Schulkinder mit Rucksäcken und bunten Ranzen überquerten fröhlich kreischend die Zebrastreifen, und Ella dachte, *sie sind so unschuldig, jeder von ihnen, keiner hat gesehen, was ich heute Nacht gesehen habe. Keiner weiß, wie nah sie dem Grauen sind; wie nah es ihnen ist.* Und der Himmel war von einem strahlenden Blau.

»Er war da. Er war in der Wohnung«, sagte sie unvermittelt.

»Wer war in der Wohnung?«, fragte Max schläfrig.

»Der Mann, der sie so zugerichtet hat.«

»Woher weißt du das?«

»Ich habe ihn gesehen.«

Er öffnete nicht einmal die Augen. »Ach ja? Wie sah er aus?«

Sie antwortete nicht. Sie versuchte Ordnung in die Gedanken zu bringen, die in ihrem Kopf kreisten. Max fragte: »Was hast du eigentlich vor dem Haus noch mit dem Nachbarn der Frau geredet?«

Ella sagte: »Ich hab mir seinen Namen notiert und ihn gefragt, ob er es war, der den Notruf gewählt hat. *Icke? Nee …*«, machte sie ihn nach. »Dann hab ich ihn gefragt, ob er weiß, wie die Frau heißt, und er sagt, nee, ich glaub, die ist nicht von hier. Er hätte aber mal Post für sie angenommen, einen Brief mit französischer Marke drauf und einem Absender in Paris. Aber ihr Deutsch wäre tadellos.«

Sie setzte den Blinker und bog nach rechts ab. »Und wie die Leute heißen, wüsste er auch nicht, sagt er, nee, die hätten immer schön Abstand gehalten. Feine Leute. Er glaubt, denen gehört das Haus sogar. Ich hab ihm gesagt, dass wir sie in die Charité bringen und ihn gebeten, die Polizei zu informieren.«

»Wetten, das wollte er nicht«, sagte Max.

»*Nee, nee, das machen Sie mal lieber selbst!*« Sie warf einen Blick in den Rückspiegel, aber der Verkehr war inzwischen zu dicht, und alle Frontscheiben reflektierten die Sonne. »Max, fragst du dich nicht, was da los war, in der Wohnung? Wer war der Mann? Wer ist die Frau? Warum hat er das mit ihr gemacht, warum hat er sie so zugerichtet? Wer hat uns gerufen? Warum war der Mann noch da, als wir gekommen sind? Wir haben über acht Minuten gebraucht – zehn, bis wir oben waren –, und die ganze Zeit ist er da oben durch Blut gewatet. Sie muss geschrien haben vor Schmerzen, also warum war er noch da? Warum war er nicht längst weg? Interessiert dich das alles nicht?«

»Mich interessiert, wann ich was zu essen kriege.« Max öffnete ein Auge, musterte sie kurz, richtete es dann auf die Straße. »Da vorn ist der Türke.«

Ella schaltete das Blaulicht ein und ließ kurz das Martinshorn aufheulen, um einen Mercedes zu vertreiben, der gerade rückwärts in die einzige Parklücke vor dem Imbiss manövrieren wollte. Während sie bremste, kuppelte, in den Rückwärtsgang wechselte und das Lenkrad einschlug, redete sie weiter. »Ich hatte jedenfalls Angst, *richtig Angst!* So ein Gefühl hatte ich noch nie bei einem Einsatz. In Neukölln bin ich mal angespuckt und von so ’nem verrückten Kickboxer bedroht worden. In Wedding haben Araberclans unseren Wagen mit Steinen beworfen, und in Marzahn haben sie uns die Reifen zerstochen. Bei einer Demo ist vor meinen Augen ein Mädchen von Bullen in voller Montur mit Schlagstöcken dermaßen zusammengeknüppelt worden, dass ich den Schädel knacken gehört habe. Ich war nur eine Handbreit weit weg, als vermummte Autonome Polizisten mit Pflastersteinen und Brandsätzen beworfen haben, und ich hab Decken über die brennenden Männer geworfen. Ich bin umgerannt, umgestoßen und einmal beinahe überfahren worden. Aber das alles«, sie schwieg kurz, dann holte sie tief Luft, »das alles war nichts im Vergleich zu dem Gefühl, als ich plötzlich in der Wohnung spürte, dass da noch jemand war. Es war nichts gegen diese würdelose Angst.«

Sie hielt am Bürgersteig, meldete sich in der Leitstelle ab und schaltete den Funk aus. Max hievte sich mühsam von seinem Sitz. »Ich glaube, ich nehme keinen Döner«, sagte er. »Ich nehme ein Hähnchen.« Er stützte sich auf Ellas Schulter und humpelte neben ihr auf die offene Tür des Imbissladens zu. Über dem Eingang stand in grünen Buchstaben auf rotem Grund *Dürüm Salat Iskender Pommes Burger Pizza Pasta Hähnchen*, und neben dem großen Schaufenster prangten Farbfotos von krossen Grillhähnchen, goldgelben Pommes frites, überquellenden Dönertüten und bunten Salaten. Im Inneren gab es eine Reihe schlichter Holztische und einen Kühlschrank mit Getränkedosen. Türkische Musik hallte von den rot gestrichenen Wänden wider. Ein Dönerspieß drehte sich langsam vor den glühenden Grillstäben, und in der öligen Hitze wurde man fast schon vom Luftholen satt.

»Jeder Mensch hat über zweihundert Knochen«, sagte Ella zehn Minuten später und schwenkte einen Hühnerknochen, den sie eben heißhungrig abgenagt hatte, »die meisten davon in Händen und Füßen. Wir haben über sechshundert Muskeln, ein Herz, ein Gehirn, Nieren, Leber, Augen, aber das größte Organ ist unsere Haut, und da hat der Kerl gründliche Arbeit geleistet. Er hat sie ihr praktisch in Streifen geschnitten.«

»Iss«, sagte Max. »Vielleicht waren es die Fische.« Er wedelte mit fettglänzenden Fingern in der Luft herum, um die kleinen zuckenden Leiber nachzuahmen. »Die Fische auf dem Boden, Pirañhas, die sie mit ihren Zähnen –«

»Pirañhas reißen keine Fingernägel aus«, sagte Ella, »und sie brechen auch niemand die Rippen. Weißt du, ich habe schon viel gesehen – Drogentote, die mit einer schmutzigen Spritze im Arm tot in ihrer eigenen Kotze lagen. Selbstmörder, die aus dem Fenster im siebten Stock gesprungen sind. Leute, die so brutal zusammengeschlagen worden waren, dass man ihre Schädel mit Nägeln und Silberplatten restaurieren musste; Kinder mit Stich- und Schusswunden. Ich war bei Verkehrsunfällen, Zugunglücken, Bränden, und einmal habe ich eine junge Frau, die auf dem Wannsee beim Schlittschuhlaufen eingebrochen war, auf dem Bauch liegend aus dem eisigen Wasser gefischt. Ich habe Leuten das Leben gerettet, die es wahrscheinlich eher verdient hätten zu sterben, aber so mitgenommen wie das vorhin hat mich noch nie was davon. Nichts.«

»Warum kannst du nicht aufhören, davon zu reden?«, fragte Max.

»Wenn ich aufhöre, darüber zu reden, kann ich nicht aufhören, davon zu träumen.«

Max seufzte, wischte sich die Finger an einer Papierserviette ab und setzte eine halb volle Bierflasche an den Mund. »Wie war eigentlich das Konzert?«, fragte er. Um seinen Teller war der Holztisch mit Salatblättern, Brotkrümeln und Fettspritzern übersät wie der Boden eines Vogelkäfigs mit Körnern.

Ella sah durch die offene Tür auf die Straße hinaus, wo die Luft über den Autodächern zu flimmern begann. Ein Müllwagen fuhr vorbei; ihr Blick blieb an der Aufschrift an der Seite hängen, *We kehr for you.* »Gut«, sagte sie, »ziemlich gut sogar, außer dass es da passiert ist.«

»Was ist da passiert?«

»Dass wir Schluss gemacht haben, Silvan und ich.«

Silvan hatte ihr das Konzert zum Geburtstag geschenkt. Sie ging so gern tanzen, und im *Strobo Club* spielte eine wirklich gute Band. Aber Silvan war an dem Tag eine Operation missglückt, er hatte von Anfang an schlechte Laune gehabt, schon im Wagen. An seinem gereizten Schweigen konnte sie erkennen, dass es einer von den schlechten Abenden werden würde, und plötzlich hatte sie keine Lust mehr auf diese schlechten Abende. »Wir müssen nicht hingehen, wenn dir nicht danach ist«, sagte sie. »Wir können woanders was essen –«

»Mir geht's gut«, sagte Silvan, mehr nicht. An der nächsten roten Ampel nahm er seine Brille ab und rieb sich die Augen, immer noch schweigend. »Ich will hier aussteigen«, sagte Ella. Sie hatte eigentlich gar nicht vorgehabt, etwas zu sagen, schon gar nicht das.

»Wir sind gleich da«, sagte Silvan. Er sah sie nicht einmal an, sondern starrte weiter auf die rote Ampel und die Lichter der Straße. »Da vorn ist der Club.«

»Ich rede nicht von dem Club«, sagte sie.

»Wovon redest du dann?« Die Ampel schaltete auf Grün, und er gab Gas, zu viel, zu schnell.

»Ich rede von uns«, sagte Ella. »Wenn ich von aussteigen rede, rede ich nicht von deinem schönen roten Porsche«, und etwas in ihrer Stimme ließ ihn merken, dass sie es ernst meinte, und er änderte seinen Ton und sagte: »Es tut mir leid, ich hatte einen beschissenen Tag«, und als sie darauf nicht reagierte, sagte er:

»Ich weiß, in letzter Zeit lief es nicht so besonders. Lass uns nach dem Konzert darüber reden.«

»Ich will nicht mehr reden.«

»Wir wohnen zusammen, schon vergessen? Sollen wir uns in Zukunft anschweigen?«

»Ich will auch nicht mehr mit dir zusammenwohnen.« Sie spürte, wie ihre Hände kalt wurden bis in die Fingerspitzen, obwohl es ein heißer Abend war. »Ich will, dass du ausziehst.«

»Darauf antworte ich gar nicht«, sagte Silvan. »Das sagst du jetzt nur. Das meinst du in Wirklichkeit gar nicht. Du meinst ja nie, was du sagst, und du änderst deine Meinung dauernd.«

Ella sagte nichts, weil er recht hatte, und sie wollte nicht, dass er recht hatte, nicht jetzt und in diesem Punkt.

»Liebst du einen anderen?«

»Nein.«

»Ist es dieser Rettungsassistent – Max? Willst du zu Max zurück?«

»Nein.«

Er steuerte den Wagen an den Straßenrand, ein paar Meter vom Club entfernt. Er hielt in zweiter Reihe. »Ich will nicht, dass wir uns trennen«, sagte er. »So kenne ich dich gar nicht.« Er schaltete die Warnblinkanlage ein. »So kannst du mit mir nicht umgehen.«

»*Yes, I can*«, sagte sie.

»Ich bin ein Mensch.«

»Nein, du bist ein Chirurg.«

»Ich habe Gefühle.«

»Wo steht das? In deinem Pass?«

Er schwieg, und sie sah durch die Windschutzscheibe auf den Eingang des Clubs, und dann sah sie doch zu Silvan hinüber, und jetzt schimmerten Tränen in seinen Augen. »Silvan«, sagte sie leise, »Silvan, weinst du etwa?«

Er presste die Lippen zusammen, sein Kinn zitterte. Er nahm die Brille ab, damit sie die Tränen sehen konnte. »Mit dir –«, sagte er und schluckte.

»Was ist mit mir?«

»Mit dir habe ich mich immer so lebendig gefühlt …«

»Ja«, sagte sie. »Aber du bist es nicht.«

»Was bin ich dann?«

»Du bist nur eine Kühlbox für ein Herz, das auf dem Weg zu einem Lebenden ist.«

Er wandte ihr sein Gesicht zu, und jetzt waren die Tränen plötzlich verschwunden. »Du hast doch einen anderen«, sagte er so kalt, dass ihre Seele beschlug.

»Ja«, log sie.

»Seit wann?«

Sie antwortete nicht.

»Liebst du ihn?«

»Ja.«

»So schnell? Das ist keine Liebe, das ist nur eine von deinen Launen. Was gefällt dir denn an ihm?«

»Wenn ich mit ihm zusammen bin, vergesse ich alles um mich herum.«

»Was ist er – Anästhesist? Ich glaube dir nicht.«

»Nein«, sagte sie, »natürlich nicht. Aber dir bleibt nichts anderes übrig.«

Damit stieg sie aus und ließ ihn in seinem in der zweiten Reihe stehenden Porsche sitzen. Sie ging die paar Meter bis zum Eingang des Clubs. Drinnen standen die Zuhörer dicht gedrängt vor der Bühne, aber ganz hinten gab es eine leere Tanzfläche, wo Ella sich an die Wand lehnte. *You can cry me a river*, sang die Sängerin, *I cried a river over you*, und Ella dachte, *schade, wirklich schade*, genau in dem Moment, als Silvan neben ihr auftauchte, und ihr ins Ohr schrie: »Rede mit mir, verdammt noch mal!« Seine Brillengläser funkelten zornig. Kleine Speicheltröpfchen sprühten ihr ins Ohr. »Herrgott, was ist denn bloß in dich gefahren?«

»Ein roter Skoda«, schrie Ella zurück. »Er kam von rechts und hatte Vorfahrt, aber wir hatten das Blaulicht an, und beinahe hätten wir uns überschlagen und wären in die Spree gerast.«

Yes, cry me a river, sang die schöne blonde Sängerin.»Davon hast du gar nichts erzählt!« Silvan versuchte betroffen zu klingen, bloß, dass es ihm nicht gelang bei der Lautstärke.

Ella schrie: »Die Tür auf meiner Seite war von oben bis unten aufgeschlitzt. Als ich sie endlich aufgekriegt hatte, da war mir plötzlich klar … Da dachte ich, *das ist nicht das einzige Wrack, aus dem ich raus möchte!*«

»Du Schlampe!« Jählings schlug Silvans Stimmung um, das geschah oft bei ihm, seine Chirurgengene, und er versetzte ihr einen Stoß. Sie prallte mit dem Hinterkopf gegen die Betonmauer, aber niemand bemerkte es. Alle starrten auf die Bühne, auf der die schöne blonde Sängerin im Scheinwerferlicht geschmeidig in das nächste Lied glitt, *Willow weep for me.* Silvan schüttelte Ella mit den Fäusten und warf sie immer wieder gegen die Wand. Endlich ließ er von ihr ab und bahnte sich einen Weg zum Ausgang, dann war er verschwunden, aus dem Club und aus ihrem Leben, und Ella schüttelte sich wie ein nasser Hund, schüttelte Silvan ab für immer, *willow weep for me, listen to my plea, hear me willow and weep for me.*

»Davon habe ich gehört«, sagte Max, inzwischen wie in Trance von dem Schmerzmittel, »von dem Unfall. Aber dir ist nichts passiert.«*Denkst du?* Ella stand auf. »Lass uns fahren, ich möchte ins Bett.«

»Weißt du, was die Kollegen über dich sagen?« Max hielt mühsam die Augen offen. »Dass du mit jedem Leben die ganze Welt retten willst. Dass du einen Samariterkomplex hast. Jeden Morgen steht sie freudestrahlend auf und kann es gar nicht erwarten, den ersten Einsatz zu kriegen, wieder *Superdoc* zu sein, ihre Flügel auszubreiten und loszuschießen, um Leben zu retten. Mit dem blauen Flammenschwert auf dem Dach eines roten Rettungswagens den Sterblichen zur Hilfe zu eilen.«

»Wer sagt das? Welche Kollegen?«

»Alle.«

Er hatte recht, alle hatten recht: Sie liebte ihre Arbeit. Es gab nichts, was sich mit dem Gefühl vergleichen ließ, jemanden vor dem Tod bewahrt zu haben. Man schwebte, es war ein Rausch, *wie wenn man zum ersten Mal verliebt ist*, nur ohne den Schmerz. Man liebte und wurde wiedergeliebt, so ein Gefühl war das.

Ella stand neben dem Tisch, sah erst Max an und dann auf die Straße hinaus in das Licht des frühen Morgens. »Und was sagen sie sonst noch so über mich?«

»Alles verletzt sie«, Max stemmte sich mühsam hoch, »aber nichts kann sie erschüttern. Niemand nimmt es so schwer wie du, wenn er einen Patienten verliert. Einfach weiterleben wie alle anderen, wenn einer sterben musste, weil du ihn nicht retten konntest – für Superdoc unmöglich.«

»Und warum ist das so, was meinst du?«

»Weil du die Lobotomie nicht machen lässt, zu der ich dir dauernd rate«, sagte Max.

Sie fuhr ihn zu seiner Wohnung am Hackeschen Markt und hielt vor dem schäbigen, schlecht verputzten Haus, in einer schmalen Straße, die noch nicht luxussaniert worden war. Die Sonne stand inzwischen so hoch, dass sie bis auf den von Schlaglöchern und Rissen zernarbten Asphalt schien. Die Fenster eines auf den Stahlbrücken zwischen den Dächern vorbeirollenden S-Bahn-Zuges spiegelten den blauen Himmel. Max war eingenickt, aber jetzt wachte er auf und griff nach seiner Krücke. »Du schaffst das schon, Bambi«, sagte er.

»Was?«

»Alles.« Er blinzelte, langsam wie ein Leguan. »Du hast eine saftige, junge Seele, wie frisches Moos. Egal, wie oft man darauf tritt, es richtet sich immer wieder auf und strahlt so frisch und grün wie eben erst gewachsen.«

»Und du bist ein lieber Kerl, Max …«

»… den du nicht mehr liebst.« Er schwang sich aus dem Wagen und humpelte zum Eingang, ohne sich noch einmal umzudrehen.

Sie sah ihm nach, bis er durch die mit roten und blauen Graffiti besprühte Holztür verschwunden war. *Ich liebe überhaupt niemand mehr,* dachte sie. Dann fuhr sie den Sprinter zur Feuerwache, wo er vor dem nächsten Einsatz gewaschen und desinfiziert werden musste. Das ziegelrote Backsteingebäude war wie ausgestorben, die Tore der leeren, schattigen Garage standen weit offen. Jedes Fahrzeug befand sich im Einsatz. Der Schichtleiter saß grau und erschöpft hinter seinem Schreibtisch, dunkle Schweißringe unter den Achseln seines Uniformhemds, eine Hand auf dem Regler der Sprechanlage, in der anderen den Telefonhörer.

Ella hängte den Fahrzeugschlüssel in den Schlüsselkasten. Einen Moment lang sah sie alles unscharf vor Müdigkeit. *Nicht mehr nach Hause,* dachte sie; es war zu weit weg, einfach zu weit jetzt. Sie öffnete die Tür zur Materialkammer, in der eine Pritsche stand. Die Pritsche war leer, und Ella schloss die Tür und legte sich auf die dünne Matratze. Sie hörte den Schichtleiter telefonieren, und seine Stimme beruhigte sie. Sie hörte das Knacken im Lautsprecher der Funkanlage, abgehackte Stimmen, eine ferne Sirene, und auch das beruhigte sie.

Sie dachte an Max. *Schlaf gut, Max,* dachte sie; *ich weiß nicht, warum ich aufgehört habe, dich zu lieben, es ist einfach passiert.* Dann dachte sie an Silvan, und bei ihm wusste sie, warum sie aufgehört hatte, ihn zu lieben. Sie fragte sich, ob es gar nicht sie war, die zu lieben aufhörte, sondern ob nicht einfach die Liebe aufhörte, ganz ohne sie, so wie ein Medikament irgendwann einfach verfiel und nicht mehr wirkte.

Stell dir vor, dachte sie, Liebe wäre ein Notfallkoffer, in dem man einfach die abgelaufenen Gefühle ersetzt oder die verbrauchten austauscht – neues Adrenalin, neuer Sauerstoff, meinetwegen auch neues Morpium, Hauptsache, der Koffer bleibt und man hat wieder ein Leben gerettet, das eigene, das des anderen. Man hat beatmet, wiederbelebt, den Kreislauf in Gang gebracht, vielleicht ein bisschen intubiert, vielleicht einen kleinen Elektroschock verabreicht, die Brüche fixiert, die Wunden gesäubert, und niemand muss sterben, man kann zusammenbleiben. Das Herz schlägt wieder, bis zum nächsten Mal.

Sie dachte daran, wie sie gestern Nacht um halb zwei in ihrem alten Karmann Ghia Cabrio mit offenem Verdeck durch die halbe Stadt gefahren war und Silvans Sachen auf die Straße geworfen hatte, als Erstes seine Joop!-Shorts direkt vor der Haustür in der Akazienstraße, *Schöneberg*, den albernen roten Jogginganzug mit den schwarzen Streifen von Puma in der Uhlandstraße, *Wilmersdorf*, das graue Ermenegildo Zegna-Sakko auf dem Kurfürstendamm, *schon fast Tiergarten*, die schwarzen Prada-Schuhe – wenigstens den einen, den sie in der Eile erwischt hatte – *irgendwo in Kreuzberg*, und zwei Armani-Jeans waren schließlich von der Kolonnenbrücke auf die S-Bahngleise geflogen, *wieder Schöneberg*. Mit jedem Stück, das sie im Fahren bei laut aufgedrehtem Radio hinter sich aus dem Wagen geschleudert hatte, war ein bisschen von ihrer Wut verraucht, und als sie dann den Jeans nachgeschaut hatte, wie sie von der Brücke auf die Gleise segelten, war ihr auf einmal so leicht zumute geworden, als könnte sie selbst fliegen. Ja, es war alles geklärt.

Zuletzt, als es sich einfach nicht mehr vermeiden ließ, dachte sie an ihre Patientin, an das Grauen in ihren Augen, das Blut in der dunklen Wohnung, die Schmerzensschreie. Auf ihrer Haut befand sich noch die ganze DNA der jungen Frau. Aber das ließ sich abwaschen. Was sie nicht abwaschen konnte, waren die Spuren in ihrer Seele, in ihrem Herzen und der Erinnerung.

Du bist jetzt ein Teil von mir, und ich kann nichts dagegen tun, nicht das Geringste.

5

Als sie am Nachmittag erwachte, waren Ellas Gedanken sofort wieder bei der jungen Frau. Sie dachte sogar an sie, bevor sie ganz wach war; es fing schon im Traum an. Sie träumte, dass sie an die Frau dachte und aufwachte, und es wunderte sie nicht einmal, dass sie nicht zu Hause in ihrem Bett lag. Im Schlaf hatte sie den Lärm gehört, der vor der Tür herrschte, all die Geräusche der Feuerwache, ohne sich davon stören zu lassen. Es hatte auch keinen Alarm gegeben, der sie geweckt hätte. Sie dachte an die Frau, und plötzlich fing sie an, sich gut zu fühlen. *Du hast jemandem das Leben gerettet.* Dann fiel ihr alles andere wieder ein, ihre Angst und das Blut überall in der Wohnung, und schließlich erinnerte sie sich an den Mann, den sie in der Dunkelheit gesehen hatte, und das gute Gefühl fühlte sich etwas weniger gut an.

Sie stand auf und wusch sich in der Toilette, so gut es ging. Sie sah ihr Spiegelbild in dem fleckigen Spiegel, die immer noch glatte Haut, die großen, graugrünen Augen, die Haare von der Farbe einer polierten Kastanie. Alles so wie immer, selbst bei der schlechten Beleuchtung. *Und wer rettet mir das Leben?*, dachte sie fast heiter.

Noch immer war genug von dem guten Gefühl übrig, um die Frage mit einem Luftkuss über die Schulter zu werfen und wegzugehen, ohne zurückzuschauen, aber als sie anderthalb Stunden später in der Rettungsstelle der Charité nach der Frau fragte, verschwand es auf einen Schlag ganz.

»Es tut mir leid, Doktor Bach, wir haben keine Unterlagen über eine Patientin, auf die Ihre Angaben passen würden«, sagte der diensthabende Oberpfleger, nachdem er im Computer die Liste der in der vergangenen Nacht aufgenommenen Notfälle kontrolliert hatte.

Es war wie ein heftiger Stoß, als wäre sie von einer Mauer gesprungen und hätte die Entfernung zum Boden falsch eingeschätzt: der Aufprall kam überraschend und so hart, dass er ihr durch den ganzen Körper bis ins Herz schoss und ihr einen Moment der Atem stockte. »Ist sie gestorben?«

Der Oberpfleger schüttelte den Kopf. »Dann wäre sie unter den Abgängen der letzten Nacht aufgeführt. *Hier*nach wurde sie überhaupt nicht aufgenommen.«

Einen Herzschlag lang blieb die Welt stehen, und danach setzte sie sich nur langsam wieder in Gang. Es war, als ob der Tag selbst flackerte, nicht nur das Licht. Ihr Pulsschlag war plötzlich lauter als alle anderen Geräusche, ein stumpfes, schnelles Hämmern. Im nächsten Augenblick war alles wie vorher: Schwestern, Ärzte, Pfleger und Patienten gingen über den Korridor, erschienen und verschwanden in Türen und Fahrstühlen, die mit einem leisen *Ping!* hielten. Irgendwo schrillte ein Telefon. Auf den Bänken und Stühlen der Notaufnahme saßen Männer, Frauen und ein paar Kinder, alle mit denselben verstörten Mienen, Angehörige der Opfer des Großfeuers. Sanitäter und Feuerwehrmänner kamen oder gingen, und manche hielten Clipboards in den Händen, die sie sich gegenseitig zeigten.

»Ich habe sie selbst hier eingeliefert«, sagte Ella, »zusammen mit meinem Rettungsassistenten. Es war halb vier, hier ging alles drunter und drüber wegen des Feuers in der Disko, aber einer der Pfleger hat mir geholfen, sie hereinzubringen, und dann habe ich sie an einen Arzt übergeben –«

»Das kann uns weiterhelfen«, sagte der Oberpfleger. »Wie lautete der Name des Arztes?«

»Er hatte kein Namensschild«, sagte sie. »Da kamen gerade die ganzen Opfer des Brandes herein, Dutzende von Schwerverletzten und Sterbenden, es war das komplette Chaos und –«

»Ich weiß«, sagte der Oberpfleger. »Ich war hier.«

Jetzt bemerkte sie die Müdigkeit in seinem Gesicht, die scharfen Falten und die Ringe unter seinen Augen, und an seinem Blick konnte sie erkennen, dass er es noch immer vor sich sah, genau wie sie.

Aber sie sah noch mehr: Sie sah sich selbst inmitten des Infernos der letzten Nacht. Zusammen mit dem Pfleger schob sie ihre Patientin zum Fahrstuhl. Sie sah den Arzt, der plötzlich aufgetaucht war, wie ein Geist, das Gesicht hinter einem grünem Mundschutz verborgen, eine Kappe auf dem Kopf, *aber kein Namensschild und kein Blut auf den Handschuhen.*

»Ich bin ihm hier noch nie begegnet«, sagte sie. Jetzt, wo sie sich daran erinnerte, suchte sie nach einem Anzeichen, das ihr hätte auffallen müssen, dem Gefühl, dass etwas nicht stimmte. Ihr fiel ein, dass sie ihn sogar nach seinem Namen gefragt hatte, bevor die Fahrstuhltür sich schloss, vor ihm und dem Jungen und der –

Sie sah das Bild ganz scharf vor sich: der kleine, bleiche Junge mit dem kahl rasierten Schädel, höchstens sieben Jahre alt, der sich das rechte Auge zugehalten hatte und barfuß in dem grellen Licht des edelstahlverkleideten Lift stand, nur mit einem knielangen, weißen Klinikhemd bekleidet. »Wie hieß Ihre Patientin denn?«, fragte der Oberpfleger. »Vielleicht ist sie in eine andere Klinik verlegt worden, und wir können eine Suchanfrage starten –«

»Ich weiß nicht, wie sie hieß«, sagte Ella. »Aber in dem Zustand, in dem sie sich befand, war sie nicht mehr transportfähig.«

Er deutete auf den Computer. »So weit es danach geht, hat es Ihre Patientin nie gegeben, jedenfalls nicht bei uns. Aber manchmal verschwinden Patienten plötzlich und tauchen genauso plötzlich wieder auf, und manchmal schließen sich die Wunden über Nacht, und manchmal stehen die Kranken einfach auf, nehmen ihr Bett und wandeln, genau wie in der Bibel. Sie erwachen aus dem Koma, stellen fest, dass sie gar nicht so krank sind, wie es den Anschein hatte und beschließen, dass sie genauso gut zu Hause gesund werden können.« Er warf einen Blick auf Ellas Gesicht und schaute rasch wieder weg. »Entschuldigen Sie, Doktor …« Er seufzte, Reue in der Stimme. *»Nobody knows the trouble I've seen.«*

»*Nobody knows but Ella*«, ergänzte sie. »Trotzdem glaube ich nicht, dass eine Patientin so einfach verschwinden kann. Macht es Ihnen etwas aus, wenn ich mich mal auf der Intensivstation umsehe?«

Der Oberpfleger breitete die Arme aus. *Bitte, was immer Sie glücklich macht*, sollte das wohl heißen. Im selben Moment wurde ihr klar – sie wusste nicht, warum –, dass sie die Frau hier nicht finden würde. Es war mehr eine Ahnung als eine Erkenntnis, denn jetzt fiel ihr auch der Audi wieder ein, den sie in der Nacht und dann wieder am frühen Morgen gesehen hatte, aus den Augenwinkeln ihres Bewusstseins und geblendet von der gleißenden Sonne.

Wieder schien es ihr, als flackere die Welt für einen winzigen Sekundenbruchteil. Eine hundertstel Sekunde vielleicht gab es einen Kurzschluss im Licht des Tages, des strahlenden Himmels. Ein unsichtbarer Ruck ging durch die Wirklichkeit, die sich nicht mehr ganz davon erholte.

Und wenn es gar kein Arzt war?, dachte Ella. »Können Sie mir sagen, welche Ärzte gestern Nacht Dienst hatten?«

Eine blasse junge Frau in einem Schwesternkittel erschien neben dem Oberpfleger, in der Hand eine Karte. »Entschuldigung, sind Sie Doktor Bach?«, fragte sie.

»Ja.«

»Zwei Männer waren hier und haben nach Ihnen gefragt«, sagte die Schwester und reichte ihr die Karte, auf der mehrere Ziffern standen. »Sie sollen diese Nummer anrufen, bitte.«

»Weswegen?«, wollte Ella wissen.

»Das haben sie nicht gesagt.«

»Was für Männer? Wann waren sie da?«

»Heute Morgen, gegen sieben«, antwortete die Schwester. »Sie sagten, sie wären von der Polizei. Sie haben nach Ihnen gefragt – NAW 4305, Blitz in die Benno-Ohnesorg-Straße, das waren Sie doch? Sie haben sich nach Ihrem Namen und dem Ihres Rettungsassistenten erkundigt, und dann haben sie gesagt, Sie möchten bitte diese Nummer anrufen. Es klang sehr dringend.«

»Danke«, sagte Ella. »Haben sie auch nach meiner Patientin gefragt?«

»Von einer Patientin war nicht die Rede.« Die Schwester nahm den Platz des Oberpflegers ein, der sich mit einem Nicken entfernte. »Sie sagten, Sie würden es bei Ihnen zu Hause versuchen, aber falls wir Sie hier eher zu Gesicht bekämen, sollten wir Ihnen auf alle Fälle –«

»Ja, gut. Ich rufe gleich an«, sagte Ella. »Ich war heute noch nicht zu Hause.« Sie betrachtete die Karte, die weder Namen noch Dienstrang oder Adresse des Beamten aufführte, auch kein Revier, nur die von Hand geschriebenen Ziffern. Sie holte ihr Handy aus der Tasche des ungebügelten beigen Leinenjacketts, das sie letzte Nacht zusammen mit einer Jeanshose und einem hellblauen T-Shirt in ihrem Rucksack dabeigehabt hatte. Sie wählte die Nummer, und während sie auf die Verbindung wartete, ging sie vor die Tür, wo sie im Schatten des Vordachs stehen blieb.

Am anderen Ende der Leitung wurde nach dem ersten Freizeichen abgehoben. »Polizeidirektion 5, Abschnitt 52«, sagte eine Männerstimme.

»Mein Name ist Doktor Bach, Ella Bach«, sagte sie. »Sie haben um Rückruf gebeten.«

»Einen Moment, ich verbinde.«

Nach einer kurzen Pause, ausgefüllt mit fast vollkommener Stille, meldete sich eine andere Männerstimme: »Hauptkommissar Kleist.«

»Ella Bach. Sie wollten mich sprechen?«

»Ja, danke, dass Sie zurückrufen, Doktor Bach. Es geht um den Vorfall in der Ohnesorg-Straße 7 heute Nacht. Sie hatten dort einen Notarzteinsatz?«

»Ja.«

»Wir würden uns gern persönlich mit Ihnen darüber unterhalten.« Einen Moment klang seine Stimme undeutlich, als spräche er nicht mehr direkt in den Hörer, dafür hörte Ella ein Rascheln wie von einem Blatt, das von einem Block gerissen wurde. »Wir haben schon versucht, Sie zu Hause zu erreichen. Können wir zu Ihnen kommen? Wo befinden Sie sich gerade?«

»Auf dem Campus Mitte der Charité. Ich wollte mich nach dem Zustand des Opfers erkundigen, aber es scheint, als –«

Hauptkommissar Kleist sagte: »Genau darüber möchten wir mit Ihnen reden. Können Sie dort auf uns warten? Es dauert nicht lange, wir sind ganz in der Nähe.«

Auf der Straße näherte sich ein Linienbus und hielt ein paar Meter von der Rampe entfernt. Die aussteigenden Fahrgäste hatten den gleichen verstörten Gesichtsausdruck wie die Wartenden auf den Bänken der Notaufnahme. Ella ging ein paar Schritte, um ihnen nicht im Weg zu stehen.

»Hallo, sind Sie noch da?«, fragte der Hauptkommissar.

»Ja«, sagte sie. So wie seine Stimme klang, schien er mit einem Handy zu telefonieren und sich dabei von einem Ort zum anderen zu bewegen, denn die Hintergrundgeräusche änderten sich, als ginge er aus einem geschlossenen Raum über freies Gelände in einen anderen geschlossenen Raum.

»Mit wem außer uns haben Sie noch über den Vorfall gesprochen?«, fragte er jetzt.

Ella sagte: »Mit niemandem außer unserer Leitstelle. Als ich darum gebeten habe, Sie zu informieren, damit Sie – *hallo*?«

Eine Autotür schlug zu, ein Motor wurde gestartet, irgendwo dort, wo der Hauptkommissar sich gerade befand. »Ich bin noch da«, sagte er. »Hat die Patientin auf der Fahrt in die Klinik noch etwas zu Ihnen gesagt?«

»Das müssen Sie meinen Rettungsassistenten fragen. Er saß hinten bei ihr.«

»Max Jansen?«

»Ja. Aber ich glaube nicht, dass sie noch etwas sagen konnte in der Verfassung, in der sie war. Sie hatte viel Blut verloren und –«

»Wir haben schon mit ihm gesprochen. War er allein hinten bei ihr?«

Was sind das für komische Fragen?, dachte Ella; *warum will er das wissen?* »Ja.«

»Wissen Sie, ob sie in der Klinik noch mit jemand sprechen konnte?«, fragte der Hauptkommissar.

»Nein, wie ich schon sagte, war sie nicht in der –«

»Und wer den Notarzt gerufen hat, wissen Sie das?«

»Nein. Es war ein anonymer Anruf.«

»Warum hat man gerade Sie dorthin geschickt? Kreuzberg gehört nicht zu Ihrem Einsatzgebiet, oder?« Das Motorengeräusch veränderte sich, der Wagen fuhr jetzt offenbar.

»Es war ein Blitzeinsatz«, erklärte Ella. »Wir hatten uns kurz vorher frei gemeldet, und die näher gelegenen Kliniken hatten alle Wagen im Einsatz.«

»Ich verstehe«, sagte der Hauptkommissar. »Haben Sie etwas aus der Wohnung mitgenommen?«

»Nein.«

»Hat Ihr Assistent etwas mitgenommen?«

»Sie meinen, außer der Patientin?«

Was sind das bloß für Fragen? Warum fragt er nicht nach dem Zustand der Patientin oder ob ich jemanden gesehen habe?

Ella sah zu, wie die Fahrgäste aus dem Bus die Luisenstraße überquerten und zur Notaufnahme hinaufgingen. Jetzt ließ der Busfahrer für einen jungen Mann im Rollstuhl, der an der Haltestelle gewartet hatte, eine Eisenrampe herunter.

»Sie hat Ihnen auch nichts gegeben?«, hakte Hauptkommissar Kleist nach.

»Nein.«

»Haben Sie zwischendurch irgendwo haltgemacht?«

»Zu welchem Zweck? Um schnell eine Pizza *to go* zu holen, während die Patientin hinten im NAW mit dem Tode ringt?«

Es gab eine kurze Pause, und Ella dachte schon, die Verbindung wäre unterbrochen, aber gleich darauf fuhr Kleist in demselben mechanischen Tonfall fort. »Ist Ihnen in der Wohnung sonst noch irgendetwas Ungewöhnliches aufgefallen?«

Der Mann, dachte sie; *ich habe den Mann gesehen, der das Blutbad angerichtet hat.* »Meinen Sie die Fische?«, fragte sie stattdessen.

»Welche Fische?«

Diesmal lief kein Ruck durch die Welt, und auch das Licht flackerte nicht. *Er war gar nicht in der Wohnung,* dachte Ella; *er weiß überhaupt nicht, worüber ich rede.* Dann dachte sie, *warum hat er nicht gefragt, ob die Frau in der Wohnung noch etwas gesagt hat? Er hat sich nur erkundigt, ob sie auf der Fahrt in die Klinik etwas gesagt hat. Warum hat er nicht nach der Zeit davor gefragt?*

Sie spürte eine plötzliche Kühle in der Brust, als hätte sie Polarluft eingeatmet. Ihr Herz zog sich zusammen, und die Schläge schmerzten.

Er hat nicht danach gefragt, weil er über die Zeit davor Bescheid weiß. Er weiß, dass sie da nichts gesagt hat. Er weiß es von dem Mann, den ich in dem dunklen Korridor gesehen habe, dem Mann mit dem Messer.

»Sie haben also mit niemandem darüber gesprochen?«, fragte der Mann am anderen Ende der Leitung noch einmal.

»Nein.«

Wir sind ganz in Ihrer Nähe.

»Und die Patientin hat wirklich nichts gesagt? Keinen Namen? Etwas auf Französisch vielleicht, das Sie nicht verstanden haben?«

Das war kein Arzt gestern Nacht, und das ist kein Polizist.

»Nein. Nichts.«

Die Hintergrundgeräusche in der Leitung veränderten sich erneut. Ella hörte quietschende Reifen, hektisches Hupen und eine ferne Sirene. Der Mann sagte: »Bitte, sprechen Sie auch jetzt mit niemand darüber. Nicht, bevor wir mit Ihnen geredet haben. Wir sind gleich bei Ihnen.«

Der Busfahrer hatte dem jungen Mann im Rollstuhl in den Bus geholfen, und jetzt fuhr er die Rampe wieder hoch. Ella ging langsam die Auffahrt hinunter, das Handy am Ohr. »Mir fällt gerade etwas ein«, sagte sie, »ich muss noch ein Kleid aus der Reinigung holen, bevor sie zumacht. Ich komme besser zu Ihnen. Wo ist Ihre Dienststelle genau, Hauptkommissar Kleist?«

»Ich bin nicht im Büro«, antwortete der Mann, und alles blieb gleich, Stimme, Atmung, Tonfall. »Wir sind nur noch ein paar Straßen von der Charité entfernt. Es dauert nicht lange. Wenn Sie wollen, fahre ich Sie danach zur Reinigung.«

Unwillkürlich ging sie schneller. *Vergiss die Intensivstation. Verschwinde von hier. Nimm den Bus. Sieh zu, dass du es in den Bus schaffst.*

Sie fing an zu laufen. Die automatischen Türen des Busses schlossen sich, aber sie schaffte es noch, die hintere zu erreichen, und schlug mit der flachen Hand dagegen. Der Fahrer öffnete die Tür noch einmal. Sie stieg ein und ging nach vorn, um ihm ihre Monatskarte zu zeigen. »Es tut mir leid, ich muss los«, sagte sie zu dem Mann am anderen Ende der Leitung, »ich rufe wieder an.« Dann unterbrach sie die Verbindung. Sie schob das Handy in die Jackentasche, zeigte ihre Karte vor, und weil alle Sitzplätze besetzt waren, ging sie zurück zur Hintertür und blieb stehen.

Das Handy klingelte. Sie nahm es heraus und kontrollierte das Display. Sie stellte den Ton ab und schaltete um auf Vibration. Während sie die Nummer des Anrufers betrachtete, kam ihr der Gedanke, dass sie vielleicht einfach paranoid war. *Er kann trotzdem ein echter Polizist sein, auch wenn er nicht in der Wohnung war.* Sie wählte die Nummer der Feuerwehr-Leitstelle. Der Disponent, der in der letzten Nacht Dienst gehabt hatte, war erst wieder für den nächsten Morgen eingeteilt. Sie ließ sich seine Privatnummer geben. Als er ihren Anruf entgegennahm, fragte sie: »Bruno, hast du heute Morgen die Polizei in die Benno-Ohnesorg-Straße geschickt? Wegen der Frau mit der starken Blutung –«

»Ich weiß«, sagte der Disponent nach einer kurzen Pause, in der sie im Hintergrund ein Kind schreien hörte. »Nein, ich – ich glaube nicht.«

»Warum nicht?«

»Das habe ich vollkommen verschwitzt. Tut mir leid, Ella, ich bin einfach nicht dazu gekommen.«

»Kannst du es jetzt machen, bitte?«, sagte Ella.

»Jetzt?«

»Bitte, es ist sehr wichtig«, sagte Ella und dachte, *wenn es die Leitstelle nicht war, dann war es vielleicht doch der Nachbar aus dem zweiten Stock.* Sie dachte es, aber sie glaubte es nicht. »Danke, Bruno.« *Mal sehen, was Max dazu sagt.* Sie drückte die Taste mit seiner gespeicherten Nummer. Er meldete sich nicht. Das Freizeichen wiederholte sich, und jedes Mal kam es ihr lauter vor, und nach einer Zeit wurde die Stille zwischen den Tönen lauter als die Töne selbst.

Du kannst mit deinem Fuß doch nirgendwohin! Schläfst du noch, einen tiefen Wodka-und-Pillen-Schlaf?

Aber dann fiel ihr ein, dass er eigentlich wach sein musste.

Wir haben schon mit ihm gesprochen.

6

Der Bus fuhr langsam, viel zu langsam. Die Straßen waren verstopft, der Feierabendverkehr staute sich an den Ampeln, den unvermeidlichen Baustellen. Der Bus fuhr und stand, fuhr weiter und stand wieder. Er steckte erst in der Rheinhardtstraße fest, danach in der Friedrichstraße. Ella drückte den *Stopp*-Knopf, aber der Fahrer öffnete die Tür nicht. Durch die staubigen Scheiben sah sie weiter vorn über den Dächern der stehenden Autos die in schwarzen Stahl gefasste Glashalle des S-Bahnhofs Friedrichstraße. Sie wollte raus aus dem Bus, und rein in den Zug, egal welche Linie, bis zum Hackeschen Markt war es nur eine Station. Der Bus setzte sich wieder in Bewegung, ruckweise rollte er vorwärts. Ella kniff die Augen zusammen gegen die Strahlen der jetzt schon tiefer stehenden Sonne, erst im Bus und dann endlich in einem S-Bahn-Waggon, Sonne am Himmel und auf der Spree und in den schmutzigen, mit Messern oder Schlüsseln zerkratzten Scheiben.

Kaum angefahren, ratterte der Zug über die Museumsinsel und hielt gleich darauf schon wieder an der nächsten Station. Ella drängte sich aus dem Waggon und lief den Bahnsteig entlang zum Ausgang Spandauer Brücke und die Treppe hinunter. Unten geriet sie in den Trubel des Hackeschen Markts, zwischen Passanten, Straßenkünstler, tobende Kinder, Bettlerinnen in Zigeunerkleidern, Kellner, Models und Hunde. Sie rannte über den Platz, vorbei an den Tischen vor den Lokalen, den

Auslagen der Geschäfte in den Arkaden unter dem Bahnhof, alles war ihr im Weg, behinderte sie, ging zu langsam.

Endlich erreichte sie die Ecke, von der aus sie Max' Haus sehen konnte. Ihr Blick flog zu den Fenstern seiner Wohnung hoch. Nichts war anders als sonst. Trotzdem wuchs das Gefühl der Beklemmung, das ihr die Luft abzuschnüren schien. In dieser Straße gab es keine Sonnenanbeter, keine Bettler, keine Models oder schwulen Modemacher, auch keine Galerien, Coffeeshops und Werbeagenturen. Ella klingelte, aber der Türöffner blieb stumm. Sie drückte alle anderen Klingelknöpfe hintereinander, und wenig später summte der Schnapper; irgendjemand machte immer auf. Sie stürmte in das kühle, von Zwielicht erfüllte Treppenhaus. Sie presste den Daumen auf den Fahrstuhlknopf, und als der Lift sich ratternd in Bewegung setzte, konnte sie hören, dass er noch ganz oben war. Sie lief die Treppe hoch, das ging schneller. Sie nahm zwei Stufen auf einmal, dann drei, und als sie auf dem vierten Stock ankam, fuhr die Liftkabine gerade vorbei. Die Stahlseile schlugen gegeneinander. Ella lief zu der Wohnung links vom Fahrstuhlschacht und klingelte. Sie konnte die Klingel hören und den Fahrstuhl, wie er unten im Parterre hielt. Sie hörte auch Musik und das Scheppern von Töpfen aus einer der oberen Etagen, aber in der Wohnung hörte sie nichts. Sie klingelte noch einmal.

Vielleicht hat er sich schon hingelegt. Vielleicht liegt er im Bett, benommen von einer Schmerztablette und hört die Klingel nicht.

Sie hämmerte mit der Faust gegen die Tür. »Max?! Max, mach auf, ich bin's – Ella!« Sie presste ein Ohr gegen die Türfüllung, lauschte, ob sie ein Geräusch hörte, ein Ächzen vielleicht oder ein Humpeln, das Knirschen einer Krücke. Es gab nicht den leisesten Laut, nur den schwachen Verkehrslärm, der von der Spandauer Brücke heraufdrang. Sie lehnte sich gegen den Türknopf, aber das Schloss sprang nicht auf, natürlich nicht, und sie hatte nichts dabei, um es zu öffnen, keine Öle, Gels oder Skalpelle. Die Stille war unheimlich. Ella spürte, dass es eine andere Stille war als nur das Fehlen von Geräuschen.

Sie zog ihren Schlüsselbund heraus, ein unbedachter Reflex, denn sie hatte Max längst seinen Schlüssel zurückgegeben. An dem Bund befanden sich nur ihre eigenen, Haustür, Wohnungstür, Keller, Briefkasten. *Der Briefkasten.*

Sie machte auf dem Absatz kehrt und stürzte die Treppe wieder hinunter. Max war wieder Single, seit ihrer Trennung gab es niemand neuen, niemand, dem er seinen Zweitschlüssel gegeben hätte. *Früher hat er immer einen Zweitschlüssel im Briefkasten verwahrt.*

Die Briefkästen an der Kachelwand gleich hinter der Haustür waren aus Metall, uralte Blechkästen mit verbogenen, zerkratzten Türen, von denen die meisten keine Namensschilder trugen. Aber Ella wusste noch, welcher Max gehörte. Sie schob die rechte Hand so weit es ging in den Briefschlitz und riss und zerrte an der dünnen Klappe, bis das Schloss aufsprang. Ein paar Briefe und Reklamezettel fielen ihr entgegen. Der Boden des Blechkastens war leer, die Seiten auch, aber als sie die obere Innenseite abtastete, fand sie den Schlüssel, festgeklebt mit Leukoplast. Sie riss den Haftstreifen ab und stürmte die Treppe wieder hinauf, vier Stockwerke. *Was ist, wenn der Schlüssel von innen steckt? Was machst du dann?* Sie schob den Schlüsselbart ins Schloss. Kein Widerstand. Sie drehte den Schlüssel, sperrte die Tür auf und rief: »Max!?«

Auch die Wohnung war von Zwielicht erfüllt, Halbdunkel, keine Musik. Sie betätigte den Lichtschalter, eine Punktstrahlerleiste an der Decke tauchte den Gang in blendende Helligkeit. Ein Blinken auf dem Laminatboden erregte ihre Aufmerksamkeit, das erste Anzeichen, dass etwas nicht stimmte: Da lag der Wohnungsschlüssel wie achtlos weggeworfen dicht an der Wand unter der Garderobe.

Und immer noch: zu still, eine falsche Stille, unheimlich.

»Max, bist du da?!« Plötzlich klang ihre Stimme scharf, etwas von einem straff gespannten Draht schwang darin mit, *es ist wie gestern Nacht* – das Herz, das ihr bis in den Hals hinauf schlug; der Druck auf den Magen, als hätte sie ihren Gürtel zu eng geschnallt; die Hände, die plötzlich eiskalt waren. *Nicht schon wieder*, dachte sie, *bitte nicht.* Sie ließ die Tür offen und ging auf den Wohnraum am Ende des schmalen Korridors zu.

Diesmal gab es kein Stöhnen, kein leises Wimmern, das aus den offen stehenden Türen drang. Es gab den Eisschrank in der Küche, der mit einem leisen Klirren sein Kühlaggregat ausschaltete. Es gab das Tropfen eines Wasserhahns im Bad. Es gab das Kreischen der S-Bahn-Waggons mit ihren Eisenrädern auf den Schienen am Bahnhof Hackescher Markt.

Irgendwo musste ein Fenster offen stehen, obwohl die Hitze des Augustabends fast bewegungslos in der Wohnung stand. In der stickigen Luft hing ein leichter Fäulnisgeruch, etwas abgestanden Metallisches. Keine Musik. Max hörte immer Musik, sie lief sogar, wenn er schlief, ganz leise. Ich ertrage keine Stille, hatte er mal gesagt. Wahrscheinlich bin ich mir selbst unheimlich. Das war die andere Seite von Max, die sie in ihrer gemeinsamen Zeit mehr und mehr gestört hatte.

Sie ging an der Küche vorbei, warf einen Blick hinein, *nichts,* ging weiter. Sie war immer noch ruhig, aber nur nach außen hin, wie eine Mutter, die ihre Angst zu verbergen sucht, damit das Kind ihr nichts anmerkt. Nur dass das Kind in ihr war, eine kleinere Ausgabe von ihr selbst. Und dieses Kind schrie. *Geh ins Schlafzimmer*, schrie es, *sieh endlich im Schlafzimmer nach, bestimmt liegt er da auf dem Bett und schläft.*

Ella spähte durch die angelehnte Schlafzimmertür. Das Bett war ungemacht und leer. *Das Bad.* Das Bad hatte kein Fenster. Sie knipste das Licht an und sah hinein. Sie zog den Duschvorhang beiseite, die Plastikringe rasselten über die Haltestange.

Sie fand den tropfenden Wasserhahn, aber die Wanne war auch leer.

Das Wohnzimmer. Vielleicht ist er beim Fernsehen eingeschlafen, auf der Couch.

Der Fernseher war aus. Das kleine Wohnzimmer lag im Schatten einer halb heruntergelassenen Jalousie, durch die noch etwas Helligkeit hereinfiel, das letzte Licht des Tages. Vor dem Fenster führte die Hochbahn vorbei, über die Spandauer Brücke auf der anderen Seite der Straße. Dahinter ragte der Fernsehturm in den Abendhimmel; rote und weiße Lämpchen glommen an seiner silbernen Silhouette vor einem fingernagelgroßen Halbmond.

Niemand lag auf der Couch, niemand saß im Sessel. Aber auf dem Boden lag eine herrenlose Krücke. »Max?! Max …« *Wieso liegt die Krücke da? Wo kann er hin sein ohne die Krücke?* Plötzlich bemerkte sie, dass der Teppich verrutscht war und Falten geworfen hatte. Sie entdeckte Kratzspuren an den weiß getünchten Wänden.

Das Geräusch hinter ihr war nicht sehr laut, doch es zerriss die Stille so abrupt, dass sie herumfuhr, als hätte ihr jemand einen Schlag versetzt. Sie hatte nur einen kurzen Blick in die Küche geworfen, und sie wusste sofort, dass es dort hergekommen war, *das Rascheln und Scheppern hinter der Tür.* Sie drehte sich um und ging langsam zurück, diesmal ohne einen Namen zu rufen. Ihr Mund schmerzte vor Anspannung, der Puls hämmerte im Gaumen.

Sie stieß die Küchentür ganz auf. Knipste das Licht an. Entdeckte den Ursprung des Geräuschs – eine Mülltüte neben der Tür war umgefallen, raschelndes, rotes Plastik, und ein Teil des Inhalts hatte sich über den Linoleumboden ergossen, vor allem Joghurtbecher, Erdbeer, Blaubeer, Kirsch, ihre Lieblingssorten.

Die Einkaufstüte war nicht das einzige Rote auf dem ockerfarbenen Fliesenimitat, auch nicht die winzigen Spritzer von

Kirsch- und Erdbeerjoghurt. Es begann unter dem Tisch: dunkelrote Flecken; ein gestocktes, fast braunes Rinnsal, dunkel an den Rändern, heller und glänzend in der Mitte.

Er lag auf dem Bauch, und es sah aus, als schliefe er. Das Blut schien auf ihn zugekrochen zu sein, dann um ihn herum, ganz vorsichtig. Es war nicht von ihm, *nein*, es hatte seine Nähe gesucht. Er trug nur den Verband am linken Knöchel und die Shorts, in denen er immer schlief. Seine Haut war sehr blass bis auf ein paar blaue Flecken zwischen den Schultern. Die Haare in seinem Nacken waren schweißverklebt, obwohl er nun nicht mehr schwitzte. Sein Gesicht war von Ella weg und der Wand zugekehrt, und seine Hände lagen in Höhe des Geschlechts unter seinem Bauch begraben.

»Max«, flüsterte sie. Sie nahm an, dass sie geflüstert hatte, selbst wenn es in der winzigen Küche wie ein Schrei nachhallte. Sie wartete darauf, dass er den Kopf hob und aufstand, vielleicht mit einem benommenen, etwas verlegenen Lächeln; dass er sagte, *Ach, du bist es, Bambi, schau nicht hin, ja? Ich bin bloß ausgerutscht, in der Tomatensoße hier, wollte mir gerade Spaghetti machen.* Sie näherte sich ihm zögernd, beugte sich über ihn und tastete automatisch nach seinem Puls, ohne ihn zu finden.

Kein Puls.

Die Haut über seiner Halsschlagader war kühl und trocken, und als sie ihn umdrehte, erwartete sie immer noch, dass er sie plötzlich anlächeln würde. Dann sah sie sein Gesicht, und einen Moment wurde ihr schwindlig vor Erleichterung. Das war nicht Max. Das war nicht sein Gesicht, denn da war kein Gesicht mehr zu erkennen. Von hinten hatte er ausgesehen wie Max, aber von vorn sah er nicht einmal aus wie ein Mensch. Das Messer lag neben seinem Kopf. Es war ein normales Fleischmesser mit einer zwanzig Zentimeter langen Klinge aus Solinger Stahl. An den Stellen, die nicht mit getrocknetem Blut bedeckt waren, reflektierte die Klinge das Licht der Deckenlampe.

Ella ließ den Kopf, den ganzen Körper sacht zurücksinken. Sie zitterte dabei so stark, dass der Schädel mehrfach gegen den Boden schlug. Sie stand auf und wandte sich ab und ging zur Spüle, und dort konnte sie sich gerade noch festhalten, bevor sie eine plötzliche Hitze hinter ihrer Stirn spürte. Als sie fiel, sah sie den Raum um die Lampe an der Decke rotieren wie um die Achse eines Kreisels. Sie lag eine Zeit lang auf dem Rücken, ohne die Augen zu schließen. Ein schimmernder Film verwischte die Konturen der Gegenstände. Sie wollte nicht weinen. Sie wischte die Tränen weg, richtete sich auf, und da erkannte sie die Küche wieder und drehte sich um, und der verstümmelte Körper war noch immer da, und jetzt wusste sie, dass es Max war, egal, wie er aussah.

Sie zog die Beine an. Sie lehnte sich mit dem Rücken gegen die Waschmaschine neben der Spüle. Sie stand nicht auf, weil ihr dazu die Kraft fehlte. Sie betrachtete den toten Körper, der Max war und doch nicht Max. *Da liegt mein bester Freund.*

Im Wohnzimmer klingelte das Telefon. Ella hörte das Klingeln, aber sie hatte nicht die Kraft, um aufzustehen, und ließ es klingeln. Nach einer Weile hörte es auf. Ella fragte sich nicht, was Max geschehen war; sie wusste es.

Wir haben schon mit ihm gesprochen.

Sie dachte, *wenn sie mit mir zuerst gesprochen hätten, läge ich jetzt so da, nur bei mir zu Hause.* Sie wusste nicht, warum sie das dachte, aber sie wusste, dass es stimmte. Was sie nicht wusste, war: *warum?* Sie versuchte sich an die Fragen des Mannes am Telefon zu erinnern, und die meisten fielen ihr wieder ein, nur dass sie keine Antwort auf ihre eigene Frage ergaben. *Warum? Warum Max, warum ich, was haben wir getan?*

Irgendwann war ihre Kraft wieder da, und sie stand auf. Sie ging zur Wohnungstür und schloss sie, dann kehrte sie zu Max zurück. Sie setzte sich auf einen der beiden Stühle am Küchentisch. Draußen war es inzwischen Nacht geworden, und sie konnte den Fernsehturm mit seinen roten und weißen Lichtern auf der anderen Seite der Bahngleise sehen und daneben einen schäbigen Plattenbau, dessen Fenster ebenfalls erleuchtet waren. Früher hatten sie manchmal nachts stundenlang telefoniert, und dabei hatte Max auf die Lichter des Turms geschaut und sie, vom Balkon ihrer Wohnung aus, über die Dächer von Schöneberg auf die roten Lampen oben am Stahlkranz des Gasometers. *Guter Max, was haben sie mit dir gemacht? Was wollten sie von dir wissen, das du ihnen nicht sagen konntest?*

Und warum hatten sie das Messer zurückgelassen? Wonach sollte es aussehen?

Überall entdeckte Ella die letzten Spuren eines jäh beendeten Lebens – eine aufgeschlagene Zeitung, ungespültes Geschirr, eine halb volle Wodkaflasche. Die Stille wurde dichter.

Sie saß da und sah zu ihm hinunter, und nach einer Weile wusste sie, was sie fühlte: Es war reine Trauer, reiner Schmerz, der bloß nicht körperlich wehtat. Sie kam sich fast schwerelos vor, wie sie dasaß und wartete; schwerelos in einem schwarzen All aus Trauer.

Das Telefon klingelte wieder. Sie stand auf und ging ins Wohnzimmer, in das vom Hochbahnhof gegenüber etwas Helligkeit hereinfiel. Die erleuchteten Fenster eines über die Brücke fahrenden ICE warfen ihren Widerschein auf die Wand; kleine, schräge Lichtvierecke glitten über die Bilder und die Möbel. Das Telefon hörte nicht auf zu klingeln.

Geh nicht dran, heb nicht ab. Warte, bis es aufhört und ruf dann die Polizei an, die richtige.

Sie stand neben dem Apparat und wartete, und endlich hörte es auf zu klingeln. Sie holte ihr Handy aus der Jackentasche und wählte den Notruf, und als am anderen Ende abgehoben wurde, sagte sie: »Mein Name ist Ella Bach. Bitte verbinden Sie mich mit der Polizei. Ich möchte einen Mord melden.«

»Von wo rufen Sie an?«, fragte die Frau am anderen Ende.

»Schubertstraße 3.«

Während sie verbunden wurde, fragte sie sich, ob sie das Richtige tat, aber sie wusste nicht, was sie sonst hätte tun sollen, und deswegen war es wohl richtig. Sie fühlte sich noch immer schwerelos und leer. Dann sagte eine andere Frauenstimme: »Polizeidirektion 3, Referat Verbrechensbekämpfung.« Ella wiederholte ihre Meldung und die Adresse. Dann nannte sie den Namen des Toten, und die Stimme sagte: »Bitte, bleiben Sie, wo Sie sind. Wir schicken sofort einen Streifenwagen!«

Gerade als die Stimme das sagte, begann das Telefon neben Ella erneut zu klingeln. Plötzlich begriff sie, dass der Anruf ihr galt. Sie hob ab, ohne sich zu melden. »Doktor Bach?«, fragte ein Mann, und es war derselbe Mann, mit dem sie erst vorhin von der Charité aus telefoniert hatte. »Es gibt noch einen Ausweg für Sie, Doktor Bach«, sagte er. »Sie müssen nicht so enden wie Ihr Freund. Reden Sie mit uns, nicht mit der Polizei. Wenn Sie mit der Polizei reden, lassen Sie uns keine Wahl!«

Sie wissen, wo du bist. Woher wissen sie, dass du bei Max bist?

»Kennen Sie das Märchen vom Hasen und dem Igel?«, fragte der Mann am anderen Ende der Leitung. »Geben Sie sich keine Mühe, zu rennen. Wir sind immer schon da. Und wenn wir nicht da sind, wissen wir, *wo Sie* sind. Reden Sie mit uns.«

»Ich rede mit Ihnen«, sagte Ella. Sie hielt den Hörer mit der Sprechmuschel zum Fenster, vor dem die Sirene eines Streifenwagens erklang, erst leise und weit entfernt, dann näher und lauter. »Hören Sie das? Wie finden Sie unser Gespräch?!« Sie legte auf, und auf einmal waren ihre Hände wieder so kalt, dass sie die Finger nicht spürte.

Erst war es nur eine Sirene, dann kam eine zweite dazu, und schließlich quietschten Reifen unten auf der Straße. Die Türglocke schnarrte schnell hintereinander.

7

Durch die geschlossene Tür hörte sie die Polizeibeamten die Treppe hinaufstürmen. Gleichzeitig setzte sich der Fahrstuhl in Gang, und als die Schritte nah genug waren, öffnete sie die Tür und sagte: »Ich bin Doktor Bach. Ich habe Sie gerufen.« Die uniformierten Beamten, eine Frau und ein Mann, starrten sie an. Der Mann griff unwillkürlich nach seiner Pistolenhalfter und sagte: »Bitte, lassen Sie die Hände da, wo wir sie sehen können, Doktor Bach!« Da sah sie sich selbst mit den Augen der Beamten, und erst jetzt fiel ihr auf, dass sie voller Blut war, ihre Kleider, ihre Hände und vielleicht sogar ihr Gesicht.

»Bitte, treten Sie zur Seite, Doktor Bach«, sagte die Frau und leuchtete mit einer Taschenlampe an Ella vorbei in die dunkle Diele. Das Licht im Treppenhaus war an, aber es reichte nicht sehr weit in die Wohnung hinein. Die Frau tastete nach dem Lichtschalter, während der Mann seine Hand nicht von dem Lederhalfter der Dienstwaffe nahm.

»Er liegt in der Küche«, sagte Ella. Sie wollte vorangehen, aber die Frau machte eine Bewegung mit ihrer Taschenlampe und sagte: »Bitte, bleiben Sie, wo Sie sind.« Dann gingen sie und der Mann in die Küche, und Ella hörte die Frau nach Luft schnappen, und danach hörte sie eine Zeit lang gar nichts, bis der Mann zurückkam und fragte: »Haben sie die Leiche gefunden?«

»Ja.«

»Haben Sie etwas angefasst?«

»Ja.«

Die Fahrstuhltür ging auf, und noch zwei Beamte in Uniform erschienen vor der Wohnung, beides Männer. Ihre Funkgeräte knackten und knisterten. Der erste Beamte sagte: »Rufen Sie die Mordkommission. Wir haben hier einen 110«, und einer der beiden Neuankömmlinge machte wieder kehrt.

Der erste Beamte ging zurück in die Küche, wo er der Beamtin begegnete, die jetzt sehr blass war. Die Streifenpolizistin verließ die Küche, und sah Ella auf einmal ganz anders an. »Benötigen Sie einen Arzt?«, fragte sie.

»Nein. Ich bin selbst Ärztin und –«

»Haben Sie eine Waffe?«, fragte die Beamtin.

»Nein«, sagte Ella.

»Würden Sie bitte Ihre Taschen ausleeren und den Inhalt dort auf die Kommode legen«, sagte die Beamtin.

»Warum?«, fragte Ella.

»Tun Sie bitte, was ich sage.«

»Der Tote war mein Freund«, erklärte Ella. »Wir haben zusammen gearbeitet.«

Die Beamtin deutete mit der Taschenlampe auf die lackierte Metallkommode neben der Garderobe. »Bitte, folgen Sie meinen Anweisungen.«

Ella fand, dass die Beamten sie nicht richtig behandelten, eher wie eine Verdächtige, nicht wie eine Zeugin. »Falls Sie sich wegen des Blutes wundern, ich bin Notärztin. Ich habe Max untersucht, als ich ihn gefunden habe.«

»Ist das der Name des Toten?«, fragte der Mann aus der Küche. »Max, und wie weiter?« Sein Funkgerät knisterte und knackte, und eine metallisch verzerrte Stimme in dem Gerät sagte etwas zu ihm. Er bestätigte, dass er verstanden hatte, dann sagte er zu der Frau im Flur: »Das LKA ist da.«

»Das ging aber schnell«, antwortete die Streifenpolizistin. Sie sah zu, wie Ella ihren Schlüsselbund auf die Metallkommode legte, gefolgt von dem Handy, ein paar Geldscheinen und einem Haufen Münzen. »Ist das alles?«, fragte sie. »Kein Kamm, Lippenstift, sonst irgendwas?«

»In der Handtasche im Wohnzimmer«, sagte Ella.

Der Fahrstuhl setzte sich wieder in Gang, ratterte nach unten oder oben, und etwas später trat der Streifenpolizist, der auf dem Flur vor der Tür Posten stand, beiseite, um zwei Männer in Zivil eintreten zu lassen, gefolgt von einem halben Dutzend Frauen und Männern in weißen Overalls.

»Hauptkommissar Schröder, LKA«, sagte der eine der beiden Männer, nachdem er kurz einen in Plastik eingeschweißten Ausweis mit seinem Foto neben einem Stern präsentiert hatte wie ein müder Zauberer ein Pik Ass bei einem angestaubten Kartentrick. »Wir übernehmen jetzt.« Es klang nicht so, als ob er es zu Ella sagte, aber er sah sie dabei an. Der zweite Mann sah sie ebenfalls an, allerdings ohne seinen eigenen Ausweis vorzuzeigen.

Die Frauen und Männer in den Overalls trugen Plastikhauben und Latexhandschuhe und in den Händen kantige Koffer oder bauchige Taschen. Sie drängten sich an Ella vorbei und schwärmten in der ganzen Wohnung aus, wo sie anfingen, kleine Schilder mit Ziffern und Zahlen aufzustellen, Flächen mit Pinseln abzuwischen und mit Pinzetten vom Boden winzige Objekte aufzuklauben, die sie in durchsichtigen Zellophantüten verstauten. Hauptkommissar Schröder warf einen Blick in die Küche, betrat sie aber nicht. »Haben Sie den Toten gefunden?«

»Ja«, sagte Ella.

Der Hauptkommissar holte ein Taschentuch aus der Hosentasche und wischte sich die Hände ab, dann fuhr er sich damit über die Stirn. Seine Haut war grau, und die Ringe unter seinen dunkelblauen Augen schienen zusehends tiefer zu werden. Im Licht der weißen Punktstrahler an der Decke wirkte sein Gesicht wie aus Wachs modelliert: keine Haut, keine Knochen darunter, lediglich kaltes, leicht angeschmutztes Wachs mit tief in den Höhlen liegenden blauen Augen. Wenn er redete, bewegten sich seine farblosen Lippen kaum; auch das Kinn blieb reglos. Das dunkelblonde Haar war stumpf vor Schweiß und wurde an den Schläfen grau. Er trug ein safrangelbes Sporthemd, eine abgewetzte schwarze Lederjacke, ausgebleichte Jeans und ehemals hellgraue Laufschuhe mit offenen Schnürsenkeln.

Der andere Beamte hatte schwarzes, lockiges Haar, feuchte schwarze Augen und olivbraune Haut, die über den hoch angesetzten Wangenknochen glänzte, obwohl er nicht schwitzte. Er roch nach einem orientalisch anmutenden Eau de Toilette, Sandelholz, eine Prise Zimt und Moschus wahrscheinlich. Sein anthrazitfarbener Seidenanzug wirkte, als wäre er direkt auf seinen schlanken Körper gesprüht worden. »Ich bin Hauptkommissar Aziz«, sagte er zu Ella mit einer Spur Neukölln im ansonsten akzentfreien Deutsch. »Tarik Benjamin Aziz. Möchten Sie sich etwas frisch machen, bevor wir fahren? Vielleicht die Hände waschen?«

»Wohin fahren wir denn?«, fragte Ella.

»Ins LKA«, sagte Hauptkommissar Schröder, »um Ihre Aussage aufzunehmen.«

Einen Moment lang flimmerte die Luft vor ihren Augen. »Entschuldigen Sie, ich war seit zwei Tagen nicht zu Hause, und das alles hier kommt mir vor wie ein Albtraum. Ich möchte mich gern umziehen, und ich –«

Aziz sagte: »Es wird nicht lange dauern. Ein paar Fragen nur, dann bringen wir Sie, wohin Sie wollen. Glauben Sie, dass Sie ein paar Fragen beantworten können, Doktor Bach?«

»Das kommt auf die Fragen an«, sagte Ella. Sie dachte, *woher kennt er deinen Namen? Hat der Polizist ihn über Funk durchgegeben? Ich habe ihnen meinen Namen nicht –*

»War sonst noch jemand in der Wohnung außer Ihnen und dem Toten?«, fragte Schröder.

»Wann?«, fragte Ella.

»Seit Sie ihn gefunden haben.«

»Nein.« *Aber jemand hat angerufen,* dachte Ella; *einer der Mörder hat angerufen.*

»Das Messer da – haben Sie das angefasst?«, fragte Schröder.

»Nein«, sagte Ella. »Heute nicht.« Sie spürte, wie ihr schlecht wurde, und sie hätte sich gern hingesetzt.

»Heute nicht?«, fragte Hauptkommissar Aziz. »Wann dann?«

»Früher war ich öfter hier. Wir waren befreundet.« Ella sah, wie sich etwas in den Augen der Männer veränderte.

»Befreundet oder zusammen?«, fragte Aziz.

Ella wusste, worauf er hinauswollte, und sie fragte sich, warum? Ihr Mund war trocken. *Es war keine Beziehungstat,* dachte sie, *das muss man doch spüren.* Sie versuchte sich und den Toten, den ganzen Tatort mit seinen Augen zu sehen, aber alles, was sie sah, war Max Jansens Körper in der Blutlache auf dem Küchenboden.

Sie versuchte sich vorzustellen, was sich in der Wohnung zugetragen hatte; wie Max ums Leben gekommen war. Sie sah seine Brust vor sich, die Rippen, die so weiß aus den klaffenden Wunden im zerschnittenen Fleisch schimmerten. Sie sah ihn vorher, wie er aufschreckte, als er das Geräusch an der Tür hörte, das Schloss, das von außen geknackt wurde. Sie sah, wie er sich auf der Krücke in den Gang schleppte, halb benommen von den Tabletten, dem Wodka, sah den Mann mit dem Messer, nein, zwei Männer. Sah sie, wie sie Max packten und in die Küche drängten. Sah sie nur von hinten, ihre Schultern, die Hinterköpfe. Das einzige Gesicht war das von Max, verwirrt, dann entsetzt.

Sie fragte sich, wie lange es gedauert hatte, bis die Männer eingesehen hatten, dass er nichts wusste und nichts hatte. *Nicht das, was sie suchten.* Sie fragte sich, ob er tot gewesen war, als sie die Wohnung verlassen hatten, und ob sie sich jetzt noch in der

Nähe aufhielten, in dem grauen Audi Quattro vielleicht, unten auf der Straße.

Jemand hat angerufen; einer der Mörder hat angerufen.

Wir sind immer schon da. Und wenn wir nicht da sind, wissen wir, wo Sie sind.

Sie wissen es, weil sie dich verfolgt haben. Sie haben in der Klinik nach dir gefragt, und jemand hat ihnen gesagt, dass du in den Bus gestiegen bist.

Sie sind dir nachgefahren, aber du hast sie abgehängt, als du in die S-Bahn gestiegen bist. Du warst zu schnell für sie.

Nein, sie haben das Haus beobachtet, weil sie wussten, dass du irgendwann hier auftauchen würdest, wenn du nichts von Max hörst. Sie haben deine Wohnung beobachtet und die von Max.

Sie sind noch da. Sie sind irgendwo da unten auf der Straße, im Auto. Es gibt nur eine Möglichkeit für dich, hier mit heiler Haut herauszukommen.

»Wenn Sie wollen, können wir jetzt sofort ins Präsidium fahren«, sagte sie zu Hauptkommissar Aziz, und wenig später fuhr sie mit ihm und Hauptkommissar Schröder im Fahrstuhl hinunter, und als sie auf die Straße traten, hielt sie Ausschau nach dem Audi Quattro, und es war fast eine Überraschung, dass sie ihn nicht sehen konnte. Denn sie wusste, dass er da war; er war da.

8

Sie saßen an einem großen Tisch in einem hell erleuchteten Raum ohne Fenster, in dem es sonst nichts gab als eine Videokamera auf einem Stativ in der Ecke neben der Tür, einen TV-Apparat mit VCR-Player auf einem zusätzlichen Stuhl und ein schwarzes Telefon mit mehreren Knöpfen auf der weißen Tischplatte. Die Männer tranken Kaffee und stellten Fragen, und manchmal ging einer von ihnen hinaus, um zu rauchen. Die Luft in dem hell erleuchteten Raum roch nach dem Rauch in ihren Kleidern.

Um das Telefon herum standen mehrere halb leere Flaschen Mineralwasser, ein paar Pappbecher, eine Thermoskanne mit Kaffee und ein Milchdöschen. Als Hauptkommissar Schröder zum zweiten Mal hinausgehen wollte, um zu rauchen, sagte Ella: »Bitte, bleiben Sie jetzt da!«

Der Hauptkommissar erstarrte, die Körperhaltung eine einzige Studie in Überraschung. Hauptkommissar Aziz legte den Kopf in den Nacken und schien die dunkelgrau gestrichene Decke nach dem Loch abzusuchen, durch das der Blitz in seinen Kollegen gefahren war. Seine Lippen zuckten kaum merklich.

Ella sagte: »Sie behandeln mich nicht wie eine Zeugin, sondern wie eine Verdächtige. Ich möchte wissen, warum!«

Schröder machte kehrt, setzte sich wieder auf seinen Stuhl und nickte. »Wenn Sie es *so* wollen …« Mehr sagte er nicht, nur: *Wenn Sie es so wollen*. Er beugte sich zu einem altmodischen Kassettenrekorder auf einem Beistelltisch aus schwarz lackiertem Blech und fragte mit veränderter Stimme: »Haben Sie etwas dagegen, wenn wir unsere Unterhaltung von jetzt an auf Band aufnehmen, Doktor Bach?«

»Nein.«

»Gut.« Er drückte eine Taste an dem Rekorder, überzeugte sich, dass die eingelegte Kassette lief und sprach in ein aus der Mitte der Tischplatte ragendes Mikrofon: »Vernehmung der Zeugin Ella Bach. Es ist 20 Uhr 47, anwesend sind Hauptkommissar Matthias Schröder und Hauptkommissar Tarik Aziz.«

Das, was seine Stimme so anders machte, war ein unterdrückter Zorn, den sie erst jetzt spürte. Sie spürte ihn so deutlich wie die nassen Stellen auf ihrer Haut, nachdem sie sich auf der Toilette des Polizeipräsidiums nicht nur die Hände und das Gesicht, sondern auch das meiste Blut aus Bluse und Jeans gewaschen hatte.

»Ich weise Sie darauf hin, dass Sie unsere Fragen vollständig und wahrheitsgemäß beantworten müssen«, sagte er.

Ella nickte. Sie hatte einen Fehler gemacht, indem sie das Heft wieder an sich reißen wollte, *aber woher kommt dieser Zorn?* Der Zorn war so heftig, dass sie sich fragte, wie es Schröder gelungen war, ihn bisher so gut zu verbergen.

Mit schroffer Stimme sagte der Hauptkommissar: »Sie haben vorhin ausgesagt, Sie seien sicher, dass Max Jansen – das Mordopfer – keine Feinde hatte –«

»Das habe ich nicht gesagt«, fiel ihm Ella ins Wort. »Ich habe gesagt, ich glaube es nicht. Ich habe gesagt, dass wir vorgestern Nacht verfolgt wurden – vorgestern Nacht und heute Morgen –, wahrscheinlich von dem Mann, der die Frau in der Benno-Ohnesorg-Straße fast umgebracht hat –«

»Und Sie glauben, dass es sich bei diesem Mann, der Sie verfolgt hat, um den Mörder von Max Jansen handelt und dass er sich als Polizist ausgibt, als ein – wie war der Name noch mal?«

»Hauptkommissar Kleist.«

»Den Sie heute Nachmittag angerufen haben. Verstehe ich das richtig?«

Ella rieb sich die Stirn, eine juckende Stelle über der rechten Augenbraue. »Weil er hinterlassen hatte, ich solle die Polizei anrufen, und unter der Nummer hat er sich dann gemeldet und gesagt, sie hätten heute bereits mit Max gesprochen.«

»Sie?«

»Er und seine Kollegen, habe ich angenommen.«

»Haben Sie die Nummer noch?«, fragte Aziz.

»Sie müsste in meinem Handy gespeichert sein.« Ella griff in die Tasche, um ihr Handy herauszuholen, und suchte das Protokoll der Anrufe. »Hier ist sie.«

Hauptkommissar Aziz streckte die Hand aus, sie reichte ihm das Handy, und er drückte die Wahlwiederholung. Er hielt das Handy ans Ohr. »Freizeichen.« Nach einigen Sekunden ließ er es wieder sinken. »Geht niemand dran. Überrascht mich nicht.«

»Wieso nicht?«, fragte Ella.

»Wir verwenden solche Nummern nicht«, sagte Schröder. »Und es gibt keinen Hauptkommissar Kleist bei uns, weder bei der Kripo noch beim Landeskriminalamt.«

»Direktion 5, Abschnitt 52?«, fragte Ella.

»Bei der ganzen Berliner Polizei nicht. Wo waren Sie noch mal zu dem Zeitpunkt dieses Telefonats?«

»In der Charité.«

»Und da war es –?«

»Ungefähr halb sechs.«

Aziz fragte: »Was genau wollte er eigentlich von Ihnen?«

»Er wollte wissen, ob die Patientin uns in der Wohnung oder auf dem Weg ins Krankenhaus etwas gesagt oder gegeben hätte.«

»Das war alles?«, fragte Schröder. »Keine Fragen zum möglichen Hergang der Tat oder nach Ihren Beobachtungen am Tatort?«

»Nein«, antwortete Ella und merkte selbst, wie unglaubwürdig das klang. Die beiden Männer schwiegen eine Zeit lang, wie um ihr Zeit zu geben, noch etwas hinzuzufügen, etwas Glaubwürdigeres, aber ihr fiel nichts ein, und deswegen schwieg sie auch.

Endlich fragte Schröder: »Und danach – was haben Sie dann gemacht? Sind Sie sofort in Jansens Wohnung gefahren?«

»Ja. Ich habe den Bus von der Klinik genommen.«

»Und Sie hatten keine Ahnung, dass er da schon tot war?«

»Nein. Natürlich nicht.«

»Max Jansen wurde gegen 15 Uhr heute Nachmittag umgebracht«, erklärte Schröder. »Wo waren Sie um diese Zeit – heute um 15 Uhr?«

»In der Feuerwache«, sagte Ella. »Ich habe geschlafen.«

Schröder beugte sich wieder vor, um zu sehen, ob die Kassette sich noch drehte. »Ich nehme an, dafür gibt es jede Menge Zeugen – Feuerwehrmänner, Rettungssanitäter, die Putzkolonne?«

»Nein.« Ella schüttelte den Kopf. »Ich habe auf einer Pritsche in einer Materialkammer geschlafen. Ob mich da jemand gesehen hat, weiß ich nicht.«

»Und als Sie dann in der Wohnung waren und auf die Leiche gestoßen sind, haben Sie sofort die Polizei gerufen?«

»Nicht sofort.«

»Warum nicht?«

»Ich – ich hatte das Gefühl, ich müsste noch etwas mit ihm allein sein.«

»Obwohl Sie sich nicht mehr so nahestanden?«

»Wir standen uns nah. Wir waren nur nicht mehr zusammen.«

»Wann haben Sie das letzte Mal mit Max Jansen geschlafen?«, fragte Aziz.

»Wie bitte?« Ella hatte das Gefühl, als beginne der Raum, sich um den Stuhl zu drehen.

»Sie haben gesagt, Ihre Affäre mit ihm läge schon länger zurück«, erklärte Aziz und drehte sich ebenfalls langsam um Ella und ihren Stuhl. »Hatten Sie danach noch einmal Sex mit ihm? Vielleicht vor Kurzem erst?«

»Nein.« Ihr wurde etwas schwindlig. »Kann ich ein Glas Wasser haben, bitte?«

Aziz schenkte Mineralwasser aus einer der halb leeren Flaschen in einen Pappbecher und stellte ihn vor sie hin auf den Tisch. Sie griff danach und trank ihn mit schnellen, kleinen Schlucken aus, bevor sie ihn wieder genau auf den feuchten Ring auf der langsam rotierenden Tischplatte zurückstellte. Sie konzentrierte sich auf die Stelle, und der Tisch und die Wände hörten auf sich zu drehen.

Aziz fragte: »Wie lange kannten Sie ihn, sagten Sie?«

»Max? Eine Ewigkeit. Sieben Jahre.«

Der Hauptkommissar nickte nachdenklich und wechselte einen Blick mit seinem Kollegen, bevor er in seinen Becher starrte, als könnte ihm der Kaffeesatz auf dem Grund neue Erkenntnisse über den Mord und Ellas Verhältnis zu dem Toten vermitteln. Dann fragte er: »Möchten Sie hören, was ich über die ganze Angelegenheit denke?«

Nein, dachte Ella, *will ich nicht; ich will, dass dieses Verhör endlich vorbei ist, damit ich nach Hause kann, falls ich überhaupt noch ein Zuhause habe.* Dann dachte sie: *und wenn nicht? Wohin kann ich denn überhaupt gehen, wenn ich zu Hause nicht mehr sicher bin?*

Schröder lächelte mit seinen farblosen Lippen, die sie an einen frisch desinfizierten Wundmund erinnerten. »Ich denke, Max Jansen war auch nach ihrer Trennung noch in Sie verliebt, und irgendwann haben Sie diese Liebe doch noch einmal erwidert. Und wo wieder Liebe ist, da ist auch wieder Eifersucht, meistens jedenfalls. Es soll sich damals ja um eine ziemlich stürmische Affäre gehandelt haben …«

»Woher wollen Sie das wissen? Worauf wollen Sie hinaus?«

Aziz fragte: »Haben Sie sich nicht kürzlich erst von Ihrem letzten Liebhaber, einem – wie war der Name noch gleich? Silvester?, nein, Silvan – einem Doktor Silvan Grothe getrennt, weil Sie wieder zu Max Jansen zurückwollten?«

»Wer sagt denn das? Silvan? Haben Sie etwa mit ihm gesprochen?«

»Sind Sie als Notärztin schon mal gerufen worden, wenn eine eifersüchtige Frau mit einem Messer auf Ihren untreuen Liebhaber oder ihre Nebenbuhlerin losgegangen ist?«, wollte Schröder wissen. »Nein? Wir schon, und glauben Sie mir, das sieht nicht viel anders aus als bei Max Jansen. Ein Messer in der Hand einer enttäuschten, verletzten Geliebten …«

»Wir haben uns im Guten getrennt«, erklärte Ella, plötzlich von kalter Ruhe erfüllt, »und seitdem waren wir Freunde, sonst nichts, egal, was Doktor Grothe behauptet. Ich wollte nicht zu Max zurück und er nicht zu mir.«

Schröder fuhr unbeeindruckt fort: »Wenn wir also mal für eine Minute annehmen, diese ominöse verschwundene Patientin von Ihnen war wirklich so zugerichtet, wie Sie behauptet haben, woher wissen wir, dass nicht Sie das waren? Vielleicht haben Sie ja festgestellt, dass Max, wegen dem Sie den Herzchirurgen mit der tollen Karriere verlassen haben, sich in der Zwischenzeit vorübergehend anderweitig orientiert hatte. Sie wollten eine Aussprache herbeiführen, alle drei in der Wohnung der Nebenbuhlerin, es kommt zum Streit, da liegt ein Messer herum –«

»Ich will einen Anwalt«, sagte Ella.

»Wie bitte?« Schröder schloss die Augen, wie jemand, der sich etwas Unvorstellbares wenigstens entfernt auszumalen versucht.

»Wenn Sie mich nicht als Zeugin, sondern als Verdächtige behandeln, will ich auf der Stelle einen Anwalt«, sagte Ella.

»Brauchen Sie denn einen?«, fragte Aziz.

Ella antwortete nicht.

Aziz schien sich unvermittelt einem anderen Teilchen des Puzzles zuzuwenden. »Können Sie mir erklären, warum die Frau noch gelebt hat, als Sie sie aufgefunden haben?«

»Sie lag im Sterben«, sagte Ella.

»Aber Max Jansen war nicht mehr am Leben, und ihn hatten die Täter nicht so zugerichtet wie die Frau, oder?«

»Ich verstehe nicht, was Sie meinen«, sagte Ella.

»Ihn haben sie mehr oder weniger schnell getötet, weil sie überzeugt waren, er könnte ihnen doch nicht weiterhelfen – wenn wir uns an Ihre Theorie halten«, fuhr Aziz fort. »Aber die junge Frau – Ihre verschwundene Patientin – hatte kein so großes Glück, falls man in diesem Zusammenhang von Glück reden kann. Sie wurde gefoltert, auf grausame, unmenschliche Weise, wie Sie sagen. Warum also hat sie dem oder den Tätern nicht gesagt, was die wissen wollten? Oder wenn sie etwas haben wollten, warum hat sie es ihnen nicht gegeben? Weil sie es selbst gar nicht wusste? Weil sie das Etwas nicht besaß? Hat sie durch den Schock das Bewusstsein verloren, sodass die Schmerzen ihr nichts anhaben konnten? Hat sie durch die Qualen vorübergehend die Sprache verloren?«

»Kein Mensch hält so was aus«, warf Schröder ein. »Er redet!«

»Das alles habe ich mich auch schon gefragt«, sagte Ella. »Wie ist es möglich, dass jemand so lange nichts sagt, wenn man ihn bei lebendigem Leib so zurichtet? Entweder wusste sie wirklich nichts – oder –«

»Oder? Wie geht Ihre Theorie weiter?« Aziz starrte sie mit seinen schwarzen, glänzenden Augen an, als wollte er hinter ihre Stirn sehen, und sogar Schröder öffnete die Lider wieder. Die Atmosphäre in dem hell erleuchteten Raum schien plötzlich elektrisch aufgeladen.

»Sie wusste, dass er sie töten würde«, sagte Ella leise. »Sobald sie ihm sagte, was er wissen wollte, sobald er ihr das Geheimnis entrissen hätte, würde er sie töten. Sie hat all diese Qualen erduldet, um am Leben bleiben zu können. Deswegen hat sie so lange durchgehalten, weil sie nicht sterben wollte.«

Sie schwieg erschöpft, ein neues, anderes Schweigen. Auch die Männer schwiegen wieder. Sie versuchte in ihren Gesichtern zu lesen. *Was denkt ihr wirklich?*

Schröder brach das Schweigen zuerst. »Das ist alles?«, fragte er. »Mehr haben Sie uns nicht zu sagen?«

»Ich habe Ihnen alles gesagt, was ich weiß.«

»Sie haben uns alles gesagt, was Sie zu wissen *glauben* oder meinetwegen auch, was Sie zu wissen *behaupten*«, sagte Schröder. »Sie sind aber gleichzeitig auch der einzige Mensch, dessen Fingerabdrücke außer denen des Toten am Tatort gefunden wurden, an *beiden* Tatorten, um genau zu sein.« Er breitete die Hände aus und legte sie vor sich auf die Tischplatte, als wollte er zeigen, wie armselig seine Ausbeute bisher war. »Finden Sie nicht, dass das alles etwas merkwürdig klingt? Diese halb tote Patientin, die vor ihrem geheimnisvollen Verschwinden aus der Klinik nur Sie und Ihr Rettungsassistent gesehen haben …«

Erst jetzt fiel Ella auf, dass an der Kamera auf dem Stativ neben der Tür ein winziges rotes Lämpchen glühte. Was bedeutete das? Nahm die Kamera ihr Verhör auf oder übertrug es in einen anderen Raum? Lief sie schon die ganze Zeit? Wer befand sich in dem anderen Raum?

»Es gibt sie aber doch!«, rief sie, der Kamera zugewandt. »Der Mieter aus dem zweiten Stock hat mir geholfen, sie hinunterzutragen, und mehrere Leute vom Klinikpersonal haben sie ebenfalls gesehen –«

»Wie praktisch, dass ausgerechnet in dieser Nacht wegen des

Brands in der Disco alles drunter und drüber ging in der Notaufnahme«, sagte der Hauptkommissar. »Da wurden doch sicher haufenweise Schwerverletzte eingeliefert?«

Ella gab sich Mühe, ruhig zu bleiben, aber sie spürte, wie sie ihre Ruhe verließ; wie sie selbst zornig wurde. *Bleib ruhig*, ermahnte sie sich, *das wollen sie doch nur; sie wollen, dass du wütend wirst.*

Unvermittelt schrillte das Telefon auf dem Tisch. Einmal, zweimal, dreimal. Aziz und Schröder starrten den Apparat an, ohne sich zu rühren, fast als hätten sie den Anruf erwartet. Es schrillte weiter – viermal, fünfmal, sechsmal. *Als wüssten sie schon, wer sie sprechen will und was er ihnen zu sagen hat*, dachte Ella. *Kommt daher Schröders Zorn?*

Und da endlich begriff sie. Sie begriff es, weil das Telefon klingelte. Sie begriff, dass sie hier in diesem hell erleuchteten Raum in einer tödlichen Falle saß. Die Mörder waren nicht nur draußen auf den Straßen; wenigstens einer von ihnen hatte Zutritt zu diesem Gebäude. Sein Name lautete vielleicht nicht Kleist, und wahrscheinlich war er auch kein Hauptkommissar. Aber er wusste wieder, wo sie sich aufhielt. Nach dem achten Klingeln schwieg das Telefon, aber Ella kam es vor, als schrillte es weiter, bis ihr Gehirn wund war. Sie hörte es noch klingeln, als es längst still war, und dann hatte sie auf einmal auch die Antwort auf die Frage, warum das Telefon in Max' Wohnung genau in dem Moment geklingelt hatte, als sie mit der Polizei verbunden worden war.

»Ich möchte sofort mit einem Anwalt sprechen«, erklärte sie. *Ich brauche jemand, der mich hier sieht, jemand, der weiß, dass ich hier bin.*

Hauptkommissar Aziz nickte, langte über den Tisch nach dem Telefonhörer und fragte: »Jemand Bestimmten?«

»Ich kenne keinen«, sagte Ella. »Ich habe nie einen gebraucht.«

»Es ist Samstagabend«, sagte Aziz. »Ich könnte es beim Anwaltsnotdienst versuchen, wenn Sie möchten.«

»Bitte.« *Du darfst sie nicht merken lassen, dass du Bescheid weißt. Sie werden irgendwann den Raum verlassen, und dann wird jemand anderer kommen; oder sie bringen dich woandershin, an einen Ort, an den du auf keinen Fall mitgehen darfst.*

Aziz wählte eine Nummer und wartete, während Schröder mit den Fingern einen gereizten Bolero auf der Tischplatte trommelte. Er sah Aziz an, dann Ella, und plötzlich stand er auf und ging zur Tür, doch statt sie zu öffnen, blieb er nur mit gesenktem Kopf davor stehen. Aziz sagte: »Hier Hauptkommissar Aziz, Mordkommission. Wir bräuchten hier einen Anwalt, beim Landeskriminalamt in der –«

»Wir«, Schröder drehte sich um und kehrte zum Tisch zurück. »das heißt, die Kollegen, die den Fall bearbeiten, sind noch nicht dazu gekommen, alle Bewohner des Hauses in der Benno-Ohnesorg-Straße zu befragen. Aber einer der Mieter bestätigt einen Notarzteinsatz vorgestern Nacht und auch, dass eine Frau aus der Penthouse-Wohnung abgeholt worden ist …«. Einen Moment lang dachte Ella, er hätte beschlossen, die Daumenschrauben etwas zu lockern, denn seine Stimme klang fast wieder so, als wollte er eine vernünftige Befragung durchführen. Aber dann fuhr er fort: »Das Problem ist – was geschah zwischen der Abfahrt in der Benno-Ohnesorg-Straße und der Ankunft in der Charité? Wann ist die Patientin wirklich verschwunden? Bedenkt man das Chaos, das in jener Nacht geherrscht hat, und den Umstand, dass es zwar einen Zeugen für die gemeinsame Abfahrt gibt, aber keinen für eine ebensolche Ankunft – jedenfalls keinen, der noch am Leben wäre –, dann könnte sie genauso von Ihnen unterwegs irgendwo entsorgt worden sein, nicht wahr?«

»Das ist doch Blödsinn!«, widersprach Ella heftig. »Der Arzt, der sie in der Klinik übernommen hat, kann meine Aussage bestätigen …«

»Der Arzt, ja, richtig. Gut, dass Sie den erwähnen. Sie kennen ihn natürlich.«

»Nein.«

»Sie arbeiten an der Charité und kennen Ihre Kollegen nicht?«

Aziz legte den Hörer auf und sagte: »Sie schicken jemanden her.«

Ella sah zu Schröder auf. »Wissen Sie, wie viele Ärzte es in den Kliniken der Charité gibt, auf dem Campus Mitte, in Wedding und in Steglitz? Hunderte! Vielleicht war er neu in Mitte, oder er ist gar nicht fest angestellt, sondern arbeitet dort nur vorübergehend auf Honorarbasis so wie ich selbst. Oder …« Sie unterbrach sich. »Wollen Sie sagen, dass ich einen Kollegen beschuldige, eine Patientin verloren zu haben?«

Schröder sagte: »Haben Sie nicht mal einen anderen Arzt tätlich angegriffen? Sind Sie nicht mit der Faust auf ihn losgegangen und haben ihn als Mörder beschimpft?!«

Ellas Herz begann wieder zu rasen. *Woher haben sie diese Informationen? Wann haben sie das alles in Erfahrung gebracht?* »So war das nicht. Der Kardiologe hatte …«

»Ihre Kollegen in der Klinik und ehemalige Kommilitonen von Ihnen sagen, Sie seien ein *bleeding heart*«, meinte Aziz jetzt. »Sie identifizierten sich zu sehr mit den Patienten, ließen alles zu dicht an sich heran, schon während des Studiums hätten Sie unter einem Helferkomplex gelitten, *Ihr Herz schlägt in den Wunden ihrer Patienten* soll mal jemand über Sie gesagt haben …«

»Was ist falsch daran, wenn man dem Leid seiner Patienten gegenüber nicht gleichgültig ist?«, fragte Ella und dachte, *bleib ruhig, gleich ist der Anwalt da.* Sie atmete durch. So gelassen sie konnte, sagte sie: »Sie können bestimmt herausfinden, wem das Haus gehört. Der Mieter aus dem zweiten Stock sagte …«

»Das ist bereits geschehen«, erklärte Aziz. »Das Haus gehört einem Patentanwalt namens Freyermuth – Dr. Randolph Freyermuth, und die Wohnung im obersten Stock ist als Schenkung auf seine Tochter Sonja übergegangen.«

»Dann wissen Sie ja, wer die Frau war –«

»Sonja Freyermuth, Spitzname: Sunny«, assistierte Aziz seinem Kollegen. »Hat die Wohnung aber angeblich nicht selbst bewohnt. Lebt in der Schweiz, genauer, in Genf, studiert da Wirtschaftswissenschaft. Sie sehen, wir waren ganz und gar nicht untätig. Wir haben versucht, mit ihr Kontakt aufzunehmen, hatten aber bisher noch keinen Erfolg.«

»Haben *Sie* versucht, das Mädchen zu erreichen oder die Kollegen?«, fragte Ella.

Es hat keinen Notruf bei der Polizei gegeben, trotzdem weiß sogar die Mordkommission, dass in der Wohnung ein Verbrechen begangen worden ist und dass du den Einsatz durchgeführt hast. Seit wann wissen Schröder und Aziz das? Von wem?

»Das geht Sie nichts an«, sagte Schröder.

Aziz seufzte. »Wissen Sie, warum es uns so schwerfällt, Ihnen zu glauben, Doktor Bach? Weil Sie eine Lügnerin sind. Sie sagen uns einfach nicht die Wahrheit.«

»Ich habe Sie nicht belogen«, sagte Ella schließlich, aber ihre Stimme zitterte.

Aziz holte ein zusammengefaltetes Blatt Papier aus der Jackentasche und legte es auf den Tisch. »Wie erklären Sie sich dann diesen Brief, den Max Jansen Ihnen ungefähr vor drei Wochen geschrieben hat und in dem sich ein paar ergreifende Zeilen über seine Liebe zu Ihnen finden? Die offenbar, das geht aus diesen Zeilen hervor, durch eine gemeinsam verbrachte Nacht neue Nahrung erhalten hat, und zwar an dem Wochenende vor der Niederschrift dieses berührenden –«

»So einen Brief habe ich nie bekommen!« Ella streckte die Hand nach dem Blatt Papier aus, und Aziz schnippte es in ihre Richtung. Sie faltete es auseinander, warf einen Blick darauf. Sie erkannte Max' Schrift: *Ella, Bambi …*

»Weil er ihn nie abgeschickt hat«, antwortete Aziz. »Wir haben ihn in seiner Wohnung gefunden. Also, wenn Sie nicht gelogen haben, was Ihre platonische Beziehung angeht, warum erfindet Max Jansen dann …«

»Ja, ich habe noch einmal mit ihm geschlafen.« Sie spürte, wie das Blut ihr ins Gesicht stieg, erst in den Hals, dann in die Wangen und schließlich in die Stirn, eine jähe Hitze. Ihre Stimme zitterte nicht mehr, dafür klang sie jetzt trotzig. »Das ist ja kein Verbrechen, oder?«

Schröder schlug mit der flachen Hand auf den Tisch, aber bevor er etwas sagen konnte, fuhr sie rasch fort: »Ich hatte es vergessen«, und jetzt sah sie sich wieder mit ihren Augen, eine Lügnerin, die schon einmal gewalttätig geworden war.

»Es war nur einmal, und es war falsch«, sagte sie, dabei war ihr längst klar, dass sie sagen konnte, was sie wollte – es ging ihnen gar nicht darum. Sie war ihre einzige Verdächtige.

Plötzlich griff Schröder in die Außentasche seiner Lederjacke, holte sein Handy heraus und warf einen Blick auf das Display. Er stand auf und ging ein paar Schritte in Richtung Tür. »Schröder«, meldete er sich. Er lauschte.

Ella beobachtete ihn, beobachtete, wie sich sein Rücken plötzlich versteifte und sofort wieder entspannte, wie er sich umdrehte, sie fixierte und den Blick im selben Moment abwandte, in dem er merkte, dass sie ihn ansah. »Nein«, sagte er leise, »nein …« Er lauschte wieder, und dann sagte er: »Ja, natürlich – natürlich, Chef, wir können sie ohne Weiteres –« Seine Stimme stieß die Worte hervor, ein scharfes Flüstern. Wieder so zornig. »Aber wir haben sie fast –« Sein Hals rötete sich. »Ja, ja, ja, sind Sie sicher? Ja, natürlich, das geht –«

Was geht?, dachte Ella, gerade als Schröder das Gespräch abrupt beendete und mit einer unbeherrschten Geste das Handy wieder in die Tasche stieß. Er sah Ella an und sagte: »Sie können jetzt gehen.«

»Was?«, fragte Aziz überrascht.

»Er hat gesagt, wir sollen sie gehen lassen.«

Aziz sah ihn fassungslos an, erst ihn, dann sie, und da wurde ihr klar, dass sie sich geirrt hatte. *Der Mörder ist irgendwo da draußen. Sie schicken dich raus zu ihm. Du hast gerade erlebt, wie er ihnen befohlen hat, dich zur Schlachtbank zu schicken. Es ist jemand, der ihnen Befehle erteilen kann – Befehle, die sie nicht verstehen und nicht ausführen wollen, aber er duldet keinen Widerspruch.*

»Was ist mit meinem Anwalt?«, fragte sie. »Kann ich hier auf ihn warten?«

»Das ist kein Wartesaal«, erklärte Schröder. »Sie sollten unsere Geduld nicht überstrapazieren.«

Sie wissen nichts. Sie gehören nicht dazu. Aber für sie bin ich schuldig. Sie hielt noch immer Max' nie abgeschickten Brief an sie in der Hand. »Kann ich den behalten?«

»Das ist Beweismaterial«, sagte Aziz, jetzt ebenso schroff und zornig wie sein Kollege. »Viel haben wir ja nicht!« Er stand auf, drückte die Stopp-Taste des Rekorders und nahm die Kassette aus dem Gerät. »Wissen Sie, was komisch ist?«, sagte er. »Ich hatte vorhin ein Gespräch auf dem Gang – die Spurensicherung hat nicht den geringsten Hinweis auf die Anwesenheit eines Mannes in der Wohnung des Mädchens gefunden. Und falls es dort wirklich einen Überfall gegeben haben sollte, existieren auch dafür keine Beweise. Bei so einem Gemetzel müsste es doch *irgendwas* geben – Blut, Fingerabdrücke, verschmierte Fußspuren da, wo er sich vor Ihnen versteckt hat, rote Spritzer an den Wänden oder dem Fenster, durch das er abgehauen ist, nicht? Wir haben also Ihr Wort und das des Nachbarn aus dem zweiten Stock, aber der ist sich plötzlich gar nicht mehr sicher, was er nun genau da im Dunkeln gesehen hat.« Er ging zur Tür. »Mal schauen, was bei der Untersuchung der Wohnung Ihres Freundes rauskommt. Bleiben Sie für uns erreichbar, ja?«

»Bringen Sie mich nicht nach Hause?«, fragte Ella. »Kann irgendjemand von Ihnen mich nach Hause fahren?«

9

Es war kurz vor Mitternacht, und Ella stand allein am Hintereingang des Gebäudes und sah auf den dunklen Hof mit den abgestellten Einsatzfahrzeugen hinaus. Der Hof war so groß wie ein Fußballplatz und wurde beleuchtet von den wenigen Fenstern in den wuchtigen Backsteinmauern und den Scheinwerfern über den Toren.

Du musst einfach losgehen, dachte sie, *ganz ruhig, nicht rennen. Hier wird er dir nichts tun.*

Ihr Blick ging über die Seitenflügel des Gebäudes hoch zum obersten Stockwerk, nach links, nach rechts, von Fenster zu Fenster, den erleuchteten und den schwarzen. Er beobachtete sie. Er stand hinter einem der Fenster und wartete darauf, dass sie endlich aus dem Eingang trat. Er saß in einem der Streifenwagen, unsichtbar bei ausgeschalteten Scheinwerfern. Er lauerte auf der Straße, hinter einem der Bäume, in einem geparkten Cabrio, einer Limousine. Er war ein Raubtier, und das Raubtier nahm ihre Witterung auf.

Ella ging los, tat einen Schritt nach dem anderen, erst zögernd, dann sicherer. Ging über den Hof, durch die Dunkelheit, vorbei an den abgestellten Streifenwagen und vergitterten Einsatzbussen. Roch die Ausdünstung warmer Motoren. Hörte ihre eigenen Schritte nicht, spürte sie nicht einmal. Ging schneller, auf das offene Tor zu, hinter dem der Verkehr vorbeiflutete. Im Gehen sah sie zu den Fenstern hoch, konnte aber niemanden entdecken, auch nicht hinter sich, als sie sich in der Mitte des Hofs kurz umdrehte.

Sie erreichte das Tor – die Pförtnerloge war leer –, und dann war sie auf dem Bürgersteig, und im nächsten Moment rannte sie. Sie lief um die nächste Ecke, rannte weiter, immer schneller, und ihre Angst verschwand. Je länger sie rannte, desto weniger Angst verspürte sie. Die Nachtluft schoss ihr in die Lungen, ihre Schuhsohlen schlugen auf den Asphalt. Sie rannte schneller als die Fahrräder, die Autos, die Motorräder, und sie ließ alle hinter sich zurück. Ihr Kopf wurde leicht, und die Muskeln begannen zu brennen, aber sie spürte die Angst nicht mehr und auch nicht das Rasen ihres Herzens.

Sie rannte bis zur nächsten Querstraße. Trat auf der Stelle, ohne mit dem Laufen aufzuhören, wartete den passenden Moment ab, die winzige Lücke im Fluss der vorbeirasenden Fahrzeuge, die Lücke, die nur für sie groß genug war, und als sie kam, lief sie los. Sie erreichte die andere Straßenseite, und auch dort rannte sie weiter, ein Stück die breite Querstraße entlang, dann um die nächste Ecke. Sie stieß auf einen Kanal, und noch immer rannte sie, rannte am Kanal entlang, bis sie das Gefühl hatte, ihre ganze Lunge sei wund und verätzt und fülle sich mit Blei statt mit Sauerstoff.

Stolpernd blieb sie stehen. Die Dunkelheit vor ihren Augen flimmerte. Sie beugte sich vor, stemmte die Handteller gegen die Knie. Ihre Muskeln brannten, und die Beine zitterten. Der Speichel auf ihrer Zunge schmeckte wie Blut. Der Puls in ihrer Halsschlagader hämmerte gegen die Kehle. Sie schloss die Augen. Keuchend wartete sie ab, bis sie wieder klar sehen konnte, dann schaute sie sich um.

Rechts von ihr führte eine Fußgängerbrücke aus verschnörkeltem Eisen über das Wasser. Sie lief über die Brücke, ihre Füße polterten auf den Holzbohlen. Mückenschwärme tanzten im Licht der altmodischen Laternen, und das Licht war gefährlich, und sie lief weiter. Hinter der Brücke führte ein schmaler Weg in den Tierpark, zwischen schwarze rauschende Bäume.

Sie spürte Gras unter den Schuhsohlen, und dann lag vor ihr ein Teich, aber sie konnte nicht genau erkennen, wo das Wasser begann.

Langsam ging sie auf den Teich zu, bis sie eine Bank entdeckte. Sie setzte sich nicht auf die Bank, sondern ließ sich auf die Wurzeln eines mächtigen Baums sinken, und nach ein paar Minuten, in denen sie an nichts dachte, tauchte wieder das Bild des toten Max vor ihr auf. *Ella, Bambi* … Das war sein Spitzname für sie gewesen, als sie sich noch geliebt hatten. Er hatte ihr das Haar aus der Stirn gestrichen und sie angelächelt, dass ihr das Herz schmolz, und geflüstert: »Ella, Bambi …«

Warum hast du den Brief nicht abgeschickt, du verdammter Idiot?

Bild für Bild jagte der ganze Tag an ihr vorbei. Keins der Bilder schien wirklich zu ihrem Leben zu gehören, vor allem nicht das des toten Max in seinem Blut auf dem Küchenboden. Max war nicht jemand, um den man weinte; er war jemand, mit dem man lachte. Sie war so gern mit ihm zusammen gewesen, lieber als mit jedem anderen Mann. Er war zärtlich gewesen, klug und komisch. Es gab nicht viele Männer, mit denen man so lachen konnte, dass man alles vergaß, für ein paar Stunden wenigstens oder auch nur für einen Moment.

Sie lauschte den Geräuschen des nächtlichen Parks, dem Wind in den Baumkronen, dem Dröhnen des Verkehrs auf dem KuDamm in der Ferne und dem leisen Plätschern im Wasser, wenn eine der Enten erwachte oder ein Fisch an die Oberfläche stieß. Sie dachte wieder an Max, und da fielen ihr die Krebse ein. *Weißt du noch, die Nacht, als wir das Krebsessen veranstaltet haben und danach verkleidet durch Kreuzberg getobt sind?*

In jenem Sommer kannten sie sich erst kurze Zeit. Nachts zogen sie immer zusammen mit seiner Schwester Annika durch die Kneipen, und manchmal schlugen sie auch ein bisschen über die Stränge, so wie an dem Abend der Krebse. Es war

Semesterende, Annika hatte gerade ihr Praktikum in der Psychiatrie angefangen, und zur Feier des Tages hatte Max auf dem Fischmarkt einen Eimer voll lebender Krebse besorgt, mit denen sie den Abend in Annikas kleiner Küche beginnen wollten.

Während sie das Essen vorbereiteten, öffnete Max eine Flasche Champagner, *woher hatten wir eigentlich das Geld dafür?*, schenkte allen ein Wasserglas voll ein und leerte seins sofort. Annika – schön und groß und Ellas beste Freundin zu der Zeit – stellte eine Pfanne und einen großen Kochtopf voll Wasser auf den Herd. Als es zu sieden begann, legte sie ein großes Küchensieb in die Spüle und leerte den Eimer in das Sieb. Danach nahm sie es, schüttelte die Krebse durch und kippte sie in das sprudelnde Wasser. Das Wasser schäumte hoch. Einer der Krebse wurde gegen den Topfrand gespült, wo seine rudernden Beine Halt fanden. Der nächste kletterte über ihn hinweg und fiel mit einem leisen Knacken vom Topfrand auf den Küchenboden, gleich darauf ein zweiter und ein dritter. Flink krabbelten sie mit vorgereckten Scheren und tastenden Fühlern über die Kacheln, weg vom Herd.

Ella brachte ihre nackten Füße mit einem Satz auf die Bank am Esstisch in Sicherheit. Annika stürzte kreischend auf den Balkon hinaus, und dann fing auch Ella an zu kreischen, weil ein Krebs den Kurs änderte und auf die Bank zukrabbelte. Ella sprang von der Bank und lief zu Annika auf den Balkon hinaus, wo sie beide gemeinsam schrien.

Die Passanten auf der Straße blieben stehen und sahen zu ihnen hinauf. Einige Männer lachten und stießen andere Männer an, die ebenfalls zu lachen anfingen und näher ans Haus traten. Erst als Ella eine Frau sah, die missbilligend den Kopf schüttelte und ihren Begleiter von dem Platz unter dem Balkonrost wegzerrte, wurde ihr klar, wohin die Männer starrten. »Hast du wieder kein Höschen an?«, fragte sie Annika.

Annika schien plötzlich zu frösteln. »Du meine Güte, ja!«, rief sie, kicherte und wollte zurück in die Küche laufen, was ohne Weiteres möglich gewesen wäre, wenn Max nicht die Tür verriegelt hätte. Ein breites Grinsen im Gesicht, stand er auf der anderen Seite und winkte ihnen fröhlich zu. »Dafür wirst du büßen«, sagte Annika leise, aber inbrünstig.

Als Ella die Kerzen auf dem Küchentisch anzündete, weil sie endlich mit der Suppe anfangen konnten, war Max bereits betrunken. Die mit Champagnersauce und Butter zubereiteten Krebse schmeckten ihm so gut, dass er einen nach dem anderen hinunterschlang, ohne Salat oder Weißbrot dazu zu essen. Bald türmten sich in der Keramikschale vor seinem Platz Köpfe, Scheren und Panzer, und als es keine Krebse mehr gab, fing er an, die Schwänze auszulutschen. Etwas später war auch der Champagner zu Ende.

»Wir brauchen noch Champagner«, rief Max. »Lass uns was trinken gehen, irgendwo in Kreuzberg, okay?« Er stand unsicher auf, klopfte seine Hosentaschen ab, dann sah er seine Schwester an. »Ich hab mein Portemonnaie vergessen, schießt du mir was vor?«

»Okay«, sagte Annika, und Ella entdeckte einen Glanz in ihren Augen, der nichts Gutes ahnen ließ, »aber nur, wenn du in einer Zwangsjacke gehst.«

»In einer Zwangsjacke?«

»Genau«, bestätigte Annika. »Ohne Zwangsjacke kein Champagner.«

Max ließ seinen Blick zwischen ihnen hin- und herwandern. »Klar, warum nicht«, meinte er gleichmütig und blinzelte Ella zu. »Du hast nicht zufällig eine da?«

Annika stand auf, ging ins Nebenzimmer und kehrte mit einer weißen Zwangsjacke zurück. »Eine gute Therapeutin«, verkündete sie, »hat dergleichen immer zur Hand. Vor allem, wenn sie einen Freund hat, der auf Fesselspiele steht.« Sie trat auf ihren Bruder zu. »Hier, du ziehst sie an, und Ella und ich spielen deine Pflegerinnen.«

»Und dann?«, erkundigte Max sich misstrauisch, sah aber keine Möglichkeit mehr zu einem ehrenvollen Rückzug.

»Wir erschrecken auf der Straße ein paar Leute, und danach binden wir dich wieder los.«

»Das ist alles?«

»Mehr oder weniger«, sagte Annika unschuldig.

Kurz vor elf stiegen sie am Mareinekeplatz aus Ellas offenem Karmann Ghia und führten Max zwischen sich die Bergmannstraße hinauf. Sie hatten ihm die Zwangsjacke angezogen und die Arme vor dem Bauch verschnürt, sodass er nur noch den Kopf und die Beine bewegen konnte. Annika und Ella hatten weiße Kittel über ihre Kleider gezogen, und diesmal trug auch Annika Unterwäsche. »Wir hätten uns noch ein Stethoskop besorgen sollen«, sagte Annika.

»Irrenärzte tragen keine Stethoskope«, sagte Ella.

»Ein Stethoskop kommt immer gut«, sagte Annika.

Mit wilden Blicken, schüttelte Max den Kopf, bis ihm die blonden Haare in die Stirn hingen. Er rannte ein paar Schritte und drehte sich einmal um die eigene Achse, wobei er ein lang gezogenes Wolfsgeheul ausstieß. »So gut?«, fragte er.

»Perfekt«, erklärte Annika. »Du hast dir deinen Champagner verdient.«

Es war eine warme Nacht, fast so wie diese, und an den Tischen vor den Restaurants, Cafés und Bars gab es kaum einen freien Platz. Autos auf der Suche nach Parklücken rollten im Schritttempo an den rechts und links abgestellten Fahrzeugen entlang. Aus den Lokalen spülte Musik auf die Gehwege. Kinder, die zu niemandem zu gehören schienen, spielten im Schein der bunten Lichter Fangen zwischen den Tischen. Passanten flanierten über die Trottoirs, und die Luft roch nach exotischen Gewürzen, und irgendwo erklang die Trompete eines Straßenmusikanten.

»Was soll ich eigentlich mit dem Strohhalm?«, wollte Max wissen.

»Ich wüsste nicht, wie du sonst mit gefesselten Armen was trinken willst«, sagte Annika.

Max starrte erst sie an, dann Ella. »Wieso, ihr bindet mich doch wieder los, oder?«

Annika und Ella gingen weiter, ohne zu antworten. Er sah ihnen einen Moment lang bewegungslos nach, dann lief er mit wackelndem Oberkörper hinter ihnen her, bis er sie wieder eingeholt hatte. »*Oder?*«, rief er.

»Hast du die Küchentür vergessen?«, fragte Annika.

Ella ergriff seinen rechten Oberarm und zog ihn weiter. »Komm schon, Wolfsmann«, sagte sie.

»Nein!«, schrie er, riss sich los und rannte auf eine Gruppe von Frauen und Männern zu, die im Lichtschein eines Fast-Food-Lokals standen. »Hilfe! Helfen Sie mir, bitte! Befreien Sie mich!« Seine Augen loderten, und ein wenig Speichel rann ihm über die Unterlippe. »Bitte!«

Die Gruppe wich unbehaglich zurück, während die Gäste an den Tischen eines Restaurants nebenan neugierig die Köpfe hoben. Max lief zu den im Freien stehenden Tischen und begann, wahllos auf Kellner und Gäste einzureden, von denen einige ihn einfach ignorierten, während andere lachten, aber keiner half ihm aus seiner Zwangsjacke. Als Ella und Annika bei ihm eintrafen, war er erschöpft und verschwitzt, aber seine Augen glänzten wie nasse Murmeln. »Das ist Freiheitsberaubung«, erklärte er mit einem Anflug von Würde, wie sie so nur ein Betrunkener aufbringen konnte.

»Stimmt«, pflichtete Annika ihm bei, »und die erträgt man besser im Sitzen. Kellner, bringen Sie uns eine Flasche Champagner!«

»Sie werden den doch jetzt nicht etwa losbinden«, sagte ein Mädchen mit einer roten Irokesenfrisur am Nebentisch.

»Keine Sorge«, erklärte Annika, »er ist ausgebrochen, und wir bringen ihn wieder zurück. Er ist nicht wirklich gefährlich, solange er etwas zu trinken bekommt.«

»Es kann höchstens sein, dass er Sie beißt«, warf Ella ein.

»Aber wir haben Spritzen gegen Tollwut dabei«, sagte Annika.

Max sank auf einen freien Stuhl. Der Kellner erschien an ihrem Tisch und sagte: »Entschuldigen Sie, dieser Tisch ist leider reserviert. Tut mir leid.«

»Ja, mir auch«, sagte Annika. »Denn wenn er nicht sofort seinen Champagner bekommt, kriegt er vielleicht wieder einen Anfall, und dann ...« Sie ließ den Satz unvollendet und blickte nachdenklich auf die Kehle des Kellners, die verletzlich und preisgegeben aussah.

»Champagner und einen Strohhalm«, sagte Ella. »Das beruhigt ihn.«

»Mich nicht«, sagte das Mädchen mit der Irokesenfrisur am Nebentisch. Es zog sich etwas tiefer in seine übergroße schwarze Lederjacke zurück. »Mich beruhigt das nicht.« Ein silberner Ring in seinem linken Nasenflügel fing das Licht von der Markise und ließ es über ihrer gepiercten Oberlippe zittern.

»Er heißt Max«, sagte Annika. »Meistens macht er keine besonderen Probleme, aber in manchen Sommernächten –«

»– wenn Vollmond ist –«, ergänzte Ella.

»Ich hole den Champagner«, sagte der Kellner und eilte davon.

Das Mädchen mit der Irokesenfrisur holte Geld aus der Seitentasche seiner Lederjacke und legte es neben sein halb ausgetrunkenes Weinglas.

»Bitte, gehen Sie nicht«, bat Annika.

»Warum nicht?«, fragte das Mädchen.

Annika fuhr Max mit der Hand über das wirre Haar, eine Geste, zu der Ella schon die ganze Zeit Lust gehabt hatte. »Er braucht viele Liebe. Wenn Sie jetzt gehen, fühlt er sich zurückgestoßen.«

Das Irokesen-Mädchen betrachtete ihn teilnahmsvoll. »Er sieht süß aus. Irgendwie traurig und verloren.«

»Wir passen auf, dass er sich nicht selbst verliert«, sagte Ella.

»Durst«, rief Max. »Durst, Durst, Durst!«

Der Kellner kehrte an ihren Tisch zurück, in den Händen ein Tablett, auf dem ein Kübel mit zerstoßenem Eis, eine Flasche Champagner und drei Gläser standen. »Wir haben innen noch Platz, da ist es etwas leerer«, sagte er, »falls es Ihnen hier draußen vielleicht zu kühl wird –«

»Es gefällt uns sehr gut hier draußen«, sagte Ella.

Es war eine warme Nacht gewesen, genau wie heute Nacht, und die Markise des Cafés flatterte im Wind, der vom Mehringdamm herunterwehte. Ella hatte Max beobachtet, wie er in seine Zwangsjacke geschnürt dasaß und den Champagner mit dem Strohhalm schlürfte, und sie fand, dass das Mädchen namens Spinne recht hatte – er sah tatsächlich süß und verloren aus, und wenn er lächelte, schmolz etwas in ihrem Herzen.

Kurz nach jener Nacht hatte es angefangen zwischen ihnen, und eine Zeit lang war es das Beste gewesen, das ihr je widerfahren war, und wenn sie jetzt daran dachte, war es in der Erinnerung immer noch gut. Nur dass Max jetzt tot war. Er war tot, und sein Mörder lief frei herum. *Ich zahle es ihm heim, Max,* dachte Ella. *Wenn die Polizei ihn nicht erwischt oder wenn sie ihn nicht einmal sucht, weil er dort Freunde hat, dann kümmere ich mich darum. Du wirst staunen, wozu ich fähig bin.*

Jetzt merkte sie, dass sie weinte, aber es störte sie nicht. Nach so einer Nacht und so einem Tag durfte man weinen. Es war in Ordnung.

10

Wenn ein Raubtier die Witterung seiner Beute verliert, legt es sich auf die Lauer und wartet. Es wartet bis das Opfer an einen Ort kommt, den es regelmäßig aufsucht. Wo es Futter findet oder Wasser. Oder wo es wohnt, wenn es ein Mensch ist.

Ella saß in ihrem Karmann Cabrio und fuhr langsam durch die Akazienstraße. Sie fuhr an ihrem Haus vorbei und danach an den vielen kleinen Cafés, Boutiquen und Spezialitätenrestaurants, derentwegen sie hierhergezogen war. Die letzten Blütenblätter der Akazien bedeckten den Asphalt. Vor der Apostel-Paulus-Kirche fand sie einen Parkplatz, gegenüber von einem indischen Lokal mit einer flatternden Markise. Es regnete wieder schwach, die Scheiben waren beschlagen, und die Tropfen knisterten leise auf dem Verdeck. Der Himmel über den Dächern war gerötet. Dunkel erhob sich die aus roten Backsteinen erbaute Kirche über die dicht belaubten Bäume, die sie umstanden. Die grünspanbefallene Turmspitze schien bis zu den tief treibenden Wolken zu reichen.

Von ihrem Platz aus konnte Ella ihre Haustür beobachten und die Bürgersteige und die Straße und die wenigen Autos auf der Straße; es war alles wie immer um drei Uhr morgens. Ihre Wohnung lag ganz oben, halb hinter den Kronen der Bäume verborgen; die Fenster waren dunkel.

Ella holte das Handy aus der Handtasche, die offen auf dem Beifahrersitz lag. Ihr ganzes Leben befand sich in dieser Tasche:

Ausweis, Adressbuch, MasterCard, Geld, Schlüssel. Genau genommen musste sie gar nicht in die Wohnung, solange das Raubtier hier irgendwo auf der Lauer lag. Aber vielleicht fiel ihr etwas auf: ein Wagen, ein Mann, ein Gesicht, selbst wenn es nur ein Schatten in der Dunkelheit war und –

Die Erkenntnis war wie ein Schlag gegen die Brust, so heftig wie damals, als sie mit dreizehn im letzten Zwielicht des Tages noch Fahrrad gefahren und gegen einen Draht geprallt war, den Kinder zwischen zwei Bäumen über den Weg gespannt hatten. Sie war aus dem Sattel gestürzt, und einige Sekunden lang hatte sie nicht begriffen, was geschehen war, warum sie nicht mehr atmen konnte.

Als sie dann aufgestanden war und den Draht entdeckt hatte, kam ihr alles um sie herum noch eine ganze Weile merkwürdig verändert vor: als läge ein leichtes Flimmern zwischen ihr und den Dingen. Sie sahen noch genauso aus wie vorher, ihren Platz hatten sie nicht verändert, aber trotzdem war etwas anders geworden. Alles kam ihr klarer vor, eindringlicher, sogar leuchtender, und die Geräusche waren plötzlich lauter.

Du hast deinen Platz in der Welt verloren.

Sie konnte nicht mehr in ihre Wohnung, vielleicht nie mehr.

Ella schaltete die Innenbeleuchtung ein. Sie suchte Annikas Nummer in ihrem Adressbuch, klappte ihr Handy auf und tippte die Ziffern ein, bevor sie das kleine Lämpchen über ihrem Kopf rasch wieder ausknipste. Das Freizeichen ertönte. Sie betrachtete den Regen, der in Rinnsalen über die Windschutzscheibe rann und kurbelte die Seitenscheibe einen Zentimeter herunter, um Luft in den Wagen zu lassen. Dann sah sie im Innenspiegel, dass der Schein des Handy-Displays ihr Gesicht aus der Dunkelheit holte. Sie unterbrach die Verbindung, schloss das Handy an die Freisprecheinrichtung an und drückte die Wahlwiederholung. Danach legte sie das Gerät in ihren Schoß.

Am anderen Ende der Leitung meldete sich eine verschlafene Stimme. »*Scheiße, ja!* … Jansen, hallo?!«

»Ich bin's – Ella«, sagte Ella leise.

»Welche Ella? Ella Fitzgerald?«

»Bambi«, erklärte Ella. »Erinnerst du dich nicht an mich?«

»*Bambi?!* Du hast ja Scheißnerven, mich mitten in der Nacht –«

»Max ist tot«, sagte Ella. Sie hatte es anders sagen wollen, aber sie wusste nicht, wie, und sie wusste auch nicht, wie viel Zeit sie dafür hatte. Sie wusste nur, dass Annika es von ihr hören musste, nicht von der Polizei; nicht von jemandem, der sie für die Täterin hielt.

»Drei Jahre lang lässt du nichts von dir hören, seit du mit Max Schluss gemacht hast, und jetzt fällt es dir ein, mich –« Annika unterbrach sich, und als sie weitersprach, klang ihre Stimme anders. »*Was* ist mit Max?«

»Er ist tot«, wiederholte Ella.

Zwei bis zu den Augen verschleierte Frauen näherten sich auf dem Bürgersteig, gingen an dem Wagen vorbei und bogen in eine Seitenstraße. Sie unterhielten sich laut und schnell auf Arabisch. Eine lachte. Ein Taxi mit eingeschaltetem Schild auf dem Dach rollte langsam die Straße herunter. Die Scheinwerfer streiften den Karmann, und Ella duckte sich und blieb unten, bis das Taxi vorbei war.

»Er ist ermordet worden«, sagte Ella.

»Das ist überhaupt nicht komisch, Ella«, sagte Anika. »Ich habe noch Dienstagnachmittag mit ihm telefoniert, und da war er so –«

»Ich habe ihn gefunden.« Ella schmeckte plötzlich etwas Bitteres ganz hinten auf ihrer Zunge, weil sie es zum ersten Mal aussprach, und es kam ihr vor, als würde es dadurch erst Wirklichkeit. »Er hatte sich den Knöchel verstaucht, und die Mörder sind in seine Wohnung gekommen –«

»Stopp!«, fiel Annika ihr ins Wort. »Redest du wirklich von meinem Bruder? Wer sollte denn Max ermorden?« Sie schwieg, und während ihres Schweigens füllte sich die Leitung mit einem rauschenden elektrischen Nebel, dem fernen Echo unausgesprochener Gedanken und unvorstellbarer Bilder.

»Ich weiß es nicht«, sagte Ella. Durch das Rauschen konnte sie Annika atmen hören und dazu das Knistern des Regens auf dem Verdeck. Dann sagte sie noch einmal: »Ich weiß es nicht.« Ein heißer Schmerz stieg in ihrer Kehle hoch. »Es war so schrecklich, Anni, das kannst du dir gar nicht vorstellen ...« Der Schmerz waren lauter Worte, die jetzt aus ihr hervorbrachen, als sie Annika, mit der sie drei Jahre nicht mehr gesprochen hatte, alles erzählte, was seit vorgestern Nacht passiert war. Als sie fertig war, schwieg Annika noch immer. »Deswegen musste ich dich anrufen. Damit du es von mir hörst, bevor die Polizei sich mit dir in Verbindung setzt.«

Annika sagte weiter nichts, aber jetzt konnte Ella hören, dass sie schniefte. »Und die denken, das warst alles du?«, fragte sie endlich. Ihre Stimme klang gepresst.

»Ja.«

»Sie halten dich für schuldig, und trotzdem haben sie dich auf freien Fuß gesetzt?«

»Ja.«

»Weißt du, wie das klingt?«

»Glaubst du mir?«, fragte Ella.

Annika antwortete nicht.

»Du glaubst mir doch, oder?!« Ella merkte, dass sie das Lenkrad umklammerte. »Ich bin es nicht gewesen, und ich bin nicht paranoid.«

Am anderen Ende der Leitung ertönte ein leises Scheppern wie von Tabletten in einer Plastikdose, dann ein Fluch, »Nein, *verdammte Scheiße*, nicht jetzt –!« Ein Glas klirrte, gefolgt von Schluckgeräuschen. *Was nimmt sie da?*, dachte Ella.

Annika atmete tief ein und wieder aus, dann sagte sie: »Max hat dich immer noch geliebt, die ganze Zeit, weißt du das?«

Ella sagte nichts. Nach einer kurzen Pause fuhr Annika fort: »Was hast du jetzt vor?«

»Ich habe keine Ahnung«, sagte Ella.

»Haben sie … hat die Polizei gesagt, du sollst dich zu ihrer Verfügung halten? Dass du ständig telefonisch erreichbar sein sollst?«

»Ja.« Ella blickte in den Rückspiegel. Hinter ihr, an der Ecke zur Grunewald Straße, verließen drei schlanke Asiaten in schwarzen Hosen und weißen Hemden ein Restaurant, dessen dunkle Fenster mit Lampions und bunten Papierdrachen verziert waren. Einer brüllte in sein Handy, die beiden anderen unterhielten sich lärmend in einem chinesischen Dialekt. Dann schlugen sie sich lachend auf die Schultern; ihre Brillengläser blinkten, spiegelten die Straßenbeleuchtung. Die Ampel neben ihr wechselte zu Rot, ein Volvo hielt, und das dumpfe Wummern von Musik drang durch die geschlossenen Fenster, Drum ’n Bass. »Was hast du gesagt? Ich habe dich nicht verstanden«, sagte Ella.

»Ich sagte, von wo rufst du an? Aus einer Telefonzelle?«

»Nein, aus meinem Wagen.«

»Mit dem Handy?«

»Ja.«

»Hör sofort auf«, sagte Annika.

»Warum?«

»Hör auf und fahr los, sofort!«

Plötzlich begriff Ella, noch bevor Annika weiterredete: »Vielleicht versuchen sie, dich anhand deines Handys zu orten. Sie haben deine Nummer, oder? Wenn du diesen Kleist von unterwegs mobil angerufen hast, dann –«

»So schnell geht das nicht«, sagte Ella, aber sie drehte trotzdem den Schlüssel im Zündschloss und startete den Wagen. Sie fuhr ein weiteres Mal an ihrem Haus vorbei. Sie versuchte, einen Blick in die am Straßenrand geparkten Fahrzeuge zu werfen, aber die nassen Fenster reflektierten die Laternen, die an Stahltrossen im Wind über der Straße schaukelten, und sie konnte nicht sehen, ob jemand darin saß.

»Auf alle Fälle brauchst du einen guten Anwalt«, sagte Annika. »Jemand, der zwei Hauptkommissaren Befehle geben kann, muss in der Hierarchie des LKA ziemlich weit oben stehen. Allein kommst du gegen den nicht an.«

»Morgen ist Sonntag«, sagte Ella. »Vor Montag hat kein Anwaltsbüro –«

»Und du musst in Bewegung bleiben«, fuhr Annika fort, als wäre sie neben ihrem Medizinstudium jahrelang noch Mitglied einer Terrorzelle gewesen. »Du darfst dich nie lange an einem Ort aufhalten. Ich würde ja sagen, komm her, aber London ist einfach ein bisschen weit weg. Am besten wirfst du das Handy in eine Mülltonne, sobald wir aufgelegt haben. Besorg dir ein neues in irgendeinem Telefonladen, der sonntags aufhat. Ruf mich morgen wieder an, dann habe ich einen Anwalt für dich.«

»London?«, fragte Ella überrascht. »Was machst du denn in London?«

»Da lebe ich«, sagte Annika. »Falls man das Leben nennen kann. Ist ’ne ganze Menge passiert bei mir in den letzten drei Jahren, weißt du.«

Was?, dachte Ella, *was ist passiert? Warum hat Max mir nichts davon erzählt? Was für Tabletten nimmst du?* An der Ecke Hauptstraße bog sie nach links ab. Auf dem Kaiser-Wilhelm-Platz saßen immer noch vereinzelte Nachtschwärmer auf den Steinbänken, hörten Musik aus Ghettoblastern und tranken Bier. »Annika, bei Max’ Beerdigung werden sie bestimmt in der Nähe sein«, sagte Ella. »Wenn ich nicht –«

»Warte ab, was der Anwalt sagt«, sagte Annika, ohne darauf

einzugehen, als wäre der tote Max ein Geist, der verschwand, wenn man nicht über ihn sprach.

Die Scheinwerfer der entgegenkommenden Autos blendeten Ella, und das Licht blieb zwischen ihren Wimpern hängen, bis sie es wegblinzelte. »Ich musste daran denken, wie wir Max damals –«, fing sie an, hörte aber mitten im Satz auf und sprach nicht weiter.

»Ich kümmere mich um die Beerdigung«, sagte Annika.

»Wir waren noch befreundet«, sagte Ella. »Max und ich. Wir sind Freunde geblieben.«

»Ich weiß«, sagte Annika und unterbrach die Verbindung, aber Ella schaltete ihr Handy nicht aus. Sie wünschte sich, Max' Schwester wäre jetzt hier; sie wünschte, keine von ihnen beiden müsste in dieser Nacht allein sein. Sie sah sie vor sich, Annika, mit ihren tiefseeblauen Augen, dem hellbraunen Kurzhaarschnitt und der Milchstraße von Sommersprossen im Gesicht, und auf einmal war es, als hätte es die vergangenen drei Jahre nicht gegeben.

Aber da waren die Tabletten, die veränderte Stimme, die jähe Schärfe – irgendetwas war passiert in dieser Zeit. *Was erwartest du denn?* Ella wusste, dass Annika ihren Bruder geliebt hatte, mehr als alle Männer, mit denen sie im Lauf der Jahre zusammen gewesen war. *Sie hat ihn mir anvertraut, die ältere Schwester, ihrer besten Freundin.* Und jetzt ging mitten in der Nacht das Telefon, und die beste Freundin war dran und sagte: *Max ist tot, Anni, die Polizei denkt, ich hätte ihn ermordet.*

Endlich schaltete Ella das Handy aus, und unter einer S-Bahn-Überführung kurbelte sie das Fenster herunter und warf das Gerät hinaus. Sie fuhr weiter die Potsdamer Straße hinunter, über den Kanal und bog in die Ebertstraße ein. Dann sah sie hinter den Häusern den Fernsehturm mit seiner bunten Beleuchtung aus der Nacht auftauchen, und sie fuhr weiter in Richtung Mitte.

Sie versuchte, sich an das erste Telefonat mit Kleist zu erinnern, an die Fragen, die er gestellt hatte. Er hatte nicht nach der Patientin gefragt, danach, was mit ihr geschehen sein konnte, sondern nur danach, wer den Notarzt informiert hatte. Und was sie vielleicht noch gesagt hatte, das auch. Warum hatte er nach nichts von dem gefragt, was Polizisten normalerweise fragen?

Weil er weiß, was mit ihr geschehen ist. Er wusste es die ganze Zeit. Der Polizist und die Mörder stehen in Verbindung. Deswegen hatte er sie in der Wohnung angerufen, um sie zu warnen, genau in dem Moment, in dem sie den Notruf gewählt hatte.

Reden Sie nicht mit der Polizei, Doktor Bach. Reden Sie mit uns.

Er war kein falscher Polizist, er hatte nur einen falschen Namen benutzt, und jetzt wusste er, dass sie mit seinen Kollegen redete. Er war keiner von den Tätern, aber er gehörte zu ihnen. Und als er von ihr erfahren hatte, war er sofort losgegangen, um sie unter die Lupe zu nehmen, diese ganzen Informationen über sie zu sammeln – blitzschnell, innerhalb weniger Stunden –, mit denen er dann seine Kollegen gefüttert hatte: Schaut sie euch an, so eine ist das, eine Lügnerin, eine gewalttätige Frau, instabil. Eine Mörderin.

11

Es war fast halb vier Uhr morgens, und Bruno Matschke saß in der Leitstelle an seiner Workstation und sprach in das Mikro seines Headsets. »Allergischer Schock am Gendarmenmarkt. NAW 4317, seid ihr noch in der Nähe?« Er starrte auf den links vor ihm stehenden Monitor, der einen Stadtplanausschnitt heranholte, und tippte die Koordinaten des Einsatzortes in die Computertastatur. Anschließend wechselte er zu einem zweiten Monitor auf der rechten Seite, auf dem er den Einsatz kontrollieren konnte. »Gut, die Route müsstet ihr jetzt auf dem Navi haben.« Er schwieg, hörte zu, dann schüttelte er den Kopf. »Nein, die Anruferin weigert sich, die Reanimation durchzuführen.«

Er wandte sich dem in der Mitte des Schreibtischs eingebauten Flachbildschirm der Funk-Draht-Vermittlungsanlage zu, berührte den Bildschirm mehrmals an verschiedenen Stellen mit dem Zeigefinger und sah schließlich zu Ella auf. »Das ist ungewöhnlich«, sagte er.

Ella sagte: »Ihr habt den Notruf doch aufgezeichnet. Es ist wirklich wichtig für mich …«

»Ist es das nicht immer?« Bruno betrachtete sie eine Sekunde zu lang, zuckte schließlich mit den Schultern. »Vorgestern Nacht?«

»Es war vor dem Brand in der Disko«, sagte Ella, »kurz vor drei, ein Blitz in die Benno-Ohnesorg-Straße 7.«

»Ja, jetzt weiß ich wieder – ein Mann, der seinen Namen

nicht nennen wollte, die Frau am Fenster.« Er nahm sein Headset ab und reichte es Ella, die sich die Kopfhörer überstreifte. »Erlaubt ist das eigentlich nicht.« Wieder berührte er den Touchscreen, bevor er sich abwandte, die Hände in die Hosentaschen schob und zu einem der drei Dutzend anderen Schreibtische des großen Raums ging.

Rings umher surrten Telefone, Computersignale piepsten, und Codes, Fragen und Angaben schwirrten durch die Luft: »Verkehrsunfall in Pankow, ein Toter, zwei Schwerverletzte – Florian Berlin für RTW 4389 in Zehlendorf – Achtung, NAW 4377 kommen – Schlägerei in Wedding mit Messereinsatz, Stichwunden in Brust und Bauch, starke Blutung – hier Florian Berlin, wo seid ihr gerade? – RTW nach Friedenau, Schedingstrasse, Sturzgeburt –«

Bruno beugte sich über die Schulter eines Kollegen, sagte etwas und verzog die Mundwinkel. Als der Kollege antwortete, sah Bruno nach oben zu der verglasten Galerie an der Stirnseite des Raums, verzog die Mundwinkel wieder und schaute schließlich Ella an. Senkte kurz die Lider.

Ella vernahm seine Stimme, zwei Nächte früher, in den Kopfhörern des Headsets: »Berliner Feuerwehr –«

»Gegenüber passiert etwas Schreckliches«, rief ein Mann, »alles ist voller Blut!«

»Von wo rufen Sie an?«, fragte Bruno ruhig.

»Schicken Sie einen Arzt, schnell!« Die helle, fast kindliche Stimme des Mannes überschlug sich vor Aufregung. »Sie stirbt – sie stirbt –«

»Wo sind Sie?«, fragte Bruno. »Sind Sie in der Nähe? Können Sie Erste Hilfe leisten, bis ein Notarzt da ist?«

»Nein – nein – Sie müssen jemanden schicken – schnell – Mein Gott, ich glaube, das war ein Messer!«

»Wir können niemanden schicken, wenn Sie uns nicht sagen, wohin. Wir brauchen die Adresse.«

»Ich weiß die Adresse nicht, es ist gegenüber – gegenüber – ich kann es sehen – das Fenster steht offen –«

»Gegenüber von wo? Auf der anderen Straßenseite? Über den Hof? Wo wohnen Sie?«

»Sie bringt sich um –« Seine Stimme klang undeutlich, er verschluckte Buchstaben, ganze Silben. Es hörte sich an wie *sie bringt sich um,* aber es konnte auch heißen *sie bringen sich um.* »Ich habe sie schreien gehört ... der Vorhang – der Vorhang geht zu – die Hand – die Hand ist ganz rot – jetzt ist der Vorhang zu – *das Licht!* – das Licht ist aus – ich kann nichts mehr erkennen –«

Ella hörte ihn atmen, es war ein hechelndes Keuchen, fast ein Schluchzen, und irgendwo war auch Musik, und als sie genau hinhörte, erkannte sie das Flattern der Plastikplanen. Eine Gänsehaut lief ihr über den Rücken.

»Die Adresse«, Brunos Ruhe war unheimlich, »wir brauchen die Adresse – *bitte!*«

»Die Adresse? Meine Adresse?«

»Die Adresse der Wohnung, zu der wir den Arzt schicken sollen«, präzisierte Bruno. Wie konnte jemand so ruhig bleiben, wenn das Grauen fast aus dem Hörer kroch? »Helfen Sie uns, bitte.«

Der Mann schien sich zu konzentrieren. »Ohnesorg – Benno-Ohnesorg-Straße – die Nummer weiß ich nicht, an der Ecke – ich glaube, Nummer 7 –«

»Wissen Sie, wem die Wohnung gehört?« Jetzt flogen Brunos Finger über die Tastatur, Ella konnte es im Hintergrund hören, ganz schwach, wie er das Einsatzgebiet auf den Monitor holte und dann mit ihr und Max Kontakt aufnahm, während er gleichzeitig den Anrufer in der Leitung festzuhalten versuchte.

»Ich weiß nicht – ich weiß nicht –«

»Sagen Sie mir Ihren Namen, bitte. Wie heißen Sie?«

»Ich muss jetzt Schluss machen«, der Anrufer wirkte plötzlich erschöpft, wie ausgepumpt, »ganz oben – es ist die Wohnung ganz oben – ich glaube, sie schreit wieder – ich kann das Blut sehen, am Fenster –«

Dann war die Verbindung plötzlich unterbrochen. Ella hörte noch, wie Bruno sagte: »Blitz für NAW 4305 von Florian Berlin, bitte kommen!« Pause. »NAW 4305, meldet euch!«, bevor die Aufnahme zu Ende war. Sie nahm das Headset ab, und sofort schlenderte Bruno zu ihr zurück. Sie überließ ihm seinen Stuhl, auf den sie gesunken war, ohne es zu merken. »Es war doch Nacht«, murmelte sie. »Es war dunkel, überall waren Plastikplanen. Wie konnte er sehen, was in der Wohnung geschah? Als wir ankamen, gab es keinen Strom, es war stockfinster …«

»Vielleicht ein Wetterleuchten – das Gewitter …«

»Da war ein Aquarium«, überlegte Ella laut. »Zerbrochen auf dem Boden, überall Scherben und sterbende Fische. Vielleicht gab es einen Kampf – es wurde umgeworfen, und dabei hat es einen Kurzschluss verursacht. Sag mal, erscheint die Nummer des Anrufers nicht irgendwo hier auf dem Monitor, wenn jemand den Notruf wählt?«

Bruno setzte sein Headset wieder auf. »Normalerweise schon. Das soll uns helfen, seine Adresse herauszufinden, falls er uns sie nicht mehr selbst sagen kann. Aber in diesem Fall war die Nummer wohl unterdrückt, sonst wäre sie hier aufgeführt.« Er tippte den Touchscreen an, um den laufenden Einsatz weiter zu überwachen. »Du bist übrigens nicht der Erste, der das fragt.«

»Wer denn noch?«, fragte Ella, jäh wieder beunruhigt.

»Jemand von der Polizei wollte vorbeikommen, um sich den Mitschnitt anzuhören, genau wie du, aber bis jetzt war er noch nicht da.«

»Ein Hauptkommissar Kleist?«

»Ich weiß nicht. Ich habe nicht selbst mit ihm gesprochen.«

»Wann war das? Wann hat er angerufen?«

»Irgendwann heute Abend.«

»Diesen Mitschnitt von dem anonymen Anrufer – kann man den löschen, ganz zufällig, vielleicht aus Versehen?«

»Ella, das ist nicht dein Ernst, oder?«

»Doch. Danke. Nacht, Bruno.«

Der Gang zur Kinderkrebsstation lag still und verwaist im schwachen Schein der Nachtbeleuchtung. Türen mit Milchglasfenstern schirmten die Station gegen den Rest des Krankenhauses ab, und als Ella sie aufstieß und in den Korridor dahinter schritt, hatte sie das Gefühl, eine Welt zu betreten, für die sie nicht gut genug war. Kinder, die krank waren; Kinder, die gegen den Tod kämpften; Kinder, die starben; tapfere Kinder, deren Mut ihr den Atem verschlug.

Hinter dem Fenster am Ende des Korridors befand sich die andere Welt, aus der sie kam und in der es Tag wurde – ein heller, klarer Tag, der so tat, als wäre alles in Ordnung. Eine Schwester schob einen Rollwagen mit kleinen Frühstückstabletts von Tür zu Tür. Ella sagte: »Guten Morgen«, und die Schwester sagte auch »Guten Morgen«, und dann betrachtete sie Ella genauer und fragte: »Kann ich Ihnen helfen?«

Ella hatte die letzten Stunden der Nacht in ihrem am Landwehrkanal geparkten Wagen verbracht, mit angezogenen Beinen über beide Vordersitze gebreitet, zu verstört, um schlafen zu können, und zu müde, um nicht immer wieder einzunicken. »Ich bin Doktor Bach«, sagte sie. »Ich möchte zu Jonas Till.«

»Zimmer 25 am Ende des Gangs«, sagte die Schwester.

Ella wusste schon, in welchem Zimmer der Junge lag. Es hatte nicht sehr lange gedauert, seinen Namen herauszufinden. Sie hatte ihn dem diensthabenden Oberarzt beschrieben, sein Alter, sein Aussehen und den kahl rasierten Kopf des Tumorpatienten, der kurz vor der Operation stand. Nur dass in seinem Fall das Haar zwar abrasiert, der Eingriff aber verschoben worden war, weil alle OPs, alle Chirurgen und alle Betten auf der Intensivstation für die Opfer des Diskofeuers benötigt worden waren.

Ella klopfte und öffnete die Tür zu Zimmer 25. Von den drei Betten in dem halbdunklen Zimmer waren zwei belegt. In dem einen, gleich beim Fenster, zeichneten sich die Umrisse eines kleinen reglosen Körpers unter der bis über die Ohren hochgezogenen Decke ab. In dem anderen lag ein Junge mit dem Rücken zur Tür und starrte auf einen Gameboy, wie gebannt von den leise zirpenden Gestalten auf dem winzigen Bildschirm.

»Hallo, Jonas«, sagte Ella.

Der Junge antwortete nicht. Mit einer Hand betätigte er die Knöpfe des Videospiels, mit der anderen hielt er sich das rechte Auge zu. Seine Schulterblätter unter dem Nachthemd wirkten dünn wie Hühnerknochen. Der inzwischen wieder mit zartem Flaum bedeckte Schädel schimmerte im Licht der Leselampe über seinem Kopf.

»Hallo, Jonas«, sagte Ella etwas lauter. Der Junge zuckte zusammen und wandte ihr das Gesicht zu. Noch immer hielt er sich das rechte Auge zu, aber das andere blickte klar und wach. »Oh, ich hab Sie gar nicht gehört. Meine Ohren – ich höre ganz schlecht.«

»Ich weiß«, sagte Ella. »Deswegen bist du ja hier.«

»Ich bin hier, weil ich einen Tumor im Kopf habe«, sagte der Junge.

Ella nickte und setzte sich zu ihm auf die Bettkante. »Hat man dir erklärt, was ein Tumor ist?«, fragte sie.

»Etwas, das einen von innen auffrisst wie ein Alien, obwohl man noch lebt.« Der Junge nahm die Hand vom Gesicht, um den Gameboy auszuschalten.

Ella betrachtete das rechte Auge, das so verdreht war, dass es fast ins Schädelinnere zu starren schien. »Hast du Schmerzen? Tut dir der Kopf weh?«

»Nein.«

Ella widerstand der Versuchung, ihm mit der Hand über den Kopf zu streichen. »Weißt du, der Tumor frisst dich nicht auf, aber er drückt auf dein Gehirn, deswegen hörst du schlecht und siehst alles doppelt, wenn du dir das Auge nicht zuhältst. Nach der Operation ist es damit vorbei.«

»Gut.« Der Junge bedeckte das schielende Auge wieder mit seiner kleinen Hand.

»Und du hast auch keine Angst vor dem Eingriff?«

»Nein.« Er zögerte, biss sich auf die Unterlippe. »Außer wenn das Alien sich wehrt und nicht rauswill. Dass es dann vielleicht wehtut.« Ein heller, besorgter Blick suchte Ellas Augen. »Sind Sie Ärztin?«

»Ja. Ich heiße übrigens Ella.«

»Haben Sie manchmal Angst?«

»Manchmal. Jetzt, zum Beispiel, habe ich gerade ein bisschen Angst um eine Patientin von mir.«

»Was ist denn mit der Patientin?«

»Sie ist verschwunden.«

Das gesunde Auge wurde größer. »Einfach so?«

»Das weiß ich eben nicht«, erklärte Ella. »Ich dachte, du könntest mir vielleicht helfen, sie wiederzufinden. Erinnerst du dich noch an vorgestern Nacht, als hier so viel los war? Ich habe dich im Fahrstuhl gesehen.«

»Ja, ich bin ein bisschen rauf und runter gefahren. Ich konnte nicht schlafen, wegen – wegen dem Tumor und weil sie mir alle Haare abrasiert haben, und auf einmal kamen die ganzen Krankenwagen, und ich wollte mal nachschauen.«

»Erinnerst du dich auch noch an die Frau, die der Arzt auf einer Trage in den Fahrstuhl geschoben hat? Du warst erst allein, und dann ist er mit der Frau zu dir in den Lift gestiegen, der Frau ging es sehr schlecht –«

»Ja, sie hat gestöhnt und geblutet«, rief Jonas, »und ich habe den Doktor gefragt, was sie hat, aber er hat nicht geantwortet. Wir sind runtergefahren –«

»Runter?«

»Ja, in den Keller. Es war richtig unheimlich, wie bei *Dungeons & Dragons*. Der böse Zauberer in dem grünen Kittel hat die ganze Zeit so getan, als wäre ich gar nicht da, aber als wir gehalten haben, hat er mich plötzlich ganz komisch angesehen und so gemacht –« Jonas legte einen Zeigefinger an die Lippen, *Pssst!*, und fuhr sich mit demselben Finger blitzschnell an der Kehle vorbei wie mit einer Messerklinge.

Der kleine Körper in dem anderen Bett regte sich, ein helles Seufzen erklang.

»Und weiter?«, fragte Ella.

»Er hat die Frau aus dem Fahrstuhl geschoben, und draußen hat er den Kittel ausgezogen und seine Mütze und das grüne Tuch, das er vor dem Mund hatte, auch –«

»Konntest du sein Gesicht erkennen?«

»Nein, er stand ja mit dem Rücken zu mir.« Jonas kniff das gesunde Auge zusammen, als könnte er so besser in die Vergangenheit schauen. »Es gab auch nur ganz wenig Licht da unten – wie in einer Drachenhöhle –, und die Tür ist gleich wieder zugegangen. Aber der Mann hat keinen Knopf gedrückt, deswegen ist der Fahrstuhl nicht gleich wieder losgefahren. Ich war neugierig, was er mit der Frau macht und hab noch mal auf Keller gedrückt, und da hab ich gesehen, wie noch zwei andere Männer gekommen sind, normale Männer, keine Ärzte, und zusammen haben sie die Frau ganz schnell weggebracht, so einen dunklen Gang hinunter, aber eins war komisch …«

Jonas hielt die Luft an, und plötzlich schoss sein Oberkörper aus den Kissen hoch, das Gesicht eine kleine verzerrte Maske der Angst. »Auf einmal hat die Frau sich aufgerichtet und einen von den Männern angestarrt, als würde sie ihn von woandersher kennen. Ihre Augen in dem blutigen Gesicht waren riesig, und sie sah aus, als würde sie gleich anfangen zu schreien. Aber der eine der Männer, der, den sie wiedererkannte, hat sie einfach zurückgedrückt auf ihre Trage, mit der Hand auf dem Gesicht. Die quetschte ihr Gesicht zusammen wie ein Seestern, wie ein böser, großer Seestern, genauso, und dann lag sie wieder still.«

Ella stellte sich das Entsetzen der jungen Frau vor, als sie kurz zu sich kam und die Augen öffnete und die Männer über sich sah, schwarze Silhouetten, die sie durch einen von flackernden Neonleisten beleuchteten Kellergang schoben, und dann beugte sich einer der Männer über sie, und da erkannte sie ihn, er war wieder da, der Mann mit dem Messer und den Zangen. Und eine Hand, die ihr ins Gesicht fasste und sie zurückdrückte, auf die Trage, in die Finsternis in ihrem Kopf.

»Was haben Sie denn?«, fragte Jonas besorgt.

»Ich habe nur gerade gedacht …«, sagte Ella. »Ich habe mich gefragt, ob du das wohl auch der Polizei erzählen würdest, wenn sie dich danach fragt.«

»Klar«, sagte Jonas. »Nur heute nicht. Wissen Sie, nachher kommt jemand, der mir wieder den Kopf rasiert, und dann holen Sie das Alien raus. Es kann sein, dass ich danach eine Zeit lang schlafen muss.« Er überlegte. »Meinen Sie, die Frau ist entführt worden?«

»Am besten vergisst du die Frau jetzt erst mal wieder«, sagte Ella, und um ihm dabei zu helfen, fragte sie: »Weißt du schon, was du mal werden willst?«

»Erfinder«, sagte Jonas und rieb sich das schielende Auge. »Ein berühmter Erfinder von Videospielen, mit Monstern und Drachen und Piraten.«

Er schwieg einen Moment, dann sank er in sein Kissen zurück. Er sah Ella mit dem gesunden Auge an, bevor er es plötzlich ebenso zuhielt wie das andere. Seine Lippen bewegten sich, ohne dass er einen Laut von sich gab.

»Jonas? Was hast du?«

»Ich hab doch Angst«, gestand der Junge leise. »Ich bin – ich bin nicht sehr tapfer.«

»Ich bin auch nicht so tapfer«, sagte Ella. »Manchmal muss man etwas einfach tun, ob man will oder nicht. Aber wie wär's, wenn wir ein Geschäft machen? Du hast keine Angst mehr, und ich verspreche dir, dass du wieder ganz gesund wirst. Immerhin, überleg dir mal – wie berühmt kann wohl ein Videogame-Erfinder werden, der alles doppelt sieht?«

Der Junge spreizte die Finger der Hand über dem gesunden Auge und sah sie wieder an, sagte aber nichts.

»Abgemacht, Jonas?«

Jetzt ließ Jonas beide Hände fallen, verdrehte auch das gesunde Auge zu einem frechen Schielen und grinste. »Abgemacht!«

12

Die Plastikplanen knatterten im Wind wie blaue Segel, und nachdem sie das Haus lange genug beobachtet hatte, betrat sie den Hinterhof durch einen dunklen Torweg, in dem Müllcontainer mit Bauschutt und eine Zementmischmaschine die Garagenzufahrt blockierten. Sie hatte nicht nur das Haus beobachtet, sondern auch die davor abgestellten Autos und die Passanten auf beiden Seiten der Straße, und sie ging erst los, als sie sicher war, dass niemand auf sie wartete.

Der Innenhof war klein und lag im Schatten eines alten, dicht belaubten Ahornbaums. Die Luft schien verwischt, als tanze die Stille flimmernd zwischen den erhitzten Backsteinmauern der angrenzenden Häuser. Die meisten Fenster standen offen. Auf einigen der Eisenbalkone hing Wäsche zum Trocknen. Satellitenantennen reckten ihre Kelche dem All entgegen. An den roten Fassaden rankte sich halb vertrockneter Lorbeer zu den rostigen Dachrinnen empor, über denen ein kleines Stück Himmel zu sehen war.

Es war ein Gewitterhimmel, pflaumengrau, von dem das Nachmittagslicht wie eine schwach körnige Strahlung auszugehen schien. Hin und wieder loderte ein lautloses Wetterleuchten hinten den Wolken. Der Wind roch frisch, nach fernem Regen und nur ganz schwach nach Feuerstein.

Ella entdeckte eine Aluminiumleiter am Fuß des mit den Planen verkleideten Metallgerüstes. Die Leiter führte zu den Holzplanken in Höhe des ersten Stocks, und von dort führten weitere Leitern zu den nächsten Stockwerken. Die Luft hinter den Planen war heiß und stickig; die Augustsonne hatte den ganzen Tag auf den dünnen Kunststoff gebrannt. Alles war in einen blauen Schimmer getaucht. Die Schrauben an den Eisendübeln im Mauerwerk des Hauses knirschten leise, als Ella das Gerüst bestieg, und die Holzplanken bebten unter ihren Schritten.

Auf den Brettern standen Farbtiegel und Plastikeimer mit trockenem Mörtel. In Höhe des dritten Stocks lag eine vergessene Bohrmaschine, deren Stromkabel in einem Fensterspalt verschwand. Neben den Leitern führte ein Schuttschlauch wie ein silberner Schlangenleib vom Dach in den Hof.

Als Ella das Penthouse erreichte, lief ihr der Schweiß den Rücken hinunter, wo er kalt wurde, bevor er sich im Hosenbund sammelte. Die Fenster der Penthousewohnung waren geschlossen, die Vorhänge zugezogen. Ella drückte gegen die Scheiben, vergeblich. Sie ging zu einem farbverklebten Spachtel, der ein paar Schritte weiter auf der Holzplanke lag, und als sie sich bückte, entdeckte sie das getrocknete Blut. Erst war es nur ein Fleck – klein, fuchsrot –, dann noch einer, etwas größer, und endlich fast ein halber Schuhabdruck. Es gab mehrere winzige Spritzer auf der Plane und eine Schleifspur an der Mauer. Genau an dieser Stelle hatte sich die Plane aus ihrer Halterung gelöst und flatterte am Gerüst hin und her.

Ella hob den Spachtel auf, ging zum Fenster zurück und schlug mit dem Spachtelgriff die Scheibe ein. Das Klirren des splitternden Glases schien im ganzen Hof widerzuhallen. Sie ließ den Spachtel fallen, schob die rechte Hand vorsichtig durch das dreieckige Loch und zog die hochgekippte Fensterklinke in ihre Richtung. Ihr Atem ging schnell. Sie lauschte, versuchte, ruhiger zu atmen, aber das Flattern der Plastikplanen im Wind übertönte jedes andere Geräusch.

Sie drückte das Fenster ganz auf, stieg von der Holzplanke

über das Fensterbrett und kletterte in die Wohnung. Lauschte wieder. Es war dunkel und heiß so dicht unter dem Dach. Trotzdem fröstelte sie. Ein muffiger Geruch hing in der stickigen Luft. Die schweren Samtvorhänge waren noch immer halb zugezogen, sodass der große Wohnraum in Zwielicht versank.

Eine Bewegung am Boden ließ Ella zusammenzucken – kein Geräusch, nur ein Schatten, der seine Form änderte. Dann sah sie genauer hin und bemerkte eine abgemagerte Katze, die über einem Fischgerippe kauerte und sie reglos mit großen gelben Augen anstarrte. Nur der Schwanz wischte hin und her. *Wo kommst du denn her? Haben sie dich hier eingeschlossen?* Ella tat einen Schritt auf sie zu. Die Katze raste entsetzt davon, und plötzlich hatte Ella das Gefühl, dass die Angst der Katze ihre eigene widerspiegelte.

Denn jetzt nahm sie das ganze Bild wahr: die Scherben des zerborstenen Aquariums, die kleinen, toten Fische, umgeben von schillernden Schuppen und glitzernden Glassplittern, das alles war nicht mehr da. Es gab auch keine Blutlachen mehr auf dem Boden und keine Spritzer an den Wänden. Nicht einmal das getrocknete Wasser hatte Flecken und Ränder auf den frisch gebohnerten Ebenholzbohlen hinterlassen.

Jetzt roch Ella Bohnerwachs und frische Farbe. Kein Blut mehr, keine Kampfspuren, die Wände frisch gestrichen. Nur das Fischskelett, dünn und weißlich wie Glasnudeln, das die hungrige Katze irgendwo hervorgezerrt hatte, um es mitten im Zimmer abzunagen. Und da ein Glitzern: eine Scherbe von der zerbrochenen Fensterscheibe. Es wirkte, als wäre die Zeit zurückgedreht worden, aber nicht ganz im richtigen Moment stehengelieben.

Es ist die Stille, dachte Ella; *daher kommt deine Panik, deswegen kriegst du kaum noch Luft.* Auf einmal begriff sie, warum Max die Stille nicht ertragen hatte. Stille war ein Geräusch, das Atmen der eigenen Angst.

Wer hat hier aufgeräumt? Was habt ihr gesucht? Habt ihr es gefunden? Sie sah sich um. Wo sollte sie anfangen? Links von ihr befand sich ein mächtiger, rustikaler Schreibtisch, auf dem ein Computer mit einem großen Flatscreen stand, flankiert von einer Lampe mit einem Schirm aus grünem Glas auf der einen Seite und einem Telefon auf der anderen. Der Rest der Schreibtischplatte war mit Büchern und Zeitschriften in verschieden hohen Stapeln bedeckt.

Auf der anderen Seite des Raums klaffte die rußschwarze Wölbung eines provenzalischen Kamins, komplett mit Schürhaken, Holzzange und Ascheschaufel aus Schmiedeeisen. Ein Dutzend klobiger Kiefernscheite stapelte sich in einer schwarzen Marmorschale. Davor lag ein Zebrafell, das Ella vorgestern Nacht nicht aufgefallen war. Das Gemälde über dem Kamin – *was für eine Verschwendung, so ein Bild über eine Feuerstelle zu hängen* – war im selben Stil gefertigt wie die Bilder im Korridor, und jetzt erkannte sie, dass es sich um Gemälde der Leipziger Schule handelte.

Eine dreiteilige Sitzgruppe – zwei Sessel und eine riesige Couch, bezogen mit taubengrauem Nappaleder – blickte über das Zebrafell auf den Kamin und das Gemälde. Kein Couchtisch, keine Coffeetable Books oder Hochglanzmagazine. Die Polster der Couch und der Sessel wirkten neu und nicht ganz passend, als wären die alten aufgeschlitzt worden und hätten zu schnell ersetzt werden müssen.

Irgendwo hier muss es einen Hinweis darauf geben, was die Entführer gesucht haben, was sie wissen wollen.

Neben dem Durchgang zu dem Korridor, in dem Ella den blutbespritzten Mann gesehen hatte, stand ein Globus aus dem 18. Jahrhundert, gehalten von einem dunkel gebeizten Holzgestell. An sämtlichen Wänden reichten mit den Wänden verdübelte Bücherregale aus Ebenholz und Stahl vom Boden bis zur Decke.

Der erste Eindruck: keine Romane, nur Sachbücher, vor allem historische, juristische und wissenschaftliche Texte, Bücher über Politik und Wirtschaft – Memoiren von Willy Brandt, Winston Churchill und General de Gaulle, Biografien von Napoleon, Hitler oder Stalin. Abraham Lincoln lag neben Papst Pius XII., John F. Kennedy neben Zar Nikolaus Romanow und Pol Pot. Es gab umfangreiche Analysen alter und neuer Weltmächte, der USA, der Deutschen, der Franzosen, der Niederlande oder Spaniens.

Auf und neben dem Schreibtisch türmten sich Gesetzesbücher in verschiedenen Sprachen, Kommentare zu Straf- und Wirtschaftsrecht aus mehreren Jahrhunderten und den verschiedensten politischen Systemen. Dazwischen fanden sich Artikel und CD-Roms, etikettiert nur mit Zahlen und Buchstaben. Nach und nach entdeckte Ella in den Regalen, auf Stühlen, Holzkisten und Kartons weitere Bücher, einige davon aufgeschlagen: *Das Kapital* von Karl Marx, *Die Rothschilds*, ein umfangreiches Werk über *Ökonomie und Krise*, die Roaring Twenties und den Bankencrash von 1929. *Il Principe* von Niccolò Machiavelli schaute unter Sun Tsus *Kunst des Krieges* hervor, daneben lagen Abhandlungen über die Medici und die Fugger, teilweise mit handschriftlichen Anmerkungen versehen, Kommentare aus *Forbes*, *Fortune*, der *Financial Times* und anderen Wirtschaftszeitungen, einige zerschnitten und wieder aneinandergeklebt, zusammengesetzt wie Puzzles.

Eine Ausgabe des *Spiegel* lag aufgeschlagen auf dem Boden. Die Seite zeigte einen Artikel mit Foto: streng durch ihre Sonnenbrillen blickende Chinesen in schwarzen Anzügen. Darunter stand: *Die Industrial Bank of China ist – gemessen an ihrem Börsenwert – die größte Bank der …*

Neben dem elfenbeinfarbenen Telefon lehnte ein ungerahmtes Foto, das Ellas Aufmerksamkeit fesselte. Es zeigte zwei junge Frauen – Schwestern vielleicht oder Freundinnen –, die einander die Arme um die Schultern gelegt hatten und in die Sonne blinzelten. Im Hintergrund konnte man eine Kirche sehen. Ella brauchte ein paar Sekunden, ehe sie die Kirche als Notre-Dame erkannte. Eine der beiden Frauen hatte rotes Haar, das der anderen war blond. Ella sah das blassgoldene, wie gesponnen wirkende Haar, das in der Sonne schimmerte, und sie dachte: *Das ist sie.* Sie betrachtete ihre Augen, die das Lächeln des Mundes nicht teilten, sondern voller Skepsis waren, Hoffnung und Skepsis und noch etwas – eine Art nervöser Mut.

Die andere Frau war etwas jünger – ein, zwei Jahre vielleicht – und hatte ein blasses, etwas spöttisches Gesicht, die Stirn und Wangen eingefasst von dem Kupferglanz ihrer kräftigen Locken. Ella war sicher, dass es sich bei dem Mädchen mit dem goldgelben Haar um ihre Patientin handelte. Das Bild war voller Licht und Leben, die umso leuchtender wirkten, als es eine Vergangenheit zeigte, die niemals wiederkehren würde. Sie steckte das Foto in die Innentasche ihres Leinensakkos, dann sah sie sich weiter um.

Ihr Blick fiel auf ein Büchlein mit dem französischen Titel *Le Crash,* als ein Lichtpunkt über den Tisch huschte. Sie drehte sich um. Der Lichtpunkt flog zurück – Sonnenschein, reflektiert von einer spiegelnden Scheibe. Ella lief zum Fenster, spähte hinaus. Da, wo sich die Plane gelöst hatte, konnte man das Haus auf der anderen Seite des Hofes sehen.

Über den Dächern lag jetzt das fließende Schimmern eines Regenbogens. Späte Sonnenstrahlen stießen durch die Wolken und lösten das Wetterleuchten ab. Eine der Balkontüren ging langsam im Zugwind auf und zu, auf und zu, und in einem bestimmten Winkel warf das Fenster einen blendenden Blitz in den Hof.

Da passiert etwas Schreckliches gegenüber – alles ist voller Blut! – Sie stirbt – sie stirbt – Mein Gott, ich glaube, das war ein Messer! – es ist gegenüber – gegenüber – ich kann es sehen –

Ella veränderte ihre Position, zog den Vorhang ein Stück beiseite. Von welchem Fenster aus konnte man die Wohnung sehen? Wo hatte der Anrufer gestanden? Sie ging durch den ganzen Raum, und dabei ließ sie den Blick nicht von den Balkonen des gegenüberliegenden Hauses. *Wo bist du, anonymer Anrufer? Beobachtest du mich gerade?*

Die blitzende Tür ging zu und nicht wieder auf. Für den Bruchteil einer Sekunde nahm Ella eine Bewegung wahr, die Umrisse einer Gestalt, dann wurde rasselnd eine Jalousie heruntergelassen. Das Rasseln war so laut, dass Ella das andere Geräusch hinter sich in der Wohnung erst gar nicht bemerkte.

Es war ein leises Kratzen, unregelmäßig und leise. Aber beständig, leise und beständig. Erst als es lauter wurde, erkannte Ella, dass es sich nicht um ein Kratzen, sondern um ein Klirren handelte, Metall auf Metall. Sie hielt den Atem an, um zu lauschen.

Jemand war an der Wohnungstür. Jemand versuchte das Schloss zu öffnen.

Ella starrte in den Korridor, der zum Eingang des Penthouses führte. Das Klirren hörte auf. Die Stille schien sich noch enger um sie zusammenzuziehen. Kein Wasserhahn, der tropfte. Nicht einmal das Ticken einer Uhr. Ella sah, wie die Tür sich öffnete; wie der Mann eintrat, nur ein Umriss, eine Schattengestalt, die auf der Schwelle verharrte. Er blickte nicht in ihre Richtung. Sie stand reglos, wie gelähmt.

Er brauchte nur in die Wohnung zu treten, die Tür zu schließen, und dann war alles wie vorgestern Nacht, als er das Mädchen gefoltert hatte: Er hüllte sich in Zellophan, um seine Kleidung vor dem spritzenden Blut zu schützen; er zog sein Messer; er sagte vielleicht, *Doktor Bach? Wo sind Sie, Doktor Bach? Ich komme, Doktor Bach,* so wie sie es als Kinder beim Versteckspielen gerufen hatten.

Auf Zehenspitzen schlich sie zum Kamin, Gott sei Dank hatte sie Turnschuhe an. Sie packte den langen Schürhaken aus schwarzem Schmiedeeisen, nahm ihn lautlos vom Ständer und zog sich langsam zurück, weg vom Kamin, aus dem Wohnraum, in den dunklen Gang, der zu den anderen Zimmern führte. Jetzt konnte sie den Mann nicht mehr sehen, jetzt konnte sie ihn nur hören, seine Schritte, als er genauso langsam wie sie in die Wohnung vordrang.

Sie stieß gegen einen harten Gegenstand, etwas bohrte sich in ihre Hüfte. Mit der freien Hand griff sie hinter sich, ertastete Holz, eine Kommode. Sie schob sich an der Kommode entlang, rückwärts, lautlos. Ihre rechte Faust umklammerte den Griff des Schürhakens, er war schwer, sie umklammerte ihn so fest, dass die Finger schmerzten.

Der Mann erschien wieder in ihrem Blickfeld. Er schaute auf den Boden, dann zum Fenster. Nicht zu ihr. Er ging und blieb stehen, ging weiter und blieb neuerlich stehen. Er war groß und schlank, aber sein Gesicht konnte sie in dem Zwielicht nicht erkennen, nur seine Figur. Er trug eine Lederjacke, Blousonstil, ausgewaschene Jeans, Sneakers, und er hielt etwas in der Hand, das aufblinkte, wenn er sich bewegte.

Ella schluckte trocken. Sie atmete, aber sie bekam nicht genug Luft.

Neben ihr war jetzt eine angelehnte Tür. Dahinter schwaches Licht. Der Geruch von Parfum, Puder und Badeessenzen drang aus dem Raum. *Geh da nicht rein, da sitzt du in der Falle.* Sie bewegte sich immer noch rückwärts, leise, dicht an die Wand geschmiegt, zur nächsten Tür: die Küche, ein großer, heller Raum, ganz Edelstahl und Tropenholz, der Herd in der Mitte, groß wie eine Tischtennisplatte, daneben ein Racket mit Messern aller Arten, und überall baumelten Pfannen und Töpfe von schimmernden Stangen und Haken.

Sie huschte an der offenen Tür vorbei, durch den schwachen

Lichtschimmer, vom Hellen wieder ins Dunkle. Rannte gegen einen schweren Stuhl, den sie zu spät bemerkte; ein brennender Schmerz in der Kniescheibe schoss hoch bis in den Unterleib. Sie schrie nicht, zog nur scharf die Luft ein; hielt sie an, bis der Schmerz abebbte.

Kein Geräusch, kein Laut.

Der Mann war noch immer im Wohnraum, hinter ihr, vor ihr, und noch immer hatte er sie nicht entdeckt, *oder er spielt mit dir, er tut nur so, als wärst du nicht da, als wüsste er nicht, dass du da bist, und plötzlich steht er neben dir, kalt und nah, und du musst schneller sein, schneller als er, ihm immer einen Schritt voraus.*

Bleib in Bewegung.

Hier hinten gingen die Räume ineinander über – Bögen und Spanische Wände statt Türen, nur wenige ausgesuchte Möbelstücke. Abendlicht fiel durch halb zugezogenen Tuchrollos, die sich wie hellgraue Hängematten unter schrägen Dachfenstern bauschten. Neben einem übergroßen Bett – ungemacht, roséfarbene Seidenbettwäsche – stand ein kubusförmiger Nachttisch, bemalt mit rotem Chinalack. Das weitläufige Schlafzimmer führte zum Esszimmer mit einem langen Kirschholztisch, und vom Esszimmer gelangte man wieder in den Wohnraum durch einen schmalen Bogengang, den Ella erst jetzt entdeckte.

Sie hörte, wie im Wohnraum Glas knirschte, jetzt war er in eine Scherbe getreten. Dann ein Moment Stille. Was machte er gerade? Etwas später erklangen neuerlich Schritte, näher diesmal. Er kam näher, aber von wo, von links durch den Gang, oder von rechts, durch das Esszimmer?

Der Mann gab sich keine Mühe mehr, leise zu sein, seine Turnschuhe knirschten auf dem Holzboden, der Fensterglassplitter, der sich in die Sohle gebohrt haben musste. Das Knirschen kam näher, *links,* es kam von links. Ella hob den Schürhaken, ging nach rechts, leise, bewegte sich weg vom Korridor, *leise*, ins Esszimmer, aber auf einmal blieb er wieder stehen, und sie musste auch stehen bleiben, und da fiel ihr Blick auf die Vorhänge, die in schwarzen, matt glänzenden Falten vor den Fenstern hingen.

Mit der freien Hand berührte sie den schwarzen, brokatähnlichen Stoff. Er reichte, von Bleikügelchen im unteren Saum beschwert, bis zum Boden. Hastig schlüpfte sie hinter den Vorhang. Sie presste sich mit dem Rücken gegen die Wand, die Faust um den Schürhaken geballt. Der schwere Brokatstoff schmiegte sich warm und glatt an ihr Gesicht. Ein staubiger Geruch nahm ihr den Atem, kitzelte ihren Gaumen.

Die Schritte kamen näher, knirschend. Jetzt war der Mann im selben Raum wie sie, sie konnte ihn spüren, seine Nähe. Er kam näher und blieb auf der anderen Seite des Vorhangs stehen, so dicht, dass sie glaubte sein Herz schlagen zu hören. Es hämmerte gegen ihr Zwerchfell, schnell wie ihr eigenes, und dann begann er zu sprechen.

Zuerst dachte sie wirklich, er rede mit ihr, er hätte sie entdeckt. Obwohl sie nicht verstand, was er sagte, weil der Vorhang seine Stimme dämpfte. *Es ist vorbei, alles ist aus, du bist tot.* Sie presste die Lippen zusammen. Ein kleiner Muskel in ihrem Bauch zitterte. *Warum reißt er den Vorhang nicht beiseite? Was sagt er? Ist das Deutsch?*

Sie lauschte angestrengt.

»C'est moi – oui, Dany … à Berlin … dans l'appartement … elle n'est pas là … non, je'n sais pas …« Seine Stimme war jung, und er sprach Französisch, genau wie die verschwundene Frau. *»Non … non … peut être elle est … oui, je crois …«*

Er telefonierte. Er sprach gar nicht mit ihr, er redete in ein Handy. Sie wollte, dass das Zittern in ihrem Bauch aufhörte und bewegte das rechte Bein, und da war die Katze, und die Katze fauchte, und dann schrie Ella. Sie stürzte und sprang gleichzeitig, riss den Vorhang aus der Schiene an der Decke und fiel damit gegen den Mann, der ebenfalls stürzte.

Sie verhedderte sich in dem Stoff, der Schürhaken wurde ihr aus der Hand geprellt. Die Katze kratzte und warf sich in den Vorhangfalten hin und her. Der Mann rief etwas auf Französisch, es klang überrascht und zornig. Er schlug nach Ella, aber der Stoff dämpfte den Schlag, und dann schüttelte sie den Vorhang ab und kam auf die Beine. Sie lief los, stolperte und fing sich wieder, lief durch den Gang und das Wohnzimmer und den Korridor zur Tür. Sie riss die Tür auf, stürzte ins Treppenhaus und rannte die Stufen hinunter, und die ganze Zeit dachte sie, der Mann wäre dicht hinter ihr.

Aber das war er nicht.

13

»Bist du noch zu retten?!«, rief Annika ins Telefon. »Willst du, dass sie auch diese Nummer erfahren? Wo bist du gerade?«

»In meinem Wagen«, sagte Ella. »Vor dem Haus.«

»Was hast du vor?«

»Ich rufe die Polizei.«

»Gibt es eine Telefonzelle in deiner Nähe?«

»Ich seh keine.«

Als der Mann aus der Tür und unter dem Gerüst hervortrat, fotografierte Ella ihn mit ihrem neuen Handy. »Da ist er«, sagte sie.

»Was tut er?«, fragte Annika.

»Nichts. Er geht die Straße lang.«

»Geh ihm nach, aber sei vorsichtig. Irgendwann spürt man es, wenn man verfolgt wird. Man kriegt so ein Gefühl für den fremden Blick, der auf einen gerichtet ist, so ein Ziehen zwischen den Schulterblättern.«

»Woher weißt du so genau darüber Bescheid?«

»That's another sad story«, sagte Annika. »Ich erzähl sie dir, wenn wir uns sehen. Aber inzwischen weiß ich mehr über solche Sachen, als mir lieb ist.«

Ella stieg aus dem Wagen, sperrte ihn ab und folgte dem Mann zur Ecke. Er wandte sich nach rechts in die Kreuzbergstraße. Sie ging ihm nach, das Handy in der linken Hand. Sie hielt genügend Abstand, ging schneller, wenn der Mann schneller ging, und wenn er stehen blieb, blieb sie auch stehen. Es war jetzt schon dunkel, nur noch einige rote Streifen am Himmel. Die Straßenlaternen brannten, aber ihr Licht reichte nicht bis auf den Asphalt, wo die roten Rücklichter der Autos in der feuchten Hitze des Abends zu flirren schienen. Ella achtete darauf, dass immer etwas zwischen ihr und dem Mann war – andere Passanten, ein Baum, ein Wagen.

»Hast du irgendjemand außer mir mit dem neuen Handy angerufen?«, fragte Annika. Ihre Stimme in dem Ohrstöpsel klang sehr nah, aber immer noch anders, nach etwas Fremdem in ihr. Vielleicht lag es daran, dass sie so lange nichts voneinander gehört hatten, dachte Ella. Sie sagte: »Nein, nur dich, damit du die Nummer hast.«

»Gut.« Annika schien sich vom Hörer zu entfernen. »Ruf mich besser auch nicht mehr an, nur für den Fall, dass dieses Telefonat mitgehört wird und jemand meinen Anschluss überwacht. Ich melde mich bei dir, wenn ich in Berlin bin.«

Ella wechselte die Straßenseite, um nicht ununterbrochen hinter dem Franzosen zu gehen. Sie überholte ihn mit abgewandtem Gesicht und ließ ihn dann langsam kommen, ehe sie ihm wieder folgte. Mit der freien Hand hob sie das kleine Mikro ihres Headsets vor den Mund, um einen Teil ihres Gesichts zu verbergen.

»Eigentlich finde ich Beerdigungen zum Kotzen, aber wenn's der eigene Bruder ist, muss man ja wohl hingehen«, sagte Annika, und wieder erklang das Scheppern eines halb vollen Tablettendöschens. »Ich weiß, es war meine Schuld, dass wir solange nichts voneinander gehört haben, und irgendwann demnächst werde ich dir erklären, warum ich auch Max zum Stillschweigen verdonnert habe, aber …«

Der Franzose sah sich nicht um. Sein dunkelblondes Haar flatterte im Wind, und es tauchte immer wieder vor Ella auf, zwischen zwei Köpfen, über anderen Schultern, in den gelben

Kegeln der Straßenlaternen, sodass sie ihm einen Vorsprung lassen konnte und ihn trotzdem nicht aus den Augen verlor. Die frühe Dunkelheit schützte sie; die Passanten, die sich unermüdlich allein, zu zweit oder in Gruppen über die belebten Trottoirs bewegten, schützten sie; die Kellner, die an den im Freien stehenden Tischen vor den Bars und Cafés servierten, schützten sie.

»Aber?«, fragte Ella.

»Du hast mir gefehlt«, sagte Annika. Ihr Atem ging jetzt schneller, die Worte kamen gepresst, als wäre ihre Kehle eine Faust. »Ich muss – hör mal, dein Wagen, den musst du auch loswerden. Fährst du noch das Cabrio? Wenn sie dich überprüft haben, wissen sie das. Sei ja vorsichtig. Bitte!« Am anderen Ende der Leitung schien etwas zu Boden zu fallen, ein scharfes Knacken ertönte, und dann war die Verbindung unterbrochen.

»Anni?!«

Der Ohrstöpsel blieb stumm. Ella zog ihn heraus, und ohne die Augen von dem flatternden blonden Haar zu lassen, holte sie noch einmal das Foto des Franzosen auf das Handy-Display und zoomte auf sein Gesicht. Sie fand, dass er eigentlich nicht wie ein Mörder aussah. Seine Miene zeigte nicht die gefühllose Maske eines Raubtiers, sondern eher Beunruhigung, sogar Sorge.

Sie klappte das Handy zu. *Welcher Mörder sieht schon wie ein Mörder aus.* Der Mann näherte sich einer Pizzeria und blieb vor dem Aushang mit der Speisekarte stehen. Ein paar Raucher saßen an kleinen viereckigen Tischen, und das Essen sah gut aus, aber er ging nicht hinein. Er warf einen Blick auf seine Armbanduhr. Er holte sein Handy heraus und klappte es auf, steckte es dann jedoch wieder ein, ohne zu telefonieren. Einen Moment lang fürchtete sie, er könnte sich umdrehen und sie entdecken; sie einfach ansehen.

Irgendwann spürst du es, wenn du verfolgt wirst. Sie wartete, bis er die nächste Straße überquerte, ließ ihm einen Vorsprung. Als sie die Pizzeria erreichte, blieb sie ebenfalls stehen. Der Tisch vor ihr war gedeckt, aber unbesetzt. Schnell griff sie nach einem der scharfen Pizzamesser neben den Tellern, steckte es in die Jackentasche und ging weiter.

In der Luft hing der Geruch von Knoblauch und gedünsteten Tomaten. Sie dachte daran, dass sie seit dem Frühstück nichts mehr gegessen hatte. Sie war von der Charité zum Hauptbahnhof gefahren, um sich das neue Handy zu besorgen, und während sie darauf wartete, dass der Laden öffnete, hatte sie in einem Backshop gefrühstückt.

Nach dem Frühstück hatte Ella das viel zu teure Fotohandy gekauft und dann in einem anderen Laden frische Unterwäsche, zwei Paar Strümpfe und einige T-Shirts. In einer Drogerie hatte sie einen Deostick, eine Zahnbürste, Zahnpasta, Parfüm und eine Packung Tampons erstanden. Anschließend hatte sie alles auf dem Boden hinter den Sitzen des Karmann verstaut, den Wagen in einer Seitenstraße in Kreuzberg geparkt und mit angezogenen Beinen auf den beiden Vordersitzen geschlafen. Als sie einige Stunden später aufgewacht war, hatte sie in einem Internetcafé die Namen gegoogelt, die gestern Nacht bei dem Verhör im LKA gefallen waren: Dr. Randolph Freyermuth, der Patentanwalt, und seine Tochter Sonja. Sie hatte sich die Adresse und Telefonnummer seiner Berliner Kanzlei notiert, außerdem den Namen der Schweizer Universität, an der seine Tochter studierte.

Annika hatte sie erst angerufen, nachdem sie aus der Wohnung gerannt war, in der Sicherheit ihres Wagens, der vielleicht längst keine Sicherheit mehr bot.

Ella wunderte sich, wie selbstverständlich Annika mit alldem umging, als kümmerte sie ihr eigener Schmerz nicht. Verlust, die traurigen, schmerzlichen Dinge waren schon immer etwas gewesen, mit dem sie sich an irgendeinen dunklen Ort zurückzog, etwas, das kein Tageslicht und keine Gesellschaft vertrug. Dort, an diesem einsamen Ort, betrachtete sie es, drehte es hin und her, und wenn es nötig war, kämpfte sie damit, bis es sich nicht mehr regte. Danach kehrte sie als Siegerin zurück, gereinigt, klar und sprühend vor guter Laune.

Der Franzose blieb wieder stehen. Er sprach eine junge Frau an, die in Richtung Mehringdamm deutete, dann ging er weiter. Er ging ohne Eile. Er verharrte vor einer Eisdiele, einem Gemüseladen, schaute in die Auslagen eines grell bunten Ladens für Kinderbekleidung. Ella hielt sich hinter einer Gruppe von Jugendlichen in schwarzen Lederklamotten voller Nieten und Reißverschlüsse, Jungen und Mädchen, die sich im Gehen ihre Handys zeigten, laut lachten und auf den Bürgersteig spuckten. Ihr Haar war mit Gel zu korallenroten, kurzen Stacheln geformt. Sie rauchten Joints und rempelten sich gegenseitig an, aber sie waren eine gute Deckung, und das flatternde blonde Haar ging nicht verloren.

Der Franzose erreichte die Ecke zum Mehringdamm. Er blieb stehen, und als ein Taxi auftauchte, hob er die Hand und winkte. Einen Herzschlag lang fürchtete Ella, dass sie ihn verlieren könnte, aber das Taxi fuhr weiter. Der Franzose wandte sich nach links, und Ella folgte ihm ohne Innehalten. Sie hatte das Handy in die linke Tasche geschoben, in der rechten steckte das Messer. Sie tastete immer wieder nach der Schneide, als wollte sie prüfen, ob es auch scharf genug war. Sie wusste nicht, was sie mit dem Messer vorhatte, nicht einmal, warum sie auf den Gedanken gekommen war, es einzustecken.

Sie gingen jetzt die dicht befahrene Straße hinunter zur Gneisenaustraße. Das blaue U-Bahn-Schild ragte über den Abgasnebel in den geröteten Nachthimmel. An den Ampeln stauten sich die Autos, und vor der 24-Stunden-Currybude und dem Dönerstand drängten sich die United Colours of Benetton, Alt und Jung, aber alle hungrig. Ein Linienbus schob sich langsam die Steigung herauf und nebelte das ganze Trottoir mit seinem Dieselruß ein. Auf der anderen Seite der Kreuzung steckte ein Polizeiwagen mit blitzendem Blaulicht in der Blechlawine fest.

Der Franzose erreichte die Fußgängerampel und blieb vor dem bunten Geflacker eines rund um die Uhr geöffneten Internetspielcasinos stehen. Eine junge Frau im Zigeunerlook sprach ihn an, und er schüttelte den Kopf. Er ließ das Mädchen stehen und lief die Stufen zur U-Bahn-Station hinunter. *Er hat dich entdeckt*, schoss es Ella durch den Kopf.

Sie hatte keine Zeit, einen anderen Eingang zu nehmen, auch nicht, eine Fahrkarte zu lösen. Sie stürzte dieselbe Treppe hinunter wie er, gerade als ein Zug der Linie U 6 Richtung Alt-Tegel einfuhr. Der Franzose stand am Bahnsteig, nur wenige Meter von ihr entfernt, aber er achtete auf die heranrollenden gelben Wagen, nicht auf sie. Als der Zug hielt, stieg er ein, und Ella schaffte es in denselben Waggon, bevor die Türen sich wieder schlossen.

Der Franzosen stand mit dem Gesicht zu ihr am anderen Ende des kurzen Wagens und sah zu dem Bildschirm an der Decke hinauf, über den Werbung und Zeitungsschlagzeilen liefen. Alle Plätze auf den bunt gepolsterten Bänken waren besetzt, deswegen blieb Ella ebenfalls stehen. Sie waren die beiden einzigen Fahrgäste, die standen. Sie holte ihr Handy heraus, klappte es auf und tat so, als tippe sie eine SMS, das Gesicht hinter den herabfallenden Haaren verborgen.

Mit einem Ruck fuhr der Zug an und beschleunigte so stark, dass sie beinahe das Gleichgewicht verloren hätte. Sie griff nach einer Haltestange. Die Dunkelheit in der Gleisröhre schlug über dem Waggon zusammen. Das Rattern der Räder wurde von den Tunnelwänden gegen die mit gezackten Graffiti verzierten Fenster geworfen. Ella sah von ihrem Handy auf, tat so, als mustere sie die anderen Fahrgäste: drei junge Männer mit Sporttaschen und Rucksäcken zwischen den Füßen, eine ältere Frau mit einem Regenmantel über dem Schoß, zwei kichernde Japanerinnen mit Coffee-to-go-Bechern in den Händen, ein Geistlicher, ein Mann mit einem Metallaktenkoffer, ein Mädchen mit Brille im weißen Tennisdress, roter Staub an den Turnschuhen, auf den Oberschenkeln ein mit Klebeband reparierter Schläger. Einige lasen Zeitung, ein paar starrten auf ihre Handys oder wechselten die Musik auf dem iPod, andere schauten auf den Boden oder aus den Fenstern, obwohl es dort nichts zu sehen gab.

Als der Zug in die nächste Station einfuhr, blickte Ella wie zufällig zu dem Franzosen am anderen Ende des Wagens hinüber. Er schaute nicht mehr zu dem Monitor an der Decke hoch, sondern sah ihr direkt in die Augen. Sie hielt seinem Blick einige Sekunden stand, dann schaute sie aus dem Fenster auf den heranfliegenden Bahnsteig.

Der Zug hielt. Die Japanerinnen stiegen kichernd aus, dafür kamen zwei U-Bahn-Polizisten mit einem angeleinten Schäferhund herein, und in letzter Sekunde drängte sich noch ein Skinhead mit einer Bierdose in der Hand durch die Türen. Etwas Bier spritzte aus der Dose auf den Boden, aber niemand kümmerte sich darum.

Der Zug fuhr an, und Ella sah wieder zu dem Franzosen hinüber. Er starrte sie noch immer an. Er schwankte leicht im Rhythmus des Wagens, genau wie sie. Sie schüttelte sich die Haare aus dem Gesicht. *Warum warst du in der Wohnung?*, dachte sie. *Wer bist du? Was gibt es für eine Verbindung zwischen dir und dem entführten Mädchen?* Sie wandte ihm den Rücken zu und wartete bis zur nächsten Station, ehe sie sich wieder umdrehte. Er stieg nicht aus. Er ließ sie nicht aus den Augen.

Du musst ihn auch ansehen. Zeig ihm, dass du keine Angst hast. Dass er dich nicht einschüchtern kann.

Die U-Bahn-Polizisten verließen den Waggon wieder, und das Mädchen im Tennisdress stieg auch aus. Niemand stieg zu, und Ella dachte, *was ist, wenn alle anderen aussteigen und nur wir beide sind noch im Zug? Was passiert dann?* Vorsichtig, um sich nicht zu schneiden, schob sie die Hand zu dem Messer in die Jackentasche. Betastete die scharfe Klinge, die nadelfeine Spitze sacht mit dem Daumen. Der Skinhead setzte die Bierdose an den Mund, trank und rülpste.

Die nächste Station war Stadtmitte. Der Franzose beugte sich vor und spähte durch die Fenster nach draußen, breitbeinig wie ein Seemann ohne sich festzuhalten. Als der Zug hielt, drückte er den *Öffnen*-Knopf. Er stieg aus, und gleich darauf befand sich auch Ella auf dem Bahnsteig und ging wieder hinter ihm her. Er nahm den Ausgang zur Friedrichstraße. Im Gewimmel der Menschen folgte sie ihm nach oben.

Rechts und links vom U-Bahnausgang erhoben sich arrogante Neubauten, Geschäftshäuser mit kupferfarben verspiegelten Fenstern in Sandsteinfassaden, schrankengesicherten Tiefgaragen, kalt leuchtende Bars, Designershops und durchgestylte Fast-Food-Restaurants für die gestresste Laufkundschaft. Der Franzose ging schneller, als wüsste er wieder, wo er war. Ella hatte Mühe, mit ihm Schritt zu halten.

Um sie herum spielte jetzt das bunte, lärmende Boulevardstück *Sonntagabend in Berlin*, Menschen auf den Trottoirs, an den Tischen der Cafés und Bars, auf Fahrrädern und in Autos und Bussen. Noch vor zwei Tagen war sie eine von ihnen gewesen, Teil dieser bunten Inszenierung, die ihr auf einmal so fremd vorkam wie der Alltag auf einem unbekannten Planeten.

Der Franzose bog in die überdachte Zufahrtsbucht des Hilton Berlin gegenüber vom Dom, und als er sich der Drehtür näherte und der Lichterglanz des Hotelfoyers auf sein Gesicht fiel, dachte sie noch einmal, dass er eigentlich nicht aussah wie ein Mörder.

14

Aus der automatischen Drehtür trat Ella in die klimatisierte und von leise perlender Klaviermusik erfüllten Lobby des Hotels. Über Marmor und weiche Teppiche schritt sie durch eine Fünfsternekulisse, vorbei an Farnen, Säbelzahnpalmen und anderen exotischen Pflanzen in Jugendstiltöpfen. Die ganze Halle war dekoriert mit weichen Sitzgruppen, sanft plätschernden Springbrunnen, weitläufigen Treppen und kleinen Boutiquen, die in schimmernden Vitrinen erlesenen Luxus anboten. Auf einer Empore, zu der eine breite Treppe hinaufführte, spielte ein Pianist im Anzug *Someone to watch over me*, und livrierte Pagen eilten lautlos aus den Gängen durch das lichte, weitläufige Foyer wie Statisten für das Schauspiel an- und abreisender Gäste aus fernen Ländern, sorgfältig verkörpert von ausgewählten Chinesen, Indern, Amerikanern und Arabern mit ihren Frauen und Kindern.

Sie entdeckte den Franzosen an der Rezeption im Gespräch mit dem Concierge, der bedauernd den Kopf schüttelte. Dann ging er weiter zu den Fahrstühlen im Hintergrund, wo er einen soeben mit einem sanften *Ping!* gelandeten Lift betrat, ohne sich noch einmal umzuschauen. Hinter ihm dirigierte ein fülliger Ägypter mit einem reich bestickten Hemd, das bis fast zu den Knien über seine schwarze Hose hing, einen kleinen Jungen und zwei von Kopf bis Fuß verschleierte Frauen in die Kabine. Ella schob die rechte Hand wieder zu dem Messer in der Jackentasche, umklammerte den Griff und schloss sich der Familie an.

Der Ägypter drückte den Knopf für die fünfte Etage. Der Knopf für die dritte leuchtete bereits. Ella stand dicht neben dem Franzosen, der sie erst jetzt bemerkte. Seine Augen weiteten sich überrascht, und er öffnete den Mund, als wollte er etwas sagen, überlegte es sich dann aber offensichtlich anders. Jetzt betrachtete sie ihn genauer: schiefergraue Augen, grau wie das Meer an bedeckten Tagen, wenn das Licht am Wasser abzuprallen schien. Bräunliche, etwas spröde Lippen über einem festen Kinn. Blondes Haar, nur ein paar sonnengebleichte Strähnen.

In der dritten Etage verließ er den Lift, und Ella stieg ebenfalls aus. Leer und gut beleuchtet erstreckte der Gang sich vor ihnen. Als die Türen sich wieder geschlossen hatten, drehte der Franzose sich zu ihr um und trat dicht an sie heran. Ehe er etwas sagen oder tun konnte, zog Ella das Messer aus der Jackentasche und drückte ihm die Spitze einen Zentimeter oberhalb des Nabels in den Bauch, gerade tief genug, dass sie spüren konnte, wie seine Muskeln sich spannten. »Nicht bewegen«, sagte sie. »Sprechen Sie Deutsch?«

»Ja.«

»Wir gehen jetzt zu Ihrem Zimmer. Wohnen Sie allein?«

»Ja.«

»Sie gehen voraus.« Sie ging dicht hinter ihm und ließ ihn ständig die Spitze des Messers spüren, das sie tief in den Ärmel gezogen hielt. Eine Überwachungskamera konnte nicht erfassen, was passierte.

»Wer sind Sie?«, fragte er mit einem schwachen Akzent. »Was wollen Sie von mir?«

Sie antwortete nicht.

»Waren Sie das vorhin in der Wohnung?«

Sie sagte noch immer nichts, verstärkte nur kurz den Druck des Messers. »Das ist doch lächerlich«, sagte er.

»Warum lachen Sie dann nicht?«, fragte Ella, und dabei dachte sie, *du verhältst dich wie Annika.* Jedenfalls stellte sie es sich so vor.

Sie behielt die Türen zu beiden Seiten des Korridors im Auge, niemand betrat den Gang. Vor dem Zimmer mit der Nummer 37 blieben sie stehen.

»Ich hole jetzt meine Chipkarte heraus«, sagte der Franzose. Er griff in die Tasche, schob das Plastikkärtchen ins Schloss.

Ella sagte: »Sie gehen voran. Kein Licht!« Sie hielt das Messer weiterhin gegen seinen Rücken gepresst. Im Eintreten spähte sie an ihm vorbei in den Raum, der nur durch vom Gendarmenmarkt einfallenden Lichtschein erhellt wurde. Sie schloss die Tür und schob den Franzosen aus dem Eingangsbereich weiter ins Zimmer. »Und jetzt?«, fragte er.

»Setzen Sie sich dahin«, sagte Ella und deutete mit der freien Hand auf die Bettkante. Er gehorchte mit einem Schulterzucken. Sie ging zum Fenster und sah hinaus auf den Platz. Das Licht von den Scheinwerfern am Dom und dem Konzerthaus unter dem Fenster reichte bis zum Bett. »Und jetzt sagen Sie mir, wer *Sie* sind und was *Sie* hier machen«, erklärte sie.

»Mein Name ist Schneider – Daniel Schneider«, antwortete der Mann, und die Endung des Nachnamens klang wie das *ä* in Ähre. »Ich suche meine Schwester. Und wer sind Sie? Sind Sie die Freundin von Mado?«

»Wer ist Mado?«

»Meine Schwester, Madeleine. *Mado.*«

»Sie waren in der Wohnung, weil Sie Ihre Schwester suchen?« Ella wandte dem Fenster den Rücken zu, um den Franzosen besser im Auge behalten zu können.

Er legte die Hände nebeneinander auf seine Oberschenkel, als wollte er, dass sie sie sehen konnte. Er hatte schlanke, aber kräftige Finger, die zweifellos zupacken konnten. Die Hände eines Mannes, der sich zu wehren wusste, wenn es darauf ankam. »Kennen Sie Mado?«

»Ich kannte sie«, sagte Ella vorsichtig und immer noch nicht bereit, das Messer wegzulegen.

Er beugte sich vor. »Eben in der Wohnung – haben Sie gedacht, ich wäre ein Einbrecher?«

Sie antwortete nicht.

»Warum sind Sie mir gefolgt?«

»Weil ich wissen wollte, wer Sie sind.«

»Und wer sind *Sie*?«

»Ella Bach. Ich bin Ärztin.«

»War Mado Ihre Patientin?«

»Ja.«

»Was ist mit ihr? Wo ist sie?«

»Das möchte ich auch wissen. Wann haben Sie sie zum letzten Mal gesehen?«

»Vor einem Monat.«

»Hier in Berlin?«

»In Paris.«

»Und wann hatten Sie beide das letzte Mal Kontakt?«

»Vor drei Tagen. Sie hat mich angerufen und gebeten zu kommen.« Er schwieg einen Moment. »Es ging nicht schneller.«

»Haben Sie ein Foto von ihr?«, fragte Ella. »Das Sie mir zeigen können?«

»Haben Sie immer ein Foto von Ihrer Schwester bei sich?«

»Ich habe keine Schwester.« Ella holte das Foto aus ihrer Sakkotasche und legte es neben ihn auf die Bettdecke. »Ist sie das?«

Er betrachtete das Foto. Dann fragte er: »Kann ich das Licht anmachen?« Sie nickte. Er beugte sich zu einer Konsole mit mehreren Knöpfen neben dem Kopfende des Betts. Die Nachttischlampe ging an. Der Raum schien auf einmal kleiner zu werden, die Nacht vor dem Fenster wurde dunkler. Er betrachtete das Foto und nickte. »Das rechts ist Mado. Die andere kenne ich nicht. Aber wenn Sie ihre Ärztin sind, müssten Sie doch wissen, wie sie aussieht.«

»Ich wollte sichergehen, dass *Sie* wissen, wie sie aussieht«, sagte Ella.

Er sah weiter auf das Bild, als könnte es die Antworten geben, die Ella ihm nicht gab. »Was hatte Mado? Weswegen war sie bei Ihnen in Behandlung? Was für eine Ärztin sind Sie?«

Ella zögerte. Sie fragte sich, ob er die Wahrheit ertrug. Dann fragte sie sich, ob er selbst die Wahrheit gesagt hatte; ob er wirklich nicht wusste, was vorgefallen war.

Als spürte er ihre Zweifel, lächelte er plötzlich. »So schlimm kann es doch nicht sein«, sagte er.

»Ihre Schwester ist schwer verletzt worden«, sagte Ella. »Ich bin Notärztin, und als ich sie gefunden habe, hing ihr Leben an einem Faden. Ich habe sie reanimiert und in eine Klinik gebracht. Von dort ist sie verschwunden. Das war vor zwei Nächten. Seither suche ich sie.«

»Mado?« Das Lächeln blieb noch einen Moment auf seinen Lippen, bevor es aufhörte, ein Lächeln zu sein. »Wie ist sie verletzt worden? Wobei?«

»Jemand hat sie überfallen. In der Wohnung ihrer Freundin.«

Er sagte nichts. Jetzt lächelten auch seine Augen nicht mehr. Einige Sekunden lang schien er die Gedanken hinter seiner Stirn zu ordnen, dann fragte er: »Aber wenn es ihr so schlecht ging, wie konnte sie dann einfach aus der Klinik verschwinden?«

»Sie ist wahrscheinlich entführt worden.« *Seine Überraschung ist echt, seine Angst auch.* »Von demselben Mann, der sie in der Wohnung überfallen hat. Er muss dem Notarztwagen gefolgt sein.«

Mados Bruder starrte sie an, ohne etwas zu sagen. Dann fragte er: »Haben Sie die Polizei informiert? Wird nach Mado gesucht?«

Ella zögerte wieder. »Der Mann oder die Männer, die sie überfallen und entführt haben«, sie legte das Messer auf den Couchtisch bei der kleinen Sitzgruppe, denn plötzlich wurde ihr klar, wie es aussah, wenn sie es weiter in der Hand behielt, »dieselben Männer haben auch meinen besten Freund getötet. Sein Name war Max. Er hat mir assistiert, als wir Ihre Schwester gefunden haben. Das Problem ist, die Polizei glaubt nicht an die Existenz dieses Mannes. Nur ich habe ihn gesehen. Er war noch in der Wohnung, als Max und ich dort eingetroffen sind. Und deswegen sind sie jetzt auch hinter mir her.«

Sie wunderte sich, wie unglaubwürdig das klang, wenn sie es so sagte, eine fantastische Geschichte aus dem Mund einer Frau, die ihn eben selbst noch mit einem Messer bedroht hatte.

»Und Sie wissen nicht, wer sie sind – diese Männer?«, wollte er wissen.

»Um das herauszufinden, war ich ja vorhin noch einmal in der Wohnung«, erklärte sie. »Ich dachte, vielleicht entdecke ich einen Hinweis darauf, was sie gesucht haben oder warum sie Ihre Schwester so –« Sie unterbrach sich, suchte wenigstens jetzt nach den richtigen Worten. »Sie sah – sie war schrecklich zugerichtet.«

»Und als ich in der Wohnung auftauchte, dachten Sie, ich gehöre dazu? Ich wäre einer von denen?« Er stand auf und sah aus dem Fenster. In Ella erwachte wieder das Misstrauen. Wie konnte er so ruhig bleiben? Mit dem Rücken zu ihr fragte er: »Was glaubt die Polizei?«

Als sie nicht antwortete, präzisierte er: »Wenn sie nicht an die Existenz der Männer glaubt, woran glaubt sie dann? Meine Schwester ist verschwunden – gut, sie hat nicht hier gelebt. Aber wer soll Ihren Kollegen getötet haben?«

»Ich«, sagte Ella leise. »Sie denken, dass ich es war. Sie denken, ich hätte erst Ihre Schwester getötet und dann Max, weil sie seine Geliebte gewesen sei – die Geliebte meines Freundes.«

Jetzt drehte er sich um und sah sie an. »Ich glaube Ihnen«, sagte er. »Ich glaube an die Männer.«

»Warum?«

»Weil Mado mich angerufen hat«, antwortete er, »und weil sie Angst hatte – Todesangst –, und das war nicht die Angst vor einer Nebenbuhlerin. Es war etwas anderes, etwas, das mit ihrer Arbeit zu tun hatte. Sie wollte es mir nicht sagen – nicht am Telefon, nicht per E-mail –, aber ich habe gemerkt, dass es für sie ungeheuer wichtig war – und gefährlich. Gleichzeitig wirkte sie fast euphorisch, wie ein Wissenschaftler, der Jahre an etwas gearbeitet und endlich den Durchbruch geschafft hat – ich weiß nicht, wie man das auf Deutsch sagen soll – *illuminée!*«

Ella fragte: »Woran hat sie denn gearbeitet, Monsieur Schneider?«

»Dany.«

»Was kann so gefährlich sein, dass Menschen auf diese Weise sterben müssen, Dany?«

Er schwieg und schob die Hände in die Hosentaschen. Statt zu antworten, fragte er: »Wenn Sie Notärztin sind, dann müssen Sie doch von jemand gerufen worden sein – von wem? Wer war das?«

Ella trat zu ihm ans Fenster. »Jemand, der an einem Fenster stand, so wie wir gerade …«

»Und Sie haben nicht die geringste Ahnung, wer das gewesen sein könnte?«, fragte Dany.

Ella sagte: »Nein. Das war der andere Grund, aus dem ich mich heute Nachmittag noch mal in dem Haus umgesehen habe – ich dachte, ich könnte vielleicht feststellen, von wo aus er alles beobachtet hatte, das Fenster, der Balkon.«

»Ist es Ihnen gelungen?«

»Vielleicht. Da war eine Bewegung hinter einer Balkontür auf der anderen Seite des Hofs, der Blickwinkel könnte stimmen. Ich wollte es mir anschauen gehen, nachsehen, wer da wohnt, und ihn fragen, ob er sonst noch etwas bemerkt hat, irgendwas, das mir weiterhilft. Aber dann kamen Sie und, na ja …«

»Warum hat er nicht die Polizei gerufen? Warum nur den Notarzt?«

»Vielleicht hatte er Angst«, sagte Ella, »oder er dachte sich, dass wir das sowieso übernehmen würden.« Plötzlich kam ihr ein Gedanke: *Warum hat er nicht einfach geklingelt, wenn er nach seiner Schwester sehen wollte?* »Vorhin in der Wohnung – ich habe die Klingel gar nicht gehört …«

»Die Klingel war kaputt«, sagte er. »Ich habe das Schloss mit einem Stück Draht aus dem Treppenhaus geöffnet. Es ging ganz einfach, weil irgendjemand schon vor mir daran – wie heißt das auf Deutsch? –«

»Daran herumgefummelt hatte«, sagte Ella. Sie sah zu ihm auf in dem schwachen Licht der Tischlampe neben dem Bett. »Was ist sie für eine Frau – Mado, meine ich?«, wollte sie wissen. »Sie hat mich aus meinem Leben gerissen, und ich weiß überhaupt nichts über sie.«

»Ich auch nicht«, sagte Dany, »nicht mehr.« Er schaute wieder auf seine Uhr. »Jetzt ist eine gute Zeit, um Leute zu Hause anzutreffen.« Da – in diesem Moment, in dem er auf die Uhr schaute, als wäre die Zeit sein schlimmster Feind – erkannte Ella zum ersten Mal an dem Ungestüm der Bewegung und einem Zucken der Lippen, dass auch er Angst hatte.

15

Sie durchquerten die Lobby wie ein Paar, das sich schon lange kannte, und gerade, als sie aus der Drehtür traten und zu einem der wartenden Taxis gingen, entdeckte Ella den grauen Audi. Sie sah ihn nur kurz, er war schon fast am Hoteleingang vorbei und bog langsam um die Ecke in die Markgrafenstraße. Die Bremslichter leuchteten auf und erloschen wieder. Dann war er hinter dem Hotel verschwunden, aber das bedeutete nichts, es bedeutete überhaupt nichts. Es konnte irgendein grauer Audi Quattro mit Berliner Kennzeichen sein, der nur zufällig am Hilton vorbeifuhr. Bloß dass Ella es besser wusste. »Sie sind hier«, sagte sie.

»Wo?«, fragte Dany, während sie weiter auf die wartenden Taxis zugingen.

»Um die Ecke, ein grauer Audi Quattro«, sagte Ella. »So ein Wagen ist uns zur Charité gefolgt und dann am Morgen zur Wohnung meines Freundes.«

Das erste Taxi in der Reihe fuhr los, bog in die Zufahrtsbucht des Hotels und hielt neben ihnen. Der Fahrer ließ die Seitenscheibe herunter. Er beugte sich über den Beifahrersitz und sah durch das offene Fenster zu ihnen auf. »Taxi?«

Dany hatte die Hand schon auf den hinteren Türgriff gelegt, um den Schlag zu öffnen, doch Ella sagte: »Nein. Danke.« Der Fahrer sah sie an, als wollte er sich ihr Gesicht einprägen, dann ging sein forschender Blick zu Dany, dessen Gesicht er sich in dieser Sekunde ebenfalls merkte.

Sie gingen rasch weiter, überquerten die Straße und mischten sich unter die Menschen auf dem Gendarmenmarkt. »Wie haben die uns gefunden?«, fragte Dany.

Der Wagen, dachte Ella, *genau wie Annika gesagt hat. Sie haben das Haus beobachtet. Ich bin Dany gefolgt, und sie sind mir gefolgt.*

»Wir müssen in Bewegung bleiben«, sagte sie. »Es sind mehr als nur die in dem Wagen. In der Lobby waren sie bestimmt auch.« Sie merkte, wie schnell er begriff und wie geschickt er den Trubel auf dem Platz um den Dom nutzte. Wie er sie in Gruppen von Passanten schob, die er ein Stück weit als Deckung benutzte, dann hinter einer anderen Gruppe wieder verließ. Wie er in den Schutz der dunklen Stellen zwischen den Bänken und Tischen und Imbissständen schlüpfte und den Laternen und Scheinwerfern auswich, vom Dom zum Konzerthaus und weiter zur Französischen Kirche.

Der Verkehr floss laut um den Gendarmenmarkt, der Lärm hallte von den aufwendig renovierten Fassaden der Häuserzeilen wider. Auch auf dem Platz spielten Straßenmusikanten Gitarre oder Violine, Kinder kreischten, junge Touristen überschrien sich auf Spanisch, Französisch oder Englisch, und ein kleiner Chor halbwüchsiger Japanerinnen sang Kirchenlieder.

Ella versuchte in dem Getümmel ihre Verfolger auszumachen. Gesichter, die sie schon einmal gesehen hatte. In der U-Bahn. In der Klinik. Auf den Gängen des LKA. In der Lobby des Hotels. Sie sah sich um, warf schnelle Blicke hinter sich, über die Schultern, zwischen den Köpfen hindurch. Da, der grauhaarige Mann mit der geschulterten Ledertasche, der sich hochreckte, um über die Köpfe der Menge zu schauen – *nein, das ist ein Inder.* Da, der schlanke Mann in dem schwarzen Anzug, der so tat, als schaue er in die entgegengesetzte Richtung – *nein, ein Priester.* Da, der Blumenverkäufer – *nein, ein*

Tamile. Da der Geiger, der von Tisch zu Tisch wanderte und jetzt die Violine herumschwenkte und zu ihr herüberschaute – *nein, eine Frau.*

Sie beobachtete die Fußgänger, die Radler und die Autos. Es war unmöglich. Sie konnte das nicht, hatte keine Übung. *Du bist ein Amateur, und sie sind Profis.* Dany hatte ihre Hand genommen, zog sie hinter sich her über den Platz, vorbei an einem erleuchteten Brunnen, unter eine Baumgruppe. »Ich kann niemanden entdecken«, sagte er.

»Nein.« Ella schüttelte den Kopf. »Man entdeckt sie nicht. Erst wenn es zu spät ist.«

Wenn der graue Audi auftaucht, haben sie einen schon eingekreist. Wer immer darin sitzt, sie rufen ihn erst, wenn sie sicher sind, dass sie dich haben.

Dany zog sie weiter, schnell, aus dem Schatten unter den Bäumen zum Rand des Platzes, schnell, durch eine Lücke im Verkehr auf die andere Seite der Friedrichstraße, schnell, bis zur nächsten Ecke, in die erste Seitenstraße, um eine weitere Ecke, schnell, *was ist das für ein Taxi, warum fährt es so langsam?*, schnell, vorbei an einem schwach beleuchteten Eingang, verspiegelten Fenstern, nein, zurück, durch die Tür des schwach beleuchteten Eingangs in einen hohen, von Aquariumlicht erfüllten Raum.

In dem Raum roch es nach asiatischer Küche, nach scharfen Gewürzen, Sojasoße und geschmolzenem Fett in heißen Woks. In den Ecken der schwarz lackierten Wände ragten weiße Neonleisten wie schlanke Obelisken zur verspiegelten Decke hinauf. Es gab zehn Essnischen mit aluminiumverkleideten Tischen und an jedem Tisch zwei Bänke mit roten Plastikpolstern. Halb heruntergelassene Bambusjalousien, ebenfalls schwarz lackiert, hingen vor den großen Fenstern. In der Mitte des Raums schienen lichtgrüne Farne langsam in der Dünung unsichtbarer Luftströmungen zu tanzen.

Ella folgte Dany an den tanzenden Farnen vorbei zu einem Tisch im Hintergrund des Lokals, von dem aus sie den Eingang im Auge behalten konnte. Er ging weiter auf eine Tür neben dem lang gezogenen Tresen zu.

Über der Theke hingen fotografische Abbildungen diverser Gerichte in leuchtenden Primärfarben: knusprige Ente Kanton, Chicken Sezuan, Rind Süßsauer, glasierter Oktopus, Dim Sum, gelbe Nudeln, weißer Reis, grünes und rotes Gemüse. Neben dem Tresen am anderen Ende war ein großer Flatscreenfernseher in die Wand gedübelt, auf dessen Bildschirm sich ein Dutzend nur mit Ketten und Handschellen bekleidete Mädchen um einen farbigen Rapper mit Sonnenbrille wanden. Versteckte Lautsprecher schmetterten die Wortkaskaden des zuckenden Rappers in den Raum, begleitet von einem hart stampfenden E-Bass und den abgehackten Synkopen einer in bunte afrikanische Gewänder gehüllten Bläsergruppe. Ella verstand nur einzelne Worte wie *bitch* und *money* und *kill.*

Sie konnte ihren Blick nicht von den leuchtenden Gerichten über dem Tresen lösen. Jetzt, wo sie saß, merkte sie, dass ihr schlecht war vor Hunger. Der Raum schien unter ihr wegzukippen, als hätte sie zu viel getrunken.

Außer ihr gab es noch vier weitere Gäste. An einem Tisch direkt unter dem Fernseher saßen zwei junge Männer in weißen Hemden und eleganten schwarzen Anzügen, deren Jacketts sie neben sich auf die Bänke gelegt hatten. Sie trugen Seidenkrawattten, teure Uhren und Designerbrillen. Ihre Handys lagen griffbereit auf der Tischplatte. Sie stippten geschälte Garnelen in ein halbes Dutzend weißer Saucenschälchen vor ihren Plätzen, knabberten Reiswaffeln und wischten sich die fettigen Finger an Papierservietten ab, die sie achtlos auf den schwarzen Marmorboden fallen ließen.

Am entgegengesetzten Ende des schlauchförmigen Raums kauerte ein blasses Mädchen in Parka und Jeans, trank eine Cola light und las in einem Taschenbuch, während ihr Kopf im Rhythmus der Musik aus ihren iPod-Kopfhörern wippte.

An einem Tisch genau in der Mitte saß – mit dem Rücken zu Ella – eine Blondine in einem Businesskostüm, dessen Rock aus beiger Rohseide unter der Bank lange schlanke Beine sehen ließ. Die Füße steckten zur Hälfte in dottergelben High Heels, die leicht geröteten Fersen schauten unter grauen Riemchen hervor. Die Frau war gerade mit dem Essen fertig, tupfte sich mit der Serviette schnell den Mund ab und kontrollierte Lippenstift und Zähne in einem rechteckigen Taschenspiegel, der nur das gefletschte Gebiss reflektierte.

Hinter einer Durchreiche kippte ein schwitzender asiatischer Koch Nudeln aus einem Sieb in eine Kupferpfanne mit zischendem Öl und schien dabei Verwünschungen auszustoßen. Eine Kellnerin in einem kirschblütenfarbenen Sarong zauberte ein seidenes Lächeln auf ihr blasses, stark geschminktes Gesicht – künstlich und fein, wie auf einen Wandteppich gestickt – und trat an Ellas Tisch, um zwei Speisekarten vor sie hinzulegen. »Schon etwas zu trinken für Sie?«, fragte sie mit einer hellen Stimme, die Mühe hatte, sich gegen den rappenden Ghettokitsch im Fernsehen durchzusetzen.

»Einen Eistee«, sagte Ella.

Die Kellnerin mit dem gestickten Lächeln, das ihre Augen nicht erreichte, nickte und glitt zurück zur Theke. Aus ihrem schwarzen, zu einem Knoten hochgesteckten Haar ragten zwei Holzstöckchen, die Ella an Mikadostäbchen erinnerten. Dany kehrte zurück an den Tisch, blieb neben Ella stehen und sagte: »Hinter den Toiletten ist eine Tür, die auf einen Hof führt. Kommen Sie.«

»Können wir nicht einen Moment hierbleiben?«, fragte Ella. »Ich habe Hunger und Durst, und ich müsste mir auch mal die Hände waschen.«

»Dann gehen Sie jetzt«, sagte Dany, »und wenn Sie fertig

sind, warten Sie draußen auf mich. Ich lasse uns etwas einpacken und komme nach.« Er ging zum Tresen, gerade als die Kellnerin den Tee brachte, und Ella trank so schnell sie konnte, bevor sie den Waschraum aufsuchte. Es lag eine merkwürdige Erleichterung darin, zu tun, was jemand anderer ihr sagte, fast als legte sie ihr Schicksal in fähigere Hände als ihre eigenen.

Die Toilette war sauber, in der Luft hing Räucherstäbchenduft. Ella sah in den Spiegel. Die Frau, die zurückblickte, wirkte erschöpft und verstört, ein blasses Gesicht vor dem dunklen Hintergrund der marmorierten Kacheln, großäugig, ungeschminkt. Sie kämmte sich mit den Fingern und erkannte sich immer noch nicht.

Als sie den Waschraum verließ, entdeckte sie rechter Hand in dem schlecht beleuchteten Gang die Tür des Notausgangs. Sie öffnete sie und fand sich in einem Hinterhof, der nur von einer vergitterten Lampe über den beiden Müllcontainern erhellt wurde. Dany lehnte an einem der Container, in der Hand einen offenen Karton mit Dim Sum. Er spießte eine der frittierten Teigtaschen darin auf eine Plastikgabel und streckte sie ihr entgegen. »Achtung, heiß.«

Sie nahm die Gabel, biss in die Teigtasche und verbrannte sich Zunge und Gaumen und auch noch die Speiseröhre, aber dann war es, als entzündete sich das Essen in ihr, erst im Magen, dann im Kopf, im ganzen Körper, wie eine Explosion. Dany beobachtete, wie sie die nächste Kugel verschlang und sagte: »Sie sehen ihr ähnlich. Sie essen sogar wie sie.«

»Ihre Schwester? Mado?«, fragte Ella mit vollem Mund.

»Ja.« Er sah sie weiter an, als sei er nicht ganz sicher, worin diese Ähnlichkeit genau bestand. Dann drückte er ihr den warmen Karton in die Hand. »Sie können im Gehen weiteressen.« Er ging voran über den finsteren Hof, der von hohen Gebäuden mit wenigen Fenstern eingefasst war, zu einer Lieferanteneinfahrt. Sie folgte ihm in die Durchfahrt, und als er stehen blieb, um die Straße auf der anderen Seite ins Auge zu fassen, blieb sie ebenfalls stehen.

Die Passanten, die an dem Tor vorbeigingen, schenkten ihnen keine Aufmerksamkeit, auch nicht die Fahrradfahrer. Die Autos fuhren langsam, aber doch schnell genug, um keinen Verdacht zu erregen. Alle Taxis waren besetzt. »Sieht so aus, als hätten wir sie abgehängt«, sagte Dany.

Ella aß die letzte Teigtasche, diesmal mit Krebsfleisch gefüllt, dann warf sie den Karton weg. Vor ihnen hielt gerade ein Bus an der Haltestelle und Dany sagte: »Den nehmen wir.«

Der Bus hielt. Ella sah, dass er fast leer war. Dany schob Ella auf die vordere Tür zu. »Bezahlen Sie für uns beide.« Sie stieg ein, kaufte zwei Einzelfahrten und ging ganz nach hinten durch, wo sie trotz der Innenbeleuchtung gegen Blicke von draußen am besten geschützt waren. Dany setzte sich neben sie, gleich hinter zwei türkischen Jugendlichen in schwarzen *muscle shirts* und weißen Satinhosen mit schnellen roten Streifen. »Woher wissen Sie eigentlich, dass Mado entführt worden ist?«, fragte er leise, als der Bus sich in Bewegung gesetzt hatte.

Ein kleiner Junge mit einem Gehirntumor hat es mir erzählt.

»Sie haben gesagt, Sie hätten sie eingeliefert, und am nächsten Tag war sie nicht mehr da, und niemand konnte sich an sie erinnern«, fuhr er fort, noch immer leise, obwohl die Türken iPod-Stöpsel in den Ohren hatten. »Wäre es nicht einfacher für die Entführer gewesen, sie gleich dort zu töten, wenn sie nur verhindern wollten, dass sie redet?«

»Vielleicht ging es ihnen gar nicht darum«, sagte Ella. »Vielleicht wussten sie einfach noch nicht, was sie wissen wollten, weil sie durch uns gestört wurden.«

»Sie meinen, sie wollten sie weiter foltern?«

Ella schwieg.

»Und Sie haben bisher keinen Hinweis darauf gefunden, worum es denen eigentlich geht?«, fragte Dany.

»Nein. Wenn es wirklich mit ihrer Arbeit zu tun hatte, muss sie irgendetwas herausgefunden haben, was sie nicht hätte wissen dürfen.«

»Sie war Studentin, oder? Was hat sie studiert? Woran hat sie gearbeitet?«

»Wirtschaftsgeschichte«, erklärte er. »Die Entwicklung der Geldmärkte, die Entstehung der Börsen, die großen Wirtschaftskrisen, vor allem die Wechselwirkung von wirtschaftlicher Entwicklung und sozialem Fortschritt, der frühe Kapitalismus. Merkwürdige Interessen für eine junge Frau.« Er warf einen ungeduldigen Blick auf seine Armbanduhr. »Am Anfang dachte ich, sie interessiert sich dafür, weil unsere Urgroßeltern in der großen Weltwirtschaftskrise 1929 ermordet wurden. Sie wollte immer schon herausfinden, was damals wirklich passiert ist.«

»Aber was machte sie dann in Berlin?«, fragte Ella. »Hätte sie danach nicht eher in Paris nach Antworten suchen müssen?«

Dany beugte sich an ihr vorbei zum Fenster, um auf die Straße zu sehen. »Unsere Urgroßeltern lebten nicht in Paris, sondern im Elsass, in der Nähe von Haguenau. Sie hat auch an der Sorbonne studiert, aber aus irgendeinem Grund ist sie dann hierher nach Berlin gewechselt. Am Telefon sagte sie etwas von einer Spur, der sie gefolgt wäre, aber ich weiß nicht, ob das was mit unseren Urgroßeltern zu tun hatte oder mit ihrem Studium. Ich wünsche mir nur, ich wäre rechtzeitig hier gewesen, um zu verhindern, was geschehen ist.«

Ella verspürte einen Anflug von Wehmut. »Sie müssen sich sehr gut verstanden haben mit Ihrer Schwester.«

»Eigentlich nicht«, antwortete er und sah weiter aus dem Fenster. »Wir hatten kaum Kontakt in den letzten Jahren. Ich glaube auch nicht, dass Mado sich an *Dany, den Bruder*, gewandt hat. Sie hat sich an *Daniel Schneider, den Journalisten*, gewandt. Ich arbeite für ein Onlinemagazin.«

Ella sah ebenfalls aus dem Fenster. Sie fuhren durch eine

Straße, die sie nicht kannte. Der Lichterglanz des Gendarmenmarkts lag hinter ihnen. Die Fassaden der Häuser waren schmutzig. Nicht einmal die Straßenbeleuchtung konnte über die hier herrschende Armut, den Verfall hinwegtäuschen. In vielen Toreinfahrten türmte sich Sperrmüll, zerbrochene Türen waren mit Brettern zugenagelt. Rissige Mauern, zertrümmerte Fensterscheiben. Die Markise über dem vergitterten Schaufenster eines Gemischtwarenladens hing zerfetzt herab wie das Segel eines vom Sturm misshandelten Schiffes. Am Ende einer kurzen Seitenstraße blinkten die roten und blauen Lichter des Fernsehturms vor dem Nachthimmel, wo sie nicht hingehörten. »Wir fahren in die falsche Richtung«, sagte Ella.

»An der nächsten Haltestelle steigen wir aus und nehmen ein Taxi«, sagte Dany.

Ella warf einen Blick aus dem Rückfenster auf die Autos, die hinter dem Bus fuhren. Kein Audi, nur ein Taxi, das gelbe Schild auf dem Dach ausgeschaltet. Auf der Gegenfahrbahn raste ein Polizeiwagen heran und tauchte die Straße in das Licht blauer Blitze. Ella sah ihm nach, und auf einmal standen ihre Gedanken still. Sie holte ihr Handy heraus und wählte die Nummer von Brunos Apparat in der Feuerwehr-Leitstelle. Nach dem dritten Klingeln meldete er sich: »Berliner Feuerwehr. Mein Name ist Matschke –«

»Hier ist Ella, ich –«

»Ella, gut, dass du anrufst. Ich habe versucht, dich zu erreichen, aber dein Handy war gestört –«

»Ich habe ein neues. Sag mal, hat sich inzwischen noch jemand nach der Aufzeichnung des anonymen Anrufs von vorgestern Nacht erkundigt?«

»Deswegen wollte ich ja mit dir sprechen«, sagte Bruno. »Ein Mann vom LKA war hier und hat sich die Aufzeichnung vorspielen lassen, und dann wollte er wissen, ob ich etwas von dir gehört hätte –«

»Wann war das?«

»Vor einer Stunde ungefähr.«

»Hat er dir seinen Ausweis gezeigt?«

»Ja.«

»Wie hieß der Mann?«

»Tut mir leid, darauf habe ich nicht geachtet.«

»Danke. Du hast nichts von mir gehört, ja?«

»Ella, was ist denn los? Ich –«

Sie unterbrach die Verbindung und atmete tief durch. Der Druck in ihrer Brust verursachte ihr Übelkeit. *Sie sind überall gleichzeitig*, dachte sie. Laut sagte sie: »Wir müssen uns beeilen. Sie werden nicht lange brauchen.«

16

Es war fast elf Uhr, und sie standen vor dem Eingang des Hauses, an dessen Rückseite Ella die Bewegung hinter der Balkontür gesehen hatte. Es war ein Gebäude aus der Nachkriegszeit in einer ruhigen, baumbestandenen Kreuzberger Straße, in der auch im Sommer an einem Sonntagabend die Fenster früh dunkel wurden. Die Gehsteige waren verwaist. Über eine Kreuzung weiter unten floss ein Rinnsal von Autos, aber hier flackerte nicht einmal die Lampe eines vereinzelten Radfahrers. Im Schein der Straßenlaterne, vom dichten Blattwerk der Bäume gedämpft, versuchte Ella zu erkennen, welche Klingel zu der Wohnung mit dem Balkon gehörte. Auf jeder Etage außer dem Hochparterre gab es drei Klingelschilder. »Die da könnte es sein«, sagte Ella. Sie deutete auf das Schild in der Mitte des siebten Stocks. »Michalewski.«

Sie drückte den Knopf, der zu dem Schild gehörte. Es gab eine Gegensprechanlage, doch sie blieb stumm, und niemand öffnete. Sie klingelte ein zweites Mal. Endlich knackte es in dem kleinen runden Lautsprecher unter den Knöpfen, und eine hohe, metallisch verzerrte Stimme fragte: »Ja?«

»Mein Name ist Bach, Doktor Ella Bach. Ich möchte gern kurz mit Herrn Michalewski sprechen.«

»Ja?«, sagte die hohe Stimme noch einmal.

»Könnten Sie bitte aufmachen?«

Die Stimme schwieg.

Ella fragte: »Darf ich einen Moment raufkommen?«

»Es ist schon sehr spät.« Die Stimme hatte einen weinerlichen, nörgelnden Unterton.

»Sind Sie Herr Michalewski?«

Die Stimme schwieg, nur die Sprechanlage rauschte leise.

»Sie haben vor zwei Tagen nachts die Rettung angerufen, weil gegenüber von Ihnen eine Frau zu verbluten drohte. Ich bin die Ärztin, die auf Ihren Anruf –«

»Ich weiß nicht, wovon Sie sprechen«, rief die Stimme. »Sie müssen mich verwechseln.« Nach einer kurzen Pause fragte sie: »Wie kommen Sie überhaupt auf mich?«

Ella sagte: »Der Vorfall hat sich im Penthouse des Hauses Benno-Ohnesorg-Straße 7 auf der anderen Seite Ihres Hinterhofs ereignet, und die Beobachtung des Anrufers lässt mich vermuten, dass Sie ihn von Ihrer Wohnung aus mit angesehen haben –«

Jetzt konnte sie ein leises Ächzen hören. »Woher wissen Sie das? Woher wissen Sie, was jemand beobachtet hat? *Wie kommen Sie denn auf mich?*«

»Ich habe mir die Aufzeichnung des Anrufs angehört«, sagte Ella. Sie sah, dass der Gehweg noch immer leer war, aber sie wünschte sich, der Mann würde sie endlich ins Haus lassen. »Bei der Notruf-Leitstelle werden alle eingehenden Anrufe aufgezeichnet, wussten Sie das nicht? Sie haben Ihren Namen nicht genannt, aber –«

»Gehen Sie weg«, sagte die Stimme. »Bitte, gehen Sie weg. Sie verwechseln mich.«

»Ich habe nur ein paar Fragen.«

»Was für Fragen denn?«

»Warum haben Sie nicht die Polizei gerufen? Sie haben von Blut gesprochen – und Sie haben ein Messer erwähnt –«

»Ich habe überhaupt nichts gesehen, gar nichts. Bitte, gehen Sie jetzt. Ich bin müde. Ich habe schon geschlafen. Mitten in der Nacht, das ist Belästigung.«

Die Sprechanlage verstummte. »Herr Michalewski?«, rief Ella. Der Lautsprecher blieb stumm. Ella rief noch einmal: »Herr Michalewski!«, dann sagte sie zu Dany: »Das war er. Seine Stimme klang anders auf dem Band, aber er war es.«

Dany sagte: »Er hat Angst.« Er trat einen Schritt zurück und sah an der Fassade des Hauses hoch. »Ich möchte wissen, wovor er Angst hat.«

Ella drückte jetzt die beiden Klingelknöpfe im Hochparterre, und wenig später summte der Öffner. Sie stieß die Tür auf, griff in die Innentasche ihrer Jacke und holte ihren Arztausweis heraus. »Hallo«, rief sie. »Rettungsdienst.«

Aus der Tür links vom Treppenaufgang im Hochparterre streckte ein Mann den Kopf heraus. In dem schwachen Licht einer runden Milchglaslampe an der Wand konnte Ella sehen, dass er nur ein Unterhemd und Shorts anhatte. Sein Haar war schütter, die Falten in der Haut wirkten, als wären sie ein feines Netz, in dem sich das Gesicht gefangen hatte. Aus dem Inneren der Wohnung drang die aufgeregte Stimme eines Fußballkommentators. Ella hielt ihren Ausweis hoch. »Notarzt. Sind Sie der Hausmeister?«

»Jawohl. Zu wem wollen Sie denn?«

»Michalewski, fünfter Stock. Er hat die Rettung gerufen, aber jetzt macht er nicht auf.«

»Michalewski, bei dem wundert mich gar nichts mehr.«

»Der Anruf klang besorgniserregend«, sagte Ella. »Könnten Sie mit nach oben kommen, um uns die Tür zu öffnen, falls ihm etwas zugestoßen sein sollte?«

»Sind sieben Stockwerke ohne Aufzug«, sagte der Mann. »Michalewski, der macht nie auf.«

»Er stirbt vielleicht gerade«, sagte Ella. »Haben Sie vielleicht einen Zweitschlüssel, den Sie mir mitgeben können?«

Der Mann warf einen Blick über seine Schulter in die halbdunkle Wohnung, in der das gezeigte Fußballspiel an Dramatik zunahm. »Michalewski, der ist nicht ganz richtig, wenn Sie mich fragen. Der hat nicht nur ein Schloss an der Tür. Hat ein halbes Dutzend zusätzlich angebracht. Alle ohne Erlaubnis.« Er schien sich nicht darüber zu wundern, dass Ella keine Notfalltasche dabeihatte. »Warten Sie, ich hole Ihnen den Schlüssel, aber mit raufkommen tue ich nicht.«

»Danke«, sagte Ella. Sie wartete vor der offenen Tür, aus der ein schaler Geruch nach kaltem Essen und altem Zigarettenrauch drang, während Dany an ihr vorbeiging und anfing, die breite Holztreppe hinaufzusteigen. Der Hausmeister kam mit einem einzelnen Schlüssel zurück, den er Ella hinhielt. »Wahrscheinlich das Herz«, sagte er, »bei dem Gewicht, das der mit sich rumschleppt, Michalewski. Sie können mir den Schlüssel in den Briefkasten werfen, wenn Sie fertig sind.«

»Danke.« Ella steckte ihren Ausweis wieder ein und folgte Dany. Die Stufen knarrten unter ihren Schritten, es war das einzige Geräusch in dem hohen Treppenschacht. Einmal erlosch das Licht, und Ella drückte auf dem nächsten Absatz auf einen anämisch schimmernden Plastikknopf, und es ging wieder an. Als sie den siebten Stock erreicht hatte, atmete sie zu schnell und hatte das Gefühl, dass ihre Lunge flatterte.

Die Tür in der Mitte des obersten Etagenabsatzes trug kein Namensschild. Außer dem Hauptschloss gab es noch drei weitere für unterschiedlich große Schlüssel. Dany klingelte mehrmals schnell hintereinander und klopfte gegen die Türfüllung. In der Wohnung blieb alles still. »Herr Michalewski, bitte öffnen Sie«, rief Ella. »Es ist wichtig, dass ich kurz mit Ihnen sprechen kann.«

Noch immer blieb es still, so still, als versuchte jemand bewusst, kein Geräusch zu verursachen, *bei angehaltenem Atem, kein Räuspern, kein knackendes Parkett.* Ella schob den Schlüssel des Hausmeisters in das Schloss neben dem Türknopf. Der scharfe, raspelnde Klang von Metall an Metall zerriss die vollkommene Lautlosigkeit, und auf einmal herrschte auch auf der anderen Seite der Tür keine Stille mehr, als die weinerliche Stimme plötzlich kreischte: »Was machen Sie denn?! Das dürfen Sie nicht!«

Ella rief: »Sie haben den Rettungsdienst angerufen, und wenn Sie nicht öffnen, muss ich davon ausgehen, dass Ihnen etwas zugestoßen ist und mir Zugang zu Ihrer Wohnung verschaffen!«

»Das war schon vor zwei Tagen, und ich habe meinen Namen gar nicht genannt!«

Ella schwieg, damit der Mann in der Wohnung Zeit hatte, sich seine eigenen Worte noch mal vorzuspielen. Etwas schabte an der Innenseite der Tür entlang; es hörte sich an, als rutsche ein Körper daran herunter. Nach einigen Sekunden erklang ein fast qualvolles Stöhnen, gefolgt vom Scheppern und Klirren mehrerer Ketten, Riegel und Schlösser. Im selben Moment erlosch die Treppenhausbeleuchtung. In der Dunkelheit jenseits der geöffneten Tür hörte Ella jemanden schwer und feucht atmen, und eine Wolke von süßem Parfüm, halb Moschus, halb Patschuli, drang aus der Wohnung. »Herr Michalewski?«, sagte sie. »Ich komme jetzt rein. Erschrecken Sie nicht, ich habe noch jemanden bei mir.«

»Nein, niemand sonst!«, sagte die Stimme, aber ihr Widerstand war nur noch schwach.

Ella trat über die Schwelle. Vor ihr bewegte sich eine massige Gestalt, und jetzt mischte sich durchdringender Schweißgeruch unter den Parfümduft. Die Gestalt war nur ein Schattenriss vor dem Hintergrund seltsam phosphoreszierender Lichtquellen am anderen Ende des Gangs, aber Ella hatte den Eindruck, einem Berg aus Fleisch gegenüberzustehen. Etwas von dem grünlich schimmernden Licht glitt über die Gestalt und enthüllte mächtige Fettwülste und wabbelnde Hautlappen, die in Schichten übereinander zu hängen schienen, nur notdürftig verhüllt von einem bis zum Zerreißen gespannten schwarzen Sweatshirt. Langes Haar fiel in öligen Locken auf Schultern, Brust und Rücken. Als die Gestalt sich bewegte, blinkten die runden Gläser einer Hornbrille in dem schweißglänzenden Gesicht auf.

»Sind Sie wirklich Ärztin?«, fragte die helle, greinende Stimme.

Ella holte ihren Ausweis hervor und hielt ihn dicht vor die mit talgig schimmernden Fingerabdrücken übersäten Brillengläser. Sie hörte, wie Dany hinter ihr eintrat und die Tür ins Schloss drückte. »Haben Sie mich in der Wohnung gegenüber nicht gesehen, in der Nacht vor zwei Tagen?«, fragte sie.

»Nein. Nein, ich habe überhaupt nichts gesehen!«

Dany schob sich an Ella und der Gestalt vorbei, und stieß unvermittelt einen leisen Piff aus. »Schauen Sie sich das an, Ella!«

»Wo gehen Sie denn hin?«, rief Michalewski. »Was wollen Sie da? Das dürfen Sie nicht!« Ächzend und schwer atmend stapfte er hinter Dany her auf die Tür des Raums mit den phosphoreszierenden Lichtquellen zu. »Das geht Sie nichts an.«

Ella blieb dicht hinter Michalewski. Der dicke Mann quetschte sich seitlich durch die Tür, hinter der eine andere Welt begann: Die phosphoreszierenden Lichtquellen in dem abgedunkelten Zimmer waren TFT-Monitore und Smartdisplays, über die Punkte und flackernde Linien huschten wie über den Monitor eines EKGs. Magische Augen weiteten sich und schrumpften wieder, analoge und binäre Anzeigen an elektronischen Aufnahme- und Wiedergabegeräten zählten unsichtbare Bits. Leuchtdioden glommen, LCD-Skalen und Fluoreszenzmesser schimmerten matt.

»Was ist das?«, fragte Ella verblüfft.

»Nichts«, sagte der dicke Mann hastig. »Das ist mein Büro,

hier arbeite ich. Ich bin Filmemacher, ich mache eine Langzeitdokumentation über –«

Dany drehte sich um und schaltete das Licht an.

»Nicht«, rief der dicke Mann entsetzt, »kein Licht!«

In dem flackernden Schein einer in rotes Krepppapier gehüllten Glühbirne an der Decke entfaltete der überraschend große Raum seine seltsame Pracht: ein großer schwarzer Ledersessel auf Rollen stand an einem gut fünf Meter langen Arbeitstisch, auf dem sich technische Apparate aller Art befanden: Rechner, für die sich die NASA nicht geschämt hätte, Laptops, digitale Camcorder, Richtmikrofone, Nachtsichtgeräte, Fotoapparate mit Teleobjektiven in unterschiedlichen Größen, Kopfhörer mit gepolsterten Ohrmuscheln, ein altmodisches Spulentonband, ein Avid-Schnittpult und ein voluminöses Teleskop, mit dem man wahrscheinlich Leben auf der Rückseite des Mars entdecken konnte.

Das Teleskop stand direkt am Fenster und war auf die Häuser jenseits des Hofs gerichtet.

Jetzt war Ella klar, warum er nicht die Polizei gerufen hat. Und warum er sich so merkwürdig ausgedrückt hatte, so als wüsste er nicht genau, was er gegenüber sah.

Die unverputzten Wände waren hinter deckenhohen Regalen verborgen, in denen Hunderte von Videokassetten, DVDs und CD-Roms mit weißen Rücken standen, nummeriert und beschriftet. An der einzigen freien Wand hing ein einarmiger Bandit neben einer Dartscheibe, davor stand ein kirmesbunter Flipperautomat. Zwischen einer mannshohen Dagobert Duck-Statue aus bemaltem Eisen und einer ebenso großen *Terminator*-Figur spannte sich eine Hängematte, in der ein Elefant Platz gefunden hätte. Der zerkratzte Linolboden war übersät mit leeren Coca-Cola-Dosen, Bierflaschen, winzigen Wodkafläschchen, mit ketchupverschmierten Hamburger-Schachteln, Fetzen von Pizzakartons und randvollen Aschenbechern.

»Bitte, machen Sie das Licht aus!«, flehte Michalewski.

Ella schaltete die Glühbirne wieder aus und ging zur Balkontür, um die Lamellen der heruntergelassenen Jalousie zu schließen. Ihr Blick fiel auf das Penthouse jenseits des Hofes. Sie konnte nur eins der Fenster hinter den Plastikplanen sehen, aber die Räume dahinter waren dunkel. »Haben Sie hier gestanden?«, fragte sie den dicken Mann.

»Ich … ich …«

Dany trat neben Ella und sah ebenfalls hinaus. Dann sagte er: »Zeigen Sie uns die Aufnahmen.«

»Was für Aufnahmen?«, fragte der dicke Mann.

»Die Frau, die Sie von hier aus beobachtet haben, ist meine Schwester«, sagte Dany, »und wahrscheinlich haben Sie sie nicht nur beobachtet, sondern auch gefilmt. Wahrscheinlich haben Sie alle Ihre Nachbarn rings um den Hof gefilmt und abgehört, aber die anderen interessieren mich nicht. Ich will nur die Aufnahmen sehen, die Sie von meiner Schwester gemacht haben in der Nacht, in der sie überfallen worden ist, und davor.«

»Ich weiß nicht«, begann der dicke Mann, und seine Fettmassen unter dem Sweatshirt zitterten so stark, dass Ella es sogar im Zwielicht der Skalen und Anzeigen sehen konnte, »ich habe keine Ahnung, was Sie meinen. Bitte gehen Sie jetzt.«

Dany ging zu dem nächststehenden Regal und fing an, die VCR-Kassetten und DVDs von den Brettern zu nehmen und auf den Boden fallen zu lassen. »Sie sind ein Voyeur, und der einzige Grund, warum ich Sie nicht auf der Stelle nach Strich und Faden verprügele, ist, dass Sie wenigstens so viel Anstand hatten, den Notarzt zu rufen, als Sie gesehen haben, was mit meiner Schwester passierte. Aber wenn Sie mir nicht sofort alles aushändigen, was Sie von ihr aufgenommen haben, dann zerstöre ich hier jedes Band, jede CD-Rom und jede Datei, und danach nehme ich mir Ihre Kameras und Tonbandgeräte vor…«

»Bitte – *bitte!*« Michalewskis Hände flatterten wie aufgescheuchte Vögel durch die Luft, bevor sie wieder zu beiden Seiten seines mächtigen Leibes herabsanken. Er wischte sich mit ungeschickten Fingern über die beschlagenen Brillengläser. »Ich zeige es Ihnen, aber ich will es nicht – ich will es nicht noch einmal sehen.«

17

Zuerst sah man nur das Gerüst und die Plastikplanen und den kleinen Ausschnitt, wo sich die Plane gelöst hatte und den Blick auf das Fenster freigab. Die Plane flatterte; das Fenster stand einen Spaltbreit offen. Der Vorhang war zurückgezogen, aber in der Wohnung brannte kein Licht. Nur das Wasser in dem großen Aquarium vor dem Fenster schien schwach zu leuchten. Alles war in ein unwirkliches, körniges Grün getaucht wie die Aufnahmen, die manchmal im Fernsehen von nächtlichen Operationen geheimer Spezialtruppen in Kriegsgebieten gezeigt wurden.

Aus den Lautsprechern auf dem Boden neben dem Avid drang das Rauschen des Regens, das Knattern der Plastikplanen und, etwas weiter weg, der Partylärm, den Ella bei ihrer Ankunft vor dem Haus gehört hatte. Unwillkürlich sah sie zum Fenster hinüber. Sogar das Klirren von Flaschen und Gläsern hatten die leistungsstarken Mikrofone aufgenommen.

Unvermittelt fragte eine Männerstimme: »Was ist es?« Die Stimme war leise, fast sanft. »Wo ist es?« Ella spürte, wie sich die Haut auf ihrem Rücken zusammenzog, zwischen den Schulterblättern und dicht unter dem Nacken.

»Ich weiß nicht«, antwortete die Stimme einer Frau. *»Je ne – je ne sais pas!«*

»Ich spreche kein Französisch«, sagte die Stimme des Mannes. »Was ist es?«

»Was ist was? Ich weiß nicht, was Sie meinen.« Die Stimme der Frau vibrierte wie eine Saite, die zu reißen drohte.

»Wo ist es?«

»Was meinen Sie denn? Ich weiß es nicht. *Je ne sais vraiment pas.*«

Der Schrei zerriss das Pladdern des Regens auf den Planen und das ferne Stampfen der Musik, und er nahm kein Ende. Er nahm kein Ende, weil er gleich danach in einen weiteren Schrei überging, der auch kein Ende nahm, aber das grünstichige Bild auf dem Monitor zeigte nur den fallenden Regen und das Fenster und sonst nichts.

»Wo ist es?«, fragte die gleichmütige Männerstimme, »sag mir, wo es ist. Was ist es?«

Auf einmal erschien eine Hand am Fenster. Sie schien nach der Scheibe zu greifen. Man sah nur die Hand, wie sie von der Scheibe abrutschte und schwarze Streifen auf dem Glas hinterließ. Das Fenster wurde in den Rahmen gedrückt, die Hand verschwand wieder, aber die schwarzen Streifen blieben auf der Scheibe zurück, und Ella wusste, dass die Streifen Blut waren, das lediglich durch das Nachtsichtobjektiv schwarz wirkte.

Einige Sekunden lang geschah nichts, während die gedämpften Schreie in ein Winseln übergingen. Ella konnte hören, wie Dany neben ihr nach Luft schnappte, und dann tauchte die Hand wieder auf, diesmal von unten. Sie klammerte sich an den Vorhang, es schien, als versuchte sie sich hochzuziehen, und jetzt war sie ganz schwarz, und als der nackte Unterarm erschien, war auch er schwarz, und ein Gesicht gehörte dazu, ein Frauengesicht, aber ehe man es richtig erkennen konnte, wurde es mit einem Ruck weggezogen, und kurz, ganz kurz, sah man eine andere Hand im Haar der Frau.

»*Dieu*«, flüsterte Dany, »*mon dieu …*« Er drückte eine Taste am Bedienungsfeld des Avid, und das Fenster rückte näher heran, und er drückte noch einmal, und der Ausschnitt rückte noch näher. Jetzt sah Ella schwarze Flecken auf dem Boden hinter dem Fenster, eine schwarze Lache, die stetig größer wurde. Der Wind drückte das Fenster wieder auf, und das Schreien und Winseln wurde wieder lauter. Ella dachte, *warum hat das denn niemand gehört?*, bis ihr klar wurde, dass der Partylärm und das Rauschen des Regens und die knatternden Planen die Schreie übertönten.

Eine Minute lang geschah nichts, nur das Fenster schlug sacht hin und her, als plötzlich der Regen aufhörte und aus dem Rauschen ein Tröpfeln wurde, dann ein Flüstern, und da geschah wieder etwas hinter dem grünlichen Fenster: Eine Gestalt fiel gegen das Aquarium, prallte ab und stürzte. Gleich darauf kippte das Aquarium aus dem Bild, und wieder geschah einige Sekunden lang nichts. Dann kroch die Gestalt über den Boden, durch die schwarze Pfütze, die jetzt nass glänzte, eine nackte Gestalt, grün-weiß und schwarz kroch sie langsam durch das Zimmer, durch ein Gewimmel zuckender Fische überall um sie herum auf dem Boden. Wimmernd krabbelte sie in der blutigen, zappelnden Nässe herum, und noch kürzer huschte eine andere Gestalt durchs Bild, in schwarz bespritztes Zellophan gehüllt. Wie ein glitzernder Schatten huschte sie vorbei, in der Hand ein Messer.

Dany drückte eine andere Taste. Das Bild blieb stehen.

Das zerschnittene Gesicht des kriechenden Mädchens war für einen Sekundenbruchteil dem halb offenen Fenster zugewandt, eine Grimasse verständnislosen Grauens, in schwarzes Blut getaucht wie der ganze Rest des nackten Körpers, und links über ihr sah man nur die Hand mit dem Messer, dessen Klinge so gedreht war, dass sie einen blinkenden Lichtreflex festhielt wie einen Mondsplitter.

Ella konnte ihre Augen nicht von dem Anblick lösen. Sie biss sich auf die Unterlippe und spürte keinen Schmerz. Eine tiefe Scham erfüllte sie.

Du siehst zu, wie ein Mensch gequält wird – eine junge Frau, die vielleicht jetzt schon nicht mehr lebt, während du hier stehst und auf den Monitor starrst, auf das digital zusammengesetzte Bild eines beginnenden Todes.

Da wanderte plötzlich ein heller Fleck über die Zimmerdecke von Michalewskis abgedunkeltem Beobachtungsraum. Ella sprang zur Balkontür und spähte durch einen Spalt in der Jalousie hinüber zu den Fenstern der Wohnung auf der anderen Seite des Hofes. Einen Moment lang glaubte sie, dort etwas zu sehen, ein kurzes Aufflackern wie von einer Taschenlampe, die ein- und gleich wieder ausgeschaltet wurde. Danach lag die Wohnung wieder im Dunkeln.

Über den Avid gebeugt, drehte Dany an einem Regler, drückte eine weitere Taste. Ein zweiter Monitor zeigte die Wohnung jetzt im hellen Tageslicht. »Und das – wann ist das? Am selben Tag?«, fragte er.

Michalewski, der sich bis an die Tür zum Korridor zurückgezogen hatte, nickte. »Ort, Zeit und Objekt stehen auf der Hülle.«

Ella kehrte an den Avid zurück und warf einen Blick auf den zweiten Monitor. Streifen von Sonnenschein fielen durch das weit offene Fenster der Wohnung. An den reglosen Planen konnte man erkennen, dass kein Wind wehte, nicht der leiseste Hauch. Eine junge Frau ging durch den großen Raum, in dem der Schreibtisch stand. Sie war barfuß und trug nichts außer einem malvenfarbenen Höschen. Sie hatte lange, schlanke Beine und feste Brüste, die sich im Rhythmus ihres Atems hoben und senkten. Ein matter Schweißfilm überzog ihre sonnengebräunte Haut. Das haselnussfarbene Haar hatte sie im Nacken mit einem Gummiband zu einem Pferdeschwanz zusammengefasst, und wenn sie zum Fenster hinsah, konnte Ella erkennen, wie schön sie war.

»C'est elle«, sagte Dany leise. »Mado.«

Die junge Frau blieb bei dem Aquarium vor dem Fenster stehen, betrachtete das Unterwasserballett der bunten Fische, das abrupt von Zeitlupe zu Zeitraffer wechselte, als sie etwas Futter in das türkisgrüne Wasser schüttete. Auf der Tonspur erklangen jetzt andere Geräusche: fernes Kindergeschrei, das Scheppern von Besteck, von Töpfen, Radiomusik. Die Geräusche wurden abrupt leiser, als Mado nach einem Handy griff, das auf der zum Teil sichtbaren Schreibtischplatte lag. Sie klappte es auf, warf einen Blick auf das Display und drückte einen Knopf. *»Oui, Mado«*, meldete sie sich. Sie lauschte, lächelte. »*Professeur* Forell«, sagte sie, lauschte wieder und nickte eifrig. »*Oui, j'etais à Paris et hier soir je l'ai rencontrée. J'ai parlé avec lui de l'histoire de nos familles et* –« Sie unterbrach sich und fuhr auf Deutsch fort: »– und von dem Journal habe ich ihm auch erzählt! Ich habe ihm eine Kopie davon gezeigt und – ja, er hat mir etwas für Sie gegeben – eine Flasche Wein – ja, Wein!«

Sie hörte erneut zu, nickte schweigend. »Wenn Sie wollen, kann ich sie Ihnen sofort bringen –«

Wieder wanderte der blasse, helle Fleck über die Zimmerdecke des Beobachtungsraums. Ella lief noch einmal zum Balkon und kippte die Lamellen der Jalousie, um besser hinaussehen zu können. Etwas war anders im Penthouse auf der gegenüberliegenden Seite des Hofes: ein Schatten, wo sich vorher keiner befunden hatte. Am Fenster stand jemand. Ein Mann. Reglos, so wie sie. Er schien Ella anzusehen. *Nein, er kann dich nicht sehen, nicht wenn er –*

Plötzlich traf sie der Lichtstrahl einer starken Taschenlampe. Der Mann leuchtete ihr direkt ins Gesicht.

Sie zuckte zurück. *Sie sind da. Sie haben uns entdeckt.* Der Lichtkegel verweilte einen Moment auf der Jalousie, dann wanderte er weiter. Vorsichtig näherte Ella sich wieder der Jalousie. Sie konnte das Gesicht des Mannes in der Dunkelheit der Wohnung nicht erkennen, nur seine Umrisse und die Lampe, deren Strahl jetzt langsam zurückkehrte und auf dem Balkon verweilte.

»Sie sind da«, sagte Ella. »Sie sind da drüben im Penthouse. Wir müssen weg!«

Danys Finger flogen weiter über die Tastatur des Avid, als hätte er sie nicht gehört.

»Wer ist drüben?«, fragte Michalewski.

Der Strahl der Taschenlampe erlosch, die Gestalt am Fenster des Penthouses verschwand.

Ella lief zum Schnittpult. »Sie kommen hierher, Dany.«

»Gleich«, sagte Dany wie gebannt.

»Wer kommt?«, keuchte Michalewski. »Kommt jemand *hierher?*«

»Da«, sagte Dany plötzlich und deutete auf den Monitor, »*là, c'est vous* – die Ärztin –«

Ella sah sich selbst, wie sie zögernd den dunklen Raum betrat, den Notfallkoffer in der einen Hand, die Taschenlampe in der anderen. Sie sah sich, wie sie stehen blieb, und trotz des grünstichigen, körnigen Bilds sah sie den Schock auf ihrem Gesicht. Sie sah sich, wie sie neben der verletzten Frau niederkniete und überlegte, was sie tun, womit sie anfangen sollte, aber den Mann mit dem Messer sah sie nicht mehr, und wenn dies ein Film gewesen wäre, hätte sie jetzt gedacht, *pass auf, er ist noch da, pass auf!*, und genau das war es auch, was Mados Augen ihr damals zu sagen versucht hatten.

»Wir können hier nicht bleiben!«, drängte Ella.

Die Kamera schwenkte von ihr weg, fort von dem halb offenen Fenster über die regennassen Planen, als suchte sie nach dem Mann in einem der anderen Räume und dann schwenkte sie mit einem Ruck wieder zurück, und Dany rief: »Da, da ist er!« Ella sah, wie jemand aus dem Fenster auf das Gerüst kletterte, schnell und geschickt, und sie begriff, dass das, was ihr in jener Nacht wie eine Ewigkeit vorgekommen war, nur wenige Minuten gedauert hatte – ihr Kampf um Mados Leben.

Der Mann, in schwarzgrün glitzernde Plastikfolie gehüllt, sah nicht zurück. In der linken Hand hielt er einen schwarzen Beutel. Er lief über das Gerüst davon, verschwand hinter der Plane – sie konnten seine trampelnden Schritte auf dem Holzbrett hören und das Beben des Gestänges –, aber als er die Leiter nach unten erreichte, geriet er wieder ins Bild, und jetzt hob er kurz das Gesicht. Dany drückte eine Taste und hielt es fest, vergrößerte es, vergrößerte es noch weiter. »Kennen Sie diesen Mann?«, fragte er. »Haben Sie ihn schon einmal gesehen?«

Der Mann hatte kleine Augen, eine gebrochene Nase und ein breites Kinn, das unrasiert wirkte. Einer seiner Wangenknochen schien höher zu stehen als der andere, was dem Gesicht eine asymmetrische Form gab. Ein Netz von Narben zog sich um das linke Auge.

»Nein«, sagte Ella, »noch nie.« Sie lief zur Tür.

Dany drückte einen Knopf, und eine silberne Scheibe glitt aus einem Schlitz des Avid. Er schob die Disc in die Innentasche seiner Lederjacke, griff nach zwei beschrifteten Hüllen mit weiteren DVDs, die er schon bereitgelegt hatte, und stürzte hinter Ella her.

»Wo wollen Sie denn plötzlich hin?!«, rief Michalewski. »Sie können mich doch nicht alleinlassen! Was wird denn aus mir!?« Er rang die Hände. »Was wird aus mir?! Ich kann nicht weg. Ich komme die Treppe nicht runter. Was wird aus –«

»Sperren Sie die Tür ab!«, sagte Ella. »Rufen Sie die Feuerwehr. Sagen Sie diesmal Ihren Namen und dass Sie einen Herzanfall hätten, irgendwas in der Art. Machen Sie nur dem Notarzt die Tür auf.«

Ella konnte die Stufen im dunklen Treppenhaus gerade so sehen und nahm immer zwei auf einmal. Sie ließ die Hand über das Geländer gleiten, sah nur nach unten, über das Geländer den Treppenschacht hinunter. Sie hörte, wie der dicke Mann seine Wohnungstür zuschlug und verriegelte. Als sie fast im Erdgeschoss war und im Hauseingang noch immer alles ruhig blieb, dachte sie einen Moment lang, dass sie sich vielleicht getäuscht hätten, dass niemand im Penthouse gegenüber gewesen war.

Sie stürmte aus dem Haus auf die Straße, Dany dicht hinter ihr. Der Bürgersteig lag leer im Schein der Straßenlampen. Alles war still bis auf ein gelbes BMW Cabrio, das sich von der Kreuzung her näherte. Der Fahrer des Cabrios hatte seine Soundanlage voll aufgedreht.

Dann sah sie die Männer, die um die Ecke des Nachbarhauses bogen. Sie gingen schnell, einer neben dem anderen. Sie entdeckten Ella und Dany und begannen zu rennen. Alle drei trugen graue Jacketts und helle Hosen, fast als wären sie in Uniform. Sie rannten über den Bürgersteig aus dem Licht der Laternen in den Schatten unter den Bäumen und wieder ins Licht, und gleich darauf konnte Ella erkennen, dass sie Pistolen in den Händen hielten.

Das BMW Cabrio war noch ein gutes Stück entfernt. Sein Auspuff röhrte, und die Musik aus der Soundanlage hallte von den Fassaden der Häuser wider. Dany packte Ellas Hand, zog sie mit sich über das schlecht asphaltierte Trottoir die Straße hinunter. Die Nachtluft war warm, und als sie rannte, spürte Ella die Berührung kleiner Mücken im Gesicht, wenn sie in einen der tanzenden Schwärme unter den Laternen geriet.

Die drei Männer waren dicht hinter ihnen, aber sie schossen nicht. Sie waren auch sonst leise, keine Rufe, kein Gebrüll, nur ihre klatschenden Schritte auf dem Asphalt, ihr hechelnder Atem, das Pfeifen ihrer Lungen. Dany hielt noch immer Ellas Hand, rannte voraus, sein Rücken dicht vor ihr, seine blonden Haare jetzt dunkel vor Schweiß.

Das Cabrio fuhr langsamer: Vier Jugendliche saßen darin, drei Jungen, ein Mädchen, Zigaretten und Bierflaschen in den Händen. Sie waren fast vorbei, da bremste der Fahrer plötzlich abrupt, legte den Rückwärtsgang ein und gab Gas. Das Cabrio rollte jaulend mit hochragendem Heck zurück. Einer der Jungen lehnte sich über die Tür und winkte mit seiner Bierflasche, das Gesicht halb unter dem Schirm einer Baseballkappe verborgen. »Hey, kleines Mädchen«, rief er mit russischem Akzent, »komm, fahr mit uns, kleines Mädchen.«

Ella blieb stehen. Danys Hand entglitt ihr. Er rannte noch ein Stück weiter, ehe er mitbekam, dass sie nicht mehr bei ihm war. Keuchend drehte er sich im Licht einer Laterne um. Ella stand in der Mitte des Bürgersteigs und streckte dem jungen Russen in dem Cabrio die rechte Faust mit gestrecktem Mittelfinger entgegen.

Die drei Männer liefen ebenfalls langsamer, waren fast bei ihr, die Hände mit den Pistolen jetzt unter den Jackenschößen verborgen. Alle drei wirkten ausdruckslos wie Roboter, kein Mienenspiel, kein Leben in den Augen. Einer schien schwere Verbrennungen im Gesicht erlitten zu haben, denn der linke Wangenknochen war mit verpflanzter Haut von dem künstlichen Rosa eines Puppenkörpers bedeckt.

Der junge Russe stieß die Tür auf und sprang aus dem Wagen. Er war stämmig und größer, als er im Sitzen gewirkt hatte. Um seinen kräftigen Hals baumelte eine Panzergoldkette. Das kurzärmelige kragenlose Hemd hing über die Hose bis zu den Knien hinunter wie bei einem Hip-Hopper. Er hielt noch immer seine Bierflasche in der Hand, als er mit schwingenden Schritten auf Ella zustolzierte. »Mach das noch mal, kleines Mädchen«, sagte er.

Die drei Männer näherten sich Ella von der Seite. Einer von ihnen gab dem Russen ein Zeichen und rief: »Steig wieder in den Wagen, Junge«, aber der Russe schien ihn beim Lärm der

Partymusik nicht zu hören. Als der Mann sich ihm in den Weg stellen wollte, schlug der Junge ihm die Bierflasche mit solcher Wucht ins Gesicht, dass die Flasche zerplatzte. Der Mann riss die Hände hoch, und eine Fontäne von Blut spritzte ihm aus Nase und Mund. Das Blut war rot im Schein der Laterne, aber dunkelbraun, als es auf den Asphalt klatschte.

Der Russe ging weiter, ohne stehen zu bleiben, ohne sich umzuschauen. Er hatte Ella beinahe erreicht, da stürzte sich einer der beiden anderen Männer auf ihn, und jetzt hatte der Junge keine Flasche mehr, und der Mann packte ihn bei den Schultern, fasste ihn um Schulter und Hals wie einen guten Freund und versetzte ihm einen schnellen Kopfstoß mit der Stirn gegen die Nase. Der Junge schrie und stürzte auf das Trottoir, beide Hände gegen das Gesicht gepresst.

Der Mann wischte sich mit raschen Bewegungen das Blut von seinem silbrig schimmernden Jackett, dann trat er dem Jungen in die Seite und gegen die Brust und gegen den Kopf, ohne ein Wort zu sagen.

Plötzlich waren auch die beiden anderen Jungen und das Mädchen aus dem Cabrio auf dem Bürgersteig. Der gelbe BMW stand mit offenen Türen in der Mitte der Straße, in Abgasnebel und dröhnende Musik gehüllt. Die Jungen und das Mädchen brüllten russische und deutsche Schimpfworte, drängten die grauen Männer von ihrem Kumpel weg und schlugen dabei mit Fäusten und Flaschen auf sie ein.

Ella wich langsam zurück, bis sie gegen Dany stieß. Er hielt ihren Arm mit einer Hand und deutete auf die Straße, auf das Cabrio mit den offenen Türen. Sie liefen zu dem Wagen und sprangen hinein, Dany hinter das Steuer, und als er Gas gab und losfuhr, konnte Ella im Außenspiegel sehen, wie der Mann und der Junge nicht aufhörten zu kämpfen und dabei immer kleiner wurden, während die Nacht und die Straße wuchs und bald den ganzen Spiegel ausfüllte.

18

»Haben Sie einen von den Männern wiedererkannt?«, fragte Dany.

»Nein«, sagte Ella.

»Sie sahen aus wie Spezialisten«, sagte Dany. »Söldner oder Mitarbeiter einer Sicherheitsfirma.«

Ella sagte nichts.

»Warum war die Wohnung so sauber?«, fragte Dany. »Nach allem, was sich da abgespielt hat? Das ganze Blut, das kaputte Aquarium – wie kommt es, dass heute Nachmittag nichts mehr davon zu sehen war?«

Ella sagte: »Einer der Polizisten, die mich verhört haben, meinte, die Techniker hätten keine Spuren gefunden, die meine Aussage bestätigen.«

»Sie müssen also am nächsten Tag zurückgekommen sein, um aufzuräumen und alle Hinweise auf ein Verbrechen aus der Welt zu schaffen.«

»Oder die Spurensicherung hat die Spuren nicht gesichert, sondern beseitigt und einen falschen Bericht erstellt.«

Dany sagte: »Wer so was anordnen kann, muss sehr weit oben stehen.«

Ella nickte. »Aber warum arbeitet jemand, der so weit oben steht, mit Mördern und Entführern zusammen?«

»Vielleicht wird er gezwungen«, sagte Dany, »erpresst? Oder er verspricht sich Vorteile davon. Er gehört nicht zu ihnen, aber er hilft ihnen, weil es ihm nützt.«

»Wobei?«, fragte Ella.

»Wer sind sie?«, fragte Dany. »Was suchen sie?«

»Warum sind sie bereit, dafür zu töten?«, fragte Ella.

»Sie haben Angst.«

»Wovor?«

Dany schwieg.

»Was immer es ist, sie haben es nicht gefunden, sonst hätten sie Max nicht getötet und wären nicht immer noch hinter mir her«, sagte Ella. »Sie denken, *ich* könnte es haben. Oder Mado hätte mir gesagt, wo es sich befindet.« Sie musste gegen ihre Müdigkeit ankämpfen. »Ist es vielleicht dieses Journal, von dem Mado eben auf dem Band gesprochen hat?«

»Ein Journal?«

»Ja. Sie hat am Nachmittag den Anruf erhalten und dabei gesagt, sie hätte jemandem von dem Journal erzählt! Und es gäbe eine Kopie davon.«

Dany zuckte mit den Schultern.

»Wer ist dieser – wie hieß er – Professor Forell?«, fragte Ella. »Einer ihrer Lehrer? Hat sie mit Ihnen darüber gesprochen, am Telefon?«

»Nein.«

»Könnte es dieses Journal sein, das die suchen?«, fragte Ella. »Dieses dauernde *Was ist es? Wo ist es?* Hat der Mann in der Wohnung das damit gemeint? Oder war es das, was sie Forell geben sollte? ›Er hat mir etwas für Sie gegeben‹, hat sie gesagt.«

Dany sah sie schweigend an.

»Mit wem hat Mado sonst noch telefoniert in den letzten Tagen?«, fragte Ella. »Woher wusste sie, dass sie in Gefahr war?«

Dany schwieg wieder ein paar Sekunden, dann sagte er: »Sie sind sehr mutig, wissen Sie das?«

»Nein«, sagte Ella, »bin ich nicht. Ich bin nur todmüde.«

Das Zimmer hatte ein Doppelbett, einen Schrank, einen Stuhl mit Armlehnen und einen Tisch, auf dem ein alter Röhrenfernseher festgeschraubt war. Die Rolltür des Schranks stand halb offen, und als Ella versuchte, sie zu schließen, glitt sie mit leisem Quietschen wieder in ihre alte Position zurück. Der Schrankboden war mit gelblichem Backpapier ausgelegt. An der Wand hing ein Kalender, der noch die letzte Juniwoche anzeigte, in der Mitte eines rosettenförmigen Wasserflecks auf der mit verblichenen Lilien und Lianen bedruckten Tapete. Die Vorhänge waren aus demselben Material wie die Überdecke des Betts, und der Blick aus dem holzgerahmten Fenster zeigte Kuppel und Turm einer Moschee, verborgen durch das Laub einer Kastanie.

Die Bettdecke war zurückgeschlagen. Das Kopfkissen wirkte sauber, das Laken ebenso. Auch die Duschkabine, die Toilette und das angeschlagene Waschbecken im Badezimmer schienen frisch geputzt zu sein, und Ella dachte, *wir hätten es schlimmer treffen können*.

Es war das erste Hotel gewesen, das so ausgesehen hatte, als würde dort niemand nach ihnen suchen. Sie hatten das BMW Cabrio in der Nähe des Landwehrkanals in Kreuzberg stehen lassen, und danach waren sie eine Weile zu Fuß weitergegangen, ehe sie einen Nachtbus bestiegen hatten, der nach Treptow fuhr. Aber auf halber Strecke hatten sie es sich anders überlegt, waren ausgestiegen und wieder herumgelaufen, bis Ella kurz davorstand, sich einfach irgendwo an den Straßenrand zu setzen. Da hatten sie das Hotel entdeckt: nur zwei Sterne, aber jemand an der Rezeption, der öffnete, als sie die Klingel drückten.

Wir hätten es schlimmer treffen können. Ella saß auf einer Seite des Doppelbetts, Dany auf der anderen, und so hatten sie die ganze Zeit dagesessen, seit sie in das Zimmer gekommen waren. Jetzt ließ Ella sich einfach nach hinten kippen.

Dany rührte sich nicht. Er saß mit dem Rücken zu ihr im Dunkeln, und dann atmete er tief ein und aus und sagte: »Ich muss die ganze Zeit an Mado denken. Es war so schrecklich, sie so zu sehen. Wenn ich mir vorstelle, was sie vielleicht jetzt gerade …« Ein paar Sekunden vergingen, in denen er vor seinem inneren Auge etwas sah, was Ella sich nicht vorstellen mochte.

»Wie ist sie denn eigentlich?«, fragte Ella. »Stehen Sie sich nahe?«

»Früher standen wir uns sehr nahe«, sagte er, »als wir Kinder waren.«

»Wie war sie als Kind?«

Wieder schwieg er, schien sich die gemeinsame Kindheit erst wieder in Erinnerung rufen zu müssen. Dann sagte er: »Ich möchte nicht darüber reden. Es käme mir vor, als würde ich nicht mehr daran glauben, dass wir sie lebend wiederfinden.«

Ella dachte an Max, den sie in den letzten Stunden fast vergessen hatte, und sagte: »Wir brauchen Hilfe. Allein schaffen wir das nicht.«

Dany schwieg.

»Ein Anwalt«, sagte sie, aber vielleicht dachte sie es auch nur. Sie schlief ein, als sie noch glaubte, wach zu sein. In der winzigen Zeitspanne zwischen Wachsein und Schlaf durchzuckte sie plötzlich ein anderer Gedanke, der ihr jedoch im selben Moment wieder entglitt. Sie wusste nur, dass er beunruhigend war, vage und beunruhigend und dass er mit Dany zu tun hatte; mit etwas, das er getan oder nicht getan hatte.

Als sie wieder erwachte, hatte sie den Gedanken vergessen. Sie wusste nicht, wo sie war, und brauchte einen Augenblick, um sich zurechtzufinden. Dann fiel es ihr ein, und sofort kehrte auch die Angst zurück. Es war noch immer dunkel im Zimmer. Sie lag auf dem Rücken am Kopfende des Betts, so wie sie eingeschlafen war, beide Füße auf dem Boden. Ihr Rücken schmerzte, als hätte sich ein Nerv in ihrer Wirbelsäule verklemmt. Dany lag zusammengerollt am unteren Ende. Er atmete gleichmäßig, und eine seiner Hände lag so dicht neben ihrer, dass sie seine Wärme spüren konnte.

Leise, um ihn nicht zu wecken, stand sie auf und ging ins Bad. Sie schloss erst die Tür, bevor sie Licht machte und sich auszog, um zu duschen. Sie versuchte die Milchglasscheibe der Duschkabine zuzuziehen, aber sie klemmte. Sie drehte den altmodischen Keramikknopf für das heiße Wasser auf. Der Strahl, der auf sie herabprasselte, war kalt. Sie schnappte nach Luft. Es dauerte eine Weile, bis das Wasser heiß wurde, und nach einer weiteren Weile war der Schmerz in ihrem Rücken verschwunden.

Sie wusch sich mit süßlich riechendem Duschgel aus einem Kunststoffspender an der Wand und blieb noch eine Weile mit geschlossenen Augen unter dem fließenden Wasser stehen, bevor sie die Kabine verließ. Sie trocknete sich das Haar mit einem der fadenscheinigen Frotteetücher von einem verchromten Handtuchhalter neben dem Waschbecken. Einen Föhn gab es nicht. Sie hatte sich gerade wieder angezogen, als sie Danys Stimme durch die geschlossene Tür hörte. Zuerst dachte sie, er rede mit ihr, doch dann erkannte sie, dass er Französisch sprach.

»Non … non, pas maintenant – demains … dans le bain … elle peut retourner chaque minute!«

Mehr verstand sie nicht, und sie war nicht einmal sicher, ob sie das richtig verstand. *Nein … nein, nicht jetzt – morgen … im Bad … sie kann jede Minute zurückkommen!* Sie öffnete die Tür einen Spalt. Er stand mit dem Rücken zu ihr am Fenster. Unvermittelt beendete er das Gespräch, als hätte er gespürt, dass sie ihn beobachtete. Er nahm die Fernbedienung, die auf dem Fernseher lag, und schaltete ihn ein. Sie öffnete die Tür ganz. »Ich konnte nicht schlafen«, sagte sie. »Ich hoffe, ich habe Sie nicht geweckt.«

Er zuckte mit den Schultern. »Und wenn schon, bald wird es hell.« Er setzte sich mit der Fernbedienung in der Hand auf die Bettkante, wechselte die Kanäle schnell hintereinander. Auf dem kleinen Bildschirm rollten alte Panzer in flackerndem Schwarz-Weiß über versteppte Hügel. Flugzeuge warfen schwarze Bombenteppiche ab, die weiß explodierten. Kriegsschiffe. Nackte Frauen. Gangsterrapper. Eine Talkrunde. Ein Nachrichtensprecher.

Der Sprecher saß vor einem Foto von mehreren Löschzügen der Feuerwehr, die aus einem Dutzend Schläuchen Wasserfontänen in ein nächtliches Flammeninferno spritzten. »Berlin«, sagte er. »Nach Erkenntnissen der Feuerwehr wurde das Großfeuer in der Berliner Diskothek in der vergangenen Woche wahrscheinlich von einem defekten Elektrokabel ausgelöst. Bei dem Brand kamen sechzehn Menschen ums Leben, siebenundachtzig wurden zum Teil schwer verletzt. Fremdverschulden schließen Polizei und Feuerwehr aus.«

Das Bild des Feuers wurde von einem Foto einer Euromünze abgelöst. »Die Eurokrise weitet sich aus«, sagte der Sprecher. »Nach Spanien hat nun auch Portugal die EU und den Internationalen Währungsfonds um einen Kredit von hundert Milliarden gebeten. Immer mehr Länder geraten in den Sog der Abwärtsspirale, die von Finanzwetten internationaler Hedgefonds –«

Dany schaltete weiter. Ein Gepard hetzte eine Gazelle durch hohes Steppengras. Noch mehr nackte Frauen. Sie spreizten die Beine oder Gesäßbacken, streichelten sich die Brüste, halb verborgen hinter anschwellenden bunten Telefonnummern. Ruf jetzt an! Zurück zu dem Geparden, der Talkrunde, den Rappern, den Kriegsschiffen, dem Nachrichtensprecher.

»Paris«, sagte der Sprecher. »Noch immer gibt es keine Spur im Fall des verschwundenen französischen Bankiers Raymond Lazare, der vor zwei Tagen –«

Dany wechselte erneut den Kanal. Bilder von einer Demonstration, arbeitslose Werftarbeiter in Wismar, nächtliche Tumulte in der Hamburger Hafenstraße, Molotowcocktails, vermummte Autonome, Spezialkräfte der Polizei, brennende Autos, Wasserwerfer. *Max Jansen, lächelnd, im blauen Uniform-*

hemd des Rettungsassistenten. Eine grell geschminkte Frau, die verschieden große Kupfertöpfe zum Verkauf anpries –

»Zurück!«, rief Ella.

Dany zappte zurück, aber da, wo eben Max Jansen gewesen war, sah man jetzt die Charité, und eine Männerstimme aus dem Off sagte, »wo Täterin und Opfer, die bis vor Kurzem eine Affäre unterhalten haben sollen, in der Nacht vor dem brutalen Mord zusammen Rettungseinsätze gefahren sind –«

»Das war Max«, sagte Ella. Wie hypnotisiert starrte sie auf den Bildschirm, auf dem jetzt sie selbst erschien, ein Foto, erst ein paar Jahre alt. Sie stand im weißen Kittel in der ersten Reihe eines Pulks streikender Klinikmitarbeiter, ihr Kopf war mit einem roten Kreis gekennzeichnet. Dazu sagte der Sprecher: »Die Internistin Ella Bach, einunddreißig, die auch im Zusammenhang mit dem mysteriösen Überfall auf die verschwundene französische Studentin Madeleine Schneider gesucht wird, ist seit der Tat auf der Flucht. Der junge Rettungsassistent Max Jansen war am Samstagmorgen –«

Wieder wurde das Foto von Max gezeigt, dann die Fassade des Hauses, in dem er gelebt hatte. Ein etwas größerer weißer Kreis bezeichnete sein Küchenfenster. Vor dem Haus parkten zwei Polizeiwagen und ein Rettungsfahrzeug, alle mit dramatisch blitzenden Blaulichtleisten. Eine Gruppe neugieriger Anwohner hatte sich in einem Halbkreis um den Eingang und die Einsatzfahrzeuge versammelt. Die Kamera schwenkte über die enge Straße zum Fernsehturm und weiter zu den erleuchteten Arkaden unter dem Bahnhof Hackescher Markt. Eine eingeblendete Schrift unten im Bild erklärte, dass es sich um die Wiederholung einer Nachrichtensendung vom vorigen Abend handelte.

Ella sank auf die Bettkante, ohne die Augen vom Bildschirm zu lösen. Sie hatte ein Gefühl, als hätte ihr jemand Schnee ins Gesicht gerieben. Mit beiden Händen fuhr sie sich durch das feuchte Haar, presste die Handballen gegen die Schläfen. Dany sah sie von der Seite an, mit halb geschlossenen Augen, als strahle sie ein gefährliches Licht aus, sei aber trotzdem von unwiderstehlicher Anziehungskraft. »Machen Sie das bitte aus«, sagte sie endlich.

Er schaltete den Fernseher aus, und nach einer Sekunde lag der Raum wieder im Halbdunkel. Nur das Licht aus dem Bad fiel durch den Türspalt auf die untere Hälfte des Betts. »Sie verlieren nicht viel Zeit«, sagte Ella. Sie ließ ihren Kopf los und legte die Hände in den Schoß, als gehörten sie nicht zu ihr. Es kam ihr vor, als gehörte immer weniger zu ihr oder veränderte sich auf eine Weise, dass sie es nicht mehr wiedererkannte. Warum hatte Max den Brief nicht abgeschickt? Sie sah sein Gesicht vor sich, nicht wie eben im Fernsehen, sondern wie man ein Gesicht sieht, wenn man plötzlich etwas Neues darin erkennt und im selben Moment begreift, dass man es für immer verloren hat.

Dany sagte: »Ich habe gerade einen Freund in Paris angerufen, einen Anwalt, der viel mit der Polizei zu tun hat –«

»Es ist mitten in der Nacht.«

»Dafür ist ein Freund da.«

Es ist mitten in der Nacht, und ich habe nur einen Freund, den ich anrufen kann, nur Anni. »Darf ich kurz Ihr Handy benutzen?«

Dany reichte ihr sein Handy. Sie griff danach, aber er hatte es noch nicht losgelassen. Ihre Hände berührten sich, und eigentlich hätte sie jetzt ihre Hand zurückziehen können oder er seine, nur dass sie das nicht taten. Sie berührten sich, und dann hielten sie einander fest, und gleich darauf küssten sie sich. Sie spürte seine Lippen, seine Zunge, die Hitze, die sein Körper ausstrahlte, während sie sich noch kühl vorkam, kühl und feucht. Sie lachte und schluckte Tränen, bevor sie sich erneut gegeneinanderpressten, voller Hast und Gier. Wieder die harten Lippen, die fordernde Zunge. Ihre Fingernägel gruben sich in den Stoff seines Hemdes, suchten die Haut. Sie schloss seinen Kopf in ihre Arme, drückte ihn an sich, dann von sich weg, wortlos, ungeduldig. Drückte ihn aufs Bett.

Er lag halb unter ihr. Sie spürte, wie ihr Herz einen Ruck tat, es schien sich zu öffnen und im nächsten Moment schnappte es wieder zu, und sie dachte, *mit dem Herz hat das nichts zu tun.* Sie ließ sich auf ihn sinken, zerrte an seinem Hemd, versuchte seine Gürtelschnalle zu öffnen und wartete auf seine Hände, sehnte ihre Berührung herbei. *Lass mich vergessen, wer ich bin, warum ich hier bin, verwandle mich.* Sie wollte schnell dorthin kommen, wo sie nicht mehr dachte, nicht mehr fragte, wo sie nichts als Hände und Haut war, nur noch keuchender Atem, rasende Gefühle, die kamen und gingen, ohne dass sie etwas dazutat.

Sie umklammerte ihn mit Armen und Beinen, warf sich herum. Er riss ihre Bluse auf, kein BH, fand ihre Brustwarzen und nahm sie in den Mund, dann sacht zwischen die Zähne, während seine Zunge sie streichelte. Sie erstarrte, ein süßer Schmerz durchfuhr sie bis hinunter zwischen die Beine. Einen Moment lang dachte sie, *gleich werde ich ohnmächtig,* ein unerträglich starkes Gefühl, das letzte, das sie bewusst wahrnahm, denn endlich wurde sie sich selbst fremd, fiel in das heiße, anschwellende Dunkel, in dem es sie nicht mehr gab.

Danach lag sie unter ihm, spürte aber sein Gewicht kaum, weil sie nur langsam in ihren Körper zurückkehrte. Sein Atem strich über ihren Hals, erst schnell, dann ruhiger, tiefer, während an den Rändern ihrer Wahrnehmung Müdigkeit heranflog. Ihr Herz schlug dicht an seinem, und sie empfand Zärtlichkeit für ihn, das war alles.

»Ella«, sagte er, und bevor er weitersprechen konnte, brachte sie ihn zum Schweigen, mit leichtem Kopfschütteln. »Es hat nichts zu bedeuten«, sagte sie. »Es ist bloß die Nacht.«

»Gut«, sagte er nach einer Weile, »warum nicht? Schieben wir es auf die Nacht.« Er richtete sich auf, rollte zur Seite, lag neben ihr auf dem Rücken. »Oder die Einsamkeit.«

Oder die Angst, dachte sie.

Auf einmal fiel ihr der beunruhigende Gedanke wieder ein, der ihr vor dem Einschlafen entglitten war, und jetzt bekam sie ihn zu fassen. *Er hat ihren Namen nicht genannt,* dachte sie. Gestern Nachmittag, als Dany sich Zutritt zum Penthouse verschafft hatte, war er durch die ganze Wohnung gegangen, ohne einmal nach seiner Schwester zu rufen.

Er konnte doch nicht wissen, dass sie nicht da war, nicht, wenn er mir die Wahrheit gesagt hat.

Warum hatte er nicht gerufen: »Mado! Mado?! Bist du da?«

19

Schieben wir es auf die Angst: Am Anfang der ersten Aufnahmen hatte Mado noch keine Angst. Die kam später, am Ende, gegen Abend, als Ella die letzten Minuten der DVDs ansah. Die ersten Aufnahmen waren entstanden, bevor die Gerüstbauer das Haus gegenüber mit der blauen Plastikplane verkleidet hatten: Mado beim Lesen, Mado beim Telefonieren, Mado bei der Arbeit an ihrem Laptop, in Jeans, in BH und Höschen, nur im Slip.

Der Voyeur hatte ausgezeichnete Kameras eingesetzt, sie lieferten gestochen scharfe Bilder und erfassten sogar die Titel der Bücher, aus denen Mado immer wieder Stellen abschrieb, die sie vorher angestrichen hatte.

Auch die Mikrofone waren ausgezeichnet: Wenn die Fenster offen standen, konnte man hören, was die junge Frau am Telefon sagte, welche Musik sie zum Arbeiten auflegte oder wie sie beim Füttern mit den Fischen sprach. Die allgegenwärtige Geräuschkulisse – der Wind, Vogelgezwitscher, ferner Autoverkehr, Küchenlärm, das leise Blubbern und Fauchen der Sauerstoffleitung im Aquarium – trat sofort in den Hintergrund, sobald sie etwas sagte.

Am Morgen hatte Dany ein iBook mit einem DVD-Abspiel- und Bearbeitungsprogramm gekauft, damit sie sich die Bänder ansehen konnten, mit denen sie aus der Wohnung des Voyeurs geflohen waren. »Wahrscheinlich wissen sie inzwischen auch schon, wer *du* bist«, hatte Ella gesagt, als er mit einer Kreditkarte bezahlte.

»Das glaube ich nicht«, hatte er gesagt.

»Sie haben uns zusammen aus dem Hilton kommen sehen. Sie brauchen bloß an der Rezeption nachzufragen.«

»Dann erfahren sie irgendeinen Namen, aber der lautet nicht Daniel Schneider.«

»Und dein Pass? Die Kreditkarte?«

»Ich habe mehrere. Es gibt Länder, in die ich unter meinem richtigen Namen nicht einreisen darf. Ich arbeite oft undercover.«

Sie hatte ihn angesehen und gedacht, dass er ein ungewöhnlicher Mann war, ein Gedanke, der ihr noch ein paarmal im Lauf des Tages kam, *du hast es mit einem ungewöhnlichen Mann zu tun*. Sie merkte, dass er sie ansah, wenn er glaubte, sie achte nicht darauf, und wenn sie seinen Blick erwiderte, lächelte er manchmal, und manchmal blieb er ernst. Ein- oder zweimal meinte sie, einen Anflug von Begehren in seinen Augen zu entdecken. Aber er unternahm keinen Versuch, sie in den Arm zu nehmen oder zu küssen oder so zu berühren wie in der vergangenen Nacht, denn es war ja Tag.

Der Voyeur hatte nur Frauen gefilmt und auch nur dann, wenn sie in ihren Wohnungen rings um den Hinterhof halb oder ganz nackt herumliefen. Ella und Dany sahen sich die Überwachungsbänder abwechselnd an, denn er hatte bloß ein Paar Kopfhörer gekauft. Die anderen Frauen interessierten sie nicht, lediglich Mado.

Einmal hatte die junge Französin eine alte Landkarte vor sich liegen, man konnte sogar die braun eingezeichneten Berge erkennen, das Grün der Ebenen, einen blauen Fluss und rote Landesgrenzen. Der Rhein, dachte Ella. In Erdkunde war sie immer gut gewesen, Elsass-Lothringen, die Grenzen von 1918. Mado fuhr mit der Spitze eines Kugelschreibers von Colmar nach Metz, dann über den Rhein und weiter in Richtung Pirmasens. Kurz darauf griff Mado zum Handy, wählte eine Nummer und sagte: »*Professeur Barrault? C'est moi, Mado Schneider. Ecoutez, Monsieur – je suis maintenant à Berlin et je crois que j'ai trouvé la trace des frères allemands, les Steinberg* –« Ella nahm die Kopfhörer ab. »Dany sie ruft jemanden in Frankreich an!«

Dany setzte die Kopfhörer auf, betrachtete den Bildschirm und lauschte. Seine Miene nahm einen gespannten Ausdruck an. Mado sprach sehr lange, und ihre Bewegungen waren schnell, mit der freien Hand schien sie die Luft zu zerhacken, und als sie das Telefonat beendet hatte, fragte Ella: »Was hat sie gesagt?«

Dany zuckte mit den Schultern. »Nichts von Bedeutung, Alltagskram …« Er wirkte einen Moment unschlüssig, fast verwirrt und sah sie nicht an. »Hier.« Er gab ihr die Kopfhörer zurück. »Wir sollten noch einmal versuchen, den Anwalt zu erreichen.«

»Gleich, ein paar Minuten noch«, sagte Ella. »Es muss doch auf diesen Dingern etwas geben, das uns weiterhilft!«

Er nickte, aber so, als hätte er nur mit einem Ohr zugehört. Er setzte sich aufs Bett, holte sein Handy heraus und begann, eine SMS zu tippen. Sie widerstand der Versuchung, ihn zu fragen, wem er schrieb; stattdessen wandte sie sich wieder dem Überwachungsfilm zu.

Das Summen von Mados Telefon schreckte sie auf. Danys Schwester meldete sich und lauschte, dann leuchtete ihr Gesicht auf. »Sunny!«, rief sie. Sie sprang auf und ging zum Fenster. »Wo bist du? Du klingst so nah. Ich wollte dich auch schon anrufen. Ich habe spannende Neuigkeiten – ich habe etwas entdeckt! Genauer, der Professor hat es entdeckt. Forell! Ich hab dir doch erzählt, dass er mir hilft, herauszufinden, was aus den Brüdern geworden ist. Sag mal, hast du mir denn nie zugehört? Ein Journal! Jetzt muss ich nur noch seine Echtheit überprüfen … Woher? Eine Verwandte der Steinbergs hat es gefunden, in einer Truhe auf dem Dachboden. Wenn das stimmt, was da drinsteht, dann habe ich auch den historischen Beweis für die

Unschuld der Brüder und das Verbrechen der –« Sie unterbrach sich. »Nein, warum sollte jemand das fälschen? Außerdem weiß ich ja auch so schon, wer es war, ich konnte es bloß nicht belegen. Deswegen bin ich ja letzte Woche noch mal in Paris gewesen und habe mit ihm gesprochen. Ein außergewöhnlicher Mann, beeindruckend, ganz anders als ich ihn mir vorgestellt hatte. Nein, nicht nur, weil er so reich ist, sei doch nicht so profan! Er war sehr betroffen und hat sofort zugegeben, dass seine Familie –«

Jetzt zuckte Mado mit den Schultern; glänzende Sonnenflecken huschten über ihre schweißfeuchte Haut.

»Einer der beiden Deutschen hat für meine Urgroßeltern als Hauslehrer gearbeitet, und als man sie fand, waren er und sein Bruder verschwunden«, sagte Mado. »Deswegen dachten dann alle, *die* hätten sie getötet. So ein Verdacht war schnell in die Welt gesetzt, und jeder wollte sie nur zu gern für schuldig halten – der Erste Weltkrieg war ja noch nicht so lange vorbei, und Deutschland und Frankreich waren Erbfeinde, wenn sie auch im Elsass immer noch friedlich – … Moment mal, Sunny, für *mich* ist das sehr spannend. Letzten Endes sind die Brüder nur deswegen abgehauen, weil Matthias die Leichen und den offenen Tresor im Haus entdeckt hat, und als er den Nachbarn mit dem Gold sah, wusste er, dass man ihm die Schuld in die Schuhe schieben würde. Aber da waren meine Urgroßeltern schon tot –« Sie lauschte. »Genau, vor allem Goldmünzen –«

Mado schnitt eine Grimasse. »Es geht mir doch nicht um Schadenersatz! Du, was ganz anderes – was machst du in den Semesterferien? Ich dachte, wir könnten –« Sie lauschte wieder. »Nein, es ist besser, ich erzähle dir nicht mehr darüber. Ja, ruf mich an, wenn du weißt, ob du nach Berlin kommst. Ich dich auch … *Ciao, bella!*« Sie schickte zwei kleine Küsse durch das Telefon zu Sonja Freyermuth, dann unterbrach sie die Verbindung.

Ella war plötzlich aufgeregt. Sie drückte die Stopptaste, nahm die Kopfhörer ab und stand auf. Sie trat ebenfalls ans Fenster. Durch den schmalen Spalt zwischen den zugezogenen Vorhängen schaute sie auf die Kastanie und die Kuppel der Moschee hinaus, aber es war, als sähe sie immer noch Mado zu, wie sie von etwas erzählte, das sie vielleicht das Leben gekostet hatte. »Sie hat etwas entdeckt«, sagte sie.

»*Pardon?*«, fragte Dany, ohne vom Display seines Handys aufzublicken.

»Weiß man, wer eure Urgroßeltern damals umgebracht hat?«

»Ja, zwei Deutsche«, antwortete er, noch immer ohne aufzublicken. »Brüder aus dem Nachbarort. Sie wurden nie gefunden.«

»Mado scheint einen Beweis dafür entdeckt zu haben, dass sie unschuldig waren«, sagte Ella. »Sie war ganz aufgeregt deswegen. Es könnte doch sein – vielleicht ist sie deswegen getötet worden …«

Jetzt schaute Dany sie an. »Hast du nicht selbst gesagt, dass diese Geschichte viel zu lange her ist?«, fragte er mit überraschender Gelassenheit. »Das alles ist doch längst verjährt.«

»Ja, aber deine Schwester war offenbar in Paris und hat da mit jemandem gesprochen, und dabei ging es wohl um eure Urgroßeltern und um die Täter, und es kann doch sein, dass sie irgendwelche schlafenden Hunde geweckt hat –«

Jetzt stand er auf, ging zu dem Tisch mit dem Laptop und setzte die Kopfhörer auf. Auf dem Bildschirm war noch immer Mado zu sehen, erstarrt am Fenster stehend, mit einem Lächeln um den Mund aber einer besorgt zusammengezogenen Stirn. Er fuhr die Aufnahme zurück und spielte sie von der Stelle ab, an der das Handy klingelte. »Ich glaube, sie hat sich da in etwas verrannt. An der Schuld der beiden Brüder gab es nie irgendwelche Zweifel …« Er setzte die Kopfhörer ab, markierte die

Stelle auf der Disc und konsultierte seine Armbanduhr. »Vielleicht hat Sunnys Vater ja jetzt Zeit.«

Sie gingen hinunter zur Telefonzelle und versuchten Randolph Freyermuth – Seniorpartner von Freyermuth, Herzog & Conradi, Patentanwälte – anzurufen, aber er war auch diesmal in einer Besprechung. Ella hatte ihn im Lauf des Tages wiederholt zu erreichen versucht, ohne zu sagen, wer sie war oder was sie wollte, und jedes Mal war er in einer Besprechung mit einem Mandanten gewesen.

Sie kauften eine Pizza mit Anchovis und eine mit Käse und Spinat. Danach gingen sie zurück in ihr Zimmer, wo Dany eine halbe Pizza aß, während Ella weiter die Überwachungsbänder ansah, ehe sie ihm die Kopfhörer überließ. Nach ein paar Minuten sagte er plötzlich: »Sieh dir das mal an.«

Es waren die Bilder des Augenblicks, in dem die Angst in Mados Leben trat.

Datum und Uhrzeit unten links in der Ecke des Monitors verrieten, dass die Aufzeichnung vom frühen Donnerstagnachmittag vergangener Woche stammte, nur einen Tag vor dem Überfall. Das Gebäude war jetzt mit den Plastikplanen verkleidet, aber ein Teil der Plane hing bereits herunter und schlug im schwachen Wind hin und her, genau vor dem großen Fenster.

Danys Schwester wirkte anders als vorher, nervöser, besorgt. Sie ging unruhig auf und ab, mit gesenktem Kopf, beide Hände in die Gesäßtaschen ihrer Jeans geschoben. Manchmal blieb sie abrupt stehen und schien auf einen weit entfernten Punkt zu starren. Dann schüttelte sie jäh den Kopf, warf ihn in den Nacken wie ein scheuendes Pferd.

Ella beugte sich über Danys Schulter.

Er sagte: »Sie ist eben erst ins Zimmer gekommen, hat ein Buch auf den Schreibtisch gelegt, und dann hat das Telefon geklingelt, aber sie ist nicht drangegangen. Sie hat es nur angestarrt, als wäre es ein Skorpion oder so was. Es hat ein paarmal geklingelt, und danach ist sie dann so gewesen.«

Mado hörte auf, hin und her zu gehen und setzte sich an den Schreibtisch. Einen Moment lang saß sie reglos vor ihrem Laptop, schien sich zu konzentrieren.

»Kann ich mal die Kopfhörer haben?«, bat Ella.

Dany reichte ihr die Kopfhörer, und sie setzte sie auf und rutschte neben ihn auf die Bettkante. Auf dem Monitor öffnete Mado jetzt eine Schublade und nahm ein gefüttertes Kuvert heraus, groß genug, um ein Taschenbuch oder eine DVD hineinzustecken. Danach beschriftete sie den Umschlag mit einem Filzstift in großen energischen Buchstaben. Ella drückte die Pausetaste, um die Adresse lesen zu können: *Dr. Randolph Freyermuth, Kurfürstendamm, Berlin,* keine Hausnummer, keine Postleitzahl.

Mado klappte den Deckel ihres Laptops auf und schob eine Disc in den Schlitz an der Seite. Sie schloss die Augen, schien sich zu konzentrieren. Ihre Lippen hatten alle Farbe verloren. Endlich gab sie sich einen Ruck und sagte: »Mein Name ist Madeleine Schneider. Wenn Sie dies hören oder sehen, bin ich wahrscheinlich tot. Jemand ist mir den ganzen Tag gefolgt. Ich glaube, er hat auch das Haus beobachtet. Ich habe Angst. Vor einer Stunde hat Raymond angerufen. Er hat gesagt, dass ich in Gefahr bin. Ich soll auf der Hut sein, falls jemand von einer Anwaltskanzlei namens Rochefort, Gladstone & Wentworth bei mir auftaucht, unter welchem Vorwand auch immer. Raymond sagte, die würden vor nichts zurückschrecken. Ich solle untertauchen, bis er an die Öffentlichkeit gegangen ist. Er hat gesagt, dass es ihm leidtut, furchtbar leid. Und dann habe ich unten den Mann gesehen, und jetzt habe ich Angst. Ich weiß nicht, wer die sind und was sie vorhaben, nur dass es sie gibt und dass Raymond bis vor Kurzem – bis zu dem Treffen mit mir – einer von ihnen war, das hat er mir heute gestanden. Und dass etwas in der Weinflasche war, die ich Professor Forell mitgebracht habe, eine Aufnahme, die alles enthüllt ...«

Sie schluckte, und Ella glaubte zu erkennen, dass Mado kurz davorstand, zusammenzubrechen. »Ich wollte doch nur wissen, wer sie umgebracht hat – meine Urgroßeltern –, und jetzt ... jetzt stecke ich auf einmal mitten ... mitten in etwas, das ich nicht verstehe –«

»O Gott«, flüsterte Ella

»Was ist? Was sagt sie?«, fragte Dany.

Ella antwortete nicht. Sie fühlte, dass sie dem Geheimnis jetzt ganz nah war. Dem Rätsel von Mados Entführung. Dem Grund, aus dem Max sterben musste. Es kam ihr vor, als verdunkelte sich das Hotelzimmer rings um den Monitor des iBooks. Er wurde zu dem Fenster, durch das sie Mado beobachtete. Sie war in dem von bläulichem Zwielicht erfüllten Penthouse bei ihr, spürte ihre Angst wie etwas, das ihr die Luft aus der Lunge saugte.

»... Raymond hat gesagt, Forell darf die Aufnahme noch nicht öffentlich machen, aber ich finde, er kann nicht länger warten. Er muss sie sofort benutzen, bevor es zu spät ist ...«

Da geschah es, völlig unerwartet, das Bild erlosch. Auf dem hellblauen Bildschirm des iBooks war nur noch das schwarze Viereck des DVD-Abspielprogramms zu sehen. »Was ist das denn?«, fragte Ella überrascht.

»Die DVD ist zu Ende«, sagte Dany.

Ella drückte die Starttaste. Die Aufzeichnung begann von vorn. Sie drückte *Eject*. Das iBook warf die kleine silberne Scheibe aus. »Wo sind die anderen? Wir haben doch noch mehr!«

»Wir haben alle durchgesehen, bis auf eine«, sagte Dany. »Und die ist auf später datiert.« Er nahm eine Disc, die auf dem Nachttisch lag, und schob sie in den Seitenschlitz des iBooks. Nach ein paar Sekunden Surren und leisem Rattern gab es ein

Bild auf dem Monitor, aber jetzt war es wieder grünstichig, und die Wohnung lag im Dunkeln.

Die Scherben des zersplitterten Aquariums glommen matt auf dem mit schwarzem Blut überfluteten Ebenholzboden, auf dem reglos die winzigen Leiber der verendeten Fische lagen. Alles war wie in der Nacht, in der Ella das Penthouse zum ersten Mal betreten hatte, nur Mado war nicht mehr da.

Sie müssen mir helfen, bitte! Es handelt sich um –

Es handelt sich um was oder wen, Mado!? Warum konntest du den Namen nicht noch sagen, bevor die verdammte DVD zu Ende war? Was hast du mit dieser Aufnahme weiter gemacht? Hast du sie Freyermuth geschickt?

»Da ist jemand in der Wohnung«, sagte Dany. Er hatte die Kopfhörer wieder aufgesetzt. »Ich kann Stimmen hören.«

Das Fenster stand halb offen, und einen Moment lang sah es noch so aus, als wäre alles wie vorher, bis ein heller Fleck durch den Raum geisterte, der Lichtstrahl einer Taschenlampe. Eine schattenhafte Gestalt erschien am Bildrand, verharrte, ließ den Lichtkegel hin und her huschen, ging langsam weiter. »Was sagen sie?«, fragte Ella.

Dany lauschte konzentriert. »Die reden alle durcheinander. *Was für eine Sauerei, müssen wir das wirklich alles wegmachen?*, fragt der eine. *Sollen wir nicht erst mal die Spuren sichern?* Das sind Polizisten! Der andere sagt: *Wir müssen sie so oder so verschwinden lassen.*«

Ella sah eine zweite Gestalt, die neben der ersten auftauchte, und dann eine dritte. Alle trugen helle, grünliche Overalls. Die drei Männer setzten Plastikhauben auf, zogen Handschuhe an und begannen, mit Eimern, Aufnehmern, Staubsaugern, Handbesen und Pinseln systematisch alle Spuren des Überfalls zu beseitigen, das Blut, das Wasser, die Scherben, die Fische, alles. Nach ein paar Minuten ging der Anführer zu dem noch immer halb offen stehenden Fenster und schloss es. Einige Sekunden lang konnte Ella sein Gesicht deutlich erkennen, und obwohl alles körnig und nicht ganz scharf war, bemerkte sie die gebrochene Nase, das Netz von Narben um das linke Auge und die verschieden hohen Wangen, die dem Gesicht seine asymmetrische Form gaben.

20

Nach dem dritten Klingeln wurde am anderen Ende der Leitung abgehoben, und eine nicht mehr ganz feste Stimme sagte: »Hallo?«

»Herr Freyermuth? Entschuldigen Sie, dass ich Sie so spät zu Hause störe«, sagte Ella. »Ich habe heute ein paarmal versucht, Sie in Ihrer Kanzlei zu erreichen, aber –«

»Von wo rufen Sie an?«, fiel der Anwalt ihr ins Wort.

»Berlin«, antwortete sie.

»Kein Handy?«

»Eine Telefonzelle.«

Ella hörte kaum wahrnehmbare Atemgeräusche, die nach Erleichterung klangen. »Bitte, verzichten Sie darauf, während dieses Gesprächs Ihren Namen oder irgendeinen anderen Namen zu nennen.« Es schien, als hätte er ihren Anruf erwartet und sich darauf vorbereitet. »Ich nehme an, Sie haben eine Erfindung gemacht, die Sie patentieren lassen möchten? Oder liegt vielleicht eine Patentverletzung vor?«

Ja, dachte Ella, *jemand versucht, mir das Einzige zu nehmen, worauf ich ein Patent habe – mein Leben.* »Darüber möchte ich mit Ihnen sprechen.« *Wenn du es so willst, ich spiele mit.* »So schnell wie möglich. Ich brauche Ihre Hilfe.«

»Es handelt sich nicht vielleicht um eine Angelegenheit, bei der Ihnen ein Kollege besser helfen könnte?«, fragte Freyermuth, ganz vorsichtiger Anwalt. »Jemand, der sich beispielsweise vor allem im Strafrecht auskennt?«

»Ich würde gern zuerst Ihre Einschätzung hören«, sagte Ella. »Es geht um ein französisches Patent, das schwer verletzt wurde, und die andere Partei beschuldigt mich zu Unrecht, hinter dieser und einer weiteren Verletzung zu stehen.«

Freyermuth sagte nichts.

»Ich wende mich an Sie«, fuhr sie fort, »damit Sie mir helfen, allen möglicherweise beteiligten Parteien meine Unschuld zu beweisen.«

»Eine dieser Parteien hat sich bereits an mich gewandt und mir gesagt, dass Sie sich wahrscheinlich bei mir melden würden«, erklärte der Anwalt. »Und dass es sich um einen Interessenskonflikt handeln könnte, falls ich auf Ihre Bitte eingehen sollte. Angeblich hätten Sie sich in einer eskalierenden Konkurrenzsituation mit der Inhaberin des französischen Patents befunden.«

»Das Ganze ist eine Verschwörung«, plötzlich konnte Ella nicht mehr an sich halten in der stickigen, dunklen Telefonzelle, vor der Dany unruhig auf und ab schlenderte, »und es geht auch nicht um irgendwelche Scheißpatente – Madeleine Schneider ist gefoltert und entführt worden – in Ihrer Wohnung – davon gibt es ein Videoband – ich habe versucht, ihr das Leben zu retten, nicht sie umzubringen – ich bin Ärztin – jemand hat meinen Kollegen Max ermordet und – die Polizei deckt die Täter –«

»Ich fürchte, Sie haben sich verwählt.« Die Temperatur von Randolph Freyermuths Stimme fiel abrupt um einige Grade in Richtung Gefrierpunkt. »Unsere Kanzlei ist für Fälle wie den Ihren ganz und gar nicht –«

»Bitte, *bitte*«, Ella umklammerte den Hörer so fest, dass ihre Finger schmerzten, »legen Sie nicht auf! Diese andere Partei – das Patent – ich dachte, Sie könnten mir helfen – *uns* helfen – Sie könnten die Videoaufzeichnung für uns verwahren und Verhandlungen mit der Gegenseite aufnehmen, um meine Unschuld zu beweisen – es geschah doch in der Wohnung Ihrer Tochter, sie ist vielleicht auch in Gefahr –«

»Uns? Wer ist noch bei Ihnen?«

»Der Bruder.«

»Welcher Bruder?«

»Der geschädigten französischen Partei.« *Wie lange müssen wir dieses Spiel noch weiterspielen?* »Es besteht die Möglichkeit, dass Ihnen von dieser Partei etwas übergeben worden ist – oder geschickt wurde – eine Videodisc, deren Inhalt Aufschluss über den Grund für ihr Verschwinden geben könnte – wahrscheinlich haben Sie sie nicht angeschaut – aber ich möchte Sie bitten, sich mit mir zu treffen – nicht nur wegen mir, auch wegen Ihrer Tochter –«

»Kommen Sie allein«, sagte Freyermuth nach kurzem Schweigen. »Aber kommen Sie nicht hierher oder in die Kanzlei. Ich schlage vor –«

Sie unterbrach ihn, denn sie wusste bereits, wo sie sich mit ihm treffen wollte. Danach verließ sie die Telefonzelle, vor der Dany stand, beide Hände in den Hosentaschen. Sie sah auf ihre Uhr. Es war eine halbe Stunde vor Mitternacht. »Ich möchte gern irgendwo etwas trinken gehen«, sagte sie.

»Weißt du«, sagte er, »eins verstehe ich nicht. Ich verstehe nicht, warum du nicht weggelaufen bist. Du warst allein mit Mado, und da war das ganze Blut, und du hast gesehen, wie es um sie stand, und dann wusstest du auf einmal, dass der Täter noch in der Wohnung war. Warum, verdammt noch mal, bist du da nicht abgehauen?«

»Weiß ich nicht.«

»Doch, ich glaube, du weißt es«, widersprach er. »Jeder andere wäre weggelaufen. Es wäre *vernünftig* gewesen, einfach abzuhauen, sie da liegen zu lassen und die eigene Haut zu retten. Ich weiß nicht mal, ob ich nicht weggelaufen wäre. Aber wenn man es nicht tut, wenn man sein Leben aufs Spiel setzt, dann weiß man, warum.«

»Ich bin nicht Ärztin geworden, um Menschen sterben zu

lassen, wenn ich ihnen helfen kann«, sagte sie zögernd. »Das ist einfach Trotz, nehme ich an. Er oder ich – und am Ende ist er ja abgehauen, oder?«

»Und wenn er das nicht getan hätte?«

»Dann wären wir zwei Kaninchen im Schnee gewesen.«

»Was soll das heißen?«

»Dass der Habicht gewonnen hätte«, sagte sie, und natürlich wusste er nicht, wovon sie redete, deshalb erzählte sie ihm von dem Habicht und dem Kaninchen.

Sie war elf Jahre alt, und es war der Tag vor Heiligabend, und sie war allein zum Rodeln gegangen auf dem Hügel hinter dem Dorf, den alle den Drachenkamm nannten. Der verharschte Schnee knirschte unter ihren Schuhen. Die frische, klare Luft brannte bei jedem Atemzug in der Brust, und anfangs war ihr kalt gewesen, aber je länger sie ging, desto weniger fror sie. Sie hatte die Schnur des Schlittens um die Hand gewickelt. Sie spürte sein Gewicht, und jedes Mal, wenn seine Kufen über einen Ast oder einen Stein im Schnee schleiften, musste sie etwas stärker ziehen.

Als sie den Rist des Hügels erreicht hatte, begannen überall um sie herum Eis und Schnee zu glitzern, und schließlich verschwand der Nebel über der Ebene, und in diesem Moment stellte Ella fest, dass sie nicht allein war. Einige Meter unter ihr am Hang kauerte ein Wildkaninchen zwischen den Baumwurzeln. Es sah sich vorsichtig um und wackelte dabei mit den Löffeln. Ella lächelte. Vor Vergnügen spreizte sie die freie Hand in der Tasche des dicken Dufflecoats. Das Kaninchen erstarrte, streckte eine zuckende Nase in ihre Richtung und hoppelte schließlich rasch den Hang hinunter.

Der Habicht näherte sich lautlos im Gleitflug. Erst war er nur ein schwarzer Punkt, ein Fleck vor der diesigen Sonne. Aber er wurde schnell größer, und Ella schirmte die Augen mit der Hand ab, um ihn besser beobachten zu können. Plötzlich schien er in der Luft stehen zu bleiben, bevor er mit ausgebreiteten Schwingen einen Kreis nach dem anderen zog.

Ella blickte den Hang hinunter und sah, wie das kleine Kaninchen am Waldrand hin und her rannte. Der Habicht kreiste genau über ihm. Obwohl sie noch klein war, wusste sie, was das bedeutete. *Er wird es töten,* dachte sie entsetzt. Ihr Herz schlug schmerzhaft schnell. Sie ließ die Hand sinken und wollte sich abwenden, aber ihr Körper gehorchte ihr nicht mehr. Wie angewurzelt blieb sie stehen.

Ich muss das Kaninchen warnen.

Die Stille, die über der Landschaft lag, schien auf einmal drückend wie die Luft vor einem Gewitter. Fast greifbar hing sie zwischen den Bäumen. Dann stieß der Habicht herab. Pfeilgerade stürzte er auf das Kaninchen zu, das jäh zu rennen begann. *Lauf,* flehte Ella, *lauf, bitte, lauf!* Der gleißende Schnee gab unter den Läufen des Kaninchens nach, es fing an, Haken zu schlagen, rannte erst nach rechts, dann nach links. Selbst als die Schwingen des Habichts es schon in ihren Schatten hüllten, rannte es noch.

Ella bemerkte, dass sie sich in den Knöchel des Zeigefingers gebissen hatte. Sie fühlte keinen Schmerz, denn ihre Hände waren taub vor Kälte. Erst als sie die Abdrücke ihrer Zähne bemerkte, spürte sie ein schwaches Pochen im Fleisch. Im selben Augenblick hatte der Habicht das Kaninchen erreicht, und die Stille barst unter dem Schrei, der sich die ganze Zeit in Ella angestaut hatte.

Das Kaninchen versuchte noch immer zu fliehen. Es schlug einen letzten scharfen Haken, um sein Leben zu retten, aber der Habicht holte es mit zwei knappen Flügelschlägen ein. Schnee stob auf, ein weißes Gleißen, die Krallen packten zu, der Kopf mit dem tödlichen Schnabel hackte herab.

In Panik blickte Ella sich um, suchte den Waldboden zu ihren Füßen nach einem Stein ab. Da – nein, das war ein Tannenzapfen. Aber da! Sie bückte sich. Nein, das war eine Wurzel. Verzweifelt stieß sie die Stiefelspitzen in den Schnee, bis sie gegen einen Stein prallte. Hastig scharrte sie ihn frei und wollte ihn aufheben, aber er war festgefroren. Immer wieder rutschten ihre starren Finger ab, und die ganze Zeit hörte sie das Flügelschlagen, das bedeutete, dass der Habicht sich noch nicht mit seiner Beute in die Luft erhoben hatte, dass sie noch lebte.

Etwas Warmes tropfte auf Ellas wild scharrende Hände. Sie weinte. Sie kauerte über diesem verdammten Stein, der sich nicht aus dem Boden lösen wollte und der wahrscheinlich viel zu schwer für sie war, und weinte. Das war alles, mehr tat sie nicht, mehr war sie nicht, eine Heulsuse!

Endlich sprang sie auf und lief schreiend den Hang hinunter, um den Habicht zu erschrecken, damit er von dem Kaninchen abließ. Ihre Stiefel waren abgetragen, und der Schnee pappte an den Sohlen fest, und auf einmal glitt sie aus und stürzte. Auf dem Bauch rutschte sie ein Stück die steile Steigung hinunter. Ihre Stirn schlug gegen etwas Hartes. Direkt vor ihren Augen ragte ein knüppeldicker Ast aus dem Schnee.

Der Habicht hatte das Kaninchen auf den Rücken gedreht und die Krallen in den Bauch seiner Beute geschlagen. Das hellbraune Fell war blutgefärbt. Ella sah die Läufe des Kaninchens zucken und die schlagenden Flügel des Habichts, und dann sah sie seinen Kopf, hochgereckt und stolz, mit rot geflecktem Schnabel. In ihren Ohren klang sein wildes, abgehacktes Krächzen wie höhnisches Triumphgeschrei.

Halb benommen, versuchte sie aufzustehen. Ihr Gesicht war mit nassem Schnee verklebt, und ihr linker Arm steckte in einer tiefen Wächte. Mit der freien Hand griff sie nach dem Ast, doch er war festgefroren. Sie riss und zerrte, und gleichzeitig versuchte sie aufzustehen, denn noch immer hörte sie das Flügelschlagen und das Krächzen, und sie wollte nicht, dass der Habicht das Kaninchen tötete. *Ich muss ihm helfen, es darf nicht sterben*. Endlich schaffte sie es, ihren Arm zu befreien, und als Nächstes gelang es ihr, den Knüppel dicht über dem vereisten Boden abzubrechen, und dann war sie auf den Knien und schließlich auf den Füßen.

Schluchzend stolperte sie den Hang hinunter. Da erhob sich der Raubvogel mit einem letzten Krächzen in die Luft und trug seine Beute davon. So schnell, wie er aufgetaucht war, verschwand er wieder. Er stieg höher und höher, wurde kleiner, wurde wieder zu einem schwarzen Punkt am Himmel, der jetzt hell und strahlend blau war.

Ellas Faust umklammerte den Ast. Wo das Kaninchen mit dem Habicht gekämpft hatte, war der Schnee blutig, lauter rote Flecken und Punkte, und dazwischen lagen ein paar graubraune Federn und Fellfetzen. Nach und nach drangen Geräusche an ihr Ohr: das Krächzen von Krähen in den Ästen über ihrem Kopf; Wind, der durch die Bäume strich; ihr eigenes Keuchen. Sie ließ den Ast fallen, und sie wusste noch, was sie damals gedacht hatte: Wie kann etwas so Schreckliches passieren, und das Leben geht einfach weiter? Wie kann davor und danach und drum herum alles so schön und friedlich sein, und gleichzeitig muss in der Mitte jemand sterben, und niemand hilft ihm?

Wenn ich groß bin, werde ich das ändern. Ich werde das einfach nicht mehr zulassen.

»Das klingt wie das erste Kapitel in einer Biografie von Jeanne d'Arc«, sagte Dany.

»Ich weiß nicht, wie das klingt«, sagte Ella. »Aber auf alle Fälle haue ich nicht ab, wenn irgendwo jemand liegt, der sich nicht mehr wehren kann.«

»Ich habe Jeanne d'Arc immer gemocht«, sagte Dany.

21

Der schwarze Mercedes der S-Klasse bog um die Ecke eines ehemaligen Möbelgroßhandels und rollte langsam die Straße zur Moschee hinunter. Die Spitze des Minaretts leuchtete rosa und golden vor dem blassblauen Himmel, der schnell hell wurde. Der Mercedes hielt hinter einem verbeulten Müllcontainer. Der leise rauschende Motor erstarb. Der Fahrer schaltete die Scheinwerfer aus, blieb aber im Wagen sitzen.

Ella stand zwanzig Meter entfernt in einer zurückgesetzten Toreinfahrt und beobachtete die Limousine auf der anderen Straßenseite. Der glänzende schwarze Lack reflektierte das Minarett der Moschee und den Himmel. Die Straße war menschenleer. Nur hinter einer der nächsten Ecken erklang das Scheppern von Mülltonnen, die über das Pflaster gerollt wurden.

Es war eine schmale Straße, gesäumt von Hinterhöfen voller Gerümpel und schmucklosen Backsteingebäuden mit verwitterten Mauern, in denen die Fenster von Gittern und Metallrollos gesichert wurden. Rote, schwarze, gelbe oder blaue Graffiti überzogen den zernarbten Verputz, flankiert von unverständlichen Botschaften auf Arabisch, Russisch und Türkisch. Zu beiden Seiten türmten sich Müllsäcke aus grauem Plastik zwischen Kunststofftonnen und klobigen Rollcontainern.

Dany stand hinter einem der Container, sodass Ella ihn sehen konnte und er sie, falls sie ihn brauchte.

Der Wind war frisch, aber es begann schon heiß zu werden. Von den Abfallsäcken und geplatzten Tüten stieg ein süßlicher

Gestank auf. Aus den offenen Fenstern der Moschee drangen die murmelnden Stimmen von Männern, die ihr Morgengebet verrichteten. Das Scheppern der Container klang jetzt näher, und das Knirschen und Kreischen der Hydraulikkolben am Heck der Müllwagen übertönte die Gebete.

Ella sah auf ihre Uhr. Es war eine Minute vor sechs.

Genau um sechs schwang die Tür auf der Fahrerseite des Mercedes auf, und eine Hand hielt sich am Fensterrahmen fest, während ein Fuß in einem Schuh aus schwarzem Leder festen Halt auf dem Asphalt suchte. Nicht ganz ohne Mühe stieg ein schlanker, älterer Mann aus dem Wagen. Er trug einen silbergrauen Glencheckanzug und einen schwarzen Hut, dazu ein blassrosa Hemd mit weißem Button-down-Kragen und eine fliederfarbene Krawatte. Die Quasten seiner Slipper schimmerten, als wären sie einzeln mit einer Zahnbürste auf Hochglanz poliert worden.

Der Mann sah sich suchend um. Die Straße lag noch immer im Schatten. Ella trat aus der Toreinfahrt hervor, die zum Hinterhof eines Supermarktes gehörte. Sie hatte sich ein schwarzes Kopftuch umgebunden und trug eine Sonnenbrille, genau wie angekündigt. Sie wartete, bis der Mann in ihre Richtung blickte, dann winkte sie ihm.

Der Mann überquerte die Fahrbahn. Er bewegte sich überraschend flink, schaute weder nach rechts noch nach links, auch nicht zu der Ecke, hinter der das Scheppern der Tonnen und das Dröhnen des Mülltransporters immer lauter wurde. Im Gehen paddelten seine Hände neben den Oberschenkeln durch die Luft wie Entenflossen durchs Wasser.

Als er nah genug war, bemerkte Ella die schimmernden Manschettenknöpfe, fast zu extravagant für jemanden, der von Berufs wegen im Ruch gediegener Seriosität stehen musste. Aus der Brusttasche des Jacketts lugte ein gefälteltes Einstecktuch. Die Augen des Mannes waren hinter einer Sonnenbrille verborgen, aber Ella konnte durch die schildpattgefassten Gläser sehen, dass die Pupillen geweitet waren wie die eines nachtaktiven Tiers bei Mondfinsternis.

Er stirbt gleich vor Angst, dachte sie. »Doktor Freyermuth?«

Er blieb abrupt stehen und musterte sie, ohne zu antworten. Er hatte eine Gesicht, das alt war, ohne gealtert zu wirken, als hätte man ihn nach einem friedlichen Tod in jungen Jahren einbalsamiert wie einen ägyptischen Prinzen: blasse, gestraffte Haut, die Farbe von weißer Asche, und wachsame Augen, die sehen konnten, aber nichts preisgaben.

Er öffnete den Mund, sprach aber erst eine Sekunde später, wie eine Puppe, die dazu eine mechanische Stimme in ihrem Inneren in Gang setzen musste. »Doktor Bach?« Seine nervös zuckenden Lippen waren trocken, die Zähne teegelb.

»Ja.«

Freyermuths Blick flog an Ella vorbei. »Sind Sie allein?«

»Ja. Ist Ihnen jemand gefolgt?«

»Ich glaube nicht.« Freyermuth sah sich um, als wäre er nicht ganz sicher. Er presste seinen Hut mit der linken Hand gegen den Kopf, obwohl der Wind sich gelegt hatte. »Ich habe nicht viel Zeit. Lassen Sie uns schnell zur Sache kommen.«

Das Scheppern und Dröhnen der Müllabfuhr war jetzt schon ganz nah, und in der Mündung einer Seitengasse tauchte ein Mann in einer orangen Latzhose auf, der anfing, die Tonnen aus den Toreinfahrten auf die Straße zu rollen.

»Sind Sie im Besitz der DVD, von der wir gesprochen haben?«, fragte Ella.

Freyermuth trat einen Schritt auf sie zu, bis seine Hutkrempe sie fast berührte. »Ich habe Sie nicht verstanden. Was haben Sie gesagt?«

»Ob Sie die DVD haben, die ich am Telefon erwähnt habe! Hat Frau Schneider sie Ihnen geschickt?«

»Ja.«

»Wo ist sie? Im Wagen?«

»Nein.«

»Wo ist sie dann? Ich dachte, Sie bringen sie mit.«

»Ich habe es mir anders überlegt.« Freyermuth schaute zu den Müllmännern hinüber.

Mit orange blitzenden Lampen auf dem Dach des Führerhauses und dröhnendem Motor bog der kastenförmige Abfalltransporter in die Straße vor der Moschee. Der Lärm wirkte plötzlich doppelt so laut, als hätte der Wind bisher wie ein Filter gewirkt: Die Tonnen schepperten, die Hydraulikkolben im Heck des Lasters knirschten, die Häckselwalze fräste sich durch Blech, Holz und Pappe.

»Warum?«, schrie Ella dagegen an. »Warum haben Sie es sich anders überlegt?«

Der Anwalt betrachtete sie erstaunt. Er blinzelte. »Es ist zu gefährlich.« Er schrie jetzt auch. »Zu gefährlich. Ich habe sie mir angesehen. Ich habe mir die DVD angesehen. In den falschen Händen kann sie ...« Er unterbrach sich. »*Es ist zu gefährlich!*«

»Ich dachte, Sie wären gekommen, um mir zu helfen?!«

»Ich kann Ihnen nicht helfen.«

»Warum nicht?«

»Ich glaube Ihnen nicht. Es tut mir leid. Ich glaube Ihnen nicht.«

Ella riss sich das Kopftuch herunter. Nahm die Sonnenbrille ab. Starrte ihn an. »*Aber warum nicht?*«

»Ich habe mir die Wohnung angesehen«, Freyermuth schrie noch immer, »gerade eben. Ich konnte einfach reingehen, keine Absperrung, unversiegelt. Die Wohnung kam mir nicht vor wie der Schauplatz eines Verbrechens, nicht so eines Verbrechens, wie Sie es beschrieben haben –«

»Weil die Polizei alles beseitigt und gesäubert hat –«

Er wich zurück, als habe sie etwas völlig Verrücktes gesagt. »Warum sollte sie das tun?«

»Warum? Fragen Sie sich das wirklich?! Ihretwegen.« Ella hätte ihm am liebsten einen Stoß versetzt gegen die Brust oder eine Schulter, damit er endlich aufwachte. »Weil Sie einflussreich sind. Weil Sie Verbindungen haben. Weil Sie diese Verbindungen vielleicht spielen lassen könnten, wenn Sie gesehen hätten, wie es wirklich in Ihrer Wohnung aussah. Oder wenn die Presse Fotos davon veröffentlicht hätte – von einem Tatort, der ganz und gar nicht den Eindruck erweckte, dass da eine eifersüchtige Frau mal eben einer Rivalin einen Denkzettel verpassen wollte. Weil Mado mit Ihrer Tochter befreundet ist, und weil dieselben Männer jeden töten, dem sie vielleicht etwas anvertraut hat, auch Sonja, und die wollen nicht, dass Sie das wissen.«

Er glaubt mir nicht.

»Ich habe Videoaufzeichnungen, die das beweisen«, redete sie weiter. »Ich kann sie Ihnen zeigen, es ist alles gefilmt worden, der Überfall auf Mado, die Spurensicherung, die in der Wohnung aufräumt, man kann sogar einen der Männer erkennen. Sie müssen mir glauben!«

Die Sonne stand inzwischen schon hoch, und da, wo die Straße breiter wurde, lag ihr Licht weiß und grell auf dem Asphalt. Der Müllwagen rollte langsam in einer Wolke von Staub und Papierfetzen am Bürgersteig entlang.

»Ich bin nur aus einem Grund hier«, rief Freyermuth. »Ich will Sie warnen. Wenn Sie so etwas haben, solche Bänder – was immer es ist, werfen Sie es weg, vernichten Sie es. Stellen Sie sich der Polizei.«

»Damit ich für immer verschwinde wie Mado?« Ella schüttelte den Kopf. »Was ist das für eine Anwaltskanzlei, von der Madeleine Schneider gesprochen hat – Rochefort, Gladstone & Wentworth?«

Überrascht ließ der Anwalt seinen Hut los, gerade als der Wind wieder aufsprang. Der Hut wurde ihm vom Kopf gerissen, aber er konnte ihn mit beiden Händen wieder fangen. »Du meine Güte, was wissen Sie über die?« Er setzte den Hut nicht wieder auf, sondern schwenkte ihn in einer vergeblichen Geste gegen den Wind, der an seinem schütteren weißen Haar zerrte. »Sie müssen wirklich sehr vorsichtig sein!«

»Was sind das für Leute? Die stecken hinter alldem, oder? Hinter dem Überfall auf Mado, ihrer Entführung, den ganzen –«

»Mademoiselle Schneiders Anschuldigungen auf der DVD sind unsinnig, haltlos«, entgegnete Freyermuth. »Ich bin Patentanwalt, kein Wirtschaftsrechtler, deswegen habe ich mich in meinem Club erkundigt, mit ein paar Kollegen gesprochen, und alle waren derselben Meinung: ganz und gar unsinnig, absurd! Rochefort, Gladstone & Wentworth haben einen ausgezeichneten Ruf, überall auf der Welt! Herrgott, dieser Krach weckt ja Tote auf!«

Der Abfalltransporter hielt direkt vor der Einfahrt. Die Männer in den orangen Latzhosen kamen auf den Hof, packten zwei der zerbeulten Metallcontainer und mehrere Plastiktonnen und schoben sie rumpelnd über den rissigen Asphalt zur Straße. Hinter dem Müllwagen rollte langsam eine schwere Kawasaki vorbei.

Ella warf einen raschen Blick zu Dany hinüber. Er hatte sich weiter hinter die Laderampe des Supermarktes zurückgezogen, aber selbst auf die Entfernung, und obwohl er im Schatten stand, konnte sie erkennen, wie er sich vergeblich mühte, etwas von dem zu verstehen, was sie und Freyermuth redeten. Sein Kopf war leicht vorgeneigt, der Mund ein wenig geöffnet.

»Wann war das?«, fragte sie Freyermuth. »Wann haben Sie mit Ihren Kollegen gesprochen?«

»Letzte Woche.«

»Haben Sie irgendjemanden von der DVD erzählt?«

Freyermuth antwortete nicht.

»Haben Sie jemandem von der DVD erzählt?«, wiederholte sie.

»Nein!«

Er sagt die Wahrheit, dachte sie, *aber trotzdem hat er Angst. Warum hat er Angst? Als er sich nach Rochefort, Gladstone & Wentworth erkundigt hat, wusste er noch nichts von Mados Verschwinden. Er wusste noch nichts von mir. Er hat sich die DVD angesehen, und dann kamen die Meldungen in den Medien, und auf einmal ist ihm klar geworden, dass er auch in Gefahr schwebt, er und seine Tochter.*

Sie sagte: »Reden Sie mit niemandem darüber. Wenn Sie jemand davon erzählen und Mado stirbt, dann ist das Ihre Schuld.«

Freyermuth erstarrte. »Wissen Sie es denn nicht?«, fragte er überrascht.

»Was?

»Ich dachte, Sie wüssten es.«

»Was denn?!«

»Sie wurde gefunden.«

»Mado?«

»Es kam heute Morgen in den Nachrichten«, rief Freyermuth, gerade als die Männer in den orangen Latzhosen die geleerten Container wieder über den Hof zur Laderampe des Supermarkts rollten. »Ihre Leiche ist gefunden worden.«

Ella hatte das Gefühl, der Boden schwanke unter ihr, als rutsche sie ein weiteres Stück zum gefährlichen Rand der Erde. »Wo?«, fragte sie benommen. »Wann?«

»Gestern, in der Charité«, sagte der Anwalt schreiend und wedelte mit seinem Hut, als wollte er die Müllmänner damit vertreiben wie Krähen von frisch gestreutem Saatgut. »Offenbar ist sie dort ihren Verletzungen erlegen. Wann, scheint noch nicht ganz geklärt zu sein. Ebenso die genauen Umstände. In dem ganzen Durcheinander nach dem Brand in der Disko ist sie anscheinend mehrmals verlegt worden, von Station zu Station, und kurzzeitig wusste niemand, wo sie war. Die Klinikleitung hat ihr Bedauern darüber ausgedrückt, dass es zu diesem Fall von menschlichem Versagen kommen konnte.«

»Was ist mit der Leiche passiert?«, fragte Ella. Mutlosigkeit schlug wie eine schwarze Woge in ihr hoch und brach sich hinter ihren Augen. »Was haben sie mit ihr gemacht?«

»Es hieß, da sie keine lebenden Verwandten hätte, wurde sie eingeäschert.«

Sie haben alle in der Hand. Man kommt nicht gegen sie an. Sie lügen, und sie bringen andere dazu zu lügen. Sie töten, und sie bringen andere dazu, sie zu decken.

»Sie hat Verwandte!«, schrie sie. »Sie hat einen Bruder – Daniel! Er ist hier, in Berlin!«

Die Männer in den orangen Latzhosen arretierten die Räder der Metallcontainer und gingen weiter die Straße hinab, ohne auf Ella, Dany oder den Anwalt zu achten. Der Fahrer des Müllwagens rammte den ersten Gang ins Getriebe und gab Gas. Eine schwarze Dieselwolke nebelte die Fahrbahn ein, als er langsam losfuhr.

Hinter dem Müllwagen tauchte die Kawasaki wieder auf. Der Motorradfahrer, ganz in schwarzes Leder gekleidet, drehte langsam den Kopf, der Sichtschutz des Helms reflektierte die Sonne. Er bremste und zog einen länglichen Gegenstand aus einer an seiner Brust befestigten Tasche. Er schwenkte den Gegenstand wie einen Zauberstab in ihre Richtung.

Krachend schmetterten die Hydraulikkolben des Müllwagens ein Haus weiter den nächsten Container aufs Pflaster. Freyermuth trat einen Schritt auf Ella zu, als wollte er sie besser verstehen können. Doch statt zuzuhören, schrie er ihr etwas ins Gesicht, das im Getöse unterging. Sie starrte auf seinen Mund, sah, wie er die Worte formte, und verstand ihn noch immer nicht.

Auf einmal schien es, als wäre er ihr eine Sekunde in der Zeit voraus, nur eine Sekunde, in der er etwas in der Zukunft erblickte, das ihr noch entging. Sein Gesicht nahm einen erstaunten Ausdruck an, der jäh zu Entsetzen wechselte, und dann war die Sekunde vorbei und auch Ella sah, was er gesehen hatte: seinen eigenen Tod.

Etwas schlug lautlos in Freyermuths Hals und zerfetzte den weißen Button-down-Kragen. Aus dem Loch schlug Ella ein roter Sprühregen warm und feucht ins Gesicht. Eine zweite Kugel schleuderte ihr den Anwalt in die Arme, aber sie begriff nicht sofort, dass es Kugeln waren, dass es sich bei dem warmen, roten Dunst in ihrem Gesicht und auf ihren Armen um sein Blut handelte. Sie sah es, aber sie traute ihren Augen nicht.

Sie öffnete den Mund und schrie. Mühsam hob Freyermuth eine Hand und zog ihren Kopf zu sich herunter, und plötzlich war es so still, dass sie deutlich hören konnte, was er ihr sagte.

Es war so still, dass sie sah, wie die Müllmänner die Container zurückrollten, aber sie hörte das Scheppern nicht mehr und nicht das Gebrüll, mit dem sie den orangen Wagen weiterdirigierten.

Freyermuth war auf einmal sehr schwer. Sie konnte ihn kaum noch halten. Vorsichtig ließ sie ihn auf den Asphalt sinken. Jetzt erst bemerkte sie, dass seine Hand in die Tasche ihrer Jacke geraten war und langsam wieder herausrutschte. Sie beugte sich über ihn und riss sein Hemd auf, wieder ein Reflex, weil sie dachte, *vielleicht lebt er noch, vielleicht waren die Schüsse nicht tödlich.*

Aber er hatte keinen Puls mehr, und seine Augen unter der gesplitterten Sonnenbrille waren erfüllt vom wolkenlosen Blau des Himmels, dem grellen Glanz der Sonne, sogar vom winzig kleinen Spiegelbild einer Frau, die sich über ihn beugte. Von allem Möglichen waren sie erfüllt, nur nicht mehr von dem kleinsten Funken Leben.

Ella richtete sich auf. Der Motorradfahrer starrte zu ihr herüber, den Zauberstab noch immer in der ausgestreckten Hand. Die Hand ruckte mehrmals schnell hintereinander. Der Zauberstab warf winzige weiße Blitze aus, die rauchend durch die

Luft segelten und neben dem Motorrad über die Fahrbahn hüpften. Rechts und links von Ella machte es *plopp, plopp, plopp!* im Asphalt, in den Plastiktonnen, im Mauerwerk.

Sie duckte sich, warf einen Blick zurück. Sah Dany, der über den Hof auf sie zugelaufen kam, unscharf, wie in Zeitlupe. Zu seinen Füßen sprangen kleine Staubfontänen auf – *plopp, plopp, plopp!* –, und einen Moment lang wusste sie nicht, was sie tun sollte. Das Blut dröhnte ihr in den Ohren wie eine dumpfe Brandung; sie hörte nur diese Brandung und den langsamen Schlag ihres Herzens.

24 Bilder. 48 Bilder. 72 Bilder.

Plötzlich liefen Ton und Bild wieder synchron. Geduckt rannte sie vom Hof auf den Transporter zu, vorbei an Tonnen und Containern, schlüpfte zwischen die Männer in den Latzhosen. Dann war sie hinter dem schwankenden Müllwagen, sein Gestank nach fauligem Abfall, Dieselöl und warmem Gummi hüllte sie ein. Die Karosserie nahm ihr die Sicht auf den Motoradfahrer, und hinter einem Schleier aus Staub und Abgasen bewegte sie sich neben den massiven Gummireifen her, die türkisch brüllenden Männer in den Latzhosen hinter sich, die nächste Seitenstraße vor sich.

»Ella! Ella!«

Durch das Dröhnen hörte sie Dany rufen, aber sie blieb nicht stehen, denn lauter als seine Stimme und lauter sogar als den Lärm des Müllwagens vernahm sie in sich die Worte, die sie erst von Freyermuths Lippen gelesen und dann noch einmal deutlich mit seinen letzten Atemstößen gehört hatte.

Madeleine Schneider hatte keinen Bruder.

22

Ella riss sich das schwarze Tuch vom Kopf, nahm die Sonnenbrille ab und wartete, bis ihre Augen sich an das Zwielicht gewöhnt hatten. Sie befand sich in ihrer Wohnung, aber alles um sie herum sah aus wie ein Fotonegativ: Sie erkannte die Dinge darauf wieder, nur dass sie anders wirkten, anders als gewohnt. Benommen stand sie an der Tür, und ihr war ein wenig übel, wie nach dem Aufwachen aus einer Narkose. Als sie abschließen wollte, stellte sie fest, dass sie den Riegel bereits vorgeschoben hatte.

Sie starrte auf das Durcheinander im Gang: die überladene Garderobe, die im Halbdunkel verstreuten Schuhe, das Fahrrad, das an der Wand lehnte. Im Wohnzimmer verdorrte Blumen auf dem niedrigen Marmorfensterbrett. Die leinenbezogene schwarze Couch. Der lackierte Rattansessel. Der rote Nierentisch. Der ausgefranste Kelim auf dem von Stöckelschuhabsätzen zernarbten Parkett. Der halb offene Plattenschrank mit dem Fernseher darauf. Die angelehnte Tür zum Schlafzimmer. Im Schatten der heruntergelassenen Jalousien stand die Luft. Stickig, warm.

Das Lämpchen des Anrufbeantworters neben dem Telefon blinkte. Sie drückte die Abspieltaste. Eine digital zusammengesetzte Frauenstimme sagte: »Sie haben sechs Anrufe. Anruf Nummer eins, erhalten am 13. August, 23 Uhr 17.« Silvan, eindeutig aufgebracht: »Ella, Silvan hier! Sag mal, was hast du denn jetzt schon wieder angestellt? Ich kann nicht glauben, dass du tatsächlich eine Patientin verloren hast! Die Polizei war hier und hat Fragen gestellt – die Kriminalpolizei! Ist dir eigentlich klar, wie das aussieht, was das für mich bedeutet? Immerhin denken alle, wir wären noch zusammen. Ich habe natürlich schon bei deiner großen Szene im Auto gewusst, dass mit dir etwas nicht stimmt, aber ich wusste nicht, dass es so schlimm ist. Ruf mich an und erklär mir das, ja? Dein Handy ist gestört, aber irgendwann wirst du das hier doch wohl hören. Außerdem hast du noch Sachen von mir.«

Die digitale Frauenstimme sagte: »Anruf Nummer zwei, erhalten am 14. August, 18 Uhr 9«, gefolgt von einem männlichen Anrufer. »Frau Doktor Bach, hier spricht Hauptkommissar Aziz. Es haben sich noch einige Fragen ergeben, die wir gern mit Ihnen klären würden. Ihr Handy scheint gestört zu sein. Bitte, setzen Sie sich umgehend mit uns in Verbindung, hier im LKA. Die Nummer ist –«

Ella drückte die *Fast Forward*-Taste. »Frau Doktor Bach, mein Name ist Schäfer, von der Personalabteilung der Charité, Humboldt-Universität. Ich bitte um Ihren Rückruf, es geht um Ihre Beschäftigung als Internistin auf Honorarbasis –«

Fast Forward: »Ella, noch mal Silvan hier! Jetzt reißt mir langsam der Geduldsfaden. Was tust du mir an?! Wenn du schon nicht an dich denkst, denk wenigstens an mich –«

Während Ella den Anrufbeantworter abhörte, stellte sie den Fernseher an. Auf dem Bildschirm wurde gerade eine Sitcom durch Kurznachrichten abgelöst. Eine Kolonne schwarzer Limousinen rollte in den Innenhof eines historischen Palastes, dazu sagte ein unsichtbarer Sprecher: »Auf Malta trafen sich die Regierungsspitzen von Deutschland, Großbritannien und Frankreich, um über Wege aus der europäischen Schuldenkrise zu diskutieren. Gleichzeitig fand in Toronto, Kanada, eine Konferenz der größten europäischen, amerikanischen und asiatischen Banken unter Federführung der –«

Der nächste Anruf: »Sie verhalten sich sehr dumm, Doktor Bach, sehr dumm. Sie laufen vor uns weg, statt zu uns zu kommen. Sie reden mit den falschen Leuten, nicht mit uns. Sie werden das, was sie suchen, nicht finden. Wir finden Sie –«

Ein Klingeln an der Tür ließ sie zusammenzucken. Es klingelte mehrmals hintereinander, aber Ella rührte sich nicht. Sie hörte nicht mehr, was der Mann weiter sagte, und als das Klingeln aufhörte, war Dany auf dem Band.

»Ella! Bist du da?! Wenn du da bist, geh bitte dran. Ich bin's – Dany!« Pause. »Hör mal, ich weiß nicht, wo du steckst oder warum du vor mir weggelaufen bist. Ich bin im Hotel. Vielleicht kommst du ja noch … Falls du das hier hören solltest, melde dich sofort bei mir. Ich rufe auf alle Fälle auch noch mal an.«

Die Verbindung wurde unterbrochen. Die mechanische Frauenstimme sagte: »Sie haben keine weiteren Anrufe.« Fast im selben Moment klingelte das Telefon, und erst dachte Ella, es wäre wieder an der Tür, aber nach dem fünften Klingeln sprang der Anrufbeantworter an, und sie hörte sich selbst, »Ella Bach. Ich bin nicht zu Hause, rufe Sie aber gern zurück. Also los!« Danach herrschte einige Sekunden Stille, bevor Danys Stimme erklang.

»Ella, ich bin's noch mal – Dany.«

Wer bist du, Dany?

Mit atemloser Stimme sagte Dany: »Ich habe gerade bei dir geklingelt. Wenn du da bist, mach bitte auf. Ich warte ein paar Minuten, bevor ich zum Hotel zurückfahre. Dass der Anwalt erschossen wurde, war ein Unfall. Sie wollten dich umbringen, das muss dir doch klar sein. Es war richtig, dass du das Durcheinander genutzt hast, um dich aus der Schusslinie zu bringen, aber ich verstehe nicht, warum du vor mir weggerannt bist! Du kannst das nicht allein durchziehen. Weißt du nicht, was das bedeutet?! Du hast keinen Moment Ruhe mehr. Du musst pausenlos über die Schulter gucken, und du bist allein, isoliert, kannst niemandem vertrauen –«

Ellas Blick fiel auf den Fernseher. Das Bild zeigte einen dicken Mann, der an einem Seil reglos von einem Balkon baumelte. Sein Kopf hing herab, der Hals steckte in einer Schlinge, die Arme waren merkwürdig verkrümmt, als wären sie gebrochen worden. Rußspuren umgaben die Tür und das Fenster zum Balkon, von den Glasscheiben waren nur noch schwarze Scherben übrig.

Voyeur legt Feuer in Berlin Kreuzberg stand unten am Bildschirmrand, und Ella wusste, dass es Michalewski war, noch ehe eine gesichtslose Frauenstimme sagte: »Bei dem Mann, der gestern Mittag in seiner Wohnung in Berlin Kreuzberg Feuer gelegt hat, bevor er sich an seinem Hinterhofbalkon erhängte, handelt es sich offenbar um einen Voyeur, der über einen längeren Zeitraum seine Nachbarn –«

Ella hob ab und sagte: »Michalewski ist tot. Sie zeigen es gerade in den Nachrichten –«

»Bist du verrückt geworden?«, rief Dany in den Hörer. »Verlass sofort deine Wohnung! Verschwinde von da! Wenn sie dich abhören, wissen sie, dass du da bist!«

Wer bist du?

»Ich bin in der Nähe. Schau dich nicht nach mir um. Ich sehe dich, wenn du rauskommst. Fahr zum Hotel. Wir müssen reden!«

»Woher weißt du, dass ich hier bin?!«

»Ich wusste es nicht, ich hatte es befürchtet, nachdem du nicht im Hotel warst! Mach schon, beeil dich!«

Er unterbrach die Verbindung, und Ella spürte auf einmal, dass sie in Schweiß gebadet war. Sie legte den Hörer zurück und ging zum Fernseher, um ihn auszuschalten. Auf dem Bildschirm erschien jetzt ein Mann, der von einer Textzeile als *Hausmeister, 63,* identifiziert wurde. »Hatte mit niemandem

Kontakt, der Michalewski«, sagte er, »keiner wusste, was er da trieb in seiner Wohnung. Kam nur nachts raus, und Besuch kriegte er auch nie, der Michalewski. Vorgestern Nacht hat er sogar den Notarzt gerufen, da kam dann so eine junge Ärztin und wollte den Schlüssel zu seiner Wohnung –«

Die Kommentatorin sagte: »In diesem Zusammenhang sucht die Polizei nach der Internistin Doktor Ella Bach«, ein neues Foto von Ella, jetzt in Farbe, »die auch im Fall des ermordeten Rettungsassistenten Max Jansen und der tot aufgefundenen jungen Französin Madeleine Schneider als dringend tatverdächtig gilt. Für Hinweise auf den Aufenthaltsort der Gesuchten ist mittlerweile eine Belohnung von –«

Ella schaltete den Fernseher aus. Sie fuhr aus ihrem blutbefleckten Leinenjackett, und bevor sie es achtlos zu Boden fallen ließ, durchsuchte sie automatisch die Taschen, wie sie es immer tat. Sie nahm ihre Ausweise aus der zugeknöpften Innentasche, griff in die linke Außentasche, *nichts*, die rechte, *auch nichts*, aber sie ertastete ein Loch, *da ist was*, stieß mit den Fingerspitzen durch das Loch und fand einen kleinen metallischen Gegenstand. Sie zog ihn heraus: ein Schlüssel, schlank, aber massiv, mit je einem gezackten Bart am Schaft.

Der Schlüssel gehörte ihr nicht. Sie hatte ihn noch nie gesehen, und er passte zu keinem Schloss, das sie kannte.

Plötzlich fiel ihr wieder ein, wie Freyermuth am Morgen von der Kugel in ihre Arme geschleudert worden war; wie sie ihn gehalten hatte, bis sie nicht mehr konnte, und wie seine Hand dabei aus ihrer Tasche gerutscht war. *Was ist das für ein Schlüssel? Hat er ihn mir in die Tasche geschoben?* Sie stopfte ihn in ihre Jeans, bevor sie auch die Bluse auszog und fallen ließ. Im Schlafzimmer nahm sie hastig ein frisches Hemd von dem Stapel im Schrank, zog es an, griff nach einer anderen Jacke und stopfte frische Unterwäsche in die Taschen.

Sie lief zur Tür, kehrte jedoch noch einmal zurück ins Wohnzimmer, um die Kassette aus ihrem altmodischen Anrufbeantworter zu nehmen. Als sie die Wohnungstür öffnete, hörte sie schon den Lift im Fahrstuhlschacht nach oben surren. Der rote Knopf in ihrer Etage leuchtete.

So leise sie konnte, eilte sie zur Treppe. Blieb stehen und lauschte. Der Fahrstuhl hielt zwei Etagen unter ihr. Die automatischen Türen öffneten sich. Sie vernahm kein anderes Geräusch, niemand verließ die Kabine. Die Türen schlossen sich wieder. Der Lift setzte sich neuerlich in Gang und surrte ins nächste Stockwerk, wo er ebenfalls hielt.

Die Türen gingen auf, kein Laut sonst, keine Schritte, kein leises Rascheln; die Türen glitten wieder zu.

Mit einem leisen Scheppern der Stahltaue und einem kaum vernehmbaren Rucken näherte sich die Aufzugkabine dem Dachgeschoss. Sie hielt. Die Türen schwangen auf. Sonst geschah nichts.

Ganz weit unten im Treppenhaus erklang ein Kichern. *Nur die beiden Jungen aus dem ersten Stock, Brüder, fünf und sieben.* Ella beugte sich über das Geländer, sah sie gerade noch wegrennen. *Kinder, die alle Knöpfe drücken, und ein Lift fährt los und hält, und du machst dir vor Angst fast in die Hose.* Sie ging zum Fahrstuhl, als die Türen gerade zuglitten. Sie drückte den jetzt nicht mehr leuchtenden Knopf, und die Kabine war leer, und sie fuhr nach unten.

Verkleidet mit Sonnenbrille, Kopftuch und Plastiktüte, überquerte sie den Hinterhof. Aus dem Tanzstudio im Rückgebäude erklang rhythmischer Jazz, *Cantaloupe Island.* Durch den Torweg zum Hof bog sie auf die Akazienstraße. Schon nach ein paar Schritten spürte sie, dass Dany hinter ihr war. Sie ging schnell, denn sie wollte es ihm nicht zu leicht machen. Sie drehte sich nicht nach ihm um, suchte auch nicht nach seinem Spiegelbild in den großen Fenstern der Boutiquen. Sie hielt den Kopf gesenkt, aber nicht so, dass es auffallen musste. Sie war wütend und empört, *wer bist du, du verlogener Scheißkerl, was willst du von mir?*

Über der Hauptstraße war der Himmel düster, taubengrau, fast violett. Es wehte kein Wind, und die Hitze nahm Ella den Atem. Auf den Dächern der Autos lag ein weißer Glanz. Die Tische vor den Cafés und Restaurants waren sogar auf der Schattenseite der Straße leer.

Auf einmal war er neben ihr und ging so schnell wie sie, nicht schneller, nicht langsamer. »Hast du den Verstand verloren?«, fragte er, ohne sie anzusehen. »Willst du dich auch mit einem Strick um den Hals unter dem Balkon deiner Wohnung wiederfinden? Oder mit gebrochenem Genick tief unten auf dem Hinterhof, einen Abschiedsbrief in der Tasche?«

Sie antwortete nicht und sah ihn auch nicht an.

»Wo willst du denn hin?«, fragte er.

Sie ging weiter, nicht schneller, nicht langsamer, wich einem alten Bettler aus, überholte zwei junge Japanerinnen. Er blieb zurück, holte sie etwas später wieder ein. Ein schlanker Jamaikaner stand in der Tür seiner Kneipe, winkte ihr zu, und erst als sie ihn lachen sah, fiel ihr ein, dass sie ihn kannte, *Joe, er winkt dir zu, weil er dich erkannt hat.* Sie winkte zurück. *Du kannst nirgendwohin, jeder erkennt dich, du brauchst ihn, verdammter Mist, du brauchst Dany, der vielleicht nicht mal Dany heißt.*

Der Franzose überholte sie, ging voraus und blieb vor einem Schaufenster stehen, tat, als betrachte er die Schuhe dahinter. Sobald sie auf seiner Höhe war, schloss er sich ihr wieder an. »Was ist denn auf einmal los mit dir?«, fragte er.

»Wer bist du?«, fragte sie. »Wer, verdammt noch mal, bist du?«

»Mados Bruder, das weißt du doch –«

»Mado ist tot, und sie hatte keinen Bruder!«

Der Franzose blieb überrascht stehen.

Ella erreichte die Ecke, bog nach links in die Hauptstraße

und ging inmitten einer arabischen Großfamilie weiter bis zur zweiten Fußgängerampel, dann zum Zebrastreifen, zum Taxistand am Rasenstreifen in der Mitte der Straße. Die Fahrer lehnten an ihren Wagen, die Türen standen weit offen, und über den Motorhauben flimmerte die Luft. Ein zweistöckiger Bus hielt an der Ampel, umgeben von gleißendem Blech in der Mittagsglut.

Jetzt war Dany wieder neben Ella, ein neuer Dany, wie verwandelt. »Mado ist tot?«, fragte er. »Woher weißt du das?«

Sie antwortete nicht.

»Also gut«, sagte er leise, dicht an ihrem Ohr, »ich gebe zu, ich habe dir nicht die Wahrheit gesagt. Madeleine war nicht meine Schwester, und ich heiße auch nicht Schneider. Mein richtiger Name ist Daniel Montheilet. Alles andere stimmt. Ich bin wirklich Journalist, und Mademoiselle Schneider hat bei uns angerufen, allerdings nicht mich direkt. Die Chefredaktion hat mir den Auftrag erteilt, weil ich gerade eine Story abgeschlossen hatte. Und weil ich Deutsch spreche.«

Sie sah ihn nicht an, wartete darauf, dass die Ampel grün wurde.

»Ich hätte dir das gleich sagen sollen, ich weiß«, fuhr Dany fort. »Aber vergiss nicht, dass du mir ein Messer an die Kehle gehalten hast. Ich wusste nicht, warum du in Madeleine Schneiders Wohnung gewesen warst, aber ich hatte dich wiedererkannt als die Frau, die mich in der U-Bahn verfolgt hatte. Ich dachte, wenn ich mich als Mados Bruder ausgebe, finde ich schneller heraus, was passiert ist, was für ein Interesse du an ihr hast. Ich musste doch wissen, ob *du* die Wahrheit sagst. Hättest du mir unter anderen Umständen so schnell anvertraut, dass die Polizei dich für den Täter hält?«

Endlich sah sie ihn an und fragte: »Sag mir eins: Hast du mir wirklich geglaubt, dass ich unschuldig bin oder hast du nur so getan?«

Er zögerte. »Ich habe nur so getan«, gab er zu. »Bis ich die Überwachungsfilme gesehen habe.«

Die Ampel wurde grün. Ella ging los, ohne sich darum zu kümmern, ob er ihr folgte. Sie überquerte den Zebrastreifen, stieg in das erste der wartenden Taxis und zog die Tür hinter sich zu. Als Dany von der anderen Seite einsteigen wollte, drückte sie den Knopf für die Verriegelung. Dabei sah sie durch die geschlossene Scheibe zu ihm auf und sagte: »Ich fahre nicht mit fremden Männern im Taxi.«

Und ich glaube dir nicht.

Das Taxi fuhr los. Der Fahrer fädelte sich in den fließenden Verkehr ein. An der Ampel sah Ella aus dem Rückfenster. Das nächste Taxi war gleich hinter ihr, mit Dany auf dem Beifahrersitz.

23

Im Hotel blieb sie in der offenen Zimmertür stehen und fragte: »Hast du so was wie einen Presseausweis?«

»Ja.« Dany holte einen eingeschweißten Ausweis heraus, und zeigte ihn ihr, und da stand sein Name, Daniel Montheilet, und seine Redaktion, *nouvelobs.com*. Es gab sogar ein kleines Foto von ihm unter dem abgegriffenen Kunststoff. »Ich habe noch andere«, sagte er, »mit anderen Namen und von anderen Redaktionen.« Jetzt lächelte er wieder, ein wenig traurig, zum ersten Mal seit damals in seinem Zimmer im Hilton. »Irgendwann muss einer von uns anfangen, dem anderen zu vertrauen«, sagte er, als hätte er ihre Gedanken gelesen.

»Das habe ich schon hinter mir«, sagte sie. »Jetzt bist du an der Reihe.«

Er drehte sich um, warf einen Blick hinter sich in den leeren Korridor, dann schob er sie ins Zimmer und schloss die Tür. »Hör mir zu, bitte«, sagte er eindringlich. »Auch wenn ich nur ein Journalist bin und nicht Mados Bruder oder sonst ein Verwandter, bedeutet sie mir etwas. Ihr Tod bedeutet mir etwas. Ich bin hierhergekommen, nach Berlin, weil ich ihr helfen wollte und weil wir dachten, dass sie da einer Geschichte auf der Spur war, die erzählt werden müsste. Ich bin zu spät gekommen, um ihr helfen zu können, aber die Geschichte ist immer noch da, und inzwischen ist sie noch brisanter geworden. Vier Tote bis jetzt, und alle hängen vordergründig mit Rochefort,

Gladstone & Wentworth zusammen, einer Anwaltskanzlei mit Dependancen auf der ganzen Welt –«

»Ich dachte, von denen hättest du noch nie gehört?«

Er senkte den Kopf, *tut mir leid, noch eine Lüge.* »Madeleine hatte uns nur gesagt, dass sie durch Zufall auf etwas gestoßen sei, als sie den lang zurückliegenden Mord an ihren Urgroßeltern untersucht habe, und dass jemand sie vor einer Anwaltskanzlei gewarnt habe, eben Rochefort und Konsorten. Jedenfalls sieht es so aus, als scheuten die nicht einmal vor Mord zurück, um zu verhindern, dass die Öffentlichkeit erfährt, was Mado entdeckt hat. So was interessiert uns natürlich, meinen Chefredakteur, den *Nouvel Observateur* und sein Online-Magazin.«

»Wieso hat sie sich gerade an euch gewandt?«

»Sie sagte, ihr Professor an der Sorbonne hätte ihr den Tipp gegeben.«

»Die Männer in Mados Wohnung sahen nicht aus wie Anwälte«, sagte Ella.

»Nein, das waren Leute von einem privaten Sicherheitsdienst«, sagte er, »vielleicht auch Polizisten. Die Rocheforts, Gladstones und Wentworths dieser Welt machen sich nicht selbst die Hände schmutzig. Sie bezahlen nur den Sold, vervielfachen den Betrag, addieren ihre Arbeitsstunden und stellen alles zusammen wiederum ihren Klienten in Rechnung.«

Er stand dicht vor Ella und sah ihr in die Augen. »Ich weiß, dass du mir nicht mehr vertraust, aber ich brauche deine Hilfe, und du brauchst meine. Du bist eine gute Detektivin, und du hast Mut. Du kennst dich hier aus, ich nicht. Außerdem hast du recht, die wissen inzwischen bestimmt, dass es mich gibt und dass ich auch zu einer Gefahr für sie geworden bin, weil du mir alles gesagt hast, was du weißt. Nur wenn wir Licht in die Dunkelheit bringen, haben wir die Chance, dass die Dunkelheit uns nicht verschlingt.«

Sie sah ihn an, schwieg.

Er schüttelte den Kopf, ganz schwach bloß, als könnte er nicht verstehen, weshalb sie sich so anstellte. »Hilf mir, den Mördern von Max und Mado das Handwerk zu legen. Er war dein Freund, und sie haben ihn getötet. Sie war deine Patientin, und sie haben sie getötet. Aber was am schlimmsten ist: Sie tun alles, um dir all diese Morde in die Schuhe zu schieben, alle, die sie bisher begangen haben und alle, die sie noch begehen werden. Wenn sie – ganz am Ende – auch dich getötet haben, werden sie es so aussehen lassen, als hättest du dich selbst umgebracht, weil du mit deiner Schuld nicht mehr leben konntest. Wie diesen armen Kerl, Michalewski. Willst du, dass wildfremde Leute vor einem Schaufenster stehen bleiben, um deine Leiche so zu sehen? Willst du, dass deine Familie denkt, es sei so gewesen? Deine Freunde? Die ganzen Patienten, die dir ihr Leben verdanken?«

Etwas in ihr schien nachzugeben, und auf einmal verließ sie alle Kraft. Sie streckte nicht einmal die Arme aus. Sie fiel an seine Brust und ihr Kopf schlug gegen seine Rippen. Nach einem Moment, in dem er starr blieb vor Überraschung, spürte sie, wie seine Arme sich hoben. Doch statt sie zu berühren, bewegten sich seine Hände im Abstand von wenigen Zentimetern über ihren Hinterkopf, den Nacken, den Hals, als hätte er Angst, sie an der falschen Stelle anzufassen.

Endlich spürte sie seine Umarmung, doch sie kam zu spät, um noch zu trösten. Sie löste sich von ihm, mit einem Ruck, und sagte: »Wir haben doch keine Chance, Dany – *ich* habe keine Chance! Sie sind so viele, sie sind überall. Sie töten jeden! Max, Mado, Michalewski, sogar den Anwalt.«

Er antwortete nicht gleich. Nach einer Weile fragte er: »Bist du sicher, dass Mado tot ist? Woher weißt du davon?«

»Freyermuth hat es mir gesagt. Es kam im Fernsehen.«

»Wer hat sie gefunden? Wo?«

»Irgendjemand in der Charité. Angeblich war sie die ganze Zeit da, sie ist nur in dem Chaos nach dem Diskobrand vorübergehend verlorengegangen.« Ella spürte einen pochenden Druck hinter den Schläfen. »Weißt du, die Charité war für mich immer etwas ganz Besonderes«, erklärte sie. »Von dem Moment an, in dem mir klar wurde, dass ich Ärztin werden will, drehte sich für mich alles darum, dort zu studieren, dort mein Praktikum zu machen, dort meinen Beruf ausüben zu können. Nur dort! Es gab bestimmt bessere Kliniken, modernere, schönere, aber für mich kam bloß die Charité infrage. Sauerbruch hat da operiert, das muss man sich mal vorstellen. Und ich habe es geschafft, ich habe es tatsächlich geschafft! Ich kann einfach nicht glauben, dass sie sich für so was hergibt, dass die Klinikleitung sich von Mördern benutzen lässt oder sogar gemeinsame Sache mit ihnen macht. Ärzte, an meiner Charité!«

»Wann war das?«, fragte Dany. »Ich meine, als du wusstest, dass du Ärztin werden willst? Wie alt warst du da?«

»Fünfzehn«, sagte sie.

Damals, in dem Sommer, in dem sie fünfzehn war, lebte sie mit ihren Eltern in einem zweistöckigen Fachwerkhaus am Rand eines Dorfes in der Lüneburger Heide. Das Haus lag gleich neben dem Friedhof, und an heißen Tagen konnte sie im Schatten der Kirche auf einer Bank sitzen und lesen, bis am Abend die Sonnenuntergänge die langen Schatten der Grabsteine über die Gräber warfen. Wenn sie mit ihren Hausaufgaben fertig war und keine Lust zum Lesen oder Fernsehen hatte, ging sie spazieren, meistens allein. Sie schlenderte über die schmalen Straßen, vorbei an den niedrigen, schiefergedeckten Häusern, dem Tabakhändler, der auch Zeitschriften und Leihbücher führte, dem Gemischtwarenladen, der Drogerie, der Apotheke, dem Geschäft für Konfektionskleidung und dem Friseursalon mit dem verchromten Teller über dem Eingang.

Sie trug das lange, kastanienfarbene Haar offen, und man sah sie meistens in einem khakifarbenen Männerhemd, einer kurzen Denim-Hose und ausgetretenen Sandalen. Wegen ihrer langen Beine und des schlanken Halses nannten die Nachbarn sie Antilope, und ihren Vater, den Dorfschullehrer, nannten sie Van Gogh, weil er an jedem Tag der Ferien schon früh mit Leinwand, Staffelei und Farbtasche aus dem Haus stapfte, um die Landschaft rings um das Dorf zu malen.

Wann immer sie konnte, begleitete Ella ihn, sah ihm beim Mischen der Farben zu und dachte, dass sie auch Malerin werden wollte, wenn sie älter war. In jenem Sommer war der Himmel oft bezogen, und im fahlen Licht wirkten die sandigen Wege und das dunkle Malvenrot des Heidekrauts, aus dem hier und dort das Silberweiß einer Birke hervorbrach, auch ohne Pinsel und Leinwand schon wie gemalt. Das flache Land, der bleiern schimmernde Weiher und hinter dem Dorf der Drachenkamm, alles fand sich auf den Bildern ihres Vaters wieder. Dazu die Bauern, die ihre Felder bestellten oder die Wildgänse, die in Schwärmen dem Horizont zustrebten, und immer wieder Sturmwolken. Ella erinnerte sich an das Krächzen der Gänse, den verwehten Glockenklang, das ferne Motorengeräusch von Traktoren und Mähdreschern.

Sie erinnerte sich auch an den Sonntag, an dem der rote Spritzenwagen der Freiwilligen Feuerwehr aus der Kreisstadt auf dem Kirchplatz hielt, nicht wegen der Waldbrände, die um diese Jahreszeit immer wieder ausbrachen, sondern um einen Jungen abzusetzen. Sie saß auf der Friedhofsmauer und beobachtete den Jungen, der da in seiner tiefblauen Uniform auf dem Kirchplatz stand, den Helm unter dem Arm, eine bauchige Ledertasche neben den Stiefeln. Er war groß und schlank, und mit seinem pechschwarzen Haar fast zu schön für jemanden, der sich in eine Uniform stecken ließ, nur um auf einem roten Wagen herumfahren zu können.

Als der Spritzenwagen fort war, kniff der Junge die Augen

zusammen, denn der Staub hing noch in der heißen, windstillen Luft. Er sah sich um, als wüsste er nicht genau, wo er war, dann hob er seine Tasche auf und ging über die Hauptstraße auf den Friedhof zu, vorbei an dem Tabakhändler, dem Gemischtwarenladen, dem Gasthof und dem Friseursalon mit dem verchromten Teller über der Eingangstür, der an manchen Tagen im Wind hin und her schlug, aber nicht an diesem.

Ella rührte sich nicht vom Fleck. Sie saß auf den warmen Steinen der Mauer, mit dem Rücken zu den Gräbern, und ließ die Beine baumeln, während sie zusah, wie der Junge näher kam. Als er schon fast an ihr vorbei war, blieb er stehen. Er sah sie an und lächelte, wie außer ihm noch niemand gelächelt hatte, wenigstens konnte sie sich nicht daran erinnern. Der Mund wurde ihr trocken unter dem Blick seiner Augen, die ungefähr den Farbton seiner Uniform hatten. Von Nahem konnte sie erkennen, dass er älter sein musste, als sie gedacht hatte. Ein junger Mann, kein Junge mehr. Die Haut in seinen Augenwinkeln zeigte bereits ein Netz kleiner Fältchen. *Hey,* sagte er und strich sich eine Haarsträhne aus der Stirn. Ella sagte auch *Hey*, mehr nicht.

Er strich sich die Haarsträhne noch mal aus der Stirn, aber auch diesmal fiel sie sofort wieder zurück. Ella formte eine Kaugummiblase vor dem Mund, Erdbeergeschmack, und ließ sie platzen.

War schön, mit dir zu reden, sagte er und ging weiter, den Helm in der einen, die schwarze Ledertasche in der anderen Hand. Ella holte tief Luft und hätte sich beinahe an dem Kaugummi verschluckt. Kaum dass der Junge um die Ecke ihres Hauses verschwunden war, sprang sie von der Mauer, und als sie stand, stellte sie fest, dass ihre Knie zitterten, und das war ihr noch bei niemandem passiert.

Sie folgte dem Jungen, der kein Junge mehr war, mit gesenktem Kopf, wie zufällig. Wenn man jemanden verfolgte, musste es immer wie zufällig aussehen, so viel wusste sie schon. Die weiß getünchten Häuser und die Straße blendeten im Sonnenlicht, und sie sah nichts außer ihren nackten Füßen in den staubigen Sandalen und darüber die langen, braungebrannten Beine, die sich wie von selbst bewegten. Ihr Herz schien plötzlich doppelt so groß zu sein, und es schlug viel schneller als sonst.

Sie bog um die Ecke und sah gerade noch, wie der Junge in der blauen Uniform das Haus neben der Pfarrei betrat. Vor der Schwelle lag ein Schäferhund, der gedöst zu haben schien, jetzt aber den Kopf verdrehte, damit er sie im Auge behalten konnte. Gleich darauf verschwand der Junge im Inneren des Hauses. Außer dem Hund und Ella war die Gasse menschenleer, denn das halbe Dorf sah zu, wie draußen auf dem Bolzplatz die Karussells und das Riesenrad und der Autoscooter der Kirmes abgebaut wurden.

Ella sagte *Hey* zu dem Hund, bot ihm das schillernde Spektakel einer vor ihrem Gesicht zerplatzenden Kaugummiblase und lehnte sich neben der Tür an die Hausmauer, um sich darüber klar zu werden, was gerade mit ihr geschah. Durch den Stoff des Hemdes spürte sie die Wärme des Mauerwerks. Nach einer Weile schloss sie die Augen und ließ sich daran hinunterrutschen, bis sie mit ihrem Gesäß die Fersen berührte. Der Hund sah sie an, und sie sah den Hund an und sagte, *manche Wesen laufen anderen eben zu.*

Nach einer weiteren Weile wurde über ihr im Dachgeschoss ein Fenster geöffnet. Aus dem Zimmer dahinter drang Musik auf die Straße, ein helles, trauriges Sopransaxophon, eine Trompete, Klavier und Klarinette. So lernte sie an einem Tag Paul Mathis, Rettungssanitäter bei der Feuerwehr, und Sidney Bechet, Jazzmusiker, kennen und es dauerte nicht mehr lange, bis sie in jenem Sommer zur Musik des einen ihre Unschuld an den anderen verlor.

Sie sahen sich die ganzen Ferien über, immer heimlich. Noch

in niemanden war sie so verliebt gewesen wie in diesen Jungen mit dem schwarzen Haar, das ihm andauernd in die Stirn fiel. Sie ging nicht mehr so häufig mit Van Gogh zum Malen, und zu ihrer Überraschung stellte sie fest, dass sie ihm nicht so sehr zu fehlen schien, wie sie befürchtet hatte. Dafür fehlte sie jetzt Paul, das sagte er wenigstens. Sie begleitete ihn überallhin, wo auf den Dörfern die Feuerwehr zum Einsatz kam; wo Brandmeister und Sanitäter gebraucht wurden, fünf Wochen lang, auf Jahrmärkten, bei Schützenfesten und Seifenkistenrennen.

Es geschah auf einem Jahrmarkt an ihrem letzten Samstag gegen zehn Uhr abends. Paul und ein anderer Sani kümmerten sich um einen Betrunkenen, der beim Autoscooter gegen einen Stützpfeiler gerannt war und aus einer Platzwunde an der Stirn blutete. Ella bummelte allein über den Rummelplatz. Ein Autoscooter, ein Kettenkarussell, ein paar Wurf- und Schießbuden und ein Riesenrad, mehr war da nicht, außer dem Bierzelt. Überall roch es nach gebrannten Mandeln, Bratwurst und Zuckerwatte. Und nach der Asche der Kartoffelfeuer auf den Feldern, aber nur ganz schwach und nur, wenn der Wind richtig stand. Der Wind war abends jetzt schon so kühl, dass Ella ihren weißen Lackledermantel übergezogen hatte, den, der bis zu den Knien reichte, außerdem trug sie die hellblauen Jeans und rote Stiefeletten.

Aus den Lautsprechern der Schausteller leierten die Schlager von vor tausend Jahren, wenn die Kerle nicht gerade selbst mit ihren heiseren Stimmen ins Mikro brüllten, das sie immer zu nah an den Mund hielten, sodass man sie kaum verstehen konnte. Aber Ella hörte sowieso nicht zu. Sie achtete auch nicht auf das Lachen der Kinder oder das Klingeln vom Haut-den-Lukas oder das Scheppern der Dosen in der Wurfbude. Nicht mal das Grölen der jungen Burschen, die in Trauben über den Platz schlenderten, nahm sie wahr.

Sie fühlte sich seltsam, gleichzeitig wütend und traurig,

sehnsüchtig und nervös und zärtlich. Nichts passte zusammen, aber alles zerrte an ihr, weil sie nicht wusste, wie es nach den Ferien weitergehen sollte mit ihr und Paul. Sie musste ins Internat zurück, dreihundert Kilometer weit weg, dreihundert Kilometer und drei Jahre bis zum Abi, und dazwischen nur die Ferien.

Ziellos ließ sie sich mit dem Strom der Schaulustigen treiben. Und als sie an einer Schießbude vorbeikam, inspizierte sie die Preise in dem Regal an der Rückwand der verspiegelten Bude: Stofftiere, Puppen mit Tüllkleidern, Spielzeugautos, Fußbälle dazu und noch jede Menge Trostpreise. Sie entschied sich für einen Pandabär ganz oben. Sie bezahlte und schnappte sich das nächste Gewehr, das frei wurde. Sie kniff ein Auge zu, bis sie die bunten Glühbirnen ringsum nicht mehr sah, nur noch die kleinen Enten, die durch ihr Schussfeld glitten. Sie schoss, setzte ab, repetierte, visierte, schoss wieder. Sie schoss das ganze Magazin leer, und keine von den Enten erreichte aufrecht die sichere Deckung.

Als sie fertig war, reichte sie dem Schießbudenbesitzer das Gewehr zurück. »Den Panda ganz oben, bitte«, sagte sie.

»Wo hast du das denn gelernt?«, fragte der Besitzer und betrachtete sie mit missmutigem Respekt, während er nach einer Holzstange mit einem Haken griff, um den Stoffpanda herunterzuangeln. Sie zuckte mit den Schultern, nahm den Bären, der ziemlich muffig roch, und klemmte ihn unter den Arm. Als sie sich umdrehte, stellte sie fest, dass sich am anderen Ende des Platzes eine Menschentraube gebildet hatte; sie sah nur die Rücken, dicht an dicht, reglos. Die Menschen schienen auf etwas zu starren, das sich zu ihren Füßen abspielte.

Zuerst dachte Ella an eine Prügelei, denn auf jedem Dorffest gab es Prügeleien: brutale, schnelle Schläge, Blut und Schweiß. Sie schaute nie hin, denn ihr wurde nur schlecht davon. Aber hier herrschte Stille, allein die Musik aus den Lautsprechern schallte über den Platz. Mit einem flauen Gefühl im Magen ging Ella zu der Menschentraube. Sie hatte sie noch nicht ganz erreicht, da sah sie schon Paul, sein blaues Hemd, die reflektierenden Streifen auf der Hose, sah, wie er im Licht der bunt blinkenden Glühbirnen neben einem auf dem Rücken liegenden Mädchen kniete.

Das Mädchen war blass wie Magerquark, und sein linker Arm stand in einem merkwürdigen Winkel vom Oberkörper ab, wie der einer Gliederpuppe. Eins seiner nackten Beine zitterte heftig, und Ella bemerkte, dass es nur einen Schuh anhatte. Der andere lag neben ihm im Gras, neben dem Mädchen und neben Paul, der sich über das Gesicht des Mädchens beugte. Dann war sie nah genug, um zu erkennen, dass alles an dem Mädchen zitterte, als wäre ihm kalt – die Beine, der Hals, der Kopf, die Lippen und der rechte Arm, nur der linke nicht. Seine Augen waren offen, und erst dachte Ella, es starre Paul an, bis Paul sich bewegte, und da sah sie, dass die Augen nur so starrten, ins Leere, in die Nacht, zu den Sternen hinauf.

Das Unheimliche war, dass es kein Blut gab, überhaupt kein Blut auf der blassen Haut, nur die zitternden Glieder und das Starren der Augen und den eingedrückten Brustkorb, von der Gondel, die heruntergefallen war und das Mädchen unter dem Riesenrad getroffen hatte.

Keiner von den Umstehenden sagte etwas. Alle standen nur da und sahen zu, wie Paul und der andere Sanitäter dem Mädchen zu helfen versuchten. Paul sagte etwas, er redete mit dem Mädchen. Er hielt seine Hand und redete mit ihm, und plötzlich krümmte sich das Mädchen, ohne dass es aufhörte, zu den Sternen hochzuschauen. Er griff in seine Notfalltasche, holte eine Spritze heraus und injizierte eine farblose Flüssigkeit in eine Vene an dem abgewinkelten Arm des Mädchens. Etwas später hörte es auf zu zittern, und noch etwas später schloss es die Augen.

Ella hatte nur Augen für Paul, für das, was er tat. Genau wie die Leute aus dem Dorf war sie in ehrfürchtigem, ein wenig furchtsamem Staunen erstarrt, als würde sie Zeugin eines magischen Aktes. Das Zauberwort hieß: Erlösung. Das war der Moment, in dem sie endlich wusste, was sie werden wollte, wenn sie mit der Schule fertig war, und sie war es geworden, bis auf das mit Paul, das hatte nicht geklappt.

»Damals hätte ich dich gern kennengelernt«, sagte Dany.

Ich mich auch, dachte sie.

24

Randolph Freyermuth war um kurz vor sieben Uhr morgens erschossen worden, und auch fünf Stunden danach brachte noch kein Sender die Nachricht von seinem Tod.

»Wieso bringt keiner eine Meldung?«, fragte Ella. »Sie müssten die Leiche doch längst gefunden haben, jemand, der die Mülltonnen reinholt, ein Hausmeister, irgendjemand.«

Dany schaltete auf den nächsten Fernsehkanal. »Bestimmt war der Schütze nicht allein. Wahrscheinlich haben sie ein Team in der Nähe gehabt, das sich um die Leiche kümmert.«

»Warum?« Ella ging unruhig neben dem Bett auf und ab. »Warum haben sie ihn nicht liegen lassen, um seinen Tod auch noch mit mir in Verbindung zu bringen? Bestimmt hat mich jemand in der Gegend gesehen.«

Dany sagte: »Ein Kopfschuss aus einer Automatik passt nicht zu deinem *modus operandi*. Wenn sie dich mit seinem Tod in Verbindung bringen wollen, werden sie das auf andere Weise tun. Sie brauchen dazu keine Leiche. Vielleicht haben sie dich mit einem Teleobjektiv fotografiert, wie er sich sterbend an dich klammert und du dich über seine Leiche beugst, sein Blut an deinen Händen. Außerdem können sie es sich nicht leisten, dass die Polizei zu früh in seiner Kanzlei auftaucht und dort alles auf den Kopf stellt, jedenfalls nicht, bevor sie die DVD in ihren Besitz gebracht haben. Bei einem wie Freyermuth bleibt die Untersuchung vielleicht nicht in den Händen der Beamten, die sie gekauft haben.«

»Glaubst du, sie wissen, dass er die DVD hatte?«

»Warum sollten Sie sonst versucht haben, dich zu erschießen?«, sagte Dany. »Bisher wollten sie immer, dass du mit ihnen redest. Sie wollten, dass du ihnen sagst, was du weißt. Dass sie dich jetzt ausschalten wollen, zeigt, dass sie nicht mehr daran interessiert sind. Entweder glauben sie nicht mehr, dass du etwas hast oder sie wissen, wo sie es herbekommen können – beispielsweise von Freyermuth – und wollen jetzt nur noch die Mitwisser aus dem Weg räumen.«

Ella stockte der Atem, als sie ihn so reden hörte; als sie hörte, wie unbeteiligt er die Gründe aufzählte, aus denen jemand sie töten wollte. Keiner davon hatte mit ihr zu tun. Sie war nur ein Kollateralschaden, wie Max. Sie blieb stehen. »Wie sind sie überhaupt auf Freyermuth gekommen? Haben Sie sein Telefon angezapft? Wenn, dann müssen sie schon vorher an ihm dran gewesen sein.«

»Sunny, seine Tochter«, sagte Dany. »Sie war Mados Freundin, und nachdem Mado in ihr Fadenkreuz geraten war, haben sie bestimmt jeden unter die Lupe genommen, mit dem sie Kontakt hatte. Leute wie die verlieren keine Zeit. Sie arbeiten schnell und gründlich und überlassen nichts dem Zufall. Jetzt, wo er tot ist, werden sie versuchen, anders an die DVD zu kommen.«

Ella fiel der Schlüssel wieder ein, den sie in ihrer Jackentasche gefunden hatte. »Sie können doch nicht einfach in Freyermuths Kanzlei auftauchen, sämtliche Mitarbeiter erschießen, den Safe aufbrechen und mit der Disc wieder verschwinden.«

Dany griff nach der Fernbedienung und stellte den Ton des Fernsehers lauter. Auf dem Bildschirm sah man einen gebräunten Mann mittleren Alters mit mattsilbernem Haar – eleganter dunkelgrauer Anzug, hellblaues Seidenhemd und bordeauxrote Krawatte –, der im Blitzlichtgewitter zahlreicher Fotografen aus einem schwarzen Bentley stieg. Ein Sprecher erklärte: »Im Fall des vor einigen Tagen spurlos verschwundenen französischen Bankiers Raymond Lazare – hier eine Archivaufnahme – verdichten sich die Hinweise, dass er das Opfer einer Entführung geworden sein könnte. Der 55jährige Lazare, der einer alten elsässischen Unternehmerfamilie entstammt, gehört nicht nur zu den mächtigsten Männern der Hochfinanz, er ist auch ein gefragter Berater europäischer und amerikanischer Regierungsspitzen. In letzter Zeit hat er sich wiederholt für Staudämme gegen die frei fließenden Kapitalströme internationaler Investmentbanken und Hedgefonds sowie für die Einrichtung staatlich kontrollierter Ratingagenturen ausgesprochen –«

Lazare bewegte sich lächelnd und Hände schüttelnd wie ein Popstar auf das Tor des Elysée-Palastes zu. Plötzlich durchzuckte Ella ein elektrischer Schlag, als sie die Menschen sah, die sich im Zwielicht des beginnenden Abends um den Bankier drängten. »Dany, da! Siehst du das?!«

Unter den Schaulustigen, die sich vor- und zurückbewegten, stand ein Mann völlig reglos, als gäbe es keinerlei Berührung zwischen ihm und der Menge ringsumher. Er stand da und starrte Lazare an, aber nicht nur Lazare – auch die junge Frau, die hinter ihm die Limousine verließ. Der Mann hatte eine kräftige Nase und ein breites Kinn. Seine Augen lagen im Schatten einer Hutkrempe, aber Ella erkannte ihn trotzdem wieder, die verpflanzte Haut auf der verbrannten linken Gesichtshälfte, deren Puppenrosa im Widerschein des Blitzlichtgewitters nicht so deutlich zur Geltung kam, aber trotzdem erkennbar war.

Die Kamera schwenkte auf die Frau. Sie trug ein elegantes Abendkleid aus dunkelroter Seide, fuhr sich im Aussteigen mit einer schlanken Hand über die Wange und warf den Fotografen ein kurzes, gekonnt scheues Lächeln zu.

»Ist das seine Geliebte oder seine Tochter?«, fragte Dany.

Ein gedämpfter Klingelton erklang, unvertraut und hartnäckig, und Ella brauchte einen Moment, um zu begreifen, dass es ihr neues Handy in der Jacke auf dem Bett war. Sie holte es hervor und entdeckte eine unbekannte Nummer auf dem Display, nahm den Anruf aber trotzdem entgegen. »Ja?«

»Sehr gut, du meldest dich nicht mit deinem Namen«, sagte Annika dicht an ihrem Ohr. »Und du klingst ziemlich gut für jemanden, den sie ohne Brandsalbe in einen aktiven Vulkan geschmissen haben!«

»Anni!«

»Ich habe im Fernsehen verfolgt, was bei dir los ist!« Annika schien zu kichern. »Selbst wenn ich dir vorher nicht geglaubt hätte, dass die Polizei lügt und du Max nicht umgebracht hast – so viele Morde, wie sie dir jetzt in die Schuhe schieben wollen, kannst du gar nicht begangen haben!«

»Wo bist du denn?«

»In Berlin. Morgen ist die Beerdigung. Auf dem Dorotheen-Friedhof in Mitte. Um neun.« Sie atmete tief ein und aus, als läge ein schweres Gewicht auf ihrer Brust. Dann lachte sie kurz, aber nicht fröhlich. »Ich bin nicht davon ausgegangen, dass ich bei dir wohnen kann – oder sollte, wenn ich am Leben bleiben will –, aber wir sehen uns doch bald?«

Ella wurde auf einmal leicht zumute; es war Annikas Stimme und alles, was sie in ihr anrührte. »Sag mir nur, wann und wo.« Sie sah, dass Dany die Augenbrauen hob und drehte ihm den Rücken zu.

Annika sagte: »Ich weiß nicht, Berlin hat sich anscheinend ziemlich verändert in den letzten Jahren. Ich bin jetzt im Hotel, und ich möchte mich etwas ausruhen –«

»Ausruhen?«, fragte Ella ungläubig. »Du?«

»Ja, ich, verdammt, Bambi!« Jetzt klang Annikas Stimme fast brüchig. »Die Fahrt war anstrengend, erst von London zur Fähre und danach weiter mit dem ICE –«

»Warum bist du nicht geflogen?«

»Fliegen ist nicht mehr drin, Bambi, viel zu kompliziert bei meinem Zustand. Ich rufe dich wieder an. Wollte dir nur sagen, dass ich hier bin und dich sehen möchte.«

»Deinem Zustand, was heißt das?« Ella spürte, wie das leichte Gefühl an den Rändern zerfaserte. »Geht es dir nicht gut, Anni?«

»Nein, kann man nicht direkt sagen«, lautete die Antwort. »*Der* Zug ist längst abgefahren. Was heißt abgefahren, die ganze Strecke ist stillgelegt. Die haben sogar schon die Schienen rausgerissen und woanders verlegt. Aber vermutlich geht es mir immer noch besser als dir.« Wieder der Laut, der wie ein Kichern klang. »Weißt du noch, früher – unser Lied aus *Annie get your gun*? *Anything you can do I can do better* –«

»*I can do anything better than you*«, fiel Ella ein.

»War eine schöne Zeit damals. Ach, und vergiss bloß nicht, dich an die Anweisungen zu halten, die ich dir auf die Mailbox gesprochen habe.« Ein Geräusch erklang, als fiele etwas zu Boden. Annika schien auf einmal ein Stück weit entfernt vom Hörer, der ebenfalls hinunterfiel, ohne dass die Verbindung unterbrochen wurde. »Bambi … *Scheiße … verdammt!*«, konnte Ella hören, dann einen Laut – halb Keuchen, halb Stöhnen –, gefolgt von einem Klappern, wie wenn jemand mit einer Faust schnell hintereinander auf Teppichboden schlug. Eine Sekunde später gab es ein Krachen, und die Leitung war tot.

Ella stand wie erstarrt neben dem Bett. Ein eisiges Gefühl kroch ihr die Wirbelsäule hinauf bis unter das Haar. »Anni?!« Sie starrte ihr Handy an, die Nummer auf dem Display, und drückte hastig mit dem Daumen die Rückruftaste, aber sie erhielt nur ein Freizeichen, das nicht aufhörte.

Was um Himmels willen ist da los?, dachte sie ängstlich und wütend zugleich.

»Wer war das?«, fragte Dany hinter ihr.

»Eine Freundin. Die Schwester von Max. Wir haben zusammen studiert. Sie ist hier, um seine Beerdigung zu regeln.«

»Wann ist die Beerdigung?«

»Morgen.«

»Willst du hingehen?«

»Nein. Doch. Ich weiß nicht. Er war mein bester Freund.«

»Die Polizei wird da sein. Und die anderen auch. Es ist zu gefährlich.«

Ella warf das Handy aufs Bett und tat, was Annika vermutlich an ihrer Stelle getan hätte, früher, als sie sich noch nicht auszuruhen brauchte. Sie holte den Schlüssel aus der Tasche. »Den hier habe ich vorhin gefunden, in meiner Jacke.«

»Was schließt der auf?«, fragte Dany.

»Mein Herz jedenfalls nicht.«

»Einen Tresor vielleicht.« Er nahm den Schlüssel, betrachtete ihn von allen Seiten. »Kann es sein, dass Freyermuth ihn dir in die Tasche geschoben hat?«

»Er hat gesagt, er würde mir die DVD auf keinen Fall geben«, erklärte Ella. »Ich glaube, er dachte, sie wäre so etwas wie eine Lebensversicherung für ihn und seine Tochter.« Sie schob den Schlüssel wieder in die Tasche, verstaute das Handy in der Jacke, zog die Jacke an und fuhr in ihre Schuhe. »Er hatte nicht viel Zeit, es sich anders zu überlegen.«

»Wo willst du hin?«

»KuDamm.«

Unterwegs hörte sie die Mailbox ihres Handys ab. Annikas Anruf war um kurz nach halb sieben gekommen. »Pass auf«, sagte sie, »ich bin's noch mal. Ich will dich nicht beunruhigen, aber ich möchte dir noch ein paar Tipps geben, die du vielleicht brauchen kannst, falls du überwacht wirst. Du kannst telefonieren, aber nur aus öffentlichen Telefonzellen oder mit Einweghandys. Aber ruf niemanden an, den du kennst, vor allem keine Freunde, du bringst sie dadurch in Gefahr. Wenn du doch telefonieren musst, melde dich nicht mit deinem richtigen Namen und vermeide jede Äußerung, durch die man dich identifizieren könnte. Benutze nie Kredit- oder Bankkarten, wenn du was kaufst. Am besten hast du immer genug Bargeld bei dir.«

Ihre Stimme klang atemlos, und im Hintergrund hörte Ella Bahnhofslärm. »Geh nicht noch einmal in deine Wohnung, *unter gar keinen Umständen,* auch nicht zu deinem Wagen. Komm nicht auf die Idee, deine E-mails abzufragen, auch nicht von einem Internetcafé aus. Wenn du in ein Hotel oder eine Pension gehst, bleib nie länger als eine Nacht. Sprich nicht mit Fremden, nirgendwo. Vorsicht, wenn sich jemand an dich heranmachen will, gleich ob Mann, Frau oder Kind. Sag keinem Menschen, wo du gerade bist oder hingehst. So, das war's für den Moment. Wenn mir noch was einfällt, melde ich mich wieder.«

Es war der einzige Anruf, und Ella dachte noch immer über Annika nach, als sie drei Stunden später oben auf der Terrasse einer Bar am Kurfürstendamm saß. *Woher weißt du so viel über diese Dinge, Anni?*

Von ihrem Platz konnte sie das Haus sehen, in dem die Büros von Freyermuth, Herzog & Conradi, Patentanwälte, lagen. Es war ein neues, mehrstöckiges Gebäude mit rotbraunen Dachschindeln, das den Eindruck erwecken wollte, es hätte schon immer an dieser Ecke des KuDamms gestanden. Die Fassade spielte mit Elementen der Jahrhundertwende, aber es gab dunkelrote Metalljalousien, die sich je nach Stand des Sonnenscheins automatisch vor den Fenstern hoben und senkten, und die Scheiben bestanden aus getöntem Sicherheitsglas. Zu beiden Seiten des Eingangs waren auf Hochglanz polierte Messingschilder mit den nüchternen Namen von Anwaltssozietäten, Steuerberaterkanzleien und Wirtschaftsprüfern in den massiven Sandstein gedübelt. Marmortreppen führten vom Foyer zu den mit rostfreiem Stahl verblendeten Aufzügen.

Ella saß im Schatten der Terrassenmarkise, und sie konnte nicht nur das Gebäude sehen, sondern auch wann das Licht in den Büros hinter den Fenstern an- und ausging. Sie konnte die Kronen der Platanen auf den breiten Bürgersteigen sehen und die Ruine der Gedächtniskirche vor dem Abendhimmel und etwas weiter rechts den weiß strahlenden Mercedesstern auf dem Bürohochhaus mit den vielen erleuchteten Fenstern. Sie konnte auch das obere Deck der vorbeifahrenden Busse und ein Stück vom KaDeWe sehen. Sogar die Züge konnte sie sehen, die klobigen gelben S-Bahn-Waggons und die schlanken ICEs, die über die rostigen Eisenstelzen der Hochstrecke zum Bahnhof Zoo rollten.

Später konnte sie sehen, wie der Himmel seine Farbe veränderte und wie die Straßenbeleuchtung anging und der bunte Neonzauber alles veränderte, den Tag und den Abend. Aber das meiste von dem, was sie sehen konnte, interessierte sie nicht. Sie interessierte, wann das Licht erlosch in den Fenstern, hinter denen Freyermuth, Herzog & Conradi Patentanträge vorbereiteten, formulierten oder anfochten. Sie interessierte, wer das Gebäude betrat und wer es verließ und ob bekannte Gesichter darunter waren.

Dann begann es zu regnen, und der stete Wind, der den Ku-Damm hinaufwehte, wurde zum Sturm. Dichter Regen peitschte die Platanen und die Stromleitungen und Laternen über der Straße, und bald konnte sie nichts mehr sehen außer dem Regen.

Sie flüchtete ins Innere der Bar, genau wie Dany und die anderen Gäste; sie war nur nicht so fröhlich wie der Rest. »Wir müssen warten, bis die Putzkolonne anrückt«, sagte sie. »Wir müssen irgendwie ins Gebäude reinkommen. Wir bestechen jemanden, damit er uns seinen Overall überlässt oder was die sonst tragen. Was Besseres fällt mir nicht ein. Dir?«

Dany zuckte mit den Schultern, schüttelte den Kopf und strich sich eine nasse Haarsträhne aus der Stirn, genau wie Paul es getan hatte. Seine Augen schienen grauer geworden zu sein, sie spiegelten den Regen und etwas von dem Licht über der Straße.

Er winkte ihrer Kellnerin und bezahlte die Rechnung. Unten drängten sich die Gäste, die von ihren Tischen auf dem Trottoir ins Innere gestürzt waren, auf der Suche nach Plätzen. Der Regen schlug gegen die Frontscheiben der Bar, und die Straße sah aus wie ein schwarzer Fluss voller Autos, die auf dem Wasser fahren konnten. Bunte Gischt schien um die Ampeln zu spülen. Dunst stieg wie Rauch vom Asphalt auf. Die Häuser auf der anderen Seite verschwanden hinter den herabklatschenden Fluten, und die Luft war plötzlich schwer und kalt.

Als die Fußgängerampel hinter dem Regenvorhang grün wurde, rannten Ella und Dany los und über den unsichtbaren Zebrastreifen. Auf der anderen Seite wandten sie sich nach links, schon durchnässt bis auf die Haut. Kurz vor dem Eckgebäude mit der erleuchteten Lobby bemerkte Ella drei Gestalten, zwei Männer in Windjacken, einer im Regenmantel, die durch den prasselnden Vorhang auf sie zusteuerten. Ohne etwas zu sagen, packten zwei der Männer Danys Arme und einer ergriff Ellas Hals, so wie man eine Katze packt, damit sie sich nicht wehrt. Dann schoben und zogen alle drei sie unter das Vordach der erleuchteten Lobby.

Die Eingangstür war geschlossen. Der Mann im Trenchcoat drückte mehrmals schnell hintereinander den Messingknopf neben den Namen Freyermuth, Herzog & Conradi. Als in der Gegensprechanlage ein Knacken ertönte, hielt er einen Ausweis in den Lichtkegel der Videoüberwachung, aber so, dass sein Gesicht dahinter verschwand, und sagte: »Hauptkommissar Kleist, Kripo Berlin. Würden Sie uns bitte öffnen?!«

25

Hauptkommissar Kleist stemmte sich gegen den wuchtigen Edelstahlgriff der Glastür, die nachgab, sobald der Öffner schnarrte. Verwundert bemerkte Ella, wie ruhig sie war; vier Männer, ihre Mörder vielleicht, überfielen sie, und sie war nicht verängstigt, nicht einmal wirklich überrascht. Der Mann, der ihren Arm hielt, schob sie in die Lobby und die Marmortreppe hinauf zu den Fahrstühlen, und sie ging willig mit, wie in einen Schatten gehüllt.

Die Liftkabine war aus Glas, ein durchsichtiger Kubus, der Platz für acht Personen bot. Lautlos schwebten sie nach oben. Das Treppenhaus glitt vorbei, wie die Lobby eine strenge Studie in grauem Marmor, Glas und rostfreiem Edelstahl. Sie standen so dicht beieinander, dass niemand den anderen ansehen konnte, und keiner sagte etwas. Den regendunklen Flecken in Kleists Trenchcoat entstieg ein filziger Geruch. Als sie den elften Stock erreichten, fragte Kleist: »Sind Sie bewaffnet?«

»Nein«, sagte Ella.

»Ihnen sollte klar sein, dass wir Sie beide sofort töten, wenn Sie Widerstand leisten.«

»Wollen Sie nicht wissen, wer ich bin?«, fragte Dany.

»Wir wissen, wer Sie sind«, sagte Kleist.

»Ich bin französischer Staatsbürger und Journalist bei einer großen Tageszeitung«, sagte Dany. *»Le Nouvel Observateur* in Paris.«

Kleist nickte wie jemand, der zeigen wollte, dass er etwas zur Kenntnis nahm, was er schon lange wusste.

Auch die Eingangstür zur Kanzlei von Freyermuth, Herzog & Conradi war aus dickem Glas. Dahinter erstreckten sich breite, mit dunkelblauem Teppichboden ausgelegte Korridore, die zu weiteren Glaskuben mit Schreibtischen aus Walnussholz und Aktenschränken aus Edelstahl mit Holzrolltüren führten. Die Neonröhren unter den Milchglasblenden an den Decken der Büroräume waren bereits ausgeschaltet oder für die Nacht heruntergedimmt. Topfpalmen mit fleischigen Wedeln und moderne Gemälde an den Wänden fügten der monochromen Einrichtung etwas Farbe hinzu.

Hinter der Glastür wartete ein blasser junger Mann in einem dreiteiligen dunkelgrauen Anzug, die Krawatte gelockert, Weste und Hemdkragen aufgeknöpft. Kleist hob wieder seinen Ausweis, und der Mann nickte und sperrte die Tür auf. Sein Blick flog über die Gesichter der Besucher, blieb erst an Ella hängen, dann an Dany, bevor er zu Kleist zurückkehrte. »Worum geht es denn?«

Von irgendwoher drang das Geräusch eines Staubsaugers. Ein Telefon klingelte, ohne dass jemand an den Apparat ging. »Sind Sie allein hier?«, fragte Kleist.

»Ja.«

»Wann kommt die Putzkolonne?«

»In einer halben Stunde, ungefähr.«

»Wird die Kanzlei videoüberwacht?«

»Ja.«

»Wo befindet sich der Kontrollraum?«

»Warum wollen Sie das denn wissen?«

»Wir sind im Büro von Doktor Freyermuth«, sagte Kleist, statt zu antworten. »Ich erwarte ihn in zehn Minuten. Er wird Ihre Fragen beantworten. Haben Sie noch zu tun?«

»Ja.«

»Dann erledigen Sie, was Sie zu tun haben, und kommen Sie in fünf Minuten in sein Büro. Können Sie uns zeigen, welches es ist?«

»Ich bringe Sie hin«, sagte der junge Mann in dem dreiteiligen Anzug. Er ging voran, über einen langen, halbdunklen Korridor, vorbei an weiteren verglasten Büros und Konferenzräumen und einer Kaffee-und-Saft-Bar, und während er vor ihnen herging, wusste er nicht, dass ihn all die Jahre des Studiums, die nächtelange Büffelei über dem ersten und zweiten Staatsexamen, die endlosen Abende in der Kanzlei zum Zweck der Akkumulierung drei- und vierfach abrechenbarer Arbeitsstunden und die mit den immer gleichen Schriftsätzen an seinem Walnussholz-Schreibtisch verbrachten Tage, Wochen und Monate nicht weiter führen würden als bis zu dieser Nacht, seiner letzten, der Nacht, in der er sterben musste, weil er nicht einmal und ausnahmsweise früher Schluss gemacht hatte, auch wenn ihn zu Hause niemand mehr erwartete.

Er führte sie an einer langen, verspiegelten Wand vorbei zu der letzten Tür, der einzigen, die nicht aus Glas bestand, sondern aus Holz. Der junge Mann im dreiteiligen Anzug klopfte, nur zur Sicherheit, aber natürlich bat sie niemand herein. Kleist sagte »Danke« und drückte die Klinke. »Bitte, rufen Sie niemanden an, bis Doktor Freyermuth hier ist.«

Mit einem Kopfnicken dirigierte der Hauptkommissar Ella und Dany in das Büro, bevor er seinen Männern folgte.

»Wenn er die DVD hat, bringt er uns beide um«, flüsterte Dany, als er dich neben Ella in den Raum geschoben wurde.

Ich weiß, dachte Ella, aber noch immer fühlte sie sich wie in einen Schatten gehüllt, als könnte ihr nicht wirklich etwas passieren. Sie fragte sich, wann die Angst kommen würde.

Kleist schloss die massive Tür, und es gab eine kurze Bewegung in der kühlen Luft. Im selben Moment herrschte eine fast vollkommene Stille. Das Klingeln des Telefons war verstummt, auch den Staubsauger konnte man nicht mehr hören. Eine vom Boden bis zur Decke reichende Glaswand ermöglichte den Blick auf den Korridor und in die anderen Büros. Ella sah, wie der Mann in dem dreiteiligen Anzug in einem davon verschwand, ohne noch einmal zu ihnen hereinzuschauen.

Der Regen schlug lautlos gegen das Fenster und rann in silbernen Fäden über die schwarze Scheibe. Dahinter erstreckte sich die nächtliche Stadt: verwischte Lichter, bunt an den Fassaden, langsam fließend in den Straßen, die Rosette des *Café Kranzler* schräg gegenüber und in der Ferne das erleuchtete Dach des Bahnhof Zoo, unter dem ein ICE herausglitt wie eine fahle Raupe.

Ohne etwas zu sagen, ging Kleist zu dem großen Walnussschreibtisch vor dem Fenster. Außer einem Telefon mit Gegensprechanlage, einer Schreibunterlage aus dunkelblauem Leder und einer Schale mit einem langen silbernen Brieföffner stand oder lag nichts auf der Tischplatte, kein Bild, keine Ein- oder Ausgangskörbe, keine Zeitung. Kleist schaute unter die Tischplatte, schien aber nicht zu finden, was er suchte.

Außer dem Schreibtisch gab es in dem Raum noch eine Schrankwand, eine Sitzecke mit einem runden Konferenztisch, einen Hometrainer aus schwarzem Metall, einen Kamin mit dem dazugehörigen Schmiedeeisenbesteck und eine kniehohe Konsole mit einem Flachbildfernseher samt DVD-Player. Auf dem Konferenztisch stand eine schlichte Glasschale mit Walnusskernen. Die Kerne sahen aus wie die gedörrten Gehirne von winzigen Menschen. In dem Kamin lag ein Stapel Kiefernholzscheite, in einer Ecke ragten schlanke Schilfwedel in einer rhombenförmigen Vase fast bis zur Decke. An einer der Wände hing ein großformatiges Gemälde, das Bild eines Mannes, der auf dem Kopf zu stehen schien.

Kleist ging zu der Schrankwand, betrachtete die Türen und Schubladen und zog schließlich an einem der Stahlgriffe. Die dazugehörige Tür ließ sich widerstandslos öffnen. Dahinter befanden sich Regale voller Leitz-Ordner, Hängemappen und CD-ROM-Ständer. Kleist öffnete die nächste Tür und die übernächste. Hinter der vierten fand er, was er gesucht zu haben schien, denn er nickte zufrieden.

Der Safe.

Jetzt schlenderte er zu dem Konferenztisch, griff in seinen Trenchcoat und holte ein bambusfarbenes Kuvert heraus, das er auf den Tisch legte, ohne es zu öffnen. »Doktor Freyermuth wird nicht kommen«, sagte er. »Aber das wissen Sie ja schon.«

Kleist tippte mit dem Zeigefinger mehrmals auf das Kuvert, wie um die Bedeutung seines Inhalts zu unterstreichen. Er griff in die Schale mit den Nüssen, nahm eine davon und fing an, sie zu zerkauen. Er ging auf Ella zu, noch immer kauend, und der filzige Geruch seines nassen Trenchcoats war in der stehenden Luft des klimatisierten Büros noch stärker als vorher im Fahrstuhl. »Ich mag Sie, Doktor Bach«, sagte er.

Ella sah ihn an, aber er sie nicht. Er sah zu den beiden Männern in den Windjacken hinüber, als erwartete er, dass sie ihn ermunterten, genauer in die Details seiner Zuneigung zu ihr zu gehen. Sie standen rechts und links von der Tür zum Korridor, ohne sich zu rühren, die Arme vor dem Bauch, die Finger verschränkt. Ella hatte noch keinen von ihnen gesehen, weder auf dem Überwachungsfilm des Voyeurs noch in der Nacht vor seinem Haus.

»Sie wissen nicht, warum ich das sage, oder?«, fragte Kleist.

»Nein, weiß ich nicht«, antwortete sie. Sie fror in ihrer dünnen, von der Nässe durchweichten Jacke. Die Stille dröhnte in ihren Ohren. Sie konnte sehen, dass Kleists Gesicht von einem feinen Schweißfilm bedeckt war, der über der Oberlippe winzige Perlen bildete. Das Weiße seiner Augen war ungewöhnlich hell, fast wie bei einem Kind, die Pupillen blau und glänzend.

»Mir gefällt Ihr Mut«, sagte Kleist. »Sie geben nicht klein

bei. Ich habe eine Schwäche für Tugenden, besonders für die sinnlosen. Sie leuchten im Dunkeln, wie Glühwürmchen vor einem schwarzen Loch im Weltraum. Sie werden genauso in das Nichts dahinter gesogen wie alles andere, aber sie leuchten immerhin dabei.«

Er ging ein paar Schritte auf die Glaswand zu, sah hinaus auf die schwach erhellten Gänge und Büros dahinter. »Ich sage Ihnen das«, nahm er den Faden wieder auf, »weil ich nicht will, dass Ihnen etwas passiert. Aber es wird Ihnen etwas passieren, wenn Sie nicht genau tun, was ich Ihnen sage. Ich glaube nicht, dass Sie es gewöhnt sind, Anordnungen zu befolgen, zumindest hat es den Anschein. Damit es Ihnen leichter fällt, *meinen* Anordnungen zu folgen, müssen Sie wissen, dass ich Sie mag und auf Ihrer Seite bin. Verstehen Sie mich?«

»Nein«, sagte Ella und warf einen Blick zu Dany und den beiden anderen Männern hinüber. »Ich verstehe Sie noch immer nicht.«

Dany hatte die Hände in die Taschen seiner Lederjacke geschoben, und sein Kopf war ein wenig nach vorn geneigt, nach vorn und nach unten, wie sie es schon bei Männern gesehen hatte, die einen Kampf erwarteten und sich ganz darauf konzentrierten, wie sie angreifen oder einen Angriff abwehren wollten.

Kleist drehte sich um mit einem bedauernden Schulterzucken. »Haben Sie den Schlüssel dabei?«, fragte er.

Du musst auf Zeit spielen. Spiel auf Zeit.

»Welchen Schlüssel?«

»Den Safeschlüssel. Ich weiß, dass Sie ihn haben.«

»Von welchem Safe?«

»Geben Sie ihn mir einfach«, verlangte Kleist.

»Ich habe keinen Safeschlüssel.«

»Ich sehe, Sie verstehen mich wirklich nicht.« Er trat schnell auf Ella zu und versetzte ihr mit der flachen Hand einen scharfen Schlag ins Gesicht. Der Schlag brannte auf Ellas Wange. Ihre Hand fuhr hoch, wie um zurückzuschlagen, aber Kleist war schneller, und hielt sie fest. »Tun Sie das nicht, Doktor Bach. Verschwenden Sie Ihre Kraft nicht nutzlos. Sie brauchen Sie noch zum Leuchten da draußen in der schwarzen Kälte.«

Er stand so nah, dass sie sein Gesicht nicht ganz scharf sah, aber sein Atem strich über ihre Haut. Sie stemmte sich gegen seinen Griff. Er nickte einem der beiden Männer zu. Der Mann stand auf einmal neben ihr, griff in seine Windjacke und zog eine Schrotflinte mit Pistolengriff und abgesägten Läufen hervor, die im gelben Licht der Leuchtstoffröhre schwach glänzten. Die Mündungen eines aufgeschraubten Doppelschalldämpfers befanden sich in Höhe ihres Kinns.

Kleists Zunge bewegte sich hinter den geschlossenen Lippen, suchte nach Nussresten zwischen den Zähnen. »Verstehen sie mich jetzt, Doktor Bach?«

»Ja«, sagte sie, und es stimmte: Plötzlich verstand sie ihn, und im selben Moment verlor sie ihre Gelassenheit, und die Angst war wieder da. »Ich verstehe Sie.«

»Sind Sie sicher?«, fragte Kleist. Seine Augen wurden schmal. Es fühlte sich an, als quetschten sie ihr das Herz zusammen. »Ich bin nicht sicher. Aber ich will Ihnen helfen, zu verstehen.« Er führte sie zum Konferenztisch und deutete auf das Kuvert. »Machen Sie es auf.«

Sie nahm es, öffnete den nicht zugeklebten Verschluss und holte die Fotos heraus, die es enthielt. Es waren Schwarz-Weiß-Aufnahmen, nicht gestochen scharf, aber doch scharf genug, sodass man deutlich erkennen konnte, was sie zeigten.

Ella erkannte sich selbst, ohne Kopftuch, nur mit der Sonnenbrille im Morgenlicht. Sie erkannte Randolph Freyermuth, der seinen Hut schwenkte und ihr etwas zuschrie. Sie erkannte alles wieder, Foto für Foto, aufgenommen aus der Perspektive des Motorradschützen: Wie Freyermuth das erste Mal getroffen wurde, wie er blutüberströmt in ihren Armen lag, wie er zu ihren Füßen lag, wie sie sich über ihn beugte.

Dann gab es Vergrößerungen: Freyermuths Hand, die etwas in ihre Tasche schob, einen kleinen Gegenstand, glänzend im Sonnenlicht. Der Gegenstand, noch einmal vergrößert und jetzt eindeutig ein Schlüssel. Dieselbe Hand, wie sie in ihrer Tasche verschwand, und dann wieder herausrutschte – leer.

»Wissen Sie jetzt, von welchem Schlüssel ich spreche?«, fragte Kleist dicht neben ihr.

Sag was, sag irgendetwas, das dir hilft, Zeit zu gewinnen.

»Der muss in der anderen Jacke sein«, sagte sie. »Ich war voller Blut, alles war voller Blut, deswegen bin ich schnell nach Hause, um mir was Sauberes anzuziehen. Sehen Sie, ich hab eine andere an –«

»Sie verstehen mich immer noch nicht«, meinte Kleist. »Sie sagen, Sie verstehen mich, aber Sie tun es nicht. Ich könnte Sie bitten, sich auszuziehen, hier, bis auf die Haut. Ich könnte Ihre Kleider durchsuchen und Ihre Körperöffnungen abtasten, und ich könnte dasselbe bei Monsieur Montheilet vom *Nouvel Observateur* machen.«

»Sie könnten auch ein Messer nehmen und mich foltern wie Madeleine Schneider oder Max Jansen«, sagte Ella, plötzlich wütend. »Sie sind doch sonst nicht so zimperlich.«

»Nein«, unterbrach Kleist sie in sanftem Tonfall und berührte ihren Oberarm mit dem Zeigefinger der rechten Hand. Es war nur eine Berührung, aber sie kam ihr brutaler vor als die Ohrfeige. Sie widerstand der Versuchung zurückzuweichen. Stattdessen ließ sie die Fotos auf den Tisch fallen und hielt der Berührung genauso stand wie seinem Blick. »Nein, das ist nicht meine Art. Was mit Ihrem Freund und Fräulein Schneider passiert ist, war unnötig. Es wird sich nicht wiederholen. Wir haben andere Möglichkeiten.«

Der Finger glitt langsam an ihrem Arm herunter, zum Ellbogen, dann zum Unterarm und schließlich zum Handgelenk. Sie fragte sich, was er vorhatte, was er mit dieser Geste bezweckte. Er ließ sich Zeit, hatte keine Eile. Es schien ihn nicht zu kümmern, ob jemand hereinkam oder sie durch die Glaswand sah. Er stand neben ihr, atmete ruhig, betrachtete sie aufmerksam und ohne sichtbare Verärgerung. Der Finger glitt über ihren Handrücken, über die Knöchel. Dann packte er ihren Daumen mit der ganzen Hand und riss ihn nach hinten. Der Schmerz schoss ihr wie ein Stromschlag bis ins Gehirn hinauf. Unwillkürlich stieß sie einen Schrei aus.

»Ruhig«, sagte Kleist. »Ganz ruhig.« Er zog den Daumen weiter in Richtung Handgelenk, nahm ihren Zeige- und Mittelfinger dazu und verdrehte jetzt ihre ganze Hand, drückte sie nach unten, bis ihre Beine nachgaben und sie in die Knie ging. »Schreien nützt nichts«, sagte er, »der Raum ist schalldicht«, und sie schrie nicht noch einmal.

Ihr ganzer Arm brannte vom Daumenballen bis in die Schulter, aber sie schrie nicht. Sie starrte auf den Boden, sah nicht zu Kleist auf, wollte nicht, dass er sie weinen sah und wartete darauf, dass sie die Knochen brechen hörte.

An der Tür gab es Unruhe, Dany machte eine Bewegung, als wollte er sich auf Kleist stürzen. Der Mann, der die doppelläufige Schotflinte mit dem Schalldämpfer auf Ella gerichtet hatte, fuhr zu Dany herum und richtete sie jetzt mit ausgestrecktem Arm auf sein Gesicht.

»Bitte, Monsieur Montheilet, das bringt doch nichts«, sagte Kleist, immer noch ruhig.

Er verstärkte den Druck auf Ellas Handgelenk und die Finger – ruhig, beherrscht, ohne schneller zu atmen –, bis sie es nicht mehr aushielt. »Sie sind nicht ohne den Schlüssel hierhergekommen, Doktor Bach«, sagte er. »Bitte, geben Sie ihn mir jetzt.«

Gib ihm schon den Schlüssel, Herrgott, wem willst du was beweisen, er kriegt ihn sowieso –

»Den Schlüssel!«

Gib ihnen, was sie wollen, vielleicht lassen sie dich dann am Leben.

Mit der freien Hand griff sie in die Tasche, *er hätte mich durchsuchen können, er hätte mir das ersparen können, aber das wollte er nicht,* sie holte den Schlüssel heraus und hielt ihn hoch, immer noch ohne zu ihm aufzusehen und ohne etwas zu sagen. Er stand noch einige Sekunden so vor ihr, genoss seine Macht, ließ sie nicht los, und das war der Moment, in dem die Tür aufging, und der junge Anwalt in dem dreiteiligen Boss-Anzug hereinkam und nicht begriff, was er sah, was für eine Situation er vorfand. »Was ist denn hier los?«, fragte er, schloss aber noch die Tür. Der Mann mit der Schrotflinte bewegte den Lauf ein wenig, nur einen oder zwei Zentimeter von Dany zu ihm und schoss.

26

Der Schuss war kaum lauter als das Entkorken einer Weinflasche, und vielleicht begriff der junge Anwalt deswegen auch nicht gleich, was mit ihm geschah, als die volle Ladung Schrot in seinen Körper einschlug. Er schwankte wie jemand, der von einem scharfen Windstoß getroffen wird. Gesicht, Hals und Brust waren plötzlich mit roten Punkten übersät, als hätte er von einer Sekunde auf die nächste Masern bekommen. Langsam, fast widerstrebend senkte er den Kopf und betrachtete die roten Löcher mit den zerfetzten Rändern in seiner Hundertzwanzig-Euro-Krawatte. Dabei nahm sein Gesicht einen etwas verlorenen Ausdruck an. Er schob die Krawatte beiseite, und die roten Löcher waren auch in seinem Hemd und der Weste, und dann hob er überrascht die Hand und betastete sein Gesicht, und erst als er das Blut an den Fingerspitzen sah, begriff er endlich.

Er öffnete den Mund zu einem runden, feuchten O. Das O gab furchtbares Stöhnen von sich, bevor der junge Anwalt in die Knie brach und zurücksank auf die Fersen, wo er kauernd blieb, während das Blut in seinem Gesicht immer mehr wurde und das Stöhnen sich in ein röchelndes Gurgeln tief in seiner Kehle verwandelte.

»Rehposten«, erklärte Kleist, »wegen der Fenster. Ich wollte nicht, dass irgendwelche Kugeln die Scheiben kaputt machen und das Glas unten auf die Straße regnet, wo vielleicht jemand auf die Idee kommt, die Polizei zu rufen.«

Der Mann, der geschossen hatte, hob die Patronenhülse auf und steckte sie sorgsam in die Jackentasche. Dabei hielt er die Mündung mit dem Schalldämpfer weiter auf Dany gerichtet. Ein dünner Rauchfaden stieg aus dem Schloss der Flinte. Der Mann holte eine Ersatzpatrone aus der Tasche, knickte die Läufe ab, ersetzte die verschossene Ladung und klappte die Läufe wieder hoch.

Der junge Anwalt, der noch immer auf den Fersen kauerte, zitterte, als wäre ihm kalt, *wie das Mädchen auf dem Rummelplatz.* Sein Hemd und die Hosenbeine waren jetzt auch feucht und rot, er blutete aus den Augen, aber dann fiel er zur Seite, und als er aufhörte zu zittern, wusste Ella, dass er tot war.

»Das wäre nicht nötig gewesen«, sagte Kleist. Er streckte die Hand aus und nahm den Schlüssel an sich. »Es ist allein Ihre Schuld, Doktor Bach. Wenn Sie sich nicht eingemischt hätten, wenn Sie meinen Anordnungen gehorcht und Ihren Mund gehalten und sich von meinen Kollegen ferngehalten hätten –«

Er schüttelte den Kopf, eine schnelle, wütende Geste. Mit dem Schlüssel in der Hand ging er zu dem Safe im Schrank, schob ihn in das Schloss, drehte ihn um und lächelte, als die Tür lautlos aufschwang. Er holte eine DVD in einer durchsichtigen Plastikhülle heraus und ging damit zu dem Player auf dem Fernsehapparat. Er legte die Disc in das Gerät, griff zu der Fernbedienung auf der Kommode neben den Apparaten und schaltete beide an, bevor er einen Schritt zurücktrat, um besser sehen zu können.

Auf dem Bildschirm erschien Mado, wie Ella sie von den Überwachungsfilmen des Voyeurs in Erinnerung hatte, blass in dem bläulichen Zwielicht und nervös, voller Angst. »Mein Name ist Madeleine Schneider«, sagte sie kurzatmig. »Wenn Sie dies hören oder sehen, bin ich wahrscheinlich tot. Jemand ist mir den ganzen Tag gefolgt. Ich glaube, er hat auch das Haus beobachtet. Ich habe Angst. Vor einer Stunde hat Raymond angerufen. Er hat gesagt, dass ich in Gefahr bin. Ich soll auf der Hut sein, falls jemand von einer Anwaltskanzlei namens Rochefort, Gladstone & Wentworth bei mir auftaucht, unter welchem Vorwand auch immer.«

Kleist drückte auf *Fast Forward*, der Film wurde zu eine Folge springender Bilder, eher er wieder langsamer lief und Mado sagte: »Ich wollte doch nur wissen, wer sie umgebracht hat – meine Urgroßeltern –, und jetzt … jetzt stecke ich auf einmal mitten … mitten in etwas, das ich nicht verstehe – *ich verstehe es einfach nicht*! Raymond hat gesagt, Forell darf die Aufnahme noch nicht öffentlich machen, aber ich finde, er kann nicht länger warten. Er muss sie sofort benutzen, bevor es zu spät ist.«

»Forell«, sagte Kleist zu dem zweiten Mann, dem, der keine Waffe zu haben schien.

»*Falls* es nicht sowieso schon zu spät ist«, fuhr Mado fort, der Tonfall drängend vor Angst. »Aber wenn nicht, dann – dann bricht vielleicht alles zusammen, dann müssen sie um ihr eigenes Überleben kämpfen.«

Sie schloss die Augen, einen Moment nur, ihre Lider dunkel, die Wimpern wie schwere Schattenränder. Dann sah sie direkt in die Kamera, und ihr Blick durchfuhr Ella scharf und schnell, wie der Schmerz, wenn man sich an einem Blatt Papier schneidet. Aber es war, als schnitte er ihr nicht in die Haut, sondern in die Seele. Dieser jungen Frau, ein Mädchen fast noch, hatte sie das Leben gerettet, und sie gehörte zu denen, die es wert gewesen waren; für die sich jeder Einsatz lohnte.

Mado sagte: »Doktor Freyermuth, bitte bewahren Sie diese DVD sorgfältig auf, verstecken Sie sie, und sagen Sie niemandem, dass Sie sie haben oder dass Sie mich kennen. Und von Forell – auch von Forell darf niemand etwas wissen, ihm verdanke ich alles, und ich würde lieber sterben, als ihn zu verraten –«

»Des Menschen Wille ist sein Himmelreich«, sagte Kleist. »Oder wenigstens der Weg dorthin.«

»Was sind Sie für ein Mensch?«, entfuhr es Ella, und im selben Moment dachte sie, *naiv, wie kannst du so eine naive Frage stellen.*

Kleist antwortete nicht. Erneut drückte er auf die *Fast Forward*-Taste der Fernbedienung. Auf dem Bildschirm redete Mado weiter, ihre Lippen und ihr Kopf bewegten sich schnell und ruckartig, nur der Ausdruck in ihren Augen blieb gleich. Als Kleist zurück in den *Play*-Modus schaltete, verfiel sie abrupt wieder in normale Geschwindigkeit, und auch ihre Stimme war wieder zu hören: »– das war 1929, nach dem Schwarzen Freitag, und niemand hat überlebt. Die ganze Familie wurde ausgelöscht, nur die jüngste Tochter nicht, weil sie zum Zeitpunkt des Einbruchs bei ihrem Patenonkel war. Etwas später stellte man fest, dass sie ihr ganzes Vermögen verloren hatten, obwohl sie bis zu jenem Tag immer sehr reich gewesen waren. Die angeblichen Täter, zwei deutsche Brüder aus dem Nachbarort –«

»Das ist es nicht«, sagte Kleist irritiert und drückte neuerlich die Vorlauftaste. Sein Blick war starr auf den Bildschirm gerichtet, sodass er nicht zu merken schien, wie jetzt draußen auf dem Gang vor dem Büro ein Trupp Frauen in Kitteln und Overalls erschien, in den Händen Staubsauger, Eimer und Wischlappen. Sie unterhielten sich angeregt, aber kein Laut drang durch die Glaswand in das Büro.

Schaut her, dachte Ella, *bitte, schaut hierher, da liegt ein toter Mann, tut irgendetwas –*

»Vor einer Woche habe ich ihn dann gefragt, wie er es sich erklärt, dass Leute, die doch alles verloren hatten, auf einmal wieder zu Geld gekommen waren«, sagte Mado auf dem Bildschirm, »und zwar zu viel Geld, nur wenige Tage, nachdem der Tresor meiner Urgroßeltern von den Mördern aufgebrochen worden war und der Inhalt sich ganz plötzlich in Luft aufgelöst hatte. Er hat mich lange angeschaut, so lange, dass ich nicht wusste, ob er mich überhaupt sah, und dann hat er gesagt, ja –«

»Das ist es nicht«, sagte Kleist noch einmal und spulte weiter vor. »Wo ist es? Der Safe ist leer. Ich dachte, es wäre auch hier. Wo, verdammt noch mal, ist es?! Bei diesem Forell?« Er verkniff das Gesicht vor Zorn. »Das alles ist – es ist völlig außer Kontrolle geraten. Ich weiß nicht mehr, was ich glauben soll oder was nicht oder wer was hat und wer nicht!«

»Was Sie jetzt hören, ist alles, was ich weiß«, sagte Mado. »Wenn mir etwas passiert, muss Forell meine Arbeit veröffentlichen – zusammen mit dem Journal der Steinbergs, und er muss der Welt erzählen, warum Raymond Lazare verschwunden ist und wer hinter Rochefort, Gladstone und Wentworth –«

Die Frauen und Männer der Putzkolonne verteilten sich auf die Büros. Ein Mann fing an, lautlos den Teppichboden auf dem Gang vor der Glaswand zu saugen. Einmal sah er kurz auf, aber dann konzentrierte er sich wieder auf seine Arbeit. Kein Blick auf den Körper des toten Anwalts, kein Erstaunen, kein Erschrecken.

Unauffällig, Zentimeter für Zentimeter, bewegte Dany sich seitlich auf den Schreibtisch zu.

»Keiner ist dankbar«, sagte Ella unvermittelt.

»Was?«, fragte Kleist, gefangen in seinen zornigen Gedanken.

»Am Anfang sind sie jedes Mal zu sehr in Panik«, fuhr Ella fort, »sie stehen einem bloß im Weg herum und nerven einen mit ihren Fragen, *Doktor, können Sie ihr helfen, kommt er durch, sie wird es doch schaffen, wohin bringen Sie ihn, machen Sie doch schneller, bitte, können wir etwas tun* –«

»Wovon reden Sie eigentlich, Herrgott?!« Kleist hatte auf *Pause* geschaltet, und Mado schaute reglos in die winzige Kamera ihres Computers, erstarrt im Rahmen des Flachbildschirms, noch am Leben und doch schon tot.

»Von Dankbarkeit«, sagte Ella. »Kaum sind sie dann nämlich im Krankenhaus, haben sie einen schon vergessen, sie sehen einen gar nicht mehr, und wenn sie es schaffen, wenn sie wieder gesund werden, kommt keiner, der einem mal Blumen bringt oder einfach nur Danke sagt. Sie vergessen es, sie wollen nicht daran erinnert werden, *an ihre Sterblichkeit.*«

Der Mann mit der Schrotflinte beobachtete jetzt die Vorgänge vor dem Büro, den Staubsauger auf dem Gang, die Putzfrauen in den Büros, und Dany nutzte den Umstand, dass er abgelenkt war, um seine Position neuerlich zu verändern, noch näher an den Schreibtisch zu gelangen.

Kleist fuhr zu Ella herum und starrte sie an. »Sie wollen wissen, was für ein Mensch ich bin?«, fragte er, als hätte er erst jetzt ihre Frage verstanden. »Ich bin ein Mensch, der alle möglichen Dinge zu bedenken hat, *viele Dinge.* Für Sie ist das Leben einfach, Ihr *Beruf* ist einfach: Wenn Sie einen Patienten vor sich haben, kann Ihnen egal sein, um wen es sich handelt. Womit er sein Geld verdient. Wer seine Freunde sind. Ob er der Richtige ist. Sie brauchen bloß zu wissen, woran er leidet und wie Sie ihm helfen können.«

Er zog die Oberlippe hoch wie ein knurrender Hund, kleine Walnusspartikelchen saßen zwischen seinen Zähnen. »Ich dagegen – bei *meiner* Arbeit reicht das nicht. Ich muss wisssen, ob ich wirklich den richtigen Patienten habe, bevor ich ihn mir vornehme. Ich muss mir ganz andere Fragen stellen – Fragen, die für Sie keine Rolle spielen. Könnte er in seiner Verfassung noch von irgendeinem Nutzen für mich sein oder ist sein Potenzial ausgeschöpft? Besitzt er vielleicht wichtige Informationen, von denen ich nichts weiß und die mit ihm sterben könnten, wenn ich ihn zu hart anfasse? Hat er möglicherweise mächtige Gönner? Wenn ich ihn jetzt töte, kann ich meine Spuren verwischen oder führen sie direkt zu mir? Für Sie ist ein Patient nur ein defekter Körper, mehr nicht. Ich muss das gesamte Umfeld meines Patienten kennen, seine Persönlichkeit, seinen Status, seinen Platz im Mosaik. Wo kommt er her, warum ist er, was er ist? Und erst wenn ich sein vergangenes Leben genauso gut kenne wie sein gegenwärtiges, entscheide ich, ob er ein zukünftiges hat.«

»Und dann gibt es die, die sich in einen verlieben«, fiel Ella ihm unbeirrt ins Wort. »Sie sind selten, aber es gibt sie. Sie denken, du bist ein Engel oder so was, weil sie dir ihr Leben verdanken, und die wird man nur los, indem man sie wegstößt. *Etwa so* –«

Sie trat Kleist mit voller Wucht gegen die Kniescheibe, gerade als er dem Mann mit der Schrotflinte zunickte und die Hand nach der Waffe ausstreckte. Kleist schrie, krümmte sich zusammen und drückte beide Hände gegen das Knie. Dany warf sich über den Schreibtisch, packte den Brieföffner und stürzte damit auf den unbewaffneten Mann zu. Er war bei ihm, ehe der Mann sich auf den Angriff vorbereiten konnte. Er stieß ihm die Klinge des Brieföffners in die Seite und duckte sich, denn im selben Moment wirbelte der Mann mit der Schrotflinte herum und feuerte auf ihn.

Wieder gab es das *Plopp!* einer entkorkten Weinflasche. Ein kaum wahrnehmbarer weißer Blitz schlug unter dem Hammer hervor, und eine volle Ladung Rehposten prasselte gegen das Panoramafenster hinter dem Schreibtisch. Die Kugeln prallten von der Scheibe ab, ohne dass sie zerbrach. Ella sprang auf den Schützen zu und packte die Flintenläufe mit beiden Händen. Der Mann versetzte ihr einen Stoß mit dem rechten Ellbogen gegen das Schlüsselbein. Der Stoß war so heftig, dass ihr für Sekunden schwarz vor Augen wurde.

Dany kam wieder hoch und stürmte auf den Mann mit der Flinte zu, ehe er den zweiten Schuss abfeuern konnte. Die Fäuste um Lauf und Kolben geklammert, kämpften sie um die Waffe. Ihre Gesichter waren nur wenige Zentimeter voneinander entfernt, die Flinte schwebte wie eine Gewichtstange zwischen ihren Hälsen. Der Mann, dem Dany den Brieföffner in die Seite gerammt hatte, presste eine Hand gegen die blutende

Wunde und schleppte sich zu den Kämpfenden. Er griff in die Jackentasche, holte einen Totschläger heraus und hieb ihn Dany mit dem bleibeschwerten Ende in den Nacken.

Dany brach in die Knie. Der Mann ließ den Totschläger noch einmal auf seinen Hinterkopf niedersausen, gerade als sich der zweite Schuss aus der Flinte löste. Aber auch diesmal trafen die Kugeln nicht Dany, sie trafen den Mann mit dem Totschläger, und noch immer schien keiner der Putzleute vor der Glaswand etwas zu bemerken. Sie wischten, saugten und staubten ab, während der Mann mit dem Totschläger hinter Dany einfach zur Seite kippte.

Auf einmal wurde Ella der Kopf zurückgerissen, ein scharfer Ruck an den Haaren, der ihren Nacken durchzuckte wie ein Stromschlag, und Kleist hielt sie so, hielt sie an den Haaren fest und keuchte dicht neben ihrem Ohr: »Dafür mache ich Sie fertig!«

Dany kam mühsam wieder hoch und taumelte auf den Mann mit der Schrotflinte zu. Als der Mann noch hektisch versuchte, neue Patronen in die abgeknickten Läufe zu schieben, stieß Dany mit dem Brieföffner zu, einmal und noch einmal. Der Mann ließ die Schrotflinte fallen und schien ihn zu umarmen, dann gingen sie zusammen zu Boden.

Die Putzfrauen sammelten sich auf dem Gang. Einige von ihnen traten auf die Glaswand zu und schnitten Grimassen, als schauten sie in den Spiegel einer Damentoilette. Sie lachten und riefen sich etwas zu, worauf sie wieder lachten. Dann machten sie nach und nach alle Lampen aus und wandten sich ab, verließen träge mit ihren Eimern, Staublappen und Fensterwischern die Kanzlei. Nur der Mann mit dem Staubsauger blieb zurück und reinigte noch die Ritzen zwischen Teppichboden und Wänden.

Helft mir doch, seht ihr denn nicht, was hier passiert?!

Ella schlug um sich. Sie hob den Fuß und trat aus, aber sie

traf nicht. Ohne ihre Haare loszulassen, schlang Kleist ihr den anderen Arm um den Hals und drückte ihr die Kehle zu. Der Arm war hart, und sie musste schlucken, und alles tat weh, und jedes Mal, wenn sie schluckte, schmerzte es mehr. Kleist drückte sie so hart zu Boden, dass sie das Gefühl hatte, ihr Rückgrat würde zerschmettert.

Im nächsten Moment saß er auf ihr, die Schenkel rechts und links von ihrem Bauch, und begann sie zu würgen. Die Trenchcoatschöße schlossen sich wie nasse Fledermausflügel um ihn und sie. Ella warf sich hin und her, um ihn abzuwerfen, aber er war schwer, und sie hatte kaum noch Kraft. Siedende Hitze stieg ihr in den Kopf, drückte von hinten gegen die Augen, die Stirn.

Kleists Gesicht war geschwollen vor Anstrengung, rot, sogar die Augen waren rot, die Adern auf seiner Stirn dick wie blaue Würmer. Er kauerte tief über ihre Brust gebeugt, drückte erbarmungslos zu, und sie wunderte sich, dass sie noch bei Bewusstsein war. Ihre Lungen bäumten sich auf. Das Blut schien hinter ihren Schläfen zu hämmern. Ihr Kopf war jetzt ganz nah an der Glaswand. Sie verdrehte die Augen, aber alles, was sie sah, war Kleists verzerrtes Gesicht über dem ihren und die Staubsaugerdüse, die der Putzmann auf der anderen Seite dicht an der Wand über dem Teppich hin und her schob, aber er bemerkte sie nicht, obwohl er geradewegs auf sie herabzuschauen schien.

Hilf mir. Ich sterbe.

Ihr Gesichtsfeld zog sich zusammen, es wurde dunkel und körnig. Da tauchte Dany hinter Kleist auf, er hielt etwas in der Faust, die von oben herabstieß, auf Kleists Kopf, ihm etwas in den Nacken rammte, und im selben Moment ließ der Druck der Hände an ihrem Hals nach.

Sie verspürte einen jähen Hustenreiz. Sauerstoff schoss ihr in die Lungen, durch die schmerzende, gequetschte Luftröhre, und ihre Sicht wurde wieder klar. Hell und klar und deutlich sah sie, wie Kleist langsam vornübersank, mit weit geöffnetem Mund sank sein Kopf auf sie zu, sein Speichel vermischt mit Blut, und aus seinem Rachen ragte die Klinge des Brieföffners wie eine schmale Zunge aus reinem Silber.

27

Es war ein kühler, sonniger Morgen, und die kleine Trauergemeinde stand im Schatten einer Rotbuche am Rand des offenen Grabes, des letzten vor der hohen Ziegelmauer des Friedhofs. Das dichte Laub des Maulbeerbuschs hinter dem schlichten Grabstein von *Frau Apotheker Gerlinde Ottfried Bermann, gestorben 1896 und geborgen in Gott* verbarg Ella vor den Blicken der Teilnehmer an Max Jansens Beerdigung.

Sie hatte Annika sofort erkannt. Ihr Herz schlug schnell vor Aufregung. Die große, schlanke Frau mit den kurzen grauen Haaren hatte nur noch wenig Ähnlichkeit mit der Anni aus ihrer Erinnerung, und sie stand mit dem Rücken zu Ella, aber der gerade Rücken, die entschiedenen Bewegungen, das schnelle Zurückwerfen des Kopfes – *das ist sie, sensationell, sie ist es wirklich!*

Ihre Freude war so groß, dass sie schlucken musste und nicht einmal die Schmerzen im Hals spürte; dass sie kurz sogar vergaß, warum sie nicht einfach zu ihr gehen konnte, zu ihrer jahrelang verschollenen Freundin aus einer fast schon nebelhaft fernen, unbeschwerten Vergangenheit.

Sie hatte keine Augen für die anderen Frauen und Männer, die zu der Beisetzung gekommen waren, ein paar Kollegen aus der Charité, ein oder zwei aus der Feuerwehrleitstelle, alle dunkelgrau oder schwarz gekleidet, nur Anni nicht. Anni trug enge, dunkelblaue Jeans mit hauchfeinen Silbernähten, burgunderrote Turnschuhe, eine bunte Missoni-Strickjacke und einen Schal aus grauer Rohseide, bestäubt mit Kupferstickereien.

Aber sie drehte sich nicht um, hielt nicht nach ihr Ausschau. Sie senkte den Kopf wie zum Gebet. Ella, unsichtbar hinter dem Maulbeerbusch, senkte auch den Kopf, dachte an Max, betete für ihn und merkte, wie ihre Augen zu brennen begannen. Dann, weil sie schon dabei war, betete sie auch für Anni und für sich, schließlich für die ganzen anderen Toten der letzten Tage, besonders für Mado.

Ihr Hals tat noch immer weh, wo Kleist sie gewürgt hatte. Auch ihre Brust schmerzte und die Hand, die er ihr verdreht hatte. Es war ihr wie eine Ewigkeit vorgekommen, bis Dany ihn von ihr heruntergezogen und ihr wieder auf die Füße geholfen hatte. Danach hatte er Mados Disc aus dem DVD-Player genommen. »Sie sind alle tot«, hatte er gesagt. Als sie Freyermuths Büro verlassen hatten, konnte sie wieder sehen, dass die Wand nichts anderes war als ein langer, deckenhoher Spiegel. Die Putzkolonne war abgerückt, von den Lampen brannte nur noch die Notbeleuchtung, und nicht ein einziges Telefon klingelte mehr.

Draußen im Treppenhaus hatte sie die winzige Kamera am Plafond entdeckt, die auf den Eingang der Kanzlei gerichtet war, und später noch die in der Lobby über dem Fahrstuhl.

Sie sind alle tot, hatte sie gedacht. Und: *Wir sind auf den Überwachungsbändern.*

Sie erinnerte sich nicht mehr genau daran, wie sie ins Hotel zurückgekommen waren, aber sie wusste noch, dass sie sich trotz ihrer Schmerzen, ihrer Angst und der ganzen Wut als Erstes die DVD mit Mados Erklärung für Randolph Freyermuth angeschaut hatten.

Sogar hier sah sie das zarte Gesicht der jungen Frau vor sich, und sie hörte ihre Stimme: »Solange ich meine Großmutter kannte, konnte sie nicht aufhören, immer wieder die Geschichte zu erzählen, wie auf einen Schlag ihre ganze Familie ermordet worden war. Mutter, Vater, zwei Brüder und die Dienstboten, alle bis auf sie, die kleinste Tochter. Sie hieß Annémone, und ich war fünf, als ich zum ersten Mal davon erfuhr. So alt wie sie, als es geschah. Sie fing immer mit denselben Worten an: ›*Komm, setzt dich zu mir, meine Kleine, es gibt etwas, das du wissen sollst: Es war die Zeit der großen Depression, nach der ersten Weltwirtschaftskrise und dem großen Bankencrash vom Oktober 1929.*‹

»Entschuldigen Sie, Doktor Freyermuth, ich fange bloß deshalb mit meiner Großmutter an, weil sie es war, die mich auf die Idee gebracht hat, Wirtschaftsgeschichte zu studieren. Sie hat immer gesagt, sie glaubt, es hätte einen Zusammenhang zwischen dem Mord an ihren Eltern und der Wirtschaftskrise gegeben, und dann hat sie gesagt, es wäre ihr nur zu spät klar geworden, sonst hätte sie selbst versucht herauszufinden, worin er bestand. Sie sagte, man glaubt gar nicht, wie viele Verbrechen ganz andere Ursachen hätten, als man gemeinhin dächte, und hinter vielen Schuldigen andere stünden, die noch viel schuldiger seien. Eine Bank könne einen Menschen genauso ermorden wie ein Soldat mit einem Bajonett oder ein Wegelagerer mit einer Pistole, und in den Banken säßen mehr Verbrecher als in den Gefängnissen.

Manchmal las sie mir dann ein paar Seiten aus einem Buch vor, einem Roman, die davon handelten, wie die Banken in jener Zeit mit den Menschen umgingen. Manchmal weinte sie dabei, und ich weinte auch. Es waren immer dieselben Seiten, aber sie sagte nie, wie das Buch hieß oder wer es geschrieben hatte, und als ich es später aufzutreiben versuchte, hatte ich nicht den geringsten Anhaltspunkt. Erst als ich anfing, mich mit der großen Depression zu beschäftigen, dem schwarzen Donnerstag in Amerika und seinen Auswirkungen auf Europa, stieß ich rein zufällig auf das alte Buch und stellte fest, dass die Banken noch immer so mit den Menschen umgingen, und es war noch immer zum Heulen.

Also, meine Großmutter, sie war an diesem Tag bei ihrem

Patenonkel, Monsieur Gilbert Bertrand, Advokat, in Straßburg zu Besuch, dessen Familie sie nach den Morden zu sich nahm. Aus Dankbarkeit nannte sie sich später auch Bertrand, Annémone Bertrand.

Dass der Hauslehrer, ein Deutscher namens Matthias Steinberg aus dem Nachbardorf, nicht unter den Toten war und dass die Mörder – man ging sofort davon aus, dass es mehr als einer gewesen sein mussten – den Tresor aufgebrochen und ein Vermögen an Goldmünzen und Schmuck geraubt hatten, brachte den ganzen Ort und auch die Gendarmerie dazu, von der ersten Sekunde an nur ihn der Tat zu verdächtigen, ihn und seinen Bruder Oskar, einen Pferdepfleger.

Das kleine Haus, in dem sie lebten, schien Hals über Kopf verlassen worden zu sein, und ihre Spur führte über die Grenze nach Deutschland, wo sie sich zunächst in Pirmasens verlor. Nur meine Großmutter – die Monsieur Matthias geliebt und von ihm und seinem Bruder Reiten und vielerlei anderes gelernt hatte, darunter den Respekt vor Pferden, mehr noch, vor allem Lebendigen – konnte nicht glauben, dass er zu so einer entsetzlichen Tat fähig gewesen war. Aber die öffentliche Meinung und alle Spuren, die sorgfältig gelegt worden waren, sprachen gegen die beiden Brüder.

Als sie etwas älter war, fing Großmutter an, Detektiv zu spielen – so wie ich, das habe ich von ihr, meine Mutter war ganz anders! Aber meine Mutter hatte ja auch nicht wie sie mit dem letzten Atemzug aus dem Mund ihres sterbenden Vaters ein paar kaum verständliche Silben vernommen: den Namen seines Mörders. Und sie musste nicht erleben, dass niemand ihr glauben wollte – niemand glaubte einem sechsjährigen Kind, das auf einen Schlag beide Eltern und die beiden großen Brüder verloren hatte. Nicht einmal sein Patenonkel, der Advokat. Nur ich. Ich glaubte ihr, aber sie war ja auch meine Großmutter und da schon eine alte Frau. Doch vor allem wollte ich begreifen, warum eine ganze Familie ausgerottet werden konnte, eiskalt, nur wegen Geld. Ich wollte die Macht des Geldes begreifen lernen.

Um allerdings beweisen zu können, was mein Urgroßvater meiner Großmutter mitzuteilen versucht hatte, um die Schuld der wahren Täter ans Tageslicht zu bringen, musste ich erst gerichtsverwertbare Belege für die Unschuld der vermeintlichen Mörder entdecken. Und dazu musste ich herausfinden, was aus ihnen geworden war; ihre Nachfahren aufspüren, wenn es welche gab. Ich habe da weitergemacht, wo meine Großmutter ihre Spur verlor, erst in einem Ort namens Kassel, dann in Potsdam, im Zweiten Weltkrieg. Aber ohne die Hilfe von Professor Forell hätte auch ich sie nie wiedergefunden, und ich wäre auch niemals auf das Journal gestoßen, das Matthias über die Geschichte seiner eigenen Familie geführt hatte.

Darin habe ich zum ersten Mal den Namen des wahren Mörders entdeckt, den Namen, den mein Urgroßvater meiner Großmutter ins Ohr geflüstert hatte. Kurz danach, nachdem ich in Paris gewesen war, erhielt ich dann Besuch von dem Mann, den Rochefort, Gladstone & Wentworth geschickt hatten. Er stellte mir lauter Fragen, die ich nicht beantworten konnte, Fragen danach, was ich wüsste, aber ich weiß nichts, das habe ich ihm gesagt. Ich weiß nichts, und er hat mir nicht geglaubt, das habe ich ihm angesehen. Deswegen weiß ich, dass seine Fragen Warnungen waren und seine Blicke Drohungen. Er kommt bestimmt wieder.«

Ein Eichhörnchen flitzte zwischen den Grabsteinen auf eine Pinie zu, kletterte den Stamm hinauf und sprang mit großen Sätzen von Ast zu Ast und weiter zum nächsten Baum, der Rotbuche hinter Annika und ihren Trauergästen.

Der schwarze Holzsarg neben dem ausgehobenen Erdreich wirkte schmal, kaum zu erkennen zwischen all den großen und kleinen Grabsteinen, den zahllosen Kreuzen aus schiefergrauem, rötlichem und schwarzem Marmor, aus behauenem Stein und Schmiedeeisen. Mücken tanzten in flirrenden Wolken in der Septemberluft. Flecken von Sonnenschein und Schatten lagen auf den Wegen, und in den Kronen der hohen Bäume rauschte der Wind. Im Laub zeigten sich bereits erste Vorboten des nahenden Herbstes, etwas Rostrot, ein paar gelbe Tupfer, Blattlöcher mit bräunlichen Rändern.

Dany berührte Ella am Arm. »Ich muss dir etwas sagen.«

»Nicht jetzt«, sagte Ella.

»Es ist wichtig«, sagte Dany.

»Da wird mein bester Freund begraben«, sagte Ella.

Der Priester am Kopfende der Grube hob eine Hand zum Segen. Der Totengräber trat neben die Kurbel der Winde, bereit, den Sarg in die Erde zu lassen. Annika hob den Kopf und warf einen überraschten Blick in das Grab, als nähme sie es jetzt erst wahr; als hätte sie es nie zuvor gesehen.

»Das ist doch Aziz«, sagte Ella plötzlich überrascht, »der Mann, der da kommt! Das ist ein Hauptkommissar vom LKA!«

Aus ihrer Deckung beobachtete sie, wie der Hauptkommissar sich auf dem Kiesweg vom Haupttor her der Trauergemeinde mit schnellen, knirschenden Schritten näherte. Wieder war er so elegant gekleidet, als ginge er zu einer Vernissage. Er trug einen weiten, offen schwingenden Mantel und schwarze, spitze Schuhe zu einer taubengrauen Wollhose und einem Rollkragenpullover, die beide eindeutig nach Kaschmir aussahen.

Aziz ging direkt auf Annika zu. Kurz verdunkelte seine Silhouette die flackernden roten und weißen Flämmchen in dem blumengeschmückten Gewölbe einer vergitterten Urnenhalle. Dann hatte er die Gruppe der Trauergäste erreicht und schien Annika etwas ins Ohr zu flüstern. Als er fertig war, nickte sie knapp, ohne ihm auch nur einen Blick zu schenken. Er trat wieder zurück, beide Hände in den Manteltaschen. Im unruhigen Schatten sacht schwingender Weidenruten blieb er stehen, und nur die Haltung verriet seine Ungeduld.

Was will er von Anni?, dachte Ella. Unwillkürlich trat sie ebenfalls einen Schritt zurück, dichter an den Ahornstamm hinter ihr, obwohl sie sicher war, dass man sie durch die Hecken, Büsche und Sträucher nicht sehen konnte. Sie schaute sich um. Auf den Pfaden zwischen den dicht stehenden Bäumen, den Brunnen und Bänken waren vereinzelte Friedhofsbesucher unterwegs, junge Frauen in Arbeitskleidung, ältere Männer. Söhne, Töchter, Witwer vielleicht.

Annika beugte sich vor, zog eine kleine Gartenschaufel aus dem Haufen Erdreich neben der Grube und schüttete etwas davon in die Grube, auf den Sarg. Der Priester sagte ein paar Worte, die Ella nicht verstehen konnte.

Ella sah, wie Aziz einen neuen Versuch unternahm, Annika beiseitezuziehen. Er berührte sie am Arm, aber diesmal schüttelte sie ihn so heftig ab, dass er eine beschwichtigende Geste machte. Die anderen Trauergäste, die am Rand des Grabes standen, reihten sich nun vor Annika auf, um ihr Beileid auszusprechen.

»Wir müssen los«, sagte Dany. »Sonst verpassen wir das Treffen mit Forell.«

»Ich kann jetzt noch nicht weg«, sagte Ella. »Ich muss erst mit ihr sprechen.«

Eine Wolke schob sich vor die Sonne, und für einen Moment wurde es dunkel und kühl, und in diesem, dunklen kühlen Moment verschwand Annika. In der einen Sekunde stand sie noch da unter all den anderen, und in der nächsten war sie nicht mehr zu sehen. Alles, was Ella von ihr hörte, bevor sie verschwand, war ein Schrei, so hell und jäh, als wäre sie vom Blitz getroffen worden.

Die Gruppe der Kondolierenden geriet in Unruhe, sie drängten sich zusammen und beugten sich vor. Etwas schien zu ihren Füßen zu geschehen, etwas, das Ella nicht sehen konnte hinter den Grabsteinen und Kreuzen, den Büschen, Sträuchern und

Hecken. Sie sah nur, wie Aziz sich in die Gruppe zwängte, sich rücksichtslos mit den Schultern Platz verschaffte. Dann beugte er sich ebenfalls vor, verschwand wie vor ihm Anni. Als er sich nach ein paar Sekunden wieder aufrichtete, hatte er sein Handy am Ohr und ruderte mit der freien Hand in der Luft herum, während er etwas in die Leitung rief.

Was ist da los?, dachte Ella. Zwei Minuten später erklang das Martinshorn eines Rettungswagens, das schnell lauter wurde. Es kostete Ella alle Kraft, nicht aus ihrer Deckung zu stürzen und zu Annika zu eilen. Die Sirene näherte sich aus Richtung der Luisenstraße. Der Sprinter hielt vor dem Haupttor, das Blau auf dem Dach zuckte weiter im Mittagslicht, aber das Martinshorn verstummte. Die Beifahrertür ging auf, und ein Arzt sprang mit der Notfalltasche heraus. Er ging zum Heck des Wagens, wo ihn sein Rettungsassistent schon erwartete, und zusammen holten sie eine Trage heraus und liefen damit über den Kiesweg zu dem offenen Grab.

Gleich darauf waren nur ihre Rücken in den roten Westen noch zu sehen zwischen den Trauergästen und den ersten Schaulustigen, die rings umher auftauchten und sich langsam näherten wie Zombies. Ella griff nach dem Ahornstamm. Ihr war auf einmal übel, als drücke ihr etwas von unten gegen den Magen. Sie starrte auf die Trauergäste, die ihr den Blick verstellten, und plötzlich teilten sie sich, und die reglose Annika schwebte hoch, getragen von vier Händen.

Sie wurde auf die Trage gelegt, kein Sauerstoff, dann liefen die beiden jungen Sanitäter mit ihr zum Wagen und wuchteten sie hinten auf die Ladefläche. Aziz folgte ihnen, schon wieder mit dem Handy am Ohr. Bevor sie abfuhren, redete er auf den Beifahrer ein, der mehrmals nickte.

»Sie bringen sie bestimmt zur Charité«, sagte Ella. »Ich muss wissen, was mit ihr los ist.«

»Du kannst doch jetzt nichts für sie tun«, sagte Dany voll

ungeduldiger Schärfe. »Forell hat gesagt, er beobachtet den Anlegesteg, und wenn wir nicht bis zwei Uhr an Bord gehen, lässt er das Treffen platzen. Dass er sich überhaupt mit uns trifft – dass er dich nicht für eine Mörderin hält –, dass er mir glaubt, dass es diese DVD mit Mados Aussage gibt und dass sie eine Gefahr für ihn darstellt, ist mehr als wir uns erhoffen konnten.«

»Geh allein«, sagte Ella. »Erzähl mir, was er gesagt hat.«

»Er ist misstrauisch und ohne dich gibt es kein Treffen, *das* hat er gesagt vorhin am Telefon. Wir müssen vor denen mit ihm reden. Irgendwann werden sie seinen Namen herausfinden, vielleicht haben sie das schon.«

Sie hatte es nicht vergessen, und sie wusste, dass er recht hatte. Sie sah, wie der Rettungswagen abfuhr, wieder mit eingeschaltetem Martinshorn, und sie sah, wie auch Aziz den Friedhof verließ, und da fiel ihr wieder ein, dass er auf ihrem Anrufbeantworter gewesen war, *es haben sich noch einige Fragen ergeben, die wir gern mit Ihnen klären würden*. Er hatte ihr sogar seine Handynummer genannt, aber sie war zu kopflos gewesen, um sie zu notieren.

»Du kannst Annika im Krankenhaus anrufen nach unserem Treffen mit Forell«, sagte Dany. »Sobald die Ärzte sie untersucht haben und sie wieder bei Bewusstsein ist.«

An der Grabstätte hatte der Totengräber angefangen, die Erde in die Grube zu schaufeln. Der Priester und die anderen, die gekommen waren, um von Max Abschied zu nehmen, gingen bereits langsam zum Friedhofsausgang. Auch die Schaulustigen zerstreuten sich wieder. Ella wäre gern noch einen Moment mit Max allein gewesen, nur kurz. Aber was sie ihm noch sagen wollte, hatte nun keine Eile mehr, und sie konnte immer noch herkommen, wenn alles vorbei war.

28

Unter der Jannowitz-Brücke wurde das Turbinengeräusch lauter, und die Bugwelle des Boots schlug gegen den Betonpfeiler in der Mitte des Flusses. Im Schatten der Brücke war die Luft kühl, aber dahinter lag die Nachmittagssonne wieder gleißend auf dem Wasser, nur die Konturen der Gebäude am Ufer waren schärfer geworden. Sie passierten die Brücke bereits zum zweiten Mal, und noch immer gab es kein Zeichen von Professor Forell. *Nehmen Sie die Rundfahrt, die mittags an der Anlegestelle im Nikolaiviertel startet und bleiben Sie an Bord, bis ich Kontakt mit Ihnen aufnehme,* hatte er Dany aufgetragen, mit einer Stimme, die gewohnt war, dass man ihren Anordnungen Folge leistete.

Ella und Dany waren gleich nach Betreten des Boots ganz nach hinten gegangen, wo sie im Freien saßen und die anderen Passagiere im Blick hatten. Die Bänke vor ihnen waren voll besetzt: eine Gruppe schnatternder Japaner mit ihren Kameras, mehrere ältere Amerikaner in roten und blauen Windjacken, komplett mit Rucksäcken, Baseballcaps und luftgepolsterten Laufschuhen; eine Schulklasse: kleine Mädchen mit Kopftüchern, lärmende Jungen mit Kapuzenjacken oder tief ins Gesicht gezogenen Wollmützen. Eine Handvoll arabische Touristen und zwei Dutzend ärmlich gekleidete Besucher aus der Provinz.

Hier oder da hielt ein Mann ein Fotohandy in die Höhe, knipste, betrachtete das Foto und fotografierte weiter: den

S-Bahnhof hoch über dem Ufer, den Glaspalast mit der Chinesischen Botschaft auf der gegenüberliegenden Seite, die Uferpromenade, die alten Bäumen vor den herandrängenden Hochhäusern.

Immer wenn jemand das Handy in ihre Richtung hielt, wandte Ella rasch das Gesicht ab, trotz Sonnenbrille, Schal und Muslima-Kopftuch, nur zur Sicherheit. Sie vermutete, dass Forell vom Pier aus beobachtet hatte, wie sie an Bord gegangen waren, bevor er selbst das Boot betreten hatte. Sie nahm alle männlichen Passagiere genau in Augenschein, zoomte auf den einen oder anderen zu wie die Kamera in einem Videoclip, *nein, der nicht,* schwenkte weiter, *der da vielleicht,* kehrte noch mal zurück, *oder doch der?,* sortierte aus. Keiner sah wie ein Professor aus, jedenfalls nicht so, wie sie sich einen Professor vorstellte, und am Ende der ersten Rundfahrt hatten alle das Boot verlassen bis auf sie und Dany, eine Frau und zwei weitere Männer.

Vielleicht hatte er es sich anders überlegt. Vielleicht kam er gar nicht.

Die beiden Männer saßen rechts und links vom Mittelgang ganz vorn, die Frau zwei Reihen vor ihr. Der Mann links vom Gang war nicht sehr groß, aber kräftig, vielleicht ein Arbeiter. Der Mann auf der anderen Seite war schlank und ebenfalls nicht sehr groß. Er trug einen hellen Filzhut, eine eierschalenfarbene Leinenhose mit altmodischen Aufschlägen, Schnürschuhe aus bordeauxrotem Wildleder und unter einem kastanienbraunen Kammgarnjackett ein hervorragend dazu passendes hellblau und weiß gestreiftes Hemd mit gerundetem Kragen. Und eine Fliege, tatsächlich eine Fliege, rot wie die Schuhe und gleichgültig vorgestreckt, dazu noch schief. Die viereckige goldene Uhr an seinem linken Handgelenk wirkte teuer, die Schildpattbrille ebenso, und wie um den Gesamteindruck abzurunden, hielt er eine Ausgabe des *Independent* im Schoß.

Auf dem Platz neben ihm lag eine gefütterte Jiffy-Tasche.

Der könnte es sein, dachte Ella, obwohl er nicht das geringste Interesse an ihr oder Dany zu haben schien. *Und wenn es sich um eine Falle handelt? Wenn Forell sich mit der Polizei in Verbindung gesetzt hat? Wenn er einer von ihnen ist?*

Weiter vorn vor dem Bug spannte sich die Michaelbrücke über die Spree, und linker Hand, noch weiter voraus, ragte die Silhouette einer Kirche auf. Die Luft war frisch; manchmal wurden ein paar gelbe Ahornblätter auf das Wasser geweht. Im diesigen Blau des Himmels glitten blendend weiße Möwen unter dem Wind dahin, ließen sich vom Luftwiderstand tragen, und nur ab und an halfen sie mit sparsamen Flügelschlägen nach. Ein paar flogen dicht neben dem Boot, ihre krächzenden Schreie klangen mechanisch, als wären ihre kleinen Kehlen aus Metall. Eine oder zwei stießen so tief herab, dass sie mit den Bäuchen fast die messinggelbglitzernden Wellen berührten.

»Vielleicht kommt er gar nicht«, sagte Ella. »Vielleicht hat er es sich anders überlegt.«

»Er kommt«, antwortete Dany.

Ella sagte: »Das ist die zweite Rundfahrt. Er hatte eine Stunde Zeit, und jetzt fängt alles von vorn an.«

»Er kommt ganz bestimmt«, sagte Dany. In den Gläsern seiner Sonnenbrille spiegelte sich ein Teil von Ellas Gesicht, außerdem der Himmel über dem Glasverdeck des Boots und die Rücken der Passagiere vor ihnen. »Er kam mir nicht vor wie der Typ, der etwas sagt, was er dann nicht tut.«

»Was ist er denn für ein Typ?«, fragte Ella.

Dany legte den Kopf in den Nacken, um sich die Sonne ins Gesicht scheinen zu lassen. »Wikipedia beschreibt ihn als eine Art *Homme des lettres* – brillanter Gelehrter, Fachbereiche Geschichte und Wirtschaftswissenschaften, Lehrstuhl in Tübingen, Lehrstuhl an der Humboldt-Universität hier in Berlin, Gastdozent an der Sorbonne und in Havard, dazwischen ein paar Jahre als Staatssekretär im Finanzministerium, Redenschreiber für den letzten Bundespräsidenten, mehrere Bücher über die europäische Einigung und das deutsch-französische Verhältnis –«

Gerade als sie unter der Michaelbrücke durchfuhren, stand der Mann mit dem *Independent* auf und kam auf sie zu, wobei er mit der freien Hand die Rückenlehnen der Bänke berührte, um sich abzustützen. Als er sie erreicht hatte, konnte Ella sehen, dass die Haare unter dem Hut bereits silbrig waren; fünfundfünzig, dachte sie, vielleicht sogar sechzig. Seine Haut war von einem weißlichen Grau, sein Mund auf einer Seite herabgezogen, als hätte er vor nicht allzu langer Zeit einen leichten Schlaganfall erlitten. Die Augenbrauen standen in erstaunten Büscheln von der Stirn ab. Die Iris darunter erinnerte an helle Oliven, winzig klein und in Calvados eingelegt.

»Eduard Forell«, stellte er sich vor, ohne ihr die Hand entgegenzustrecken. »Danke, dass Sie solange gewartet haben.« Er nahm neben Ella auf der Bank Platz und klemmte sich die gefütterte Jiffy-Tasche zwischen die Oberschenkel. »Ich musste ganz sichergehen.«

»In welcher Hinsicht?«, fragte sie.

»In jeder Hinsicht.« Forell hob den zusammengerollten *Independent* zum Schutz gegen die bereits tiefer stehende Sonne oder die Blicke unsichtbarer Beobachter. »Bevor ich heute Morgen aus dem Haus gegangen bin, habe ich noch einmal in der Kanzlei von Doktor Freyermuth angerufen, wo es von Polizisten nur so wimmelte. In der Nacht hat es dort vier Tote gegeben, drei Polizeibeamte und ein Juniormitglied der Sozietät. Der Tresor ist geöffnet worden, angeblich sind einige Hunderttausend Euro daraus verschwunden. Zurzeit werden die Aufnahmen der Überwachungskameras ausgewertet. Ich musste sichergehen, dass es Ihnen wirklich wichtig ist, mit mir zu sprechen.« Er blinzelte. »Sie waren wohl nicht gestern Nacht bei Freyermuth, Herzog & Conradi am KuDamm?«

»Doch«, sagte Ella, lockerte den Schal und zeigte ihm die Druckstellen von Kleists Händen an ihrem Hals. »Einer der toten Polizeibeamten hat versucht, mich umzubringen. Macht Ihnen das nicht auch Angst?«

Forell ließ die Zeitung sinken, und einen Augenblick lang sah er verwirrt aus. »Mein Gott«, murmelte er so leise, dass es fast im Geräusch der Turbinen unterging. »Ich hätte nicht gedacht, dass es jemals so weit kommen würde …«

»Madeleine Schneider hat im Zusammenhang mit Ihnen von einer Aufnahme gesprochen«, sagte Ella und rückte den Schal wieder zurecht. »Mit der Sie die Ausführung eines Plans verhindern –«

Der Professor fiel ihr ins Wort. »Sie hat versprochen, niemandem –«

»Das hat sie auch nicht«, unterbrach Ella ihn. »Es war auf der DVD, die sie Freyermuth geschickt hat.«

»Kann ich sie sehen?«, fragte er hastig. »Haben Sie sie dabei?«

»Nein«, sagte Ella. »Wir wollten auch sichergehen.«

»Sie können sie sehen, wenn Sie uns sagen, was Mado Ihnen gegeben hat«, schaltete Dany sich ein. Er beugte sich vor, um an ihr vorbei mit Forell sprechen zu können. »Mado musste nicht sterben, weil sie zu viel wusste«, sagte er. »Sie musste sterben, weil sie zu wenig wusste. Sie hat Ihnen etwas mitgebracht, aber erst zu spät gemerkt, dass sie damit die Büchse der Pandora geöffnet hatte, ohne zu ahnen, was sie enthielt. Aber immerhin eins ahnte sie, nämlich, dass Sie, *Monsieur le Professeur*, sehr wohl wussten, was in der Büchse war. Und dass Sie mit dem, was Sie wissen oder mit dem, was sie Ihnen in die Hand gegeben hat, diese Büchse möglicherweise wieder schließen können.«

»Sie hätte sich vielleicht freikaufen können«, ergänzte Ella, »ihr Leben retten, indem sie einfach Ihren Namen nennt. Aber das hat sie nicht getan. Sie ist auch für Sie gestorben.«

Forell blinzelte wieder; es schien sich um einen nervösen

Tick zu handeln. »Das kann ich Ihnen nicht sagen«, erklärte er bestimmt. »Ich kann es Ihnen nicht sagen, weil Sie sich irren: Ich weiß nichts.« Er hob wieder die Zeitung, um sich gegen die blendende Sonne zu schützen.

Das Boot fuhr an der Kirche vorbei, dann an einem zum Ufer hin abfallenden Park. Die Fotohandys über den Bänken vor ihnen richteten sich auf sonnengebräunte junge Frauen, die mit angewinkelten Beinen und lose über die Brustgegend drapierten Bikinioberteilen im Gras lagen.

»Bitte, verzeihen Sie – es ist schrecklich, was mit Mademoiselle Schneider passiert ist.« Der Professor schüttelte sacht den Kopf, die Olivenaugen drohten einen Moment, im Calvados zu ertrinken. »Ich habe sie aufrichtig ins Herz geschlossen. Sie war so *eifrig* ...«

»Haben Sie keine Angst?«, fragte Ella.

»Angst? Wovor? Weswegen?«

»Weil so viele Menschen getötet worden sind. Wegen etwas, das sich jetzt in Ihrem Besitz befindet.«

Er kniff mehrmals schnell hintereinander die Augen zu. »Mir wird nichts geschehen.«

»Haben wir uns deswegen auf diesem Boot hier verabredet?«, wollte Ella wissen. »Mussten wir deswegen zweimal durch halb Berlin tuckern, bis Sie den Kontakt aufgenommen haben? Weil Ihnen nichts geschehen kann?«

Forell antwortete nicht. Er warf einen Blick zurück zu dem hinter der Flussbiegung verschwindenden Park, als könnte eine der jungen Frauen auf den bunten Badetüchern Mado sein, so wie sie gewesen war; wie er sie gekannt hatte. *Eifrig*. Dann sagte er: »Fräulein Schneider kam zu mir auf Empfehlung eines Freundes und Kollegen aus Paris. Serge – Professeur Serge Barrault – von der Sorbonne hat sie mir geschickt, damit ich ihr bei ihrer Doktorarbeit helfe. Sie hat einige meiner Kurse besucht, aber eigentlich ging es ihr nur zum Teil um das Studium. Darüber hinaus hatte sie ein persönliches Anliegen, von dem sie geradezu besessen war, die Suche nach zwei Deutschen – zwei Brüdern, die 1929 aus dem Elsass über Pirmasens nach Preußen gekommen waren. Ich habe ihr geholfen, die Spur wiederzufinden und die letzte noch lebende Verwandte der Brüder aufzuspüren. Das war der eigentliche Grund, aus dem Barrault ihr meinen Namen genannt hat: die wechselnde Geschichte Elsass-Lothringens von 1871 bis zum Zweiten Weltkrieg ist mein Hobby. Sie wissen schon, mal französisch, mal deutsch, dann wieder französisch …«

Er schwieg einen Moment. »Madeleine war nicht wie die anderen, und sie hatte hier auch keine Freundinnen – bis auf Sonja Freyermuth, die sie in meinem Seminar über die Auswirkungen des Black Thursday am New Yorker Stock Exchange im Oktober '29 auf die europäische Wirtschaft zwischen den Weltkriegen kennengelernt hat. Eine Zeit lang haben sie sogar zusammen in Sonjas Wohnung … die, in der sie ja dann …«

Von weiter vorn, wo die Amerikaner saßen, drang lautes Gelächter ans Heck. Der Professor runzelte die Stirn. Er räusperte sich. »Haben Sie eben das große silberne Gebäude am Ufer hinter uns gesehen, das mit dem Löwen und der roten Fahne davor? Die Botschaft der Volksrepublik China. Die Chinesen sind die Amerikaner von morgen …«

Dany nahm seine Sonnenbrille ab. »Woran genau hat sie eigentlich gearbeitet?«, fragte er.

»Sie meinen, weswegen ist sie ermordet worden – sie und alle, die danach sterben mussten?«, fragte Forell und sträubte kurz seine Stacheln. »Das meinen Sie doch. Aber so einfach ist es nicht. Es sind Teile eines Puzzles, die zusammengefügt werden müssen, und eins davon ist das Schicksal ihrer Familie.« Sein Blick fiel auf die Jiffy-Tasche zwischen seinen Oberschenkeln. »Was wissen Sie über den Schwarzen Freitag, Oktober 1929, und die große Depression?«

»Das, was alle wissen, nehme ich an«, sagte Ella.

Forell nickte, aber es war die Art Nicken, die eigentlich ein Seufzen darstellte und mit dem ein Experte gern auf eine durch und durch laienhafte Bemerkung reagiert, ehe er tief aus dem Brunnen seines eigenen reichen Fachwissens zu schöpfen beginnt. »Der schwarze Freitag war eigentlich ein Schwarzer Donnerstag, der 24. Oktober 1929. Ohne erkennbaren Anlass sind an diesem Tag die Aktienkurse an der New Yorker Börse nach Jahren ständig steigender Notierungen und einer Spekulationsblase ohnegleichen innerhalb weniger Stunden so stark eingebrochen, dass viele Anleger am Abend nicht nur alles verloren hatten, sondern auch noch hoch verschuldet waren. Das traf vor allem auf Kleinanleger zu, die in den Jahren des Booms ihre Wertpapiere auf Pump gekauft und dieselben Wertpapiere als Sicherheit eingesetzt hatten. Aufgrund der Zeitverschiebung kamen die Nachrichten von der New Yorker Börse in Europa erst nach Handelsschluss an, sodass auf dieser Seite des Atlantiks die Panik einen Tag später ausbrach, am Freitag. Der Crash setzte sich in Schüben die ganze nächste Woche fort und führte so geradewegs in die größte Weltwirtschaftskrise aller Zeiten, die volle drei Jahre anhielt, bis Mitte 1932: die große Depression.«

»Was hatte das mit Madeleine Schneider und ihrer Familie zu tun?«, fragte Dany.

»Auch in Europa verloren viele Anleger in den Tagen und Wochen nach dem Schwarzen Freitag ihr letztes Hemd«, erklärte Forell. »Genauso schwer erwischte die Krise die Banken, die den Börsenboom mit Krediten finanziert hatten. Die Anleger verkauften zu jedem Preis, um ihre Schulden zu tilgen, was die Kurse weiter in den Keller trieb, sodass manche Aktien innerhalb weniger Tage 99 Prozent ihres Wertes verloren hatten. Am Ende blieben viele Geldinstitute auf den faulen Krediten sitzen und konnten selbst die von anderen Banken geliehenen Gelder nicht mehr zurückzahlen. Bei Stützungskäufen hatten sie darüber hinaus noch unzählige weiterte Millionen verloren. Wenn Ihnen das Szenario bekannt vorkommt, dann denken Sie vielleicht gerade an die Pleite von Lehman Brothers in den USA vor einigen Jahren oder das Desaster mit der deutschen Hypo Real Estate? Der Oktober 1929 war schlimmer!

Nach Amerika traf die weltweite Katastrophe Deutschland am zweitheftigsten, denn das Land war bis zum Hals verschuldet aus dem Ersten Weltkrieg hervorgegangen und litt noch immer unter dem Vertrag von Versailles mit seiner Reparationslast. Das Elsass gehörte damals zwar wieder zu Frankreich, aber zwischen Vogesen und Rhein lebten viele Deutsche, und dort ansässige Firmen und Banken machten Geschäfte mit beiden Ländern.«

Forell kniff die Augen zusammen. Er drehte sich um und schaute zurück zu dem kleinen Park mit den jungen Frauen auf den Badetüchern, während das Boot in einen Bogen tuckerte. Über dem Glitzern und Blinken der Wellen sahen sie aus wie Teil einer Fata Morgana, die in der Luft schwebte. *Er wird mit dem Alter nicht fertig,* dachte Ella; *er will sich noch einmal bedeutsam fühlen, als jemand, dem eine Aufgabe übertragen wurde.*

»Nun, wie auch immer«, sagte er, nachdem er sich wieder nach vorn gewandt hatte, »die Familie Schneider gehörte zunächst nicht zu den Opfern des Zusammenbruchs. Als grundsolide Kaufleute hatten sie ihr Vermögen mit Holzmühlen, Sägewerken und Weinbergen gemacht und sich nie an irgendeiner Spekulation beteiligt. Sie besaßen Land, keine Aktien. Was erwirtschaft wurde, floss wieder in das Unternehmen. Nur für einen Bruchteil und als zusätzliche Sicherheit in Zeiten hoher Inflation und wertlosen Papiergeldes hatte Auguste Schneider, Madeleines Urgroßvater, eine immer noch beträchtliche Menge Gold in Form von Münzen und Schmuck erworben, die er zu Hause in einem Tresor aufbewahrte. Das wurde ihm zum Verhängnis – das und seine Vertrauensseligkeit. Denn seinen nächsten Nachbarn gehörte eine Bank, Lazare & Fils, und deren Oberhaupt, Christophe Lazare, war ein Spieler.«

Ella spürte, wie ihre Haut zu kribbeln begann; ein kalter Schauer lief ihr über den Rücken. »Steht diese Familie in irgendeiner Beziehung zu dem Bankier, der in Frankreich verschwunden ist?«

»Raymond Lazare ist der Enkel von Christophe Lazare, und es handelt sich um dieselbe Bank, ja«, bestätigte der Professor. »Eine Bank, die es längst nicht mehr geben würde, hätte sein Großvater nicht damals –«

Ella hörte, wie ihr Handy in der Jackentasche summte. *Nicht jetzt, verdammt, doch nicht jetzt!* Sie zögerte einen Moment, holte es dann aber doch heraus. Sie klappte es auf, und stellte fest, dass der Anruf von einem Apparat der Charité ausging. *Anni.* Sie sagte: »Entschuldigung, tut mir leid, einen Moment, bitte« und meldete sich.

»Warst du auf der Beerdigung?«, fragte Annika am anderen Ende der Leitung, ihre Stimme ein wenig heiser und unsicher. »Hast du gesehen, was passiert ist?«

»Ja, ich war da.« Ella stand auf und ging an die Reling, wandte sich dem Wasser und den Möwen zu. »Anni, was ist eigentlich mit dir passiert? Was hast du? Wie lange musst du in der Klinik bleiben?«

»Ich muss gar nicht bleiben«, antwortete Anni. »Ich habe einen Hund zu Hause, der schon auf mich wartet. Dieser Polizist, der den Notarzt gerufen hat, war etwas übereifrig.«

Das Boot fuhr langsamer und begann mit dem Wendemanöver; der Fahrtwind ließ nach. »Es sah aus, als wärst du plötzlich vom Erdboden verschluckt worden«, sagte Ella.

Annis Lachen klang rau. »So ähnlich ist es auch, aber dann spuckt er mich regelmäßig wieder aus. Pass auf, warum ich dich anrufe – was machst du gerade?«

»Das, was ich in letzter Zeit andauernd mache«, Ella war auf einmal leicht zumute, als hätte sie reinen Sauerstoff eingeatmet, »ich nage an der Falle, in der ich mich gefangen habe.«

»Gut, es gibt nämlich jemanden, der dir beim Nagen helfen will«, erklärte Annika. »Der Polizist, der zur Beerdigung von Max gekommen ist, will mit dir reden – deswegen ist er überhaupt nur da aufgetaucht. Er behauptet, er hätte Dinge herausgefunden, die deine Version der Ereignisse zu bestätigen scheinen. Er hat mich gebeten, dir zu sagen, du sollst ihn unbedingt anrufen, weil er dich nicht erreichen kann.«

»Hast du –«

»Keine Sorge, ich rufe von einem Klinikapparat aus an, für den Fall, dass mein Handy überwacht wird!«

»Nein, ich wollte fragen, hast du den Eindruck, dass er es ernst meint?«

Anni schwieg, aber als sie weitersprach, klang sie vorsichtig. »Das musst du selbst herausfinden. Es scheint ja nicht so, als würde es hier nur so von Leuten wimmeln, die dir helfen wollen.« Im Hintergrund erklang eine unverständliche Lautsprecherdurchsage. »Auf alle Fälle ist das nicht der einzige Grund, warum ich dich anrufe. Ich möchte dich noch einmal sehen, bevor ich morgen wieder abreise –«

»Du reist schon wieder ab?!« Ella schrie fast. Das Boot nahm erneut Fahrt auf, und der Wind wehte jetzt schärfer unter das Kopftuch, das neben ihren Ohren flatterte. »Du bist doch gerade erst gekommen! Wir hatten noch gar keine Zeit –«

»Max ist unter der Erde, und ich habe wirklich einen Hund, der nicht mit einreisen durfte, wegen der Quarantänebestimmungen, dazu noch eine Katze mit Diabetes, erwähnte ich das schon? Alles Weitere, wenn wir uns sehen. Sag mir bloß, wann und wo. Ich habe mich hier schon praktisch entlassen.«

Ella hatte einen Moment lang das Gefühl, seekrank zu werden, aber nicht von den Wellen, die dicht unter ihr an der Bordwand entlangschäumten.

Annika fragte: »Bambi?«

»Ich bin noch dran«, sagte Ella. »Du hast es noch immer drauf, einen zu überfahren.«

Annika brachte ein trockenes Lachen zustande. »Ich gebe dir mal die Nummer, unter der du diesen Aziz erreichen kannst«, sagte sie. »Du solltest aber nur ihn anrufen, nicht seinen Kollegen, warum auch immer. Hast du was zu schreiben?« Sie gab Ella die Handynummer des Polizisten durch. »Ach, jetzt fällt mir ein, wo wir uns treffen könnten – gibt es den kleinen Imbiss noch, wo wir früher immer waren?«

»Gibt es«, sagte Ella.

»Gut, dann in einer Stunde, okay?«

Ella sah, wie Forell und Dany zu ihr herüberschauten. Am liebsten hätte sie Aziz sofort angerufen, aber das war nicht gut, es wäre zu schnell gewesen, zu unüberlegt.

Sie kehrte der Reling den Rücken, gerade als rechter Hand die Zwillingstürme der Nikolaikirche wieder vor dem Bug erschienen. Sie ging zu Forell und Dany zurück und sagte: »Es tut mir leid, Professor Forell, da vorn an der Anlegestelle muss ich von Bord gehen. Etwas Dringendes – eine kranke Freundin, die bald abreist. Wäre es möglich – können wir uns morgen wieder treffen und dann weiterreden?«

Dany sah sie überrascht an.

»Herr Professor?«, fragte Ella.

»Ich weiß nicht«, sagte Forell. »Das kommt – es kommt etwas überraschend.« Seine Augen waren so schmal geworden, dass die unruhige Iris zwischen den Lidern zu zappeln schien wie ein winziges gefangenes Tier. »Erst wollen Sie mich um jeden Preis sprechen, und dann telefonieren Sie und müssen plötzlich unbedingt weg?« Sein Blick huschte zu Dany und wieder zurück. »Kann ich Ihnen trauen? Ich weiß nicht, ob ich Ihnen trauen kann.«

»Sie können mir trauen«, sagte Ella und beugte sich zu ihm

hinunter. »Es geht um mein Leben, nicht um Ihres. Und *ich* vertraue Ihnen. Ich gebe Ihnen meine Handynummer, so sehr vertraue ich Ihnen.«

»Eine Handynummer ist nichts«, sagte Forell. »Wissen Sie, wessen Handynummern ich alles habe?«

»Ich verspreche Ihnen, dass ich Mados DVD mitbringe.«

Er blinzelte. Endlich nickte er, und sie gab ihm die Nummer. Er schloss die Augen, schien sich die Zahlen einzuprägen. »Meine Termine morgen sind – also ja, vielleicht geht das. Bitte, rufen Sie mich in der Frühe an, um neun. Und das hier –«, er griff nach der Jiffy-Tasche zwischen seinen Oberschenkeln und reichte sie ihr, »– das ist für Sie. Es ist der Schlüssel zu allem, was Fräulein Schneider getan hat. Lesen Sie die angestrichenen Passagen vorn in dem Buch, wenn Sie verstehen wollen, warum sie sich über die Aufklärung des Mordes an ihren Urgroßeltern hinaus ihrem Studium mit solcher Leidenschaft gewidmet hat. Seit ihre Großmutter ihr daraus vorgelesen hat, hat sie den Inhalt nie vergessen – die Auswirkungen der großen Depression auf die Menschen und die Rolle der Banken dabei. Vielleicht kann man sagen, weil sie von dem Wunsch getrieben wurde, den Schuldigen an einem alten Verbrechen aufzuspüren, wurde sie an den Tatort eines neuen geführt, bei dem sie selbst das Opfer war. Letzten Endes ist das also wohl auch einer der Gründe, warum sie nicht mehr am Leben ist.«

»Wollen Sie damit sagen, Mado und all die anderen wurden wegen eines achtzig Jahre zurückliegenden Verbrechens getötet?«, fragte Dany.

»Ich will damit sagen: Lesen Sie die angestrichenen Passagen. Es ist heute eine andere Zeit, aber jede Zeit hat ihre eigenen Anlässe, Menschen zu töten, und weder Menschen noch Banken sind seit damals besser geworden.«

29

»Kannst du mir sagen, was in dich gefahren ist?«, fragte Dany mit der ungeduldigen, zornigen Stimme, die sie an ihm nicht mochte. »Warum hast du das Gespräch auf einmal abgebrochen? Nur wegen deiner Freundin?«

»Nicht nur wegen Anni.«

Sie standen über der Spree auf dem Bahnsteig des S-Bahnhofs Jannowitzbrücke, und hier war der Wind noch stärker als auf dem Boot.

»Jetzt sind wir so klug wie vorher«, sagte Dany. »Wir wissen noch immer nicht, wovon Mado gesprochen hat. Er hat uns nichts gesagt, nichts gezeigt und nichts gegeben außer diesem Kuvert da. Hast du nicht gemerkt, dass er reden *wollte*? Nur ein paar Minuten noch –«

»Wenn er heute reden wollte, will er es morgen noch mehr«, sagte Ella. »Hast du nicht gemerkt, dass er Angst hatte?«

»Er sah nicht so aus.«

»Er hat nur mehr Übung darin, sie zu verbergen. Er glaubt noch nicht wirklich, dass er auch in Gefahr ist. Er hat die Aufnahmen nicht gesehen. Jedenfalls hätte er uns das, was wir wissen wollen, heute noch nicht gesagt. Vielleicht weiß er es selbst nicht. Oder er denkt, wenn er es für sich behält, schützt es ihn.«

Jenseits des Flusses war die ganze Stadt jetzt kupferrot, wo die untergehende Sonne auf den Dächern und in den Fenstern brannte, und da, wo sie nicht mehr hinreichte, wurde alles langsam schwarz: das Wasser, die Hinterhöfe, die Fassaden. Erleuchtete S-Bahnzüge ratterten über die Hochgleise, näherten sich aus dem lachsfarbenen Himmel. In den Straßen unter den Stahlkonstruktionen trieben die Lichter der Autos hin und her wie helle Planktonschwärme. Die Lastkähne auf dem Fluss setzten ihre Positionslampen, und überall zuckten bunte Neonsilben im Zwielicht.

Ella überlegte, ob sie Dany von dem Angebot des türkischen Polizisten erzählen sollte. Sie war aufgeregt; wenn er ihr glaubte, wenn sie ihn überzeugen konnte, dann brauchte sie Forell vielleicht nicht mehr. Vorbei die Flucht, die Jagd, die Angst. Und um die Mörder und die Opfer und die Verschwörung, wenn es wirklich eine gab, um all das kümmerte sich wieder die Polizei. »*Vielleicht, vielleicht,* ich hasse dieses Wort«, sagte Dany endlich, aber seine Stimme war wieder ruhig geworden, und er versuchte, nicht zu auffällig auf die Bahnsteiguhr zu schauen. »Triffst du dich jetzt mit deiner Freundin?«

»Ja.«

Er blickte einer einfahrenden S-Bahn entgegen. »Gut, ich muss mich nämlich langsam mal bei meiner Redaktion melden und einen Zwischenbericht erstatten. Wenn ich nichts mehr von dir höre, treffen wir uns im Hotel. Ach, was ist das eigentlich für ein Buch?«

Ella öffnete die Jiffy-Tasche, die der Professor ihr gegeben hatte und holte ein Taschenbuch heraus. »Ein Roman«, sagte sie überrascht. »*Früchte des Zorns.*«

Sie warf die Jiffy-Tasche in einen Abfalleimer und sah zu, wie Dany in die eine S-Bahn stieg, während sie eine andere nahm, das Buch unterm Arm. Er winkte ihr, aber er lächelte nicht dabei. Der Zug war so voll, dass sie stehen musste. Sie las die Inhaltsangabe auf dem abgegriffenen Rücken des Romans. Er handelte von Landpächter, Männern, Frauen und Kindern, die im Amerika der Dreißigerjahre von den Besitzern vertrieben wurden und sich auf den beschwerlichen Weg nach

Kalifornien machten, um sich dort als Wanderarbeiter zu verdingen.

Ella suchte nach den angestrichenen Stellen, von denen Forell gesprochen hatte. Sie las: *Manche Landbesitzer waren freundlich, weil sie das, was sie taten, ungern taten, und manche waren böse, weil es ihnen zuwider war, grausam zu sein, und manche waren kühl, weil sie schon vor langer Zeit herausgefunden hatten, dass man kein Landbesitzer sein kann, ohne kühl zu sein. Und sie allesamt waren in etwas befangen, das größer war als sie selbst. Manche von ihnen hassten die Zahlen, von denen sie getrieben wurden, manche fürchteten sich, und manche beteten die Zahlen an, weil sie ihnen eine Zuflucht gaben vor Gedanken und Gefühlen.*

Wenn eine Bank oder eine Finanzgesellschaft das Land besaß, so sagten die Männer, die gekommen waren: Die Bank – oder die Gesellschaft – wünscht – braucht – befiehlt – muss haben – als sei die Bank oder die Gesellschaft ein Ungeheuer mit Gedanken und Gefühlen, das sie verführt hatte. Und jene, die das sagten, wollten keine Verantwortung für die Banken und die Gesellschaften auf sich nehmen, weil sie Menschen und Sklaven waren, während die Banken Maschinen waren und Herren zur gleichen Zeit.

Manche der Männer, die kamen, waren stolz darauf, Sklaven solch kühler und mächtiger Herren zu sein. Und die Landbesitzer erklärten das Arbeiten und Denken des Ungeheuers, das stärker war als sie. Ein Mann kann das Land halten, wenn er nur essen und seine Steuern bezahlen kann. Ja, das kann er, bis eines Tages seine Ernte ausbleibt und er Geld borgen muss von der Bank.

Aber – siehst du, eine Bank oder eine Gesellschaft kann das nicht, weil diese Kreaturen ja keine Luft atmen und sich nicht von Fleisch nähren. Sie atmen Profite und sie nähren sich von Geldinteressen. Wenn sie das nicht bekommen, sterben sie, wie du stirbst ohne Luft und ohne Fleisch.

Können wir es nicht anstehen lassen? Vielleicht ist nächstes Jahr ein besseres Jahr.

Darauf können wir uns nicht verlassen. Die Bank – das Ungeheuer muss die ganze Zeit Profite haben. Sie kann nicht warten. Sonst stirbt sie. Wenn das Ungeheuer nicht mehr wächst, so stirbt es. Es kann nicht immer gleich groß bleiben.

Der Zug hielt am Alexanderplatz, wo Ella kurz aufschaute, dann aber gleich weiterlas.

Und schließlich kamen die Landbesitzer zu ihrem eigentlichen Punkt. Das Pachtsystem bewährt sich nicht mehr. Ein Mann auf einem Traktor kann zwölf oder vierzehn Familien ersetzen. Zahl ihm seinen Lohn, und er besorgt die ganze Ernte. Wir müssen das machen. Wir machen es nicht gern. Aber das Ungeheuer ist krank. Irgendetwas muss mit dem Ungeheuer geschehen.

Die Pächter blickten beunruhigt auf. Aber was geschieht mit uns? Wovon sollen wir leben?

Ihr müsst das Land verlassen. Die Pflüge werden durch euren Hof gehen.

Und jetzt standen die Männer wütend auf. Großvater ist als Erster auf das Land gekommen. Er musste die Indianer töten und fortjagen. Und Vater ist hier geboren. Er hat das Unkraut ausgerupft und die Schlangen umgebracht. Dann kam ein schlechtes Jahr, und wir mussten ein bisschen Geld borgen. Dann gehörte das Land der Bank, aber wir blieben und hatten ein kleines bisschen von dem, was wir anbauten.

Wir wissen das – wissen das alles. Wir sind's ja auch nicht, es ist die Bank. Eine Bank ist nicht wie ein Mensch.

Ja, aber die Bank ist ja auch nur von Menschen gemacht.

Nein, da hast du unrecht – völlig unrecht. Die Bank ist etwas ganz anderes als Menschen. Jeder Mensch in der Bank hasst das, was die Bank tut, und doch tut die Bank es. Die Bank ist mehr als Menschen sind, das sage ich dir. Menschen haben sie gemacht, aber sie können sie nicht kontrollieren. Das Ungeheuer ist kein Mensch, aber es kann Menschen das zu tun befehlen, was es will.

Die Pächter schrien: Großvater hat Indianer, Vater Schlangen umgebracht für das Land. Vielleicht können wir die Banken umbringen – sie sind schlimmer als Indianer und Schlangen.

Als der Zug in den Bahnhof Hackescher Markt einfuhr, war Ella mit den angestrichenen Absätzen fertig, und bis zur Friedrichstraße las sie alles noch einmal und versuchte sich vorzustellen, wie es auf ein kleines Mädchen wirken mochte, wenn es ihm von der Großmutter mit trauriger oder empörter Stimme vorgelesen wurden.

An der Friedrichstraße steckte sie das Buch in die Jackentasche und stieg aus. Es war dunkel geworden. Sie hatte keine Angst, entdeckt zu werden, und sie war sicher, dass niemand ihr folgte. Die Ebenen und Rolltreppen des Bahnhofs wimmelten von Frauen mit Kopftüchern, Schleiern, Schals, Sonnenbrillen. Der Verkehr vor den Ausgängen hatte noch nicht abgenommen, nur der Staub im Wind dämpfte die Lichter. Sie konnte zu Fuß gehen, auf den schmalen Bürgersteigen, wo sie es sofort bemerkte, wenn jemand zu lange hinter ihr blieb.

Es war derselbe Döner, in dem sie vor ein paar Tagen mit Max gefrühstückt hatte. Über dem Eingang stand noch immer in grünen Buchstaben auf rotem Grund *Dürüm Salat Iskender Pommes Burger Pizza Pasta Hähnchen*, und neben dem großen, schmutzigen Schaufenster prangten auch noch immer die abgasgeschwärzten Farbfotos von krossen Grillhähnchen, goldgelben Pommes frites, überquellenden Dönertüten und bunten Salaten. Die Reihe schlichter Holztische im Inneren hatte sich nicht verändert, genauso wenig der übergroße Kühlschrank mit Getränkedosen. Die laute türkische Musik, die von den rot gestrichenen Wänden widerhallte, klang monoton wie immer. Der Dönerspieß drehte sich langsam und in alle Ewigkeit vor den glühenden Grillstäben, und in der öligen Hitze schwitzte nach wie vor Murat, der freundlichste und liebenswürdigste aller Dönerwirte.

Aber jetzt, als sie in den kleinen, nüchternen Raum trat, erschien ihr auch das alles auf einmal verändert, ein weiterer Platz, den sie mit neuen Augen sah, noch eine trügerische Kulisse aus einer Vergangenheit, die es nicht mehr gab.

»*Salaam Aleikem!*«, sagte Murat laut, als Ella den fast leeren Raum betrat. Sie ging auf den von Fettdunst beschlagenen Glastresen zu, hob kurz die Sonnenbrille, zog den Schal herunter und sagte leise: »*Aleikem Salaam*, Murat. Wenn ich wieder gehen soll, tue ich das. Aber bitte lass mir einen Vorsprung, bevor du die Polizei rufst.«

»Frau Doktor!«, rief Murat, dämpfte aber sofort die Stimme und streckte ihr beide Hände entgegen. »Die sollen mir abgehackt werden, und die Zunge soll mir herausgerissen werden, wenn in meinem Haus die Gebote der Gastfreundschaft nicht mehr gelten. Ich sehe Sie nicht kommen, ich sehe Sie nicht an meinem Tisch sitzen, und wenn Polizisten hereinkommen, sehe ich Sie nicht durch den Hinterausgang gehen, gleich neben der Toilette.«

»Danke, Murat. Einen Tee, bitte!«

Annika saß an einem Tisch ganz hinten im Raum und las eine Zeitung, die aufgeschlagen vor ihr lag. Sie trug dieselbe Kleidung wie am Morgen auf der Beerdigung. Sie war blass und so dünn, dass die bunte Strickjacke an ihr herabhing wie von den Schultern einer Kleiderpuppe. Bei dem schonungslosen Deckenlicht konnte Ella sehen, dass ihre Schönheit noch immer da war, nur anders, unter lauter feinen Falten auf der durchscheinenden Haut wie in zerknittertes Pergament geschlagen. Alles an ihr schien jetzt schärfer und kantiger, und ihre Lippen, scharlachrot geschminkt, hatten etwas von einer kühlen, horizontal brennenden Flamme.

Als Ella an den Tisch trat, hob sie den Kopf von der Zeitung und blickte sie an mit ihren klaren, tiefseeblauen Augen, die bis auf den Meeresgrund der Seele schauen konnten. Plötzlich gab es die ganzen letzten Jahre nicht mehr; es war, als hätten sie sich eben erst gestern zum letzten Mal gesehen, noch im Praktikum. Ella musste grinsen, kein Lächeln, nein, ein breites Grinsen, das von Annika erwidert wurde.

»Gehst du immer noch ohne Höschen?«, fragte Ella.

»Inzwischen muss ich das leider!« Annika stand auf, schnell, wie ein Springteufel, und streckte beide Arme aus. Sie hielten sich fest. Noch nie hatte Ella so viel Trost in so kurzer Zeit verspürt.

»Ich wusste gar nicht, dass du ein Haus in der Normandie hattest«, sagte Annika.

»Ich? Klar, und eins in Acapulco. Woher weißt du das?«

Annika ließ einen Arm auf Ellas Schulter liegen, mit der anderen Hand deutete sie auf den Artikel, der vor ihr lag. »Hast du heute noch keine Zeitung gelesen? Die *B.Z.* von Freitag? Du bist immer noch das Thema Nummer eins!«

Unter einem großen Foto – so weit Ella wusste, das einzige, das sie jemals mit einem beinahe verführerischen Gesichtsausdruck und sinnlich aufgeworfenen Lippen gezeigt hatte – prangte in großen roten Buchstaben die Überschrift *Die Blutspur der schönen Ärztin.*

»Von Berlin Schöneberg bis nach Paris zieht sich die Blutspur, die Doktor Ella Bach seit ihrem ersten Mord vor einer Woche hinterlassen hat«, las Annika vor. »Im noblen Pariser Vorort Neuilly fand die französische Polizei die Leiche einer jungen Frau – siehe kleines Foto –, deren tödliche Verletzungen eindeutig die Handschrift der untergetauchten schönen Internistin zeigen.«

»Könntest du vielleicht noch etwas lauter lesen?!« Ella sah sich um, aber keiner der anderen Gäste – junge Araber und Türken mit Kurzhaarschnitt, Goldkettchen und Bodybuilderfigur in schwarz-weißen Trainingsanzügen – nahm von ihnen Notiz, und die Stimme eines traurigen Istanbuler Sängers drang gerade besonders leidenschaftlich aus dem Musikautomaten.

Sie nahm ihre Sonnenbrille ab und griff nach der Zeitung. Das kleine Foto, auf das der Artikel Bezug nahm, war nicht besonders scharf, aber sie erkannte die Frau trotzdem. Das Gesicht, lachend, hatte Ella gestern Nacht im Fernsehen gesehen. Die Bildunterschrift lautete: *Das Opfer, Nicolette Régine Marceau (27), Geliebte des verschwundenen Bankiers Raymond Lazare.*

Sie las den Rest des Artikels: *Bis zur Unkenntlichkeit entstellt, wurde der Körper von Nicolette Marceau gestern Mittag von spielenden Kinder in einem Park gefunden. Die junge Frau war in den letzten Wochen bei verschiedenen Anlässen an der Seite des prominenten Bankiers Raymond Lazare, Vorstandssprecher der Banque National d'Alsace, gesehen worden. Zeugen wollen wenige Stunden vorher in der Nähe des Leichenfundorts eine Frau bemerkt haben, auf die die Beschreibung von Dr. Ella Bach passt. Wie neueste Ermittlungen ergeben haben, stand auch das erste Opfer der grausamen Mordserie, die 24jährige Studentin Madeleine Schneider, in Beziehung zu Raymond Lazare und seiner Familie.*

Laut Informationen aus Polizeikreisen gehen die Behörden jetzt nicht mehr davon aus, dass es sich um eine Eifersuchtstat handelt, sondern möglicherweise um einen Rachefeldzug. Angeblich hat die wohlhabende Ärztin bei gewagten Spekulationen am Finanzmarkt und mit einem von der Banque National d'Alsace aufgelegten Immobilienfonds ihr gesamtes Vermögen, darunter ein Haus in der Normandie, verloren. Für die Verluste könnte sie den ebenfalls vor einer Woche auf geheimnisvolle Weise verschwundenen Vorstandssprecher der Bank, Raymond Lazare, verantwortlich machen. In die Suche nach –«

»Wenn ich du wäre, würde ich Paris erst mal von der Liste meiner Reiseziele streichen«, sagte Annika.

30

Ella spürte, wie sich ihr der Magen umdrehte; die Zeitung verschwamm vor ihren Augen. Langsam sank sie auf die Holzbank vor dem Tisch.

»Du hast mir ja eine ganze Menge verschwiegen«, sagte Annika.

Ella schaute von der Zeitung auf und wartete, bis ihr Herz zu einer fast normalen Schlagfrequenz zurückfand. »Es sollte eine Überraschung sein«, sagte sie lakonisch. »So wie deine Krankheit für mich.«

Annika sah sie ruhig an, tiefseeblaue Trauer im Blick. »Ich wollte dich nicht überraschen. Ich wollte nur nicht, dass du es weißt.«

»Warum nicht?«, fragte Ella. »Weil richtige Freundinnen alles voreinander verschweigen?«

Annika griff nach ihrer Hand, nur kurz, dann ließ sie sie wieder los. »Bist du neuerdings so schwer von Kapee? Weil ich mich geschämt habe. Deswegen habe ich so lange nichts von mir hören lassen. Ich wollte, dass du mich so in Erinnerung behältst, wie ich war, nicht mich so erlebst, wie ich geworden bin. Zu was *er* mich gemacht hat.«

»Er? Wer?«

»Ein Mann, wer sonst.« Annika winkte Murat und deutete auf das Bild mit Bulgursalat über dem Tresen. »Weißt du noch, was wir uns einmal geschworen hatten, hoch und heilig? Keine falschen Männer mehr! Lieber eine ansteckende, tödliche Krankheit! Sobald eine von uns nicht ganz sicher ist, holt sie die Diagnose der anderen ein, du meine und ich deine. Eine zweite Meinung. Als ich mich mit Patrick angesteckt habe, wusste ich sofort, was du sagen würdest, denn der Kerl war als Mann so falsch, dass er einem schon wieder richtig vorkommen konnte – wenn man von einem brennenden Todeswunsch erfüllt war. Deswegen habe ich ihn vor dir geheim gehalten. Abgesehen davon, dass ich schon nach einem Monat zu ihm nach London gezogen bin. Ausgerechnet ich, Alles-was-du-kannst-kann-ich-viel-besser-Annie! Und als es dann passiert ist, schon knapp fünf Monate später, wollte ich erst recht nicht, dass du es erfährst. Ich habe sogar Max schwören lassen, dass er dir nichts davon erzählt. Tja, scheint, als hätte er Wort gehalten.«

Ella erinnerte sich an die letzten Telefonate, die ausweichenden Antworten, die vagen Versprechen, bis keiner mehr den anderen angerufen hatte, nur vorübergehend natürlich. Aber dann war das Schweigen zum Dauerzustand geworden. »Was hat er mit dir gemacht?«, fragte sie.

»Mich die Treppe runtergeworfen«, sagte Annika. »An den Haaren durch die Küche geschleift. Meinen Kopf gegen die Wand gehämmert. Die reine Poesie! Bis er mich nicht mal mehr wo gegenschleudern oder irgendwo runterwerfen musste, damit ich hingefallen bin.«

Ella sagte nichts, weil sie auf einmal begriff, und weil es da nichts mehr zu sagen gab.

»Genau«, meinte Annika. »Fallsucht. Symptomatische Epilepsie als Folge eines Schädelhirntraumas. Morbus sacer. Die heilige Krankheit. Kommt schon in der Bibel vor, im Neuen Testament – Jesus heilt einen Fallsüchtigen. Julius Cäsar. Napoleon. Dostojewskis Idiot. Mein Hund Ronin. Aber deswegen muss ich jetzt Höschen tragen. Kommt einfach nicht so gut, wenn ich mich bei einem Anfall vollpisse und keins anhabe. Die ganze Elektrizität im Gehirn, was man damit machen könnte, und jetzt knallen alle Nase lang die Sicherungen raus und das Licht geht aus. Status epilepticus, Kurzschluss, Nacht in allen Zellen. Vor allem, wenn dir etwas nahegeht. Zu viele emotionale Reize, und peng! ein Blitz, und du siehst alles in schönste Farben getaucht, bevor du der Länge nach hinknallst und dir irgendwann endgültig den Schädel einschlägst, sogar ohne Mithilfe eines Mannes, komplett mit Schmatzen, Sabbern, wilden Zuckungen, Schaum vor dem Mund und einem Schrei hier und da als Garnierung. Unheilbar, sagen die Ärzte, jedenfalls meine Form!«

Ella schwieg noch immer. Dann sagte sie: »Scheiße.«

»Und du dachtest, du hättest Probleme«, meinte Annika mit einem Lachen, gerade als Murat ihr den Bulgursalat brachte.

»Kannst du denn dann überhaupt noch als Therapeutin arbeiten?«, fragte Ella.

»Ja, mit Pflanzen«, sagte Annika. »Die stört es nicht so, wenn ich mitten in einer Sitzung mal eben auf sie drauffalle. Ich nehme natürlich Tabletten – Neuroleptika, Antikonvulsiva, die ganze Palette.«

»Du bist Gärtnerin geworden? Du hast keine Patienten mehr?«

»Ich darf keine mehr haben, die Zulassung wurde widerrufen. Natürlich halte ich mich nicht daran, die Leute wollen schließlich weiter zu mir kommen, um mit mir zu reden. Ich nenne mich jetzt aber anders – *Soul Stylist.* Mit der Gärtnerei beschäftige ich mich nur zur Tarnung, in einem kleinen Gewächshaus, falls die Psychiatrische Gesellschaft ihre Häscher ausschwärmen lässt. *Double income, no kids* oder wie das hieß. Der Salat schmeckt übrigens gut, hast du heute schon was gegessen?«

»Ich habe keinen Hunger.«

»Warum schaust du mir dann beim Essen zu wie ein bettelnder Hund?« Sie machte Murat auf sich aufmerksam und rief: »Noch mal so einen Salat, Murat Pascha! Für meine Freundin!«

Ella sah sich um. Inzwischen war es voller geworden in dem kleinen Raum: Mädchen in High Heels, verlockend geschminkt, in kurzen Röcken, aber mit Kopftuch; ältere Männer mit grauen Haaren und grauen Schnurrbärten, die Kaffee aus kleinen Tassen tranken; ihre Frauen, beleibt, ganz in Schwarz, manche verschleiert, mit klobigen Schuhen und geblümten Röcken.

»Aber im Ernst«, fuhr Annika fort, »ohne meine Patienten wäre ich in der ersten Zeit verloren gewesen. Ich habe vorher immer gedacht, *die* brauchen *mich*, aber da ist mir plötzlich klar geworden, dass ich sie mindestens genauso brauche. Ich war jetzt eine von ihnen, *eine Gezeichnete*, und sie gaben mir den Halt, den ich ihnen vielleicht gegeben hatte. Ich merkte auf einmal, wie nah sie mir standen, all diese Menschen, deren Seele eine Verletzung zugefügt worden war, ohne dass sie je ganz in Worte fassen können, wann oder von wem oder sogar was für eine genau.

Bis zu dem Moment, als ich meinen ersten Anfall hatte, war ich innerlich immer noch ein wenig belustigt – manchmal auch irritiert –, wenn wieder einer so einen messianischen Glanz in den Augen hatte oder ein anderer mich mit einem verschwörerischen Flüstern in die *Botschaft* einweihte, mich an dem *Geheimnis* teilhaben ließ, das ihm die *Stimme* verraten hatte. Wenn sie da saßen und kein Wort hervorbrachten oder aber nicht aufhören konnten zu quasseln, oder dauernd an etwas herumzupften, oder unsichtbare Flusen von ihrem Knie wischten, oder einfach nicht wieder gehen wollten, nachdem man sie vorher fast über die Schwelle und auf die Couch tragen musste. Ich hätte es nie zugegeben – vielleicht ist es mir nicht mal bewusst geworden –, aber es war so.

Ich meine, es sind Menschen dabei, die albanischen Türstehern Angst machen und Priester an Gottes Weisheit zweifeln lassen. Die ohne Auto durch eine Waschstraße laufen und dabei so tun, als hätten sie ein Lenkrad in beiden Händen oder nachts in Panik aufwachen und durch alle Zimmer rennen, weil sie Brandgeruch in der ganzen Wohnung riechen, ohne auf den Gedanken zu kommen, dass es ihr eigenes Gehirn ist, das gerade in Flammen aufgeht. Aber –«

Annika unterbrach sich, um Murat Gelegenheit zu geben, vor Ella ebenfalls ein Schüsselchen Bulgursalat auf den Tisch zu stellen, ehe sie weiterredete: »– aber diese Menschen haben mich gerettet wie ein Netz, in das ich fallen konnte. Und immer, wenn ich jetzt das Geschwafel von einem Politiker oder General oder Wirtschaftsboss höre, wie sie etwas als *alternativlos* bezeichnen, zum Beispiel Bankern Milliarden und Abermilliarden in den parfümierten Arsch zu schieben, weil sie *systemrelevant* sind – und wenn ich beinahe selbst wieder auf dieses hochtrabende Gewäsch hereinfalle –, dann denke ich daran, was meine Leidensgefährten wohl dazu sagen würden. Ob sie auch bereit wären, wegen dieses oder jenes höheren Zwecks moralische Einwände mal eben und ausnahmsweise ungehört verhallen zu lassen. Und dann schäme ich mich – für die Politiker und Banker, die hinter dem Schleiertanz ihrer Rhetorik nur ihre schiere, nackte Herzlosigkeit verbergen, aber auch für mich, weil ich ihnen beinahe wieder auf den Leim gegangen wäre.

Dabei gehöre ich jetzt zu denen, die wissen, was *alternativlos* wirklich bedeutet, weil sie schon in ihrer Kindheit die tiefsten Wunden davongetragen haben und die härtesten Schläge einstecken mussten und danach immer wieder. Weil sie in dem System, zu dessen Relevanz es gehört, Betrügern einen goldenen Fallschirm aufzuspannen und Mördern Orden anzuheften, nie einen anderen Trost erhalten haben als den, den sie sich selbst und einander spenden konnten, oder? *Oder?!*«

Da war sie wieder, die Annika, die Ella als Studentin geliebt und bewundert hatte, und die ihren Redeschwall noch immer mit funkelnden Augen und dem furiosen Stakkato von einem Dutzend amphetamingepushten Rappern vortragen konnte. »Und deshalb«, kam sie zum Schluss, »und deshalb ist es ganz gut, wenn man ab und zu auch mal den eigenen Verstand mit heruntergelassenem Verdeck durch die Waschstraße fährt, bis die Elektrik total zusammenbricht, und man dafür nach dem ganzen Gewische, Gebürste und Gewienere in vollkommener Dunkelheit am anderen Ende mit nassem, funkelndem Herzen ans Licht kommt, wenigstens für kurze Zeit.«

»*Quod erat demonstrandum*«, sagte Ella und trank einen Schluck von ihrem Tee, den Murat schon gebracht hatte, als sie auf der Toilette gewesen war. »Und dieser Patrick, was ist aus dem geworden?«

»Nichts.«

»Dem ist nichts passiert? Wieso nicht?«

»Er war Polizist, von New Scotland Yard. So was wie ein Heiliger für seine Kollegen.«

»Wo lernt man denn einen englischen Polizisten kennen?«

»Im Urlaub, auf Malle. Es hat sofort gefunkt, nachts am Strand, in der Brandung, der reinste Kitsch. Auf alle Fälle – jetzt kannst du dir vorstellen, wieso ich alles darüber weiß, worauf man achten muss, wenn die Polizei hinter einem her ist.«

Ella schwieg wieder. »Siehst du ihn noch manchmal?«

»Nein.«

»Aber du weißt, wo er wohnt?«

»Ja.« Annika war mit ihrem Salat fertig. »Am Anfang stand ich manchmal nachts vor seiner Tür und wusste nicht, wer da wohnt oder was ich da wollte. *Jamais vu*, so ein Symptom von Epilepsie. Und manchmal stand ich da und dachte, ich wäre schon einmal da gewesen und hätte es getan, ihn umgebracht, meine ich.« Sie lachte kurz, die horizontale rote Flamme ihres Mundes flackerte.

»*Déjà vu*«, sagte Ella. »Auch ein Symptom.«

»Und jetzt erzähl mal von dir. Wie bist du eigentlich in diesen ganzen Schlamassel geraten?«

Ella erzählte. Sie begann mit dem Rettungseinsatz vor einer Woche, berichtete von der verletzten jungen Frau, wechselte zu Silvan, zu Max und zurück zu Mado und Dany und allem, was danach geschehen war. Sie erzählte, und eine Viertelstunde später schloss sie mit den Worten: »Die große Depression, sagt dir das etwas?«

»Jede Depression sagt mir etwas«, antwortete Annika, »große, kleine, leichte, schwere, einfach jede. Was ist mit diesem Dany, kannst du dich auf den verlassen?«

»Weiß ich nicht. Manchmal denke ich, ja. Und dann wieder …«

»Du bist aber nicht in ihn verknallt?«

Ella trank den Tee, der jetzt genau die richtige Temperatur hatte. *Weiß ich nicht. Doch. Vielleicht. Wahrscheinlich.* »Kann ich nicht sagen«, antwortete Ella ausweichend.

»Das hört sich nicht gut an«, erklärte Annika. »Ich habe den ausgesprochen starken Eindruck, dass du meine Hilfe brauchst.«

»Du wolltest doch morgen zurückfahren.«

»Ich hab's mir anders überlegt. Das schulde ich dir. Und Max.«

»Und dein Hund? Deine Katze?«

»Fritz the Cat kommt allein klar, und Ronin ist bei einer Freundin. Ich hatte ihn mir eigentlich angeschafft, weil es hieß, er könnte epileptische Anfälle vorherahnen. Konnte er auch, bis er selber Epilepsie bekommen hat. Du müsstest mal einen seiner Anfälle sehen. Die reine Poesie!« Sie dachte kurz nach. »Ich finde, du solltest diesen Aziz anrufen, auch wenn er ein Polizist ist – und ein Mann … Jetzt gleich!«

Ella holte ihr Handy heraus, aber die laute Musik und der Lärm der Stimmen in dem hallenden Raum hätten bedeutet, dass sie zum Telefonieren hinausgehen musste, und sie hatte auf einmal Angst, Annika wieder allein zu lassen. Sie schob das Gerät in die Tasche zurück. »Möchtest du nicht erst noch über Max sprechen? Das ist doch so etwas wie ein Leichenschmaus hier, oder nicht? Da erzählt man sich normalerweise etwas über den Verstorbenen.«

Annika zuckte mit den Schultern. »Meinetwegen, du fängst an. Ich habe ihn seit ein paar Jahren nicht mehr gesehen.«

Ella sagte: »Weißt du noch, wie wir damals alle zusammen durch Kreuzberg gezogen sind – Max in der Zwangsjacke verschnürt und wie wir ihn gezwungen haben, Champagner mit dem Strohhalm zu trinken, um ihn betrunken zu machen?«

Annikas Gesicht spannte sich. »Ich glaube, das ist jetzt keine gute Idee«, sagte sie, und im selben Moment erkannte Ella, dass sie recht hatte. Aber es war zu spät. Sie sah den Abend plötzlich wieder in allen Einzelheiten vor sich, jede Minute, bis die Bar, in der sie später noch gelandet waren, um drei Uhr morgens schloss. Sie war gleichzeitig hier mit Annika bei Murat und mit ihr und Max in der *Calypso-Bar*, und als sie aufbrachen und die Bar verließen, wünschte die Ella bei Murat sich, man könnte die Uhr anhalten und alles, was vor diesem Moment geschehen war, und alles, was ihnen noch bevorstand, existierte nicht. Dann hätte sie glücklich sein können.

Der Wind in jener Nacht roch frisch, und am Himmel konnte man sehen, dass der Morgen nicht mehr weit war. Auf dem Weg zum Wagen begegneten sie zwei Nonnen, die schweigend mit gebauschten Habit wie zwei große Vögel mit schwarzen Flügeln die Straße hinauf eilten. Annika hatte sich bei Ella eingehängt, und Max hielt ihre andere Hand, und im Gehen lehnte sie den Kopf an seine Schulter.

Ella dachte, dass es ein schönes Gefühl gewesen war, so früh am Morgen betrunken durch die Straßen zu schlendern, und sie wünschte, danach hätte alles einen anderen Gang genommen. Aber das änderte nichts daran, dass es damals schön gewesen war, und immerhin hatte sie jetzt ihre beste Freundin wiedergefunden.

Also war auch das noch schön, und es wäre noch schöner gewesen, wenn Max nicht ermordet worden wäre und Anni sich nicht diesem brutalen Bobby von New Scotland Yard in die Arme geworfen hätte. Sie konnte die Augen schließen und sich vorstellen, dass sie immer weiter mit Max und der Annika von früher ging, bis ans Ende der Straße, sogar ans Ende der Stadt und noch weiter.

»Bambi!«, sagte Annika.

Ella kam zurück, und aus Vergangenheit wurde wieder Gegenwart.

»Hat er dir je wehgetan?«, fragte Annika.

»Max? Nein.«

»Warum hast du dich dann von ihm getrennt?«

»Vielleicht deswegen.«

»Du magst es, wenn man dir Wunden zufügt, nicht?«

»Nein. Ich mag es, wenn jemand sie mir verbindet.«

Annika seufzte. »Wir laufen im Leben dauernd weg vor den Verletzungen, die uns andere zufügen, und landen bei denen, die wir uns selbst zufügen. Und eines Tages bemerken wir, dass es dieselben sind.« Sie konsultierte ihre Armbanduhr. »Es ist schon spät. Falls dein Polizist nicht Nachtschicht hat, solltest du ihn jetzt anrufen.«

»Ich wollte dich noch etwas fragen.« Ella beugte sich über den Tisch. »Laut Fachliteratur hat man doch unmittelbar vor einem epileptischen Anfall so ein Gefühl, du weißt schon, einen Moment äußerster Lebendigkeit, einen *Flash,* blendendes Licht, dann äußerste Klarheit und Ruhe. Angeblich ein Erlebnis, nach dem man süchtig werden kann, weil man für diesen Sekundenbruchteil erkennt, was sonst nur Heilige oder Engel sehen können: wie alles zusammenhängt. Hast du so einen Moment schon mal erlebt?«

»Ja.«

»Und wie war das?«

»Als würde man den Himalaja bei Nacht nur für die Dauer eines Blitzes erblicken.«

31

Die Leitung blieb so lange still, dass sie schon dachte, sie hätte sich verwählt. Dann kam das Freizeichen, und fast im selben Moment, meldete sich Hauptkommissar Aziz. »Ja?«

»Hier spricht Doktor Bach«, sagte Ella. Sie stand draußen auf dem Trottoir vor Murats Imbiss, das Gesicht dem großen Fenster zugewandt, durch das sie die Gäste an den Tischen sehen konnte, am letzten davon Annika. »Frau Jansen hat mir ausgerichtet, dass Sie mit mir reden wollen.«

»Gut, dass Sie anrufen!«, sagte Aziz mit gedämpfter Stimme. »Wo …«

Eine Hupe auf der Straße hinter Ella verschluckte den Rest seines Satzes. Reifen quietschten, und ein Motor heulte auf. Aus einem rostzernarbten BMW hämmerte das eintönige Wumm-wumm-wumm elektronischer Bässe vorbei. Klirrend zersprang Glas auf dem Asphalt. »Könnten Sie bitte etwas lauter sprechen?«, rief Ella.

»Ich habe gefragt: Wo sind Sie gerade?«

»Nicht in Paris. Oder in meinem Haus in der Normandie.«

Aziz schwieg einige Sekunden lang irritiert. »Es ist wichtig, dass wir uns so schnell wie möglich treffen«, sagte er dann. »Ich habe ein paar inoffizielle Ermittlungen in Ihrem Fall angestellt, und inzwischen bin ich davon überzeugt, dass Sie unschuldig sind. Fast alle Ihre Angaben haben sich als wahr herausgestellt.« Er dämpfte neuerlich die Stimme. »Aber Sie schweben in höchster Gefahr. Allem Anschein nach sind Sie da in eine Sache hineingeraten, in –«

»Ich verstehe Sie ganz schlecht«, sagte Ella.

»Eine Verschwörung«, jetzt wieder lauter, »in die sogar Teile der Polizei verwickelt sind, Kollegen von mir, vom LKA. Ich weiß nicht genau, wer und wie weit nach oben das reicht, aber –«

»Ich habe etwas, das ich Ihnen zeigen muss«, sagte Ella, »eine DVD, die Mado – Madeleine Schneider – vor ihrem Tod aufgenommen hat. Es könnte sein, dass die ganze Sache etwas mit dem Verschwinden von Raymond Lazare, dem französischen Bankier, zu tun hat. Ich habe mit jemandem gesprochen, der die junge Frau kannte und eine Verbindung zwischen ihr und Lazare angedeutet hat. Außerdem habe ich mehrere Überwachungsfilme, die von einem Nachbarn auf der anderen Seite des Hofs aufgenommen wurden und auf denen man ihren Mörder und die Männer, die später die Spuren des Mordes beseitigt haben, sehen kann.«

Aziz schien den Atem anzuhalten. »Wissen Sie, dass Sie denen eine Heidenangst einjagen? Jetzt verstehe ich, warum.«

»*Ich* jage *denen* Angst ein?«

»Kann man die Männer erkennen?«

»Nur einen«, sagte Ella, »die anderen trugen Kappen und Mundschutz.«

»Wir müssen uns treffen«, sagte Aziz. »So bald wie möglich.«

»Morgen.«

»Wann? Wo?«

»Ich rufe Sie wieder an.«

»Unter dieser Nummer«, sagte Aziz. »Auf keinen Fall im LKA. Und sprechen Sie mit niemandem sonst.«

Ella unterbrach die Verbindung; erst, als es zu spät war, fiel ihr ein, dass sie sich gar nicht bedankt hatte. Plötzlich fröstelte sie. Sie überlegte, ob etwas an Aziz' Stimme oder dem, was er gesagt hatte, merkwürdig gewesen war, ob sie vorsichtig sein sollte, aber ihr fiel nichts ein. Sie ging zurück in den Imbiss, an ihren Tisch, an dem inzwischen ein halbes Dutzend andere Gäste saßen. Annika hatte die Augen geschlossen. Mit zurückgelehntem Kopf und einem kaum sichtbaren Lächeln schien sie der Musik und den Gesprächen rings umher zu lauschen. Als Ella das Handy vor sie hinlegte, öffnete sie die Augen und holte ein dickes Briefkuvert aus der Jackentasche. »Hier, für dich.«

»Was ist das?«

»Geld.«

»Was für Geld?«

»Ein Darlehen. Du kannst es mir zurückzahlen, wenn du wieder was abheben darfst. Um Geldautomaten solltest du augenblicklich einen großen Bogen machen, aber das weißt du ja.«

Ella nahm das Kuvert. Es fiel ihr schwer, Annika nicht um den Hals zu fallen. »Danke. Du kriegst es so schnell wie möglich zurück.« Genau in diesem Moment klingelte ihr eigenes Handy, und sie dachte, es wäre Dany und meldete sich.

»Was haben Sie getan?«, schrie eine aufgeregte Stimme ihr ins Ohr. *»Was haben Sie getan?«*

»Wer spricht da?«

»Warum haben Sie das getan!?«

»Professor Forell?«

»Ich habe Ihnen vertraut!«

»Was getan?«, fragte Ella. »Ich weiß nicht, wovon Sie –«

»Mit wem haben Sie gesprochen? *Wer wusste, dass wir uns treffen?!«*

»Niemand, nur Dany – Monsieur Montheilet und ich …«

»Sie waren hier!«, rief der Professor. »Jemand war hier, während ich mit Ihnen gesprochen habe.«

Ella wechselte einen Blick mit Annika. »Beruhigen Sie sich«, sagte sie. »Wo ist hier? In Ihrem Büro?« Sie hob die freie Hand, deutete zur Tür und ging wieder nach draußen, drängte sich durch die hungrigen Nachtschwärmer, die vor Murats Theke anstanden.

»Bei mir zu Hause«, antwortete Forell, so schrill, dass die Worte Ella ins Trommelfell schnitten wie das Messer eines Chirurgen. »Jemand war hier und hat meine Wohnung durchsucht. Sie müssen gewusst haben, dass ich nicht da war.«

»Wer?«, fragte Ella.

»Ich weiß nicht, wer sie sind«, er ächzte vor Angst, »*Die* haben sie geschickt. *Ihretwegen!* Das alles geschieht Ihretwegen. Sie müssen sofort herkommen!«

»Rufen Sie Daniel Montheilet an, seine Nummer ist –«

»Das habe ich schon! Er meldet sich nicht!«

»Was ist mit den Nachbarn? Können Sie nicht zu den –«

»Ich wohne hier ganz allein auf dem Land, der nächste Ort ist zehn Kilometer weit weg!«

»Wer sind *die*?«, fragte Ella noch einmal. »Sie müssen mir sagen, vor wem Sie Angst haben –«

»Birnam Forrest«, zischte der Professor, »die schicken sie immer, wenn ihnen jemand gefährlich werden kann. Die Anwälte von Rochefort machen sich nicht selbst die Hände schmutzig, das machen die Schläger von Birnam Forrest –« Er unterbrach sich, als wäre ihm auf einmal ein neuer Gedanke gekommen. »Ich gebe es Ihnen. Ich gebe Ihnen alles, das ganze Material. Sie konnten es nicht finden, weil ich es so gut versteckt habe.« Wieder hielt er den Atem an, nur ein leises Pfeifen entwich seinen Lungen. »Wenn ich es nicht mehr habe – *wenn Sie es haben* – lassen die mich vielleicht am Leben. Sie müssen kommen und es holen, schnell!«

Was denn?, dachte Ella, aber sie fragte nicht noch einmal danach, denn sie wusste, dass jemand in seiner Verfassung Anweisungen brauchte, keine Fragen. »Gut«, sagte sie. »Ich komme. Sagen Sie mir, wo Sie wohnen.«

»Hier draußen«, rief er, »ich wohne in einer umgebauten Kapelle. Sie müssen die E 51 Richtung Hannover-Nürnberg nehmen, an Potsdam vorbei, und dann ist es rechts, kurz vor Rehbrücke, ein unbefestigter Feldweg. Es liegt auf einem Hügel, neben einem alten Friedhof.«

»Gut«, sagte Ella und sah auf ihre Uhr. »Ich verabschiede mich noch von meiner Freundin, und dann nehme ich ein Taxi –«

»Nein, legen Sie nicht auf«, Forells Stimme fiel wieder in den schrillen, panischen Tonfall zurück, »ich will Sie hören, ich will hören, wie Sie ins Taxi steigen und losfahren.«

»Gut, dann reden Sie mit mir.« Zum zweiten Mal kehrte Ella in den überfüllten Döner zurück und schob sich, ohne das Handy vom Ohr zu nehmen, durch das Gedränge an den Tisch, wo Annika in der Zwischenzeit bezahlt hatte. »Erzählen Sie mir etwas über diese Firma, die Sie gerade erwähnt haben.«

»Birnam Forrest Security?«, fragte Forell.

»Ja«, bestätigte Ella, und zu Annika sagte sie: »Ich muss leider los.« Sie hoffte, dass Anni verstand und suchte nach Absolution in ihrer Miene. »Ich hole dich morgen früh ab. In welchem Hotel wohnst du?«

»Eine Sicherheitsfirma mit Sitz in Zürich«, erklärte Forell. »Es handelt sich um eine Tochterfirma von Rochefort, Gladstone & Wentworth, die hauptsächlich Expolizisten, ehemalige Militärs und Agenten beschäftigt.«

»*Residenz*, in der Knesebeckstraße. Kann ich von hier aus zu Fuß hingehen.« Anni zwinkerte Ella zu, ohne zu lächeln, *ist in Ordnung, tu, was du tun musst,* und dann trat sie spontan auf Ella zu und umarmte sie. »Du hast mir gefehlt«, sagte sie. Ella presste sie mit dem freien Arm an sich, ein paar Herzschläge lang. »Bis morgen.« Anni ließ Ella los und ging als Erste hinaus, pflügte sich durch die Schlange vor dem Tresen und war draußen noch einen Moment im Widerschein der Imbissbeleuchtung zu sehen und dann in der Dunkelheit verschwunden.

»Topleute von der GSG 9«, fuhr Forell fort, »dem deutschen Kommando Spezialkräfte, dem britischen SAS, Xe Services – früher Blackwater – in Amerika oder der Antiterroreinheit GIGN in Paris, nicht zu vergessen die 13. Französischen Dragoner. Söldner, Kampftaucher, Sprengstoffexperten, Scharfschützen oder einfach nur perverse Folterknechte, dazu jede Menge Exkripo, Exinterpol, ExKGB. Das einzige Gesetz, dem sie noch dienen, ist das des Profits. Niederlassungen in Paris, London, Washington, Rom, Moskau, Berlin, Tiflis, unter verschiedenen Namen, aber immer mit den besten Verbindungen zu den jeweiligen örtlichen Dienststellen von Polizei, Landeskriminalämtern, Bundesbehörden.«

Ella folgte Annika, winkte Murat, der zurückwinkte, und ging draußen zu dem Taxistand an der Ecke. Sie hielt den Kopf gesenkt. Sie wich den immer noch zahlreichen Passanten vor ihr aus und achtete darauf, dass ihr das Licht nicht ins Gesicht fiel.

Forell sagte: »Die Bezahlung ist erste Sahne. Hervorragende Alters- und Hinterbliebenenversorgung. Minimiertes Todesfallrisiko. Wer noch nicht dabei ist, will dahin, eher heute als morgen. Ganze Seilschaften wechseln vom öffentlichen in den privaten Sektor, behalten aber ihre Kontakte zum alten Arbeitgeber, wo die früheren Kollegen gern jeden Gefallen tun – informieren, manipulieren, sich für den Wechsel profilieren, wie der in Freyermuths Kanzlei getötete Hauptkommissar Kleist. Natürlich sind nicht alle Polizisten gekauft oder korrupt, aber doch so viele, dass man nie wissen kann, wem man trauen darf und wem nicht.«

Er redete jetzt fast wieder normal, schien sich zunehmend sicher zu fühlen, einfach weil er über etwas sprach, womit er sich auskannte. »Woher wissen Sie das alles?«, fragte Ella. Sie überquerte die Straße und erreichte den Taxistand.

»Ich habe meine Quellen«, sagte Forell. »Im Kanzleramt und bei Europol. Überall, wo Rochefort eine Niederlassung hat und bei einem schmutzigen Geschäft als anwaltliche Vertretung einer der Parteien agiert, gibt es bald auch jede Menge faule Eier im Nest der Ermittlungsbehörden.«

»Anwälte werden nicht von sich aus tätig«, sagte Ella. »Sie sind nur ein Werkzeug oder ein Schutzwall. Sie werden beauftragt. Wer sind ihre Mandanten?« Sie ging zum ersten Taxi in der Reihe, öffnete die rechte Hintertür des Mercedes und stieg ein. »Zur E 51, Richtung Hannover-Nürnberg«, erklärte sie dem dunkelhäutigen Fahrer. »Hinter Potsdam sage ich Ihnen dann, wie's weitergeht.« Der Fahrer drehte den kehligen Raj-Gesang im Radio leiser, schaute in den Rückspiegel und schoss los wie ein Piranha, der eine Blutwolke im Wasser gesichtet hatte. An Forell gerichtet, wiederholte Ella ihre Frage: »Wer sind ihre Mandanten?«

»Einen Moment …« Der Professor schien nach etwas zu lauschen, bevor er antwortete: »In wessen Auftrag Rochefort, Gladstone & Wentworth gegenwärtig tätig sind, weiß ich nicht. Aber ich kann Ihnen sagen, wer bis vor Kurzem zu den wichtigsten Klienten der Kanzlei gehörte: die Familie Lazare und ihre Bank.«

32

Aus dem Pirañha war ein ganzer Schwarm geworden, der durch die Nacht schwamm, über die Spree und dann am Tiergarten vorbei und immer weiter: andere Taxis, Sportwagen, Limousinen, Motorräder, Busse – jeder folgte dem Rot blinkender Rücklichter, schoss durch die Dunkelheit, peitschte sich mit zuckenden Schwänzen voran, angelockt von Farben, Musik, Nahrung.

»Sind Sie noch da?«, fragte Forell beunruhigt.

»Ja.« Ella dämpfte ihre Stimme. »Heute Nachmittag haben Sie angedeutet, es hätte 1929 während der Weltwirtschaftskrise einen Zusammenhang zwischen der Rettung der vor dem Ruin stehenden Bank der Lazares und dem gestohlenen Vermögen der Familie Schneider, ihrer ermordeten Nachbarn, gegeben.« Rechts von ihr trieb der goldene Engel über dem Schwarz der Bäume im Tiergarten vorbei. »Können Sie mir das genauer erklären? Wie ist das möglich gewesen?«

»Christophe Lazare war gerissen«, erklärte Forell, »ein mit allen Wassern gewaschener Fuchs, und er witterte als Einziger die einmalige Chance, die in einer weltumspannenden Krise lag – die Möglichkeit, seine vor dem Untergang stehende Bank zu retten. Schließlich hatte seine Familie ihr Vermögen und ihren Ruf durch waghalsige Spekulationen in den Krisen vergangener Jahrhunderte erworben, vor allem 1719 in Frankreich bei Landgeschäften mit wertlosen Grundstücken der Mississippi Compagnie in Louisiana und – nur wenige Monate später – in

Großbritannien bei der als South Sea Bubble bekannt gewordenen Finanzwette auf das Ende des spanischen Sklavenhandelmonopols. In beiden Fällen scheffelte Christophe Lazares Großvater Georges Millionen mit Aktien, mit denen andere später noch weit mehr Millionen verloren. Allein an der Einführung des Papiergeldes in Frankreich und der Kapitalflucht von Paris nach London verdiente er ein Vermögen. So viel Glück war seinem Enkel nicht beschert. Dank seiner eigenen Risikofreude – die eher an Wahnsinn grenzte, vielleicht sogar an eine Sucht! – war ihm von diesen Reichtümern nichts mehr geblieben, nichts außer dem guten Ruf der Bank. Auf diesen Ruf hin hatte er sich immer wieder bei anderen Banken Geld geliehen, um sich in aller Stille in ein halbes Dutzend solider Firmen der Umgegend einzukaufen. Die Anteile an diesen Firmen dienten ihm dann wieder als Sicherheit für weitere Kredite. *Hallo*? Sind Sie noch da?!«

»Ich bin noch da«, sagte Ella. »Ich höre Ihnen zu.«

»Die Verbindung ist so schlecht –«

»Reden Sie weiter!«

»Ja, also – unter den wenigen, die Lazare widerstanden, war Auguste Schneider mit seinem kleinen Imperium aus Sägewerken, Holzmühlen und Weinbergen. Allerdings ließ auch er seine Geschäftskonten von Lazare & Fils führen, schließlich waren sie Nachbarn und teilten sich den Besitz eines Gestüts. Lazares Methode war immer dieselbe: Er trieb die Unternehmen bis an die Grenze des Ruins, um ihnen dann selbst zur Hilfe zu eilen und die Kontrolle über ihre Finanzen zu erlangen. Damit wurden sie für ihn zu einer Art Schattenbank, heute würden wir sie *bad bank* nennen, in deren Büchern er seine Schulden und Verbindlichkeiten parken konnte, ohne dass die Eigentümer davon erfuhren. Gleichzeitig jonglierte er mit den Geldern anderer Firmen, deren Konten seine Bank führte, wie ein Artist im Zirkus. Er kaufte und verkaufte Aktien ohne ihr Wissen, erwarb weitere Unternehmen, deckte Löcher mit den Einlagen anderer Kunden, leitete Gewinne in seine Privatschatulle – es war, als spielte er an drei oder vier Roulettetischen gleichzeitig und zwar in mehreren Kasinos.

Und er verlor. Er verlor immer mehr, und irgendwann konnte das ganze erschwindelte Geld seinen Absturz nicht mehr verhindern. Niemand lieh ihm auch nur noch einen Centime. Als im September 1929 eine englische Bank ihre Hand auf die versprochenen Sicherheiten in Gestalt der Aktien einer frankokanadischen Reederei legen wollte, um sich für die ausstehende Rückzahlung fälliger Kredite schadlos zu halten, waren diese Papiere an eine japanische Bank verkauft worden, der Erlös aber auf mysteriöse Weise gleichfalls verschwunden.«

Forell unterbrach sich, aber Ella konnte ihn atmen hören. »Ich bin noch da«, sagte sie. »Was passierte weiter?« Der Tiergarten lag hinter ihr, und der Pirañhaschwarm schoss jetzt den Kurfürstendamm entlang, zwischen Ufern aus Neon, und etwas später waren sie auch an der Gedächtniskirche vorbei.

»Ich dachte, ich hätte ein Auto kommen gehört«, sagte Forell. »Wo sind Sie gerade?«

»Noch in Berlin, aber schon fast am Autobahnkreuz.«

»Gut, das ist gut. Wo war ich stehen geblieben?«

»Eine englische Bank wollte sich bei –«

»Ah, richtig – die Londoner setzten Lazare & Fils ein Ultimatum bis zum 30. Oktober. Wenn Sie bis dahin Ihre Schulden nicht tilgen, schrieben sie Lazare, werden wir einen Zusammenschluss aller Ihrer Gläubiger herbeiführen und Ihr Geldinstitut und sämtliche Firmen, die Ihnen ganz oder zum Teil gehören, deren Gelder Sie verwalten oder deren Konten von Ihrer Bank geführt werden, einer strengen Prüfung unterziehen. In dieser mehr als verzweifelten Lage fiel ihm wieder ein, was sein Stallmeister einmal von einem der Pferdepfleger – einem Deutschen mit Namen Oskar Steinberg, dem Bruder des Hauslehrers der Kinder von Auguste Schneider und seiner Frau Marthe – gehört hatte, dass nämlich der Nachbar bei sich daheim in einem Tresor ein Vermögen an Schmuck und Goldmünzen aufbewahrte. Und er war sicher, dass er nicht als Einziger davon wusste.«

Am Rathenauplatz verließ das Taxi den hier längst schäbig und glanzlos gewordenen KuDamm und steuerte das Autobahnkreuz an, wo der Schwarm sich auf die verschlungenen Betonbahnen verteilte. Der Funkturm leuchtete vor dem Nachthimmel, und dahinter schwebte der Schatten eines Düsenjets mit blinkenden Positionslichtern über die Dächer auf Tegel zu.

Forells Stimme schien wie aus einer anderen Zeit an Ellas Ohr zu dringen. »Der Mord an den Schneiders geschah in der ersten Novemberwoche des Jahres 1929. An jenem Tag hatte Christophe Lazare einen geschäftlichen Termin in Colmar. Als er abends zurückkehrte, wollte er noch schnell bei seinem ebenfalls auf dem Land lebenden Nachbarn Auguste vorbeischauen, und da fand er die ganze Familie ermordet, nur die kleine Anémone lebte noch.

Wegen des Schwarzen Freitags hatte die Londoner Bank andere Sorgen, als das Lazare & Fils gesetzte Ultimatum sofort in die Tat umzusetzen. Eine Woche später, am 13. November, zahlte Christophe Lazare auf einen Schlag den größten Teil seiner Verbindlichkeiten zurück. Seine Gläubiger waren so froh, ihr Geld zurückzuerhalten oder wenigstens diese Verluste begrenzen zu können, dass keiner auch nur den leisesten Versuch unternahm, herauszufinden, aus welchen Quellen sich seine plötzliche Liquidität speiste. Darüber hinaus hatte der Tod von Auguste Schneider und seiner Familie für Lazare noch einen weiteren Nutzen: Da der Patriarch die Buchhaltung seiner Firmen selbst übernommen hatte, gab es niemanden mehr, der herausfinden konnte, dass die von Lazare & Fils geführten Konten nur auf dem Papier noch dem wirklichen Wert der Aktiva entsprachen. Annémones Patenonkel, der Advokat Philipe Bertrand aus Straßburg, musste zu seinem Entsetzen erfahren, dass seinem neuen Mündel nichts geblieben war außer Schulden.

Lazare & Fils dagegen nahm nunmehr als eins der wenigen liquiden Geldhäuser eine Schlüsselposition im Bankgewerbe ein, zuerst im Elsass, dann in ganz Frankreich und ab 1932 auch im Rest Europas mit Ausnahme des Deutschen Reiches. Dabei konzentrierte es sich früher als andere auf Geschäfte mit der Stahlindustrie, was dann wenig später zu lukrativen Aufträgen von Rüstungsbetrieben und Reedereien führte. Die Bank wurde so mächtig und erfreute sich bald so hoher Protektion, dass sich niemand mehr traute, ihre Geschäftspraktiken unter die Lupe zu nehmen. Hätte es doch jemand gewagt, wäre dem schnell von ganz oben ein Riegel vorgeschoben worden.«

Das Taxi verließ das Autobahnkreuz, der Funkturm wanderte ins Rückfenster, und auf der Avus trat der Fahrer das Gaspedal voll durch. »Wir sind jetzt im Grunewald«, sagte Ella. Sie hörte ein Knistern in der Leitung, und die Verbindung schien kurz schwächer zu werden.

»Im Grunewald?«, fragte Forell entsetzt. »Ich dachte, Sie wären – was ist denn das dann für ein Wagen da unten?!«

»Wo?«

»Auf dem Feldweg zum Friedhof. Ich kann die Scheinwerfer sehen. Er kommt hier herauf – oh, mein Gott –«

»Verlassen Sie das Haus«, rief Ella. »Verstecken Sie sich!«

Forell sagte nichts, sie hörte nur seinen hechelnden Atem. »Jetzt sind sie weg. Ich kann sie nicht mehr sehen.«

»Was geschah weiter mit Lazare?«, drängte Ella.

»Lazare, ja, natürlich«, Forell griff nach dem Namen wie nach einem Rettungsring, »er nutzte das Durcheinander jener Jahre, den Wirrwar aus verlorenen und gewonnenen Vermögen, das Chaos der nationalen und internationalen Politik und der neu definierten Beziehungen zwischen Staat und Wirtschaft, um sich als feste Größe in der europäischen Hochfinanz zu etablieren. Dabei nutzte er die Fähigkeiten der kleinen, aber ehrgeizigen Anwaltskanzlei Rochefort aus Metz, die er 1932 erwarb und die im gleichen Ausmaß wuchs und gedieh, in dem Lazare & Fils ihren Einflussbereich erweiterten.

Mit ihrer Hilfe spann er ein immer komplizierteres Netz von Firmenverbindungen, die nur scheinbar unabhängig operierten, tatsächlich aber aus der inzwischen nach Paris verlegten Firmenzentrale von Lazare & Fils gesteuert wurden. Praktisch unkontrolliert von staatlicher Aufsicht gründete er neue Unternehmen, änderte Namen und Standorte der alten und bewegte ungeheure Vermögenswerte von gesunden börsennotierten Gesellschaften, die sich mehrheitlich in seiner Hand befanden, auf die Geheimkonten privater Lazare-Firmen oder umgekehrt. Auf diese Weise verschwanden allein zwischen den beiden Weltkriegen Millionen und Abermillionen in seinen Taschen, und es war selbst ausgefuchsten Finanzfachleuten nicht mehr möglich, die Wege zu verfolgen, die das Geld damals durch das Geflecht seiner Firmen, Tarnfirmen und Scheingläubiger nahm, denn fast alle Unterlagen sind im Zweiten Weltkrieg vernichtet worden.«

Das Taxi war jetzt fast allein auf der Avus. Es raste durch den von beiden Seiten auf die Autobahn zudrängenden Wald, und die Bäume waren weiß wie Knochen im Streulicht der Scheinwerfer.

»Das alles geschah hinter der Fassade der renommierten Familienbank, die bald über ein Netz von Filialen in allen europäischen Ländern verfügte und ein ganzes Heer von Anwälten auf der westlichen Erdhalbkugel beschäftigte.« Forell redete mit einer so verzweifelten Eindringlichkeit, als ginge es um sein Leben, und vielleicht tat es das sogar. »Diese Anwälte firmierten zunächst als Rochefort & Gladstone mit Sitz in Paris und London und nach dem Zweiten Weltkrieg als Rochefort, Gladstone &

Wentworth, nunmehr vertreten mit Niederlassungen in New York, London, Paris, Rom und bald auch Berlin. Später kamen Tokio, Moskau und Hongkong dazu, da hießen Lazare & Fils allerdings bereits Crédit Lazare, und Christophe hatte sich zugunsten seiner Söhne Charles und Paul aus dem operativen Geschäft in den Aufsichtsrat zurückgezogen. Die Zwillinge Charles und Paul nutzten die Namensänderung und noch ein paar geschickt eingefädelte Fusionen mit anderen Geldinstituten dazu, nach und nach zu verschleiern, dass eine der größten europäischen Banken mit Blutgeld aus einem Raubmord gerettet worden war. *Wo sind Sie jetzt?*«

»Ich bin gleich da.« Die Verbindung war inzwischen schon so schlecht, dass Ella Mühe hatte, die Stimme des Professors in dem Knistern und Rauschen zu verstehen. »Was ist mit Raymond Lazare, von dem dauernd in den Fernsehnachrichten gesprochen wird?«

»Das ist der Sohn von Charles«, die Stimme war wieder klar, »und der heutige Vorstandsvorsitzende der Banque National d'Alsace, wie die Bank seit einiger Zeit ganz patriotisch heißt. Er hat sich als eine seiner ersten Amtshandlungen von den letzten Anteilen der Bank an Rochefort, Gladstone & Wentworth getrennt, nachdem vor zehn Jahren auch der einzige noch lebende Mitwisser der Vorgänge um die geheimnisvolle Rettung von 1929 im Alter von hunderteins Jahren gestorben war.« Ein Seufzen entfuhr Forell. »Was an der ganzen Geschichte so unglaublich anmutet, ist der Umstand, dass die düsteren Vorgänge, die Fräulein Schneider so sehr bewegt haben, mehr als achtzig Jahre zurückliegen, und selbst wenn der Krieg nicht sämtliche Spuren verwischt hätte, wären sie längst verjährt. Nur ihr unermüdliches Graben und Bohren hat sie wieder zutage gefördert. Und wenn sie damit nicht zu Raymond nach Paris gefahren wäre, um ihn mit der Schuld seiner Familie und der Tragödie der ihren zu konfrontieren, könnte sie vielleicht noch leben, sie und die anderen. Niemand wäre tot, Raymond nicht verschwunden und unsere Welt bald ein Spielball skrupelloser Verschwörer …«

»Wieso nennen Sie ihn beim Vornamen?«, fragte Ella. »Kennen Sie ihn denn?« Am Straßenrand glitten die Abfahrtsschilder nach Potsdam vorbei, und sie beugte sich nach vorn zum Fahrer. »Gleich müssen wir rechts raus –«

»Ein unbeschilderter Feldweg zu einem kleinen Friedhof«, rief Forell. »Sagen Sie ihm das.« Er hörte zu, wie sie seiner Aufforderung folgte, dann antwortete er auf ihre Frage: »Wir drei sind einander seit einigen Jahren freundschaftlich verbunden – Raymond, Serge Barrault und ich. Als es um die Rettung des Euro ging, vor einigen Jahren, gehörten wir zu den Beraterteams der deutschen und der französischen Regierung, und dabei haben wir festgestellt, dass wir nicht nur gut zusammenarbeiten, sondern vor allem die gleichen Ideen im Herzen tragen –«

Das Handy verstummte plötzlich. »Hallo?«, sagte Ella. »Ich höre Sie nicht mehr – Professor Forell?«

»– mich kurz vor seinem Verschwinden angerufen«, es knackte, dann war Forell wieder da, »und gesagt: Ich schicke dir etwas von größter Wichtigkeit durch jemanden, den du kennst. Er sagte mir nicht, wer es ist; es sei zu gefährlich. Er sagte mir auch nicht, *was* es war, um mich nicht in Gefahr zu bringen. Er sagte, sein Telefon würde wahrscheinlich überwacht, alle seine Telefone und seine Computer auch. Er sah keinen anderen Weg, mir diese Sache zukommen zu lassen, schon gar keinen elektronischen – man weiß nie, wer einem über die Schulter schaut und es dann womöglich verfälscht oder ganz zerstört. Er wollte versuchen, die Welt auch über das Internet zu warnen, aber er hatte wenig Hoffnung, dass es gelingen könnte. Nur mir und Serge könne er vertrauen, sagte er. Aber Serge ist Franzose, und es gibt zu viele korrupte Beamte im Elysée.«

Forell sprach jetzt schneller, als versuche er, die Dringlichkeit zu verdeutlichen, die aus Lazares Anruf auch zu ihm gesprochen haben musste. »Wenn ihm etwas zustößt, hat er gesagt, dann soll ich den Gegenstand jemandem in der Amerikanischen Botschaft geben. Der Inhalt ist verschlüsselt und lässt sich nicht kopieren, nur vernichten. Das einzige andere Exemplar befindet sich in seinem Besitz.«

»Aber was ist es?«, fragte Ella.

»Ein Memory Stick mit einer Bild- oder Tonaufnahme, aber wovon genau, hat er mir nicht gesagt. Nur dass es sich um eine Verschwörung handele – eine Verschwörung mit dem Ziel, unserer Welt ein für alle Mal ein anderes Gesicht zu geben, nein, sie so zu entstellen, dass man sie nicht mehr wiedererkennen könne. Ich betrachte es als meine Aufgabe, das zu verhindern, sagte er. Aber bis der richtige Zeitpunkt gekommen ist, müsse er unsichtbar werden, denn sie würden versuchen, ihn auszuschalten, ihn für immer zum Schweigen zu bringen. Das klingt vielleicht etwas melodramatisch für Ihre Ohren, aber Sie dürfen nicht vergessen – er ist Franzose.«

Ella spürte, wie ihr Blut heiß wurde; sie spürte es an den Schläfen und auf der Stirn. »Woher weiß er von dieser Verschwörung?«

Die Verbindung wurde immer schlechter, und auf einmal ertönte Musik. Forell lachte. Es war ein leises, resigniertes Lachen, als wäre ihm plötzlich klar geworden, wie wenig von dem, was er bisher ernst genommen hatte, wirklich etwas bedeutete. »Hören Sie das?«, fragte er. »Bach, Johann Sebastian. Toccata und Fuge in D, dazu ein Glas roten Bordeaux.« Ein melodisches Gläserklirren mischte sich in die Orgelklänge. »Sie werden nicht rechtzeitig hier sein, oder? Aber das spielt jetzt wohl auch keine Rolle mehr. Ach, ja – die Verschwörung: Raymond gehörte dazu, jedenfalls anfänglich. Er sprach von einem Kartell, das aus sieben Mitgliedern bestand – er und sechs weitere, von denen jedes einzelne mehr Geld und Macht hätte als die meisten Staaten der Europäischen Union zusammen. Diese Macht und dieser Reichtum machten ihm Angst. Raymond ist anders als die meisten Bankiers müssen Sie wissen. Er spürte die Last der Verantwortung. Manchmal, sagte er, halte ich den Atem an, um den Furcht einflößenden Herzschlag eines Giganten zu hören, dessen Kraft die ganze Welt verändern kann. Und dann spüre ich, wie er zum Schlag meines eigenen Herzens wird, das mich töten kann, wenn ich mich ihm anpasse.« Ein weiteres, resigniertes Lachen. »Franzose, wie gesagt. Es war schon spät, als er anrief, müssen Sie wissen, ungefähr so spät wie jetzt. Natürlich kann ich allein das Kartell nicht aufhalten, sagte er, dazu brauche ich Paris und Berlin, vielleicht sogar die ganze Welt. Aber ich muss es versuchen.«

Ella fragte: »Wollen Sie behaupten, er hat die ganzen Jahre eine der größten Banken der Welt geleitet und nicht einmal geahnt, woher das Geld seiner Familie stammte?«

»Vielleicht hat er es geahnt, vielleicht sogar gewusst, aber bis zu diesem Moment vor einigen Wochen hat es ihn nicht – es gibt Begegnungen, die einen alles in einem neuen Licht sehen lassen –« Er fiel sich selbst ins Wort. »Da kommt noch ein Wagen – sind Sie das? Ein Wagen ohne Licht?« Er trank; sie konnte ihn schlucken hören, das Geräusch war lauter als die Orgelmusik. »Falls ich nicht mehr lebe, wenn Sie hier sind: Ich habe –«

»Reden Sie keinen Unsinn!«, fiel Ella ihm schroff ins Wort. »Ich bin jeden Moment da, und was Sie hören, ist wahrscheinlich nur der Wind oder jemand hat sich verfahren –«

»– ich habe alles aufgeschrieben und zusammen mit dem Memory Stick und dem Journal von Matthias Steinberg versteckt.«

»Sind Sie nie auf die Idee gekommen, dass Lazare vielleicht schon tot ist? Dass Sie die Aufnahmen längst publik machen sollten, und sei es nur, um unser aller Leben zu retten?«

»Das wäre gegen den Willen von Raymond. Er hat ausdrücklich gesagt, ich würde dann eine Nachricht über seinen Tod erhalten. Sie müssen sich darum kümmern, ja, tun Sie das? Das Versteck ist –«

Die Leitung war tot. »Hallo?! Professor Forell? Ich höre sie nicht mehr –« Sie drückte die Rückruftaste. Nichts. Sie schüttelte das Handy wie ein Kind ein kaputtes Spielzeug. Nichts. Sie presste es wieder ans Ohr. Sie hielt den Atem an, weil sie dachte, ein Geräusch gehört zu haben, aber es war nur ein Knirschen unter den Reifen des Taxis. Sonst nichts. Der Akku war endgültig leer. »Scheiße!«

33

Die Scheinwerfer des Mercedes erfassten die halb zerfallene Steinmauer des Friedhofs und ein Eisenkreuz und dahinter die Kapelle auf dem Hügel am Ende des morastigen Feldwegs. Die Mauern der Kapelle wirkten frisch geweißelt, die Fenster waren durch dunkelrote Läden gesichert. Kein Lichtschein fiel aus dem Inneren, niemand zeigte sich in der Pforte oder hinter den Fensterläden. Die Schieferschindeln des Dachs schimmerten matt, als hätte es hier vor Kurzem noch geregnet. Auch das rostige Kreuz glänzte nass. Weißdorn wucherte über die grob behauenen Steine der Mauer, und zwei irisierende Punkte im Geäst einer Mooreiche entpuppten sich als die Augen eines grau gefiederten Käuzchens.

»Warten Sie hier«, sagte Ella zu dem Fahrer, der jetzt unruhig auf seiner Sitzdecke aus farbigen Holzperlen hin und her rutschte. »Ich bin gleich wieder da.«

Der Fahrer schaltete die Innenbeleuchtung ein. »Bitte, Sie erst bezahlen«, sagte er, der Blick seiner tiefbraunen Augen im Rückspiegel kaum weniger auf der Hut als der des Käuzchens. »Vierundfünfzig Euro, bitte.«

Ella zog drei Zwanzig-Euro-Scheine aus dem Kuvert und reichte sie nach vorn. »Der Rest ist für Sie. Würden Sie jetzt bitte warten, egal, wie lange es dauert?«

Sie hielt das Kuvert so, dass er den Inhalt sehen konnte, das einzige Lockmittel, über das sie verfügte. »Gut, aber machen Sie schnell, bitte.« Ella steckte Kuvert und Handy ein und stieß den Schlag auf. Der Geruch von nassem Gras und feuchter Erde drang in den Wagen; die Nachtluft war herbstlich kalt. Vorsichtig stieg sie aus und ging im Licht der Scheinwerfer den Feldweg hinauf bis zu dem kleinen Friedhof und weiter zur Kapelle.

Nirgendwo eine Spur von einem Wagen.

Als der Taxifahrer den Motor ausschaltete, hörte sie plötzlich die Musik. Sie blieb stehen und lauschte. Orgelklänge drangen aus der Kapelle, dieselbe Fuge von Bach wie vorhin am Telefon. Ella ging weiter zur Tür und drückte die Klinke. Die Tür ließ sich nicht öffnen. Ella suchte eine Klingel, fand jedoch keine. Sie klopfte. Nichts geschah.

Mit raschen Schritten ging sie an der Mauer der Kapelle entlang zum Fenster des kleinen Sakristeianbaus. Die Läden waren zugezogen und von innen verriegelt. Sie versuchte, durch eine Ritze zu spähen, sah aber nur einen kleinen Teil des Raumes dahinter im Widerschein des Feuers, das im offenen Ofen prasselte: das Kreuz an der Wand, einen Schrank mit einem altmodischen Plattenspieler, eine Ecke des Tisches, ein Glas Wein und eine rote Schulter, vorgebeugt, vielleicht über einem Buch.

»Professor Forell!«, rief Ella.

Die Schulter bewegte sich nicht, blieb reglos. Die Orgelfuge schwoll zu immer schnellerer Virtuosität an. Ella klopfte gegen den Fensterladen, ohne dass Forell von seiner Lektüre aufschaute. Sie ging weiter zum nächsten Fenster, suchte auch dort nach einem Spalt. Sie fand ein Astloch, durch das sie aber nur die Tür zur Kapelle sehen konnte. »Professor Forell!«, rief sie wieder, lauter diesmal. Die rote Schulter bewegte sich noch immer nicht.

Ella schob die Finger unter die Läden, versuchte sie aufzuziehen. Der Riegel gab nicht nach; die Scharniere hielten. Es hatte keinen Sinn, noch einmal zu rufen. Die Musik überlagerte jedes andere Geräusch. Ella war sicher, dass die Schulter, die sie sah, Forell gehörte. Er saß am Tisch, über einem Buch oder einer

Zeitung, einer historischen Abhandlung. Er war allein und hörte Bach; niemand bedrohte ihn.

Sie hämmerte mit der Faust gegen die Fensterläden. »Professor Forell!«, rief sie in die dröhnende Orgel vom Plattenspieler hinein, wütend, dass sie die Fahrt umsonst gemacht hatte.

Die rote Schulter blieb reglos.

Ella spürte, wie etwa Eisiges von ihr Besitz ergriff, tiefer in sie eindrang als die Nachtkälte. Ein Windstoß fuhr in die Zweige der Mooreiche über ihr. Das Laub raschelte, und im nächsten Moment endete das Orgelstück.

Sie ging wieder zur Vordertür und drückte noch einmal die Eisenklinke. Sie warf sich gegen die Füllung, die plötzlich nachgab. Sie trat über die Schwelle in den dunklen Gang dahinter. Ein Geruch nach Asche und brennendem Feuerholz empfing sie. Am anderen Ende des kurzen Gangs fiel schwacher Lichtschein durch den Spalt der angelehnten Sakristeitür. Jetzt, wo die Orgel nicht mehr spielte, konnte Ella das leise Prasseln im Ofen hören.

»Professor Forell?«, rief sie. »Ella Bach – ich bin da!«

Sie ging weiter, öffnete die Tür zur Sakristei. Er saß auf der Eckbank am Küchentisch. Sein Kopf war noch weiter nach vorn gesunken, auf einen der Arme, den, der ausgestreckt auf dem Tisch lag. Er trug jetzt ein rotes Hemd mit weißen Streifen, ungleichmäßig breit; die Fliege war verrutscht. Er schien zu schlafen. Die Weinflasche, die sie von draußen nicht gesehen hatte, war fast leer. Das einzige Licht im Raum kam von dem flackernden Feuer, sodass Ella sein Gesicht nicht genau erkennen konnte, nur die seltsame Neigung des Kopfes.

Sie blieb auf der Schwelle stehen. »Professor?«

Eins der eigenartig gekrümmten Beine unter dem Tisch veränderte seine Stellung. Forell hob den Kopf. Schwerfällig, mühsam stemmte er sich hoch, bis er fast aufrecht stand. Sein Schatten schien sich von ihm zu entfernen. »Ich«, keuchte er, »ich … muss … Sie müssen … Doktor … Doktor Bach …«

Er lebt, er ist nicht tot. Er ist nur betrunken.

Sie sah, dass die Bank dort, wo er gesessen hatte, ebenfalls rot war, aber sie ignorierte es. Leicht schwankend, stand er neben dem Tisch. Er stützte sich mit einer Hand ab und starrte sie an, oder genauer, er versuchte es, denn irgendwie schien sein Blick keinen Halt zu finden, er glitt immer wieder ab und irrte ins Nichts. Seine Lippen verzerrten sich, als wollten sie lächeln, ohne sich wirklich daran erinnern zu können, wie man ein Lächeln zustande brachte. Endlich fanden seine Augen ihr Gesicht. Ein Blutschwall brach aus seinem Mund, floss über das Kinn und troff auf seine Hemdbrust, wo ein weiterer weißer Streifen verschwand.

Er stirbt ja doch; er verblutet.

Forell verblutete an den kleinen, schwarz versengten Löchern im Hemd, die sie erst für Knöpfe gehalten hatte. Schleppend trat er einen Schritt auf sie zu. »Doktor … helfen … helfen Sie …«, flüsterte er. »Ich … ich habe … habe gewartet …« Er streckte eine Hand nach ihr aus, ließ sie aber gleich wieder sinken. Er tat noch einen Schritt, dann gaben seine Beine nach, und er stürzte, bevor Ella ihn auffangen konnte.

Knackend barst ein Brikett in den Flammen. Funken sprühten auf die Steinkacheln des Sakristeibodens.

Von draußen drang ungeduldiges Hupen in die Sakristei.

Gott sei Dank, das Taxi ist noch da.

Ella beugte sich über Forell. »Nicht reden«, sagte sie. Sie griff nach seinem Hals, fühlte seinen Puls, suchte nach weiteren Wunden. Seine Lider flatterten, schlossen sich. »Nicht einschlafen«, sagte sie. »Bleiben Sie wach!« Sie versetzte ihm einen leichten Schlag ins Gesicht, und er öffnete die Augen wieder, starrte sie empört an. »So ist es gut, bleiben Sie wütend!« Sie schaute sich um. »Wer war das? Wer hat das getan?«

Er sagte etwas, das sie nicht verstand. Sie entdeckte ein Küchentuch an einem Haken neben der Spüle, aber das nützte ihr nichts; es waren zu viele schwarze Löcher, zu viele Kugeln. Er hatte schon zu viel Blut verloren. Wieder ertönte das Hupen, lang gezogen, gereizt jetzt.

»Helfen – helfen Sie –«, flüsterte Forell.

»Sie müssen schnell in ein Krankenhaus, wo ist Ihr Telefon?«

»Nicht – nicht mir – Lazare –«

»Was ist mit Lazare?«

»Helfen. Zu Rémy ... Saint Michel ...«

»Rémy Michel? Wer ist das?«

»Lazare ... Kloster ... Michel ... Rémy ...«

»Ich verstehe Sie nicht«, sagte Ella leise. »Sie dürfen nicht reden. Sie haben zu viel Blut verloren. Ich rufe einen Krankenwagen, der Sie –«

»Zu spät – sterbe – sterbe schon. Der *memory – memory stick* – das Journal – nicht gefunden –«

»Wer?«

»Der Mann.« Er sah sie an, und jetzt wirkten seine Augen auf einmal klar und stolz. »Hat nichts gefunden – gut versteckt – in der Kapelle – in dem Buch – wie der Brief – Poe –«

Draußen röhrte ein Motor auf. Einen Moment lang dachte Ella schon, der Taxifahrer hätte nun doch die Geduld verloren, aber dann fiel Licht durch ein kleines Fenster auf der anderen Seite der Kapelle, und auch der Motorenlärm kam von dieser Seite, die sie nicht gesehen hatte. Sie sprang auf, lief zu dem kleinen Fenster und spähte durch den Schlitz im Vorhang. Sie sah gerade noch die Rückstrahler eines Wagens, die Räder drehten auf dem nassen Gras durch, ein Wagen, der schlingernd davonraste, *ein grauer Audi*.

Als sie sich wieder umdrehte, lag der Professor reglos auf dem Rücken, die Augen weit und starr. Sie bückte sich und tastete nach seinem Puls. Sie fühlte nichts als ihren Finger auf seiner Haut. Sie erhob sich wieder und sah automatisch auf die Uhr, als müsste sie Stunde und Minute seines Todes für seine

Patientenakte festhalten, Ende der Vitalfunktionen, 00:24. Todesursache: Erkenntnisschock nach jahrelanger fehlerhafter Einschätzug der Realität (Patient fühlte sich noch in Sicherheit, als er bereits dem Tode geweiht war), beschleunigt durch panische Bewusstseinseintrübung und heftige Angstzustände.

Wieder drückte der Taxifahrer auf die Hupe, einmal und noch einmal.

Ella suchte den Lichtschalter neben der Tür zur Kapelle, dann öffnete sie die nur angelehnte Tür. Ein durchdringender Geruch nach verschüttetem Rotwein empfing sie. In dem Gewölbe dahinter erinnerten neben einem schlichten Altartisch nur noch ein Beichtstuhl aus Ebenholz, die Buntglasfenster und eine geschnitzte Statue des heiligen Georg, der mit einem Drachen kämpfte, an den ehemaligen Zweck des Raums. Den Altar hatte Forell zum Schreibtisch umfunktioniert, komplett mit Telefon, Computer und Designerlampe. Der Beichtstuhl beherbergte einen Fernsehapparat. Anstelle der Bänke gab es eine Schicht kostbarer Teppiche, darauf eine wuchtige, mit weißem Leder bezogene Couchgarnitur und einen der Länge nach halbierten, dunkel gebeizten Baumstamm als Tisch, um den ein Dutzend Stühle stand.

Die Ledercouch war aufgeschlitzt worden, die Füllung herausgerissen. Große Bücherregale verbargen die Steinwände. Die Bücher lagen zerfetzt auf dem Boden. Moderne Gemälde, die wohl an den Steinwänden gehangen hatten, waren heruntergenommen und zerschnitten worden. Ein Weinregal in der Ecke hinter dem Altar lag umgestürzt auf dem Steinboden, alle Flaschen schienen systematisch zerschmettert worden zu sein.

In den Nischen standen abstrakte Stahlskulpturen, um die herum eine raffinierte Punkstrahleranlage an mehreren, verschieden hoch angebrachten Leisten unter der Gewölbedecke helle Lichträume schuf. Die Statue des heiligen Georg stand etwas abgesetzt von den anderen auf einem Basaltsteinpodest, erstarrt im Kampf mit dem Drachen, aber so lebendig, als wäre die Pose nur ein Atemholen: Jede Sekunde konnte der Kampf weitergehen, der Drache wieder Feuer speien, sein schuppiger Schwanz noch wilder um sich schlagen, die Lanze tiefer in seinen weit aufgerissenen Rachen dringen.

»Hallo?« Von Weitem drang die Stimme des Taxifahrers an Ellas Ohr, aber sie achtete nicht darauf. *Wo ist das Versteck*, überlegte sie; *wo würden sie nicht suchen?* Sie trat einen Schritt zurück, um Sankt Michael und den Drachen genauer zu betrachten – das stolze und gleichzeitig liebliche Gesicht des Erzengels, seine gesträubten Flügel, die muskulösen Beine und Arme. Den stürmischen Faltenwurf seiner Toga. Der Fuß, unter dem sich der Lindwurm wand. Die Krallen des Drachen, seine entsetzten Augen und die Lanze, die tief in seinen Rachen stieß.

Hinter dem Podest öffnete sich ein dunkler Zwischenraum von einem halben Meter. Ella blickte in den Zwischenraum. Der Verputz der Wand wies keinerlei Loch oder Riss auf, und nichts klebte an der Rückseite des Podests oder lag auf dem Boden.

»Hallo?« Jetzt hörte sie die Stimme, die hinter ihr erklang, lauter, näher. Durch die Tür zur Sakristei sah sie auf einmal den Taxifahrer, der reglos im flackernden Schein des Feuers stand, eine Hand vor den Mund gepresst. Seine Augen waren weit aufgerissen, während ihm ein Stöhnen entfuhr. Langsam hob er den Blick von der Leiche des Professors, entdeckte Ella, bemerkte das Blut an ihrer Kleidung.

»Sie«, sagte er, »Sie –« Er starrte sie entsetzt an und schüttelte dabei langsam den Kopf. Dann machte er kehrt, verschwand hastig in dem Gang, der nach draußen führte.

Ella breitete hilflos die Hände aus, hoffte, dass er verstand; dass er ihre Unschuld erkannte, weil er sich an den davonrasenden Wagen erinnerte. »Das war ich nicht«, sagte sie. »Er war schon – ich habe ihn nicht umgebracht! Der Mörder saß in dem Audi!« Sie lief hinter hinter ihm her. »Warten Sie – *halt!*« Aber schon in der Sakristei hörte sie, wie die Tür des Mercedes zugezogen wurde, bevor der Motor ansprang. Die Scheinwerfer des Taxis entfernten sich schwankend den Feldweg hinunter. Das winselnde Geräusch des rückwärts fahrenden Wagens wurde schnell leiser.

Sie ging zu Forells Telefon auf dem Altartisch und wählte Danys Nummer. Sofort erhielt sie die Verbindung, die aber nur zu seiner Mailbox führte. »Dany, ich bin's«, sagte sie, selbst erstaunt über ihren ruhigen Tonfall, »Forell ist tot, jemand hat ihn erschossen. Ich bin hier draußen auf dem Land in seinem Haus, weil er dich nicht erreicht hat, und ich erreiche dich auch nicht, und allmählich finde ich das wirklich beunruhigend! *Ich brauche dich! Wo bist du*?! Der Mörder hat etwas gesucht, aber nicht gefunden, und jetzt suche ich es. Also, wenn du das hier hörst, ruf mich bitte unter seiner Nummer an, damit ich dir sagen kann, wo du mich holen kannst.«

Sie legte auf. Lief hin und her. Suchte. Was hatte Forell gesagt? *Irgendwas von dem Buch und Poe?*

Aber hier waren Hunderte von Büchern, vielleicht Tausende, zerfetzt, zerfleddert, ein Meer von Büchern auf dem Steinboden, den Teppichen. Warum hatten sie es nicht gefunden? Oder war es zwar hier, in der Kapelle, aber nicht bei den Büchern, die sie sehen konnte? *Wie der Brief,* hatte er auch gesagt. Wie passte ein Brief da hinein? Sie überlegte so angestrengt, dass sich ein summender Schmerz in ihrem Kopf ausbreitete.

Wieder das Telefon auf Forells Schreibtisch, der Hörer an dem gesunden, dem linken Ohr. Ella wählte, wartete, betete. Annika meldete sich nach dem dritten Klingeln. »Was gibt's?«

»Er ist auch tot«, sagte Ella.

»*Leichen pflastern ihren Weg*«, kommentierte Annika. »Wo bist du gerade?«

»Draußen«, antwortete Ella, »bei Forell zu Hause. Er hat noch gelebt, als ich kam, aber es war schon zu spät. Mindestens fünf Kugeln in Schultern, Brust und Bauch.«

»Haben sie ihn auch gefoltert wie die anderen?«, fragte Annika.

»Nein. Wie's aussieht, war es nur einer. Er ist abgehauen. Ich glaube, der Umstand, dass ich mit einem Taxi gekommen bin, hat mir das Leben gerettet. Annika, du musst mir helfen, in dem Chaos hier etwas zu finden. Mit den Hinweisen, die Forell mir noch geben konnte, bevor er starb, komme ich nicht klar.«

»Was hat er gesagt?«

»Nur einzelne zusammenhanglose Worte: Er hätte es versteckt, in der Kapelle, in dem Buch, irgendwas mit einem Brief – ach ja, wie der Brief – und dann noch: Poe.«

»Was für eine Kapelle?«

»Ich bin in einer Kapelle, die Forell zu seiner Wohnung umgebaut hat.«

»Gibt es da Bücher?«

»Jede Menge. Aber die hat sich schon jemand vorgenommen, als wir noch mit ihm auf der Spree zusammen waren.«

»Logik«, sagte Annika. »Der Brief. Denk an den Brief.«

»Welchen Brief?«

»Den in der Geschichte von Edgar Allan Poe: Der Brief war da versteckt, wo man ihn am wenigstens vermutete, nämlich ganz offen zugänglich unter einem Stapel anderer Briefe auf dem Schreibtisch. Das, was du suchst, steckt in einem der Bücher, in denen keiner mehr suchen würde, weil sie ganz offensichtlich schon mal durchsucht wurden. Genau deswegen hat Forell es dort versteckt – *hinterher.* Aber bevor der kam, der ihn erschossen hat.«

»Weißt du, was das bedeutet? Hier liegen Hunderte von Büchern herum, und der Taxifahrer –«

»Was ist mit dem Taxifahrer?«

»Er hat die Leiche gesehen und sich in Panik aus dem Staub gemacht, weil er mich für die Mörderin hält –«

»Das heißt, er hat sofort über Funk die Polizei verständigt und du hast nicht mehr viel Zeit, bevor du von da verschwinden musst. Gut, eins nach dem anderen. Erst suchst du das Buch, von dem Forell gesprochen hat.«

»Aber welches ist es?«

»Natürlich eins von Edgar Allan Poe, was sonst? Er hat dich wohl für belesener gehalten, als du bist. Und jetzt beschreib mir mal den Weg, ich komme dich holen.«

34

Das Buch hieß *The Collected Stories of Edgar Allan Poe* und lag mit dem Einband nach oben auf dem Boden neben der Statue des Erzengels Michael. Als Ella es aufhob, konnte sie erkennen, dass die Bindung notdürftig erneuert und der Rücken nur scheinbar abgerissen worden war. Die Seiten fielen von selbst an einer Stelle auseinander, an der sie offenbar einen festen, schmalen Gegenstand verbargen. Der Geruch von frischem Klebstoff stieg von ihnen auf.

Ella riss die Seiten heraus, löste sie voneinander und hielt einen flachen, ungekennzeichneten Memory Stick in der Hand. Sie legte ihn auf das Podest der Statue, dann blätterte sie weiter. Auf den letzten Seiten hörte der gedruckte englische Text auf. Die nächsten Blätter hatten eine andere Färbung und waren nur behelfsmäßig mit Messer oder Schere auf das Format der vorherigen zurechtgestutzt worden. An die Stelle der horizontal verlaufenden Linien des Drucks traten jetzt vertikal abfallende handschriftliche Zeilen – Deutsch statt Englisch –, und um sie lesen zu können, musste Ella das aufgeschlagene Buch drehen.

Sie überflog die ersten Sätze: *Wenn man die Frage beantworten will, wie es zu der Begegnung zwischen Raymond Lazare und Madeleine Schneider kommen konnte und was für ein Schicksal die beiden Familien verbunden hat, muss man zurückgehen bis ins Jahr 1929, als die Schneiders und die Lazares noch im selben kleinen Ort im Elsass als Nachbarn lebten. Ich will versuchen, die*

Begebenheiten so verständlich wie möglich zusammenzufassen, trotz der wenigen Zeit, die mir noch bleibt.

Die Kugelschreiberschrift war krakelig, teilweise verschmiert, und zeugte von der großen Hast, mit der Forell die Informationen zu Papier gebracht hatte. Rasch blätterte Ella die in der Mitte gefalteten und notdürftig eingeklebten Seiten durch, die sich unter ihren Händen aus dem Buch lösten. Weiter hinten änderten sich Qualität und Farbe des Papiers noch einmal, und die ebenfalls von Hand, aber mit Tinte geschriebenen Zeilen verliefen wieder horizontal, wie die Eintragungen in einem Notiz- oder Tagebuch. Das Papier zerfiel fast unter ihrer Berührung, es war vergilbt und an den Rändern auf eine Weise ausgefranst, die seinem Alter geschuldet war, nicht der brutalen Eile suchender Hände. Auch die Tinte war verblasst, die Schrift dagegen sorgfältig, fast penibel ausgeführt.

Das Grauen, das mich beim Anblick der Ermordeten packte, war unbeschreiblich, las Ella, diesmal eindeutig von anderer Hand verfasst, in größerer Ruhe und vor vielen Jahrzehnten. Sie riss sich los und schaute auf ihre Armbanduhr: 01:07. Sie wusste nicht, wie viel Zeit ihr blieb, bis die Polizei da war; ob sie aus Berlin kam oder aus Potsdam. Sie lauschte. Sie dachte, sie hätte eine ferne Sirene gehört, aber es war nur das Käuzchen draußen im Geäst der Mooreiche. Jammernd strich der Wind um die Kapelle und raschelte in den Zweigen.

Ohne noch mehr zu lesen, schob sie das Buch in eine Jiffy-Tasche, die sie auf Forells Schreibtisch fand und steckte den Memory Stick dazu. Sie verließ die Kapelle durch die Sakristei, wo sie das Küchentuch von dem Haken an der Wand nahm und Forells Gesicht damit bedeckte. *Es tut mir leid, dass ich nicht schneller hier war*, dachte sie. Dann verließ sie auch die Sakristei, um zur Straße hinunterzulaufen, bevor die Polizei eintraf.

Als sie das Taxi kommen sah, verließ sie ihren Platz hinter einem Maulbeerbusch und kletterte die Böschung hinauf zur Straße. Das Taxi wendete an der Mündung des Feldwegs zum Friedhof, kehrte um und hielt neben ihr. »Man kann dich nicht eine Minute allein lassen«, sagte Annika durch das heruntergelassene Fenster im Fond, öffnete die Tür und rutschte auf die andere Seite der Rückbank, damit Ella einsteigen konnte. Oben auf dem Hügel flackerte die Kapelle im Widerschein der Blaulichtleisten mehrerer Streifenwagen, die in den letzten zwanzig Minuten mit heulenden Sirenen von der E 51 in den Feldweg eingebogen waren.

»Zurück nach Berlin«, forderte Annika den Fahrer auf und griff nach Ellas Hand. »Eiskaltes Händchen.«

Das Taxi fuhr los. Die Scheinwerfer einer Ambulanz auf der Gegenfahrbahn tauchten das Innere in helles Licht, und Ella bemerkte, dass der Fahrer sie im Rückspiegel musterte. Sie hatte das Kopftuch tief in die Stirn gezogen, der Schal bedeckte Mund und Kinn, nur auf die Sonnenbrille hatte sie verzichtet. Sie legte das Kuvert mit den Collected Stories von Edgar Allan Poe und Forells Bericht neben sich auf die Bank. »Ist es das?«, fragte Annika.

»Ja.«

»Wir sollten eine Kopie davon machen.«

»Es ist ein Memory Stick, der sich angeblich nicht kopieren lässt.«

»Alles lässt sich kopieren. Hast du Dany inzwischen erreicht?«

Ella schüttelte den Kopf. Die Wärme in dem Taxi stieg ihr in den Kopf, und ließ sie ihre Erschöpfung spüren. Annika fragte: »Denkst du, ihm ist etwas zugestoßen?«

»Ich weiß nicht mehr, was ich denken soll.«

»In welchem Hotel seid ihr untergekrochen?«

»*Gartenhotel*, in Wedding.«

Annika holte ihr Handy aus der schwarzen Laderjacke, die sie jetzt trug, und wählte die Auskunft. »Ich hätte gern die Nummer des *Gartenhotel* in Wedding«, sagte sie. »Ja, verbinden Sie mich, bitte.« Sie wartete und warf Ella einen Seitenblick zu. »*Gartenhotel?* Tut mir leid, wenn ich Sie geweckt habe. Ich möchte einen Ihrer Gäste sprechen, einen Franzosen, Monsieur Daniel –«

»Montheilet«, sagte Ella.

»Montheilet, genau«, Annika hielt die Augen weiter auf Ella gerichtet, zwei glänzende Punkte, starr wie das Käuzchen in der Mooreiche, »Monsieur Daniel Montheilet. Könnten Sie mich zu seinem Zimmer durchstellen?« Sie lauschte. »Sind Sie sicher? Danke.« Sie unterbrach die Verbindung und ließ das Handy sinken. »Das war der Nachtportier. Er sagt, Monsieur Montheilet wurde bei seiner Rückkehr ins Hotel heute Abend von zwei Polizeibeamten erwartet und gleich mitgenommen. Ich schätze, das erklärt, warum er nicht an sein Handy geht.«

Ellas Müdigkeit verschwand wie eine schwarze Decke, die ihr von den Lidern gerissen wurde. Vor ihrem inneren Auge stand Dany, wie sie ihn zuletzt im S-Bahnhof Jannowitzbrücke gesehen hatte: am Fenster eines Zuges, der davonfuhr – und da, er hob die Hand, um ihr zu winken, ohne ein Lächeln. Es war wie ein Abschied.

»Woher weiß die Polizei von ihm?«, fragte Annika.

»Von den Überwachungsbändern in der Kanzlei, vermute ich. Wir sind gefilmt worden, als wir sie betreten und wieder verlassen haben.« *Und in der Zeit dazwischen hat er zwei Menschen getötet.* »Wir wollten längst das Hotel wechseln.«

»Du hast erzählt, er hätte dir am Anfang nicht die Wahrheit gesagt. Er hätte behauptet, er wäre der Bruder der toten Studentin, dabei hatte sie gar keinen Bruder.«

Ella sagte nichts, weil dieser Umstand zu einer Seite von Dany gehörte, die sie nicht kannte. *Zu einer der vielen Seiten, die mir noch fremd sind; zu der, die Menschen töten konnte …*

»Wie gut ist dein Französisch?«, fragte Annika.

»Mittelprächtig. Aber Dany spricht fließend Deutsch.«

»Wie schön. Ich spreche ziemlich gut Französisch, und deswegen habe ich vorhin vom Hotel aus beim *Nouvel Observateur* angerufen und einen der Nachtredakteure gefragt, wann ich Daniel Montheilet am besten erwischen kann …«

Und die haben gesagt, es gibt gar keinen Journalisten dieses Namens bei ihnen – Herrgott, nicht schon wieder…

»Er sagte, sie wüssten nicht, wann er wieder in die Redaktion käme. Ich habe gesagt, ich sei mir nicht sicher, aber ich glaubte, ich hätte ihn hier in Berlin gesehen. Da ist der Redakteur zugeklappt wie eine Auster, hat aber nichts Gegenteiliges behauptet. Es scheint also, als hätte er in diesem Punkt die Wahrheit gesagt.« Sie schwieg einen Moment. »Ist er gut zu dir?«

Ella antwortete nicht.

»Das ist das Einzige, worauf es ankommt«, sagte Annika. »Dass er *gut zu dir* ist.«

»Ich weiß«, meinte Ella.

»Sag ihm, wenn er nicht gut zu dir ist, bringe ich ihn um.«

»Übertreibst du deine Fürsorge nicht ein bisschen?«, fragte Ella und spürte ein leichtes Brennen unter den Lidern, aber das war bestimmt auch die Müdigkeit.

»Wieso kommt es mir vor, als hätte ich all das schon mal erlebt?«, fragte Annika zurück. Linker Hand glitten die Lichter von Potsdam vorbei, und die Straßenlaternen knipsten ihr blasses Gesicht an und wieder aus, vor allem das Rot der Lippen.

»Du kriegst doch jetzt keinen Anfall?«, fragte Ella.

Annika schüttelte den Kopf. »Die sind nur einmal pro Woche fällig – so regelmäßig, dass man die Zeit danach einteilen könnte, wenn die Uhr nicht schon erfunden worden wäre. Für einen außer der Reihe müsste ich mich besonders aufregen, und dazu gibt es gerade ja keinen Anlass.« Das Handy auf ihrem Schoß brummte in kurzen, ungehaltenen Intervallen. Vorsichtig meldete sie sich. Sie hörte einen Moment zu, dann fragte sie: »Woher haben Sie meine Nummer?« Sie hörte wieder zu. »Okay, das geht Sie gar nichts an, wem ich mein Handy leihe. Ich geb sie Ihnen.« Sie reichte Ella das Handy. »Dein Bulle.«

»Hallo?«, sagte Ella.

»Aziz hier.« Er war schroff. »Ich will Sie sofort sehen, nicht erst morgen. Ein Taxifahrer hat vor einer halben Stunde einen Mord in einer Kapelle in der Nähe von Potsdam gemeldet. Seine Beschreibung der möglichen Täterin trifft ziemlich genau auf Sie zu, wenn man Schal und Kopftuch abzieht. Die Kollegen der dortigen Polizei haben die Leiche als einen Professor Forell identifiziert. Wissen Sie etwas darüber?«

»Ja«, antwortete Ella.

»Haben Sie den Täter gesehen?«

»Nein.«

»Haben Sie eine Ahnung, wer es gewesen sein könnte?«

»Nein.«

»Wo sind Sie gerade?«

»Auf dem Rückweg nach Berlin.«

»Wer ist noch bei Ihnen außer Ihrer Freundin?«

»Niemand. Daniel Montheilet haben Sie ja bereits abgeholt.«

Aziz schwieg, und Ella dachte schon, die Verbindung wäre unterbrochen. Dann sagte er: »Sind Sie noch da? Ich habe niemanden abholen lassen.« Es klang, als schlüge oder trete er gegen etwas. »Ich weiß nicht mehr, was da vorgeht, aber ich finde es heraus. Haben Sie das Gefühl, verfolgt zu werden?«

Ella drehte sich um und sah aus dem Rückfenster. Die Straße hinter dem Taxi war leer. Während sie noch hinausschaute, begann es zu regnen, und die Farbe des Himmels veränderte sich. »Nein, ich sehe niemanden.«

»Gut. Wie lange werden Sie noch brauchen bis Berlin?«

»Ungefähr eine Viertelstunde.«

»Kennen Sie die Chinesische Botschaft am Märkischen Ufer?«

»Ja.«

»Wir treffen uns da in einer Dreiviertelstunde. Glauben Sie, dass Sie das schaffen?«

»Warum da?«

Sie dachte, dass er sagen würde *Nicht am Telefon*, stattdessen erklärte er nur: »Ich wohne in der Nähe. Außerdem ist es nicht weit vom S-Bahnhof Jannowitzbrücke, Sie müssen also kein Taxi nehmen. Ach ja, und kommen Sie allein. Einen epileptischen Anfall auf offener Straße können wir uns gerade nicht leisten.« Er unterbrach die Verbindung, ohne sich zu verabschieden. Annika fragte: »Triffst du dich mit ihm?«

»Ja.«

»Ich nehme an, er will, dass du allein kommst?«

»Ja.«

»Ruf mich kurz vorher an, auch wenn ich schon schlafe. Davor und sofort danach, klar?«

»Der Akku von meinem Handy ist leer. Ich habe fast die ganze Fahrt raus zu Forell mit ihm telefoniert, bis es seinen Geist aufgegeben hat.« Ella fiel ein, dass die Verbindung mitten in einem Satz Forells abgebrochen war. »Kann ich mal kurz meine Mailbox anrufen?« Sie gab den PIN-Code ein und hörte, dass sie eine neue Nachricht hatte. Sie hoffte für einen Moment, die Nachricht wäre von Dany. Stattdessen hörte sie Professor Forells Stimme, vor Aufregung halb erstickt, während im Hintergrund die Orgel dröhnte.

»Frau Bach? Sie waren plötzlich weg! Ich erreiche Sie nicht mehr. Ich weiß nicht – vielleicht sind Sie das ja in dem Auto, das da kommt –, aber es ist kein Taxi. Ich habe alles aufgeschrieben – was ich Ihnen eben erzählt habe, habe ich heute Abend alles aufgeschrieben und die Seiten hinten in eins der Bücher geklebt, die auf dem Boden liegen. Da ist auch der Memory Stick versteckt, den Lazare mir wasserdicht verpackt in einer Flasche Bordeaux geschickt hat. Ich habe ihn herausgenommen und immer bei mir getragen, und vorhin habe ich ihn in eins von den Büchern geklebt. Es ist eine Sammlung mit Erzählungen von Edgar Allan Poe. Das Buch liegt auf dem Boden neben dem Podest mit der Statue des heiligen Michael. Es ist ganz leicht zu finden. Sie sind – Sie sind doch wirklich auf dem Weg zu mir?«

Annika neigte sich zu Ella, als wollte sie mithören; ihre Wange berührte fast Ellas Hand. Sie duftete nach einem teuren Parfüm, das gleichzeitig süß und herb war, verführerisch und gefährlich.

Forell sprach schneller. »Ich habe keine Nachricht von Raymonds Tod erhalten, das heißt, er ist noch am Leben. Jemand muss ihn darüber informieren, dass er sich nicht mehr auf mich verlassen kann. *Sie müssen ihn informieren!* Nehmen Sie Kontakt mit Serge Barrault in Paris auf, fragen Sie ihn, was Sie tun sollen. Sagen Sie ihm, dass der Stick jetzt in Ihrem Besitz ist. Wenn Sie ihn nicht erreichen oder wenn Sie hören, dass ihm oder Raymond etwas zugestoßen ist, dann geben Sie den Stick Franz Wittstock im Finanzministerium; ihm kann man vertrauen. Wenn er jemand anderem in die Hände fällt, bedeutet das Raymonds Ende und dass niemand mehr die Verschwörer daran hindern kann, ihr Ziel zu erreichen. Und es bedeutet, dass Sie auch sterben, hören Sie? Wenn der Stick nicht mehr existiert, werden sie jeden töten, der davon weiß.«

Warum hast du die Aufnahme nicht längst veröffentlicht, du Idiot, dachte Ella; so viele Menschen könnten noch leben. Sie hörte ihn wieder einen Schluck von seinem Wein trinken. »Was noch? Habe ich noch etwas vergessen? Mein Gott, so ein Ende – so ein Ende … Ach, das Journal – die Chronik, die Matthias Steinberg, der deutsche Hauslehrer von Sébastien, Jean-Marie und Madeleine Schneider, verfasst hat. Madeleine hat mir kurz vor ihrem Tod noch das Original mit ihrer Magisterarbeit geschickt. Darin beschreibt er, was er während seiner Zeit im Elsass und danach in Deutschland erlebt hat. Bei uns haben er und sein Bruder Oskar ja später in Potsdam die in Reiterkreisen berühmte Steinberg-Zucht gegründet. Hören Sie das? Können Sie das hören?«

Hektisch sprach er weiter, redete, um zu reden, als würde Schweigen eine Leere schaffen, die nur sein Tod füllen konnte. »Wir hatten es ja geschafft, Fräulein Schneider und ich, wir haben die letzte noch lebende Verwandte der Steinbergs in Potsdam aufgespürt – eine Urenkelin, verheiratet mit einem iranischen Journalisten im Exil. Und die Frau hat tatsächlich auf dem Dachboden unter allem möglichen längst vergessenen Krimskrams ihrer Eltern und Großeltern in einer Truhe dieses handschriftliche Journal entdeckt. Bei seinem Anblick wäre Madeleine fast in Tränen ausgebrochen. Deswegen war sie nach Berlin gekommen, eine lange, quälende Reise hatte sie an ihr Ziel geführt, zum letzten noch fehlenden Beleg für die Unschuld der Brüder und die Wahrheit dessen, was ihre Großmutter immer behauptet hatte! Sie hatte herausgefunden, warum ihr Urgroßeltern sterben mussten, sie war den Fluss hinauf geschwommen bis – bis zu seiner Quelle, die – die auch die Quelle ihrer Erlösung war und –«

Und ihres Todes, dachte Ella. »Was ist – Hören Sie das? Die Tür …! Können Sie das hören?« Forells Stimme entfernte sich, als ließe er das Handy sinken, und dann hörte sie, wie er überrascht ausrief: »*Sie?! Aber Sie* –«, und danach hörte sie nur noch die Orgelmusik.

Annika ließ sich gegen die Lehne der Bank zurücksinken. »Weißt du, woran mich das alles erinnert? *Zehn kleine Negerlein.* Und du bist eins davon, ein totes Negerlein aus der Zukunft.«

35

Die Botschaft der Volksrepublik China am Märkischen Ufer lag in völliger Dunkelheit. Die Glasfassade des vielstöckigen Betongebäudes spiegelte nur den Mond und die Lichter der S-Bahnstation auf der gegenüberliegenden Seite der Spree. Hinter dem Zaun, der das Botschaftsgelände abriegelte, flappte die rote Fahne unruhig im kühlen Wind. Die Bäume auf der Uferpromenade verloren raschelnd die ersten Blätter. An den moosbewachsenen Kaimauern darunter leckten kleine Wellen mit leisem Schmatzen.

Ella war früher als vereinbart gekommen, stand im Schatten unter den Bäumen und beobachtete die Straße vor dem Botschaftsgebäude. Auf der Straße parkten keine Autos; auch die Bürgersteige waren leer. Die Leuchtkörper der Laternen schwankten leicht, aber es sah aus, als wäre es das Licht, das schwankte. Es gab kaum Verkehr um diese Zeit, nur gelegentlich ein Taxi oder ein fast leerer Bus auf der Brückenstraße. Die farbigen Signale der Ampel an der Ecke hatten einen dunstigen Hof.

Ella war jetzt nicht mehr so müde wie vorhin im Taxi, mehr auf der Hut. *Warum hier?*, dachte sie, und: *Was hat er herausgefunden, dass er mir auf einmal glaubt, und wie will er meine Unschuld beweisen?*

Dann dachte sie: *Wie viel kann ich ihm erzählen? Wenn das stimmt, was Forell mir gesagt hat, wie viel davon darf dann bekannt werden, bevor Lazare sein Ziel erreicht hat?*

»Doktor Bach!« Zuerst hörte sie die Stimme kaum in dem Rascheln der Blätter über ihrem Kopf und dem schwachen, aber steten Geräusch des Flusses. »Hauptkommissar Aziz wird sich etwas verspäten, Doktor Bach!« Die Stimme, immer noch leise, gehörte einem Mann, der sich dicht hinter ihr befand.

Der Mann stand nur wenige Schritte von ihr entfernt, trotzdem erkannte sie ihn nicht sofort. Die Schatten der Blätter bewegten sich unruhig über sein Gesicht und das ungepflegte blonde Haar, das ihm in dünnen Strähnen in die Stirn fiel. Er war noch immer blass, und die Ringe unter seinen tief liegenden blauen Augen wirkten wie mit Kohlestift auf die wächserne Haut gemalt. »Sie haben uns ganz schön auf Trab gehalten, Doktor Bach.«

Hauptkommissar Schröder trug einen offenen Trenchcoat, nicht die abgewetzte schwarze Lederjacke, die er beim letzten Mal angehabt hatte, aber wie damals bewegten sich seine farblosen Lippen kaum, wenn er redete; auch das Kinn blieb reglos. Unter den Schößen des Mantels war der ausgeleierte Kragen eines Rollis zu erkennen, dunkelgrau oder blau. Die ausgebleichten Jeans waren dieselben, dafür hatte er die Schnürsenkel der hellgrauen Laufschuhe jetzt zugebunden.

»Wie haben Sie mich gefunden?«, fragte Ella nur.

»Die richtige Frage ist nicht wie, sondern warum«, antwortete Schröder, »und die Antwort lautet: Weil Sie einen Fehler gemacht haben, Doktor Bach. Genau genommen war es natürlich eine ganze Reihe von Fehlern, das dürfte Ihnen klar sein, denn wer einmal einen Fehler macht, wird immer weitere machen. Aber dazu gebe ich Ihnen keine Gelegenheit mehr. Ihr Fehler war, Hauptkommissar Aziz zu vertrauen und sich am Telefon mit ihm zu verabreden.«

Schröders Blick war nicht mehr so wach und zornig wie bei dem Verhör im Büro der Mordkommission des LKA. Er wirkte verstört. Auch der geduckte schlanke Körper unter dem offenen Mantel verriet eine Anspannung, die an Angst grenzte. Wie ein Wildtier vor dem Sprung, dachte sie. Auf einmal setzte er sich in Bewegung, ging mit schnellen Schritten unter den Bäumen auf das Fundament der Brücke zu. Der Wind bauschte seine Mantelschöße.

»Kommen Sie, er muss uns nicht sofort sehen«, sagte Schröder. Er verließ sich darauf, dass sie ihm folgte, und das tat sie auch. »Sie hatten wir zwar verloren, aber Aziz natürlich nicht; an dem haben wir geklebt wie die Kletten, und wir haben seine Telefone schneller angezapft, als er sie wechseln konnte. Ich brauche Sie also gar nicht zu fragen, warum Sie sich hier mit ihm verabredet haben, ich weiß es schon.«

»Er hat gesagt, er hätte Beweise für meine Unschuld«, sagte Ella verwirrt, »für eine Verschwörung, deren Opfer ich geworden wäre. Er hat eigene Recherchen angestellt und –«

»*Ich* bin derjenige, der eigene Ermittlungen angestellt und die Beweise für Ihre Unschuld gefunden hat«, fiel Schröder ihr ins Wort. »Sie sind unschuldig, bis zu einem gewissen Grad jedenfalls, aber der Mann, mit dem Sie da rumziehen – dieser Franzose, *Monsieur* Daniel Montheilet –, der ist nicht unschuldig. Und Aziz ist auch nicht unschuldig, so wenig wie unser früherer Vorgesetzter, den Sie unter dem Namen Kleist kannten. Aber Freund Aziz wird gleich hier sein, deswegen hören Sie mir genau zu und beantworten sie mir vor allem eine Frage: Was haben Sie bei Forell gesucht?«

»Das sage ich Ihnen, wenn Sie mir sagen, was Sie mit Dany gemacht haben.« Ella ballte die Hände in den Jackentaschen zu Fäusten. »Er ist heute von zwei Polizeibeamten abgeholt worden, und wenn Aziz das nicht veranlasst hat, dann müssen Sie oder ihre Kollegen –«

Schröder schüttelte den Kopf. »Ich habe damit nichts zu tun. Ich habe den Mitschnitt Ihrer Unterhaltung mit Aziz während der Taxifahrt gehört und das sofort überprüft, und nach meinen Informationen ist Monsieur Montheilet von keiner hiesigen Dienststelle vorgeführt worden. Aber wir gehen dem nach. Bitte zurück zu Forell.«

»Er hat mich gebeten, zu ihm zu kommen, weil er sich bedroht fühlte. Er hatte Angst und –«

»Hat er Ihnen etwas gegeben?«

»Gegeben? Was denn?«

»Keine Ahnung – Fotos, Papiere, ein Tonband, einen Film, eine CD-ROM.«

Ella schüttelte den Kopf. »Nein. Nichts.«

»Er hat Ihnen nichts gegeben? Er wollte bloß, dass Sie seine Hand halten, weil er sich gefürchtet hat?«

»Ja.«

»Sie sagen mir nicht die Wahrheit.«

»Das ist die Wahrheit«, log Ella, und dachte, dass er sich eben mit seinen Fragen verraten hatte.

»Gut.« Schröder sah zur Straße hinüber, die immer noch leer im schwankenden Licht der Laternen lag. »Dann werde ich Ihnen jetzt auch die Wahrheit sagen: Sie sind so gut wie tot, Doktor Bach. Aziz hat etwas mit Ihnen vor – nicht er allein, sondern auch die, die hinter ihm stehen –, und wenn das erledigt ist, wird er Sie umbringen wie Ihren Freund Max und die anderen. *Ich* will Ihnen helfen – *wir* wollen Ihnen helfen, Doktor Bach.«

Ella schloss die Augen. Erst waren alle hinter ihr her, und dann wollten ihr plötzlich alle helfen. »Warum, zum Teufel, sollte ich Ihnen glauben?«, sagte sie schließlich. »Jeder erzählt mit etwas anderes. Vielleicht haben Sie Kommissar Aziz ja nur überwacht, weil er Ihnen auf die Schliche gekommen ist.«

»Hat er Ihnen das erzählt?«, Schröder stieß ein merkwürdig zischendes Lachen aus.

»Nein, aber wenn Sie eigene Ermittlungen angestellt haben, dann sagen sie mir doch einfach, um was es bei dieser Verschwörung überhaupt geht …«

Schröder nickte kaum merklich, als hätte er mit genau dieser Frage gerechnet. »Was sagt Ihnen der Name Raymond Lazare?«

»Ein Bankier aus Paris, von dem dauernd in den Nachrichten die Rede ist.« Ella war froh über die Dunkelheit, die ihre Miene verbarg. »Er ist auch verschwunden.«

»Der verschwundene Bankier, ja.« Wieder sah Schröder zwischen den Bäumen zur Straße und der Chinesischen Botschaft hinüber, in der kurz ein Licht angegangen, aber gleich wieder erloschen war. »Wissen Sie, von mir aus könnten alle diese Banker verschwinden, weg mit ihnen auf Nimmerwiedersehen, das Meer soll sie verschlingen wie die Armee des Pharao. Die Banken sind die elfte Plage, schlimmer als Viehpest, Heuschrecken, Stechmücken, blutige Gewässer und Tod aller erstgeborenen Kinder. Gibt niemanden, der das nicht so sieht, und die wissen das. Die wissen, was wir von ihnen halten. Aber es ist ihnen egal, weil sie in einer anderen Welt leben, einer Parallelgesellschaft, bloß ohne Kopftücher. Sie glauben, alle Macht geht vom Volke aus? Falsch. Sie glauben, die Macht geht wenigstens von den Regierungen aus, die das Volk gewählt hat? Falsch. Die Präsidenten, Premierminister und Kanzler denken vielleicht, sie seien an der Macht, aber sie sind nur an der Regierung. *Deutschbank, Deutschbank über alles!,* das singen die in der Parallelwelt am Sonntagmorgen. Das Problem der Banker ist nur, dass sie es in letzter Zeit ein bisschen zu bunt getrieben haben und die Welt, die *wir* bewohnen, mit ihrer Gier etwas zu weit an den Abgrund manövriert haben. Die Welt, die *sie* brauchen, um sie weiter ausbeuten zu können.«

Rede weiter, dachte Ella, *rede immer weiter, so lange, bis Aziz auftaucht.*

»Das war zwar vorher auch schon so«, fuhr Schröder fort, »weil die in der Regierung und die in den Banken von jeher in einem Boot gesessen und miteinander gekungelt haben, aber diesmal haben *wir* es gemerkt, weil die Sache einfach zu groß war, um sie weiter unter dem Teppich zu halten. Und jetzt haben *die* Angst, dass der lukrative Geld- und Nahrungstransfer von *unserer* Welt in ihre plötzlich abbrechen könnte, weil *wir* unsere Regierungen dazu zwingen, ihn zu unterbrechen. Denn das Problem ist: Regierungen müssen sich zur Wahl stellen, Banken nicht. Deswegen denken und handeln Politiker dummerweise manchmal so, wie es sich ihre Wähler wünschen.«

Auf der Spree näherte sich ein Lastkahn, ein lang gezogener schwarzer Schatten, der mit tiefem Brummen durch das Wasser pflügte. Schröder sah zu dem Kahn hinüber, folgte ihm mit den Augen. Ella benutzte die Gelegenheit, um kurz auf ihre Uhr zu schauen. *Wo bleibt Aziz*, dachte sie, und dann: *Was hat Schröder überhaupt vor?*

Plötzlich wurde ihr eiskalt. Sollte Aziz das nächste Opfer werden? War sie nur der Köder, der ihn in die Falle locken sollte?

»Politiker und ihre Wähler mit ihrem Klein-Klein stören Banken nur«, Schröder redete weiter und weiter, »und ganz besonders stört es, wenn plötzlich jemand an das Geld die Frage der Moral stellt. Deswegen – und jetzt komme ich zu der Antwort auf Ihre Frage – wollen sie die Notwendigkeit, Erklärungen abgeben zu müssen, aus der Welt schaffen – aus ihrer und aus unserer. Deswegen wollen sie uns abschaffen, die Wähler, die Politiker, die Regierungen.«

»Ich dachte, das hätten sie längst«, sagte Ella müde. »Woher stammt überhaupt Ihre ganze Weisheit?«

»Ich habe eine Tarnkappe«, antwortete Schröder. »Sie macht mich nicht unsichtbar, aber sie lässt mich aussehen, als wäre ich wie viele andere: *noch* ein Hauptkommissar des LKA Berlin, den man auf seiner Seite haben möchte, wenn man zum Sicherheitsdienst einer global agierenden Wirtschaftskanzlei in Berlin und Paris gehört. Von dem man sich Vorteile erwartet, wenn man im Auftrag seiner Mandanten an einem Plan arbeitet und wenn wegen dieses Plans eine französische Stundentin ermordet wurde und ein Rettungsassistent und ein armer Idiot namens Michalewski und Randolph Freyermuth, der Anwalt, und Eduard Forell, Exstaatssekretär, und die Kleine in Paris und und und. Die alle mussten nämlich sterben, weil sie eine Gefahr für den Plan darstellten. Sie, Doktor Bach, sollen die Nächste sein.«

Der Wagen fuhr langsam und fast lautlos am Botschaftsgelände entlang und hielt genau zwischen zwei Straßenlaternen. Ella bemerkte ihn erst, als er schon so nah war, dass auch Schröder ihn entdeckte. Einen Moment lang geschah nichts, dann öffnete sich die Fahrertür und ein Mann in einem langen schwarzen Mantel stieg aus. Ella erkannte zuerst den Mantel, den Aziz auch gestern Morgen auf dem Friedhof getragen hatte. Jetzt trug er dazu noch einen Hut, dessen Krempe einen Schatten auf sein Gesicht warf.

Einen Moment lang blieb er im fahl silbrigen Licht der Straßenlaterne stehen, dann hob er den rechten Arm und warf einen Blick auf die Uhr an seinem Handgelenk.

»Und um das zu verhindern«, sagte Schröder leise und stand plötzlich dicht neben Ella, »werde ich Sie jetzt in Schutzhaft nehmen.« Er packte eine ihrer Hände. Sie wollte sie ihm entziehen, aber er hielt sie fest, und gleich darauf spürte sie etwas Kaltes auf der Haut, am Handgelenk. Sie wollte die andere Hand zur Hilfe nehmen, die er ebenfalls packte, die gleiche Kälte auch an diesem Handgelenk und ein gespanntes Klirren zwischen beiden.

Ella starrte auf die Handschellen, deren Gewicht ihre Arme nach unten zog. Schröder hielt sie fest am Arm.

»Doktor Bach?«, rief Aziz. Er blickte sich um, die Straße hinauf und hinunter, warf einen Blick auf die Chinesische Botschaft. Dann sah er wieder auf seine Uhr. Schaute herüber, versuchte zu erkennen, was im Schatten unter den Bäumen passierte.

Ella riss sich los und lief auf Aziz zu. Sie hörte Schröder hinter sich und lief weiter, auf die Straße. Aziz erblickte sie, aber im selben Moment erblickte er auch Schröder, der unter den Bäumen hervor ins Licht der Straßenlaterne trat. Ella war jetzt so nah an Aziz, dass sie den Moschus in seinem Eau de Toilette riechen konnte. Dann sah sie den Wagen, der hinter ihm am Straßenrand stand: ein grauer Audi.

Ella erstarrte. Schröder folgte ihr langsam, beide Hände in den Taschen seines Trenchcoats. »Kommen Sie her, Doktor Bach!«, sagte er. »Kommen Sie zu mir!«

Aziz rührte sich nicht. »Lass uns reden, Matze«, sagte er.

Schröder schüttelte den Kopf. »Zu spät«, sagte er nur. Seine rechte Hand in der Manteltasche bewegte sich. Aziz bemerkte die Bewegung und griff nach der Pistole in seinem Schulterhalfter. Alles an ihnen wirkte in dem fahlen Licht seltsam steif, als wären sie nicht wirklich, nicht aus Fleisch und Blut, sondern von einem Computer simuliert. Aziz war schneller. Er zog und drückte ab, fast mit ausgestrecktem Arm, bevor Schröder seine Waffe halb aus der Manteltasche hatte. Weiße Blitze zuckten auf, und Ella konnte sehen, wie die Kugeln Schröders Trenchcoat zerfetzten und in die Hemdbrust darunter schlugen.

Aziz ließ die Pistole sinken und sagte: »Es tut mir leid, Doktor Bach, ich wünschte, Sie hätten das jetzt nicht sehen müssen.«

»Ich dachte, Sie – Sie –«

»Ja, das dachten Sie.« Aziz steckte die Waffe nicht zurück in das Schulterhalfter. »Entschuldigen Sie, dass ich mich verspätet habe. Jemand hat einen meiner Vorderreifen zerstochen. Ich musste ihn erst wechseln.« Er ging zu Schröder, der mit dem Rücken auf dem Asphalt lag, sah auf seinen Partner hinunter, ein paar Sekunden nur, dann schoss er ihm noch eine Kugel in die Stirn.

In dem Botschaftsgebäude ging hinter einem weiteren Fenster das Licht an. An der Seite des rechten Flügels wurde eine Tür geöffnet, und zwei Männer in schwarzen Anzügen tauchten im Türrahmen auf und näherten sich einem Tor im rückwärtigen Teil des Zauns.

Aziz steckte seine Pistole ein. Als die beiden Männer das Tor erreicht hatten, wandte er sich von Schröder ab und sah Ella an. »Er war ein guter Polizist. Er hat Sie fast im Alleingang entlastet und nur den einen Fehler begangen, dass er mit den falschen Leuten darüber gesprochen hat. Am Anfang war er noch auf Linie, da dachte er, Sie wären schuldig, genau wie es aussah und aussehen sollte. Und wenn Sie uns nicht jedes Mal entwischt wären …«

Er trat langsam auf sie zu. »Irgendwann haben wir ihn dann verloren, keine Ahnung, wann und warum. Spielt aber auch keine Rolle mehr. Gott sei Dank hat er mir lange genug vertraut und sich ganz auf Kleist und seine Leute konzentriert, wenigstens dachte ich das … Junge, Junge, Sie haben's mir ganz schön schwer gemacht.«

Ella blickte auf Schröders Leiche und fragte sich, was in den letzten Tagen mit ihr geschehen war, dass sie so ruhig auf einen zerstörten Körper blicken konnte. »Wie wäre es denn so rum?: *Sie* haben *mir* das Leben zur Hölle gemacht!«, sagte sie.

Aziz griff in die Innentasche seines Mantels. Er stand so dicht vor ihr, dass sie im Braun seiner Augen winzige schwarze Punkte erkennen konnte wie die mikroskopisch kleinen Spuren, die seine ganzen Verbrechen für immer tief in seiner Seele hinterlassen hatten. Die Hand, die in der Innentasche seines Mantels verschwunden war, kam mit einem durchsichtigen Plastibeutel wieder zum Vorschein, den er nun öffnete, um ein weißes Tuch herauszuholen. Blitzschnell presste er Ella das Tuch gegen Mund und Nase, bis alles, was sie noch sehen konnte, undeutlich wurde und dann ganz verschwand und nichts mehr blieb als die Dunkelheit in ihr.

ANNIKA

36

Das Grauen, das mich beim Anblick der Ermordeten ergriff, lässt sich kaum beschreiben. Wie ein Schlafwandler ging ich durch das Haus, und mit jedem Schritt schien es mir, als tauchte ich tiefer in einen Albtraum. Blut war überall, auf den Teppichen, in den Vorhängen, es rann von den Möbeln und klebte an den Wänden. Die Leichen lagen so, wie sie gestorben waren, in den Korridoren und Zimmern.

Zuerst stieß ich auf Émilie, das Hausmädchen, das mit eingeschlagenem Gesicht gleich hinter der Schwelle lag, Schürze, Kleid und Strümpfe rot und nass. Wenn sie mir nicht lang vertraut gewesen wäre, hätte ich sie nicht wiedererkannt. Ich weiß nicht, warum ich nicht hier schon einen Schrei des Entsetzens ausstieß oder lauthals nach meinen Lieblingen Sébastien, Jean-Marie und Annémone rief, um mich ihrer Unversehrtheit zu versichern. Stattdessen ging ich schweigend weiter, tiefer in das halbdunkle Haus, dessen Tür ich nur angelehnt vorgefunden hatte. Ich bemühte mich sogar – vermutlich aus einer Ahnung heraus –, nicht den geringsten Laut zu verursachen.

François, der Hausdiener, war der Nächste. Ihn fand ich im Korridor zum Salon, am Fuß der Treppe in das obere Stockwerk. Er lag halb auf den Stufen, ein Bein untergeschlagen, als wäre er in großer Eile heruntergestürzt und geradewegs in das Messer des Mörders gerannt. Seine weit offenen Augen hatten den Ausdruck von jemand, der dem Teufel selbst ins Antlitz geschaut hat, und noch immer sickerte das Blut aus seinem Leib auf die Teppichstangen aus makellos poliertem Messing.

An dieser Stelle muss ich eine Pause einlegen, denn die Feder in meiner Hand zittert zu sehr bei der Erinnerung an jeden weiteren Schritt in das einst so gesegnete Haus. Muss ich wirklich beschreiben, in welch grässlichem Zustand ich meine kleinen Schutzbefohlenen Sébastien und Jean-Marie vorfand? Und wie ihre Eltern, die gütige Marthe, ihre Mutter und Auguste, einen der gerechtesten Menschen, die mir je begegnet sind? Von Schmerz und Verzweiflung geschüttelt, ging ich weiter, suchte nach Annémone, der Kleinsten, meinem Schatz.

Sie war nicht dort, nicht unter den Toten. Ich stieß auf Sébastien und Jean-Marie, und ich entdeckte auch Marthe, aber keine Annémone! Trotz des Schmerzes hätte ich beinahe laut jubiliert. Da hörte ich das Geräusch im Arbeitszimmer von Monsieur Auguste, und mir blieb fast das Herz stehen. War der Mörder noch im Haus?

Doch bevor ich mit diesen Aufzeichnungen fortfahre, will ich zunächst erklären, warum ich an diesem Nachmittag des 6. November 1929 das Haus von Auguste Schneider aufsuchte. Meine Anwesenheit hing mit meiner Tätigkeit als Hauslehrer der Kinder zusammen, die ich bereits vor einigen Jahren aufgenommen und, das darf ich sagen, immer zur Zufriedenheit aller in der Familie ausgeübt hatte. An jenem Tag sollte mir von Monsieur Auguste mit einiger Verspätung meine Entlohnung für den vergangenen Monat ausgehändigt werden, die ich dringend benötigte, weswegen ich mich auch an meinem arbeitsfreien Nachmittag zu ihm bemühte.

Monsieur Auguste hatte es sich zur Gewohnheit gemacht, mich stets in bar mit Goldmünzen zu bezahlen, da uns beiden eine Abneigung gegen Papiergeld zu eigen war. Aber wegen der Turbulenzen im Wirtschaftsleben hatte die Bereitstellung der für seine sämtlichen Ausgaben benötigten Summe – von der ich natürlich kaum mehr als ein Almosen erhielt – diesmal länger gedauert als üblich.

Aus diesem Grund hatte ich mich an jenem 6. November kurz vor Anbruch der Dunkelheit zu Fuß aus dem Nachbardorf kommend bei ihm eingestellt und das Haus mit offener Tür und erfüllt von unheimlicher Stille vorgefunden. Noch heute läuft mir ein eiskalter Schauer den Rücken hinunter, wenn ich daran denke, wie ich mich – als stünde ich unter einem unheimlichen Zwang – dem Arbeitszimmer von Monsieur Auguste zuwandte. Wäre ich stattdessen nur weggelaufen …!

Das Geräusch wiederholte sich in kurzen Abständen, ein Scharren und Klirren wie von Ketten. Die Tür des Zimmers stand ebenso offen wie alle anderen, denn der Mörder hatte ja nichts zu befürchten – im ganzen Haus lebte keine Menschenseele mehr. Er kauerte mit dem Rücken zum Gang vor dem Tresor von Monsieur Auguste, neben sich ein Paar Satteltaschen, und schaufelte mit beiden Händen Goldmünzen und Geschmeide in die großen Taschen, wobei er wie ein Wahnsinniger ächzte und keuchte und auch sonst alle Anzeichen von Besessenheit erkennen ließ. Über den Kopf hatte er etwas geworfen, das wie ein Hafersack aussah.

Vielleicht hätte er mich nie bemerkt, hätte ich nicht vor Kummer und Schrecken aufgestöhnt, als ich auf dem Boden hinter dem Dieb die Leiche von Monsieur Auguste entdeckte. Der kräftige, etwas schwerhörige Mann musste von hinten erstochen worden sein, denn das Messer steckte noch bis zum Heft zwischen seinen Schulterblättern. Bei meinem Stöhnen fuhr der Dieb herum und blickte mir geradewegs ins Gesicht.

Es war tatsächlich ein Hafersack aus grober Jute, den er über den Kopf gezogen hatte, mit zwei unregelmäßigen Löchern, hinter denen seine Augen glänzten. Ein Auge war braun, das andere blau, eine Anomalie, die ich vorher nur bei einem einzigen Menschen gesehen hatte.

Einige Sekunden verharrten wir so, er halb auf den Knien, ich zur Hälfte hinter dem Türrahmen verborgen. In diesen endlosen Sekunden erkannten wir einander, und ich sah mein Schicksal in seinen Augen, denn ich war nur ein kleiner deutscher Lehrer und er war ein weit über die Grenzen des Landstrichs hinaus angesehener Mann. Wer wird es mir verübeln, dass ich, kaum aus meiner Erstarrung erwacht, Fersengeld gab und mich draußen neben der Zufahrt zu dem weit außerhalb des Ortes gelegenen Anwesen im dürren Unterholz verbarg. Erst jetzt entdeckte ich den Rotfuchs, der hinter dem Stall angebunden war – das Lieblingspferd meines Bruders.

In diesem Moment begriff ich die ganze Infamie, die Satteltaschen, der Hafersack, der Rotfuchs! Hätte mich das Schicksal nicht zufällig an diesem Nachmittag ins Haus der Schneiders geführt, wäre meinem Bruder und mir der Prozess gemacht worden, ohne dass wir je erfahren hätten, wer in Wahrheit für diese grauenhaften Taten verantwortlich war.

Aber auch so musste ich um mein Leben fürchten, wie sich gleich darauf zeigte. Wenige Minuten später nämlich verließ der Mörder das Haus, schleppte die prall gefüllten Satteltaschen zu dem Rotfuchs, warf sie ihm über und galoppierte vom Hof. Wäre ich bei meiner Flucht dem Weg zur Straße gefolgt, hätte er mich schnell eingeholt und zweifellos ebenso getötet. Kaum war das Trommeln der Hufe zwischen den Bäumen des Waldes verklungen, hörte ich einen anderen Laut, der mir das Blut in den Adern gefrieren ließ. Es war eine helle Kinderstimme, die ein heiteres Lied vor sich hin sang.

Sofort dachte ich an Annémone, die Jüngste, die nicht unter den Toten im Haus gewesen war. Vorsichtig schob ich ein paar kahle Zweige des Gestrüpps, hinter dem ich mich versteckt hatte, beiseite und warf einen Blick in die Richtung, aus der die Stimme an mein Ohr drang. Und tatsächlich, da stapfte die kleine Annie im kupfernen Schein der tief stehenden Novembersonne über die Wiese heran und sang das Lied von der gentille alouette. *Wie ich später in Erfahrung brachte, war sie an diesem Tag bei ihrem Patenonkel in Strasbourg zu Besuch gewesen, der sie am frühen Nachmittag dem Schaffner des Zuges nach Haguenau anvertraut hatte. Unter normalen Umständen wäre sie am Bahnhof von François, dem Diener, mit dem Citroën abgeholt worden, und als sie ihn dort nicht vorgefunden hatte, machte sie sich munter auf den Weg nach Hause, wobei sie die Abkürzung über die Wiese nahm.*

Ich stürzte aus meinem Versteck und stellte mich ihr in den Weg, denn auf keinen Fall wollte ich, dass sie ins Haus ging und ihre Eltern und Geschwister tot in ihrem Blut liegend sah. Doch etwas an meinem Verhalten oder meinem Gesichtsausdruck oder auch an der Stille in dem sonst von fröhlichem Lärm erfüllten Haus muss ihr Angst eingejagt haben, denn sie riss sich los – mit erstaunlicher Kraft, wie ich feststellte – und lief zu der immer noch offenen Tür. Noch heute kann ich ihre kleine Gestalt in dem grünen Mäntelchen vor mir in der dunklen Diele verschwinden sehen, die winzigen hellbraunen Stiefel und den orange und violett gestreiften Schal.

Wieder können nur wenige Sekunden vergangen sein, ehe ich ihr nachlief, und dennoch erschien es mir wie eine Ewigkeit. Ich hörte sie nach Émilie rufen, dann nach François – erst die Dienstboten, wohlerzogen wie sie war –, aber schon die Namen ihrer Brüder blieben ihr im Halse stecken …

Im Lauf ihres kurzen neuen Lebens hatte Annika gelernt, auf die kleinen Anzeichen zu achten, mit denen sich ein Anfall vorbereitete. Aber manchmal entgingen ihr die Vorzeichen oder sie blieben ganz aus, und dann traf er sie völlig überraschend, mit einer Heftigkeit, die einer Explosion in ihrem Gehirn gleichkam. Wenn sie sich aufregte oder traurig war, oder wenn etwas geschah, dass sie aus der Kurve warf wie eine zu schnell auf ihren Schienen dahinrasende Spielzeuglokomotive, dann konnte sie die Kabel hinter ihrer Stirn fast durchschmoren fühlen, bevor alles in das blendende Licht sprühender Funken getaucht wurde. Manchmal hörte sie sich schreien; manchmal spürte sie den Schmerz, wenn sie sich auf die Zunge biss; manchmal war es, als hätte sie einen schwach geladenen elektrischen Zaun angefasst; manchmal roch sie heißen Feuerstein; manchmal veränderten sich die Farben, wurden heller oder dunkler oder begannen zu flimmern; manchmal wurde das Licht greller oder schwächer; manchmal veränderten sich die Dimensionen, und Gegenstände rückten näher heran oder weiter weg; manchmal bekam sie Angst, die zur Panik wurde, so schnell, dass ihr keine Zeit mehr blieb, sich vorzubereiten; manchmal fand sie sich dann hilflos auf dem Boden wieder, und wenn sie die Augen wieder aufschlug, kam sie sich vor, als erwachte sie aus einer Narkose.

Oft jedoch war die Spannung, die sich in ihr aufgebaut hatte, so drückend, dass sie den Anfall geradezu als Erleichterung empfand. Und wenn sie dann merkte, was geschah, wenn sie die Anzeichen las und vorbereitet war, gab es Sekunden, in denen sie leuchtete und alles sah und alles verstand. In denen alles einem Wunder glich, dem sie für diese wenigen Sekunden gewachsen war wie ein Engel dem Licht Gottes. Kein Zorn mehr. Keine Wut. Keine hilflose Raserei. Kein Schmerz. Keine Grenzen, kein Raum, keine Zeit, nur Erfüllung und Ekstase in dem Zucken des Gehirns, das sich entlud. Manchmal verzichtete sie darauf, ihre Medikamente zu nehmen, damit die Anfälle schneller kamen. Wie eine Süchtige.

Sie wusste, dass sie gefährdet war; Schmerzen bedeuteten ihr etwas. Sie verstand die Qualen ihrer Patienten besser, seit sie aus dem Krankenhaus gekommen war, und sie erkannte Zusammenhänge, Strukturen oder Gefahren, die andere nicht sahen. Die Ahnung von Gewalt allein schon versetzte sie in einen Zustand, in dem ihre Nerven zu Antennen wurden, alle Zellen zu Empfängern. Als sie das Journal von Matthias Steinberg las, das ihr Bambi vorsorglich zusammen mit dem Memory Stick zur Aufbewahrung übergeben hatte, sah sie die Bilder zwischen den Zeilen, und bei dem Anblick stockte ihr der Atem.

Sie saß auf einem Hocker an einem Stehtisch in einem 24-Stunden-Kiosk und las, weil ihr nichts anderes übrigblieb. Bambi hatte sie in der Nacht angerufen, als sie bei der Chinesischen Botschaft angekommen war, aber danach nicht mehr. Seitdem waren vier Stunden vergangen. Annika hatte ihren Rucksack gepackt, ihr Hotel verlassen und war durch die Straßen gegangen, bis sie den Kiosk entdeckt hatte.

Der Kiosk war leer, nur ein junger Mann in einem schwarzen Trainingsanzug an der Kasse und ein älterer Mann auf der anderen Seite des Tresens, mit dem er sich unterhielt, während ein Sänger in einem unsichtbaren Radio traurige arabische Lieder sang. Hier suchte bestimmt niemand nach ihr, selbst wenn sie auf die Idee kamen, dass Ella vor ihrem Treffen mit Aziz zu wenig Zeit gehabt hatte, um den Stick in einem Schließfach zu deponieren oder woanders zu verstecken. Und dass nur eine Person infrage kam, der sie vertraute und die bis vor Kurzem mit ihr zusammen gewesen war.

Annika hatte einen Kaffee aus dem Automaten gezogen – gefährlich, wegen des Koffeins, aber sie durfte nicht einschlafen – und ein belegtes Sandwich, weil sie beim Lesen immer Hunger bekam. Sie saß an dem runden Stehtisch ganz hinten zwischen ein paar Regalen mit Wein-, Schnaps-, Cola- und Bierflaschen, halb verborgen hinter Drehständern mit Zeitungen, und da las sie beim schlechten Licht einer unruhig flackernden Neonröhre an der Decke des kleinen Raums die Aufzeichnungen, die Matthias Steinberg nach seiner Flucht in seinem Journal niedergeschrieben hatte.

Sie sah das kleine Mädchen, das sich von seinem Hauslehrer losgerissen hatte. Sie sah es auf dem vergilbten Papier, und sie sah, wie es das Papier verließ und durch die offen stehende Tür in die dunkle Diele dahinter lief. Sie spürte die Angst, die in Annémone aufstieg und sich ihr auf die Brust legte.

Es war inzwischen so dunkel geworden, dass man kaum die Hand vor Augen erkennen konnte. Annie rief »Émilie« und »François«, und danach hörte ich nichts mehr. Der Anblick der toten Köchin und des ermordeten Hausdieners musste ihr die Sprache verschlagen haben, denn sie rief weder nach ihren Brüdern noch nach ihren Eltern. Als ahnte sie schon, dass das Grauenhafte auch diese nicht verschont hatte, wollte aber den Moment des Begreifens nicht voreilig herbeiführen, ging sie schweigend weiter, mit jener Tapferkeit, jener unbedingten Weigerung, vor dem Bösen zurückzuweichen, wie sie nur Kindern zu eigen ist.

Und so ging die kleine Annie weiter, tiefer in das dunkle Haus hinein, und dort fand sie ihren Bruder Sébastien. Gott sei Dank reichte das Licht nicht mehr aus, um sie die Wunden genau erkennen zu lassen, nicht einmal das Blut war mehr rot. Sie bückte sich, berührte Sébastien an der Hand, zupfte an seinem Ohr, als spielte er ihr nur einen seiner Streiche wie sonst so oft. Inzwischen hatte ich sie eingeholt und wollte sie wegführen, doch einmal mehr schüttelte sie mich ab und ging weiter, und auch diesmal wollte ich ihr folgen, um ihr wenigstens das Schlimmste zu ersparen.

Da erklangen Stimmen vor dem Haus, leise noch, in einiger Entfernung, aber doch auf dem Weg, der zum Anwesen führte. Was, wenn man mich hier fand, das Blut der Toten an meinem Schuhwerk? Ich wollte Annie davon abhalten weiterzugehen, und ich wollte fliehen, und beide Gefühle waren gleich stark, sodass ich einige Herzschläge lang keinem von beiden nachgab.

Annémone ging weiter, Schritt für Schritt, und beim Lesen war Annika, als ginge sie dicht hinter ihr, als wäre sie bei dem kleinen Mädchen in dem dunklen Haus. Sie fanden auch ihren anderen Bruder, Jean-Marie, reglos auf der Schwelle. Sie konnten die Wunde in seinem Hals sehen, da, wo der Knorpel an seiner Kehle gewesen war, und sie merkten, wie ihre Beine ganz zitterig wurden, und in ihrem Kopf brannte es. Sie bekamen kaum noch Luft. Annie ging weiter, weil sie nicht stehen bleiben konnte, und auch Annika konnte nicht zurück.

Bevor sie jedoch über die Schwelle zum Salon schritt, in dem ihre Mutter lag, hörten wir einen Laut aus dem Arbeitszimmer ihres Vaters. Das Geräusch war so fein wie das Rascheln eines dünnen, trockenen Astes. Ohne nachzudenken, lenkte sie ihre Schritte nun in die Richtung, aus der es an ihre Ohren gedrungen war. So fand sie auf dem Boden vor dem offenen Tresor – in den sie nie zuvor schauen durfte – eine schattenhafte Gestalt auf dem Bauch liegend, und der Laut, den sie gehört hatte, wiederholte sich, und in dem Seufzen erkannte sie den Atem ihres Vaters.

Auf das Lebenszeichen antwortete sie mit einem eigenen: »Papa?«

Sie starrten auf den Kopf des liegenden Mannes, dessen Gesicht der Tür zugewandt war, und dabei traten sie langsam auf ihn zu. Als sie nah genug war, sah sie, dass seine Lippen sich bewegten und sogar, dass ein rötliches Rinnsal aus seinen Mundwinkeln floss. Sie sah es, weil in diesem Moment der Raum nicht mehr dunkel war, sondern von einer merkwürdigen, flackernden Helligkeit erfüllt, die einem Wetterleuchten glich. Die Möbel, die Bilder an den Wänden, die Teppiche verblassten und verloren sogar ein wenig die Konturen, während die Lippen des Vaters all ihre Aufmerksamkeit auf sich zogen.

Langsam, fast bedächtig kniete Annémone neben ihrem sterbenden Vater nieder und strich ihm mit ihrer zarten, kleinen Hand über das graue Haar, das ihm ins Gesicht fiel. »Papa«, flüsterte sie. Er schlug die Augen auf, und einen Herzschlag lang blickten sie klar und lebendig. Sie legte ihm die Arme um die Schultern und schmiegte sich an ihn, um verstehen zu können, was er ihr zu sagen versuchte, und sie hörte, wie er flüsterte: »La … La – zare … Lazaaaare …«

Das war das letzte Wort, das Auguste Schneider mit seinem letzten Atemzug auf dieser Erde sprach; das war der Name seines Mörders.

Natürlich verstand Annémone nicht, was sie gehört hatte. Das Wort klang so ähnlich wie der Name ihres Nachbarn, der ihr immer Süßigkeiten mitbrachte, wenn er zu Besuch kam und dem die Pferde gehörten, auf denen sie manchmal reiten durfte. Aber jeder, dem sie später erzählte, was sie gehört hatte, glaubte, dass ihr Verstand sich verwirrt hätte, ein bisschen wenigstens. Angeblich war Christophe Lazare ja den ganzen Tag über in Colmar bei einem Kunden gewesen, und niemand machte sich die Mühe zu überprüfen, ob dies der Wahrheit entsprach. Wie viel einfacher war es doch, meinem Bruder und mir das Verbrechen in die Schuhe zu schieben, denn in diesem Moment waren die Stimmen schon sehr nah und ich lief, so schnell ich konnte –

Die Worte verschwammen vor Annikas Augen, die Buchstaben zerliefen, als wären sie in strömenden Regen geraten. Sie stellte fest, dass ihre Hand, in der sie den Kaffeebecher hielt, heftig zitterte. Der Inhalt spritzte auf die eng beschriebenen Seiten. Das feuchte Papier begann zu schillern wie ein Libellenflügel. Sie sah auf. Der ganze Kiosk schien sich ihr entgegenzuwölben und von ihr wegzuschrumpfen wie ein Blasebalg. Plötzlich nahm sie den Geruch von frisch gespitzten Bleistiften wahr. Die Flaschen in den Regalen wirkten aufgebläht, größer als zuvor, auch die Überschriften der Zeitungen in den Drehständern, als hielte jemand eine Lupe dicht an die Worte. Die bunten Titelbilder und die Farben der Flaschen und Zigarettenschachteln hinter dem Tresen leuchteten wie Neon.

Die beiden Männer, der Junge in dem Trainingsanzug, und der Alte, starrten zu Annika herüber. Sie zuckte und brachte den ganzen Tisch zum Wackeln. Sie versuchte sich festzuhalten, weil der Raum langsam unter ihr wegkippte; sie wurde leicht, und die Angst, die sie erfüllt hatte, war auf einmal verschwunden. Sie fühlte sich wie vom weißen Gefieder eines Engels umschlossen, und dann wurde ihr schwindlig, und sie schrie, weil es jählings keinen Boden mehr unter ihr gab, nichts mehr, das sie hielt, und sie fiel, und sie spürte noch, wie das Fallen sie ergriff, aber sie spürte nicht mehr, wie sie auf die Fliesen unter ihr schlug und sich dort noch so lange hin und her warf, bis der Stromkreis in ihrem Gehirn zusammenbrach.

37

Ella erwachte zum ersten Mal, als es noch dunkel war. Sie befand sich auf dem Rücksitz eines großen Wagens mit getönten Scheiben, der mit hoher Geschwindigkeit zu fahren schien. Sie konnte die Männer, die bei ihr waren, nicht erkennen. Ihr Herz raste, und ihr war übel. Als sie sich bewegte, sagte der Mann neben ihr auf dem Rücksitz etwas, das sie nicht verstand. Der Mann auf dem Beifahrersitz drehte sich um und antwortete etwas, das sie auch nicht verstand, weil der Motor die meisten anderen Geräusche übertönte. Sie spürte einen Stich am rechten Unterarm. Sie versuchte zu sehen, was sie gestochen hatte, aber da verlor sie schon wieder die Kraft, sich zu bewegen, und die Augen fielen ihr zu.

Als sie zum zweiten Mal erwachte, war es heller. Lichtreflexe huschten über ihre Lider, Kreise und Punkte trieben vorbei, leuchtende Farben. Sie hörte Straßenlärm, die Stimmen von Menschen. Im Mund hatte sie einen wattigen, süßlichen Geschmack. Sie öffnete die Augen. Sie lag auf einer dünnen Matratze in einem kahlen Raum mit grauen oder weißen Wänden. Kein Mobiliar, kein Bild, kein Kabel, das sich über den nackten Kachelboden schlängelte. Von der Matratze stieg ein modriger Geruch auf. Es gab eine Tür und ein Fenster, vor dem eine Jalousie mit gekippten Lamellen heruntergelassen war. Blendende Lichtbalken und Zebraschatten lagen über dem ganzen Raum. Die Luft war stickig.

Wo bin ich? Seit wann bin ich hier? Wer waren die Männer in der Limousine mit den getönten Scheiben?

Sie war allein. Sie lag auf dem Rücken, und sie konnte ihre Hände und Beine nicht mehr spüren. Sie versuchte, sich aufzurichten, aber sie fiel sofort wieder zurück. Ihre Hände waren mit breitem Isolierband gefesselt, das die Blutzirkulation abschnürte. Ihre Beine waren auf dieselbe Weise knapp oberhalb der Knöchel fixiert. Auch ihr Mund war zugeklebt. Sie war noch immer müde, trotzdem riss sie jetzt die Augen weit auf. *Nicht einschlafen; ich darf nicht wieder einschlafen.*

Sie versuchte, den Straßenlärm, der durch das geschlossene Fenster hereindrang, zu sortieren: keine Motoren, weder Autos noch Motorräder, auch keine Räder auf Schienen. Dafür das Scheppern von Mülltonnen, das Schrillen von Fahrradklingeln, Straßenmusikanten, Gitarren und Ziehharmonika. Stimmen, die schnell wechselten; sie schienen von unten zu kommen. *Eine Fußgängerzone? Aber in welcher Stadt? Bin ich noch in Berlin?* Sie versuchte, Sprachfetzen herauszufiltern, aber sie identifizierte nur einzelne Worte, lauter als die anderen, Arabisch, Englisch, Spanisch. Jemand rief *Luc! Luc!* Irgendwo lief ein Radio oder Fernsehgerät, auf volle Lautstärke gedreht; ein unverständlicher Sprecher, dann Musik, die türkisch oder arabisch klang.

Warum bin ich hier? Sie merkte, wie ihre Lider wieder schwer wurden. *Nicht einschlafen! Was kannst du tun, damit du nicht wieder einschläfst?* Sie konnte wütend werden, und als sie das dachte, merkte sie, dass sie es schon war: Sie war allein, auf sich gestellt, *kein Dany, keine Annika.* Sie war verschleppt worden, sie wurde hier gefangen gehalten – ein guter Grund, um wütend zu sein, aber nur einer von vielen. Sie war Hauptkommissar Aziz in die Falle gegangen und hatte mit ansehen müssen, wie er seinen Kollegen erschossen hatte. Warum hatte er nicht auch sie getötet? War die Tatsache, dass sie noch lebte, ein Lichtblick?

Sie hatte sich getäuscht, in beiden, und sie fragte sich, ob Hauptkommissar Schröder noch leben könnte, wenn sie weniger naiv gewesen wäre. Sie knirschte mit den Zähnen bei dem Gedanken, dass er vielleicht gestorben war, weil er sie retten wollte; weil er ihr geglaubt hatte, nicht Aziz. Sie sah ihn sterbend auf der Straße liegen. Sie erinnerte sich an Männer, die aus der Chinesischen Botschaft gekommen waren, um seinen Körper wegzutragen. *Was haben die Chinesen damit zu tun?*

Sie bewegte die Füße, damit die Blutzirkulation wieder in Gang kam. Sie bewegte die Hände. Sie versuchte den Mund zu öffnen, aber das Isolierband saß zu straff und war über ihren Unterkiefer und um den Nacken geklebt. Es fühlte sich an, als hätte man ihr ins Gesicht geschlagen. Ihre Zunge schien größer als sonst, geschwollen. Sie presste sie gegen den Gaumen und drückte sie in den Rachen hinein. Auf einmal spürte Ella einen Würgereiz und geriet in Panik. *Du darfst dich nicht übergeben,* dachte sie; *wenn du Erbrochenes in den Mund kriegst, kannst du ersticken.*

Sie drehte den Kopf zur Seite und schluckte mehrmals schnell hintereinander, bis der Brechreiz verschwand, nur der pappige, süßliche Geschmack blieb. Noch einmal versuchte sie mit aller Kraft, den Mund zu öffnen. Nach wenigen Sekunden begannen ihre Halssehnen zu schmerzen, dann glühte der ganze Nacken. Sengende Stiche schossen in den Gaumen und von dort in die Stirn. Sie biss sich auf die Zunge. Ein Kitzeln breitete sich darunter aus, lief in den Rachen, die Kehle, *Blut,* sie schluckte wieder. Die angespannte Haut unter dem Klebeband brannte jetzt ebenfalls. Der Schmerz hallte hinter den Schläfen und im Hinterkopf nach, ein Echo, das nur langsam verklang, aber nicht ganz.

Tränen rannen Ella über die Wangen, und sie blinzelte, bis sie wieder klar sah. Sie rollte sich von der Matratze, landete auf dem harten Boden und zog die Beine an, versuchte auf die Knie zu kommen. Auf der rechten Hüfte liegend, drehte sie sich halb um sich selbst, *hoch mit dir, komm schon!*, aber sie schaffte es nicht.

Sie vernahm ein neues Geräusch, das ihren Herzschlag stocken ließ. Es drang von draußen herein, aber nicht durch das Fenster, sondern durch einen Belüftungsschacht. Sie hielt den Atem an, hoffte, dass es sich wiederholte. Sie lag auf der Seite, den Kopf lauschend angehoben, und wünschte, ihr Herz stünde still, nur um besser hören zu können.

Da, da war es wieder! Sie erinnerte sich an das Geräusch. Sie hatte sich nicht getäuscht, und jäh begriff sie, was es bedeutete: Sie war in Paris. Was sie hörte, war das Abfahrtssignal der Métrozüge, gedämpft und doch unverkennbar.

Vielleicht solltest du Paris von der Liste deiner Reiseziele streichen.

Sie ließ den Kopf auf den harten Boden zurückfallen. Sie schrie gegen das Isolierband an, brüllte durch die geschlossenen Lippen, mit zusammengebissenen Zähnen. Sie warf sich herum, scharrte mit den Füßen. Versuchte noch einmal, auf die Beine zu kommen.

Dann ein anderes Geräusch: ein Schlüssel, der im Türschloss umgedreht wurde. Die Tür ging auf, und eine farbige Frau betrat den Raum. Die Frau war kräftig – breite Schultern, kleine Brüste, schmale Hüften, fast wie ein Mann. Sie trug schwarze Laufschuhe, eine schwarze Jogginghose und ein weißes Feinrippunterhemd. Pulswärmer verdeckten ihre Handgelenke. Das dicke rotbraune Haar war straff nach hinten gekämmt und zu einem kurzen Pferdeschwanz gebunden, schien sich aber mit allen Strähnen gegen diese Behandlung zu wehren. Kleine schwarze Muttermale bedeckten ihr Gesicht wie Fliegendreck. Ihre muskulösen nackten Arme waren mit einem glänzenden Schweißfilm überzogen. Auf dem rechten Bizeps befand sich ein Tattoo, das einen Drachen oder ein Seepferdchen zeigen konnte. Ihre bernsteingelben Augen sahen Ella gleichgültig an. Sie holte ein flaches Handy aus der rechten Tasche der Jogginghose, klappte es auf und wählte eine gespeicherte Nummer. Nach ein paar Sekunden sagte sie mit einer dunklen Stimme: »*Elle s'est reveillée.*«

Sie lauschte. »*Oui.*« Sie ging zum Fenster und zog die Jalousie hoch. Sie umkreiste Ella, ging dann elastisch in die Hocke und fotografierte sie mit dem Handy, wobei sie darauf zu achten schien, dass der Blick aus dem Fenster mit auf dem Bild war. Danach überprüfte sie, breitbeinig über Ella stehend, das Isolierband an Beinen und Handgelenken. Sie roch nach Schweiß und einem herben Eau de Toilette.

Ella schrie durch die zugeklebten Lippen, bis ihr der Speichel in die Nase drang. Die farbige Frau sah sie an und sagte nichts und tat auch nichts, außer dass sie die Jalousie wieder herunterließ, aus dem Zimmer ging und den Schlüssel im Schloss umdrehte. Als Ella mit dem Schreien innehielt, hörte sie die farbige Frau vor der Tür mit einer anderen Frau sprechen, sie sagte etwas, und die andere Frau antwortete, und dann lachten beide kurz.

Ella wollte sich wieder auf die Matratze rollen, allerdings gelang es ihr nicht. Einige Zeit später wurde die Tür zum zweiten Mal geöffnet, und die farbige Frau kehrte zurück und brachte ihr einen Nachttopf aus emailliertem Metall. Sie stellte den Topf neben die Matratze und blickte Ella fragend an. Ella nickte. Mit der langen Klinge eines Taschenmessers durchtrennte die Frau das Isolierband an Ellas Beinen, knöpfte ihr die Jeans auf und zog sie herunter. Danach streifte sie Ella auch noch das Höschen bis über die Knie. Ella schoss das Blut in den Kopf. Die Frau trat ein paar Schritte zurück, wandte sich aber nicht ab.

Ella kehrte ihr den Rücken zu, hockte sich auf den Topf und spürte, wie ihr Tränen der Scham in die Augen stiegen. Als sie fertig war, stand sie auf, und die farbige Frau zog ihr das Höschen und die Jeans wieder hoch und knöpfte die Jeans zu. Die Frau legte einen Zeigefinger an die Lippen. *»Pas hurler!«*, sagte sie warnend. Die Knöchel des Fingers waren geschwollen und mit Hornhaut bedeckt. *»Don't yell!«* Dann zog sie Ella mit einem Ruck das Isolierband von den Lippen.

Ella japste vor Schmerz und verschluckte sich fast an der Luft. »Was haben Sie mit mir vor?«, fragte sie keuchend.

»*Comprends pas*«, sagte die Frau.

»What do you want from me?«

»Don't speak.« Die halb geschlossenen Augen der Frau waren wie ein Spiegel. Ella sah sich darin und dachte, *was immer geschehen kann, ist bereits geschehen, ich brauche nicht mehr darauf zu warten. Nur auf die Erklärung*. Diesmal verließ die Frau den Raum nicht wieder, sondern deutete auf die Matratze. »*Sit down.*« Ella schüttelte den Kopf, aber schließlich gehorchte sie. Sie dachte, *du musst so tun, als wärst du bereit mitzuspielen, du musst ihre Wachsamkeit einschläfern.*

Die Frau griff in die Gesäßtasche der Jogginghose und holte eine zusammengefaltete schwarze Plastiktüte hervor, auf der nur das Wort FNAC stand. Mit dem Taschenmesser stach sie mehrere Löcher hinein, dann stülpte sie Ella die Tüte über den Kopf. »*Vous pouvez souffler?«*, fragte sie. *»You get air?«*

»*No!*«, sagte Ella, obwohl sie nach einem ersten Moment der Panik feststellte, dass sie genug Luft bekam. Sie versuchte, durch die winzigen Löcher zu spähen. Die Tüte roch schal nach warmem Kunststoff, nach ihrem eigenen Atem. Die farbige Frau stand noch immer vor ihr, sie konnte sie ebenfalls riechen, und dann streifte sie ein Luftzug, und sie hörte, dass noch jemand den Raum betrat, jemand, der keine Sneakers trug, sondern Schuhe mit harten Absätzen. Sie folgte den Schritten nach Gehör, mit dem ganzen Kopf, den Schlitzen in der Tüte, durch die sie nichts sehen konnte, nur weißes Licht. Die Schritte hielten Abstand zu ihr, näherten sich dem Fenster. Eine Männerstimme sagte: »*Bonjour, Madame Bach.*«

»Wer ist da?«, fragte sie, und ihre Stimme klang fremd unter der Tüte, viel zu hell. »Wer sind Sie?«

»Das spielt keine Rolle«, sagte die Stimme jetzt auf Deutsch, mit dem leichten französischen Akzent, den auch Dany hatte. »Wir sind, was wir tun. Und wenn *Sie* tun, was wir wollen, wird der Albtraum, in dem sie seit einiger Zeit leben, bald vorüber sein.«

»Wir?«, fragte Ella kurzatmig, hastig. »Wer ist wir?«

»Wir vertreten eine Gruppe von Leuten, die ein Problem zu lösen haben«, antwortete der Mann, »vereinfacht gesprochen. Und bitte glauben Sie mir, unsere Ziele sind weit besser als die Mittel, die wir notgedrungen manchmal anwenden müssen.«

Ella fragte: »Was habe ich mit Ihren Zielen zu tun? Warum bin ich hier?« Sie hatte sich schnell ein provisorisches Bild von dem Mann gemacht, den sie nicht sehen konnte, eine Vorstellung – anhand seiner perfekten Beherrschung einer für ihn fremden Sprache, der Lederschuhe und seiner Stimme. Sie stellte sich vor, dass er elegant war, gepflegt, um die vierzig; er trug einen teuren Anzug, und er war gebräunt, nicht von der Sonnenbank, sondern vom Tennisplatz, vielleicht vom Wasserskifahren. Dunkles Haar, möglicherweise mit einer Spur frühem Grau, auf keinen Fall blond. Ein paar Falten auf der Stirn, aufmerksame Augen, sehr wach; manikürte Hände. Aber das Bild, das so entstand, beruhigte sie nicht, denn jemand, der so aussah und sich so verhielt, konnte eigentlich nur zu Rochefort, Gladstone & Wentworth gehören.

»Dieses Problem, das Sie lösen müssen«, sagte sie, »hat nicht zufälligerweise etwas mit dem Verschwinden von Raymond Lazare zu tun?«

»Sie sind scharfsinnig«, sagte der Mann. »Das gefällt mir –

schön und scharfsinnig.« Ein Feuerzeug schnappte auf und zu. »Stört es Sie, wenn ich rauche?«

»Es stört mich, dass Sie mich entführt haben«, antwortete sie wütend. »Es stört mich, dass Sie Menschen umbringen. Ganz besonders meinen Freund Max nehme ich Ihnen übel. Es stört mich, dass Sie mir mein Leben gestohlen haben. Und wo wir schon mal dabei sind: Es stört mich, dass Sie mit mir reden, während ich eine Plastiktüte über dem Kopf trage und hier irgendwo noch ein Topf mit meinem Urin herumsteht –«

Sie spürte, wie sich die Tüte mit ihrem Atem füllte und wie die Innenseite beschlug, sie spürte die feuchte Wärme, und wenn sie die Augen schloss, flimmerte das Licht unter den Lidern.

Der Rauch englischer Zigaretten schwebte in der Luft. Der Mann schien abzuwarten, ob sie noch weiterreden wollte, und als sie schwieg, sagte er: »Die Tüte tragen Sie zu Ihrem Schutz. Es ist besser, wenn Sie mich nicht sehen. Um auf Ihre Ausgangsfrage zurückzukommen: Sie sind hier, weil Sie uns keine andere Wahl gelassen haben. Wenn Sie aufgegeben hätten, wären Sie nicht hier. Wenn Sie sich einfach nur versteckt hätten, statt herausfinden zu wollen, was um Sie herum vorgeht, wären Sie nicht hier. Aber Sie mussten ja immer weitermachen, egal, wer alles um Sie herum getötet wurde. Sie mussten uns ja immer näher kommen, und deswegen haben wir den letzten Schritt für Sie getan und die Sache etwas abgekürzt: Jetzt sind Sie da, wo wir auch sind, weil Sie sich auf dem Weg hierher von jemandem, den wir ganz und gar nicht gebrauchen konnten, in jemanden verwandelt haben, den wir doch brauchen können.«

»Sie oder Ihre Mandanten?«, fragte Ella nach. »Oder ist das in diesem Fall dasselbe?«

»Das Ziel unserer Mandanten ist auch unser Ziel, solange wir für sie tätig sind«, erklärte der Mann. »So wie das Ziel eines Patienten zu Ihrem Ziel wird, wenn er zu Ihnen kommt. Anwälte und Ärzte, wir müssen beide nehmen, was wir kriegen, nicht wahr?«

Das Gefühl, das Ella beim Blick in die Augen der farbigen Frau gehabt hatte, war nun stärker als alles andere, sogar als sie selbst: Was immer geschehen konnte, war bereits geschehen, und sie hatten sie nicht getötet. Bisher nicht und solange sie sie brauchen konnten nicht, und wenn es ihr gelang, die Antwort zu finden, vielleicht nie. Bis es so weit war, musste sie so tun, als hätte sie sich damit abgefunden, ihr Instrument zu sein.

»Wozu?«, fragte sie, und merkte, dass ihre Neugier jetzt größer war als ihre Angst, sogar größer als die Wut. »Wozu brauchen Sie mich?«

»Sie sollen das für uns tun, was Sie am besten können«, sagte der Anwalt. »Wie ich schon sagte, wir sind, was wir tun, und Sie tun Gutes. Sie retten Leben. Genau das möchten wir von Ihnen, dass Sie ein Leben retten. In diesem Fall sogar eins, das Sie schon einmal gerettet haben! *Laetitia.*«

Ella spürte, wie eine Hand ihren rechten Oberarm umschloss und ihr aufhalf. *»Viens«*, sagte die farbige Frau. Sie führte Ella vom Fenster weg in den nächsten Raum. Das Licht veränderte sich, wurde heller, ein anderer Geruch drang durch die Tütenschlitze. Ella wurde mehrmals um die eigene Achse gedreht und anschließend in einen dritten Raum geführt. Dieser Raum war wieder dunkel. Mit einer schwungvollen Geste zog die farbige Frau Ella die Tüte vom Kopf.

Sie brauchte einige Sekunden, um etwas erkennen zu können. Sie war in einer kleinen Kammer ohne Fenster, an der Decke eine lose baumelnde Glühbirne, die nicht brannte. Die Kammer war leer bis auf eine Matratze von gleicher Machart wie die, auf der sie gelegen hatte. Auf der Matratze kauerte eine junge Frau. Sie war barfuß und trug dunkelblaue Jeans und einen burgunderroten Strickpullover. Die Hände lagen wie kleine verkrüppelte Klauen in ihrem Schoß. Ihre Haare waren strähnig, achtlos hinter die Ohren geschoben, und das Gesicht verschwand hinter Mullbandagen, einer weißen Nasenprothese und einem Drahtgestell vor dem Mund, das auch die Zähne zu schützen schien. Die Wangen waren geschwollen und verfärbt, die in den Höhlen verrutschten Augen blutunterlaufen. Schmutzige Bandagen, die offenbar länger nicht gewechselt worden waren, führten vom Nacken am Hals entlang unter den Pullover, zu den Brüsten.

Bei Ellas Anblick begann die Frau am ganzen Körper zu zittern, als hätte sie plötzlich Angst. Ihre Füße zuckten, und sie bewegte die Hände, und jetzt, als sie die zitternden Hände genauer ansah, erkannte Ella auch die Frau, und sie begriff, dass es keine Angst war, sondern Freude: Mado Schneider freute sich, sie wiederzusehen.

38

Sie befand sich wieder in dem Raum, in dem sie aufgewacht war, und sie hatte auch wieder die Plastiktüte über dem Kopf und hockte auf der flachen Matratze, als der Anwalt fragte: »Wo ist es?«

Ella sagte: »Ich habe es nicht mehr.«

»Das wissen wir. Wo ist es?«

Ella antwortete nicht.

»Hat Ihre Freundin es? Frau Jansen?«

»Nein.«

»Sie hat es also. Was ist darauf?«

»Ich weiß es nicht«, sagte Ella. Außer der Stimme des Mannes hörte sie in sich auch noch die von Mado – *Mado, die lebt, die gar nicht tot ist* –, die in der kleinen Kammer kauerte und gesagt hatte: »Bitte – bitte, helfen Sie mir!« In diesem völlig unpassenden Augenblick verspürte sie noch einmal den Rausch jenes Morgens, als sie in der Feuerwache erwacht war und geglaubt hatte, wieder ein Leben gerettet zu haben, als Siegerin aus dem aussichtslosen Kampf gegen den Tod hervorgegangen zu sein.

Der Anwalt sagte: »Wir wissen inzwischen, was es ist und wie es von Paris nach Berlin gelangt ist. Wir wussten es nicht, als wir jemanden zu Mademoiselle Schneider geschickt haben und wie sich herausstellte, wusste sie es selbst auch nicht. Aber jetzt wissen wir, dass es ein Memory Stick ist und dass Mademoiselle Schneider ihn an Professor Forell weitergegeben hat, von dem er zweifellos vor seinem Tod in Ihre Hände gelangt ist. Nach wie vor unklar ist uns aber, was sich auf diesem Memory Stick befindet – was für eine Ton- oder Bildaufnahme. Das wusste nicht einmal Mademoiselle Marceau, die uns als Quelle sehr nützliche Dienste geleistet hat. Oder Professeur Barrault, von dem Sie bestimmt auch schon gehört haben …«

»Ich habe Durst. Geben Sie mir ein Glas Wasser, bitte.«

»Wenn wir fertig sind.« Der Anwalt zündete sich eine neue Zigarette an. »Wir haben natürlich eine *Vorstellung* von dem Inhalt des Sticks, und Professor Barrault hat uns bestätigt, dass diese Vorstellung aller Wahrscheinlichkeit nach zutrifft, aber das macht es umso notwendiger, dass wir mit Raymond Lazare persönlich darüber sprechen können, und zwar schnell, denn viel Zeit bleibt uns leider nicht mehr. Deswegen brauchen wir jemanden, der uns hilft.«

»Ich höre Ihnen nicht mehr zu, wenn ich nichts zu trinken bekomme«, sagte Ella.

»Sie werden mir zuhören«, sagte der Anwalt, »und wenn Sie mir bestätigen, dass Sie alles verstanden haben, bekommen Sie, was immer Sie wollen.«

»Warum sollte ich Ihnen helfen?«, fragte Ella. »Für mich war Madeleine Schneider schon tot. Ich hatte ihr Leben gerettet und sie in die Klinik gebracht, aber Sie haben sie von dort entführen lassen und die Nachricht verbreitet, ich hätte Sie ermordet. Jetzt erfahre ich, dass sie noch lebt, aber das hat nichts mehr mit mir zu tun.«

»Es hat sehr viel mit Ihnen zu tun«, sagte der Anwalt, »denn wenn Sie uns nicht helfen, wird sie zum zweiten Mal sterben, und nur Gott bringt es fertig, jemanden erst zu retten, um ihn dann doch denselben Tod noch einmal sterben zu lassen, aber nicht Sie! Ich habe Sie studiert, Sie bringen das nicht fertig. Vielleicht hilft es Ihnen, wenn ich Ihnen erkläre, wie kompliziert unsere Situation damals war. Unsere Mandanten kamen zu uns, weil sie darauf vertrauten, dass wir ihnen schnell helfen. Einer aus ihrem Kreis hatte sich gegen sie gewandt und drohte sie alle in den Abgrund zu stürzen. Unsere Mandanten wollten, dass wir herausfinden, warum er sich so verhielt. Was geschehen war. Und sie wollten, dass wir ihn entweder davon überzeugen, in ihren Kreis zurückzukehren oder Maßnahmen ergreifen, um ihn unschädlich zu machen. Wir standen und stehen unter großem Zeitdruck, schon vom ersten Tag an.«

Ella hatte Angst, das Bewusstsein zu verlieren, wenn sie nicht bald etwas zu trinken bekam. Ihr Atem hörte sich hechelnd an, das dünne Plastik flatterte vor ihren trockenen Lippen.

»Wir fanden heraus«, sagte der Anwalt, »dass Monsieur Lazare wenige Tage vor seinem Verschwinden Besuch von Mademoiselle Schneider erhalten hatte und dass dieser Besuch ihn in einem Ausmaß verwirrt haben musste, das uns bei einem Mann wie ihm – wir kannten ihn ja als langjährigen Mandaten – unvorstellbar erschien. Allerdings wussten wir zu dem Zeitpunkt natürlich nicht, was diese Verwirrung ausgelöst haben mochte und auch nicht, dass er schon länger Zweifel an dem Plan hegte, den er doch ursprünglich mit den sechs anderen zusammen entwickelt hatte. Genauso wenig wussten wir von der Geschichte seiner Familie und dem Ursprung ihres Reichtums oder dass sein Neffe Rémy Lazare ihm seit Jahren deswegen zusetzte und von ihm verlangte, den Namen der Familie reinzuwaschen.«

Der Anwalt hielt inne, als wüsste er nicht, wie viel er ihr erzählen durfte, redete dann jedoch schnell weiter, bevor sie ihn wieder unterbrach. »In dem aufgewühlten Zustand, in den ihn Madeleine Schneiders Besuch versetzt hatte, traf Raymond Lazare jedenfalls eine folgenschwere Entscheidung. Er entschied, die unerwartete Begegnung als ein Zeichen dafür zu betrachten, dass jetzt der Zeitpunkt gekommen wäre, das Blut von seinen Händen zu waschen, sozusagen. Allerdings ahnte er wohl, dass er sich damit selbst zur Persona non grata machte und gab

Mademoiselle Schneider daher – wie wir heute wissen – einen Memory Stick mit, in einer Flasche Rotwein versteckt. Offenbar ist sie mit dem Zug gefahren, beim Durchleuchten in der Flughafenabfertigung hätte man so was wohl bemerkt. Gott bewahre uns vor den Geistesblitzen und der Vertrauensseligkeit alter Männer. Wie auch immer, wir vermuten, dass der Stick eine Bild- oder Tonaufnahme von einem Zusammentreffen des Konsortiums enthält, einen Mitschnitt eines oder mehrerer Gespräche über die Absichten der Teilnehmer.«

Ella hörte, wie seine Stimme schwächer wurde; sie konnte ihn kaum noch verstehen.

»Jedenfalls«, fuhr er fort, während sich die Tüte immer weiter vor ihrem Gesicht blähte und zusammenzog, an ihren Nasenlöchern klebte, die Lippen verschloss, »ohne Mademoiselle Schneider zu sagen, wozu er sie benutzte, hatte er bereits beschlossen, unterzutauchen, bis der geeignete Moment gekommen war, mit dem, was er wusste, an die Öffentlichkeit zu treten und das Konsortium so mit höchster Wahrscheinlichkeit ins Gefängnis zu bringen. Was ist denn? Was haben Sie?«

Ella antwortete nicht; ihr war schwindlig, sie kippte zur Seite und blieb zusammengekrümmt auf der Matratze liegen.

Der Anwalt seufzte gereizt. Er sagte etwas auf Französisch, woraufhin die Frau, die er Laetitia nannte, sich mit leisem Quietschen auf ihren Gummisohlen entfernte. Etwas später kehrte sie zurück, hob die Plastiktüte ein paar Zentimeter weit an und setzte Ella ein Glas an die Lippen. *Lauwarmes Wasser.* Ella trank gierig, hustete, das Wasser lief ihr über das Kinn, aber sie trank weiter, bis die Frau das Glas wegnahm und die Tüte wieder zurechtrückte.

»Kann ich fortfahren?« Der Anwalt schien sich Mühe zu geben, nicht angewidert zu klingen. »Um seine Absicht so lang wie möglich zu verschleiern und so sein Verschwinden vorzubereiten, wollte Lazare seine Geliebte, Mademoiselle Marceau, erst kurze Zeit später zu sich holen. Ein folgenschwerer Fehler, der uns die Möglichkeit gab, auf Mademoiselle Marceau zuzugreifen. Von ihr erfuhren wir, was ich Ihnen gerade erzählt habe. Geht es Ihnen jetzt besser?«

Ella gab keine Antwort.

»Die Aufgabe bestand nun darin«, erklärte er, noch immer gereizt, »möglichst schnell in Erfahrung zu bringen, wo Raymond Lazare sich aufhielt und was er Mademoiselle Schneider nach Berlin mitgegeben hatte. Außerdem wollten wir es nach Möglichkeit bei ihr sicherstellen. Alle drei Aufgaben erwiesen sich als unerwartet schwierig, und leider hat der in Berlin eingesetzte Spezialist sich als sehr ungeschickt herausgestellt. Aber in der Zwischenzeit haben andere Mitarbeiter der von uns beauftragten Firma Mademoiselle Marceau weiter befragt und erfahren, dass die Begegnung mit Madeleine Schneider bei Raymond Lazare einen tiefen Eindruck hinterlassen hatte. Unsere Mandanten erkannten, dass sie mit ihr einen Joker in die Hand bekommen hatten, der sich zu gegebener Zeit vielleicht noch als nützlich erweisen könnte. Deswegen beschlossen sie, Mademoiselle Schneider umgehend aus der Klinik, in die Sie sie gebracht hatten, in die Obhut anderer Spezialisten zu überführen. Das alles musste sehr schnell gehen, denn es war ein riskantes Spiel, und jede Karte, die man zog, hatte ein Verfallsdatum. Glücklicherweise half uns das Chaos nach dem Brand in dieser Berliner Diskothek, die Patientin gewissermaßen nahtlos von Ihnen zu übernehmen, was unter den gegebenen Umständen keine großen Schwierigkeiten bereitete.«

»Und eine dieser erwähnten Karten mit dem abgelaufenen Verfallsdatum war Max Jansen«, unterbrach Ella ihn.

»Bedauerlich, ja, ein Kollateralschaden«, gab der Anwalt zu. »Wir wussten einfach nicht, ob Mademoiselle Schneider nicht Ihnen oder ihm etwas gesagt oder gegeben hatte, das sie uns nicht gesagt oder gegeben hatte. Sie konnte zu jenem Zeitpunkt ja nicht mehr reden, um uns darüber aufzuklären, und wenn sie es gekonnt hätte, hätten wir nicht gewusst, ob sie die Wahrheit sagt.«

»Waren Sie auch bei mir zu Hause?«

»Natürlich.«

»Wenn Sie mich dort angetroffen hätten, dann wäre ich genauso behandelt worden?«

»Wahrscheinlich, ja.«

Ella hatte noch immer Durst, aber ihr Kopf war wieder klar. »Und da erzählen Sie mir, ich hätte mir das alles selbst eingebrockt? Ich hätte nur aufgeben und mich von einem Ihrer Spezialisten quälen und umbringen lassen müssen, um mir das alles zu ersparen? Anwaltslogik?«, fragte sie wütend. »Wann haben Sie denn beschlossen, sich *meine* Karte noch mal genauer anzusehen und zur späteren Verwendung wieder im Ärmel verschwinden zu lassen?«

Wieder schien der Anwalt kurz zu zögern, ehe er antwortete: »Mademoiselle Marceau hatte nicht Ihren Durchhaltewillen und vermutlich auch ein schwaches Herz. Wir mussten überlegen, wie wir mit einer weiteren Leiche umgehen sollten, die wir nicht einfach verschwinden lassen konnten, immerhin war sie die Geliebte eines der reichsten Männer der Welt gewesen. Nachdem Sie uns aber schon so viele Probleme bereitet hatten, entstand die Idee, Sie in den Plan zu integrieren und den Tod von Mademoiselle Marceau bei passender Gelegenheit als weitere Etappe auf ihrem Weg von Berlin nach Paris sichtbar werden zu lassen. Es ist wie bei einem Puzzle oder einer Schnitzeljagd: Es zählt immer nur die nächste Etappe, das große Ganze erkennt man erst am Ende.«

Ella fragte: »Würde es mir helfen, das große Ganze etwas schneller zu verstehen, wenn Sie mir sagen, warum die Frau, die mich hier bewacht, vorhin ein Foto von mir gemacht hat?«

»Jedes Handyfoto weist ein Datum und eine Uhrzeit auf.

Diese Aufnahme dient als Beweis dafür, dass Sie zu einer bestimmten Zeit an einem bestimmten Ort waren.«

»Das Foto zeigt mich gefesselt auf dem Boden einer Wohnung, die wie tausend andere aussieht –«

»Nur mit dem Unterschied, dass diese Wohnung Raymond Lazare gehört«, erklärte der Anwalt. »Er besitzt viele Wohnungen, und diese steht seit einiger Zeit leer. Hier werden Sie – wie das Foto beweist – gefangen gehalten, zu einem durch Datum und Uhrzeit belegten Zeitpunkt, zu dem Monsieur Lazare selbst noch untergetaucht ist. Es handelt sich also gewissermaßen um eine Versicherung für die Zeit danach. Denn falls es Ihnen *nicht* gelingen sollte, Monsieur Lazare davon zu überzeugen, dass Mademoiselle Schneiders Leben von seinem Verhalten abhängt – dass sie genauso sterben wird wie seine Geliebte, Nicolette Marceau –, wenn er uns also *nicht* die Gelegenheit gibt, ihn noch vor der Aktionärsversammlung seiner Bank am nächsten Freitag von seinem Vorhaben abzubringen, dann brauchen wir dieses Mittel, um zu verhindern, dass er uns nachträglich zu schaden versucht.«

Fast nonchalant fügte er hinzu: »Darüber hinaus stellt es natürlich einen zusätzlichen Anreiz für Sie dar. Schließlich sah es bisher ja so aus, als wären Sie für all die Morde der letzten Wochen verantwortlich, aus sehr persönlichen und – so darf man wohl sagen – niedrigen Beweggründen. Aber wenn Sie selbst eins der letzten Opfer in dieser Mordserie sind – neben dem ersten, Mademoiselle Schneider, von der es ebenso ein Foto hier in der Wohnung gibt –, dann muss zwangsläufig jemand anderer der Täter sein, jemand, der durch den von Hand zu Hand weitergegebenen Stick ebenfalls mit den Leichen in Verbindung gebracht werden kann. Natürlich ist dieser Stick dann längst unauffindbar. Und da niemand weiß, warum Monsieur Lazare untergetaucht ist, weiß dann wohl auch niemand, was er in der Zeit getan hat, in der er wie vom Erdboden verschluckt war. Die Verbrechen fallen ja ausnahmslos alle genau in die Zeitspanne seines Verschwindens – beginnend mit dem Mord an seiner Geliebten, nachdem er Besuch von dieser anderen jungen Frau erhalten hatte. Ach, da gibt es so viele Möglichkeiten, was man aus diesen Fotos konstruieren kann.«

»Wie fühlen Sie sich eigentlich bei dem, was Sie tun?«, fragte Ella in der Dunkelheit unter der Tüte. »Sie reden von Fotos, von Spielkarten, von einem Puzzle und einer Schnitzeljagd, mit einer Stimme, als gingen Sie die Fußnoten eines Fusionsvertrages durch. Aber das alles waren Menschen, jeder Einzelne von ihnen hat gelebt, und er hatte nichts als dieses eine Leben, und Sie haben es ihm genommen. Wie fühlen Sie sich bei dem, was Sie tun?«

»Ich bin Anwalt, ich fühle nichts. Aber Sie – Sie sehen jetzt hoffentlich, wie wichtig es auch für Sie ist, dass Sie Ihre Aufgabe ernst nehmen und genau tun, was wir Ihnen sagen.«

»Wie soll ich Lazare denn finden, wenn nicht mal Sie mit all Ihren Möglichkeiten ihn aufspüren können?«

»Oh, wir wissen, wo er ist, jedenfalls die meiste Zeit. Wir können nur dort nicht mit ihm reden.«

»Warum nicht?«

»Weil er uns nicht zuhört.«

»Und wo ist er?«

»In der Luft. Monsieur Lazare hat von seinem Geld gelernt. Er ist immer in Bewegung. Er hinterlässt keine Spuren. Er schläft und isst in seinem Privatflugzeug, das nur zum Auftanken landet, aber niemals in Frankreich. Er vertraut Frankreich nicht.«

Die Empörung kribbelte in Ellas Nerven, als stünden sie unter Strom. »Überschätzen Sie mich nicht ein bisschen, wenn Sie denken, dass ausgerechnet ich ihn dazu bringen kann, da oben zwischen irgendwo und nirgends meinen Anruf entgegenzunehmen und rechts ranzufliegen, während ich ihm erkläre –«

»Nicht Sie«, erklärte der Anwalt geduldig, »sein Neffe, der Priester. Rémy Lazare ist wie ein Sohn für ihn, nachdem sich sein Bruder vor einigen Jahren das Leben genommen hat. Bedauerlicherweise können wir nicht einfach bei ihm auftauchen und *ihn* zur Mitarbeit bewegen. Zumindest nicht in der uns zur Verfügung stehenden Zeit. Er lebt völlig zurückgezogen in einem Kloster auf Mont Saint-Michel vor der Küste der Normandie, als einer von einem Dutzend Benediktinermönchen, die dort ihr Leben dem heiligen Michael gewidmet haben.«

Ein Rascheln, als bewegte er seinen Arm, um auf die Uhr zu schauen. »Aber Professor Serge Barrault, ein Freund der Familie Lazare, ist bereit – vor allem, nachdem er von dem schrecklichen Tod seines Freundes Edouard Forell in Berlin gehörte hat –, sich für uns, *für Sie*, bei Frère Rémy zu verwenden, damit er Ihnen zuhört –«

Ella schüttelte den Kopf; das Plastik knisterte, nass von ihrem kondensierten Atem. »Ich glaube Ihnen nicht.«

»Sie glauben nicht, dass ein enger Freund von Raymond Lazare und Eduard Forell sich als Vermittler zu Verfügung stellt, damit nicht noch mehr Menschen sterben müssen?«

Ella schwieg.

»*Laetitia – le cellulaire*«, sagte der Anwalt zu ihrer Bewacherin. »Serge Barrault.« Wieder Rascheln, dann leises Klicken, als eine Nummer in ein Handy eingegeben wurde. »Sprechen Sie selbst mit ihm, überzeugen Sie sich, Doktor Bach. Ich verlasse in der Zwischenzeit den Raum.«

»Ich spreche kein Französisch«, sagte Ella.

»Das macht nichts – er spricht Deutsch«, sagte der Anwalt fast verächtlich. »Viele von uns sprechen mehrere Sprachen, und nach *la Wiedervereinigung* vor zwanzig Jahren schien es nicht wenigen ratsam, vor allem ihre Deutschkenntnisse aufzupolieren.« Die Ledersohlen marschierten klackend aus dem Zimmer.

Die Frau, die er Laetitia genannt hatte, nahm Ella die Tüte ab und sagte *»Le Professeur«* in das Handy, bevor sie es Ella in die gefesselten Hände drückte. Ella hielt es mit der Rechten, hob beide Hände ans Ohr. Zuerst hörte sie nur Knistern und Rascheln, dann leises, unregelmäßiges Atmen.

»Oui«, sagte ein Mann mit einer alten, müden Stimme, die genauso mutlos und erschöpft klang, wie sie sich fühlte. »Barrault.«

Ella zögerte, dann sagte sie: »Monsieur Barrault, mein Name ist Bach – Ella Bach – Sie kennen mich nicht –«

»Doch, ich kenne Sie«, unterbrach die Stimme sie. »Eduard hat mir von Ihnen erzählt, bei unserem letzten Telefonat …«

»Ich verstehe Sie sehr schlecht«, sagte Ella, obwohl die Verbindung tadellos war. Sie ging zum Fenster. »Jetzt ist es besser.« Sie versuchte, durch die Ritzen der Jalousie einen Blick nach draußen zu erhaschen und verbarg dabei mit der linken Hand ihre Augen.

»Stimmt es, dass Sie mit jemandem von der Anwaltskanzlei Rochefort, Gladstone & Wentworth zusammenarbeiten, um einen Kontakt zu dem verschwundenen Bankier Raymond Lazare herzustellen?«

»Zusammenarbeiten?«, fragte die erschöpfte Stimme. »Ja, so könnte man es wohl nennen, ich arbeite mit denen zusammen – ähnlich wie Sie, nehme ich an.« Jetzt schwang noch etwas anderes in der Stimme mit, das Echo erlittener Schmerzen, der Nachhall von Drohungen und Schlägen. »Sagen Sie, was Sie wollen, ich – ich habe nicht mehr viel Zeit.«

Ella sagte: »Man hat mir von einem Neffen Lazares erzählt – Rémy, einem Priester, der in einem Kloster leben soll …« Sie stand jetzt ganz dicht am Fenster, beobachtet von der farbigen Frau, der nicht aufzufallen schien, dass sie hinausspähte. Das Licht vor dem Fenster blendete sie. Aber dann erkannte sie das riesige Gebäude auf der anderen Seite eines abschüssigen Platzes schräg gegenüber an seiner klobigen, kantigen Form mit den Nebelhörnern auf dem Dach, der schimmernden Metallverkleidung der Wände und den durchsichtigen, geknickten Röhren an der Stirnseite, in denen sich winzige Menschen von Stockwerk zu Stockwerk auf- und abwärts bewegten.

»Ja, ein beeindruckender junger Mann«, bestätigte Barrault.

Auf dem von wimmelnden Leben erfüllten tiefergelegten Platz vor dem Beaubourg saßen junge Leute in kleinen Gruppen zwischen Malern und Straßenmusikanten, und Flics auf Motorrädern patrouillierten im Schritttempo längs der Rampe vor den kleinen Cafés, Bistros und Andenkenläden. Direkt unter dem Fenster konnte Ella eine verschmutzte Passage mit einem Pornokino und einem Super-Marché sehen. Darüber befand sich ihre Wohnung, eine von Dutzenden waghalsig gegeneinander versetzter Betonwaben, deren ehemals sandfarbene Mauern wie von Rost- und Nässeflecken zernarbt wirkten.

»Und es stimmt, dass er als Einziger weiß, wie man Monsieur Lazare erreichen kann?«, fragte Ella.

»Ja.«

»Lazare ist also nicht entführt worden und auch nicht tot?«

»Nein.«

»Demnach hat es tatsächlich eine Begegnung zwischen ihm und einer jungen französischen Stundentin namens Madeleine Schneider gegeben, die Sie vermittelt haben?«

»Das ist richtig.«

»Dann stimmt es auch, dass es diese Begegnung war, die Lazare dazu gebracht hat, von heute auf morgen alles über Bord zu werfen, woran er bisher geglaubt, wofür er gelebt und gearbeitet hatte –«

»Nicht von heute auf morgen«, unterbrach Barrault sie. »Schon vorher hatte Rémy ihm die Augen geöffnet für die Schuld seiner Familie und die Verpflichtung, die für alle Lazares aus dieser Schuld erwächst. Aber obwohl er sich Rémy in dieser Angelegenheit nie verschlossen hatte, war die Schuld doch in gewisser Weise immer abstrakt für ihn geblieben, bis er Mademoiselle Schneider traf, deren Urgroßeltern die Opfer seines Großvaters gewesen waren. Ich weiß nicht, ob es ihre Worte waren oder ihr Mut, ihr Anstand, aber er rief mich an und erklärte, er sei beteiligt an der Planung eines großen Verbrechens, eines der größten der letzten Jahre, und er könne damit jetzt nicht mehr weitermachen – er müsse stattdessen versuchen, es in letzter Minute zu verhindern. Dann sagte er noch, er müsse eine Zeit lang untertauchen, aber falls es die dringende Notwendigkeit gebe, ihn zu erreichen, sollte ich mich an seinen Neffen wenden …«

»Weiß er von den Morden, die sein Verschwinden nach sich gezogen haben? Von Madeleines Schicksal?«

»*Get away from the window*«, sagte die farbige Frau plötzlich scharf.

»Er weiß es«, sagte Barrault. »Er lässt sich über alles auf dem Laufenden halten. Er weiß sogar, dass Sie ihr zuerst das Leben gerettet haben, bevor sie –«

»Aber er weiß nicht, dass sie gar nicht tot ist«, unterbrach Ella ihn, »dass ihr Tod nur vorgetäuscht war? Können Sie Rémy Lazare das sagen, wenn Sie mit ihm sprechen? Madeleine Schneider lebt und ist hier in –«

Die farbige Frau trat rasch auf Ella zu. »*Cela suffit! Enough, that's enough. Give me the phone.*« Sie griff nach dem Handy, um es ihr wegzunehmen, aber Ella wandte sich ab, wich ihr aus wie ein Basketballer, der nicht abgedrängt werden will. »Wie kann ich Kontakt mit Rémy aufnehmen?«, rief sie in das Handy, um das sie mit der farbigen Frau rang.

»Das Kloster der Monastischen Gemeinschaften von Jerusalem auf Mont Saint-Michel. Rufen Sie dort an, ich spreche mit ihm und –« Die Leitung war plötzlich unterbrochen, und im selben Moment hatte die farbige Frau Ella gegen die Wand neben dem Fenster gedrängt und ihren aneinandergeklebten Händen das Mobiltelefon entwunden. Sie stieß Ella am linken Oberarm zurück zur Matratze, hob die FNAC-Tüte vom Boden auf und stülpte sie Ella wieder über den Kopf.

»Werden Sie uns helfen?«, fragte der Anwalt, nachdem er in den Raum zurückgekehrt war. »Werden Sie für uns mit Rémy Lazare reden?«

Ella sagte: »Und wenn ich es Ihnen verspreche und mich nicht an das Versprechen halte? Wenn ich mich in Luft auflöse zwischen hier und Mont Saint-Michel?«

»Um Mademoiselle Schneider sterben zu lassen? Aber selbst wenn – vergessen Sie nicht, dass Sie auch in Frankreich wegen Mordes an Nicolette Marceau gesucht werden.«

»Dafür gibt es keine Beweise«, sagte Ella.

Die Stimme des Mannes klang auf einmal fast heiter, als er fragte: »Beweise?«

39

Ella fuhr schnell, aber nicht waghalsig. Sie hielt sich an die vorgeschriebene Geschwindigkeit und blieb auf der rechten Spur. Die Fahrbahn war eine schwarze Fläche, die dem Wagen aus der Dunkelheit entgegenflog. Die weißen Leitstreifen schienen auf dem Asphalt zu schweben, dann schossen sie heran und verschwanden wieder, zu rasch, um ihnen mit den Augen zu folgen. Der Citroën C5 glitt dahin wie eine luxuriöse, leise rauschende Raumkapsel durch die Schwärze des Alls. Manchmal tauchte am Straßenrand überraschend eine Reklametafel oder ein grünes Hinweisschild im Scheinwerferlicht auf, aber sonst war die Nacht leer, und um diese Zeit gab es kaum Verkehr.

Ella warf einen unauffälligen Blick in den Rückspiegel, um zu sehen, ob der andere Wagen noch da war. Der Wagen fuhr seit Paris hinter ihr her, immer im gleichen Abstand. Erst hatte sie gedacht, es seien Aufpasser, die der Anwalt ihr nachgeschickt hatte, um sie zu überwachen. Aber dann hatte der Fahrer mehrmals die Lichthupe betätigt, als legte er es darauf an, dass sie ihn bemerkte, und sie war schneller gefahren. Sie wollte nicht, dass etwas Unvorhergesehenes geschah.

»Wir sind die ganze Zeit bei Ihnen«, hatte der Anwalt gesagt. »Wenn Sie irgendwo halten, wo Sie nicht halten sollten, werden wir es bemerken. Denken Sie immer an Mademoiselle Schneider. Sie wird sterben, wenn Sie von Ihrem Auftrag abweichen. Sobald Sie Mont Saint-Michel erreichen, lassen Sie den Wagen stehen. Dort haben wir Männer, die Sie im Auge behalten. Sie erwarten Sie bei Tagesanbruch. Tun Sie immer genau, was ich Ihnen gesagt habe, dann bleibt Mademoiselle Schneider am Leben.«

Weiter voraus glitt eine erleuchtete Tankstelle heran. Ella beschloss, dort anzuhalten und zu sehen, was der Fahrer des anderen Wagens machte. Eine Tankstelle war unverdächtig; ihr Ortungssystem würde ihnen das sagen. Sie durfte nur nicht länger bleiben, als man brauchte, um sich frisch zu machen und einen Kaffee zu trinken.

Wenn etwas Außerplanmäßiges passiert, rufen Sie uns an.

Ella setzte den Blinker und kontrollierte kurz ihr Aussehen im Innenspiegel. Schminke, Kopftuch und eine Brille mit ungeschliffenen Gläsern veränderten ihr Gesicht genug; bei Dunkelheit wies es kaum noch Ähnlichkeit mit den schlechten Fotos in den Zeitungen oder im Fernsehen auf.

Am Abend hatte sie unter Laetitias Aufsicht das Kloster auf Mont Saint-Michel angerufen und sich mit Frère Rémy verbinden lassen. Der Mönch war zuerst auf der Hut gewesen, vorsichtig, obwohl Professor Barrault sich bereits mit ihm in Verbindung gesetzt hatte. Dann jedoch musste etwas in Ellas Stimme, an ihrer Dringlichkeit, ihn überzeugt haben, und er hatte ihr eine Handynummer gegeben, unter der sie ihn erreichen konnte, sobald sie auf der Insel war. Seine Stimme war nicht weich gewesen, wie sie erwartet hatte, sondern klar und entscheidungsfreudig.

»Heute ist Dienstag, und die Hauptversammlung der Banque National d'Alsace findet am Freitagvormittag statt«, hatte der Anwalt gesagt, bevor er gegangen war. »Wenn wir bis dahin nicht mit Monsieur Lazare sprechen konnten, ist es zu spät.«

»Zu spät für wen?«, hatte Ella gefragt.

»Für ihn. Für Sie. Für Mademoiselle Schneider.«

»Und was ist mit Monsieur Montheilet?« Die ganze Zeit hatte diese Frage Ella auf der Zunge gebrannt, und nun hatte sie sie endlich gestellt.

»Mit wem?«

»Daniel Montheilet. Der Journalist vom *Nouvel Observateur*, der in Berlin bei mir war. Ich möchte wissen, was aus ihm geworden ist. Was haben Sie mit ihm gemacht?«

Der Anwalt war einen Moment lang stumm geblieben. »Die Frage ist doch wohl eher«, hatte er dann gesagt, »was *Sie* mit ihm gemacht haben, nicht?«

Immer wieder dachte sie an Dany; inmitten des ganzen Irsinns der letzten Tage hatte sie tatsächlich angefangen, sich eine Zukunft mit ihm vorstellen zu können. *Wenn ihn wirklich die Polizei abgeholt hat, warum haben dann weder Aziz noch Schröder etwas davon gewusst? Und wenn es nicht die Polizei war, wer dann? Warum meldet er sich nicht?*

Ella lenkte die Limousine auf die rechte Spur, um die Ausfahrt zur Tankstelle zu nehmen. Der Wagen, der die ganze Zeit hinter ihr gefahren war, blieb auf der mittleren Spur. Dann, als Ella die Geschwindigkeit drosselte, zog er an dem Citroën vorbei. Ein schwarzer Seat mit einem Pariser Kennzeichen. Sie konnte nicht erkennen, wer darin saß. Die Rücklichter wurden schnell kleiner, und eine Zeit lang konnte sie sie noch sehen, als sie schon auf das Tankstellengelände fuhr, dann erloschen die roten Punkte hinter einem Gebüschstreifen.

Das großflächig überdachte Areal um die Zapfsäulen und vor dem Servicebereich war in gleißendes weißes Licht getaucht. Der Eingang zur Waschstraße wurde von einem Torbogen aus rot blinkenden Glühlampen bewacht. Es gab nur einen anderen Wagen, einen beigen Peugeot 504 mit altmodischen gelben Scheinwerfern, der verlassen an der zweiten Dieselsäule stand. In dem verglasten Servicebereich hielten sich außer dem Nachtkassierer zwei Personen – ein Mann und eine Frau – auf, die vor den Vitrinen mit Snacks und Getränken herumschlenderten.

Dort, wo das Licht der Tankstelle nicht mehr hinreichte, ragte die mondlose Nacht wie eine Wand auf. Ella steuerte die Limousine auf den schlecht beleuchteten, fast leeren Parkplatz und stellte sie hinter einem Lastwagen ab. Sie öffnete das Seitenfenster. Das Sirren von Zikaden drang in das Wageninnere.

Und wenn ich einfach losrenne, da in die Wiesen hinein und weiter, so weit, dass sie gar nicht erst versuchen, mich zu finden?

Nein, dann würde Mado sterben.

Ella hatte fieberhaft hin und her überlegt, ob es einen Ausweg gab; eine Möglichkeit, die Pläne des Konsortiums zu durchkreuzen, ohne Mado in Gefahr zu bringen. Ob ein Weg existierte, Lazare zu warnen und herauszufinden, warum seinetwegen so viele Menschen umgebracht worden waren, ohne dass es Mados Leben erneut gefährdete. Aber jedes Mal war die Antwort dieselbe gewesen: *Nein, dann wird Mado sterben.*

Auf der anderen Seite des Parkplatzes rollte langsam ein Wagen rückwärts über die Ausfahrt auf das Tankstellengelände. Dort wendete er und fuhr an den wenigen geparkten Fahrzeugen vorbei, bis das Licht seiner Scheinwerfer den Citroën erfasste. Er bremste und blieb einen Moment so stehen, als wollte der Fahrer Ella genauer in Augenschein nehmen. Dann schlug er das Steuer scharf ein und bog auf das Parkfeld neben ihr. Er schaltete die Scheinwerfer aus. Kurz darauf wurde die Innenbeleuchtung angeknipst, und jetzt konnte Ella etwas sehen. Zuerst erkannte sie die Beifahrerin und danach den Fahrer.

Ihr Herz krampfte sich zusammen, als wäre es die ganze Zeit stillgestanden und würde gerade durch einen Stromstoß wieder zum Leben erweckt: Es tat einen Satz und den nächsten, und es fühlte sich wieder an wie Leben.

Annika. Und Dany.

Nein, das ist unmöglich.

Beide schauten im schwachen Licht der kleinen Lampe über dem Armaturenbrett unverwandt zu ihr herüber, und die Frau sah genauso aus wie Annika in ihrem schwarzen Rollkragenpullover, der schwarzen Lederjacke mit kreuz und quer angebrachten Reißverschlüssen und einer rot-schwarz karierten Schirmkappe. Ella konnte den Blick nicht von ihr lösen, und sie sah noch immer wie Annika aus. *Das ist sie, das ist Anni!* Ein kurzes, kleines Lächeln huschte über den flammend roten Mund der Frau.

Ella stieg aus und ging um den Citroên herum, und Annika stieg ebenfalls aus und sagte: »Dr. Livingston, nehme ich an?«

»Anni!« Im nächsten Augenblick hielt Ella sie in den Armen; sie fuhr ihr sogar mit der Hand über das Haar. »Wo kommt ihr denn her? Was macht ihr hier?«

Annika antwortete nicht, aber sie hatte Tränen in den Augen, und das sagte auch etwas.

Jetzt stieg Dany aus, groß und schlank und blond, und Ellas Herz schlug noch schneller, aber sie blieb stehen. »Hey, Dany«, sagte sie, ohne sich vom Fleck zu rühren.

»Hey«, antwortete er leise, fast verlegen, als hätte er ein schlechtes Gewissen.

Annika trat einen Schritt zurück und blickte zum erleuchteten Servicebereich der Tankstelle hinüber. »Ich geh mir mal die Hände waschen. Soll ich euch was mitbringen? Kaffee? Sandwich?«

Ella sah ihr Gesicht und begriff, dass irgendetwas nicht stimmte. Annika schlenderte an der Waschstraße mit den rot blinkenden Lampen vorbei, ohne sich noch einmal umzudrehen. Ella drehte sich zu Dany um. »Was ist hier los?«, fragte sie. »Wie habt ihr mich gefunden?«

»Wir sind dir nachgefahren«, sagte Dany.

»Von wo?«

»Von Paris.«

»Von wo in Paris?«

»Von da, wo du gefangen gehalten worden bist, im Quartier de l'Horloge.«

Ella spürte, wie ihr Mund trocken wurde. »Woher weißt du, dass ich gefangen gehalten worden bin?«

»Das will ich dir ja gerade erklären.«

»Das letzte Mal haben wir uns in Berlin gesehen, weißt du noch? Du musst eine ganze Menge erklären.« Sie sah, wie er den Blick senkte, sogar bei der schlechten Beleuchtung des Parkplatzes sah sie es, und da wusste sie auf einmal alles, und er brauchte ihr nichts mehr zu erklären. »Ich weiß nur nicht, ob ich es hören will«, sagte sie.

»Du musst es trotzdem wissen«, sagte Dany. »Es geht um dein Leben und um meins, aber mehr um deins. Deswegen bin ich hier.«

Ella schwieg, weil sie das Gefühl hatte, Reden könnte zu wehtun, fast so sehr wie Zuhören. Doch dann musste sie doch etwas sagen, und es sagte sich fast von selbst: »Es war alles eine einzige Lüge, oder?«

»Nicht alles«, sagte Dany.

Sie trat auf ihn zu, trat dicht an ihn heran, und weil er sie noch immer nicht ansah, versetzte sie ihm einen Stoß mit der Faust gegen die Brust, nicht sehr heftig, nur um irgendetwas zu tun, das auch ihm wehtat. »Was?«, fragte sie. »Was war nicht gelogen? Dass du Mados Bruder bist? Dass sie dich verzweifelt um Hilfe gebeten hat? Dass du Journalist bist, beim *Nouvel Observateur*? Dass du mich die ganze Zeit bespitzelt und verraten hast, weil du zu Rochefort, Gladstone & Wentworth gehörst?«

Jetzt sah Dany auf, als wäre er froh, etwas sagen zu können, das der Wahrheit entsprach. »Ich arbeite wirklich bei *Nouvelobs.com.*, nur nicht ausschließlich. In meinem Job braucht man eine Fassade, die echt ist.«

»Eine Fassade wofür?«, hakte Ella nach. »Dafür, dass man

Menschen umbringt? Warum erzählst du mir nicht alles von Anfang an!? Wir sind uns zum ersten Mal in Mados Wohnung begegnet, aber sie hat dich nie angerufen, oder? Ihr kanntet euch gar nicht!«

Dany trat näher an sie heran, als wollte er ihre Hände ergreifen, aber er berührte sie dann doch nicht, und das war gut für ihn, so wie sie sich gerade fühlte. »Hör zu«, sagte er mit einem drängenden Unterton, »so viel Zeit haben wir nicht. Ja, ich habe dich belogen und benutzt, und ich sollte dich sogar umbringen. Sie wollten, dass ich es tue, und ich habe es nicht getan, und das ist doch das Einzige, was zählt, oder? Aber sie wollen dich immer noch töten, egal, was sie dir erzählt haben – dich und Mado. Sie wollen, dass du sie zu Lazare führst, und sobald sie ihr Ziel erreicht haben, werdet ihr beide sterben, weil sie keine Zeugen gebrauchen können –«

»Weswegen warst du in Mados Wohnung?«, unterbrach Ella ihn. »Hast du mich reingehen sehen? Wolltest du mich auch foltern wie sie –«

Dany breitete die Arme aus, eine fast resignierte Geste. Er warf einen Blick über ihre Schulter, zu den Zapfsäulen, zum Kassenhäuschen, zur Parkplatzeinfahrt. »Ich wusste gar nicht, dass du dort warst! Der Mann, den die Berliner geschickt hatten, um Mado einen Besuch abzustatten, hatte es versiebt. Es beunruhigte die Firma, dass es Zeugen gab, um die man sich nun kümmern musste – dich, deinen Freund Max und wer weiß, wen noch. Sie wollten wissen, ob die Möglichkeit bestand, dass man ihnen über Mados Verschwinden auf die Spur kommen könnte. Deswegen haben sie mich beauftragt, weil sie den Deutschen nicht vertrauen. Du warst unseren Leuten immer wieder entkommen. Dass wir uns in der Wohnung begegnet sind, war ein Zufall. Ich hatte mich gefragt, wer wohl anonym bei der Feuerwehr den Arzteinsatz angefordert hatte – deswegen bin ich in das Penthouse eingedrungen, um zu sehen, von wo aus man die Vorgänge darin beobachten konnte. Ich war aus demselben Grund da wie du, und als ich ihnen von unserer Begegnung berichtet habe –«

»Wer sind *sie*?«, fragte Ella. »Wer ist *die Firma*? Rochefort und die anderen Anwälte?«

»Eine Sicherheitsagentur namens Birnam Forrest«, erklärte Dany. »Aber das kann ich dir alles erzählen, wenn wir mehr Zeit haben. Du musst verschwinden, bevor es zu spät ist. Ich kann dich von hier wegbringen und dafür sorgen, dass du in Sicherheit bist, so lange wie sie brauchen, um –«

»Und Mado?«, fragte Ella kalt. »Wer bringt sie in Sicherheit?«

Dany schwieg. Das Sirren der Zikaden schien plötzlich überall in der Luft zu sein. »Nur fürs Protokoll«, sagte Ella, »du wusstest also die ganze Zeit, dass sie noch am Leben war?«

»Ja, ich wusste es, aber –«

Sie fiel ihm ins Wort. »Du hast mich belogen und als Köder benutzt und mit mir geschlafen und mich im Stich gelassen, als ich dich brauchte, und jetzt erwartest du, dass ich dir noch irgendetwas glaube? Du erwartest, dass ich mich dir anvertraue? Sag mir eins – warum? Wie kommst du darauf, dass ich mit dir auch nur *so viel* noch zu tun haben möchte?!«

Sie fuchtelte in der Luft herum, versuchte mit einer Bewegung *so viel* in die Nacht zu malen. Er griff in die Jackentasche, holte etwas heraus und hielt es ihr auf dem Handteller hin. Es sah aus wie der Memory Stick, den sie bei Forell gefunden und Annika gegeben hatte. Es sah aus wie *so viel.* »Du kannst ihn haben«, sagte er. »Er interessiert mich nicht mehr.«

»Woher hast du den?«

»Als man ihn bei dir nicht gefunden hatte, gab es nicht mehr so viele Möglichkeiten, wo er noch sein konnte«, sagte Dany. »Annika hatte mich angerufen, weil du nach deinem Treffen mit Aziz nicht mehr aufgetaucht warst. Sie hat mir vertraut, jedenfalls am Anfang. Sie wollte alles tun, um dir zu helfen.«

Er stand da und hielt ihr den Stick hin, und der Wind spielte mit seinem Haar, und selbst jetzt fand sie noch, dass er verdammt anziehend war, aber nicht mehr interessant, nicht mehr liebenswert. Wütend griff sie nach dem Stick und steckte ihn ein. »Sie hat ihn dir gegeben? Freiwillig?«

»Das spielt doch keine Rolle.« Endlich zog er seine Hand zurück und steckte sie in die Jackentasche. »Ich habe ihr nicht wehgetan. Ich mag sie, wenn auch nicht so sehr wie dich –«

»Nein«, sagte Ella, »nicht so sehr wie mich. Für mich setzt du ja dein Leben aufs Spiel und –«

»Das tue ich auch«, sagte er erregt. »Ich habe Kleist und einen seiner Männer getötet, glaubst du, das lassen sie mir einfach so durchgehen?« Er sah auf seine Armbanduhr. »Ella, bitte, fahr nicht nach Mont Saint-Michel! Sie verfolgen dich und den Citroën mit einem satellitengestützten Ortungssystem. Sie sind über jeden deiner Schritte informiert, sobald du ihn auch nur in Erwägung ziehst, und die Leute, die dich auf der Insel erwarten, haben den Auftrag, dich umzubringen, nachdem du Lazare angelockt hast.«

Er hatte wahrscheinlich recht, dachte Ella müde und nicht einmal besonders überrascht; wahrscheinlich war es so, wie er sagte, aber sie musste trotzdem mitspielen, sich an den Plan halten, ihren Auftrag erfüllen. »Geh zum Teufel«, sagte sie leise. »Du hast mir das Leben gerettet, ja? Vielleicht wäre es gar nicht in Gefahr gewesen, wenn du deine Leute in Paris nicht über jeden meiner Schritte auf dem Laufenden gehalten hättest. Vielleicht hätte der Motorradfahrer bei dem Treffen mit Freyermuth nicht auf mich geschossen und Kleist nicht versucht, mich zu erwürgen. Vielleicht wäre auch der Anwalt noch am Leben und der Voyeur und Professor Forell –«

Sie unterbrach sich selbst, denn plötzlich sah sie noch etwas ganz deutlich vor sich, den grauen Audi hinter Forells Kapelle und den gleichen Wagen vor der Chinesischen Botschaft. »Wer hat ihn getötet? Forell, meine ich. Du warst plötzlich nicht zu erreichen, angeblich hatte die Polizei dich abgeholt –«

Dany wirkte, als würde er sie am liebsten schütteln. »Ella, in diesem Moment fragt sich gerade jemand bei Rochefort & Co., warum du dich so lange an dieser Tankstelle aufhältst –«

Sie sah jetzt ebenfalls auf ihre Uhr. »Ich habe noch Zeit«, sagte sie, von unheimlicher Ruhe erfüllt. »Ich habe genug Zeit, dir zuzuhören – es ist ja das letzte Mal, und es sind nur noch ein paar Stunden bis zur Küste. Du bist gar nicht im Hotel von der Polizei abgeholt worden, am Abend von Forells Ermordung, stimmt's?«

»Nein.« Er sprach weiter, jetzt wieder, ohne sie anzusehen, als schämte er sich tatsächlich dafür. »Ich habe den Portier bezahlt, damit er das sagt, falls du von deinem Treffen mit Annika zu früh ins Hotel zurückgekommen wärst. Ich konnte ja nicht ahnen, dass du noch in der Nacht rausfährst zu Forell. Dass er dich anruft, bevor wir uns um ihn gekümmert hatten. Ich musste verhindern, dass Forell dir am nächsten Tag das Objekt übergab, von dem wir inzwischen wussten, dass es sich in seinem Besitz befand. Die Deutschen hatten am Nachmittag alles durchsucht, ohne etwas zu finden.«

Er war es, dachte Ella plötzlich, *er hat Forell umgebracht. Wenn es Aziz gewesen wäre, hätte er mich nicht irgendwohin bestellen müssen; er hätte mich dort betäuben und kidnappen können.* »Du warst es«, sagte sie.

Er redete weiter, als hätte er sie gar nicht gehört. »Als du dann versuchte hast, mich zu erreichen, dachte ich, *gut, die Polizei ist ein prima Alibi.* Auf meiner Mailbox war aber auch der beunruhigte Anruf von Annika. Ich rief sofort in Paris an und erfuhr, dass die Firma in der Zwischenzeit einen neuen Plan entwickelt hatte – einen Plan, in dem du plötzlich eine andere Rolle spielen solltest, und diese Rolle verlangte es, dass du noch nicht sterben durftest. Man konnte dir so viel in die Schuhe schieben – erst Mado, dann Max Jansen. Danach den Wirtschaftsanwalt, Forell. Sogar Lazares Geliebte, Nicolette Marceau, die sie auch erst nach anderthalb Wochen getötet hatten, als sie eine Stelle in dem Puzzle fanden, an den ihr Tod passen würde.« Er hielt inne, warf ihr einen raschen Blick zu. »In dieser Nacht ist mir etwas klar geworden. Ich wollte, dass du am Leben bleibst, damit ich weiter mit dir zusammen sein kann.«

»Hast du Forell getötet?«, fragte Ella unerbittlich. »Hast du den grauen Audi gefahren?«

»Der Wagen gehört Aziz, aber ich habe ihn benutzt und hinterher wieder –«

»Warum?«, fragte sie.

Plötzlich wirkte er ungehalten, er schob seine Schultern vor, als wäre ihm ein Schwall kalter Luft unter die Jacke gedrungen. »Warum habe ich Forell getötet, wenn ich doch schon wusste, dass sie mir Schwierigkeiten wegen Kleists Tod machen würden? Es war mein Job. Kleists Tod war ein Unfall, Forell war ein Auftrag. Ich war dafür bezahlt worden. Außerdem dachte ich, mit dem, was ich da finde, kann ich mir den Rücken freihalten. Hat das nicht jeder gedacht? Nur dass du mich gestört hast –«

»Warum hast du mich nicht einfach genauso umgebracht? Bist du dafür nicht auch bezahlt worden?«

Er schwieg so lange, dass Ella ein paar Schritte von ihm wegging, einfach um wieder atmen zu können. Sie hatte gar nicht gewusst, dass sie so wütend sein konnte und gleichzeitig so verletzt; noch nie war es so gewesen. *Aber du warst auch noch nie so kurz davor, dich in einen Killer zu verlieben,* dachte sie.

»Also gut«, sagte Dany plötzlich hinter ihr, aber er sagte es mit einer atemlosen Schärfe, »ich bin dafür bezahlt worden, und am Anfang wollte ich den Auftrag auch ausführen. Als ich dir in Berlin im Hotel gegenüberstand, beschloss ich nur, zu warten und zu sehen, was weiter passiert, was du unternimmst. Deswegen habe ich mich als Mados Bruder ausgegeben. Es war ein spontaner Einfall, und eine Zeit lang hat er ganz gut funktioniert, bis du herausgefunden hast, dass Mado gar keinen Bruder hatte. Ich habe dann Paris vorgeschlagen, dass ich dich weiter im Auge behalte. Ich wollte herausfinden, mit wem du alles gesprochen hattest.«

Er zog die Hände aus den Taschen, und sie waren leer. »Aber du hast plötzlich sehr schnell immer mehr in Erfahrung gebracht und ständig weitergebohrt, und ich konnte dich nicht stoppen, und ich wollte es auch nicht, denn in dieser Hinsicht warst du ausgesprochen nützlich. Die Leute redeten schneller mit dir, verrieten dir mehr als einem von uns. Ich musste nur ab und zu die nötigen Informationen weitergeben. Die Entscheidung, ob jemand eine Gefahr darstellte, wurde dann in Paris getroffen. Bist du jetzt zufrieden?«

Er sah zu dem Peugeot hinüber, der seinen Platz unter dem Zapfsäulendach verließ und mit ausgeschalteten Scheinwerfern an ihm und Ella vorbei zur Ausfahrt der Tankstelle fuhr. Ella drehte sich um. Annika war jetzt allein im Kassenraum. Sie stand am Kaffeeautomaten und ging dann mit dem Becher in der Hand zu einem Drehständer mit Zeitungen. Sie nahm eine der Zeitungen heraus.

»Als dann doch der Befehl kam, dich zu eliminieren«, Dany redete weiter, aber sie blieb, wie sie war, drehte sich nicht zu ihm um, »hatte ich schon angefangen, dich gern zu haben. Eine Frau wie dich hatte ich noch nie getroffen. Und dann machte jemand, dem es nicht schnell genug ging, einen Fehler. Er beauftragte einen anderen, einen Deutschen. Ich mag es nicht, wenn man mitten im Rennen die Pferde wechselt und mich damit in Gefahr bringt, und dass es ein Polizist war, hat mir noch weniger gefallen. Nach der Pleite mit dem Mann auf dem Motorrad wollte er es selbst in die Hand nehmen, in der Kanzlei, aber ich war dabei, und er wusste nicht, wie er mit der Situation umgehen sollte. Er dachte, ich würde ruhig zusehen, wie er dich umbringt. Ich kann so was. Ich kann ruhig zusehen. Aber bei dir nicht.«

Annika verließ das Kassenhäuschen, die Zeitung unter dem Arm. Sie sah zu Ella herüber und schwenkte den Toilettenschlüssel in der Luft. »Noch jemand zum Frischmachen?«, rief sie.

»Moment noch«, rief Ella zurück. »Wir sind hier gleich fertig, warte auf mich.« Sie wandte sich wieder Dany zu. »Vielleicht denkst du jetzt, du hättest mir gerade eine Art Liebeserklärung gemacht: *Ich liebe dich so sehr, dass ich sogar darauf verzichtet habe, dich abzuknallen*. Kann ja sein.« Sie kniff die Augen zusammen, weil ihr plötzlich zum Heulen zumute war. »Ich weiß nicht, warum ich hier stehe und dir zuhöre, denn was geschehen ist, ändert es nicht, und es ändert dich nicht, und es ändert mich nicht.« Sie ging auf ihn zu, bis sie so dicht vor ihm stand, wie sie es gerade noch aushalten konnte. »Aber wenn es dir so wichtig ist, dass ich nicht getötet werde, dann fahr nach Paris zurück und hol Mado aus der Wohnung, in der sie festgehalten wird. Hol sie da raus und ruf mich an, und sobald ich ihre Stimme gehört habe und weiß, dass sie in Sicherheit ist, denke ich über meine Sicherheit nach, erst dann!«

40

Kurz vor Rennes nahm der Verkehr zu, und Ella weckte Annika, weil die Musik im Radio jetzt öfter von Verkehrshinweisen unterbrochen wurde. Sie wollte es wissen, wenn Meldungen über Staus oder Unfälle durchgegeben wurden, alles, was nach Polizei klang. Es war noch immer dunkel, aber über den Bogenlampen an der Autobahnumgehung konnten sie schon die Positionslichter der ersten Flugzeuge sehen, die vom Airport aufstiegen. Bis zur Küste war es jetzt nicht mehr weit.

»Hat er dir wehgetan?«, fragte Ella.

Annika antwortete nicht sofort, als müsste sie erst überlegen, wen Ella gemeint haben könnte. »Nein«, sagte sie dann. Nach einer Weile fügte sie hinzu: »Aber ich wusste, dass er dazu in der Lage war. Als ich aus der Ohnmacht aufgewacht bin und seine Augen gesehen habe, war es, als erblickte ich Patrick, wenn er sich morgens über mich beugte. Da wusste ich es. Ich erkenne eine gewalttätige Veranlagung inzwischen sofort.«

Das hatte sie als Erstes gesagt, als sie an der Tankstelle mit ihrem Rucksack zu Ella in den Citroën gestiegen war, fast noch, bevor sie richtig fuhren. »Ich hatte einen Anfall in Berlin … Ich saß in meinem Zimmer im Hotel, und auf einmal wurde mir klar, dass sie nach mir suchen würden, wenn sie den Stick nicht bei dir finden. Ich bin durch die Straßen gerannt und dann in so einem 24-Stunden-Kiosk gelandet, wo sie mich bestimmt nicht suchen würden, und da wollte ich in Ruhe nachdenken, und ich dachte, das Journal von diesem deutschen Hauslehrer, Matthias Steinberg, könnte mir dabei helfen.«

Sie hatte den Kopf zurückgelehnt und die Augen geschlossen, und selbst im schwachen Schein der Instrumentenbeleuchtung war Ella aufgefallen, wie erschöpft sie aussah. »Ich habe einen Kaffee getrunken und dann noch einen, und ich konnte nicht aufhören zu lesen, und als ich dann an die Stelle kam, wo der Lehrer die ganze Familie ermordet auffindet und dann auch noch das Kind, die kleine Annémone, in das Haus zu ihren toten Geschwistern und Eltern rennt, das hat mich so mitgenommen, dass ich das Gefühl hatte, *ich bin da*, ich erlebe das alles live mit. Erst hat sich nur die Schrift verändert, sie wurde größer und rückte näher, dann traten einzelne Sätze hervor, wuchsen mir regelrecht aus der Seite entgegen, als wollten sie sich an mich direkt wenden, nur an mich, und auf einmal sah ich alles wie in 3-D, das Kind, die Farben, die Toten, ich roch sogar das Blut und ihre Angst. Es war so stark, dass ich selbst plötzlich panische Angst bekam. Ich habe nicht mal mitgekriegt, wie der Anfall sich vorbereitete, deswegen konnte ich auch meine Medikamente nicht rechzeitig nehmen. Ich bin einfach vom Hocker gekippt.«

Sie hatte einen Moment geschwiegen und dann die Augen wieder geöffnet. »Als ich zu mir gekommen bin, habe ich Danys Gesicht vor mir gesehen.«

»Aber wie hat er dich gefunden?«

»Ich hatte ihm doch auf die Mailbox gesprochen«, erklärte Annika, »und nachdem er dich nicht erreichen konnte, wollte er mich zurückrufen. Bloß dass ich gerade weggetreten war. Die beiden Männer in dem Kiosk, der Betreiber und ein Freund, hatten natürlich keine Ahnung, was mit mir los war. Einer von denen hörte mein Handy klingeln und ging dran, weil er dachte, vielleicht ruft da jemand an, der mich kennt und ihnen sagen kann, was sie tun sollen. Zehn Minuten später war

Dany da, keine Ahnung, wie er das geschafft hat, vielleicht Teleportation oder so was, und als ich die Augen aufgemacht habe, beugte er sich über mich und sagte: Hallo, Annika, ich bin Dany!« Sie hatte die Augen wieder zugemacht, ein sanftes Lächeln auf den Lippen. »Und ich habe gesagt, Bambi ist in Paris.«

»Wie bist du denn darauf gekommen?«

»Epileptiker haben besondere Gaben, wusstest du das nicht?« Annikas Lächeln konnte das Rote Meer teilen, sogar wenn es sanft war. »Nein, mir ist nur der Artikel in der *B.Z.* wieder eingefallen, in dem stand, du wärst in Paris gesehen worden. Die berühmten Schuppen, die einem von den Augen fallen: Als der Artikel erschienen ist, warst du noch in Berlin, aber der, der ihn lanciert hat, wollte dich mit Paris in Verbindung bringen. Als Dany das hörte und dann auch noch, dass du dich mit Aziz bei der Chinesischen Botschaft triffst, lag die Sache für ihn irgendwie auch auf der Hand. Er hat ein bisschen herumtelefoniert, und danach wusste er genau, wo du warst und was passiert war. Frag mich nicht, wie er das so schnell herausgekriegt hat.«

Ella hatte nicht gefragt. Sie hatte gesehen, wie das Lächeln auf Annis Lippen erstarrt war. *Und du bist meinetwegen tatsächlich in ein Flugzeug gestiegen,* hatte sie gedacht.

Jetzt blickte Annika wie hypnotisiert auf die schwarze Fahrbahn vor dem Citroën und sah zu, wie die Scheinwerferkegel die Dunkelheit vor sich herschoben. »Ist es noch weit?«, fragte sie.

»Eine Stunde vielleicht«, sagte Ella. Sie erinnerte sich daran, wie Dany sie angesehen hatte, bevor er in den Seat gestiegen und losgefahren war, ausdruckslos, kein Anflug irgendeines Gefühls mehr, nur ein Blick, der alles bedeuten konnte oder nichts. Wie sein letzter Blick aus dem anfahrenden S-Bahnzug auf der Jannowitzbrücke.

»Und?« Annika entdeckte ein kleines Fädchen an ihrer Bluse

und zupfte daran, um es zu entfernen. »Wen rettest du jetzt gerade – Mado Schneider, dich oder die ganze Welt?«

Ella schaute auf die Uhr im Armaturenbrett. Der Himmel über den Bäumen wurde allmählich heller, und die Anzahl der Wagen hinter und vor ihnen nahm zu. »Du fängst doch jetzt nicht etwa an, mich zu analysieren?«

Annika schien das Stäubchen nicht zu fassen zu kriegen. »Weißt du, was ich meinen Patienten immer sage? Ich analysiere nicht, ich therapiere nicht, ich bewache sie nur. Ich bin ihr Wachtposten an der Grenze.«

»An welcher Grenze?«, fragte Ella.

»Der, auf der die meisten von ihnen gerade gehen, wenn sie zu mir kommen – der schmalen Grenze zwischen zwei existenziellen Kräften: dem Chaos und dem Menschen. Ich bin ihr Wachtposten, ich stehe auf ihrer Seite der Grenze, bei ihnen, damit sie nicht aus Versehen hinüberrutschen.«

»Und hast du Angst, ich könnte ins Chaos rutschen?«

Annika wandte sich einem anderen Fädchen oder Stäubchen auf ihrer Bluse zu. »Das weiß ich nicht. Deswegen frage ich, wen oder was rettest du gerade?«

»Die Reste von meinem Leben«, sagte Ella, »die nackte Haut, so wie's im Moment aussieht. Sehr viel ist mir ja leider nicht geblieben.«

»Wovon?«

»Von dem, was ich mir mal gewünscht habe oder sogar von dem, was ich hatte. Max fehlt mir. Ich hätte nie gedacht, dass es so sein könnte, so traurig.«

»Ist es wirklich Max, der dir fehlt? Oder das, was du nicht getan hast in der Zeit, die du mit ihm hattest?«

»Beides wahrscheinlich.« Ella sah ihn vor sich, wie er ihr eine Haarsträhne aus der Stirn strich; wie er neben ihr im Bett lag; wie er sie beim Frühstück ansah, so verliebt, so gut gelaunt; wie er mit ihr um das Leben eines Patienten kämpfte. »Manchmal kommt es mir vor, als hätte ich alles falsch gemacht. Ich wollte mal heiraten. Ich wollte mit einem liebevollen Mann ein halbes Dutzend Kinder kriegen oder wenigstens für jemanden alles sein, was er sich wünscht. Und auf einmal habe ich gar nichts und kann mich nicht einmal mehr falsch entscheiden, weil irgendwie alles falsch ist.«

»Na, wenigstens bist du gesund«, sagte Annika. Noch immer zupfte sie an dem unsichtbaren Fädchen auf ihrer Bluse herum. »Diese ganze Geschichte ist anstrengender, als ich gedacht habe, und die Anfälle kommen jetzt in kürzeren Abständen, trotz meiner ganzen Tropfen und Pillen.« Sie hielt kurz inne, als überlegte sie, ob sie Ella wirklich damit belasten sollte. »Als Epileptikerin lebst du, als müsstest du jeden Tag aufs Neue durch eine Landschaft ohne festen Boden gehen. Du kannst jederzeit den Halt verlieren, einbrechen, und diese ständige Erwartung ist es, die dich fast umbringt. Schon der nächste Schritt kann dir wieder das Fundament unter den Füßen wegreißen. Es gibt nichts mehr, worauf du dich verlassen kannst, keine Sicherheit, und jedem, der mit dir zu tun hat, geht es genauso.«

Sie kniff die Augen zusammen, als versuchte sie, ihr eigenes Leben schärfer zu sehen. »Schwimmengehen? Zu gefährlich, man kann ja plötzlich einen Anfall kriegen und ertrinken. Allein in der Badewanne? Dasselbe. Reiten? Auf eine Leiter steigen? Gar nicht dran zu denken, man fällt runter und bricht sich das Genick. Autofahren? Du meine Güte, viel zu gefährlich, man verliert die Kontrolle über das Fahrzeug und verursacht einen tödlichen Unfall. Essen? Immer das Risiko, sich zu verschlucken und zu ersticken. Liebe, Hass, Sex? Bloß keine starken Gefühle! Im einen Moment wirkst du fast normal und fühlst dich auch so, im nächsten Moment verdrehen sich deine Augen, du fängst an zu zucken und zu schmatzen, gibst komische Geräusche von dir, als wärst du von einem Dämon besessen, der dich dann durch die Luft schleudert, du fällst und fällst und dabei zerbeißt du dir die Zunge und pisst dich voll.«

Zwischen den Kronen der Apfelbäume neben ihnen fiel ein erster kupferroter Sonnenstrahl in den Wagen.

Annika sagte: »Manchmal lebst du stunden-, tage- oder sogar wochenlang in einem Dämmerzustand und sehnst dich danach, dass endlich der Anfall kommt, der dich erlöst und den Schleier um dich zerreißt, die Käseglocke mit einem Blitz zersprengt. Oder du wirst auf einmal total geil auf jemanden, der überhaupt nicht will, dass du ihm an die Wäsche gehst. Oder du verknallst dich in den heiligen Sebastian, weil du in der Ohnmacht nach dem Anfall irgendeine religiöse Euphorie erlebt hast. Oder du wirst rasend, aggressiv – du musst dich unglaublich beherrschen, weil nämlich nur ein winziges Fünkchen reicht, und du springst jemandem mit dem nackten Arsch ins Gesicht oder ziehst ihm eine Flasche über den Schädel.«

Hinter einer Kurve öffnete sich eine Parkbucht mit einer Bank und einem Toilettenhäuschen, und Ella fuhr langsamer und verließ die Straße. Sie lenkte den Citroën unter einen Baum und stellte den Motor ab. Sie wusste nicht, ob Annika gerade auf einen Anfall zusteuerte, aber sie wollte vorbereitet sein. *Ich kann sie nicht mit auf die Insel nehmen*, dachte sie; *es ist zu gefährlich, für uns beide*. Sie ließ die Hände auf dem Lenkrad und sah Anni an, und Anni sah sie ebenfalls an, und ihre Augen wirkten wie heißes, frisch geblasenes Glas.

»Es sind die Nächte, weißt du«, sagte Annika. »Die, in denen man nicht mehr wie früher sanft in den Schlaf hineingleiten will, sondern sich im Bett aufbäumt. Man fühlt sich, als hätte man Scherben gegessen, und wenn man in sich hineinschaut, sieht man sie da unten glitzern, scharf und gefährlich und so wirklich, dass man einen Straßenkehrer runterschlucken möchte, damit der da drinnen alles auffegt. Und dann kommt die Angst – eine Angst, die so groß ist, dass du denkst, sie zerreißt dir die Brust und dein Schädel platzt, weil du diesen Druck auf dein Gehirn einfach nicht mehr aushalten kannst. Aber dann, irgendwann in den frühen Morgenstunden, bist du endlich müde genug, um dich nicht mehr gegen den Schlaf zu wehren, und kurz bevor du dann einschläfst, hast du auf der Zunge einen Geschmack wie von Asche. Genau das ist der Geschmack, wie man sich den von Asche vorstellt. Oder verbranntes Gummi. Oder Nagellackentferner.«

Das war der Moment, in dem die Sonne ganz aufging und das Blau des Himmels plötzlich fast wehtat, wenn man hineinsah. Annikas Augen tränten jedenfalls. »Weißt du, irgendwie bin ich – ich bin nicht mehr dieselbe. Die Anni von früher. Manchmal – manchmal glaube ich, ich halte das nicht durch.«

Ella griff nach ihrer Hand, hielt sie fest. »Doch, tust du.«

»Ach, ja?!« Einen Moment lang schienen Annikas Augen zu glitzern vor Wut. »Woher weißt du das denn?« Sie starrte Ella an wie eine Fremde, dann legte sich das Glitzern, und die Augen färbten sich wieder hell. »Natürlich, du hast recht, ich schaffe das schon, Stephen Hawking würde mich wahrscheinlich sogar beneiden! Ich bin bloß manchmal so wütend! Ich sehne mich zurück nach der Möglichkeit, sanft zu sein.«

»Du warst nie sanft«, sagte Ella. Sie berührte Annikas Hand mit ihrer eigenen und schaute ihr in die Augen, bis sie alle Stacheln eingezogen hatte. »Hör zu, du warst nie sanft, und ich möchte nicht, dass du darunter leidest, es nicht mehr zu sein, wenn du es nie warst.« Sie konnte Annikas trockenen Atem spüren, die Hitze, die noch immer von ihr ausging, und sie strich ihr über das zerzauste Haar, das aussah, als wäre ein Windstoß hineingefahren. Sie glättete es, und unter den sanften Bewegungen verließ die letzte Spannung Annikas Körper; ihr Kopf sank an Ellas Schulter. »Ich bin müde. Und ich bin es leid, zu fallen.«

Ich auch, dachte Ella.

41

Obwohl es noch nicht einmal ganz Morgen war, meldete Frère Rémy sich nach dem dritten Freizeichen, und Ella sagte: »Ich kann in einer Stunde bei Ihnen auf der Insel sein.«

»Das ist zu früh«, sagte der Geistliche. »Ich erreiche meinen Onkel nicht vor heute Abend. Wenn sie um neunzehn Uhr an der Klosterpforte sind, hole ich Sie dort ab.«

»Geht es bestimmt nicht früher?«, fragte Ella.

»Nein«, sagte Frère Rémy. »Es wäre sinnlos und gefährlich, sich früher zu treffen.«

»Sie wissen Bescheid?«

»Dass die Feinde meines Onkels uns die ganze Zeit beobachten? Natürlich.« Der Geistliche wirkte unbeeindruckt. »Ich weiß, wie diese Leute vorgehen. Deswegen treffen wir uns im Kloster und nicht unten im Dorf oder auf dem Festland. Ich erwarte Sie um neunzehn Uhr.«

Er unterbrach die Verbindung, und Ella hielt das Handy noch einige Sekunden ans Ohr gepresst, als könnte er plötzlich wieder in der Leitung sein und sagen, ich habe mich geirrt, mein Onkel wartet doch schon auf meinen Anruf, kommen Sie jetzt gleich. Sie sah durch die offene Beifahrertür auf die Wiesen hinaus, die hinter der Parkbucht lagen. Das Morgenlicht, das blendend hell um den Citroën flutete, erschien ihr auf einmal unwirklich, wie ein übertriebener Effekt der Natur. Annika vertrat sich draußen die Beine und entfernte sich langsam immer weiter vom Wagen. »Bleib in der Nähe!«, rief Ella ihr zu.

Ella wählte die Nummer, die der Anwalt ihr gegeben hatte. Sie wusste nicht, ob er ihr glauben würde, aber wenn er befürchtete, dass sie von seinem Plan abwich, rückte Mado ihrem Tod wieder etwas näher. Sie spürte, dass ihre Hand zitterte, nicht sehr stark, nur ein bisschen. Sie achtete nicht darauf; wichtig war, dass ihre Stimme nicht zitterte. »Hallo«, meldete sich eine Männerstimme am anderen Ende der Leitung.

»*This is Ella Bach speaking*«, sagte Ella. Der Mann redete weiter, erst auf Französisch, dann auf Englisch, und sie begriff, dass sie mit einem Anrufbeantworter sprach. »Ich bin jetzt kurz vor der Küste«, erklärte sie. »Lazares Neffe will sich erst heute Abend mit mir treffen, früher kann er seinen Onkel nicht erreichen. Ich halte mich weiter an Ihren Auftrag, es verzögert sich alles nur um ein paar Stunden. Hören Sie? Ich tue weiter genau das, was Sie von mir verlangen.« Sie überlegte, ob sie sonst noch etwas sagen sollte, etwas, das glaubwürdiger klang. Ihr fiel nichts ein, und sie sagte, »Danke« und klappte das Handy zu. Sie tastete nach dem USB-Stick in ihrer rechten Jeanstasche wie nach einem Talisman, der ihr Glück bringen oder wenigstens weiteres Unglück verhindern konnte.

Er muss dir glauben, dachte sie; *er kann nicht anders, denn er hat auch keine andere Wahl. Er weiß nicht, dass du ihm nur etwas vorspielst, um Mados Leben zu retten. Sie brauchen dich.* Etwas später dachte sie, dass er ihr ja auch nur etwas vorspielte und dass Dany wahrscheinlich recht hatte, und alles hing von ihrem Gespräch mit Lazare ab. *Leben oder Tod,* dachte sie.

Ihr Blick fiel auf die Zeitung, *Le Monde,* die Annika an der Tankstelle gekauft und ungelesen auf den Rücksitz geworfen hatte. Auf der Titelseite der Zeitung waren mehrere Chinesen in schwarzen Anzügen und mit schwarz gerahmten Brillen zu sehen, die, ohne zu lächeln, vor dem Eiffelturm standen. In der Überschrift las Ella die Worte *Chinois* und *Peking,* aber viel mehr verstand sie nicht. Sie stieg aus und suchte Annika, die zwischen den Sträuchern und Büschen am Rand der Parkbucht verschwunden war und jetzt auf der noch von schimmerndem Morgentau überzogenen Wiese stand.

»Was ist das für ein Geruch?«, fragte Annika. Sie drehte sich einmal um sich selbst, die Hände ausgestreckt, als könnte sie den Geruch greifen.

»Äpfel«, sagte Ella.

»Du riechst Äpfel?«

»Ja. Du nicht?«

»Doch. Aber manchmal rieche ich etwas, das gar nicht da ist, kurz bevor ich einen Anfall kriege.«

»Wir riechen beide Äpfel«, beruhigte Ella sie. Es war der süße, erdige Herbstgeruch der reifen Früchte, die unter den Bäumen zu kleinen Bergen aufgetürmt lagen. Rechts und links der Straße erstreckten sich grüne Wiesen, in die sich bereits große Flecken Gelb gemischt hatten. Kleine Schafe mit dunkelbraunen Köpfen und schwarzen Füßen weideten in der leuchtenden Sonne, und die Kronen der Apfelbäume und das Gras wogten im salzigen Wind, der vom Meer landeinwärts wehte. Von irgendwoher trieb der Wind das Motorengeräusch eines fahrenden Traktors heran. Das Geräusch kam nicht näher, und der Traktor selbst blieb unsichtbar.

Hinter den flirrenden Kronen der Apfelbäume entdeckte Ella ganz weit entfernt ein *Total*-Emblem an einem Eisenmast, und als sie genau hinschaute, bemerkte sie am Horizont auch einen Campingplatz. Daneben erhob sich der fensterlose Flachbau eines *Carrefour*-Supermarktes, vor dem eine bunte Fahne im Wind hin und her schlug.

»Komm zurück, wir fahren weiter«, rief Ella. Annika blieb noch einen Moment am Saum der Wiese stehen, dann kehrte sie um und kam langsam auf Ella zu. Das Metall der Reißverschlüsse und Noppen an ihrer Lederjacke schimmerte und blitzte wie eine Rüstung. »Ich muss was mit dir besprechen«, sagte Ella, als sie da war.

Annika versteifte sich ein wenig. Ein wachsamer Ausdruck trat auf ihr Gesicht, als wüsste sie bereits, was Ella ihr sagen wollte. »Wir müssen umdisponieren«, erklärte Ella. »Lazares Neffe erwartet mich nicht vor sieben Uhr heute Abend. Die Leute von Birnam Forrest sind wahrscheinlich schon auf der Insel –«

»Deine Mörder«, unterbrach Annika sie.

»Es ist ein Überwachungsteam, mehr nicht«, korrigierte Ella sie. »Gefährlich werden sie erst, wenn ich wieder aus dem Kloster komme, und das vielleicht auch nur, falls ich Erfolg haben sollte. Ich möchte sie mir aber vorher ansehen, um zu wissen, auf wen ich dann achten muss. Deswegen muss ich mich unauffällig bewegen können und schnell –«

»Du willst nicht, dass ich mitkomme«, unterbrach Annika sie erneut, jetzt mit einem verletzten Unterton in der Stimme. Sie blinzelte in die Sonne, sah Annika nur kurz an und fing dann wieder an, das unsichtbare Fädchen von ihrer Bluse zu zupfen.

»Ich habe Angst, dass du dir zu viel zumutest«, sagte Ella.

»Du hast Angst, dass ich einen Anfall kriege«, sagte Annika, »und die Aufmerksamkeit auf dich lenke, und das kannst du nicht gebrauchen. Mit mir ist es gefährlicher als ohne mich, oder?«

»Ja«, gab Ella zu und schämte sich ein wenig. »Das verstehst du doch, oder?«

»Natürlich verstehe ich das«, antwortete Annika. Sie lächelte, aber es war ein Lächeln, an dem man hängen bleiben konnte wie an einem feinen, spitzen Angelhaken. Sie ging an Ella vorbei zum Wagen, holte ihren Rucksack vom Rücksitz, wischte sich noch ein anderes unsichtbares Fädchen von der Bluse und marschierte los.

»Wo willst du denn hin?«, rief Ella verblüfft.

»Ich gehe zu Fuß«, antwortete Annika, ohne stehen zu bleiben. »Ich habe ja keine Eile mehr. Und ich will dich auf gar keinen Fall in Gefahr bringen.«

Ella sah zu, wie Annika das Ende der Parkbucht ansteuerte, mit großen, zielstrebigen Schritten und wie sie dabei nicht aufhörte, kleine mechanische Bewegungen zu machen, die nicht den geringsten Sinn hatten. *Herr im Himmel,* dachte sie und zwang sich, ruhig zu bleiben, nicht wütend zu werden. Dann dachte sie, *wir sind längst über die Grenze zum Chaos gerutscht, Anni, ich, Dany, die ganze Welt.*

»Anni, bleib stehen!«

Annika gehorchte. Mit zusammengeknifffenen Augen drehte sie sich um. »Was ist?«

»Du kannst mitkommen«, sagte sie und dachte im selben Moment, dass sie wieder eine falsche Entscheidung getroffen hatte.

Annika blinzelte noch einmal, fuhr sich mit einem schwarzen Lederarm über die Stirn und ließ ihren Rucksack fallen, wo sie stand. Sie atmete heftig, stoßweise, als wäre sie hundert Meter gerannt. Unter ihrem linken Auge zuckte unablässig ein Muskel. »Ich will gar nicht mit«, sagte sie. »Ich weiß selbst, dass ich in diesem Zustand keine Hilfe für dich bin. Ich habe auch noch nie gehört, dass der Mont Saint-Michel ein Wallfahrtsort für Epileptiker ist.« Mit einer fahrigen Bewegung holte sie das Tablettendöschen aus der Jackentasche. »Du kannst mich irgendwo im nächsten Ort absetzen, und ich suche mir dann ein Hotel. Du musst mir nur versprechen, dass du mich wieder abholst, falls deine Mörder dich am Leben lassen.«

42

Der Mont Saint-Michel ragte plötzlich über dem Horizont auf, und erst war er noch klein, aber mit jedem Kilometer bis zur Bucht wurde er größer, und bald war er so nah, dass seine Silhouette das Einzige blieb, was Ella noch wahrnahm. Sie fuhr an den Straßenrand und stieg aus. In der Luft hing der salzige Geruch von Algen und brackigem Wasser. Silbermöwen sichelten im Sturzflug über den Damm zur Insel, und sie kreisten auch über dem Kloster und um den Turm der Abteikirche ganz oben auf dem Felsen. Das kupferne Schwert des Erzengels auf der Kirchturmspitze glomm im Licht der tief stehenden Sonne. Unterhalb der Mauern, Steinbögen und Arkaden des Klosters duckten sich die schmalen Häuser des Dorfes gegen den steil abfallenden Granit. Rings um die Insel erstreckte sich Schlick bis zum Horizont. Die Schatten schnell treibender Wolkenfetzen glitten über das Watt, und hier und dort blitzten Wassertümpel in der nass glänzenden Ebene. Wind bewegte das Schilf und die Heidekrautbüschel am Ufer.

Nach ein paar Minuten stieg Ella wieder in den Citroën und fuhr hinter einem aluminiumverkleideten Pilgerbus mit der Aufschrift *Sacred Tours* über den Damm zur Insel. Aus dem Inneren des Luxus Class Scania Irizar schallte Gesang, der bis zu ihr in den Wagen drang. Sie parkte dicht neben dem Bus am Fuß der Festungsmauer. Unwillkürlich hielt sie nach ihren Überwachern Ausschau. *Deinen Mördern.* Sie konnte sie nicht sehen, aber sie spürte ihre Nähe.

Du musst sie sehen, bevor sie dich sehen. Du musst wissen, mit wem du es zu tun hast. Du musst auf alles vorbereitet sein, auch darauf, dass sie den Plan ändern. Wenn du nicht weißt, wer sie sind und ob du ihnen entkommen kannst, bist du das Kaninchen, und sie sind die Habichte am Himmel.

Die Pilger sammelten sich auf dem Parkplatz am Fuß der schroff aufragenden Felsen. Sie sangen immer noch. Ein junger Mann ganz vorn trug an einer Ebenholzstange ein Banner mit einem fein gestickten Bild von Sankt Michael und einem feuerspeienden Drachen, der sich unter seinem Fuß wand. Singend marschierten sie auf das Tor in der Festungsmauer zu, und Ella stieg aus und schloss sich ihnen an, nur dass sie nicht sang.

Die Pilger drängten durch die Porte de l'Avancée in einen befestigten Hof auf der anderen Seite des Vorwerks. Ella hatte das Gefühl, zwischen den Scharen von Amerikanern und Japanern erdrückt zu werden. Das Licht fiel hier nicht mehr bis auf die Köpfe der Menschenmenge, die sich nun durch ein zweites Tor in den nächsten Hof schob. Vorbei an grünspanbefallenen Eisenkanonen aus dem Hundertjährigen Krieg folgten die Wallfahrer dem schräg geneigten Brokatbanner durch die Porte du Roi, und Ella ging mit.

Sie hielt den Kopf gesenkt; versuchte, mit den anderen zu verschmelzen. Aus dem Schatten des Königstors warf sie schnelle, unauffällige Blicke hinter sich. Sie suchte nach vertrauten Gesichtern, verdächtigen Bewegungen, einem kurzes Blitzen in den Pechnasen oder Fallgitterscharten des Mauerwerks, sogar dort. *Sie können überall sein, vor dir oder hinter dir oder neben dir.* Sie waren da, aber Ella wusste nicht, wer; jemand, den sie kannte oder jemand, den sie noch nie gesehen hatte.

Sie konzentrierte sich auf jeden, der ihr verdächtig erschien, bis ihr wieder einfiel, dass es die Unverdächtigen waren, die sie im Auge behalten musste. Der Fischer mit den Stulpenstiefeln, der neben ihr ging. Die beiden spanischen Priester vor ihr. Der uniformierte Flic am Anfang der Grande Rue. Die Kerzenverkäuferin in dem gelben Kattunkleid hinter dem Tour du Roi. Der Souvenirhändler mit den bunten Devotionalien von Sankt Michael, den neonbunten T-Shirts, den Ansichtskarten und Alan Stilvell-CDs an dem Stand rechts vor der Maison d'Arcade. Vielleicht sogar einer der mit Kameras behängten Japaner, schmale Augen über weißem Mundschutz. Jenseits des Tors schob sich die Menschenmenge Schulter an Schulter die steil ansteigende Grande Rue hinauf, die in engen Windungen zum Kloster führte, vorbei an den niedrigen Steinhäusern aus dem 16. Jahrhundert, den Crêpe-Restaurants, Bar Tabacs und Andenkengeschäften. Das Gedränge um Ella wurde dichter. Souvenirläden lockten mit Musik: Orgelklänge mischten sich mit Chorälen und Chansons. Aus den offenen Türen und Fenstern der Lokale zu beiden Seiten der Gasse drang das Klirren von Geschirr, das Scheppern von Töpfen und das Zischen heißen Fetts. Es roch nach gebratenem Lamm mit Zwiebeln und Rosmarin, frischem Knoblauch, gebackenen Muscheln.

Ella spürte die Blicke ihrer Verfolger jetzt ganz deutlich, im Rücken, auf ihrem Hinterkopf. *Nicht umdrehen*, dachte sie, aber sie konnte nicht anders, sie musste sie suchen. Die von der Sonne geröteten Gesichter der Menge waren erwartungsvoll, fast fröhlich. Die Leute sahen aus wie Bauern oder Schäfer oder Touristen, wie harmlose Tramper aus Rom oder Liverpool oder Tokio. Der Fischer in den Stulpenstiefeln und der blauen Öljacke rempelte Ella an. Sie zuckte zusammen, und er entschuldigte sich, und sie wusste, dass er nicht zu ihnen gehörte; sie konnte es an seinen Augen sehen.

Vor ihr erklang ein helles Lachen. Ein kleines blondes Mädchen mit Sommersprossen, das auf den Schultern seines Vaters saß, hatte sich zu ihr umgedreht und schwenkte ein weißes Papierfähnchen mit einem roten Kreuz darauf. Der Vater blieb bei der jungen Kerzenverkäuferin stehen. Das Mädchen starrte noch immer zu Ella herüber. Es hörte nicht auf zu lachen.

Ellas Blick fiel auf ihr Spiegelbild in der Fensterscheibe eines Andenkenladens. *Mein Gott, du siehst aus wie eine Landstreicherin,* dachte sie. Ihre dunkelblauen Jeans, das graue Jackett, der burgunderrote Pullover – alle Sachen, die Laetitia ihr noch vor der Abfahrt in Paris gebracht hatte, waren staubig, zerknittert. Die Menge schob sie weiter, an einer Aussichtsplattform vorbei. Draußen über dem Watt ging die Sonne unter, eine riesig rot glühende Scheibe wie aus frischer Lava mit einem flimmernden Hof, hinter der sich die Dunkelheit sammelte. Unter dem leuchtenden Streifen des letzten Lichts stieg das Wasser an und näherte sich schnell.

Die Glocke der Klosterkirche oben auf dem Felsen rief mit hellen Schlägen zur Abendmesse. Möwen stoben auf, stiegen flatternd in den Himmel. Ihre metallischen Schreie klangen verloren, wie die verzweifelten Rufe toter Seelen im Fegefeuer. Plötzlich ging die Straßenbeleuchtung an. Die Glühbirnen, die an Ketten über den Gassen schwebten, ließen den Himmel unvermittelt tintenblau wirken. Die Mauern, Arkaden und Fenster der Abtei und sogar die Bäume und die schroffen Felsen darunter strahlten in einem unwirklichen, goldgelben Licht, das aus dem Stein selbst zu dringen schien. Die Stimmen der Menschen klangen lauter und hallten in den schmalen Durchgängen zwischen den Steinmauern.

Du musst weg von den Leuten, dachte Ella; *sie sind zu langsam. Sie schützen dich, aber sie sind zu langsam.* Plötzlich kam ihr ein anderer Gedanke: *Was ist, wenn sie die Jacke oder die Hose mit einem Chip versehen haben? Wenn sie dir jederzeit folgen können, ohne dir überhaupt nahe kommen zu müssen?*

Sie stolperte. Eine Hand griff nach ihrem Arm. Erschrocken riss sie sich los und drängte sich durch die Menge. Vor ihr trug ein Mann ein Netz mit großen, tropfnassen Wolfsbarschen über die Straße in eine Seitengasse. Ihr Blick fiel auf die offen stehenden Fischmäuler, die starren Augen, und plötzlich sah sie alles wieder vor sich: das Blut überall in der dunklen Wohnung, das Blut und Mado und die zuckenden, zappelnden Fische, die auch starben.

»*Une chandelle?*« Die junge Frau in dem gelben Kattunkleid stand neben Ella und lächelte verlegen. Sie strich sich eine Haarsträhne aus der linken Wange hinter das Ohr. »*Une chandelle, Madame?*«, fragte sie leise und griff in die große Basttasche vor ihrem Bauch.

»Nein«, antwortete Ella, »*non merci, Mademoiselle.*« Sie ging schneller, fort von der Kerzenverkäuferin, den Fischern und den Pilgern mit der Brokatfahne. Sie hatte die Treppe zum Klostertor fast erreicht, als sie den Mann mit der Brandwunde entdeckte. Er stand vor einem Souvenirladen, zwischen zwei Drehständern mit Ansichtskarten. Er sah direkt zu ihr herüber. Das Licht einer Lampe an der Hausecke über seinem Kopf fiel auf seinen schwarzen Hut, dessen Krempe einen Schatten auf sein Gesicht warf und die Wunde verdeckte, aber Ella wusste, dass sie da war.

Jetzt kam er auf sie zu, die Hände in den Taschen einer blauen Windjacke. Er teilte die Menge, als wäre sie gar nicht da. Ellas Herz setzte aus, nur einen Schlag oder zwei und doch lang genug, um ihr das Gefühl zu geben, dass es für immer stehenbliebe.

Sie wollen dir Angst einjagen. Dir zeigen, dass sie da sind, dass du ihnen nicht entkommen kannst, selbst wenn du es wolltest. Sie machen dir klar, wie hilflos du bist, wie fest in ihrer Hand.

Sie prallte gegen einen Rücken, wich einem Japaner mit geblähtem Mundschutz aus, lief weiter, achtete nicht auf die Schultern, die sie anrempelte, die undeutlichen Gesichter, die vorbeiflogen. An der nächsten Ecke blieb sie atemlos stehen und drehte sich um. Der Mann mit dem Hauttransplantat war verschwunden. Trotzdem, sie hatte sich nicht geirrt: Auch wenn er in Berlin etwas anderes angehabt hatte, nicht diese klobigen schwarzen Halbschuhe, auch keine blaue Windjacke mit rotem Futter, nur eine ähnliche dunkelgraue Hose.

Sie blieb vor einem Fachwerkhaus stehen, hinter dessen honigfarbenen Butzenfenstern Lachen und Gläserklirren erklangen. Ihr Puls raste. Auf der Zunge spürte sie einen bitteren Geschmack, und die Bluse unter ihrem Pullover klebte ihr am Rücken. *Du musst aufpassen*, dachte sie; *du hast zu wenig geschlafen in letzter Zeit, zu wenig gegessen und getrunken. Vielleicht wirst du paranoid.*

Sie löste sich von der Fachwerkmauer, um sich zur Treppe vorzuarbeiten. In diesem Moment sah sie den zweiten Mann. Er stand einige Meter weiter, gleich bei der ersten Stufe. Er trug eine rot-grün karierte Schirmmütze, einen roten Quastenschal, einen sandfarbenen Dufflecoat mit winzigen Tannenzapfen aus Horn als Knöpfen und lehmbespritzte Jeans, als wäre er durch das Watt zur Insel gestiefelt. Er stand nur da, tat nichts, kümmerte sich um niemanden. Stand da und starrte Ella an. Von Zeit zu Zeit fasste er sich an sein linkes Ohr, wahrscheinlich um einen unsichtbaren Empfänger zurechtzurücken, während er in ein winziges Mikro am Ärmelaufschlag sprach, ohne die Lippen zu bewegen. *Und wenn sie dir nicht nur Angst einjagen wollen? Wenn sie einen anderen Weg gefunden haben, an Lazare ranzukommen, und dich gar nicht mehr brauchen? Was bedeutet das? Was haben sie vor? Warum ruft Dany nicht an? Haben sie ihn geschnappt, als er Mado befreien wollte? Haben sie ihn auch gefoltert? Hat er ihnen alles gesagt? Du kannst nicht mehr klar denken. Nicht klar denken.*

Ihr Blick flog über die Köpfe der Passanten zum Kloster hinauf, zurück zur Straße, nach links, nach rechts. Gleich neben ihr befand sich der Eingang eines Hotels. Sie stieß die Tür auf und betrat die Brasserie im Erdgeschoss. Der Raum war klein, und die unverputzten Steinwände und das gedämpfte Licht eines eisernen Kronleuchters ließen ihn noch kleiner erscheinen. In einem offenen Kamin brannte ein Holzkohlenfeuer. Der Geruch von Lammbraten, Thymian und gerösteten Zwiebeln hing in der Luft. Im ganzen Lokal war kein Platz mehr frei, weder an der Theke noch an den runden Holztischen, nicht einmal auf den Bänken unter den bleigefassten Butzenfenstern.

Ella sah sich um. Sie musterte die Gäste, besonders die, die aussahen, als wären sie von hier – alte Männer mit wettergegerbten Gesichtern und hellen Augen, bärtige Jungen mit sehnigen Armen, Frauen ohne Schmuck, die Haare glanzlos von der salzigen Meerluft. Sie arbeitete sich zur Theke vor und bestellte einen Cidre, und als sie die kalte Flasche in der Hand hielt, merkte sie erst, wie durstig sie war. Sie setzte die Flasche an den Mund. Während sie trank, behielt sie in dem beschlagenen Spiegel neben dem Tresen den Eingang im Auge.

Danach holte sie wieder ihr Handy heraus und rief noch einmal Frère Rémy an. »Ich werde verfolgt«, sagte sie, als er sich meldete. »Ich weiß nicht, ob ich es rechtzeitig zum Kloster schaffe.«

»Wo sind Sie gerade?«

»In einem Hotel an der Grande Rue. Ich weiß nicht, wie es heißt, aber es hat Sprossenfenster, eine dunkelrot gestrichene Tür und so einen verrosteten Laternenhalter neben dem Eingang. Ich bin im Schankraum.«

»Bleiben Sie da. Ich bin gleich bei Ihnen.«

Der Fischer mit den Stulpenstiefeln saß zwei Tische weiter mit dem Rücken zum Kamin. Plötzlich hob er den Kopf, als hätte er nur darauf gewartet, dass sie ihn ansah. Rasch sah sie weg, aber aus den Augenwinkeln bemerkte sie eine Bewegung. Gleich darauf stand er lächelnd vor ihr und sagte etwas, das sie nicht verstand. Hinter ihm ging die Tür auf, und die Kerzenverkäuferin von der Straße betrat den Schankraum.

Mit der großen Basttasche an einem Tragriemen über der linken Schulter ging die Verkäuferin von Tisch zu Tisch und bot Kerzen und Medaillons von Sankt Michael an. Wieder strich sie sich die Haarsträhne aus der Wange, wie vorhin auf der Straße. Aber dann bewegte sie den Kopf, und Ella bemerkte den matt blinkenden Knopf in ihrer Ohrmuschel. Die Verkäuferin kam näher und näher, und alles, was jetzt noch zählte, waren ihre Augen. Sie blickten hellblau und kalt, und die rechte Hand der jungen Frau tauchte tief zwischen die Kerzen und Medaillons, griff nach irgendetwas, das auf dem Boden der Basttasche liegen musste, einer Pistole oder einer Betäubungsspritze. *Du hast dich getäuscht*, dachte Ella, *niemand kann gegen sie gewinnen, niemand.*

43

Das Schönste in dem nicht allzu großen Hotelzimmer war das Himmelbett, von dessen Baldachin blasse Rosenknospen regneten, ohne wirklich zu fallen. Annika lag auf dem Rücken und schaute zu den schwebenden Rosen hoch und versuchte, nicht den Boden unter sich zu verlieren. Ihr Handy lag neben ihr auf dem Kopfkissen, und sie wartete darauf, dass es klingelte.

Die Wände des Zimmers waren mit einer wasserfleckigen, hellblauen Tapete verkleidet, die an einigen Stellen Wellen geworfen hatte. Es gab ein kleines Fenster mit dunkelroten Leinenstores und einer gestärkten Gardine. Das von der Straße hereinfallende Licht der Laternen hatte einen beunruhigenden violetten Ton. Nacheinander fasste Annika jeden Gegenstand in dem nicht allzu großen Zimmer ins Auge, um sich an ihm festzuhalten.

Unter dem Fenster stand eine mit zerschlissenem grünem Samt bezogene Couch, davor ein Beistelltisch mit einer staubigen Glasplatte und neben der Tür zum Bad ein Teakholzschrank. Das Bettgestell war aus grau angelaufenem Messing, und an der Wand gegenüber hing der zweitschönste Gegenstand, ein Poster von Mont Saint-Michel bei Nacht mit dem angestrahlten Kloster auf dem Felsenberg. Der einzige andere Schmuck bestand aus einer Porzellanstatue des heiligen Michael, der seinen nackten Fuß auf einen feuerspeienden Drachen gesetzt hatte.

Annika betrachtete den Erzengel und den Drachen und danach die nächtliche Klosteranlage, und sie konnte nicht aufhören, an Ella zu denken, die dort war und der sie nicht helfen konnte. Ihre beste Freundin, und sie konnte sie nicht beschützen. Es war ein Gefühl, als drücke ihr jemand einen kleinen Stein die Kehle hinunter. Nach einer Weile konnte sie es nicht mehr ertragen, nur so dazuliegen. Sie beugte sich aus dem Bett, um den Rucksack auf dem Boden zu sich heranzuziehen. Sie öffnete den Rucksack und holte die Ausgabe von *Le Monde* heraus, die sie gestern Nacht gekauft hatte. Darunter lag das zerfledderte Journal von Matthias Steinberg. Sie nahm es ebenfalls heraus, obwohl die Lektüre sie bedrückte. Bevor sie die Stelle fand, an der sie in Berlin zu lesen aufgehört hatte, summte endlich das Handy. Sie griff danach und meldete sich atemlos. »Ja, hallo?«

»Dany Montheilet hier«, sagte seine Stimme dicht an ihrem Ohr. Im Hintergrund erklangen Verkehrsgeräusche, Motorenlärm, der anschwoll und wieder zurückwich. »Die Wohnung ist leer. Sie haben Mado weggeschafft.«

Annika schwieg überrascht.

»Ich versuche herauszufinden, was das bedeutet«, fuhr Dany fort. »Ich weiß nicht, wo sie jetzt ist und ob sie überhaupt noch lebt.«

»Warum erzählst du mir das?«

»Weil ich Ella nicht erreiche.« Der Motorenlärm wurde leiser, dann jäh wieder laut; Hupen ertönte. »Es kann sein, dass sie jetzt in noch größerer Gefahr schwebt. Ich dachte, du weißt vielleicht, wo sie ist.«

»Auf Mont Saint-Michel«, sagte Annika. »Bei Lazares Neffen.«

»Jetzt erst?« Dany klang erregt, anders als sie ihn kannte. »Und du, wo bist du?«, fragte er.

»In einem Hotel in Pontorson.«

»Warum bist du nicht bei ihr?«

»Weil ich eine schlechte Freundin bin«, sagte Annika schroff.

»Wenn auch nicht ganz so schlecht wie du als Freund. Ist das Verkehrslärm? Rufst du vom Auto aus an?«

»Ich mache mir Sorgen«, sagte er. »Die müssen misstrauisch geworden sein, sonst hätten sie Mado nicht in ein anderes Versteck gebracht. Oder sie haben einen neuen Plan.«

»Was sagen denn die Leute, die dir sonst immer alles verraten?«

»Von denen redet auf einmal keiner mehr mit mir.« Er schwieg abrupt, Bremsen quietschten, noch eine Hupe. »*Verdammt, aus dem Weg!*« Der Motor wurde wieder hochgejagt. »Es war klar, dass das passiert, aber ich dachte nicht, dass es so schnell gehen würde. Ein paar von denen schulden mir noch was, und die klappere ich gerade ab.«

Annika ließ sich wieder auf den Rücken sinken und schaute zu den Rosenknospen hoch, das Handy am Ohr. »Nur mal so zum Spaß gefragt«, sagte sie, »diese Leute, von denen du sprichst – die Firma, für die du arbeitest –, was ist eigentlich der Unterschied zu einer kriminellen Vereinigung?«

Ein heftiges Rauschen wie von einem Asteroidenregen im All überlagerte sämtliche anderen Laute. Für einen Moment war Danys Stimme ganz weg. »Dany?«

»... kümmert sich um Sicherheitsbelange von Konzernen und Regierungsstellen in ganz Europa«, kehrte er plötzlich zurück, »mit dem Schwerpunkt auf Informationsbeschaffung und Abwehr von ... und Industriespionage in allen Formen«, neues Rauschen, »arbeiten für globale Anwaltskanzleien und internationale Konzerne, aber auch ... Ministerien oder Parteien. Wir ... durchleuchten Firmen ... für eine Fusion oder als Kandidaten für eine feindliche Übernahme infrage kommen ... Politiker, die sich für ein Amt bewerben oder in ihrem Amt lästig werden für ihre Partei oder die ihrer Gegner. Ein paar ... und jagen Produktpiraten, die Laufschuhe oder Spielzeug oder Computer oder sonst was kopieren.«

Er redete darüber wie über ein Hobby, dem er nun nicht mehr nachgehen konnte, obwohl er ihm immer gern seine Zeit gewidmet hatte. Ohne Leidenschaft, fast etwas abgelenkt, schon auf der Suche nach dem nächsten.

»Das ist doch nicht alles«, sagte sie, »das klingt noch nicht schmutzig genug. Ihr macht doch bestimmt auch die schmutzigen Sachen.«

»Was für schmutzige Sachen?«, fragte er durch das an- und abschwellende Rauschen.

»Die richtig schmutzigen«, sagte Annika. »Die neuen Waffen, die ihr testet, bevor sie in Serie gehen. Die ihr an Tieren und manchmal an Menschen ausprobiert. Die schweren Unfälle mit Todesfolge, die ihr inszeniert, um eine Autofirma an den Rand des Ruins zu bringen. Die Kinderpornos, die ihr auf die Computer von missliebigen Führungskräften spielt, wenn man sie ohne Abfindung loswerden will. Die Aktien von Atomkonzernen und Chemiemultis, die ihr Umweltschützern unterjubelt. Die Streikbrecher, die ihr organisiert oder selbst stellt. Die Prozesse, die ihr manipuliert, indem ihr besticht, bespitzelt, korrumpiert, unter Druck setzt. Die Versicherungen, denen ihr Material für –«

»Und im Notfall töten wir auch«, fiel Dany ihr, zur Abwechslung überraschend klar, ins Wort, »ist ja gut, komm wieder runter.«

»Schnee von gestern, ich weiß«, sagte Annika. »Das hat Patrick auch immer gesagt.«

»Wer ist Patrick?«

»Der Mann, dem ich mein Hirntrauma verdanke«, stieß Annika heiser hervor. »Habe ich dir nicht von ihm erzählt? Ein korrupter Bobby von New Scotland Yard, der lauter Kumpels wie dich hatte. Von denen hat bestimmt die Hälfte auch für Birnam Forrest oder eine ähnliche Gangsterbande gearbeitet. Was glaubst du denn, warum ich dir den Stick sofort ausgehändigt habe, als du mich danach gefragt hast? Warum ich mich nicht gewehrt habe? Meinst du, ich weiß nicht, wozu ihr fähig seid? Ich war nicht da, um Ella vor dir zu beschützen, als sie dir begegnet ist, aber genau deswegen habe ich alles getan, damit du mich mitnimmst nach Paris. Weil ich verhindern wollte, dass ihr da weitermacht, wo ihr aufgehört habt.«

»Alles?«, fragte Dany.

»Ja, alles, obwohl ich Angst vor dir hatte und immer höllisch aufgepasst habe, um bloß nicht mit dir allein zu sein, bis es sich nicht mehr vermeiden ließ –«

Ein lang gezogenes Hupen unterbrach sie. »Ich bin gleich da«, sagte Dany, »und vielleicht ist das jetzt das letzte Mal, dass wir miteinander reden. Deswegen hör zu: Ich hätte dir nie etwas getan, weil du Ellas Freundin bist und weil ich gemerkt habe, wie viel du ihr bedeutest. Ich kenne deinen Patrick nicht, aber ich verprügele keine Frauen, und ich hätte dich so oder so mitgenommen, ganz egal, was du getan hast oder nicht.«

Für einen Moment verschlug es Annika die Sprache. Dann fragte sie: »Warum?«

»Aus demselben Grund, aus dem ich zu dir gekommen bin, als die Männer in dem Kiosk mir am Telefon gesagt haben, wo du steckst und was mit dir los ist. Ich wollte verhindern, dass Aziz oder einer der anderen in Berlin dich findet und auch umbringt.«

»Weil du mich ja so magst, fast so sehr wie Ella«, sagte Annika und starrte die Rosenknospen an.

»Weil es schwer gewesen wäre, diesen Mord jemandem in die Schuhe zu schieben«, fuhr Dany fort, »Ella war ja schon in Paris. Und sie stand dir so nah, dass dann vielleicht doch jemand misstrauisch geworden wäre und angefangen hätte, nach anderen Verdächtigen zu suchen. Ein Polizist wie Hauptkommissar Schröder, der nicht von Birnam Forrest bezahlt wird. Schröder haben sie verschwinden lassen – angeblich hat er einen Haufen

Geld aus der Asservatenkammer geklaut und sich damit abgesetzt. Dich habe ich verschwinden lassen, mitsamt den Aufzeichnungen, aber du bist am Leben, das ist doch was.«

»Die reine Poesie«, murmelte Annika. Ihr Blick fiel auf das Titelblatt von *Le Monde*, den Eiffelturm mit den Chinesen davor, und plötzlich hatte sie das Gefühl, etwas zu begreifen, ohne genau zu wissen, was. »Welche Rolle spielen eigentlich die Chinesen bei der ganzen Sache?«, fragte sie ins Blaue hinein.

»Was für Chinesen?«

»Aziz hat von Ella verlangt, dass sie sich vor der Chinesischen Botschaft treffen, und gleich danach ist sie verschwunden«, sagte Annika. »Kommissar Schröder ist dort erschossen worden und nie wieder aufgetaucht, wie du gerade gesagt hast. Als ich dir sagte, wohin Aziz Ella bestellt hatte, wusstest du sofort, was zu tun war, wen du anrufen musstest. Also –«

»Vergiss die Chinesen!« Das Motorengeräusch erstarb, und die plötzliche Stille war wie ein weißes Loch. »Ich meine es ernst, vergiss sie, bitte!« Sie hörte, wie eine Tür geöffnet wurde. »Ich bin da. Scheint alles dunkel zu sein. Drück die Daumen, dass Mado noch lebt. Denn wenn sie nicht mehr lebt, bedeutet das, dass Ella die Nächste sein wird.«

Die Verbindung brach zusammen, und das weiße Loch wurde riesig. *Wo ist die Grenze?*, dachte Annika. Sie war der Wachtposten, aber sie wusste nicht mehr, wo die Grenze war.

44

Als die Kerzenverkäuferin bei Ella war, zog sie die Hand wieder aus der Basttasche, und darin hielt sie nichts als ein Bronzemedaillon mit der Gestalt des Erzengels Michael. Sie lächelte und sagte etwas, das wie »*Venez avec moi*« klang, aber so leise, dass es kaum zu verstehen war. Im selben Moment ging ein weiteres Mal die Tür zur Straße auf, und der Mann mit dem Hauttransplantat stand auf der Schwelle. Ella warf einen gehetzten Blick in die Runde, zur Küche hinüber, zur Toilette. Der Fischer, der eben noch auf sie eingeredet hatte, war plötzlich verschwunden. Keiner der anderen Gäste achtete auf sie. Ihre Gespräche, das Lachen und die laute Musik erschienen ihr plötzlich schrill, verzerrt. Sie wollte sich umdrehen und weglaufen, stattdessen folgte sie der Kerzenverkäuferin.

Kurz bevor sie den Eingang erreichten, erschien ein heftig atmender Mann in der schwarzen Kutte eines Benediktinermönchs auf der Schwelle. Sein kahl rasierter Schädel glänzte vor Schweiß. Er sah zuerst die Kerzenverkäuferin, dann Ella, und noch bevor er den Mann mit dem Hautransplantat erblickt hatte, war ihm die Situation klar. Er trat auf Ella zu, legte ihr den Arm um die Schultern und führte sie durch den Raum zurück zum Tresen. »*Frère Rémy, bonsoir*«, begrüßte ihn der Schankkellner freundlich. »*Un petit calvados?*«

»*Non, merci, Baptiste*«, antwortete Frère Rémy, beugte sich über den Tresen und sagte etwas zu dem Kellner, der sofort nickte und die Tür gleich neben dem Tresen öffnete.

Der Mann mit dem Hauttransplantat und die Kerzenverkäuferin verharrten abwartend beim Eingang, unsicher, wie sie reagieren sollten. Der Mann holte sein Handy hervor, ohne Ella und den Geistlichen aus den Augen zu lassen; nur das Lächeln war von seinen Lippen gewichen. Frère Rémy ergriff Ellas Hand und zog sie in die von Essensdunst, Hitze und dem Gebrüll der beiden Pfannen schwingenden Köche erfüllte Küche. Eilig durchquerten sie den schmalen Raum und verließen ihn wieder durch die Hintertür.

Eine Handvoll Stufen führte zu einer dunklen Gasse hinunter, die auf der anderen Seite von einer Festungsmauer begrenzt war. Durch die Schießscharten in der Steinmauer konnte Ella das jetzt dicht herangerückte Meer sehen. Weit draußen war es ein silbriges Glitzern im Mondschein, aber unter ihr umspülten schwarze Wellen mit grauen Kämmen den Felsen und brachen sich tosend am Damm. Mauern und Pflastersteine glänzten vom Niederschlag unsichtbarer Gischt. Die feuchte Luft roch nach Seetang und Salz. Auf der anderen Seite der Bucht blitzte der Scheinwerfer eines Leuchtturms auf.

Der Mönch ließ ihre Hand nicht los. Er zog sie die holperig gepflasterte Gasse hoch, um eine Ecke und eine Treppe hinauf. Ihre Schritte hallten zwischen den eng stehenden Häusern. Die Straßen unterhalb des Wehrgangs waren jetzt leerer. Die Souvenirläden hatten geschlossen, und die meisten Touristen saßen in den Restaurants beim Essen.

Im Schein einer gelben Laterne, die an zwei Eisentrossen im kalten Nordwind schaukelte, sah Ella, dass Frère Rémy jünger war, als sie zuerst gedacht hatte. Er hatte ernste, dunkelbraune Augen, fast schüchtern, von denen die Brauen aufstiegen wie winzige schwarze Schwingen. Seine olivgetönte Haut war trotz Sonne und Wind noch glatt, und die blassen Lippen schienen nicht zu der entschlossenen, selbstsicheren Stimme zu passen. »Es ist nicht weit, nur ein kurzer Weg«, rief er laut wegen des

Windes, während er mit großen Schritten und flatternder Kutte voraneilte. »Vorsicht, Stufen – die Steine sind glatt!« Er zog sie die nächste Treppe hinauf, vorbei an einem schwarz aufragenden Turm. Von einer Dachkante starrte die verzerrte Fratze eines steinernen Wasserspeiers auf sie herab. »Da oben ist schon die Abtei.«

»Haben Sie mit Ihrem Onkel Kontakt aufgenommen?«, schrie Ella.

»Nein. Noch nicht. Ich weiß ja nicht mal, ob ich ihn erreiche. Die Nummer, die ich habe, ist nur für den absoluten Notfall gedacht. Ich wollte sicher sein, dass Sie da sind, wenn er sich meldet.« Der Wind riss dem Mönch die Worte vom Mund. Heulend strichen die Böen über die Kluften im Felsen, aber wenn sie vorübergehend innehielten, hörte Ella ein Kirchenlied, die feierlichen Stimmen singender Männer und Frauen, die aus den Fenstern der Abtei über ihren Köpfen drangen. Hinter den Steinbögen schimmerte das warme Licht brennender Kerzen.

Ella strauchelte. Frère Rémy fing sie, bevor sie hinfallen konnte. Er legte ihr den Arm um den Rücken und führte sie schnell durch die leeren Gassen. Sie spürte seinen Arm, der sie mehr trug als stützte. Er war kräftig für einen so schlanken Mann. Hinter sich hörte sie laute Stimmen, die sich etwas zuriefen. Jetzt mischte sich das Rauschen von Baumkronen im Wind in das Donnern und Tosen des Meeres, und die Gesänge der Klosterbrüder und Schwestern schwebten nur noch in verzagten Fetzen zu ihr nieder.

Sie erreichten das große Burgtor am Eingang der Abtei. Frère Rémy sperrte es auf, führte Ella hinein und schloss das Tor wieder hinter sich. Fast sofort erfüllte sie ein Gefühl der Sicherheit; sie befanden sich innerhalb der Klostermauern, auf dem Vorhof der Abteikirche. Sie war gebannt vom Anblick des Meeres und der Bucht, den Lichtern in den Straßen unterhalb des Klosters und der endlosen Weite des Himmels. Über ihr türmten sich Steine auf Steine, aus den Schatten von Balustraden und Halbreliefs wuchsen schlanke Säulen, Pfeiler und Bögen. Als Ella an den angestrahlten Mauern vor ihr zur Kirchturmspitze hinaufschaute, dachte sie, *ein Wunder, das ist wunderschön.*

Diesmal fing Frère Rémy sie wirklich. Die Insel unter ihr schien sich in die eine Richtung zu drehen und der Himmel mit den treibenden Wolken in eine andere. »Was haben Sie denn?«, fragte er.

»Es ist nichts«, sagte sie. »Ich habe bloß seit vierundzwanzig Stunden nicht geschlafen, und ich war zu nervös zum Essen, und der Cidre gerade …«

Auf beiden Armen trug der Geistliche sie zur nächsten Tür, die er öffnete, ohne sie abzusetzen, und er trug sie auch über die Schwelle. Der Geruch von kaltem Granit empfing sie. Dahinter sah sie einen kühlen, spärlich erleuchteten Klostergang an sich vorbeigleiten. Mit dem Kopf voran wurde sie über weitere Stufen getragen, eine steinerne Wendeltreppe hinauf, durch noch einen Gang, und sie sah nur die Decke und die Wände und kurz nacheinander zwei schattenhafte Gestalten in schwarzen Gewändern, die sich vorbeizwängten und dabei von oben auf sie herabschauten. Sie hörte das Geräusch von schwerem Stoff, der an Steinwänden entlangschabte und das Knarren von Ledersohlen. Sie hörte auch den Wind durch die offenen Bögen eines Kreuzgangs pfeifen und das Gurren von Tauben, flatterndes Flügelschlagen, und dann wieder die Gesänge aus der Abteikirche, bis eine allerletzte Tür erreicht war, vor der Frère Rémy sie wieder herunterließ und auf ihre Füße stellte. »Da sind wir«, sagte er. »Ein Ruheraum.«

Er öffnete auch diese Tür und führte Ella über den kahlen Steinboden zu einer schlichten Holzpritsche, über der eine Wandlampe unter einem runden Glassturz gelbliches Licht spendete. »Setzen Sie sich«, sagte er. Die schmale Matratze war mit weißem Leinen bespannt, und eine dünne Baumwolldecke schloss genau mit den Kanten ab. Den Laken, der Decke und der Matratze entstieg der Geruch von Seetang. Dankbar sank Ella auf die Pritsche.

Frère Rémy griff in seine Kutte, holte das Handy heraus und wählte eine Nummer. Nach ein paar Sekunden sagte er: *»Raymond, c'est moi. Le cas d'urgence est arrivé.«* Mehr nicht. Er legte das Handy auf ein Stehpult. »Ich lasse Sie kurz allein.«

Er verschwand durch die Holztür, und Ella blieb auf der Matratze sitzen. Sie sah sich in der kleinen Zelle um, musterte die nackten Wände, den Holzschrank und das Bronzekreuz über dem Stehpult mit dem Handy und einem wie ein Fremdkörper wirkenden Laptop darauf. Vor dem Pult stand ein Betschemel, und das kleine Fenster, hinter dem das Meer zu beginnen schien, war nur angelehnt. In dem Ofen neben der Tür flackerte ein Feuer. Sie sah das alles, und dann wurde es dunkel, und sie sah es nicht mehr, und als sie wieder erwachte, stand Frère Rémy neben der Pritsche und stellte ein Glas, eine Teekanne und einen Teller mit belegten Broten auf den Nachttisch.

»Hat Ihr Onkel schon zurückgerufen?«, fragte sie.

»Noch nicht.« Er schenkte ihr ein Glas Tee ein. »Wie ich schon sagte, ich weiß nicht, ob und wann er sich meldet. Ich weiß nicht einmal, wie es ihm geht. Die Nummer, die er mir gegeben hat, führt zu einer Mailbox. Er hatte überlegt, in ein Hotel zu gehen, aber auf die Angestellten wäre wohl kein Verlass gewesen; er ist zu bekannt. Und sein Schloss wird natürlich von morgens bis abends beobachtet.«

»Wovon hängt es denn dann ab, ob er sich überhaupt meldet?«, fragte Ella.

»Vielleicht von der Flughöhe, auf der er sich befindet.«

Irgendwo rauschte eine Toilette, ein Geräusch, das Ella in dieser Umgebung merkwürdig unpassend vorkam. Die Brandung dröhnte bis zu der hoch auf dem Felsen gelegenen Klosteranlage herauf, und der Wind schien gegen die Mauern anzurennen. Ein großer, von einem dunstigen Hof umgebener Mond, der vorhin noch nicht da gewesen war, hing jetzt am Himmel vor dem Fenster.

Frère Rémy zog den Betschemel heran und setzte sich darauf. »Essen Sie etwas, das wird Ihnen guttun.« Er beobachtete sie mit weit offenen Augen, eine eigenartige Dringlichkeit im Gesicht. »Sie sind eine sehr tapfere Frau«, sagte er. »Aber die Leute, die Ihnen folgen, sind Abgesandte des Teufels. Wenn ich an sie denke und an das, was sie tun, fühle ich, wie meine Seele zu Eis wird.« Ein anderes Geräusch folgte, ein rasselndes Klirren. »Das sind die Wasserrohre«, erklärte er. »Es klingt, als wären Menschen darin gefangen – Sträflinge, die irgendwo unter uns in feuchten, dunklen Kerkerzellen mit ihren Ketten gegen das Eisen schlagen. Wussten Sie, dass der Mont Saint-Michel einst ein Gefängnis war? Zuerst im Hundertjährigen Krieg, dann während der Französischen Revolution und schließlich unter Napoleon I., da war es ein Staatsgefängnis für seine politischen Gegner und missliebige Kleriker. Damals nannte man es die *Bastille über dem Meer.*«

Ella nahm ein mit Schinken und Gurkenscheiben belegtes Brot. »Warum sind Sie in dieses Gefängnis gegangen?«, fragte sie.

»Für mich ist es kein Gefängnis«, sagte er.

»Wollten Sie denn schon immer einem Orden beitreten? Wollten Sie nie einen anderen Weg gehen als den ins Kloster?«

Er schüttelte den Kopf. »Aber natürlich! Anfangs sah es ganz so aus, als würde ich in die Fußstapfen meines Vaters treten und Anwalt werden, *Maître Rémy Lazare,* mit einer Kanzlei in der Avenue Foche. Ich habe Jura studiert, und schon während meines Praktikums bei Rochefort, Gladstone & Wentworth berechtigte ich, wie es hieß, zu den schönsten Hoffnungen. Aber ich weiß nicht, warum, etwas in mir wich vor dem zurück, was ich sah und tun musste. Eine internationale Großkanzlei wie diese ist eine riesige Galeere, die von Sklaven über die sieben Weltmeere gerudert wird, von Schlacht zu Schlacht in dem niemals endenden Krieg um Macht und Reichtum. Ihre Kapitäne beherrschen das globale Spiel von Wirtschaft und Politik besser als alle anderen, weil sie den Markt längst unter sich aufgeteilt haben. Die größten unter ihnen verfügen über ein weltumspannendes Netz von Niederlassungen, in denen die Galeerensklaven, kleine Anwälte, wie ich einer war, für sie schuften.

Rochefort, Gladstone & Wentworth beschäftigten zu meiner Zeit knapp tausendneunhundert sogenannte *associates*, davon fast vierhundert in Frankreich und über dreihundert in Deutschland. Ganz oben auf der Kommandobrücke stehen die Partner und Seniorpartner, die Besten der Besten, *the best and the brightest*, so sehen sie sich gern: brillante Strategen, raffinierte Strippenzieher, alle ausgestattet mit einem auf ihre Zwecke zugschnittenen Netzwerk an Kontakten in Politik, Wirtschaft und Wissenschaft, um das sie Könige, Präsidenten und Premierminister beneiden.

Ein Griff zum Hörer, und sie kriegen jeden ans Telefon – und jeder ruft sie an. Minister, Vorstandsvorsitzende, Nobelpreisträger, alle folgen dem Rat und den Empfehlungen dieses kleinen erlesenen Kreises, der mit seinen Gutachten, Expertisen und Memoranden Milliarden Dollar, Euro, Yen und mittlerweile auch Yuan bewegt. Sie beeinflussen politische und wirtschaftliche Entwicklungen, die Entscheidungen des Elysée ebenso wie die des Kanzleramtes in Berlin, von Number ten Downing Street oder vom Weißen Haus. Sie sagen es nicht, aber sie halten sich für Götter. Jeder Einzelne hält sich für Gott. Gott Rochefort, Gott Gladstone, Gott Wentworth. Nein, das stimmt nicht – der Gott ihrer blasphemischen Religion ist das Geld, die Macht. Sie sind nur die Propheten, die Götzendiener. Obwohl sie zu den mächtigsten Männern der Welt gehören, kennen nur die Eingeweihten ihre Namen, und ihr Aussehen noch weniger. Man nennt sie *Männer, die keine Schatten werfen*. Ihr Königreich kommt nicht erst, es ist schon da, es ist durch und durch von dieser Welt, das Paradies auf Erden, das sie ganz zu ihrem Vorteil gestalten – sie, nicht die Regierungen, nicht der Staat.

Sie entwerfen Gesetzesvorlagen, die später in den Parlamenten zu Gesetzen werden, und auf der Rechtsgrundlage dieser Gesetze beraten sie danach wiederum ihre Mandanten, die großen Konzerne, die multinationalen Unternehmen. Sie zeigen ihnen, wie sie ihre Vorlagen zu ihrem Vorteil nutzen können und kassieren so auf beiden Seiten. In den großen internationalen Finanzkrisen der letzten Jahre, als erst die Banken und dann der Euro gerettet werden mussten, bei wem haben sich die europäischen Finanzminister da Rat geholt? Bei Kanzleien wie Rochefort. Von ihnen stammt das juristische Gerüst, die Startrampe für die staatliche Unterstützung all der maroden Finanzinstitute und ihrer kriminellen Vorstände mit Hunderten, nein, Tausenden Milliarden Dollar und Euro. Ich weiß das, weil mein Onkel daran mitgearbeitet hat, er und Professor Barrault in Paris. Und diese verantwortungslosen, längst zu Recht dem Untergang geweihten Geldtempel haben sich davor, währenddessen und danach von denselben Kanzleien beraten lassen.«

Er hielt plötzlich inne und errötete. »Bitte, entschuldigen Sie, ich bin es nicht gewohnt zu reden. Wir Brüder und Schwestern von der Monastischen Gemeinde Jerusalems versuchen, unsere Tage in Demut und Schweigen zu verbringen. Ich neige offenbar nicht nur in Gedanken zum Eiferertum.«

»Sie sprechen über eine Firma, in deren Auftrag Menschen umgebracht werden«, sagte Ella. »Rochefort, Gladstone & Wentworth machten auch Jagd auf mich, und Sie helfen mir gerade, zu verstehen, warum. Reden Sie weiter, bitte.«

Das Licht der Wandlampe spiegelte sich auf Frère Rémys

kahl rasiertem Schädel. »Sie haben mich gefragt, warum ich mich für dieses Leben entschieden habe«, sagte er. »Das ist einer der Gründe: die atemberaubende Skrupellosigkeit, die Schamlosigkeit, deren Zeuge ich geworden war. Ich war einer der zahllosen kleinen Zuarbeiter, die den großen Stars assistierten, und ich sah, wie alle um mich herum angetrieben wurden von Angst, Ehrgeiz und Eitelkeit, von der Gier nach Reichtum und Macht. Wie bei einer Massenpanik kletterte jeder über den anderen hinweg, sie trampelten sich gegenseitig fast tot, um ganz vorn dabei zu sein, wenn die Partnerschaften, die Boni, die Millionengehälter verteilt wurden.

Und trotzdem, vielleicht wäre ich auch heute noch einer in diesem griechischen Chor aus flüsternden, säuselnden, schachernden *associates*. Vielleicht stünde auf den Messingschildern und Briefköpfen jetzt sogar Rochefort, Gladstone, Wentworth & Lazare, wenn es unter der Bühne, auf der die Götter und Helden agierten, nicht auch den Hades gegeben hätte. In den stieg ich eines Tages hinab, um für einen Fall in den alten Akten zu recherchieren. Und dort, in unserem höchsteigenen Hades, entdeckte ich neben dem Gesuchten natürlich noch das, was man in jeder griechischen Tragödie findet: die Schuld der Ahnen, die vergrabenen Leichen. Zusammen mit dem Widerwillen gegen die Ränke, mit denen ich mein täglich Brot verdienen sollte, gaben diese Dokumente – die nur durch Zufall achtzig Jahre überlebt hatten und von denen außer mir niemand mehr zu wissen schien – den Ausschlag für meine Entscheidung. In ihnen fand ich nämlich die Geschichte des Aufstiegs von Lazare & Fils zur internationalen Großbank mit Sitz in Paris. Aber vor allem stieß ich auf einen Polizeibericht aus dem Jahr 1929, in dem in allen Einzelheiten ein Verbrechen beschrieben wurde, das sich an einem Tag im November jenes Jahres im Haus einer Familie Schneider, den Nachbarn des Urgroßvaters meines Vaters, abgespielt hatte. Es gab sogar

Fotos vom Tatort, von den Opfern und von meinem Urgroßvater, der als Erster am Tatort gewesen war. Die Leichen eines Mannes und einer Frau. Die Leichen eines Dieners und einer Dienerin. Die Leichen von zwei Kindern! Und es fand sich das Motiv: Geld.«

45

»Es war ein ungesühntes Verbrechen«, sagte Frère Rémy, »ein Verbrechen, für das jemand büßen musste, damit die Toten endlich Frieden finden konnten. Jemand aus der Familie der Täter. Ich sprach mit meinem Vater, aber der war uneinsichtig und ließ die Beweise verschwinden. Ich sprach mit meinem Onkel, der ebenfalls uneinsichtig war und auch die Kopien der Beweise verschwinden ließ. Ich blieb hartnäckig, immer wieder zwang ich ihn, mir zuzuhören, und als ich beschloss, mein Leben Gott zu weihen, wurde er wankend. Aber erst die Begegnung mit einer jungen Studentin, ausgerechnet eine Nachfahrin jener ermordeten Familie, führte ihn auf den Pfad der Erkenntnis: Gottes Wege, Gottes Fügung, Gottes Werkzeug.«

»Vielleicht war es auch bloß ein Zufall«, sagte Ella mit vollem Mund. »So wie der, dass Ihr Onkel und ich beide derselben Studentin begegnet sind, und jetzt beide mit dem Tod bedroht werden.«

»Und das nennen Sie tatsächlich noch Zufall?«, fragte Frère Rémy ungläubig. »Dann glauben Sie wohl auch nicht an Gott?«

»Ich bin Ärztin. Bei dem, was ich tagtäglich zu sehen bekomme, fällt es schwer, an einen Gott zu glauben. Jedenfalls an einen gütigen Gott.«

»Ja, ich verstehe – *wenn es ihn gibt, wie kann er das zulassen …* Aber Gott ist nicht nur gütig, das kann er sich gar nicht leisten, und das will er auch nicht sein. Denn er befindet sich im Krieg, er wird angegriffen, und manchmal verliert er Schlachten, bei denen es unendlich viele Opfer gibt, die er nicht verhindern kann, wenn er den Krieg am Ende gewinnen will.«

»Und gegen wen verliert er diese Schlachten?«

»Gegen das Böse. Gegen Luzifer und seine Heerscharen.« Frère Rémy stand auf und trat ans Fenster, als müsste er auf die aufgewühlte See schauen, um dort eine Entsprechung für das Toben in seiner Seele zu finden. »Deswegen bin ich hierhergekommen, nach Mont Saint-Michel, denn dieser Ort ist dem heiligen Michael geweiht, jenem Erzengel, der von Gott dazu auserwählt wurde, den abtrünnigen Erzengel Luzifer zu bekämpfen. Gleich nach Jesus Christus ist er der mächtigste Himmelsfürst, und seine Aufgabe ist es, den Menschen auf der Erde beizustehen, an ihrer Seite zu gehen und ihre Seelen auf dem Weg ins Jenseits, zu Gott, zu geleiten. Den Drachen in Schach zu halten. Kennen Sie die Offenbarung des Johannes? Die Stelle über den Kampf Michaels gegen den siebenköpfigen Drachen? Es ist ein schrecklicher Kampf, und der Drache ist ein gewaltiges Ungeheuer, dessen Schwanz die Sterne vom Himmel fegt und zur Erde stürzen lässt. Und dieser Kampf, diese Schlacht ist noch nicht vorbei, sie geht weiter bis in die Zukunft, bis zum Tag des Jüngsten Gerichts.«

Er drehte sich um und breitete verlegen die Hände aus. »Ich doziere schon wieder. Jedenfalls – hier hoffte ich die Kraft zu finden, der es bedarf, wenn man die Angreifer Gottes erforschen will, um sie bekämpfen zu können – das große Dunkel, die tiefe Leere, in der das Böse *ist* und aus der es immer wieder in die Seelen der Menschen aufsteigt.« Er schien seinen Worten nachzulauschen. »Wenn man es erforschen will, ohne selbst hineinzustürzen und für immer davon aufgesogen zu werden«, ergänzte er.

Er ging zum Stehpult, griff nach dem Handy und wählte. »Aber von Sankt Michael abgesehen hat mir auch das Motto der Brüder und Schwestern der Monastischen Gemeinschaften von Jerusalem gefallen: ›Sich nicht aus der Welt zurückziehen, sich aber hüten vor dem, was den Geist der Welt ausmacht.‹ Ich glaube, diesem Motto werde ich gerade wohl einigermaßen gerecht!«

Er wechselte ins Französische und sprach ins Handy. *»Jean-Jacques, le bâteau est preparée? Oui, elle est là. Non, sais pas. Il faut attendre.«* Er legte das Handy wieder zurück auf das Stehpult. »Ich habe einen Freund, einen Fischer, der Sie mit einem Boot an Land bringen wird, sobald Sie mit meinem Onkel gesprochen haben. Sie können nicht hierbleiben, es ist gegen die Klosterregeln, und nach Tagesanbruch kann ich mich nicht mehr für Ihre Sicherheit verbürgen.«

Ella sah auf ihre Uhr. Es kam ihr vor, als wäre viel Zeit vergangen, seit Frère Rémy sie unten im Dorf abgeholt hatte, aber es war noch nicht einmal Mitternacht. *Ich wünschte, er würde endlich anrufen,* dachte sie.

»Vielleicht ist es ja einfach so, dass es einen Gott gibt für die, die an ihn glauben, und für die, die nicht an ihn glauben, gibt es keinen«, gab sie zu bedenken. »Und das Böse ist nicht für alle gleich Luzifer, sondern einfach nur die Abwesenheit vom Guten. So wie Sie hier in der Welt sind, sich dem Geist der Welt aber nicht unterworfen haben. Und alles, was Sie göttliche Fügung nennen, hat sich durch das Zusammenwirken verschiedener Faktoren ergeben, von denen wir nur einen Bruchteil kennen.«

»Wieder Ihr Zufall?«

»Genau betrachtet ist es eher eine ganze Kette von Zufällen.«

Frère Rémy fuhr sich mit der flachen Hand über die nackte Kopfhaut. »Sie meinen wirklich, all das, was Ihnen in den letzten Tagen, vielleicht Wochen zugestoßen ist, was Sie hierhergebracht hat, ist nur eine Folge von Zufällen?« Auf einmal wirkte er fast wütend. »Wenn es um Leben und Tod geht, gibt es keine Zufälle mehr. Oder, anders ausgedrückt, je mehr auf dem Spiel steht, desto häufiger treten sie auf, so häufig, dass sie nicht mehr Zufälle genannt werden können. Meinetwegen zäumen Sie das Pferd auch von hinten auf: Je leichter die Gewichte sind, je weniger auf der Waagschale liegt, je geringer die Konflikte und bedeutungsloser die Krisen sind, desto weniger sogenannten Zufällen sehen Sie sich ausgeliefert. Und dafür gibt es einen Grund, nämlich den, dass Zufälle herbeigeführt werden. Nicht von Ihnen oder mir, nicht einmal von mächtigen Männern wie meinem Onkel. Sondern von den Hilfstruppen Gottes und des Teufels. Sie sehen also, auch die Häufung von Zufällen, wenn jemand so einen Kampf wie Sie aufnimmt, ist eine Art Gottesbeweis.«

Das Handy auf dem Stehpult gab einen leisen Summton von sich, aber er schien es nicht zu hören.

»Der ewige Kampf zwischen Gott und dem Teufel ist nämlich so gewaltig«, fuhr er fort, »dass die ihn gar nicht allein führen können, keiner von beiden. Jeder hat Hilfstruppen – Adjutanten wie Erzengel Michael, Generäle, eine Armee von Engeln und Dämonen, die immer wieder versuchen, den Verlauf der Schlacht zu beeinflussen, zu ihren Gunsten zu wenden, und zwar mit allen möglichen Tricks, manche davon ziemlich schmutzig. Mit Finten, mit überraschenden Schachzügen, mit Karten, die sie plötzlich aus dem Ärmel ziehen. Und genau das sind die sogenannten Zufälle, die unwahrscheinlichen Ereignisse, mit denen wir dann konfrontiert werden und die Sie Zusammenwirken verschiedener Faktoren nennen – Manöver und Gegenmanöver in der gigantischen Schlacht.«

Das Handy summte weiter, und noch immer schenkte er ihm keine Bedeutung. *Geh dran*, dachte Ella, *das kann doch dein Onkel sein!*

»Wenn also Ihr Leben jäh aus der Bahn geworfen wird«, redete Frère Rémy einfach weiter, »wenn rings um Sie völlig unerwartet die Erde bebt oder Leidenschaften auf dramatischste Weise explodieren, dann können Sie sicher sein, dass Sie unversehens in den Brennpunkt dieser Auseinandersetzung geraten sind, und genauso sicher können Sie sein, dass sie im selben Atemzug mit Zufällen nur so bombardiert werden.«

Das Handy hörte auf zu summen. Jetzt erst warf der Mönch ihm einen Blick zu, als verhielte es sich ganz seinen Erwartungen gemäß; er nickte sogar kurz und senkte die Stimme. »Und wenn ein mächtiger Mann wie mein Onkel den Kampf mit ebenso mächtigen Männern wie den anderen Mitgliedern des Konsortiums aufnimmt, dann haben auch hier beide Seiten Gefolgsleute und Helfer – Anwälte, Spezialisten, Detektive –, auf deren eigene Zukunft Sieg oder Niederlage ihres Anführers selbstredend nicht ohne Auswirkungen bleiben. Sie tun daher alles, damit ihre Seite gewinnt, setzen jedes Mittel ein, das ihnen zur Verfügung steht, offen oder heimlich, aber immer möglichst unerwartet, erschreckend, Furcht einflößend – Zufall um Zufall wird herbeigeführt. Denn Zufälle erfüllen uns immer mit Angst – der Angst davor, dass wir umgeben sind von übernatürlichen Mächten, deren Taten und Fähigkeiten unsere kühnsten Fantasien übersteigen. Und genauso ist es ja auch, denn mein Onkel, das Konsortium, Sie, ich, wir alle sind es, um die es in der großen Schlacht zwischen Gott und dem Teufel geht. Unsere Seelen sind es.«

Das Handy begann erneut zu summen, und diesmal reagierte er sofort. *»Oui.«* Eine andere Art von Röte trat auf seine Stirn, gefolgt von einem Lächeln, das aber gleich wieder erlosch.

Er sah Ella an, dann nickte er. »*Oui.*« Er reichte ihr das Handy und sagte: »Er möchte mit Ihnen reden. Aber er bittet Sie, weder seinen noch Ihren Namen zu sagen, am besten überhaupt keinen, den irgendein Satellitencomputer erkennen und herausfiltern könnte.«

Sie nahm das Handy und sagte: »Hallo?«

»Hallo«, antwortete eine weiche Stimme, die weit weg und

nicht ganz menschlich klang, als würde sie von einem Sprachprogramm hergestellt oder gehörte einer freundlich gesinnten außerirdischen Intelligenz. »I know who you are but not what you want.« Es gab keine Hintergrundgeräusche, keine brummenden Turbinen oder Düsen, nur die schwerelose Stimme aus dem All.

»Ich weiß auch, wer Sie sind«, sagte Ella, »weil ein Freund von Ihnen in Berlin mir alles über Sie erzählt hat. Und er hat mir einen Gegenstand übergeben, von dem es nur noch ein anderes Exemplar gibt, das, das Sie haben. Vor seinem Tod hat er mich gebeten, Sie darüber zu informieren, dass er seiner Aufgabe nicht mehr nachkommen kann, verstehen Sie? Der Aufgabe, die Sie ihm zugedacht haben für den Fall, dass Ihnen etwas zustößt.«

»Ich habe von seinem Tod gehört.« Die Stimme klang völlig emotionslos. *Er benutzt einen Sprachverzerrer*, dachte Ella. »Hat er Ihnen gesagt, worum ich ihn gebeten hatte?«

»Ja.«

»Trauen Sie sich zu, diese Aufgabe zu übernehmen, falls der erwähnte Umstand eintritt?«

»Nein.«

»Warum nicht?«, fragte die emotionslose Stimme nach einer kurzen überraschten Pause noch einmal.

Ella sagte: »Weil es unbedingt notwendig ist, dass Sie sich der Situation hier persönlich stellen. Hören Sie, es ist unbedingt notwendig, dass Sie Ihr Versteck verlassen und –«

»Warum?«, fiel die Stimme ihr ins Wort, jetzt nicht mehr ganz so weich.

»Weil die sonst Mado töten – Madeleine Schneider –«

»Keine Namen, bitte!«

Ella holte tief Luft. »Weil jemand, der Ihnen sehr viel bedeutet hat, sonst sterben muss.«

Diesmal war die Pause länger, und es klang, als würde der Stimmverzerrer nachjustiert, damit das Ergebnis menschlicher wirkte. »Die fragliche Person ist schon tot.«

»Nein. Sie ist in Paris. Sie wird von den Leuten von Roche … – *von den Leuten!* – in einer *Ihrer* Wohnungen gefangen gehalten. Ich habe sie mit eigenen Augen gesehen! Ich habe ihr damals in Berlin das Leben gerettet. Ich habe sie wiedererkannt.«

»Wenn das stimmt …«

»Es stimmt.«

»Wenn das wirklich stimmt, verändert es alles.« Eine noch längere Pause. »Wie kommt es, dass Sie die Person gesehen haben?«

»Sie haben mich entführt und zu ihr gebracht.« *Sie wollen mich auch töten, wenn Sie nicht tun, was von Ihnen verlangt wird.* »Sie wollten, dass ich es Ihnen erzähle, weil sie – sie dachten, mit mir würden Sie vielleicht reden.«

»Ich rede mit Ihnen.«

»Es geht um die Aktionärsversammlung Ihrer Bank am Freitag. Sie haben gesagt, sie wollen in jedem Fall vorher mit Ihnen sprechen. Sie sollen Kontakt mit ihnen aufnehmen, damit sie Sie von Ihrem Plan abbringen können.«

»Kann ich mich auf Sie verlassen?«, fragte die Stimme.

»Wobei?«

»Kann ich mich auf Sie verlassen?«

»Ja. Sie können sich auf mich verlassen. Allerdings …«

»Allerdings?«

»… wüsste ich gern, worum es überhaupt geht. Was war auf dem Stick? Was soll auf der Aktionärsversammlung –«

»Nicht am Telefon.«

Ella schwieg, und die nächste Pause dehnte sich so lange, dass sie schon dachte, die Verbindung wäre unterbrochen. Dann sagte die Stimme: »Ich möchte Sie kennenlernen. Sie haben lange durchgehalten. Halten Sie noch etwas länger durch, bitte. Haben Sie einen Wagen?«

»Nein.«

»Können Sie einen auftreiben?«

Ella sah Frère Rémy an und flüsterte: »Ein Wagen?« Der Mönch nickte eilig.

»Ich kann einen organisieren.«

»Gut, wir sprechen schon zu lange miteinander.« Die Stimme wurde schwächer, als entferne sie sich aus der Reichweite ihres Netzes. »Geben Sie mir eine Nummer, unter der ich Sie morgen Abend ab sieben Uhr erreichen kann. Ich bin nicht in Frankreich, aber ich werde einen Linienflug nehmen. Mit meiner Privatmaschine kann ich auf französischem Boden nicht unerkannt landen. Ich will auch nicht direkt nach Paris fliegen, dort gibt es zu viele Augen und Ohren. Ich werde Sie morgen Abend anrufen und Ihnen kurzfristig mitteilen, welche Maschine ich besteige und auf welchem Flugplatz in Ihrer Nähe sie landet. Da kommen Sie dann hin und holen mich ab. Geben Sie mir jetzt die Nummer.«

Ella gab ihm die Nummer ihres Handys, und danach sagte er: »*Thank you. Good night.*« Sie wartete, ob noch etwas nachfolgte, aber es kam nichts, und nach ein paar Sekunden sagte sie auch: »*Good night*«, und gab Frère Rémy das Handy zurück.

»Was hat er gesagt?«, wollte Lazares Neffe wissen.

»Er kommt.«

Sein Gesicht leuchtete auf, tatsächlich, sein ganzes Gesicht strahlte. »Das ist es – das ist das Wunder, auf das ich gewartet habe! Wollen Sie immer noch behaupten, es gäbe keinen Gott?«

»Ich hatte das Gefühl, er wäre so oder so gekommen«, sagte Ella. »Ich glaube, sein Entschluss stand schon vorher fest.«

»Und die Flut?«, fragte Frère Rémy.

»Was ist mit der Flut?«

Er breitete die Arme aus wie ein Magier, der vorführt, dass seine Hände nichts verbergen, was seinem überwätigendsten Zaubertrick als Erklärung dienen könnte. »Ist es für Sie auch nur ein Zufall, dass ausgerechnet in dieser Nacht das Meer die Insel umgibt? Nur zweimal im Monat haben wir Flut, und Sie kommen genau zum richtigen Zeitpunkt, um Mont Saint-Michel unbemerkt wieder verlassen zu können. Ihre Verfolger können den Damm kontrollieren, und sie könnten Sie entdecken, wenn Sie bei Ebbe über das Watt zu entkommen versuchen. Aber das Meer – das Meer bei Nacht können Sie nicht abriegeln! Kommen Sie, Doktor Bach, das Boot wartet schon …«

46

Heute Abend ist alles vorbei. Heute Abend treffen wir Raymond Lazare, und dann liegt alles in seinen Händen. Er wird tun, was nötig ist. Nur noch eine halbe Nacht und ein Tag und ein Abend, und alles ist vorbei, für immer. Heute Abend.

Ella saß an der Strandböschung und sah über die Bucht und das jetzt allmählich zurückweichende Wasser auf den goldenen Glanz, den die angestrahlte Abtei, die Kirche und das Kloster auf dem Berg aus dem Nachthimmel schnitten. Sie versuchte das Fenster der Zelle zu erkennen, in der sie eben noch gewesen war, aber sie konnte es nicht mehr finden. Sie kauerte reglos in der Kälte, und nach und nach erschien ihr alles wie ein Traum, die Begegnung mit dem jungen Geistlichen, das Telefonat mit seinem Onkel und die Fahrt mit dem Schlauchboot durch die Dunkelheit, ohne Licht und mit leise gedrosseltem Außenbordmotor.

Sie saß mit angezogenen Beinen da, weil ihre Füße eisig und nass waren. Sie hatte die Arme um die Beine geschlungen, die Hände ineinandergeschoben und den Kopf auf die Knie gelegt. Sie zitterte am ganzen Körper, als hätte sie Schüttelfrost. Sie dachte, wenn sie sich zusammenklappte wie ein Taschenmesser, wenn sie sich so klein wie möglich machte, fror sie vielleicht nicht so stark. Sie hörte den Wind im Strandhafer, und sie spürte ihn kalt am Nacken und unter ihrer Jacke.

Ganz am Ende der Bucht ragte in einigen Kilometern Entfernung ein viereckiger Leuchtturm auf, der in regelmäßigen Abständen weiße Blitze über das Meer und den Damm und die flachen Polder hinter ihr schickte. Das Leuchtfeuer erschien ihr jetzt tröstlicher als das Wunder aus Stein, das auf dem Felsenberg vor ihr aus dem Wasser wuchs.

Vor fast zwei Stunden war sie über die Schlauchwand des Zodiacs gestiegen und durch das seichte Wasser an Land gewatet, und als sie sich noch einmal umgedreht hatte, konnte sie das Boot schon nicht mehr sehen, nur sein Kielwasser, das in einem großen Bogen durch die Bucht führte, schimmernd wie Glaswolle. Da hatte der Anblick der Insel ihr den Atem verschlagen, und einen Moment lang dachte sie, *ja, Frère Rémy hat recht, es ist wirklich leicht*, »Wir sehen Gott, indem wir seine Schöpfung sehen, und wir erblicken den Teufel, indem wir erleben, wie seine Diener sie zu zerstören versuchen.«

Der Mönch hatte sie aus der Abtei durch den steil abfallenden Klostergarten auf der Nordseite der Insel hinunter geführt zu einem Streifen Brachland zwischen einer kleinen Kapelle und einem Brunnen. Mit flatternder Kutte und irrlichternder Taschenlampe war er flink wie eine Bergziege zwischen schroff aufragenden Granitbrocken und dichtem Dornengestrüpp vorangegangen zum Ufer, schweigend, ohne sie anzuschauen. Das Rauschen der Bäume am dunklen Hang war dem Zischen und Donnern der Brandung gewichen, und der geisternde Lichtstrahl der Taschenlampe in Frère Rémys Hand holte schwarzes Wasser und salpeterweißes Felsgestein aus der Finsternis. Dann hatte sich der runde Bug des Zodiac fast lautlos, aber heftig schwankend in den runden Flecken Helligkeit geschoben, gefolgt von den kräftigen Händen eines Fischers und einem bärtigen Gesicht, in dem die Augen gelblich glänzten.

»Gott sei mit Ihnen, Doktor Bach«, war alles gewesen, was der Mönch noch zu ihr gesagt hatte, bevor er dem Fischer mit der Lampe winkte und sie den heftig rollenden Wellen überließ.

An Land war sie dann in die Richtung gegangen, die der Fischer ihr gezeigt hatte. Kleine Krebse waren seitwärts aus dem Lichtkegel ihrer Taschenlampe geflohen, und aus dem hohen Gras und den Stranddisteln hatten fahle Augen ihr seelenlose Blicke zugeworfen. Mit nassen Schuhen und einer flackernden Taschenlampe in der klammen Hand war sie über das Marschland gestapft, und eine Zeit lang hatte ihr auch der Scheinwerferstrahl des Leuchtturms geholfen.

Es hatte eine ganze Weile gedauert, bis sie erkannte, dass sie sich verirrt hatte. Der Weg, von dem der Fischer gesprochen hatte, tauchte nicht auf, und vor ihr erstreckte sich nur farbloses, flaches Land ohne Orientierungspunkte. Einmal stieß sie an eine schwarze Hecke, der sie ein Stück weit folgte, bis sie merkte, dass sie sich zu weit vom Meer entfernte. Sie ging zurück, durch dasselbe eintönig graue Land und war wieder da, wo sie angefangen hatte. Kein Bauernhof, keine Scheune mit dem Renault Pritschenwagen, zu dem der Fischer ihr die Schlüssel gegeben hatte.

Die Batterie der Taschenlampe war ständig schwächer geworden. Nach einer weiteren halben Stunde hatte sie schließlich aufgegeben und sich an die Strandböschung gekauert. Das Wasser war immer weiter zurückgewichen, und das nasse Watt glitzerte im Mondschein. Der Scheinwerferstrahl des Leuchtturms kreiste wie ein bleicher Finger über der Bucht. Sie merkte, dass sie müde wurde. Schließlich holte sie ihr Handy heraus und drückte die Kurzwahltaste für Annikas Nummer. Es dauerte nur wenige Sekunden, bis eine verschlafene Stimme sagte: »Ella?«

»Ja. Habe ich dich geweckt?«

»Wo bist du?«

»Irgendwo in der Gnade Gottes.«

»Was heißt das denn?«

»Ich war auf Mont Saint-Michel, aber ein Fischer hat mich

mit einem Schlauchboot an Land gebracht, und jetzt bin ich hier am Ufer und warte darauf, dass es hell wird.«

»Hast du mit Lazare gesprochen?«

»Ja.«

»Was hat er gesagt?«

»Das erzähle ich dir, wenn ich dich abhole. Was ist mit Mado? Hast du etwas von Dany gehört?«

»Er hat vor ein paar Stunden angerufen, weil Mado nicht mehr in der Wohnung war. Sie haben sie woandershin gebracht, und er wusste nicht, wohin. Niemand von seinen Kontakten spricht mehr mit ihm.«

»Aber er sucht doch weiter?«, fragte Ella.

»Ja, er fürchtet nur, dass sie vielleicht nicht mehr lebt und dass du die Nächste sein könntest.«

Ella wurde elend zumute, und Annika merkte es und fragte schnell: »Wann kommst du?«

»Frère Rémy hat mir die Schlüssel zum Wagen eines Freundes gegeben«, sagte Ella, »aber ich muss warten, bis ich was sehen kann. Ich habe mich verirrt und sitze gerade mit kalten Füßen am Strand. Immerhin mit Blick auf Mont Saint-Michel bei Nacht.«

»Muss toll aussehen. An der Wand gegenüber von meinem Bett hängt ein Poster davon.« Ein Rascheln erklang, offenbar setzte Anni sich auf und knipste die Nachttischlampe an. »Denkst du, dass sie den Citroën beobachten?«

»Und ob. Außerdem könnten sie uns damit überall orten.«

»Sie werden mit allen Mitteln versuchen, uns zu finden, nicht?«

»Und ob.«

»Hast du Angst?«

»Dazu bin ich zu kaputt.«

Annika schwieg eine Sekunde. »Ich habe Angst«, gestand sie.

»Uns wird nichts passieren.«

»Woher weißt du das?«

»Gott ist auf unserer Seite«, sagte Ella ausdruckslos.

Annika sagte nichts, aber es hörte sich an, als schlucke sie.

»Ist auf deinem Poster auch ein Leuchtturm?«, fragte Ella.

»Nein. Nur die Insel.«

»Mit Leuchtturm ist es doppelt so schön.«

Einen Moment lang sagten beide nichts, und Ella hörte nur Annikas leises Atmen und das Flüstern des Wassers, das sich über das Watt zurückzog, und ein paar Sekunden lang war ihr nicht mehr kalt.

Dann sagte Annika: »Ich muss weiterschlafen. Gute Nacht, Leuchtturm.«

»Gute Nacht, Insel.«

Ella steckte das Handy ein. Sie dachte noch, dass sie wer weiß was darum gäbe, jetzt auch in einem warmen Bett zu liegen, als sie eine Stufe hinunterfiel, wo gar keine war. Sie fing sich mit einem Ruck, der fast schmerzhaft war, aber dann fiel sie wieder, und diesmal fing sie sich nicht. Sie träumte, sie läge zusammengekauert unter einer Düne am Strand, zitternd vor Kälte, und als sie aufwachte, zitterte sie immer noch, bloß dass sie auf der anderen Seite lag als im Traum, und es wurde gerade hell. Zwischen Disteln und Strandflieder glänzten im Watt silberne Tümpel, zurückgelassen von der Flut. Der Damm zur Insel lag leer im ersten Licht unter einem knochenweißen Himmel, und nach und nach erloschen die Scheinwerfer, die den Bauwerken auf dem Mont Saint-Michel ihren goldenen Glanz verliehen hatten.

Ella stand auf. Ihre Glieder waren starr, und eine Zeit lang fühlte sie ihre Füße und Hände nicht. Die nassen Kleider klebten an der Haut. In ihrer rechten Hosentasche spürte sie einen kalten Druck: die Schlüssel für den Renault. *Zwei Kilometer die Küste hinauf*, dachte sie; *das schaffst du noch.* Jetzt, bei Licht, konnte sie ihre eigenen Spuren im Sand sehen und stellte fest, dass sie nachts erst ein Stück weit den richtigen Weg eingeschlagen hatte, bevor sie der Hecke in die falsche Richtung gefolgt war.

Sie ging los. Ein Graureiher, der sie im Strandhafer stehend beobachtet hatte, stieg mit einem lang gezogenen Schrei auf und flog über das Watt davon. Sie kletterte die sanft ansteigende Böschung hinauf. Der Geruch nach Seetang und Salz war sehr stark. Unter ihren Schuhen knirschten kleine Muscheln. Oben angekommen, packte der kalte Wind sie so heftig, dass sie Schwierigkeiten hatte, zu atmen.

Die Farben der Küste – rostiges Braun, mattes Grüngelb, stählernes Blau – hatten die letzten Schleier der Nacht abgeworfen. Weit draußen war das Meer eine dünne silberne Linie. Über dem Horizont ballten sich schwarze Gewitterwolken, die nicht näher kamen. Davor hing das Morgenlicht wie ein blendender Gegenstand, weiß und dicht.

Ella schob die Hände in die Jackentaschen und wandte sich nach links. Ihre Schritte raschelten im hohen Gras. Sie folgte der Hecke in die andere Richtung und stieß auf den Weg, von dem der Fischer gesprochen hatte. Zwischen zwei niedrigen Mauern aus unbehauenen Steinen führte er von dem Leuchtturm weg zu einer Ansammlung niedriger Häuser. In der Ferne konnte sie die Dächer sehen, graue Schindeln und Stroh, das in der Feuchtigkeit schwarz geworden war. Keine Männer, keine Frauen, nur wei-ße Möwen in der Luft und das Bellen eines einzelnen Hundes.

Ella marschierte mit gesenktem Kopf, denn das scharfe Seelicht blendete sie, obwohl die Sonne gerade erst aufging. Mechanisch setzte sie einen Fuß vor den anderen. Die Kälte versteinerte ihr Gesicht. Ihre Augen brannten. Dann entdeckte sie das Gehöft, das etwas abseits von den anderen Häusern stand, und es sah genauso aus, wie Frère Rémy es beschrieben hatte. Als sie nah genug war, konnte sie auch den ramponierten, burgunderfarbenen Renault Pick-up in der offenen Scheune sehen. Sie holte den Schlüssel aus der Tasche und hielt dabei Ausschau nach den Leuten, die den Hof bewohnten. Als sie die Scheune erreicht hatte, rief sie: »Hallo? Hallo?!« Kein Fenster ging auf, keine Tür öffnete sich.

Sie stieg in den unverschlossenen Wagen, startete den Motor und fuhr den Renault aus der Scheune. Sie hupte zweimal. Als sich noch immer niemand zeigte, steuerte sie den Pick-up vom Hof und über den Feldweg zur Straße nach Pontorson. Sie drehte Heizung und Gebläse ganz auf. Im Handschuhfach fand sie eine halbe Tafel Schokolade mit Nüssen, die sie heißhungrig verschlang, ohne sie ganz auszupacken oder einmal aus der Hand zu legen.

Scheppernd schaukelte der Renault über den feuchten Feldweg. Das Lenkrad bockte in Ellas Händen, und der Wagen rutschte immer wieder in den ausgefahrenen Furchen hin und her. Angestrengt starrte sie durch die schmutzige Windschutzscheibe, in der sich das Sonnenlicht brach. Als sie die befestigte Straße erreichte, trat sie das Gaspedal durch. Im Rückspiegel konnte sie noch eine Zeit lang den Mont Saint-Michel und das goldene Schwert des heiligen Michael auf der Spitze der Abteikirche blitzen sehen, doch dann verschwand es in den heranziehenden Gewitterwolken.

Die Septembersonne wirkte zu schwach, um es bis in den Zenit zu schaffen. Im Gegenlicht stießen Möwen aus dem Himmel herab auf den Schlick. Der kalte Wind rannte gegen den Wagen an, aber im Inneren spürte Ella jetzt nichts mehr davon. Sie blinzelte.

Sie holte ihr Handy heraus und wählte die Nummer, die Dany ihr gegeben hatte, bevor er nach Paris zurückgefahren war. Sie wollte nicht mit ihm reden. Sie hoffte, dass er eine Mailbox hatte, auf die sie sprechen konnte. Sie hörte seine Stimme, die nur seinen Namen sagte, sonst nichts. »Dany?« Ein

Pfeifton stach ihr ins Ohr. »Ella hier. Anni hat mir erzählt, dass du – ich wollte nur sagen, bitte, tu, was du kannst, um Mado zu finden – sie hat es verdient, zu leben – ich will nicht, dass die sie umbringen – oder mich – aber vor allem sie –« Mehr fiel ihr nicht ein, und mehr wollte sie auch nicht sagen. Sie unterbrach die Verbindung.

Sie fuhr einige Kilometer durch die flache Küstenlandschaft. Vom Meer trieb Nebel heran, der das Sonnenlicht aufsog. Wie feiner Goldstaub glühte er rings um den Wagen. Als sie die Häuser von Pontorson erreichte, änderte sich das Wetter wieder, und der Nebel löste sich auf, dafür kamen die schieferfarbenen Wolken näher. Sie schoben sich vor die Sonne, und ein paar Minuten später begann es zu regnen.

Der Regen wurde zu einem Wolkenbruch. Die Scheibenwischer des Renault kapitulierten vor den herabstürzenden Wassermassen, sodass Ella den Wagen kurz vor der Auberge Saint Michel an den Straßenrand lenkte und anhielt, um zu warten, bis das Unwetter vorüber war. Das Fenster auf der Fahrerseite des Renault schloss nicht richtig. Wasser lief über die Scheibe und dann an der Tür herunter. Ein vorbeirauschender Pilgerbus pflügte Gischt gegen die Karosserie des Wagens. Nach fünf Minuten ließ das Unwetter nach, und die Scheibenwischer eroberten sich einen Teil der Frontscheibe zurück. Mit dem Jackenärmel wischte Ella die beschlagene Innenseite über dem Lenkrad frei.

Annika stand auf der Treppe vor dem Hotel, gehüllt in den ersten blassen Sonnenstrahl nach dem Regen. Sie winkte. Ihr lächelnder Mund war rot wie frisch ausgespuckte Lava.

47

Es war 20:47, und Ella wusste, dass sie es nicht mehr rechtzeitig schaffen konnten. »Wir kommen zu spät«, sagte sie. »Wir verpassen ihn!« Sie steuerte den Pick-up von der Zubringerstraße auf den Besucherparkplatz und suchte eine Lücke zwischen den abgestellten Fahrzeugen.

Der Anruf war kurz nach 19 Uhr gekommen, und Ella hatte sich sofort gemeldet, denn sie saß bereits hinter dem Steuer, und das Handy lag griffbereit in ihrem Schoß. »St. Jacques Aeroport Rennes«, hatte Raymond Lazare gesagt, jetzt ohne jede mechanische Verzerrung. »Der Iberia-Flug aus Madrid um 20:45. Falls wir uns am Gate verfehlen, treffen wir uns beim Eingang zur Flughafenambulanz.«

»Wie erkenne ich Sie?«, hatte Ella sich erkundigt. »Sehen Sie noch so aus wie auf den Fotos?«

»Nein. Ich –« Lazare hatte einen Moment geschwiegen, als koste es ihn Überwindung, eine Beschreibung von sich zu geben. »Ich trage einen beigen Anzug, einen roten Schal, eine rote Baseballkappe und hellbraune Reeboks.«

»Ich komme nicht allein«, hatte Ella gesagt. »Ich habe eine Freundin bei mir.«

»Vertrauen Sie ihr?«

»Absolut.«

»Beschreiben Sie sie.«

Ella hatte Annika beschrieben, und dann war sie losgefahren, auf der Route Nationale 175 nach Rennes. Unterwegs hatten sie noch einmal versucht, Dany anzurufen. »Was Neues, eine Frauenstimme«, hatte Annika erklärt, während sie zuhörte. »Jetzt kann man nicht mal mehr eine Nachricht hinterlassen. Vielleicht hat er aus irgendeinem Grund das Handy gewechselt. Mach dir keine Sorgen.«

»Ich mache mir aber Sorgen«, hatte Ella gesagt und gedacht, *was mache ich, wenn er nicht anruft oder wenn er Mado nicht rechtzeitig findet? Was mache ich dann?*

Eine knappe Stunde Fahrzeit später standen sie im Stau. Kurz vor der Abfahrt zum Flugplatz hatte es auf dem Ring einen Unfall gegeben, und die Straße war in beide Richtungen gesperrt, Schlangen wartender Fahrzeuge, Polizei, Feuerwehr, Notarzt, *die reine Poesie!* Annika hatte neben ihr gesessen, blass und angespannt. Einige Minuten lang hatten sie auf die Männer gestarrt, die sich in dem Geflacker blauer und roter Blitze um die Unfallopfer zu kümmern schienen. »Vielleicht ist das gar kein Unfall«, hatte sie gesagt.

»Was soll es denn sonst sein?«

»Eine Straßensperre. Du wirst doch gesucht, oder nicht? Und bestimmt haben die ihre Leute auch bei der französischen Polizei.«

Paranoia, hatte Ella gedacht, und sie dachte es noch immer, als sie den Renault jetzt in eine Parklücke manövrierte. Trotzdem hatte sie das Steuer scharf eingeschlagen und Gas gegeben, um von der Fahrbahn die Böschung hinunterzuholpern. Dann hatte sie den Renault mit Vollgas über die Wiese neben der Straße gesteuert, bloß dass sie noch immer spät dran war, denn jetzt zeigte die Uhr am Armaturenbrett 20:51. Sie sprangen aus dem Fahrerhaus und rannten auf die hell erleuchteten Betonflügel des Flughafengebäudes zu.

Vor dem Ausgang der großzügig verglasten Halle bestieg ein Pilgertrupp einen klimatisierten Überlandbus mit der Aufschrift *Sacred Tours*, der bei laufendem Motor wartete, um sie nach

Mont-Saint-Michel zu bringen. Es waren fast ausschließlich Amerikaner und ein paar Japaner – erschöpfte Männer und Frauen in ausgebeulten Jeans, mit Golfhüten, Windjacken, karierten Hemden oder Sweatshirts. Einige trugen Baseballkappen mit der Aufschrift *Saint-Michael.* Fast jeder hatte einen Fotoapparat oder eine Videokamera umgehängt. Ein paar stützten sich auf Gehstöcke oder Krücken, aber alle schleppten Rucksäcke, Sporttaschen oder mit Dutzenden von Aufklebern verzierte Plastikkoffer zum Kofferraum des Busses. Ein junger Reiseführer stand mit einem zusammengerollten Banner neben der Tür und half den älteren Pilgern in den Bus.

»Pardon!« Ella drängte sich durch den Pulk zur Eingangstür, zog Annika hinter sich her. Sie stürzte in die Halle, und ihr Blick flog hoch zur elektronischen Tafel oben an der Wand hinter dem Eingang. Der Iberia-Flug aus Madrid war für 21:05 angekündigt. »Verspätung!«, rief Ella erleichtert.

Sie liefen durch die Eingangshalle zum Ankunftsgate. Ella suchte einen Platz am Aussichtsfenster, von dem aus sie die Start- und Landebahnen im Auge behalten konnten. Bis auf die Scheinwerfer der Düsenjets und die Rollfeldbeleuchtung lag die Piste in nächtlicher Dunkelheit. In der Fensterscheibe spiegelte sich die nur schwach belebte Halle. Im Licht der hoch oben an der Decke angebrachten Lampen wirkten alle ein wenig kränklich, die wartenden Fluggäste, das hin und her eilende Flughafenpersonal, die Verkäuferinnen im Duty-Free-Shop die mit verkniffenen Mienen herumstehenden Flics, die ankommenden Passagiere und die Freunde und Verwandten, die sie abholen wollten.

Eine harte weibliche Stimme verbreitete über die knisternde Lautsprecheranlage Informationen, die Ella nicht verstand, weder auf Französisch noch auf Englisch. Sie versuchte, etwas herauszuhören, einen Namen, einen Ort.

»Frage«, sagte Annika. »Was machen wir, wenn wir Lazare

nicht erkennen, trotz seiner Beschreibung? Ihn über Lautsprecher ausrufen lassen? *Passenger Lazare, arrived with Iberia Flight 123 from Madrid, please come to the information desk immediately. Passenger Raymond Lazare from Madrid …*«

»*Quite funny*«, sagte Ella. »Er hat gesagt, dass wir uns in so einem Fall am Eingang der Ambulanz treffen, da wäre nie etwas los.« Immer wieder schaute sie auf ihre Armbanduhr, von dort zur Flughafenuhr an der Decke und hinaus aufs Rollfeld, in den nachtblauen Himmel über dem erleuchteten Tower. Ganz weit oben glaubte sie, vereinzelte Sterne erkennen zu können. Annika ging mit ihrem Gesicht so dicht an die Scheibe, als wäre sie ein Schminkspiegel. »Sieh uns an«, sagte sie. »Ein ganzer Tag im Hotel mit Baden, Haarewaschen und Schminken verbracht, und wir sehen immer noch aus wie Thelma und Louise kurz vor ihrem Absprung in den Grand Canyon.«

»Es war kein sehr gutes Hotel«, sagte Ella.

Dann endlich sank weit hinten über der Ebene eine zweistrahlige Boeing 737 aus dem Abendhimmel und schwebte auf die beleuchtete Landebahn zu. »Ist sie das?«, fragte Annika. »Ist das der Flug aus Madrid?«

»Müsste er sein«, sagte Ella. Sie ging an der Glasfront entlang bis zum Ende der Halle, wo sie die Passagiere ankommen sehen konnte, wenn sie die Maschine verließen. *Roter Wollschal, rote Baseballkappe, beiger Anzug.*

Eine weitere Schar Pilger marschierte durch die Halle wie die Nachhut einer geschlagenen Armee. Ein junger Mann in Jeans und einer braunen Lederjacke kreuzte ihren Weg, ohne sie zu beachten. Sein Gang ähnelte dem eines Soldaten auf dem Kasernenhof. Aber für einen Soldaten hatte er zu lange Haare, schwarz und lang wie ein Indianer auf einem Gemälde mit einem Motiv aus dem Wilden Westen. Seine Haut war dunkel, glänzend.

Seine Augen flogen unruhig hierhin und dorthin, als hörte er von überallher die Schritte unsichtbarer Feinde – Jägeraugen, grün wie Flaschenglas und von fiebriger, leuchtender Intensität. Aber in seinem maskenhaft starren Gesicht lag keinerlei Gefühl, weder Angst noch Zorn, nichts Lebendiges. Ein Mensch, der dazu da war, andere Menschen zu töten, nicht aus eigenem Antrieb, sondern auf Befehl, auf ein Kopfnicken, ein Fingerschnippen.

»Hast du den gerade gesehen?«, fragte Annika. »Ich habe auf einmal so ein komisches Gefühl.« Sie blinzelte. »Riechst du das auch? Diesen süßen Bohnerwachsgeruch?« Es kam ihr vor, als hätte das Licht sich verändert. Es war heller da, wo sie stand, hell und fast flirrend, dafür sammelte sich in den Ecken der Halle die Dunkelheit.

Das Rollfeld glänzte silbrig, als die Scheinwerferkegel des landenden Jets der Iberia auf den Beton fielen. Der Lärm der Düsen legte sich Ella wie eine Klammer um die Brust. Die Lampen zu beiden Seiten der Landebahn verblassten vor der Boeing, aber da, wo die mächtigen Gummireifen des Fahrwerks die Piste berührten, leuchtete der aufgewirbelte Staub. Die Bremsklappen kippten nach unten. Der Umkehrschub der Turbinen ließ die Luft flimmern. Das Bodenpersonal klettert auf die Wartungsfahrzeuge; ein Schlepper zog die Gangway zur Parkposition des Flugzeugs.

Bohnerwachs mit Erdbeeraroma, dachte Annika, aber es war gar kein Geruch, es lag auf ihrer Zunge; ein Geschmack, viel zu süß für Erdbeeren. Der rosarote Nebel breitete sich aus, wurde immer dichter. Er war schon bei Ella, kroch um sie herum.

»Was hast du denn?«, fragte Ella.

»Siehst du den Mann da?«, fragte Annika.

Der Mann trug einen grauen Gabardineanzug und wartete an der hydraulischen Schiebetür, durch die Passagiere die Halle betreten mussten. Er stand mit dem Rücken zu ihr, sodass sie sein Gesicht nicht erkennen konnte. Eben war er noch nicht in der Halle gewesen, und sie hatten ihn nicht kommen sehen. Er stand ganz ruhig, wie ein Jagdhund, der auf den Befehl zum

Apportieren wartete. In seinem rechten Ohr steckte ein Knopf, von dem ein dünnes Kabel seinen Hals hinunterführte und im Kragen verschwand.

Sie sind hier, dachte Ella; *ich weiß nicht, wie sie das geschafft haben, aber sie sind hier.* Sie ließ den Mann nicht aus den Augen. *Zeig mir dein Gesicht. Bitte, dreh dich um und lass mich dein Gesicht sehen.*

Er bewegte sich, als hätte er ihre Gedanken gehört, wandte den Kopf jedoch nicht.

Kennen Sie das Märchen vom Hasen und dem Igel? Geben Sie sich keine Mühe, zu rennen. Wir sind immer schon da. Und wenn wir nicht da sind, wissen wir, wo Sie *sind.*

Sie holte ihr Handy heraus und tippte die Mobilnummer ein, die der Bankier ihr vor zwei Stunden gegeben hatte. Das Freizeichen ertönte – einmal, zweimal, dreimal, viermal. Sie spürte, wie ihr der Schweiß ausbrach. Das Klingeln ging weiter – fünfmal, sechsmal, siebenmal. Niemand meldete sich. In Gedanken hatte sie schon Lazares leise Stimme gehört: *Hallo, ja, wir sind gerade gelandet. In einer Viertelstunde ist alles vorbei.*

Annika beobachtete abwechselnd Ella und die Männer in der Halle. Es schienen immer mehr zu werden. Gleichzeitig kam es ihr vor, als ziehe sich der riesige Raum langsam um sie zusammen, die Pilger, das lustlose Flughafenpersonal, die Sicherheitskräfte. Der flirrende rosa Nebel kroch über den Hallenboden wie Gas. Ein Gewicht lag auf ihrem Magen, doch dort blieb es nicht, es stieg in ihrer Brust nach oben und drückte auf die Lunge, als bekäme sie zu wenig Luft. Sie spürte, wie ihr Herz sich gegen den Druck auf die Lungen wehrte; es begann zu rasen. *Du darfst dich nicht aufregen. Beruhige dich.*

Ella hörte nur das Freizeichen – achtmal, neunmal, zehnmal. *Geh dran, mach schon, ihr seid doch gelandet, ihr müsst doch bald aussteigen.* Aber die Leitung blieb frei. Da, endlich ein Knacken. »Monsieur Lazare!?«, rief sie, doch sie hörte nur eine Frauenstimme, die sagte: *»The person you've been calling is temporarily not available«,* und Ella unterbrach die Verbindung.

»Was ist los?«, fragte Annika. Sie fummelte ihre Tabletten aus der Jackentasche. Sie schüttelte zwei aus dem Döschen auf ihren Handteller, warf sie in den Mund.

»Lazare meldet sich nicht«, sagte Ella. *Niemand meldet sich mehr.* Ihre Hand schmerzte, so heftig hatte sie das Handy umklammert. »Siehst du den Mann da an der Passagierschleuse? Ich glaube, das ist einer von ihnen. Und der da hinten in der Halle auch.« Sie deutete auf die Scheibe, dorthin, wo sie die Reflexion des Mannes mit den Indianerhaaren zuletzt gesehen hatte.

Ella wirkte fremd und etwas verzerrt, sie schien sich vor- und zurückzuneigen, obwohl sie aufrecht stehen blieb. Sie schaute gleichzeitig auf die Rollbahn hinaus und in die Halle und auf ihr Handy, und wenn sie sich bewegte, konnte Annika die Schleifspuren der Bewegungen im Licht sehen, Millimeter für Millimeter. Ellas Stimme dröhnte in ihren Ohren, aber im nächsten Augenblick konnte sie ihre Worte kaum verstehen. Plötzlich wurde ihr schlecht, die Beklemmung in ihrer Brust war jetzt so heftig, als müsste sie sich gleich übergeben. »Ich sehe noch mehr«, sagte sie.

Der Mann mit den Indianerhaaren war zwischen den Pilgern verschwunden. Dafür entdeckte Annika jemand anderen, am Durchgang zu den Gepäckbändern: eine Gestalt, die zu ihr herüberstarrte, einen großen rosa Fleck im Gesicht. Sie stieß Ella an. Ella starrte weiter in die Scheibe, in der sie die Gestalt auch sah, und dachte, *sie müssen unser Telefonat abgehört haben. Aber dann wissen sie auch, dass du da bist, um Lazare abzuholen. Sie wissen es, und trotzdem haben sie nichts unternommen.*

Noch einmal dachte sie: *Sie wissen, dass du da bist, und sie haben nichts unternommen.*

Draußen dockte die Gangway an der Ausstiegsluke des Jets an. Der Rumpf der Maschine glänzte im Licht der Rollfeldbeleuchtung. Die Tür wurde zur Seite geschoben, und eine Flugbegleiterin streckte den Kopf heraus. An den abgerundeten Fenstern zeigten sich die Köpfe der Passagiere.

Annika war leicht schwindlig, und es schien, als wäre der Boden der Halle nicht ganz gerade. Sie rang um Luft. Der Druck hatte ihre Lunge erfasst und presste nun auch ihren Schädel zusammen, schien ihn zu verformen. Sie schüttelte sich wie ein nasser Hund, um den Druck loszuwerden. Die Tabletten wirkten nicht; warum wirkten sie ausgerechnet jetzt nicht?

Ella starrte auf die Luke, wartete auf den Mann mit dem roten Schal und der roten Baseballkappe. Die Wartungsfahrzeuge und der Gepäckwagen fuhren in einem großen Bogen um den geparkten Jet herum.

Erneut wählte Ella Lazares Nummer. Sie stellte sich vor, wie sein Handy an seiner Brust summte oder vibrierte, da brach das Freizeichen ab, und die Frauenstimme meldete sich: *»The person you've been calling is temporarily –«*

»Scheiße!« Ella stieß das Handy in die Jackentasche zurück. »Anni, wenn ich ihn nicht ans Handy kriege, muss ich raus aufs Rollfeld, um ihn zu warnen, bevor er das Gebäude betritt.«

»Ja«, sagte Annika, »natürlich«, obwohl sie nichts verstanden hatte. Sie hörte Ella reden, und in dem dichten rosaroten Nebel sah sie die Worte sogar aus ihrem Mund kommen, verschwommen, unverständlich: Sie flatterten in dem flirrenden Lichtschein, bis sie zu glühen schienen. Dann flogen sie zu all den gefährlichen Männern, die in der Halle standen und gingen, und dabei flackerten sie wie Dutzende kleiner roter Flämmchen, und im nächsten Moment flackerten auch die Männer, zusammengesetzt aus tausend funkelnden Punkten und Pixeln.

»Ist dir nicht gut?«, fragte Ella noch einmal.

»Nein, ich glaube, ich muss mich hinlegen«, antwortete Annika und ging davon, ohne sich umzusehen. Sie steuerte den

Gang zur Toilette an, lief mitten in den nächsten Wallfahrerpulk hinein, wo Ella sie aus den Augen verlor.

Die Wallfahrer strömten dem Ausgang zu, während eine andere Reisegruppe gerade durch den Eingang tröpfelte. Ein Geistlicher und zwei Flugbegleiterinnen eskortierten die Gruppe zu einer links neben dem Ausgang gelegenen Ecke, an der ein Schild mit der Aufschrift *Sacred Tours* aufgestellt worden war. Einer der Männer stimmte ein Lied an: *Yes, Jesus loves me, the Bible told me so.* Müde fielen die anderen ein, schienen aber mit jeder Silbe wieder aufzuleben und mit fröhlichem Mut in die Zukunft zu schreiten.

Der Mann in dem grauen Gabardineanzug lenkte Ella ab. Er bewegte sich abrupt, wandte kurz den Kopf. Sie konnte ihn nur im Profil sehen, aber sie erkannte ihn sofort wieder. Er war auch auf Mont Saint-Michel gewesen, einer der Männer auf der Grande Rue. Sein Gesicht hatte sie im Dunkeln kaum richtig gesehen, doch das tote Auge ließ keinen Zweifel zu: Wie gestern Abend blickte es sie mit einem fahlen, perlmuttartigen Schimmer an wie das einer gekochten Forelle.

Sie wandte rasch den Kopf, schaute wieder nach draußen aufs Rollfeld und gleichzeitig auf die in der Scheibe gespiegelte Halle. Die Wallfahrer bildeten einen Pulk, in dessen Mitte Annika verschwunden war. Auf dem Tower waren zwei weitere Männer in Position gegangen. Sie standen an der Fensterfront, kleine schwarze Silhouetten, und beobachteten die Luken des geparkten Jets. Einer von ihnen sprach offenbar in ein Walkie-Talkie, der andere führte ein Fernglas an die Augen.

Was ist da los?, dachte Ella. Das Gefühl, in der Falle zu sitzen, wurde plötzlich übermächtig. *Es ist alles umsonst,* dachte sie, *du wirst hier nicht mit heiler Haut herauskommen, du nicht und Anni auch nicht.*

Aber dann wusste sie plötzlich, dass es gar nicht mehr um sie ging; es ging auch nicht mehr nur um Anni oder Mado, nicht einmal um Lazare. Es ging schon immer um einen höheren Einsatz. Sie hatte geglaubt, sie könnte entscheiden, aber die Entscheidungen waren ihr längst aus der Hand genommen worden.

Und trotzdem musste sie es versuchen. Sie bewegte sich zu der Passagierschleuse, dorthin, wo der Mann mit dem wie blind wirkenden Forellenauge gestanden hatte, und glitt langsam an der Glasfront entlang zu der hydraulischen Tür. *»Pardon, Madame, excusez-moi!«*, rief ein Mann in der Uniform der Flughafensicherheit. *»Madame, où vous allez?! Madame – Madame – C'est interdit!«*

Ella ging weiter, als hätte sie nicht verstanden, den Kopf leicht gesenkt. *Nicht stehenbleiben,* sagte sie sich; *nichts Böses hören, nichts Böses sehen, nichts Böses sprechen.* Sie erreichte die Schleuse. Noch immer verließen die Passagiere das Flugzeug nicht, obwohl die Gangway bereits angedockt hatte.

»Madame? Pardon, Madame! Can you understand me, madam? Stop!«, rief der Sicherheitsmann. Mit ein paar schnellen Schritten war er bei Ella und ergriff ihren Arm, um sie festzuhalten. *»Madame?!«*

Plötzlich entstand Unruhe in der Halle hinter ihnen. Die Pilger wichen auseinander und gaben den Blick auf Annika frei. Ihre Schultern schienen sich zu heben und zu senken, und ein Schütteln durchlief ihren ganzen Körper. Ihr Kopf ruckte nach hinten, das Haar flog ihr um ihren Hals, und als der Kopf wieder nach vorn zuckte, war ihr Gesicht so fremd wie das einer Wildkatze. Ihre Sehnen waren angespannt und hart. Dünner Schaum trat ihr auf die Lippen, während sie vor sich ins Leere starrte, ganz auf eine ungeheure Kraftanstrengung konzentriert – die Anstrengung, den Boden festzuhalten, auf dem sie stand.

Ella riss sich los. »Anni!«

Annika hörte ihren Namen, aber sie war zu glücklich, um zu

schauen, wer nach ihr rief. Sie stand inmitten der um sie wirbelnden Pilger, und auf einmal wurde sie in einen grellen Blitz getaucht, der von nirgendwoher kam. Er war so hell, dass er sie blendete. Der Druck auf ihren Kopf und ihre Brust löste sich jäh in nichts auf, und ihrer Kehle entrang sich ein Schrei herrlicher Erleichterung, als würde ihre Lunge in Fetzen gerissen. Ihr Körper bäumte sich in einem Krampf auf, der sie von den Füßen zu reißen schien. Sie wurde gegen den Boden geschleudert und schlug mit dem Kopf auf den Marmor, und das Licht erlosch.

Ella rannte. Sie rannte quer durch die Halle, und als sie Annika erreichte, durchsuchte sie hastig die Taschen der schwarzen Lederjacke nach ihren Medikamenten. Ein trockener, heißer Geruch stieg von Annika auf wie von Feuerstein in der Sonne. In der linken Jackentasche entdeckte Ella ein Plastikdöschen mit einem Antiepileptikum in Tablettenform und ein kleines Fläschchen mit einem Antikonvulsivum. Sie kauerte sich neben Annika, bettete ihren Kopf auf ihre Schenkel und schob zwei Finger in Annis Mund, um die Zunge aus dem Rachen zu ziehen. Sie schraubte das Fläschchen auf, hielt den Mund mit der einen Hand geöffnet und träufelte mit der anderen einige Tropfen in Annis rechte Wangentasche. Dann wischte sie ihr das Kinn ab.

Die Pilger standen schweigend um sie herum. »Sanitäter!«, rief Ella. »*Call a doctor, please! Un médecin!*«

Sie hörte, wie die Triebwerke des geparkten Jets ausgeschaltet wurden und versuchte, zwischen den Pilgern hindurch einen Blick aufs Rollfeld zu erhaschen. Sie sah wie die ersten Passagiere das Flugzeug verließen und die Gangway herunterkamen, wo der Shuttlebus auf sie wartete. Zwei Männer in dunklen Anzügen mit Aktenkoffern machten den Anfang, der erste trug einen Trenchcoat über dem Arm und presste bereits sein Handy gegen das Ohr.

Annikas Lider flatterten, ihr Kopf bewegte sich auf Ellas

Schenkeln. Sie öffnete die Augen. Ihr Gesicht hatte einen erschöpften, müden Ausdruck, als wäre sie sehr weit weg gewesen, ohne zu wissen, wie sie dorthin und wieder zurückgekommen war. »Wo bin ich?«, fragte sie.

Zwei Sanitäter mit einer Trage standen plötzlich neben Ella. Sie stellten die Trage ab und fragten etwas auf Französisch, das sie nicht verstand. »Épilepsie«, sagte sie aufs Geratewohl. *»Elle est malade –«*

»Ah, je comprends«, sagte der Sanitäter.

Annikas Blick wanderte von Ella zu dem jungen Mann. *»Je suis fatigué«*, murmelte sie.

»Kann ich dich allein lassen?«, fragte Ella.

»Natürlich«, flüsterte Annika, »hau schon ab.«

Ella sprang auf und hastete zu der Personenschleuse zurück, an der sie von dem Sicherheitsmann aufgehalten worden war. Gerade betrat ein Flughafenangestellter die Schleuse. Der Sicherheitsmann achtete jetzt nicht mehr auf Ella, sondern blickte neugierig zu Annika und den Sanitätern hinüber. Ella wartete, bis der Flughafenangestellte die Schleuse verlassen hatte, dann schlüpfte sie nach draußen aufs Rollfeld, bevor die Tür sich wieder schloss. Der Nachtwind war kühl und scharf.

In kleinen Trauben tröpfelten die letzten Passagiere des Iberia-Flugs die Gangway hinunter. Als Ella schon dachte, sie hätte Lazare verpasst, sah sie ihn: Ein bärtiger Mann in einem hellen Anzug verließ das Flugzeug, auf dem Kopf eine rote Baseballkappe. Er blieb ein paar Sekunden oben auf der Treppe stehen, bevor er sich daranmachte, die Stufen herunterzusteigen.

Ella warf einen Blick hinauf zum Tower. Einer der Männer auf der erleuchteten Plattform beobachtete die Gangway mit dem Feldstecher, der andere war nicht mehr zu sehen. Mit schnellen Schritten ging sie hinaus auf die Betonpiste, um Lazare abzufangen, bevor er in den Shuttlebus stieg.

Im selben Moment tauchte eine Frau im roten Overall des

Wartungspersonals aus dem Schatten unter dem Heck der Boeing im grellen Scheinwerferlicht auf und näherte sich ebenfalls der Gangway. Die Frau war schlank und trug das kastanienfarbene Haar, genau wie Ella, kurz, aus der Stirn und über die Ohren zurückgekämmt. Sie schien auch nicht viel älter zu sein, entsprach ihr sogar in der Größe.

Ella dachte noch, *komisch, irgendwie kommt sie dir bekannt vor*, da griff die Frau in die Seitentasche ihres roten Overalls und zog etwas heraus, das wie ein Trommelrevolver aussah. Ehe einer der Umstehenden reagieren konnte, feuerte sie schnell hintereinander drei Kugeln auf Brust und Bauch des Bankiers ab.

Eine Sekunde lang begriff Ella nicht, was geschehen war, denn der Wind verwehte das Geräusch der Schüsse. Sie sah nur wie Lazare zu stolpern schien, bevor er zusammenbrach und die letzten Stufen der Gangway hinunterstürzte, wo er reglos liegen blieb. Die halb verrutschte Sonnenbrille spiegelte das Licht der Scheinwerfer, sodass es aussah, als schlüge Feuer aus seinen Augen.

Die Frau in dem roten Overall schoss noch viermal zwischen die übrigen Passagiere und das Bodenpersonal, bevor sie wieder unter dem Heck der Düsenmaschine verschwand, und endlich begriff Ella, begriff auf einmal, warum ihr die Frau bekannt vorgekommen war, *sie sieht aus wie ich, wie eine Doppelgängerin von mir.* Gleich darauf schlingerte ein Geländewagen mit dem Firmenemblem der Air France hinter dem Jet hervor und über das Rollfeld davon, und niemand hielt ihn auf.

Die Passagiere stürzten in Panik auseinander; einige warfen sich zu Boden und begruben ihre Köpfe unter den Armen. Am anderen Ende der Landebahn raste der Geländewagen auf den Drahtzaun zu, der das Airportgelände vom Parkplatz trennte.

Lazare lag in einer Blutlache am Fuß der Gangway. Sein linkes Bein zitterte. Er drehte den Kopf hin und her, und die Gläser der Sonnenbrille blinkten und erloschen, blinkten und erloschen, und dann blinkten sie nicht mehr. Das Bein hörte auf zu zucken.

Als keine Schüsse mehr fielen, richteten sich die ersten der Liegenden wieder auf und sammelten sich um den reglosen Bankier. Ein weiterer Mann trat aus dem Flugzeug auf die Gangway und stieg schnell die Stufen hinunter. Er trug weiße Turnschuhe, eine löchrige Jeans und einen schäbigen, vorne offenen Parka mit einem kleinen aufgenähten Union Jack. Ein kastanienroter Lederhut mit breiter Krempe überschattete sein Gesicht, das mit einem dunklen Hippie-Schnurrbart prunkte. Er zwängte sich an dem Pulk aus Fluggästen und Bodenpersonal vorbei und ging über das Rollfeld davon, eine British-Airways-Tasche über die Schulter geworfen.

Einer der Passagiere war neben Lazare niedergekniet und presste eine Hand gegen den Hals das Bankiers, um seinen Puls zu fühlen. Da erst wurde Ella klar, was gerade geschehen war: Jemand hatte ihn getötet, vor ihren Augen. Es war Lazare, der erschossen am Fuß der Gangway lag, aber sein Tod bedeutete auch ihren eigenen, weil es nun niemanden mehr gab, der die Mörder aufhalten konnte; jetzt mussten sie nur noch aufräumen, die letzten Mitwisser beseitigen. Sie stand in dem kalten Wind, der von Norden aus der Ebene wehte, während ihr immer mehr Pilger den Blick auf den Toten nahmen.

Am Ende des Rollfelds hatte der Geländewagen den Drahtzaun fast erreicht. Plötzlich schien er zum Sprung anzusetzen, schoss durch die Luft und durchbrach den Zaun, zerfetzte den Draht wie ein Spinnwebnetz. Die rot flackernden Bremslichter waren noch ein paar Sekunden zwischen den anderen Autos zu sehen, verschwanden dann aber in der Dunkelheit hinter dem Parkplatz.

Die Kugel traf Ella, bevor sie den Schuss hörte. Es klang wie ein Knallfrosch, den jemand auf den Beton geworfen hatte, gefolgt von einer ganzen Reihe knallender Kracher, und erst, als sie einen Stoß an der rechten Hüfte verspürte, begriff sie, dass es sich um Schüsse handelte. Es war nur ein Stoß, kein Schmerz, nicht heftiger, als hätte jemand sie versehentlich mit dem Ellbogen angerempelt. Sie sah an sich hinunter und entdeckte einen kleinen Riss in der Jacke. Noch immer verspürte sie keinen Schmerz, nur ein sengendes, taubes Gefühl da, wo sie getroffen worden war.

Hinter ihr erklang eine Sirene. Blaue Blitze huschten über den Beton. Aus Richtung der Flughafenambulanz näherte sich ein weißer Citroën ID 19 Break mit dem blauen Kreuz des Krankenwagens über der Windschutzscheibe. Der Wagen fuhr langsam, als wäre der Fahrer unsicher. Die Scheibenwischer schlugen hin und her, obwohl es nicht regnete. Die Scheinwerfer wechselten von Fernlicht zu Abblendlicht und wieder zurück, bevor sie ganz erloschen. Dann gingen sie doch wieder an, begleitet von lautem Hupen, als der Fahrer krachend den Gang wechselte.

Metall kreischte, der Fahrer schaltete runter und wieder rauf, und diesmal gehorchte das Getriebe. Der Citroën machte einen Satz, beschleunigte und wurde immer schneller. Annika streckte den Kopf aus dem Fenster und winkte mit einer Hand, während sie mit der anderen weiter das Lenkrad hielt. »Spring rein, Bambi!«, rief Annika.

Geduckt rannte Ella dem Krankenwagen entgegen. Jetzt spürte sie den Schmerz, ein Reißen und etwas Warmes, das ihre Hüfte hinunterrann. Als sie auf gleicher Höhe waren, bremste Annika so heftig, dass die Reifen rauchten. Ella sprang auf den Beifahrersitz, und sofort trat Annika das Gaspedal wieder voll durch. Ella wurde zurückgeschleudert. Annika riss das Lenkrad herum und steuerte den Citroën über die Piste, ohne vom Gas zu gehen. Ihre Augen funkelten. »Seit Jahren bin ich nicht mehr gefahren!«, rief sie. »Ich habe ganz vergessen, wie das ist! Mich kriegt keiner mehr vom Steuer weg, und wenn ich halb Frankreich ausrotte!«

Mit leicht vorgeneigtem Kopf und halb offenem Mund raste sie auf das Loch im Zaun zu. Dabei drückte sie ununterbrochen auf die Hupe, als verursachte die Sirene unter der Motorhaube nicht Lärm genug. »Achtung! Festhalten!« An das Lenkrad geklammert, jagte sie den Rettungswagen auf das Loch zu, das der Geländewagen gerissen hatte. Das Maschengeflecht flog ihm im Licht der Scheinwerferkegel entgegen. Hell schimmernde Drahtflügel schlugen gegen die Karosserie und die Fenster, aber der aufheulende Motor und die Sirene übertönten jedes andere Geräusch. Dann öffnete sich die Ebene vor den Scheinwerfern, deren Licht sich im Nichts zu verlieren schien. Einen Herzschlag lang und noch einen und auch den nächsten starrte Ella in dieses Nichts, während ein brennender Schmerz ihre Hüfte durchzuckte.

Abrupt trat Annika auf die Bremse und würgte den Motor ab. Mit einem Ruck blieb der Citroën stehen, nur ein paar Meter von dem Renault Pick-up entfernt. »Na, wie war ich?«, fragte sie mit erhitztem Gesicht. »Auf der Autobahn darfst du wieder. Außerdem muss ich dir noch unseren Patienten vorstellen.«

Ella hörte ein Geräusch hinter sich und drehte sich um. Erst jetzt bemerkte sie die Gestalt auf der Trage im rückwärtigen Teil des Ambulanzwagens. Die Gestalt richtete sich auf, und als Annika kurz die Innenbeleuchtung einschaltete, erkannte Ella den Mann mit dem Lederhut, dem Hippie-Schnurrbart und dem Union Jack auf dem Parka. Der Mann nahm den Hut ab und sagte: »Ich bin Raymond Lazare. Sie bluten ja!«

48

Nach einer Viertelstunde nahm Ella die Abfahrt Le Mans-Paris, und sobald sie von der Peripherique auf die E 50 gebogen war, fuhr sie so langsam, dass alle anderen Fahrzeuge sie überholen mussten. Die Lichter von Rennes blieben eine Zeit lang im Rückspiegel des Pick-up, aber es dauerte nicht lang, bis dort nur noch der Nachthimmel etwas heller schimmerte, als wäre jenseits des Horizonts ein Raumschiff von einem anderen Planeten gelandet.

Es war kurz vor 22.30 Uhr. Ella stellte das Autoradio an, und als die Musik kaum zwei Minuten später von einem aufgeregt klingenden Sprecher mit einer Sondermeldung unterbrochen wurde, vergaß sie die pochenden Schmerzen in ihrer Hüfte. *»Bonsoir, mesdames, messieurs«*, sagte der Sprecher, *»ce soir sur l'aéroport St. Jacques à Rennes …«* Das war alles, was sie verstand, dann nur noch einzelne Worte, *Amok* und *Docteur allemande Ella Bach* und *Banquier disparut Raymond Lazare.«*

»Was sagt er?«, fragte sie.

Sie saßen zu dritt vorne, Ella am Steuer, Annika in der Mitte und Raymond Lazare rechts an der Beifahrertür des Pick-up.

»Er sagt, dass es heute Abend auf dem Flugplatz von Rennes einen Amoklauf gegeben hat, bei dem ein Passagier aus Madrid schwer und mehrere andere leicht verletzt wurden«, übersetzte Lazare. »Die Täterin konnte trotz einer sofort eingeleiteten Großfahndung entkommen. Man vermutet, dass es sich um die deutsche Ärztin Ella Bach handelt, die bereits mehrerer Morde verdächtigt wird. Nach Ella Bach wird auch im Zusammenhang mit dem Tod von Mademoiselle Nicolette Marceau gefahndet, der Geliebten des verschwundenen Bankiers Raymond Lazare. Nach Informationen aus Ermittlungskreisen könnte Ella Bach den Schwerverletzten für Raymond Lazare gehalten haben. Der Passagierliste zufolge befand sich aber niemand dieses Namens an Bord des Flugzeugs. Die Polizei befürchtet, dass sich die Täterin inzwischen schon auf dem Weg nach Paris befindet. Morgen findet dort im Centre de Congrès die Hauptversammlung der Banque National d'Alsace statt, deren Vorstandsvorsitzender der vermisste Lazare ist.«

Eine Amokläuferin auf der Flucht.

Ella sah immer wieder den Moment vor sich, in dem die Frau in dem roten Overall auf den Mann mit der roten Baseballkappe zugegangen war und ihn erschossen hatte. *Die Frau, die aussieht wie du.* Sie warf einen Blick in den Außenspiegel, wollte sehen, ob über den Scheinwerfern, die ihnen folgten, plötzlich blaue Lichter aufflammten und mit heulenden Sirenen schnell näher kamen. Aber die wenigen anderen Fahrzeuge blieben im gleichen Abstand oder überholten zügig. »Wer war denn der Mann mit der roten Kappe?«, fragte sie.

»Keine Ahnung«, sagte Lazare.

»Sie kannten den Mann überhaupt nicht?«

Lazare schüttelte den Kopf. »Ich bin ihm vorher noch nie begegnet. Ich habe mir unter den Passagieren, die mit mir in Madrid am Gate auf den Flug nach Rennes warteten, jemanden herausgesucht, den man nicht übersehen konnte. Dass mir ausgerechnet dieser Passagier so aufgefallen ist, war Zufall. Ich musste ja befürchten, dass unser Telefonat abgehört wird, trotz all unserer Vorsichtsmaßnahmen.«

»Aber so haben Sie einen Unschuldigen zur Zielscheibe gemacht!«

Lazare rieb sich die Augen und seufzte. »Ich wusste ja nicht mal, ob sie unser Gespräch wirklich mithören. Und wenn, dann dachte ich doch nicht, dass sie ihn gleich auf dem Flugplatz umbringen würden. Ich nahm an, sie würden ihm vielleicht folgen, sodass ich unerkannt zur Erste Hilfe-Station gehen und mich dort mit Ihnen treffen konnte. Das hat ja auch alles geklappt, nur anders als ich erwartet hatte. Mit dem Attentat hatte ich nicht gerechnet, und Sie waren nicht am verabredeten Treffpunkt.«

»Dafür war ich da«, sagte Annika, immer noch ohne die Augen zu öffnen. Ihr Gesicht war von tiefen Falten der Anspannung und der Erschöpfung gezeichnet. Die Aufgekratztheit, die sie die ganze Zeit zur Schau gestellt hatte, war mit einem Schlag verpufft. Mit müder, leiser Stimme erzählte sie, wie die Sanitäter sie in die Flughafenambulanz gebracht und dort versorgt, dann aber plötzlich allein gelassen hatten, als draußen auf dem Rollfeld geschossen worden war. Sie hatte sich mühsam aufgerappelt und zur Tür geschleppt, voller Angst, die Schüsse könnten Ella gelten. Vom Fenster aus hatte sie den Rettungswagen gesehen, die Schlüssel hingen an einem Brett neben der Tür.

»Und während ich noch überlegte, wie ich uns am besten da rausbringe, bemerkte ich den Easy-Rider-Hippie, der abseits von dem ganzen Trubel auf die Erste Hilfe zugeschlendert kam. Ich hatte Monsieur Lazare zwar noch nie gesehen, aber dafür jede Menge Hippies, und das war auf alle Fälle mal keiner!« Sie öffnete die Augen einen Spaltbreit wie eine müde Katze. »Wir hatten uns noch nie gesehen, und trotzdem haben wir uns sofort erkannt, und jetzt sind wir alle hier. Wie würdest du so was nennen, Bambi?«

»Zufall«, sagte Ella.

Ihre Gedanken kehrten ständig zu der jungen Frau in dem roten Overall zurück. Immer wieder spielte sie sich die Szene vor, ließ sie langsamer und langsamer laufen und hielt sie sogar kurz an, und plötzlich erkannte sie die Frau wieder: *die Kerzenverkäuferin auf Mont Saint-Michel.* Sie hatten ihr die Haare gefärbt und auf Ellas Länge gekürzt. Der Rest war Schminke, Chaos, Dunkelheit und der Overall, der die Figur verbarg.

Lazare hielt den Blick unverwandt auf die Straße gerichtet. »Ich nehme an, Sie haben trotzdem einige Fragen«, sagte er. Er hatte Ella bisher nur einmal in die Augen gesehen, als er in dem Rettungswagen aus dem Halbdunkel hinter ihr aufgetaucht war. Danach hatten sie den Wagen gewechselt, und als sie etwas später auf einem Parkplatz gehalten hatten, um die Schusswunde in Augenschein zu nehmen und zu versorgen, war Lazare ausgestiegen, damit Ella sich unbeobachtet fühlen konnte.

Es war nur ein Streifschuss, aber er hatte stark geblutet. Mit Annikas Hilfe hatte Ella die Blutung gestoppt, die Wunde desinfiziert, und eigentlich hätte sie genäht werden müssen, aber das musste warten. Stattdessen hatte Ella einen Verband angelegt, den sie mit mehreren Streifen Leukoplast aus dem Notfallkoffer des Rettungswagens befestigt hatte. Als sie damit fertig war, hatte Lazare wieder seinen Platz an der Beifahrertür eingenommen. Ohne sie anzuschauen, hatte er sich erkundigt, ob sie fahren könne, und Ella hatte Ja gesagt.

Jetzt fragte sie: »Für wen bilden Rochefort, Gladstone & Wentworth den Schutzwall? Wer gehört zu diesem sogenannten Konsortium? Was ist auf dem Datenstick? Wofür sind mein Freund Max und all die anderen gestorben?«

Und Mado, vielleicht inzwischen auch Mado, dachte sie. Sie schaltete in einen höheren Gang. Ein Stechen schoss ihr von der Hüfte hoch bis unter die Achsel.

Lazare antwortete nicht sofort. Im Halbdunkel des Führerhauses wirkte er müde und seltsam desorientiert, als fände er sich in der Welt außerhalb seines Privatjets nicht mehr zurecht. Auf allen Fotos und im Fernsehen hatte er einen silbergrauen Bart und schulterlanges, fast weißes Haar gehabt, die einen eleganten Rahmen für seine scharf geschnittenen, aber immer noch jugendlich wirkenden Züge darstellten. Seine Augen waren wach und strahlend gewesen, dazu immer ein leicht ironisch lächelnder Mund. Nun war der Bart verschwunden, das Kinn wirkte schwächer, der Mund lächelte nicht mehr, die Augen hatten ihren Glanz verloren, und die Haare bildeten asymmetrische Büschel über den Ohren.

Er ist genauso ein Opfer wie du, dachte sie; *er ist auch auf der Flucht und wird mit dem Tod bedroht, genau wie du.* Aber ihr Bild von ihm war nicht mehr dasselbe. Ein Makel war auf Raymond Lazare gefallen, gleich bei ihrer ersten Begegnung. Da saß ein Mann, der bereit war, einen Menschen in den Tod zu schicken, als reines Ablenkungsmanöver. Mit einem Telefonat hatte er dazu beigetragen, dass vielleicht noch jemand sein Leben verloren hatte. »Wofür sind all diese Leute gestorben?«, fragte sie noch einmal.

»Es geht um Macht«, antwortete Lazare. »Um Macht und Geld.« Er blickte aus dem Fenster. »Um Europa. Vielleicht um die ganze Welt.« Er schwieg einen Moment, als müsste er sich selbst erinnern, was sich hinter diesen Worten verbarg. »Alles begann 2009 nach der großen Finanzkrise – als die Regierungen der USA und Europas zahllose Banken, die durch zügellose Spekulationen und abenteuerliche Investitionen an den Rand des Abgrunds geraten waren, mit Milliarden und Abermilliarden an Steuergeldern stützen mussten, weil sie bei ihrem Sturz die gesamte Wirtschaft mit sich gerissen hätten. Jeder von uns im Finanzwesen merkte, wie uns der Wind auf einmal ins Gesicht blies. Einem einstmals hoch angesehenen, seriösen Beruf haftete plötzlich der Ruch des Schäbigen an, des Gangstertums. Und man kann nicht einmal sagen zu Unrecht, denn im Grunde wurde uns nur die Maske heruntergerissen, die längst durchsichtig geworden war.«

Seine Stimme war so leise, dass sie sich kaum gegen das Motorengeräusch durchzusetzen vermochte. »Überall auf der Welt schlug die Stimmung der Menschen um in blanke Wut und kehrte sich gegen uns, und die Politiker, die bisher bei jeder Kungelei, bei allen Mauscheleien mit uns unter einer Decke gesteckt hatten, fachten diesen Zorn noch zusätzlich an, um von ihrer Mitschuld abzulenken. Am liebsten hätte man uns – meine Bank, Barclays, die Société Générale, die Deutsche Bank, die Grupo Santander, UBS, die Banco Popular Espagnol, Unicredit und wie sie alle heißen – geteert und gefedert und aus der Stadt gejagt. Aus jeder Stadt, jedem Land, vom ganzen Erdball. Nicht wenige dachten insgeheim – und manche sagten es auch laut –, dass man uns alle untergehen lassen solle.«

Er streifte Annika und Ella mit einem Seitenblick, als wäre er nicht ganz sicher, ob sie ihm wirklich zuhörten. »Inzwischen denke ich genauso – ein paar Jahre hätte es ein Riesenchaos gegeben, aber vielleicht wären wir schon morgen in einer besseren Lage, statt vor dem nächsten Abgrund zu stehen. Denn einige gute Banken hätten überlebt und wären wahrscheinlich sogar gestärkt aus der Krise hervorgegangen, während die *bad banks* völlig zu Recht abgesoffen wären mit Mann und Maus, und um keinen von ihnen wäre es schade gewesen. Wer für die Deregulierung des Finanzwesens und der Märkte eintritt, soll nach seinen eigenen Regeln leben und sterben. Doch statt sie krepieren zu lassen, hat man die kranken Patienten wieder hochgepäppelt mit Medikamenten, deren Nebenwirkungen kein Arzt und kein Apotheker vorhersagen kann, weil sie noch nie angewandt wurden. Und halbwegs vom Krankenbett aufgestanden, stehlen sie sich schon wieder aus der Verantwortung und füllen lieber die eigenen Taschen als dafür zu sorgen, dass das System, das sie gerettet hat, sich nicht dafür schämen muss. Sie haben den Gesellschaftsvertrag aufgekündigt, nach dem die Starken sich um die Schwachen kümmern, und wer diesen Vertrag einseitig aufkündigt, kündigt das System auf.«

Seine Stimme wurde lauter, und Annika seufzte leise, als versuchte sie zu schlafen und fühlte sich durch ihn gestört.

»Aber damit graben sie sich endgültig ihr eigenes Grab«, fuhr er fort, »denn bei der nächsten Katastrophe – und die wird es unweigerlich geben – werden die Regierungen angesichts dieses Verhaltens dem Druck der Straße nichts mehr entgegensetzen können. Sie werden keinen Cent mehr in unsere Rettung stecken, nicht einen. Sie werden Banken und Rating Agenturen verstaatlichen. Sie werden Hedgefonds schließen, das Vermögen dieser Fonds und ihrer Investoren beschlagnahmen oder wenigstens einfrieren und die Märkte so nachhaltig regulieren, dass das Finanzwesen, wie wir es kennen, am Ende wäre. Sie werden gar nicht anders können, als so zu handeln, denn sonst droht ihnen dasselbe wie den Politikern in Island. Regierungschefs vor Gericht wegen mangelnder Kontrolle der Banken! Sie werden uns kreuzigen, und die Welt wird ihnen applaudieren.«

Er sah aus dem Fenster, auf die Lichter einer kleinen Stadt, die hinter den Bäumen am Straßenrand vorbeiglitten. Über den Baumkronen schien der Mond durch ein zerfranstes Loch in den dichten Wolken, deren Ränder wie Fetzen von Silberpapier schimmerten. Ella achtete auf die Fahrzeuge, die hinter dem Pick-up im Rückspiegel auftauchten. Sie behielt die Scheinwerfer im Auge; wollte nicht von einem schnell näher kommenden Blaulicht überrascht werden.

Scheinbar zusammenhanglos nahm Lazare einen anderen Faden auf und sagte: »Der Euro ist keine sehr stabile Währung, und Europa ist ein äußerst fragiles Gebilde. Zu viele Staaten, die nicht zueinander passen; zu viele unterschiedliche Interessen, zu viele Menschen, die Angst haben. Eine geniale Fantasie, aber leider in den Händen von Politikern. Regierungen, die denken, sie seien an der Macht, dabei sind sie nur auf Zeit gewählt. Brüssel? Eine Kindertagesstätte. Und dann das Schoßhündchen«, er stieß ein kleines, böses Lachen aus, »die Europäische Zentralbank, ach ja …«

Nach einem kurzen Schweigen kehrte er zur Antwort auf Ellas Frage zurück. »Weil Banker aber Banker sind – Freibeuter, Hasardeure, *Herrenmenschen* –, denken sie nicht daran, sich zu ändern. Deshalb haben die Vorstandsvorsitzenden einiger der größten europäischen Banken beschlossen, es nicht so weit kommen zu lassen. Ihr Ziel – *unser* Ziel muss ich sagen, denn ich war ja einer von ihnen – ist es, in Europa eine einzige wehrhafte Regierung hinter den Dutzenden gewählten Regierungen zu bilden, eine, die stark genug ist, diesem Druck der Straße nicht nachzugeben. Weg mit der Politik als Regulator der Finanzmärkte. Dazu haben sie sich die rüdesten Hedgefonds-Manager und mehrere große Rückversicherer ins Boot geholt. Der Plan sieht die Übernahme sorgfältig ausgewählter Kernländer vor, deren marode Volkswirtschaften dem geballten Angriff dieses Konsortiums hilflos ausgeliefert sind. Marktmanipulationen, Währungsspekulationen, Finanzwetten gegen alles, was nicht niet- und nagelfest ist – kein Instrument bleibt ungenutzt um die Länder auszubluten und die EU-Steuermilliarden, mit denen sie vielleicht gerettet werden könnten, in die Taschen des Konsortiums umzuleiten. Bis die ganze Union so destabilisiert ist, dass ihre Finanzminister zu uns kommen und um Hilfe betteln, statt umgekehrt.«

»Ich dachte, so was machen die sowieso schon die ganze Zeit«, sagte Ella. »Für mich klingt das wie Alltag im Bankerland, gleich hinter der Grenze zur wirklichen Welt.«

Lazare nickte. »Aber bisher existierten dafür keine Beweise, kein Bild- und Tondokument mit den klar erkennbaren Gesichtern und Stimmen von sieben Vorstandsvorsitzenden, die bei einem Geheimtreffen glauben, ohne Zeugen zu sein: Verschwörer, die nichts anderes diskutieren als ein Komplott, dessen Ziel die Abschaffung der Demokratie in Europa ist. Wenn dieses

Dokument bekannt wird, wird allein ihre Identität schon ein politisches und wirtschaftliches Erdbeben auslösen.«

»Und diese Beweise sind auf dem Stick?«, fragte Ella.

»Ja.«

»Haben Sie die Aufnahmen gemacht?«

»Ja. Mit einer versteckten Minikamera.«

Ella ließ die Augen nicht von der Straße und dem Rückspiegel, schaute Lazare nur gelegentlich von der Seite an. Sie hatte ein Gefühl, als wäre sie schon stundenlang so in der eintönigen Dunkelheit unterwegs, als tauchten vor und hinter ihr immer wieder dieselben Rücklichter und Schweinwerfer auf, die Bewegung nur vortäuschten, genau wie die Schatten von Bäumen oder Sträuchern am Fahrbahnrand.

»Warum haben Sie das getan?«

Lazare wandte sich ihr zu, mit glänzenden Augen. »Die Wahrheit ist – ich weiß es nicht. Vielleicht ahnte ich schon, was kommen würde. Vielleicht wollte ich mich nur absichern. Ich weiß es wirklich nicht.«

Der Pick-Up passierte eine erleuchtete Tankstelle mit einer rot und gelb leuchtenden McDonald's-Reklame. Ella warf einen raschen Blick auf die Dieselanzeige, noch halb voll, und Hunger hatte sie auch nicht. Nur die Schussverletzung – sie spürte, wie das Blut jetzt wieder aus der Wunde zu sickern begann, wie es von der Hüfte den Schenkel hinunterlief. *Später,* dachte sie; *darum kümmern wir uns später, sobald wir in Paris sind. Sobald wir wissen, was aus Mado geworden ist.*

»Aber wieso haben Sie sich damit nicht erst mal an die Regierungen gewandt?«, fragte sie.

»Das habe ich.« Er breitete die Hände aus, eine Geste der Vergeblichkeit. »Sie haben mir nicht geglaubt, weder der Elysée noch das Kanzleramt in Berlin. Erst hieß es, man werde mich natürlich sofort empfangen, dann wurde der Termin verschoben und schließlich gestrichen. Wissen Sie, was passiert war?

Irgendjemand im Elysée hatte einen der Sieben *gefragt*, ob an dem *Gerücht* was dran sei. Der hat freundlich dementiert, und die haben ihm geglaubt – weil sei ihm glauben *wollten*. Die hätten gar nicht gewusst, wie sie mit der Situation umgehen sollen. Und natürlich hatten sie auch keine Ahnung, in welche Situation sie mich damit gebracht haben.«

»Und die Medien?«

»Dasselbe.« Die Hände wurden zu Fäusten, die er gegen das Armaturenbrett stemmte. »Fernsehen, Presse, alle haben sich geweigert – die einen, weil sie mir genauso wenig geglaubt haben wie die Regierungen, die anderen, weil sie von denselben Regierungen unter Druck gesetzt wurden oder jemand gehörten, den man unter Druck setzen konnte.« Je länger er sprach, desto mehr schien er wieder zu dem zu werden, der Ella von seinem eigenen Bild aus den Medien bekannt war. »Was blieb mir noch? Das Internet? Ich habe es versucht, aber das Web ist kein seriöses Medium, und mir fehlte das technische Knowhow. Wann immer ich versucht habe, etwas von meiner Aufnahme da zu platzieren, wurde es sofort aufgespürt, gestört, manipuliert oder wieder gelöscht.«

»Bloß wenn das so ist«, sagte Ella, »wenn Ihnen niemand glaubt und niemand Ihren Beweis sehen oder der Öffentlichkeit präsentieren will, was haben die Mitglieder dieses beschissenen Konsortiums dann noch zu fürchten? Warum lassen sie so viele Menschen töten, um an die Aufnahme zu kommen?«

»Weil sie existiert«, antwortete der Bankier, »und solange sie existiert, stellt sie eine Gefahr für sie dar. Fast alle dieser Banken, Versicherungen und Fonds sind nämlich am New Yorker Stock Exchange gelistet; ihre Aktien werden an der Wall Street gehandelt. Damit fallen sie unter amerikanisches Recht, und die Bösenaufsicht da drüben kennt kein Pardon, wenn es um Finanzmarktmanipulationen und Korruption geht. Einem Gutachten von Rochefort, Gladstone & Wentworth zufolge würden wir in so einem Fall wahrscheinlich nach dem *Rico Act* unter Anklage gestellt, das heißt, wegen Verschwörung zum Begehen einer Straftat. Nach diesem Straftatbestand wird normalerweise das organisierte Verbrechen abgeurteilt, die Mafia, und darauf steht mindestens lebenslange Haft.«

»Warum sind Sie dann nicht längst zu den Amerikanern gegangen?«

Plötzlich war es da, das blau blitzende Licht im Rückspiegel. Anfangs war es so weit weg, dass Ella nur kurz hinsah und glaubte, sie hätte sich getäuscht – ein Aufflackern, das sich nicht wiederholte, vielleicht ein Wetterleuchten. Doch nach der Kurve fand es sich wieder ein, das helle Zucken hinter ihr zwischen Fahrbahn und Himmel, und jetzt kam es schnell näher, nur das Licht, keine Sirene, lautlos und schnell.

Ella zog nach rechts, auf die äußerste Spur, um notfalls die Straße verlassen zu können. Es war ein Zivilfahrzeug, das Blaulicht und die gelben Scheinwerfer wuchsen in der Dunkelheit, immer größer, immer näher, waren da, neben dem Pick-up, zwei Polizisten in blauer Uniform, keiner schaute hoch, und im nächsten Moment waren sie vorbei, ohne anzuhalten.

Ella nahm die Hände vom Lenkrad und wischte sich die Feuchtigkeit an den Oberschenkeln ab. Einen Augenblick lang hatte sie sogar das Brennen in ihrer Hüfte vergessen, das Blut, das nicht aufhörte, den Verband zu durchnässen. Sie hatte es sich nie so vorgestellt – dass man es am Anfang ignorierte, und erst, wenn es nicht aufhörte, fing man an, daran zu denken und dann hörte man gar nicht mehr auf. Man dachte, da fließt dein Leben aus dir heraus.

Ein großes grünes Schild schwebte rechts aus der Nacht heran, weiße Buchstaben, A 11, Le Mans, dann Chartres und ganz unten Paris. Autobahn bedeutete Mautstation, zu gefährlich. Sie sah, dass auch Lazare dem Polizeiwagen hinterherstarrte, reglos, aber nicht so erschrocken wie sie. »Warum sind

Sie nicht gleich zu den Amerikanern gegangen?«, wiederholte sie ihre Frage. »Warum haben Sie denen die Aufnahme nicht überlassen und –«

»– die Echtheit durch meinen Tod beglaubigt?«, unterbrach Lazare sie unwirsch. »Das wäre die letzte Möglichkeit gewesen«, er fuhr sich mit einer Hand über das Kinn, als suchte er nach seinem abrasierten Bart, »die Amerikaner sind in so einer Angelegenheit die letzte Möglichkeit. Bei denen dauert so was lange – man muss ihnen als Zeuge zur Verfügung stehen – endlose Gespräche mit Dutzenden von Strafverfolgungsbehörden –«

»Verstehe, da nimmt man doch lieber den Tod von noch ein paar Menschen in Kauf«, sagte Ella, »ein paar gefolterte Frauen – den einen oder anderen aufgeschlitzten Mann – eine Ärztin, die um ihr Leben rennen muss ... Selbst gute Freunde wie Professor Forell oder Professor Barrault lässt man lieber umkommen, als dass man sich endlosen Gesprächen oder womöglich noch einem Lügendetektortest aussetzt und dem sinnlosen Morden ein Ende setzt –«

»Sie wissen nicht, wovon Sie reden«, sagte Lazare, unversehens kalt und abweisend.

»Ich rede von Madeleine Schneider«, sagte Ella. »Ich rede von Nicolette Marceau und Eduard Forell und Serge Barrault, um nur die zu nennen, die Sie kennen.«

»*Ich weiß*, wovon Sie reden!« Lazare schlug mit der Faust so heftig gegen das Seitenfenster, dass der Schlag Annika im Schlaf zusammenzucken ließ. »*Sie* wissen es nicht. Glauben Sie denn, ich denke nicht jeden Tag an Mademoiselle Schneider? An Nicolette?« Seine Stimme war auf einmal belegt, fast heiser. »Der Tag, an dem Madeleine von meiner Sekretärin in mein Büro geführt wurde ... Es war, als würde mein anderes Leben hereingeführt, das, von dem ich nicht einmal wusste, dass ich es mir immer gewünscht hatte ... Serge hatte mich gebeten, sie zu empfangen – ich hatte nicht einmal gefragt, worum es genau ging. Er sprach von einer Dissertation, an der sie arbeitete ...«

Sein Gesicht wurde weich, glättete sich unter den Falten. »Es gibt Begegnungen, die für einen Menschen alles ändern. Vorher hätte ich das nicht geglaubt, aber jetzt weiß ich es, und das ist selbst dann so, wenn es nur bei dieser einen Begegnung bleibt, wenn sich die Wege derer, denen sie geschenkt wurde, danach wieder trennen. Die Stunden mit dieser jungen Studentin aus demselben Ort im Elsass, aus dem auch meine Familie stammte, war so eine. Verstehen Sie mich nicht falsch, es geht hierbei weder um Liebe noch um Erotik, auch nicht darum, dass ich ein Mann bin und sie eine Frau ist.

Sie setzte sich mir gegenüber und begann zu reden, aufrichtig, mit großem Ernst, mit Herz, Leidenschaft und Rückgrat. Dabei erzählte sie mir nichts wirklich Neues. Mein Neffe Rémy hatte mir schon die Augen geöffnet für das ungesühnte Verbrechen meines Urgroßvaters, aber es war dennoch immer gesichtslos geblieben. Jetzt hatte es plötzlich ein Gesicht erhalten, eines, das um nichts bat außer darum, ›ja‹ zur Wahrheit zu sagen. Ebenso plötzlich aber öffnete es mir jetzt die Augen für mich selbst – ich konnte mich selbst erkennen, in meine Seele sehen. Vielleicht war es ein Wunder, ich weiß es nicht, ich glaube nicht an Gott. Vielleicht war es auch nur ein Zufall: der richtige Tag, die passende Stimmung, die eine Sekunde, in der etwas passieren kann, was schon in der nächsten wieder unmöglich wäre.

Nachdem sie gegangen war, wollte ich sie unbedingt wiedersehen, und ich wusste, ich habe nur dann das Recht dazu, wenn ich das Unrecht meiner Familie wiedergutmache. Wenn ich mich ihrer würdig erweise, indem ich diesen Schritt vom Saulus zum Paulus tue und das Verbrechen, an dem ich mich gerade beteiligte, verhindere. Dass ich ihr den Stick für meinen Freund Eduard Forell mitgab, dem ich mehr als jedem anderen vertraute, sollte nur ein erster Schritt sein, verstehen Sie. Ich wähnte sie in Sicherheit. Mich auch, anfangs. Aber dann gab es einen Mordanschlag auf mich, dem ich gerade noch entkommen konnte – ein Auto, das mich beinahe vor meinem Haus in Neuilly überfahren hätte. Da wusste ich, dass ich untertauchen musste, ahnte allerdings immer noch nicht, dass man sich nach meinem Verschwinden an die anderen halten würde, an Nicolette und sogar Mademoiselle Schneider. Wie ernst es dem Konsortium war, habe ich doch erst gemerkt, als es … als sie Nicolette schon hatten. Ich habe alle sofort angerufen, erst Madeleine, dann Barrault und Forell. Es war zu spät. Die Bluthunde hatten schon ihre Witterung aufgenommen.«

»Mado lebt noch«, sagte Ella heftig, »und Sie können dafür sorgen, dass sie am Leben bleibt. Dass wir alle am Leben bleiben. Gehen Sie in Paris mit dem Stick und Ihrem Wissen zu den Amerikanern, sofort. Gehen Sie, *bevor* Ihnen etwas zustößt.«

Lazare schwieg und sah aus dem Fenster. Dann schüttelte er den Kopf und sagte: »Ich habe mich für einen anderen Weg entschieden.«

Ich kenne den Weg schon, dachte Ella; sie wusste nicht, woher, aber auf einmal kannte sie ihn. »Auf der Hauptversammlung Ihrer Bank morgen Vormittag«, sagte sie. »Sie wollen die Anwesenheit der Berichterstatter aus aller Welt dazu benutzen, die Aufnahme vorzuführen.«

Lazare blickte weiter aus dem Fenster, obwohl es da nichts zu sehen gab. »Einige Mitglieder des Konsortiums gehören zu meinen Großaktionären«, sagte er. »So wie ich in Ihren Geldhäusern engagiert war, bis vor Kurzem. Sie werden auch da sein. Die Versammlung wird live im Internet und auf einigen Nachrichtensendern im Fernsehen übertragen –«

»Die werden um jeden Preis zu verhindern versuchen, dass Sie reden«, unterbrach Ella ihn. »Ist es das, was Sie wollen – ein Märtyrer werden vor den Augen der ganzen Welt?«

Mit äußerster Sorgfalt studierte Lazare die draußen vorbeifliegenden Bäume.

»Glauben Sie, damit retten Sie Mados Leben?«, fragte Ella. »Dass die danach keinen Grund mehr hätten, sie umzubringen?«

Er sagte nichts.

»Und was ist mit mir?«, fragte Ella. »Wer auch immer Sie tötet, man wird es mir in die Schuhe schieben, einer verwirrten Einzeltäterin. Wenn sie mich nicht gleich an Ort und Stelle ausschalten.«

Die Bäume verloren ihren Reiz für Lazare, und er wandte sich von dem Fenster ab und Ella zu. »Sie werden gar nicht da sein«, sagte er irritiert.

»Das hat bisher noch niemanden gestört«, erwiderte sie. »Ich war nie da, wo einer der Morde geschah, die man mir in die Schuhe schiebt.«

»Was ist noch auf dem Stick?«, fragte Annika jetzt. Ihre Augen waren noch immer geschlossen, aber sie hatte sich vorgebeugt und den Kopf leicht schräg geneigt, als versuche sie, ein kaum hörbares Geräusch zu orten. »Was außer der Aufnahme von dem Geheimtreffen des Konsortiums ist noch auf dem Stick?«

Lazare starrte sie entgeistert an, antwortete aber nicht.

»Es geht nämlich gar nicht mehr allein um die europäische Bankenmafia«, sagte Annika. Sie ließ ein paar Sekunden verstreichen, ehe sie weitersprach. »Es geht um die Chinesen.«

Lazare zuckte zusammen, als hätte er einen Stromschlag erhalten. »Was wissen Sie von den Chinesen?«

Annika lächelte, auf eine Art, wie Ella sie noch nie hatte lächeln sehen; sanft und unheimlich. »Die haben ebenfalls was mit dieser Kanzlei – Rochefort und so weiter – zu tun, oder? Und die Killer von Birnam Forrest Security brauchen sich deshalb auch nicht die geringste Zurückhaltung aufzuerlegen, weil in China das Leben eines Dissidenten bekanntlich keinen allzu großen Wert hat.«

»Woher wissen Sie das?«, fragte der Bankier.

Annika öffnete die Augen. »Ach«, sagte sie, erleuchtet von chinesischer Weisheit. »Das Wissen hat viel mit dem Geld gemeinsam, vor allem eins – es schläft auch nicht. Es arbeitet die ganze Zeit. Und manchmal hat es sich schon wieder vermehrt, wenn man aufwacht.«

Lazare beugte sich vor, um Ella anzusehen. »Sie irren sich, Madame Bach – ich lege es nicht darauf an, als Märtyrer in die Börsengeschichte einzugehen, und ich will auch nicht erschossen werden. Deshalb werde ich mit diesen Aufnahmen –« Er griff in die linke Brusttasche seines Parkas und erstarrte. Seine Hand verharrte einen Moment in der Tasche, dann zog er sie heraus. Nachdem er auch die zweite vordere Tasche durchsucht hatte, begann er, seine Brust abzuklopfen, danach alle anderen Taschen des Parkas, bevor er mit beiden Händen die Hosentaschen durchsuchte. Selbst im Dunkel des Führerhauses konnte Ella sehen, dass er wachsbleich geworden war. *»Mon Dieu … merde … où est … ce n'est pas possible …?!«*

»Was haben Sie denn?«, fragte Ella.

»Der Datenstick! Ich hatte ihn doch … als ich in Madrid ins Flugzeug gestiegen bin … er ist nicht mehr da!« Fassungslos starrte Lazare auf seine leeren Hände. »Ohne die Aufnahmen ist alles, was ich sage, nur eine Behauptung! Ohne Beweise sind es nur Behauptungen …«

Ella nahm die rechte Hand vom Steuer und legte sie auf die Tasche, in der sie den Stick aufbewahrte. Sie spürte die Ausbuchtung unter dem Jeansstoff, den Druck auf ihren Schenkel. Einen Moment lang dachte sie daran, nichts zu sagen, den Stick zu behalten, vielleicht sogar wegzuwerfen, als könnte damit alles rückgängig gemacht werden, was seinetwegen geschehen war. *Vielleicht kann ich ihn gegen Mado tauschen,* dachte sie, *gegen ihr Leben.*

Aber dann waren alle anderen umsonst gestorben, alle, die seinetwegen den Tod gefunden hatten, angefangen mit Max. Kein Tauschhandel mit Verbrechern, dachte sie, und außerdem war sie des ganzen Versteckspielens, der dauernden Täuschungen und Lügen und Betrügereien überdrüssig. Sie schob die Hand in die Tasche, holte den Stick heraus und hielt ihn Lazare hin.

»Das ist der Stick, den Sie Mado mitgegeben haben«, sagte sie. »Das Duplikat Ihres eigenen.« Sie hielt ihn noch eine Sekunde fest, als der Bankier schon danach gegriffen hatte. »Und gnade Ihnen Gott, wenn Madeleine Schneider Ihretwegen doch noch sterben muss.«

49

Als sie Paris erreichten, regnete es wieder, aber die Dunkelheit verblasste bereits, und das letzte schwache Licht der Straßenlaternen über der Peripherique malte gelbe und rosa Tupfern in den Morgen. Das Wasser trommelte schwer auf den überfluteten Asphalt. Die Spitze des Eiffelturms verschwand in den tief hängenden Wolken; auch die Kuppel von Sacré Cœur blieb hinter dichtem Nebel verborgen. Die Scheiben beschlugen von innen, und Lazare, der nach einer Pause unterwegs das Steuer übernommen hatte, wischte alle paar Minuten mit der Hand über das Glas, damit er etwas sehen konnte.

Es herrschte bereits dichter Verkehr, und wegen des Regens fuhren die Autos langsam und schoben sich mit flackernden Rücklichtern auf dem Autobahnring um die Stadt. Ella war noch immer müde, obwohl sie hinter Chartres auf einem Rastplatz zwei Stunden im Wagen geschlafen hatten. Die Stelle, wo die Kugel sie gestreift hatte, war ein kalter, harter Punkt über ihrem Hüftknochen geworden.

An der Ausfahrt Neuilly-sur-Seine verließ Lazare den Ring und sagte: »Die Hauptversammlung beginnt um zehn Uhr. Ich fahre jetzt zur Zentrale meiner Bank, um zu duschen und mir ein paar frische Sachen anzuziehen. Niemand rechnet mit mir. Ich habe einen privaten Aufzug in mein Büro. Die anderen Vorstände werden erst im letzten Augenblick über meine Anwesenheit informiert, deswegen wird der Ablauf der Versammlung dann spontan geändert, um Insidergeschäfte zu vermeiden. Die

Aktien meiner Bank sind in den letzten Tagen nach meinem Verschwinden dramatisch gefallen, und wenn ich plötzlich auf der Bühne des Centre de Congrès erscheine, wird das eine ebenso dramatische Hausse nach sich ziehen.«

»Vorausgesetzt, Sie werden da oben nicht doch zum Märtyrer«, warf Annika ein, »freiwillig oder unfreiwillig.«

»Ich werde mich die ganze Zeit in Deckung halten«, erklärte Lazare. »Ich werde allein mit der Metro fahren und das Gebäude durch den Lieferanteneingang betreten. Von da lasse ich mich sofort durch die Garderobe auf die Bühne schleusen –«

»Von wem?«, fragte Ella. »Wem können Sie vertrauen?«

»Das kann ich Ihnen nicht sagen.«

Es gibt niemanden, dachte Ella. »Wann wird das sein?«

»Um halb elf, gleich nach der Eröffnung durch den Versammlungsleiter«, sagte Lazare. »Wegen meines Verschwindens ist anstelle der Rede des Vorstandsvorsitzenden eine Ansprache meines Stellvertreters geplant, die ich nun aber selbst halten werde. Im Anschluss daran soll die Generaldebatte folgen, zu der es aber nicht mehr kommen wird. Die ganze Versammlung wird live im Internet und auf Bloomberg TV übertragen. Außerdem gibt es im Saal mehrere Kameras und Mikrofone für die Bildübertragung auf die Bühnenleinwand hinter dem Vorstandstisch und die Monitore im Versammlungsgebäude.« Er blinzelte und rieb sich die Augen. »Sobald ich ausgestiegen bin, können Sie mit dem Wagen –«

»Ich komme mit Ihnen«, sagte Ella.

»Nein.« Lazare wedelte mit einem abwehrend vom Lenkrad gehobenen Zeigefinger. »Wir dürfen auf keinen Fall zusammen gesehen werden, das ist viel zu gefährlich, für Sie und für mich. Sie dürfen nicht mal in meiner Nähe sein. Außerdem bräuchten Sie eine Eintrittskarte oder aber eine Abstimmungsvollmacht, die auf Ihren Namen von einem bereits früher gegangenen Aktionär an der Ausgangskontrolle hinterlegt worden ist.«

»Ich hätte gern so eine Vollmacht«, sagte Annika. »Egal von wem. Einer von uns sollte an der Versammlung teilnehmen. Das haben wir uns verdient, finden Sie nicht?«

Lazare überlegte. »Ich werde sehen, was ich tun kann. Aber beim Abholen müssen Sie sich ausweisen, und inzwischen kennen die wahrscheinlich längst auch Ihren Namen.«

»Roberta Flack«, sagte Annika.

Ella sah sie von der einen Seite an, Lazare von der anderen. Sie wandte sich Ella zu und erklärte: »Eine Zeit lang hat Patrick mich nach unserer Trennung von seinen Kollegen bespitzeln lassen. Ich habe mir von einem meiner Patienten einen zweiten Ausweis machen lassen, damit mein Name nicht sofort in deren Computersystem auftaucht, falls ich mal kontrolliert werde oder mir irgendwas zustößt. Ich wollte nicht, dass er plötzlich nach einem Anfall im Krankenhaus auftaucht. Oder mich auf einem Polizeirevier besucht. Oder nach einer Grenzkontrolle weiß, wohin ich gereist bin.« Sie drehte sich zu Lazare um. »Auf diesen Namen sollte die Vollmacht lauten – Roberta Flack, wie die Sängerin von *Killing me Softly.*«

Es regnete, und der Himmel war niedrig und grau, als der Bankier ein paar Straßen von seiner Zentrale entfernt hielt. Er blieb noch einen Moment im Wagen sitzen, beide Hände auf dem Lenkrad. »Als mein Neffe Rémy acht Jahre alt war, wurde er Opfer einer Entführung«, sagte er, »auf dem Weg zur Schule. Die Entführer verlangten drei Millionen Francs Lösegeld, eine lächerliche Summe, nicht mal eine Million Euro. Aber sein Vater – mein Bruder – weigerte sich, zu bezahlen. Einzelheiten spielen keine Rolle, was zählt ist, er bezahlte das Lösegeld nicht, und irgendwann gaben die Entführer auf, Gott sei Dank. Rémy kehrte unversehrt nach Hause zurück. Er fragte seinen Vater, *warum hast du nicht bezahlt? Warum hast du denen die drei Millionen nicht gegeben?* Und mein Bruder antwortete: *Es wäre ein schlechtes Geschäft gewesen.* Das hat er seinem Sohn geantwortet.

Er konnte nicht gegen seine Natur.« Er blinzelte. »Sie sehen, irgendwas scheint mit unserer Familie nicht ganz in Ordnung zu sein. Ich habe mich noch gar nicht richtig bei Ihnen bedankt. Sie haben sehr viel für mich getan. *Merci.*«

Er stieg aus und zog sich die Krempe des Lederhuts tief in die Stirn. Mit hochgestelltem Parkakragen lief er durch den peitschenden Regen davon, mischte sich unter eine Schar Pendler, die aus der Metrostation Étoile kamen und tauchte mit ihnen in einer Seitenstraße unter. Ella rutschte ans Steuer, sah ihm noch einen Moment nach, obwohl er längst verschwunden war, und fragte sich, ob sie ihn lebend wiedersehen würde. *Vielleicht ist einer von uns beiden bald tot.* Sie fädelte sich wieder in den morgendlichen Berufsverkehr ein.

»Was hältst du von Kaffee?«, fragte Annika.

»Wenn wir da sind«, sagte Ella.

»Wenn wir wo sind?«

»Beim Centre de Congrès.«

Es regnete, als sie beim Kongresszentrum ankamen, und es regnete weiter, während sie langsam die Straßen abfuhren, an denen das Gebäude lag. Der graue Betonbau sah aus wie ein in der Mitte durchgesägter Flugzeugträger mit einem zu hoch geratenen Kommandoturm. Das herabstürzende Wasser spritzte von seiner Dachkante auf die ein Stockwerk darunter angebrachte Plattform und von dort weiter auf den Vorplatz, sodass die Sicherheitsleute und Kontrolleure sich draußen nicht sehen ließen. Aber Ella wusste, dass sie da waren, und beim zweiten Mal entdeckte sie einige von ihnen hinter den Glastüren im erleuchteten Foyer und noch ein paar mehr oben an den Außenrolltreppen, und an den Hintereingängen und der Einfahrt zur Tiefgarage waren auch welche.

Sie musste sie mit ihrem inneren Teleobjektiv heranholen durch die nassen Seitenfenster, an den hin und her flappenden Scheibenwischern vorbeizoomen. Je öfter sie vorbeifuhr, desto mehr von ihnen sah sie, mit ihren grauen Anzügen, den ausgebeulten Jacketts, den Knöpfen in den Ohren, den Mikroports, den Walkie-Talkies und draußen mit großen Schirmen, die nach Portier aussehen sollten. Drei Polizeiwagen parkten vor dem Haupteingang, etwas weiter entfernt standen ein Feuerwehrwagen und mehrere Ambulanzfahrzeuge.

Ella stellte den Renault eine Ecke weiter ab. Sie schaltete die Scheibenwischer aus und lauschte dem Pladdern des Regens auf dem Dach. »Was heißt Notarzt auf Französisch?«, fragte sie.

»Ist das dein Plan?«, fragte Annika.

»Ja.« Ella beugte sich vor, griff unter die Sitzbank und holte den Notfallkoffer und die rot-weiß-blaue Arztweste hervor, die sie aus dem Rettungswagen der Flughafenambulanz in Rennes mitgenommen hatte. »Ich sehe nicht von Weitem zu, wie jemand ein Attentat auf Lazare verübt, für das ich dann an die Wand gestellt werde. *Ich bin Notärztin und gehöre heute zur Einsatzmannschaft der Feuerwehr*, was heißt das?«

»*Je suis médecin de service*«, erklärte Annika. »Mehr würde ich nicht sagen, die wissen, dass die Feuerwehr da ist. Sag es nur schön schroff und von oben herab, Franzosen mögen das!«

Sie liefen durch den unaufhörlich strömenden Regen zu einen Bistro, von dem aus sie das Centre beobachten konnten. Sie tranken Café Crème und aßen Schinkensandwiches. »Du weißt schon«, sagte Annika mit vollem Mund, »selbst wenn Lazare diesen Tag überlebt und die Mitglieder des Konsortiums aus dem Verkehr gezogen werden – von den aalglatten Typen bei Rochefort, Gladstone & Wentworth und ihrer Birnam Forrest-Privatarmee kann auch er die Welt nicht säubern …«

»Ich will nicht mehr die Welt verändern«, sagte Ella. »Ich will nur mein Leben retten, erinnerst du dich?« Sie leerte ihre Kaffeetasse. »Und das von Mado.«

»Weil du es schon einmal gerettet hast und nicht willst, dass die ganze Mühe umsonst war?«

Ella verzog keine Miene. »Weil ich *Superdoc* bin.« Sie nahm den letzten Bissen von ihrem Sandwich. »Aber ich weiß nicht, wie ich das eine *und* das andere schaffen soll. Versuch doch noch mal, Dany zu erreichen.«

Annika versuchte es noch einmal, und er meldete sich wieder nicht, und diesmal konnte sie auch keine Nachricht hinterlassen. Sie verstaute das Handy wieder in der Tasche, dann musterte sie Ellas Gesicht. »Ich sag dir das nur ungern, aber du siehst echt beschissen aus. Geht dir nicht besonders gut, was?«

Ella schüttelte den Kopf. »Meine Hüfte bringt mich um«, sagte sie lakonisch. Sie sah auf ihre Uhr. Es war beinahe halb zehn.

Der Regen fand seinen Weg durch die Markise über den Tischen draußen und lief in kleinen Rinnsalen an der Glasfront des Bistros herab. Auf der anderen Seite des Platzes trafen nach und nach die Aktionäre der Banque National d'Alsace ein, einige in Limousine, ein paar zu Fuß, aber die meisten in Bussen. Sie strömten durch den Haupteingang ins Foyer und Ella musste an die Wallfahrer denken, die sich auf Mont Saint-Michel durch die Porte de l'Avancée gedrängt hatten, nur dass die hier nicht sangen.

»Ich verschwinde mal kurz«, sagte sie. »Leihst du mir dein Schminkzeug?«

»Ich komme mit«, verkündete Annika. Sie gingen zur Toilette, die gerade Platz für eine von ihnen bot, zwängten sich aber beide hinein. »Lass mich mal deine Wunde sehen.« Ella zog Jacke, Pullover und Bluse aus. Annika sagte nichts, atmete nur kurz etwas schärfer. Sie hob den Notfallkoffer auf das Waschbecken, öffnete ihn und nahm Jod, Verbandszeug und Pflaster heraus. »Sieht aus, als könnte die Wunde jeden Moment wieder aufplatzen.«

»Kleb einfach was drauf«, sagte Ella.

Annika reinigte die Wunde, legte einen neuen Verband an

und klebte ein Pflaster darüber. »Lange hält das nicht, also am besten keine heftigen Bewegungen.« Sie schloss den Koffer wieder. »So, und jetzt nehmen wir uns dein Gesicht vor, nur für den Fall, dass du nicht erkannt werden willst.« Sie holte ein Kosmetikset aus ihrem Rucksack und fing an, Ella zu schminken, erst die Augen, danach die Wangenknochen, zuletzt die Lippen. »Ich weiß gar nicht, was die Asiaten haben – ist doch halb so schlimm, sein Gesicht zu verlieren. So, und da wäre dein neues.«

Ella betrachtete sich in dem Spiegel über dem Waschbecken. Sie erkannte sich selbst kaum wieder, die Augen waren kleiner geworden, die Lider heller, die Lippen schmaler, die Wangen fast hohl, dafür schienen die Wangenknochen hervorzutreten.

»Licht und Schatten«, sagte Annika. »Warte, ich muss noch was mit den Haaren machen.« Sie holte eine kleine Schere aus dem Etui und sagte: »Kopf runter!«

Als Ella kurz danach den Kopf wieder hob, hatte sie nichts mehr auf dem Kopf, das in irgendeiner Form Ähnlichkeit mit einer Frisur aufwies; das ganze Haar war struppig kurz geschnitten wie eine schlecht gemähte Wiese. Sie setzte eine billige Brille auf, die sie an einer Tankstelle hinter Le Mans gekauft hatte. Dann zog sie die weiße Arzthose und die rot-weiß-blaue Schutzweste an. An der Brust der Weste haftete sogar noch ein Namensschild, *Dr. Chappelle.* Jeder, der sie nur von Fotos kannte, würde Mühe haben, sie zu erkennen.

Sie liefen durch den pladdernden Regen zum Wagen, wendeten und schlossen sich den anderen Fahrzeugen an, die in die Tiefgarage des Kongresszentrums fuhren. An der Einfahrt zur Garage standen zwei Männer in dunklen Anzügen neben der schnell rauf und runter klappenden Schranke. Die Männer sprachen in ihre Walkie-Talkies. Ella konnte ihre Gesichter nicht erkennen, nur verschwommene Silhouetten hinter dem über die Scheiben strömenden Wasser.

Sie sah auf die Uhr am Armaturenbrett. Es war kurz vor zehn. Sie steuerte den Renault durch die gut beleuchtete Tiefgarage, bis sie einen Stellplatz neben einem Maserati fand. Sie zog den Schlüssel ab, griff nach der Notfalltasche und sagte: »Also dann.« Sie stiegen aus und gingen zum nächsten Fahrstuhl. »Ich nehme die Treppe«, sagte Ella.

Neben dem Liftknopf für den ersten Stock über dem Haupteingang befand sich ein Schild *Les Boutiques.* »Ich brauche noch ein neues Aktionärs-Outfit, vielleicht was Schickes von Vivian Westwood in Rot oder Schwarz«, erklärte Annika, umarmte Ella und drückte den Knopf. »Viel Glück. Pass auf dich auf.«

»Du auch auf dich. Und vergiss nicht: *Alles, was du kannst –*«

»*– das kann ich viel besser.*«

»Falls Dany sich noch meldet, ruf mich sofort an.«

»Du hörst von mir, keine Sorge!«

Bevor sich die Fahrstuhltür schloss, schoben sich noch ein paar Leute in die Kabine. Zwischen ihnen eingezwängt warf Annika Ella nur ein etwas verlorenes Abschiedslächeln zu. Dann war Ella allein. Plötzlich hatte sie Angst.

Sie entdeckte mehrere orange lackierte Eisentüren, über denen Notausgangsschilder leuchteten. Sie probierte die Tür gleich neben dem Fahrstuhlschacht. Sie war unverschlossen, ließ sich aber schwer öffnen. Dahinter führten Betontreppen nach oben und nach unten. Über den Türen zu den Stockwerken sorgten gelbliche Lampen in weißen Drahtkörben für Helligkeit. Ella war allein im Treppenschacht, und wieder gab es einen Ruck, und sie flitzte die Stufen zur nächsten Etage hoch, raste um den Treppenabsatz und hielt jäh vor einer weiteren Tür, auf der *Level 0* stand. Sie öffnete die Tür und trat auf den dahinterliegenden Gang.

Gleich neben der Tür stand ein breitschultriger Security-Mann im obligaten dunklen Anzug, mit raspelkurz geschnittenem Haar und Knopf im Ohr. Er drehte sich um, musterte Ella und streckte einen Arm aus, halb Schranke, halb Wegweiser: links den Gang hinunter, wo sich die Aktionäre an einer Röntgenschleuse stauten. Ella deutete auf das blaue Kreuz unter dem Namensschild an ihrem Overall und sagte: *»Médecin de service.«*

Der Mann zeigte auf ihren Notfallkoffer. *»Avec ça il faut passer le scanner!«*

Eine Sekunde lang war ihr Verstand wie blind, und sie stand nur da und sah den Mann an, der ihren Blick ausdruckslos erwiderte. Was hatte er gesagt? *Passeeleskannär*, was bedeutete das? Am Ende des breiten, mit dunkelblauem Teppichboden ausgelegten Gangs bemerkte sie Frauen und Männer, die ihre Rucksäcke, Hand- und Aktentaschen zum Durchleuchten auf mehrere Transportbänder legten. Sie stemmte sich gegen die Angst. Endlich identifizierte etwas in ihrem Gehirn das Wort *Scanner*, isolierte es und verwandelte das französische *skannär* ins englische Original. *Er will, dass du deinen Notfallkoffer durchleuchten lässt.*

Sie nickte dem Mann zu und ging zu der Röntgenkontrolle im hinteren Teil des Foyers, von der aus die Aktionäre in Gruppen mit ihren Stimmblocks zum Versammlungssaal marschierten. Sie hatte nicht gedacht, dass es so viele sein würden. Zu Hunderten bewegten sie sich durch die Gänge, junge, ältere, ganz alte, manche elegant gekleidet, die meisten aber wie ganz normale Werktätige. Ein paar hatten dunklere Haut, vielleicht Italiener oder Spanier. Einige Afrikaner in schwarzen Anzügen waren darunter, zwei mit Sonnenbrillen; mehrere Japaner und ein Trupp Chinesen. Die Chinesen trugen ebenfalls schwarze Anzüge, alle offenbar vom selben Schneider und Brillen mit dicken schwarzen Gestellen, die aussahen, als wären sie nur Requisiten, genau wie ihre. Die Chinesen blieben dicht zusammen und schienen ihre eigenen Bodyguards mitgebracht zu haben.

Ella blieb stehen und beobachtete die Männer an den Scannerschleusen. *Du hast Angst. Was ist aus deiner Wut geworden?*

Du hast Angst, weil es zu einfach ist. Du hast Angst, weil etwas nicht stimmt. Weil du das Kaninchen bist, und überall in der Luft sind Habichte.

50

Die Männer an der Schleuse: Es gab welche, die nur die Aufgabe zu haben schienen, den Besuchern ins Gesicht zu schauen, kurz und nicht ohne Wohlwollen. Andere standen fast versonnen nebeneinander an der Wand, die Hände vor dem Schritt gekreuzt, reglos. Gelegentlich bewegten sie lautlos die Lippen oder nickten, als hörten sie Stimmen, die außer ihnen niemand hörte. Es gab drei weitere, die mit leise pfeifenden Handscannern den männlichen Besuchern zu Leibe rückten, einen zarten Röntgenhauch über Brust, Rücken, Arme und Beine streifen ließen, ohne sie zu berühren. Die Männer und Frauen, die den Inhalt der Taschen auf ihren Monitoren kontrollierten, taten das in der starren Haltung eines Jagdhundes, der darauf wartet, endlich den vom Himmel geschossenen Fasan apportieren zu dürfen.

Keinen der Männer hatte Ella je gesehen. Auch die Frauen waren ihr unbekannt. Sie beschloss, sich nicht anzustellen; stattdessen drängte sie sich an den Schlangen der Wartenden vorbei. »*Pardon, madame, pardon, monsieur.*« Ohne jemanden anzusehen, den Blick immer zwischen die Köpfe gerichtet, erreichte sie die Spitze der Schlange und schob ihren Notfallkoffer hinter eine Aktentasche und einen Rucksack auf das Laufband.

Langsam bewegte sie sich vowärts, und dabei hatte sie das Gefühl, dass sie genau das Falsche tat, dass es einen anderen Weg geben musste, der ihr nur nicht eingefallen war. Ihr Koffer ruckelte auf die Scannerschleuse zu. Plötzlich erhielt sie einen Stoß in den Rücken, und im selben Moment spürte sie, dass die Wunde wieder zu bluten begonnen hatte. *»Pardon, madame!«* sagte eine kurzatmige Stimme, als sie herumfuhr, und es war nur ein älterer Mann, der sie um Verzeihung heischend ansah, *»pardonnez-moi, s'il vous plaît!«*

Aber als sie wieder nach vorn schaute, meinte sie zu sehen, wie zwei Sicherheitsmänner sich zunickten. Ihr Koffer fuhr gerade durch die Schleuse, sie konnte den Inhalt fast plastisch sehen. Der Mann am Monitor blickte auf und musterte sie. Sie merkte, dass sie stehen geblieben war. Sie ging weiter und griff nach ihrem Koffer, als sich einer der Sicherheitsmänner plötzlich entfernte. Jetzt konnte sie den Mann sehen, dem der erste zugenickt hatte, und da wusste sie, dass es ab hier nicht mehr zu einfach sein würde. Sie erkannte das tote Auge, den fahlen, leeren Perlmuttblick, der genau auf sie gerichtet war. *»Madame«*, sagte der Mann. *»Madame le docteur ...«*, und winkte sie zu sich.

Der Mann am Scannerband nahm ihren Koffer herunter. Langsam ging sie auf den, der ihr gewinkt hatte, zu. Als sie nah genug war, hob er eine Hand, damit sie stehenblieb. *»Je suis une des médecin de service«*, sagte sie. Er nickte, *»Je sais, madame.«* Mit einem Handscanner fuhr er in einigen Zentimetern Abstand über ihre Weste, Brust, Arme, Rücken. Es zirpte ein paarmal an den Druckknöpfen, aber das schien ihn nicht zu interessieren. Er nickte wieder, sagte *»merci, madame«* und deutete auf ihren Koffer, den der Mann am Scanner ihr entgegenhielt.

Sie nahm den Koffer. Sie ging an dem Mann mit dem toten Auge vorbei. Sie drehte sich nicht um. Sie ging einfach weiter bis zum großen Saal, warf einen Blick hinein. Der Saal war riesig. Er fasste bestimmt mehrere Tausend Zuschauer, die auf ihren roten Polstersitzen wie in einem Amphitheater saßen, im Halbrund aufsteigender Reihen, unter einem schwarzen Plafond mit einem Firmament von weißen Punkstrahlersternen. Ganz unten befand sich eine Bühne, auf der ein langer Tisch mit zwölf Stühlen und Namensschildern vor den Plätzen stand. Es gab zwei Kameras rechts und links von dem Tisch, Mikrofone hinter jedem Namensschild und daneben jeweils ein Glas und eine Flasche Perrier. Hinter dem Tisch ragte eine große Leinwand auf, eine kleinere stand links daneben, und noch weiter hinten verbarg ein schwerer dunkelblauer Vorhang den Rest der Bühne.

Wenn du ein Attentäter wärst, was für einen Platz würdest du dir suchen? Hinter dem Vorhang? Unten vor der Bühne, in einer der vorderen Reihen? Oder ganz am anderen Ende, mit einem Gewehr mit Zielfernrohr, in der obersten Reihe oder noch höher, hinter dem Fenster, in dem Raum, in dem die Scheinwerfer bedient werden?

Ella entdeckte die Kameras und Mikrofone im Auditorium, von denen Lazare gesprochen hatte. Die meisten Aktionäre hatten inzwischen ihren Platz eingenommen, auch die Kameramänner standen bereit, und vor der Bühne war ein halbes Dutzend Sicherheitsleute in Position gegangen. Ein schlanker, dunkelhaariger Mann in einem silbergrau changierenden Anzug ging langsam die kleine Treppe zur Bühne hinauf, in der Hand einen Stapel Papiere. Irgendwo ertönte ein gedämpfter Gong wie in der Theaterpause, und das Stimmengemurmel, das die ganze Zeit in der Luft gehangen hatte, wurde leiser.

Du musst näher ran, dachte sie, *in die Garderobe oder dahin, wo die Bilder der Kameras ankommen, wo die Monitore sind; wo man den ganzen Saal überblicken kann.*

Sie ging draußen auf dem Gang weiter zur anderen Seite des Amphitheaters. Die letzten Teilnehmer der Versammlung eilten an ihr vorbei, um ihre Plätze einzunehmen. Der dicke blaue Teppichboden verschluckte das Geräusch ihrer Schritte. Die Ordner fingen an, die Türen zum Saal zu schließen. Ella nickte ihnen zu, und ein paar von ihnen nickten zurück. Am Ende des Gangs stand ein Feuerwehrmann im Gespräch mit einem Polizeibeamten, der einen Schäferhund an der Leine hielt. Als er Ella wahrnahm, hob der Hund den Kopf und schaute ihr entgegen. Seine Ohren waren steil nach oben gerichtet, die Augen rotbraun wie glasierte Kastanien.

Über den Köpfen der beiden Männer hing an einer Säule ein Monitor, auf dem der große Saal mit der Bühne zu sehen war. Die Bühne wurde von mehreren Scheinwerfern angestrahlt, der Saal versank langsam im Halbdunkel. Der Mann in dem silbergrauen Anzug trat an ein durchsichtiges Rednerpult aus Fiberglas.

Vergeblich suchte Ella zwischen den gerahmten Konzertplakaten und den großen Spiegeln an der Wand nach einem Pfeil zum Bühneneingang oder der Künstlergarderobe. Ihr war heiß unter der Arztweste, und der Koffer zog ihre Schulter nach unten; die Hüftmuskulatur spannte sich um die Wunde. Dann entdeckte sie neben einem Notausgang zum Treppenhaus einen verglasten Gebäudeplan mit den Fluchtwegen, falls ein Feuer ausbrach. Sie musste noch weiter, an dem Hund und den beiden Männern vorbei.

Auf dem Monitor eröffnete der Mann in dem silbergrauen Anzug die Versammlung mit den Worten: *»Ladies and gentlemen, dear stockholders, the board of the Banque National d'Alsace is pleased to welcome you to it's annual stockholder meeting«*, bevor er kurz ins Französische wechselte und schließlich beim Englischen blieb.

Beim Klang der Stimme war Ella, als hätte sich irgendwo eine Tür geöffnet, durch die ihr ein eiskalter Windstoß ins Gesicht schlug. Der Anwalt! Der Mann, der sie in der Wohnung über dem Quartier de l'Horloge gefangen gehalten hatte; es war seine Stimme. Benommen blieb sie einige Sekunden lang stehen, starrte zu dem Monitor hinauf, zu dem Mann, der genauso fließend Englisch wie Deutsch sprach. Einen Moment lang war ihr, als hätte sie kein Gehirn mehr, nichts, womit sie Ordnung in ihrem Inneren schaffen konnte. Sie sah einen dritten Mann, sah ihn aus den Augenwinkeln, er kam von dort, wo sie eben noch gewesen war, aus der Richtung des Haupteingangs. Aber er war zu weit entfernt, sie konnte ihn nicht erkennen.

Der Hund schlug so heftig an, dass sie beinahe ihren Koffer fallen gelassen hätte. Nicht stehen bleiben, weitergehen, und sie ging weiter, bis sie einen der Männer rufen hörte: *»Madame!«* und gleich nochmal: *»Madame, un moment, arrêtez-vous, vous avez –«*, aber der Rest ging im Gebell des Hundes unter, nur das Wort *sang* verstand sie noch: Blut.

Sie blieb stehen und drehte sich um, und in der Bewegung erblickte sie sich selbst in einem der Spiegel und sah noch, dass ihre Weste genau in dem weißen Streifen über der Hüfte einen großen roten Fleck aufwies. Der Flic beruhigte den Hund, dessen Kastanienaugen auf den blutigen Fleck gerichtet waren. Der Feuerwehrmann kam auf sie zu, hilfsbereit, nicht argwöhnisch. Er sagte etwas, das sie nicht verstand. Er deutete auf eine Tür, neben der ein Toilettenzeichen angebracht war. Sie schüttelte den Kopf, begriff nicht, was er wollte. *»Je suis médecin«*, sagte sie, aber der Feuerwehrmann redete weiter auf sie ein, und sie sah jetzt auch, wie blass sie war, wie sie schwitzte. Ihr Gesicht glänzte im Spiegel.

Der Feuerwehrmann deutete auf den Boden, wollte, dass sie sich hinlegte. Aber sie schüttelte weiter den Kopf, und als er nach ihr griff, nach ihr oder nach dem Koffer, wich sie zurück. Er sah ernst aus, nicht verärgert, nur ernst und besorgt, und jetzt wurde er energisch, die energischen Hilfsbereiten waren die Schlimmsten, er versuchte sie zu beruhigen, mit sanfter Gewalt nahm er ihr den Koffer ab und legte ihn auf den Boden. *»Vous-êtes blessée?«*, fragte er. »Mir fehlt nichts!«, sagte sie heftig, und erst, als sie sein Gesicht sah, die plötzliche Vorsicht, merkte sie, dass sie Deutsch gesprochen hatte.

Er sagte etwas, das vermutlich bedeutete, er wolle sich ihren

Rücken mal ansehen, das hätte sie jedenfalls gesagt, und dann hätte sie den Koffer geöffnet, und er öffnete den Koffer, und sie hätte eine Schere herausgeholt, um den Overall aufzuschneiden, und er sah die Pistole, und sie hätte keine Pistole sehen dürfen, aber da war eine, sie lag in dem Notfallkoffer, gleich obenauf, eine Walther PPK, die bei der Taschenkontrolle noch nicht da gewesen war.

Der Feuerwehrmann starrte auf die Waffe, und dann rief er: »Luc!« Der Flic näherte sich vorsichtig. Der Schäferhund zerrte an der kurz gehaltenen Leine. Der Mann mit dem Mantel, der Ella gefolgt war, begann zu laufen.

Unter der Walther lag etwas, das aussah wie ein Flugblatt, und sofort wusste Ella, was das war, obwohl sie nur ein paar fett gedruckte Worte von der Überschrift lesen konnte, LAZARE IST ERST DER ANFANG! TOD ALLEN BANKERSCHWEINEN, sogar auf Deutsch, natürlich sie war ja Deutsche, die Tatwaffe und das Bekennerschreiben. Auf dem Röntgenschirm war beides noch nicht zu sehen gewesen. Der Mann am Monitor muss sie in den Koffer getan haben, während der mit dem Handscanner mich abgelenkt hat.

Der Mann mit dem Mantel lief jetzt schneller. Etwas an ihm kam ihr vertraut vor, erst nur vage, doch dann immer deutlicher, und als er *»Messieurs, attention!«*, rief, erkannte sie auch die Stimme. Hauptkommissar Aziz, der Einzige, der sie zweifelsfrei identifizieren konnte, vom LKA-Beamten zum Terroristenjäger.

Sie handelte instinktiv. Sie versetzte dem Feuerwehrmann einen Tritt gegen die Schulter, griff nach der Pistole und dem Flugblatt und rannte auf den nächsten Notausgang zu. Der Schäferhund bäumte sich auf, bellte und zerrte, aber der Flic war zu überrascht, um ihn von der Leine zu lassen, und gleich darauf war Ella schon bei der Tür und riss sie auf. Im Laufen zog Aziz seine Pistole.

Ella stürzte durch die Tür, ein scharfer Schmerz, als risse jemand ein Stück aus ihrer Hüfte, dahinter der Treppenschacht, sie wusste nicht, wohin, nach unten oder nach oben? Sie entschied sich für oben, nahm immer mehrere Stufen auf einmal, steckte dabei die Walther in die Westentasche und holte ihr Handy heraus.

Anni, pass auf, sie wissen, dass wir hier sind, sie wussten es die ganze Zeit. Sie haben mir eine Pistole in den Koffer geschmuggelt und ein Bekennerschreiben. Jetzt haben sie mich da, wo sie mich immer haben wollten.

Sie hielt das Handy in der Hand, kein Netz, die dicken Betonwände. Sie lief, und auf der nächsten Etage zog sie die Tür auf, dahinter lag ein kahler Gang mit weiß getünchten Wänden, von Neonröhren beleuchtet. Sie musste einen Moment stehenbleiben, Luft holen. Sie lehnte sich gegen die Wand, glättete das Bekennerschreiben, das sie zusammengeknüllt in der Faust hielt, und las es:

»Tod allen Bankerschweinen. Schlachtet sie, wo ihr sie findet. In ihren Koben in Frankfurt, London, Paris oder New York, wo sie sich in ihrem stinkenden Geld suhlen. An ihren Schnauzen klebt das Blut von –«

Perfekt, dachte sie, wenn das an die Öffentlichkeit kam, wurde Lazare tatsächlich zum Märtyrer, aber anders, als er sich das vorgestellt hatte. Ein Opferlamm, geschlachtet von Globalisierungsgegnern; von radikalen Zellen, die alle Banken, alle Börsen, alle Finanzplätze vernichten wollten. Wer sich danach noch für eine schärfere Kontrolle oder staatliche Regulierung von Banken, Fonds und Börsengeschäften aussprach – wer auch nur darüber nachdachte –, musste befürchten, mit den Mördern von Saint Lazare in einen Topf geworfen zu werden.

Ella zog die Walther aus der Tasche und roch an der Mündung: Metall, Schwefel, Feuerstein. Das Magazin war leer.

Kürzlich erst abgefeuert, die haben an alles gedacht. Ich kann sie wegwerfen, aber ich kann sie nicht aus dem Gebäude schaffen, eine ungeladene Waffe, aus der geschossen wurde, mit meinen Fingerabdrücken darauf.

Die Tür am anderen Ende des Gangs wurde aufgestoßen. Ein Mann erschien im Rahmen und sah sie sofort. Sie starrten sich an. Aziz hielt seine Pistole noch in der Hand, mit dem Schalldämpfer nach unten. Blitzschnell riss er seine Waffe hoch. Er sagte etwas, das Ella nicht verstand. Sie sah nur seine Lippen, die sich bewegten, und dann sah sie, wie der Lauf der Pistole zuckte.

Sie rührte sich nicht. Sie sah kein Mündungsfeuer und keinen Pulverrauch, sie hörte nicht mal ein Plopp. Dicht neben ihrem Kopf zerplatzte die Glasscheibe eines Erste Hilfekastens an der Wand. Kleine Scherben spritzten ihr ins Gesicht, und da erst begriff sie, dass Aziz tatsächlich auf sie geschossen hatte.

Sie lief nach rechts, wo ein Pfeil zum Fahrstuhlschacht wies. Als sie den Gang hinunterhetzte, hörte sie ein zweites Projektil von der Wand abprallen. Die Fahrstuhltür war geschlossen, die Kabine stand auf einer anderen Etage. Ella schob die Walther in die Tasche und drückte den Rufknopf, wusste aber in derselben Sekunde, dass sie nicht stehen bleiben durfte. Das Treppenhaus – da, die Tür! Sie zerrte an der Klinke und dachte erst, die Tür wäre abgesperrt, doch sie war wieder nur schwer. Sie musste sich mit ihrem ganzen Körpergewicht dagegenwerfen. Dann gab die Tür nach, und ein Schwall warmer, ölig riechender Luft schlug ihr entgegen.

»Bleiben Sie stehen, Doktor Bach! Geben Sie auf! Wir kriegen Sie sowieso! Sie –«

Die Tür fiel zu und schnitt Aziz das Wort ab. Mit großen Sprüngen hetzte Ella die Betonstufen hinunter. Sie hörte ihre Schritte von den Wänden widerhallen, und sie hörte sich selbst keuchen, in schnellen flachen Atemstößen, und sie hörte ein surrendes Geräusch, und sie blieb stehen, um es genauer hören zu können, *der Fahrstuhl!*, und von irgendwoher weit weg vernahm sie eine Stimme, mikrofonverstärkt, aus dem großen Saal, und dann hörte sie, wie unter ihr die Tür geöffnet wurde, und sie lief weiter.

Als sie die nächste Etage erreichte, krachte ein Schuss über ihrem Kopf, diesmal kein Schalldämpfer, und gleich darauf noch einer. Im Laufen blickte sie nach oben, und da war der Mann mit dem Hauttransplantat und feuerte, aber die Kugeln prallten von den Stufen ab und heulten als Querschläger durch den Schacht. Im selben Moment erschienen zwei schwarz gekleidete Sicherheitsmänner auf einem Treppenabsatz über ihnen, einen Hund an der Leine. Der Mann mit dem Transplantat rief ihnen etwas zu, das wie *là bas* klang, und sie trampelten die Stufen herunter.

Ella rannte weiter, in großen Sprüngen, und bei jedem Sprung schoss der Schmerz von ihrer Hüfte hoch bis hinter die Stirn. Sie wusste nicht, wie viele Untergeschosse das Kongresszentrum hatte, aber bestimmt gab es dort unten mehr Möglichkeiten, ihren Verfolgern zu entkommen, und vielleicht fand sie auch noch andere Fahrstühle. Sie versuchte, sich das Gebäude vorzustellen wie eine dreidimensionale Computeranimation. Wo war sie? Wie weit ging es noch nach unten? Sollte sie die Tür zur nächsten Etage nehmen? Und da, musste sie dann da nach links oder rechts?

Der Weg zurück nach oben war ihr verstellt. Die Hundeführer waren schnell, die Pfoten des Tiers klickten auf den Stufen, aber es bellte nicht, nur sein hechelnder Atem war zu hören. Die Beleuchtung flackerte. Jenseits der Eisentür hielt der Lift mit einem mechanischen Seufzen. Ein Klappern verriet, dass die Kabine sich öffnete und wieder schloss. Dasselbe Seufzen, als sie sich wieder in Bewegung setzte. Ella hörte eine Sirene, die von weit draußen hereindrang, und aus der Tiefgarage einen Motor der gestartet wurde, gefolgt von quietschenden Reifen. Sie rannte weiter.

Wo ist der nächste Fahrstuhlschacht? Ich muss wieder nach oben, ich muss die Pistole loswerden, irgendwo verstecken, wo man sie nicht findet, und das Bekennerschreiben, das auch, ich muss muss muss –

Sie glühte vor Hitze und Angst. Auf jedem Absatz warf sie einen Blick nach oben. Die Hundeführer öffneten die Tür über ihr, zerrten das Tier mit sich, raus aus dem Treppenhaus, *die laufen zum Fahrstuhl, sie wollen dir den Weg abschneiden,* die Kabine surrte heran, *wo ist Aziz?,* und da war er, da war Aziz, drängte sich durch die Tür zur Treppe, an den beiden schwarz gekleideten Männern und dem Hund vorbei, und als er freies Schussfeld auf Ella hatte, drückte er ab.

Nichts geschah. Er drückte noch einmal ab, wieder nichts. Er blieb stehen, um nachzuladen, fluchte.

Ella rannte weiter, mit schmerzender Lunge. Und sie war schneller als der Lift, ja, tatsächlich, sie war schneller. *Die nächste Tür*, dachte sie noch, dann war sie schon da, zog sie auf und befand sich in der Tiefgarage, gleich neben dem Fahrstuhlschacht. Das Licht war hier unten schwächer, aber ausreichend. Die Reihen parkender Autos verlockten dazu, sich dazwischenzuducken, zu verstecken. Surrend näherte sich der Lift.

Ella überlegte fieberhaft. Gegenüber auf der anderen Seite der Garage, gab es noch mehr Türen. *Wohin führen die? Du musst zurück in den großen Saal. Wenn dir nichts einfällt, sitzt du in der Falle. Entscheide dich, schnell!* Da entdeckte sie den Feuerlöscher an der Wand, ein paar Meter von der Fahrstuhltür entfernt. Der Fahrstuhl kam näher und näher.

Sie riss den Feuerlöscher aus seiner Halterung. Er war schwer, sie brauchte ihre ganze Kraft. Sie ging in die Knie, brach den Sicherungsdraht auf und richtete die Düse des Schlauchs auf die Fahrstuhltür. Der Lift hielt, die Türen glitten zur Seite. Die beiden Sicherheitsmänner hatten ihre Pistolen gezogen, zielten aber zu hoch; nur der Hund war auf Ellas Höhe, und es war ein

Dobermann, und jetzt knurrte er, und seine Lefzen gaben die spitzen Zähne frei. Es schien, als wollten sogar seine Augen sich losreißen und aus ihren Höhlen springen.

Ella drückte den Abzug des Feuerlöschers. In einem scharfen Strahl schoss weißes Pulver aus der Schlauchdüse und traf den Kopf des Tiers. Jaulend drehte der Hund sich einmal um sich selbst und verhedderte sich in der Leine. Ella richtete die Düse auf die beiden Männer, die Hände, die Pistolen, die Gesichter, hüllte sie in zischendes Pulver.

Der Dobermann warf sich geblendet gegen die Leine, zog seinen Führer aus der Kabine. Ella ließ den Feuerlöscher fallen, sprang auf und zur Seite, und der Hund stürzte an ihr vorbei. Sie machte einen Satz in den Lift, stieß auch den zweiten orientierungslosen Mann aus der Kabine. *Mach schon, geh zu, Tür!* In panischer Hast drückte sie auf sämtliche Knöpfe, mit Ausnahme des untersten und der beiden darüber, *geh zu, verdammt!,* und endlich schloss sie sich, bevor die beiden Hundeführer sehen konnten. Mit einem Ruck stieg die Kabine aufwärts.

Ella starrte die Knöpfe mit den erleuchteten Ziffern an. Auf welcher Höhe war Aziz inzwischen? Auf welcher Etage wartete der andere Mann? Wo war der nächste Zugang zum Amphitheater? Wie schnell konnten die beiden Sicherheitsmänner mit dem Hund ihr folgen? *Wie viele waren noch hinter ihr her?*

51

Der Fahrstuhl hielt im zweiten Stockwerk über der Garage. Die Türen glitten auf, und vor Ella erstreckte sich ein spärlich beleuchteter Gang mit kahlen Wänden, dessen Ende hinter einer Biegung verborgen lag. Von unten drang das gewürgte Jaulen des Dobermanns herauf. Sie sprang aus der Kabine und lief den Gang entlang. Hinter ihr setzte der Lift sich wieder in Bewegung. Der Gang führte zu einer Stahltür mit der stilisierten Darstellung eines Blitzes darauf.

Plötzlich hatte sie eine Idee: *Ein Blitz – ein Kurzschluss im Gehirn – ein Stromausfall!* Vielleicht konnte sie Teile des Centre de Congrès in Dunkelheit tauchen, vielleicht das ganze Zentrum – *vielleicht, vielleicht* –, aber irgendetwas musste sie tun. Neben der Tür hing in einem verglasten Metallkasten eine kleine, kurzstielige Axt. Ella schlug die Glasscheibe ein und riss die Axt aus ihrer Halterung.

Sie zog die Stahltür auf und sah sich dem Mann mit dem langen schwarzen Indianerhaar gegenüber, der ihr schon auf dem Flugplatz von Rennes aufgefallen war. Seine hellen Augen weiteten sich überrascht, dann zogen sie sich jäh zusammen, und er öffnete den Mund wie eine zischende Schlange. Er griff nach einem Revolver, der in einem Lederholster an seinem Gürtel hing. Aber die Tür war zu eng, er stieß mit dem Ellbogen an und blieb dann mit dem Lauf der Pistole am Rahmen hängen. Ella staunte, wie langsam er sich bewegte, *wie in Zeitlupe*, und sie selbst war genauso langsam, als sie abwehrend die Axt hob.

Die schwere Tür warf sie nach vorn, gegen den Mann mit dem Indianerhaar, dem ein leiser Laut der Überraschung entfuhr. Sie verloren das Gleichgewicht, und im Fallen rief er etwas, das sie nicht verstand, aber dann landete sie auf ihm, und er schrie. Der Schrei ging in ein Röcheln über. Sie blickte in seine vor Schreck weit aufgerissenen Augen und ließ die Axt los, versuchte hochzukommem, weg von ihm. Als sie sich halb aufgerichtet hatte, sah sie, dass die Schneide der Axt tief in seinem Bauch steckte.

Blut sickerte zu beiden Seiten des Axtblatts durch das schwarze Uniformhemd. Langsam tastete der Mann mit dem Indianerhaar nach dem Stiel und packte ihn mit beiden Händen, um die Schneide aus seinem Bauch zu ziehen. Ella dachte, *mach das nicht, es kommt zu viel Blut,* und sie dachte auch, *das wollte ich nicht.* Aber er hörte nicht auf, mit einem Ruck riss er das Axtblatt aus seinem Bauch, und das Blut spritzte in einem dünnen Strahl aus der offenen Wunde unterhalb der Rippen. Staunend hob er den Blick zu Ella. Dann streckte er einen Arm aus und hielt ihr die Axt entgegen wie ein Geschenk. Als sie sich nicht rührte, sank der Am wieder hinab; klirrend schlug die Axt auf den Boden.

Reglos stand sie da und starrte den Mann an. *Es tut mir leid*, dachte sie. Oder vielleicht sagte sie es auch, *es tut mir leid, das wollte ich nicht.* Ihre Sehnen und Muskeln brannten bis zur Schulter herauf, sogar die Knochen schmerzten. Sie hörte ihr Herz, dessen harte, schnelle Schläge ihren ganzen Körper zu erfüllen schienen; sie spürte sie bis unter die Fingernägel. Die Schusswunde an der Hüfte fühlte sich an, als würde eine glühende Kohle hineingedrückt. Trotzdem bückte Ella sich, um den Puls des Mannes zu fühlen; um zu sehen, ob er nicht doch noch lebte.

Plötzlich spürte sie einen kühlen Luftzug über ihre erhitzte Haut streichen, und bevor sie sich noch umdrehen konnte, hörte sie das schnelle, rhythmische Klicken, das sie schon vorhin im Treppenhaus gehört hatte. *Hundepfoten!* Etwas versetzte ihr einen heftigen Stoß in den Rücken. Sie taumelte vorwärts und fing sich im letzten Moment, ehe sie über die Beine des Toten stürzte. Von ihrem eigenen Schwung halb herumgerissen, sah sie den Dobermann. Seine Augen waren jetzt klein und hatten einen geröteten Rand, und ein tiefes Knurren drang aus seiner Kehle.

Die Leine schurrte über den Beton. Der Dobermann sprang, die Augen auf Ellas Kehle gerichtet. Seine spitzen Zähne glänzten gelblich. Ohren und Nase waren weiß von Löschpulver. Unwillkürlich riss Ella dem Toten die Axt aus der Hand und hieb dem Hund die flache Seite des Eisenblatts gegen die weit aufgerissene Schnauze. Der Dobermann jaulte, drehte sich mitten im Sprung und landete auf der Seite, wo er benommen liegen blieb. Etwas Blut rann ihm aus den Nüstern. *Das hast du davon, Hund,* dachte Ella; *wie bist du überhaupt hier heraufgekommen?*

Auf den großen Bildschirmen im Foyer des Centre de Congrès und auf den kleineren Monitoren in den Gängen und Konferenzräumen und ebenso auf den zahllosen Computern der Internetuser überall auf der Welt und nicht zuletzt bei der Liveübertragung im Programm von Bloomberg-TV kam der Mann in dem silbergrauen Anzug hinter dem Rednerpult zum Ende seiner Eröffnungsansprache. »Wenn Sie in Ihr Programm schauen«, sagte er, noch immer auf Englisch, »können Sie dort lesen, dass jetzt die Rede des Stellvertretenden Vorstandssprechers der Banque National d'Alsace folgt. Dieser Tagesordnungspunkt wurde gestrichen. Stattdessen spricht zu Ihnen der Vorstandsvorsitzende selbst, Monsieur Raymond Lazare!«

Nach einer Sekunde überraschten Schweigens brachen die Aktionäre in frenetischen Jubel aus. Einige sprangen von ihren

Sitzen auf, als Lazare vom Hintergrund der Bühne ins Scheinwerferlicht trat. Er trug einen schlichten, aber erkennbar sehr teuren schwarzen Einreiher, ein schneeweißes Hemd mit Button-down-Kragen und eine golddurchwirkte Krawatte. Nichts an ihm deutete auf die Strapazen der vergangenen Tage hin, außer vielleicht einer zornig pochenden Ader auf seiner Stirn. Er sprach mit klarer, lauter, fast heftiger Stimme.

»*I'm certain you all have heard the rumours these days*«, begann er, »ich sei tot oder verschollen oder Opfer einer Entführung geworden. Aber das stimmt nicht – ich bin nur gerannt. Ich war auf der Flucht vor den Löwen. Sie kennen die Fabel: Jeden Morgen in Afrika erwacht die Gazelle, und ihr erster Gedanke ist, du musst schneller laufen als der schnellste Löwe, sonst wirst du gefressen. Zur gleichen Zeit erwacht der Löwe und denkt, du musst schneller laufen als die langsamste Gazelle, sonst verhungerst du. Das heißt: Es ist egal, ob du Gazelle oder Löwe bist – wenn die Sonne aufgeht, ist es das Beste, du rennst, so schnell du kannst.

Ich bin gerannt. Zuerst war ich die Gazelle, aber die, die mich gejagt haben, waren keine Löwen. Es waren Schakale. Jetzt allerdings bin ich der Löwe und jage die Schakale. Ich weiß, wo ich sie finde, denn bevor ich Gazelle und Löwe wurde, war ich selbst einer von ihnen. Ich war beteiligt an der Verschwörung der Schakale zur Zerstörung der Demokratie in Europa. Ich gehörte zu einem Konsortium von Bankern, die ihre Macht dazu benutzen wollten, eine Regierung des Geldes und des Profits über den Regierungen der Europäischen Union zu etablieren. Dies sind ihre Namen, und das ist der Beweis!«

Sie müssen es jetzt tun! Ella stand vor dem Monitor im Gang gleich gegenüber vom Fahrstuhl auf der zweiten Etage und dachte, *wenn sie es jetzt nicht tun, ist es zu spät, dann kennt die Welt ihre Namen.* Die Fahrstuhltüren hatten sich wieder hinter ihr geschlossen. Sie lauschte, versuchte zu hören, ob jemand die

Treppe hochkam, ob ein Lift nach oben oder unten fuhr, aber die Übertragung des Geschehens im Amphitheater war zu laut, der Applaus, die mikrofonverstärkten Stimmen.

Du hast einen Menschen getötet. Er wollte dich zuerst töten, aber das ändert nichts. Du hast ein Leben zerstört, statt es zu retten.

Sie lief weiter. Ihr war schwindlig von dem Adrenalin, das durch ihre Adern schoss. Die verletzte Hüfte schmerzte bis zum Hals hinauf. Sie versuchte, sich den Plan des Gebäudes in Erinnerung zu rufen, den sie an der Wand neben dem Notausgang gesehen hatte. Sie war zu weit oben, musste wieder nach unten, aber mit einem anderen Fahrstuhl. Oder über die Treppe, am besten über eine der Treppen.

Sie lief auf die erste Tür zu und öffnete sie vorsichtig: ein weiterer Gang und an dessen Ende noch eine Tür, die nur angelehnt zu sein schien. Schnell und leise lief sie den hell erleuchteten, mit Teppichboden ausgelegten Korridor entlang und spähte durch den Türspalt. Richtig, ein weiterer Gang, der zur Feuertreppe führte. Die Treppe war leer. Ella achtete nicht auf ihre Schmerzen, rannte die Stufen hinunter, erreichte die nächste Etage. Öffnete die Tür. Auch dahinter ein Flur, verwaist wie die anderen.

Sie entdeckte einen Bildschirm gegnüber der Garderobe rechts vom Fahrstuhl. Die Kameras zeigten gerade die Bühne mit dem Vorstand und der Geschäftsführung der Banque National d'Alsace. Sie zeigten die große Leinwand, die hinter dem Tisch aufgebaut war und auf der jetzt noch Raymond Lazare zu sehen war, zehnmal so groß wie hinter dem durchsichtigen Rednerpult am Rand der Bühne. Sie zeigten die Gänge neben den Sitzreihen, in denen mehrere Teilnehmer standen, die keinen Sitzplatz gefunden hatten. Sie zeigten die vorderen Reihen der Zuschauer, besonders die, in denen die Großaktionäre saßen. Eine der Kameras verweilte auf fünf Chinesen – schwarze Anzüge, schwarze Brillen, eisige Mienen – in der dritten Reihe.

Im Foyer erschienen die ersten Leute vom Catering, die Speisen und Getränke auf Rollwagen zu weiß gedeckten Tischen fuhren. Keiner von ihnen schenkte Ella auch nur die geringste Aufmerksamkeit. Etwas weiter vorn, wo der Gang zum rechten Saalausgang führte, trat ein Sanitäter aus einer Tür und ging in dieselbe Richtung wie sie. Der Sanitäter machte hastige, kurze Schritte, und erst kurz bevor er die Flügeltür zum Amphitheater erreichte, erkannte Ella, dass es gar kein Mann war. In der weißen Hose und der in mattem Rot-Weiß-Blau schimmernden Weste steckte eine Frau.

Die Frau öffnete die Tür zum Amphitheater. Ohne Ella zu sehen, verschwand sie hinter der Tür, die wieder zufiel. Ella war noch ein gutes Stück entfernt, und jetzt begann sie zu laufen. *Das war sie. Das war die Attentäterin vom Flugplatz in Rennes.* Sie erreichte die Tür, zog sie auf, schob sich ebenfalls in den nur vom Bühnenlicht erhellten Raum. Sie befand sich dicht an der Bühne.

Ihr Blick flog über die Köpfe der sitzenden Aktionäre, Tausende von Köpfen, die Gesichter alle auf das Rednerpult gerichtet, wo sich Lazare der noch dunklen Leinwand zuwandte. Ella suchte weiter, suchte die Frau in der Sanitäterweste. Rechts und links von ihr standen Besucher, die keinen Platz mehr gefunden hatten; ein paar saßen auf den flachen Absätzen des Seitengangs. Die Frau war nirgendwo zu sehen, keine weiße Hose, keine bunte Weste außer der, die Ella selbst anhatte.

Gegenüber, auf der anderen Seite, wurde eine Tür geöffnet, und eine weitere Frau betrat den Saal. Sie brauchte einen Moment, um sich zu orientieren. Wie Ella musterte sie die Reihen der Sitzenden und die Seitengänge. Das erlöschende Bühnenlicht warf einen letzten Schimmer auf ihr Gesicht, den leuchtend roten Mund. Anni! Auf der Suche nach einem Platz ging sie den Gang hinunter. Wie in Trance. Wie jemand, der über ein Hochseil balancierte; der den Erdboden nicht mehr spürte.

Ella bemerkte eine Bewegung links von sich, und als sie hinsah, war da der Mann mit dem Hauttransplantat. Er bewegte sich langsam den Gang hinunter auf sie zu, den Oberkörper merkwürdig verdreht. Seine Hände hielten etwas neben dem rechten Oberschenkel – einen Revolver mit nach unten gerichtetem Lauf und Schalldämpfer. Aber er sah sie nicht an, er sah an ihr vorbei auf einen Punkt rechts von ihr. Sie folgte seinem Blick.

Zwei Absätze unter ihr stand die Frau in der Sanitäterweste zwischen mehreren Männern. Jetzt erkannte Ella die Kerzenverkäuferin ohne jeden Zweifel. Ihr Gesicht schimmerte silbrig im Widerschein der zum Leben erwachenden Leinwand. Ihre Hand steckte unter der vorne offenen Weste, und aus der Nähe sah sie Ella noch ähnlicher.

Ich bin genau zwischen ihnen. Ich bin da, wo sie mich haben wollen. Ich bin dem Igel nachgerannt.

52

Ella suchte wieder nach Annika, die jetzt zu ihr herüberschaute, genau zu ihr. Fast konnten sie sich in die Augen sehen, obwohl das unmöglich war im Dunkeln, über die große Entfernung, und doch spürte sie ihren Blick fest auf sich, voller Ahnungen, voller Besorgnis.

Auf der Leinwand hinter Raymond Lazare erschien die unruhige, nicht ganz scharfe Aufnahme eines im Halbdunkel liegenden Raums, der aussah wie das Kaminzimmer eines Jagdschlosses, nur notdürftig erhellt von einem flackernden Feuer und ein paar antiken Stehlampen auf kleinen Beistelltischchen. Die sechs Männer in dem Raum, jeder mit einem Glas in der Hand, saßen in Ledersesseln oder auf zwei ausladenden Sofas. Sie waren salopp gekleidet, Freizeitdress, wie zum Golfen oder nach dem Angeln. In der Mitte stand ein Dutzend Flaschen mit Wein, Cognac oder Whiskey.

Die Kamera, offenbar versteckt, bewegte sich von einem zum anderen und von oben nach unten. Jedes Mal sah der, der gerade gefilmt wurde, auf und lächelte und sagte *Thanks* oder *Merci* oder *Grazie,* und man sah sein Gesicht ganz deutlich, denn die versteckte Kamera schien sich auf Höhe der Krawattennadel von jemandem zu befinden, der den Männern etwas zu trinken nachschenkte und sich dabei zu ihnen hinabbeugte.

Die Kerzenverkäuferin zog ihre Hand unter dem Jackett hervor. Sie trug weiße Handschuhe und hielt eine Pistole, eine Walther PPK, ebenfalls mit Schalldämpfer. Mit wenigen, raschen Schritten drängte sie sich durch die Zuschauer, bis sie fast neben Ella stand und selbst der Schusswinkel keine Zweifel mehr zuließ.

»Sie sehen hier die sechs mächtigsten Männer im europäischen Finanzwesen«, erklärte Lazare.

Das war der Moment, in dem die Kerzenverkäuferin die Pistole hob und auf Lazare zielte, *und das war der Moment,* in dem Ella sich auf die Frau stürzte und den Pistolenarm packte, *und das war der Moment,* in dem die Frau schoss, *und das war der Moment,* in dem plötzlich ein Schrei ertönte, so laut, dass es jeder im Raum hören musste, *und das war der Moment,* in dem Ella wusste, dass Annika wieder einen Anfall hatte, während der Mann mit dem Hauttransplantat auf Ella feuerte, und in den Schrei hinein fiel ein zweiter Schuss, aber alle Augen richteten sich auf Annika, die mit verzerrtem Gesicht im Seitengang stand und nun von einem der Scheinwerfer erfasst wurde, *und das geschah alles im selben Moment.*

Gebadet in einen Kegel aus weißem Licht wand sich Annikas Körper in krampfhaften Zuckungen wie geschüttelt von einem Dämon, bevor ein weiterer unbeschreiblicher Schrei aus ihrer Brust drang, ein Schrei, der nichts Menschliches mehr hatte. Der Stoß einer unsichtbaren Faust schien sie von den Füßen zu fegen. Sie brach zusammen, wo sie stand, krümmte sich einen Moment im Licht des Scheinwerfers auf dem blauen Teppichboden, dann lag sie still, während langsam etwas Schaum aus ihrem Mund quoll, und all das konnte man auf der zweiten, kleineren Leinwand neben dem Vorstandstisch sehen.

In den Sitzreihen sprangen die Aktionäre auf, einige schrien, andere hatten die Hände vor den Mund geschlagen.

Lazare schwankte leicht hinter dem Rednerpult. Ein roter Fleck breitete sich an seiner rechten Schulter aus. Fast beiläufig presste er die linke Hand dagegen, während er mit der rechten weiter auf die Leinwand deutete, als wäre überhaupt nichts geschehen; als wären die Männer, die in dem dunklen Raum nun zu reden begonnen hatten, viel wichtiger als alles andere.

»Bitte, bleiben Sie!«, rief er in sein Mikrofon. »Bewahren Sie Ruhe, bitte, und hören Sie mir zu. Ihnen wird nichts geschehen. Die Leute, die gerade eben versucht haben, mich umzubringen, sind hier im Raum, und den Grund, aus dem sie mich umbringen wollen, sehen Sie auf dieser Leinwand. Sie werden es nicht noch einmal versuchen.«

Ella sah sich um, suchte den Mann, der auf sie geschossen hatte, aber er war verschwunden. Sie schaute in die andere Richtung, zu der Kerzenverkäuferin. Die junge Frau lag auf dem Boden, reglos. Sie hatte die dünnen weißen Handschuhe noch an, und aus ihrer Schläfe trat nur ganz wenig Blut, das im Dunkeln kaum auffiel. Ella entdeckte die Pistole, mit der sie geschossen hatte, dicht vor ihren eigenen Füßen. *Ein einziger Schrei,* dachte sie dankbar, *nur ein Schrei und zwei Kugeln verfehlten ihr Ziel.*

»Renato Contini«, rief Lazare, »Vorstandssprecher der Banca Nazionale di Roma und Großaktionär der Banque National d'Alsace, da unten«, er deutete auf einen Mann in der ersten Reihe, der wie gelähmt dasaß, »dort sitzt er! Und da, Carlos Mendoza, erster Vorstand der Grupo Barcelona, der größten Bank Spaniens!«

Zwei Sitze von Contini entfernt sprang ein Mann auf und drängelte sich zu dem Ausgang links von der Bühne durch. Sein Gesicht war riesengroß auf der Leinwand zu sehen, wo er mit hartem Akzent sagte: »Ich sehe überhaupt kein Problem – mein Land steht schon am Rand des Ruins, nur noch ein kleiner Schubs, dann haben wir den Staatsbankrott, und ich sorge dafür, dass die Regierung einfach weggefegt wird, niemand wird Spanien mehr einen Cent leihen –«

Lazare zeigte nach oben auf das nächste Gesicht und nach unten in den Saal. »Doktor Jürgen Volkmann, Vorstandsvorsitzender der Vereinigten Deutschen Banken, und Jerome Shoemaker von der Royal Commonwealth Bank und Urs Hürli von der Berner Bankgesellschaft, und –«

Unruhe erfasste den Saal. Weitere Männer aus der ersten Reihe strebten dem Ausgang zu, und jetzt standen auch die Chinesen in der dritten Reihe auf. Ihre Brillengläser blinkten, während Lazare die Arme ausbreitete, damit man seine blutende Schussverletzung besser sehen konnte. Immer mehr Zuschauer waren aufgestanden, blockierten die Sitzreihen, die Gänge und Türen und sahen zu ihm auf, staunend, aufgebracht, gebannt. Manche deuteten empört auf die Männer, deren Namen er genannt hatte, andere hielten noch immer die Hände vor den Mund.

Die Kameras fuhren näher an die Bühne heran. Fotografen drängelten sich an den Seitenaufgängen. Wie aus sich selbst heraus flackernd, stand Lazare im lautlosen Blitzlichtgewitter, das ihn umhüllte. Sicherheitsleute liefen an den Seiten der Sitzreihen auf und ab, redeten aufgeregt in ihre Mikroports.

Ella schob sich mühsam durch die dicht an dicht stehenden Aktionäre, um zu Annika zu gelangen. *»Pardon! Je suis médecin! Laissez moi passer, s'il vous plaît! I'm a doctor!«*

»Jeder dieser Männer«, fuhr Lazare anklagend fort, »besitzt riesige Aktienpakete der Banque National d'Alsace – unserer Bank! –, und sie alle sind heute hier persönlich erschienen, um mich endlich sterben zu sehen, weil ich mich gegen sie gestellt habe. Denn ich kann nicht zulassen, dass Europa in ihre Hände fällt, dass unsere Länder zu ihren Schatztruhen werden und unsere Bürger zu ihren Geiseln. Diese Männer – und ich war einer von ihnen – stehlen nicht nur unser Geld, sie stehlen nicht nur unser Leben. Sie stehlen uns auch die Freiheit, den Frieden und die Zukunft!«

Er hielt kurz inne, eine Pause, die wie inszeniert wirkte. »Aber das ist noch nicht alles: Hier unten in Reihe fünf sehen

Sie einen Mann, der unsere Bank im Auftrag seiner Regierung dazu benutzen wollte, um mit ihrem Geld nach und nach anonym die Mehrheit an den wichtigsten anderen europäischen Banken zu erwerben und damit die EU selbst in die Hand zu bekommen, als Schatten hinter den Schatten!« Er drehte sich nun ganz zur Leinwand um und schaute fast ehrfürchtig zu ihr hinauf, »Li Deng Tsetung von der China Commercial Bank.« Sein Rücken bebte leicht, vor Schmerzen, dachte Ella, oder vielleicht vor tiefem inneren Abscheu angesichts der Aufnahme, die er mit derselben versteckten Kamera gemacht zu haben schien.

Ella betrachtete den bebenden Rücken, und in diesem Augenblick begriff sie, was die ganze Zeit da gewesen war, ohne dass sie es erkannt hatte: Lazare spielte eine Rolle. *Er inszeniert seinen Auftritt wie das Jüngste Gericht!*

Da saß der Chinese riesengroß in einer Hotelsuite – es sah aus wie eine Hotelsuite mit gedämpftem Licht –, seine Hände lagen ruhig auf den Armlehnen des Sessels, nur sein senfgelbes Gesicht tauchte gelegentlich aus dem Schatten auf, ins Licht einer unsichtbaren Lampe. Mit schmalen Lippen und schmalen Augen saß er da, und sein dunkles, rollendes Englisch dröhnte aus den Lautsprechern, *»Yes, Mister Lazare, only the first fifty billions,* das ist nur der erste Schritt, nur die erste Tranche, danach kommen noch viele weitere Milliarden, ja, Hunderte, vielleicht eine Billion«, und er lachte leise, aber ohne Fröhlichkeit, *»it's only the first step …«*

Man hörte eine andere Stimme, die von Raymond Lazare, aber Li Deng fiel ihr herrisch ins Wort: »Sie wollen ein Versprechen? *Hah.*« Der Chinese lächelte; vermutlich war es ein Lächeln, es kam und ging zu schnell. »Es gibt kein Versprechen. China war lange geduldig. China war lange demütig. Es war schwer, sehr schwer, der ganzen Welt dieses Gesicht zu zeigen. Die Dummheit der westlichen Welt geduldig zu ertragen. China hat fast seine Würde verloren. Nun ist es stark, und die westliche Welt wird schwach. Es dauert nicht mehr lange – vier, fünf Jahre –, dann wird sie wieder am Rand des Abgrunds stehen. Die Finanzmärkte werden endgültig zusammenbrechen, *hah,* und dann kommt die Stunde unserer großen Nation. Überall – in Amerika, in Europa – werden die Menschen mit Gewehren in die Berge gehen, und sie werden um die letzten Dosensuppen kämpfen. Wir aber werden aus den Bergen kommen und aus der Wüste und aus den Städten, und nach Europa werden wir uns auch den Rest der Welt nehmen.«

Er lächelte nicht mehr. »Es wird die Stunde sein, in der unsere Würde zurückkehrt.«

Atemlose Stille herrschte im Saal. »*This is a fake!*«, rief plötzlich eine Stimme in diese Stille, *»this is not real!«*, und die Stimme klang genauso wie die des Chinesen auf der Leinwand. In der dritten Reihe entstand ein kleiner Tumult, als sich die gesamte chinesische Delegation mit zornigen Mienen zum Ausgang durchdrängelte, Li Deng an der Spitze. Alle hielten Diplomatenpässe hoch wie weiße Fahnen, in deren Schutz sie ungehindert abziehen durften. Rasch folgte ihnen der Anwalt von Rochefort, Gladstone & Wentworth.

Tschok! Klirrend zersprang einer der Scheinwerfer über dem Bühnenrand in einem glitzernden Scherbenregen. Das Licht der anderen Scheinwerfer flackerte und zuckte, ging aber nicht aus. Hastig räumten die letzten Direktoren der Bank den langen Tisch vor der Leinwand. Plötzlich stürzten alle Versammlungsteilnehmer zu den Ausgängen.

Wieder vernahm Ella in dem neu aufbrandenden Lärm das *Tschok! Tschok!* von Pistolen mit Schalldämpfern, aber sie begriff nicht, wer auf wen schoss, bis dicht neben ihr jemand aufschrie. Sie duckte sich und verschränkte die Arme im Nacken, als säße sie in einem abstürzenden Flugzeug. *Sie räumen auf,* dachte Ella; *sie sind gescheitert, und jetzt räumen sie die letzten Mitwisser aus dem Weg.*

Um sie herum erklang das Scharren von Füßen, vereinzelte Rufe. Nur ein paar Schritte entfernt stürzte eine Frau, der Mann hinter der Frau stolperte und fiel auf sie. Ein paar Zuschauer versuchten, über die Rückenlehnen der Sitze zu klettern. An den Ausgängen bildeten sich Menschentrauben.

Ella hob den Kopf. Sie konnte Annika im Seitengang liegen sehen, als schliefe sie, und jäh kam ihr der Gedanke: *Anni ist auch ein Mitwisser!* Sie wollte aufstehen, um zu ihr zu laufen, aber sie hatte keine Kraft mehr, nicht das geringste Bisschen. Sie kauerte auf den Knien, nur ein paar Dutzend Meter von Annika entfernt, und sie dachte, *ich muss zu ihr*, und alles an ihr zitterte in dem verzweifelten Willen, auf die Beine zu kommen, und es ging trotzdem nicht.

Drei Männer mit gezogenen Waffen in den Händen näherten sich langsam zwischen den leeren Sitzreihen. Ella sah sie nur undeutlich. Ihre Konturen verschwammen, und sie schienen leicht zu schwanken. Sie näherten sich wie in einem alten, flackernden Film, der leicht hin und her ruckte und voller schwarzer Fussel war, und Ella dachte, *was ist das? Was ist das bloß? … Ich war doch in Berlin … ist doch noch gar nicht so lange her … da war ich in Berlin und bin mit Max Rettungseinsätze gefahren … Was tue ich hier? Was habe ich hier zu suchen?*

»Da ist sie«, sagte Hauptkommissar Aziz nur wenige Schritte von ihr enfernt.

Sie krümmte sich zusammen und dachte, *ich will hier nicht sterben,* und dann sah sie, wie auf einmal jemand zu Annika trat, ihren Kopf berührte, als wollte er sie streicheln, und sich wieder abwandte. Ella erkannte ihn sofort, obwohl er genauso verschwommen war wie die anderen Männer.

Dany.

Die Männer zwischen den Sitzen schossen. Ella presste ihr Gesicht auf den Teppichboden. Aber dann war Dany da, bei ihr, warf sich vor sie und stieß sie mit den Schultern unter die nächste Sitzreihe. Auf dem Rücken liegend, gab er zwei Schüsse über seine Füße hinweg ab. Die Patronenhülsen flogen rauchend aus der Kammer und fielen heiß auf Ellas Hand.

Die Männer zwischen den Sitzreihen erwiderten das Feuer. Sie schossen gleichzeitig, und Dany rollte sich zur Seite und richtete sich halb auf und schoss wieder. Ella wollte noch weiter unter die Sitze kriechen; ihr ganzer Körper verkrampfte sich. Rote Polsterfetzen und Holzsplitter regneten durch die Luft, und Dany schoss noch immer, und seine Kugel schlug vor Ellas Augen in einen Fuß ein, zerfetzte Fleisch, Knochen und das Leder der handgenähten Schuhe, die sie an Aziz immer beeindruckt hatten.

Dany drehte sich um die eigene Achse, bis er auf dem Bauch lag, Gesicht und Pistolenlauf den anderen Männern zugewandt. Er drückte wieder ab und schoss so lange, bis die leere Waffe nur noch metallisch klackte. Die Schatten der Männer auf dem Boden neben Ella schienen zu tanzen. Dann erstarrten sie eine Sekunde oder zwei und sanken in Zeitlupe zusammen. Zuerst landeten ihre Waffen auf dem Boden und schließlich sie selbst, und an der Art, wie sie fielen, als aus den Schatten wieder Menschen wurden, konnte Ella erkennen, dass sie schon tot waren, bevor sie den Boden berührten.

Dany ließ die Pistole sinken. Auch sein Kopf sank herab, auf die Pistole, auf seine Hände. An seinem Hals pochte eine Ader zu schnell für jemanden, der einfach nur dalag. Er drehte den Kopf, bis er Ella sahen konnte. Sie rutschte unter der Sitzreihe hervor und dachte, er würde ihr Platz machen, aber das tat er nicht.

»Ich muss mit dir reden«, sagte er. »Ich habe nur noch nie etwas erklärt«, sagte er, »und ich habe nie gelernt, wie man sich entschuldigt.«

»Du hast mir gerade zum zweiten Mal das Leben gerettet«,

sagte sie. »Das ist eine Art Entschuldigung, oder?« Sie sah, dass die Ader an seinem Hals immer schneller pochte; etwas Schweiß rann ihm vom Nacken den Hals hinunter.

»Ich dachte, es ginge anders«, sagte er, »aber dann war alles so durcheinander, und sie haben mich auf die Abschussliste gesetzt. Ich habe versucht, Mado zu finden, deswegen konnte ich nicht schneller …«

Er schwieg und hustete unterdrückt, bevor er weiterredete, schneller jetzt. »Erst als ich … Ich habe gehört, dass du hier bist … sie haben dafür gesorgt, dass die Polizei nicht reinkommt …«

Er sprach immer noch schnell, aber jetzt leise, mit kurzen Pausen an den falschen Stellen. Er hob den Kopf, versuchte aufzustehen, schaffte es aber nur bis auf die Knie. Da verharrte er und sah auf sie herab. Er ließ die Pistole los. Auf einmal lächelte er, etwas verlegen, wie jemand, der für kurze Zeit beinahe glücklich gewesen wäre und der aus eigener Schuld genauso schnell alles wieder verloren hatte, das Glück, die Hoffnung darauf und auch auf alles andere. »Ich wollte immer besser sein, als … als ich konnte.«

»Ja«, sagte Ella. »Ich auch.«

Langsam sank er nach vorn wie ein Moslem beim Gebet, doch er legte nur eine Hand auf den Boden. Mit der anderen tastete er nach Ella, als wollte er sich noch einmal vergewissern, dass sie wirklich gewesen war. So verharrte er bewegungslos, und nach einiger Zeit hörte die hervorgetretene Ader an seinem Hals auf zu pochen.

»Dany?«, sagte Ella. »Dany?«

»Ist er tot?«, fragte eine Frauenstimme.

Ella schaute hoch, und da stand Mado, blass und abgemagert. Ihr Gesicht war noch immer gezeichnet von den Verletzungen, mit denen Ella sie aufgefunden hatte. »Er hat mich befreit«, sagte sie. »Er hat sich um mich gekümmert, und gerade eben hat er die Polizei gerufen. Als wir hier ankamen, haben wir gesehen, dass schon Flics da waren, aber sie sind nicht reingegangen, obwohl Leute rausgerannt kamen und nach ihnen gerufen haben.« Sie hielt kurz inne, dann fügte sie hinzu: »Ich kann gar nicht fassen, dass er tot ist. Haben Sie ihn gut gekannt?«

»Nein. Nicht sehr gut.« Ella versuchte noch einmal aufzustehen, aber ihre Kraft reichte noch immer nicht aus, und sie ließ sich wieder zurücksinken.

»Geben Sie mir Ihre Hand«, sagte Mado. Sie war kräftiger, als es den Anschein hatte, und zog Ella hoch, bis sie stand. »Sie sind voller Blut.«

»Ist nicht alles meins.« Ella hielt Mados Hand noch einen Moment fest. Sie versuchte zu lächeln, aber das war zu viel verlangt. Stattdessen sagte sie: »Ich kann es Ihnen jetzt nicht so zeigen, aber ich freue mich wirklich, Sie wiederzusehen.«

»Sie zittern.«

»Weil ich so wütend bin!«

Anni hat mich angesteckt mit ihrer Wut, dachte sie; *wir sind zwei wütende Frauen geworden.* Schwankend und mit weichen Knien ging sie langsam zu Annika. Annis Lippen standen ein wenig offen, aber sie atmete gleichmäßig, als wäre sie nach dem Anfall von der Ohnmacht einfach in den Schlaf hinübergeglitten. Die Augen unter den Lidern wanderten sanft hin und her. »Danke«, flüsterte Ella.

In der Ferne hörte sie Sirenen. Das an- und abschwellende Heulen war das einzige Geräusch bis auf den Klang der Schritte, als Raymond Lazare auf der Bühne zum Vorstandstisch ging. Der Bankier zog den schwach pulsierenden Datenstick, auf dem Li Deng Tsetung und die Mitglieder des Konsortiums gespeichert waren, aus einem Laptop und steckte ihn in die Tasche. Die Leinwand war jetzt leer, aber Ella hatte das Gefühl, noch immer die Stimme des Chinesen zu hören.

»Haben Sie das gesehen?«, rief Lazare ihr vom Bühnenrand aus zu. »Die ganze Welt hat es gesehen. Die ganze Welt weiß es jetzt. Morgen wird keiner vom Konsortium mehr auf seinem Stuhl sitzen, und Li Deng Tsetung wird in der Verbannung sterben.«

»Aber ihre Stühle bleiben, und andere werden darauf Platz nehmen«, sagte Ella, »so wie auf Ihrem.«

»Auf meinem?«

Ella hielt sich mit einer Hand an der Rückenlehne des Sitzes gleich neben ihr fest. »Sie haben allen etwas vorgespielt – Madeleine Schneider, Ihrem Neffen, Ihren Freunden Forell und Barrault, mir, Ihren Aktionären, der ganzen Welt! Jedem etwas anderes. Sie haben den Geläuterten gespielt, den die Begegnung mit der Vergangenheit seiner Familie auf den Weg des Anstands zurückgeführt hat und der die Schuld seines Urgroßvaters sühnen will.«

Sie sah, wie Mado sich näherte, um besser hören zu können, und sie redete weiter. »Sie haben den Erzengel gespielt, der den Kampf mit dem Drachen aufnimmt, um die Welt vor dem Bösen zu bewahren. Aber es hätte gar keiner Schlacht bedurft, das alles hier wäre gar nicht nötig gewesen. Ich kenne jetzt den wirklichen Grund, aus dem Sie diese Aufnahmen nicht früher verbreitet haben, warum Sie den Stick nicht längst eingesetzt haben, bevor seinetwegen all diese Menschen sterben mussten.«

Sie ließ die Lehne los, weil sie ihre Hände zum Reden brauchte, wenn sie sehr wütend war. »Nicht, weil niemand die Aufnahmen veröffentlich hätte. Auch nicht, weil sie nur glaubwürdig gewesen wären, wenn Sie leibhaftig dafür bürgen. Sondern aus reiner Eitelkeit. Sie wollten den großen Auftritt, um sich bei dieser Hauptversammlung von ihren Aktionären und den Medien feiern zu lassen. Sie wollten nicht die Demokratie, nicht die Menschen Europas schützen, sondern Ihre Konkurrenten auf der europäischen Bühne ausschalten und sich dazu auch noch als Retter vor der chinesischen Bedrohung feiern lassen.«

»Stimmt das, Monsieur Lazare?«, fragte Mado.

Erst jetzt schien der Bankier zu erkennen, um wen es sich bei der jungen Frau handelte, die hinter Ella stand. Er trat noch näher an den Bühnenrand, um besser sehen zu können. »Mademoiselle Schneider? Madeleine?«

»Stimmt es, Monsieur Lazare? Haben Sie mir und allen anderen etwas vorgespielt?«

»Nein.« Mit vorsichtigen Schritten verließ Lazare die Bühne, die linke Hand gegen die Schusswunde an seiner Schulter gepresst. »Nein, so ist es nicht, Madeleine.« Er freute sich, tatsächlich, er freute sich. »Wie schön, Sie wiederzusehen. Es tut mir so leid, dass ich Sie in Gefahr gebracht habe, und ich möchte mich –«

»Stimmt es?«, beharrte Mado, und in ihrem Gesicht stand die Hoffnung, es möge nicht so sein.

Lazare verharrte einen Moment wie ein Waldtier, das im Wind das leise Rascheln der Gefahr gehört hat. »Nein.« Er war bleich, aber seine Stimme zitterte nicht; nur die Wiedersehensfreude war verflogen. Er schüttelte den Kopf. »Der Einzige, dem ich etwas vorgespielt habe, war ich selbst. Die anderen, der Rest, das hat sich danach von selbst ergeben.« Langsam trat er auf sie zu. »Ich habe es geglaubt. Ich habe es wirklich geglaubt – dass ich anders wäre. Ich wollte es wiedergutmachen, alles, was mein Urgroßvater getan hatte. Ich habe es doch versucht, wegen meines Neffen, Ihretwegen, Madeleine. Wegen all der Menschen.«

Er ließ die Hand sinken, wie um das Blut daran zu zeigen. »Und ich habe so lange durchgehalten, weil ich mir selbst eine Belohnung versprochen hatte. Ist das Eitelkeit? Ich habe doch trotzdem das Richtige getan – ich habe viele Menschen gerettet, die zugrunde gegangen wären, wenn das Konsortium Erfolg gehabt hätte. Hier, sehen Sie, man hat auf mich geschossen …« Er berührte die Wunde kurz mit der Fingerspitze, als wollte er prüfen, ob das Blut echt war.

Er sah nicht Ella an, sondern Mado, als müsste sie das doch verstehen. Aber Mado wandte das Gesicht ab, um seinem Blick nicht zu begegnen. Der Ausdruck seiner Augen veränderte sich; in der einen Sekunde schien er noch etwas in ihr zu sehen, etwas, das eine Erinnerung auslöste, und in der nächsten wirkte es, als sähe er gar nichts mehr, nicht einmal sie.

Er wandte sich ab, blickte zur Bühne hinüber, dann zu einer der Türen, hinter denen mehr und mehr uniformierte Flics die Gänge bevölkerten. Noch einmal kehrten seine Augen zu Mado zurück, bevor er mit unsicheren Schritten zur nächsten Tür ging, wo ihn ein Sanitäter in Empfang nahm. Einige der Polizeibeamten in Uniform und auch ein paar in Zivil sahen ihm entgegen, als hätten sie sehr lange auf diesen Augenblick gewartet.

Mado sagte: »Auf Wiedersehen, Doktor Bach. Und danke, dass Sie mir zweimal das Leben gerettet haben. Ich weiß nicht, wie ich Ihnen das –«

»Das ist mein Beruf«, unterbrach Ella sie.

»Ich gehe wieder nach Hause«, die junge Studentin zuckte mit den Schultern und strich sich verlegen eine Haarsträhne hinter das linke Ohr, »wenn Sie also mal ins Elsass kommen …«

»Ja«, sagte Ella, »gern.«

Annika stöhnte leise. Sie drehte den Kopf und seufzte, und jetzt dachte Ella, *scheiß drauf, ob du wieder hochkommst* und setzte sich zu ihr auf den Boden. Sie sollte eigentlich in den Taschen von Annis funkelnagelneuer Vivian-Westwood-Jacke nach den Tropfen suchen, aber für einen Moment reichte es ihr, so bei ihr zu sitzen und ihr beim Aufwachen zu helfen. *Das mit den Medikamenten machen wir später,* dachte sie; *wir finden einen Weg, mit dieser Krankheit umzugehen.* Annika schlug die Augen auf und blickte sie müde und etwas verloren an. »Wo bin ich?«, fragte sie.

»Bei mir«, antwortete Ella.

NACHWORT

Wesentliche Informationen über die unter dem Oberbegriff Epilepsie zusammengefassten Krankheitsbilder sowie ihre Symptome und die Verlaufsformen epileptischer Anfälle verdankt der Verfasser dem Buch »Irren ist menschlich« von Klaus Dörner und Ursula Plog, erschienen 1989 im Psychiatrie Verlag, Bonn, sowie dem Roman »Der Idiot« von Fjodor Dostojewski. Eventuelle Unkorrektheiten und Freiheiten, den Notwendigkeiten eines Thrillers geschuldet, gehen allein zu Lasten des Verfassers. Dasselbe gilt für die Darstellung der Vorgehensweise von Notärzten im Einsatz, die gelegentlich geringfügig von der Wirklichkeit abweichen dürfte. Dankenswerterweise hat Dr. Christoph Scheding, Berlin, bei seinen beratenden Anmerkungen daran keinen Anstoß genommen. Die Passagen aus »Früchte des Zorns« von John Steinbeck – zitiert nach der 1940 im Humanitas Verlag, Zürich, erschienenen und von Klaus Lambrecht ins Deutsche übertragenen Ausgabe – wurden vom Verfasser für die Zwecke dieses Buches gekürzt.

München, 2010
C. C. Fischer